金钱暗流

美国激进右翼崛起背后的隐秘富豪

[美]
简·迈耶
著

黎爱
译

新星出版社　NEW STAR PRESS

DARK MONEY

The Hidden History of the Billionaires Behind the Rise of the Radical Right

Jane Mayer

致比尔·汉密尔顿（Bill Hamilton）

所有人都需要编辑，
但并非每个人都有幸嫁给一位编辑。
感谢你以义正之辞矢志不渝。

我们必须做出选择。要么拥有民主,要么使财富掌握在少数人手中。二者不可兼得。

——路易斯·布兰代斯(Louis Brandeis)

序　言

  2016年的大选之夜是震颤人心的政治颠覆，昭示了几乎涵盖每个方面的新的政治秩序。唐纳德·特朗普（Donald Trump），一位毫无政务经验的、竞选时承诺要推翻现状的亿万富豪，击败了奥巴马的民主党总统位置的指定继承人希拉里·克林顿（Hillary Clinton）。特朗普的胜利也违逆了几乎所有专家、民调的预测。它还动摇了两党的政治建制，其冲击波及全球。各地市场在恢复平衡前瑟瑟发抖。政治世界似乎在轴线上偏移，朝向一个未知且不可测的将来前进。尽管特朗普竞选时以局外人自我宣示，与他口中的地位牢固、腐败堕落的政治精英相对立，但是在他曼哈顿举办的胜选庆祝派对上，出现的有钱阶层的代表却是始料未及的熟悉。在曼哈顿市中心的希尔顿酒店的狂欢人群中，含笑而立的一人正是大卫·科赫（David Koch）。

  在党内初选期间，特朗普曾经嘲弄蜂拥至秘密筹资会议的共和党对手们是"傀儡"——该秘密筹资会议由大卫和哥哥查尔斯（Charles Koch）赞助。这两兄弟共同拥有着美国第二大私人企业，即总部位于堪萨斯州的能源及制造集团科氏工业。科赫兄弟的政治支出已然使得他们的名字成为特殊利益影响力的代名词，而受到冒犯的他们拒绝给予特朗普经济支持。结果许多媒体报道的故事走向是，大体上重要的政治捐赠者，尤其是科赫兄弟，不再是美国政治中的主要要素。毕竟特朗普击败了支出远超于他的对手，包括希拉里在内。

如果就此认为美国政治中的大钱时代已经结束，可能听起来不错。但是更加仔细地检视，就会揭开一个更加复杂也令人不安的现实。

特朗普的竞选确实借助了抨击大捐赠人、企业游说者以及政治行动委员会，这些在美国政治中占统治地位的对象是"非常腐败的"。借由这种方式，他增添了全国性的对两党的厌恶流露，竞选越来越被等同于对现金的无止境追求。令许多人惊讶的是特朗普，以及在民主党初选中挑战克林顿的左翼反叛者伯尼·桑德斯（Bernie Sanders），似乎把政治大钱从优势转变成了障碍。特朗普戏称克林顿是"骗子希拉里"，声称她是"100%服从于她的捐赠者"。等到大选之日时，公众对她的信任已支离破碎。

令人难以相信的是，这位花费了自己约6600万美元财富以当选、并且坐拥全球金融利益的纽约商人特朗普，反对华尔街。他成功地给自己以纯洁无瑕的定位，因为他是凭借自身权力的亿万富豪，而非仰仗其他亿万富翁的人。在选举前不到一个月，特朗普在一则推特中承诺，"我会使我们的政府再次诚实——相信我。但首先我必须要'抽干沼泽'（DrainTheSwamp）"。他的"抽干沼泽"标签成为支持者们的战斗口号，这些人愤慨于这个国家日益严重的经济不平等，并且决意终结华盛顿的腐败，他们认为华盛顿将有钱有势者的利益凌驾于他们之上。

然而根据安·拉威尔（Ann Ravel）——一位多年来一直支持政治资金改革的联邦选举委员会的民主党成员——的观察，仅仅在特朗普胜选的几天之后，情况反而是"鳄鱼在繁殖增加"。

尽管作为民粹主义的局外人而获选，但特朗普组建了一支过渡团队，其中盘踞着他曾发誓打倒的那种企业内部人士。在这些人中，与科赫兄弟有过财务关联的游说者和政治活动者们格外突出。这种情况也许是意料之外的，因为科赫兄弟在竞选全程，持续表达了他们对特朗普的反感。查尔斯·科赫自称是自由至上主义者（libertarian）。他支持开放移民和自由贸易，这两者都有利于他庞大的跨国企业；谴责特朗普禁止穆斯林移民的计划"丑陋"而"骇人"。

但是也存在一些和解的迹象。特朗普过渡团队的主持者,当选副总统的麦克·彭斯(Mike Pence)曾是查尔斯·科赫2012年总统位置的第一人选,也是科赫竞选捐款的主要接受者。在特朗普选择彭斯作为竞选搭档之前的四年中,大卫·科赫个人为彭斯的竞选活动捐赠了30万美元。彭斯过去与科赫兄弟一样,热衷于将社会保障私有化并且否认气候变化的现实。而在2016年春天佛罗里达州棕榈滩宅邸中,大卫·科赫为约70名共和党最大的政治捐赠人主持的筹款会上,彭斯曾担任特别嘉宾。他还预定在2016年8月科赫兄弟的捐赠人峰会上发言,不过发言在加入共和党候选人后取消。而且,彭斯处理特朗普权力过渡的敏感任务的高级顾问是马克·肖特(Marc Short),此人在几个月前还在运作科赫兄弟的秘密的捐赠人俱乐部"自由伙伴"(Freedom Partners)。同样也是这家精英团体,它的会议曾被特朗普在竞选中取笑。

科赫兄弟的影响在过渡团队中也很醒目,特朗普挑选的能源与环境领域的成员,对于科氏工业的利润线至关重要。至于能源部的政策及人才方面的建议,过渡团队的早期图表显示,特朗普选择了游说公司MWR策略的总裁迈克尔·麦克纳(Michael McKenna),这家公司的客户就包括了科氏工业。麦克纳与美国能源联盟(American Energy Alliance)之间也有联系,这家享有税免的非营利组织倡导对企业友好的能源政策,2012年科赫兄弟的捐赠人组织"自由伙伴"给予其150万美元。这个组织没有透露其收入来源,在为了操控舆论而秘密支出数十亿美元私利方面,它可谓提供了教科书式的方法案例。

科氏工业的另一名游说者米歇尔·卡坦扎罗(Michael Catanzaro),是游说公司CGCN集团的合伙人,为特朗普的过渡团队引导"能源独立",并且被当作潜在的白宫能源沙皇而提及。与此同时,还有科赫兄弟捐赠圈的创始成员哈罗德·哈姆(Harold Hamm)。此人通过成立总部位于俄克拉何马州,并以利润丰厚的"水力压裂"操作而知名的页岩油公司大陆资源（Continental Resources），成为亿万富翁，据说他在为特朗普提供能源议题方面的建议，并且在考虑担任内阁成员，可能成为能源部长。

令科学界惊恐的是，特朗普选择了麦伦·埃贝尔（Myron Ebell），一个明确的气候变化怀疑者，来领导他为环保局准备的过渡团队。埃贝尔同样具有与科赫的金钱关系。他在一家华盛顿智库竞争企业学会（Competitive Enterprise Institute）工作。这家智库没有透露其资金来源，但它过去一直受化石燃料利益方的资助，其中就包括了科赫兄弟。他刺眼的反监管观点与他们的观念完全契合。科赫兄弟与环保局长期处于交战中，后者将科氏工业列为在空气、水和气候方面皆是前十污染源的美国仅有的三家企业之一。与埃贝尔一道加入过渡团队的还有大卫·施耐尔（David Schnare），他自称"自由市场环保主义者"，曾指责环保局"手上染血"。施耐尔工作的一家智库，附属于由科赫兄弟部分资助的州政策网络。他在环保界为人诟病，因为他曾利用繁琐的公共记录要求追扰气候科学家迈克尔·曼（Michael Mann），直到2014年弗吉尼亚州最高法院勒令停止。忧思科学家联盟（Union of Concerned Scientists）把这些针对气候科学家们的行为描述为"骚扰"。

因此，在乘民粹怒波胜选不到一周后，特朗普似乎准备着手满足许多特殊利益者最美妙的梦想，包括科赫兄弟放松监管的计划。他承诺要在"几乎各个形式"中"摆脱"环保局，以及退出2015年在巴黎签订的国际气候协定，他还与压倒性的科学证据相违背，称气候变化是"一场骗局"。特朗普的过渡团队有一项自愿承担的道德准则，禁止游说者制定规则以及在与他们有经济利益关涉的部门配置人事，但至少在早期阶段，这些常识性的约束似乎被回避了。

政府道德领域的专家们目瞪口呆。"如果你过渡团队的人与要被监管的行业有深度的经济联系，这就令人质疑他们是服务于公共利益还是自己的利益。"为奥巴马政府制定利益冲突规则的诺尔曼·艾森（Norman Eisen）警告说。"让我们面对现实吧，在企业和暗钱（译者注：指企业、个人或团体捐赠给非营利组织、并以此影响选举的资金。因非营利性组织能够接收无限制的捐资，且不要求公开捐赠者信息而具备很大的隐蔽性。这种捐赠形式使企业得以深刻地影响选举乃至美国的政治进程。）交织的官场，游说者们是特殊利益影响力的输送装置。"在罗纳德·里根（Ronald Reagan）以及两任布什总统政府任职的彼得·魏纳（Peter Wehner）告诉《纽约时报》："他是一个局外人，将会摧毁政治体制并且'抽干沼泽'，这整套观念都是骗子的说辞，而且猜猜怎么着——他本人就被揭露是个骗子。"

随着特朗普提名来自堪萨斯州的共和党众议员麦克·蓬佩奥（Mike Pompeo）领导中央情报局，科赫兄弟的影响力达到更高峰值。在国会中，蓬佩奥是科赫竞选资金的最大接受者。而在蓬佩奥步入政坛前的商业冒险中，科赫兄弟也是其投资者及合伙人。事实上，正如堪萨斯大学政治学教授伯德特·卢米斯（Burdett Loomis）指出的，这位未来的中央情报局局长的昵称是"科赫的议员"。帮助指导过渡团队做出这些重大任命的人是丽贝卡·默瑟（Rebekah Mercer），罗伯特·默瑟（Robert Mercer）之女。其父是富裕的纽约对冲基金经理，他在2014年"比科赫更科赫"，根据彭博社新闻所说，捐给他们的政治俱乐部的钱甚至比他们拥有的还多。

显而易见，2016年科赫兄弟政治终结的报告是言过其实了。虽然他们没有支持一位总统候选人，但是以"科赫章鱼"之称闻名的他们庞大的政治机器的触手，早在特朗普政府正式上台之前，就已经将其团团围住。

许多人在科赫兄弟拒绝支持总统候选人后，将他们抛诸脑后。他们2015年的最初方案号召其捐赠人团体，花费数额惊人的8.89亿美元预算买下总统宝座。不过，同过去一样坐等党内初选的他们却发现，计划遭到粗暴地颠覆，因为那时特朗普作为被提名者崭露头角。他是唯一主要的共和党总统候选人，但却是他们反对的对象。靠边站的他们继续保留其支持。

而在媒体聚焦非同寻常的总统竞选之时，科赫兄弟和他们的右翼政治资助人网络悄无声息地，在过去四十年已然掌握的购取影响力的三管齐下的手段上，花费了比以往更多的金钱。他们糅合了企业游说、有政治色彩的非营利支出以及"下层选举"的竞选捐款，后者发生在州及地方选举中，在那里他们的钱能够为逐鹿者收买到更大的影响冲击。

他们绝对没有收束钱囊，不过是将预算降到了7.5亿美元，而且指示其中数亿美元用于总统层级以下的竞选活动。而几乎无人注意到的是，2016年科氏工业和"自由伙伴"倾注了大笔资金，给了至少19名参议员、42名众议院、4名州长的竞选，以及全国各地不可胜数的层级更小的选举。

他们还动员了私人政治机器，根据哈佛大学西达·斯考切波（Theda Skocpol）和亚历山大·赫特尔—费尔南德兹（Alexander Hertel-Fernandez）两位学者在2016年所作的一项研究，它前所未有、无与伦比且持久稳定。事实上令人惊讶的是，2016年科赫兄弟的私人政治组织网络所发的工资，比共和党全国委员会的还多。科赫网络拥有1600名领薪员工，遍及35个州，并且鼓吹其工作覆盖了80%的人口。这个情况标志着一场仅仅几年前才开始的庞大升级。近及2012年时，科赫兄弟的主要政治组织"美国繁荣"（American for Prosperity，简称AFP）拥有的付薪员工还仅为450名。

科赫兄弟将他们的政治活动中心运营得如同一家私人企业，各部门专注于不同的选民团体，例如拉美裔、退伍军人和年轻选民。一位他们的高层人士解释说，他们在2016年选举期间的目标是影响有关键性参议院选举的8个州的500万选民。在过去，工会可能提供与这种民间政治组织最接近的对应物，但它们代表的自然是数百万会员的权利。相比之下，科赫网络仅受全国约400位最富有的人赞助。正因如此，哈佛的研究学者们表示，科赫网络是"我们前所未见的东西"。

不考虑特朗普的话，科赫兄弟及其超级捐赠者同人们成功完成了他们2016年的主要政治目标，也即让共和党保守派保持对国会两院的掌控,以确保他们能继续推进自己的企业议程。他们也成功完成了第二目标,通过继续他们在 2010 年开始的席卷全国范围内的州立法及地方行政机关,从而进一步扫荡民主党。通过控制州议会,他们可以支配的不仅是立法,还有国会选区的重划,借此希望能够确保未来数年内对众议院的掌控。

他们背地支持的许多竞选都不太重要,因此不值媒体一顾。仅在得克萨斯州,他们支持了 74 场不同选举中的候选人,范围一路涵盖到州县的法院要员。由于科赫兄弟及其捐赠者同盟支付的大量针对性资金发挥了不小的作用,民主党在奥巴马总统任职期间,失去了国会两院、14 位州长、30 个州议会超过 900 个席位。到 2016 年大选统计票数时,共和党人已经控制了 32 个州议会,而民主党只有 13 个,剩下 5 个处于分裂。无论是现在,还是将来,这种失衡状况给民主党人带来巨大难题,因为州立法机构起着后起领袖的孵化器作用。

科赫兄弟可能否认与特朗普有关联,但从几个重要方面来看,他都是他们自 20 世纪 70 年代以来资持的不同寻常的政治运动的自然而然的继承者与意料之外的成果。四十年来,他们诋毁政府这个观念。借助无数的智库、学术项目、前线组织、广告宣传、法律组织、说客和他们支持的候选人,他们散播了这个讯息。很难使人不去认为,这摆开了架势、做好了准备,一个以缺乏经验、反感政府为最大卖点的男人,接管了全世界最强大的国家。

查尔斯·科赫的导师、准无政府主义者罗伯特·勒费夫尔(Robert LeFevre)曾经教导科赫兄弟,"政府是一种伪装成自己药物的疾病"。对于发生在进步时代、新政、"伟大社会"计划(Great Society)及奥巴马总统时期的联邦政府的扩张,他们的极端反对帮助说服选民相信,华盛顿政府腐败堕落、毛病颇多,而由一无所知的人来执政好过专业人士。查尔斯·科赫曾称自己是一个"激进派",而在特朗普身上,他得到了他帮助培育的激进解决方法。

科赫兄弟为2009年开始的反税茶党运动之火添柴加油，同样也助长了特朗普在美国的大势。2016年查尔斯·科赫公开谴责特朗普的有害言辞，另外大卫·科赫向《金融时报》（Financial Times）抱怨说，在投入数亿美元于美国政治之后"你会认为我们能够有更多影响力"。不过实际上，在特朗普使用的具有煽动性且不负责任地造成分裂的言论中，科赫兄弟及其捐赠者同伴的影响一目了然。不过就在几年前，正是他们这些人在赞助仇恨。

20世纪60年代，查尔斯·科赫资助了科罗拉多州只收白人的私立自由学校。该学校主管曾经告诉《纽约时报》，接收黑人学生可能引发住宿问题，因为有些学生是种族隔离主义者。这已是多年前的旧事，而他的观念很可能与其他许多人一样早已改变。但是在2011年《旗帜周刊》（Weekly Standard）的采访中，大卫·科赫附和了保守派讨厌鬼丹尼斯·迪索萨（Dinesh D'Souza）似是而非的说法，即按照他的观点奥巴马是非洲人而非美国人。他声称，生于美国并且在幼年被肯尼亚父亲抛弃的奥巴马，仍然从他的非洲遗传中取得了"激进"观点。

这种不把奥巴马当作合法的经民主选举的美国政治对手，而是危及国家存亡的外来威胁来攻击的行为，在2010年夏科赫兄弟的政治组织"美国繁荣"在得州奥斯汀举办的一次峰会上，表现得极其明显。在茶党的训练课程之间，为科赫兄弟工作的活动人士把奖颁给了一位博主，此人曾称奥巴马为"首席瘾君子"，并且声称他遭受着"恶魔附身（又名精神分裂症，等等）"。科赫兄弟和共和党捐赠阶层的其他成员，可能否认了2016年竞选活动中的恶劣言语与自己的关系，然而六年前的他们却在尊之以奖杯。

大捐赠人反对《平价医疗法案》（Affordable Care Act）的斗争，具备同样的煽动风格。科赫兄弟及其捐赠人盟友不是恭敬地把奥巴马的健康保健计划当作政策议题加以探讨，而是倾注大量资金给一家名为保护病人权利中心（Center to Protect Patient）的暗钱组织，由其发起了充满谣言与酸讽的游击战争。由该组织赞助的电视广告，以奥巴马的方案是"政府接管"医疗这一虚假说法为重要内容，政治真相网站（PolitiFact）将其称为2010年"年度谎言"。与此同时，"美国繁荣"的派生组织发起了反奥巴马医改集会，在那里抗议者展开的横幅上描绘了达豪集中营的尸体，意指奥巴马的政策将导致大规模谋杀。科赫的活动人士也蓄意破坏民主程序，那年在国会议员与选民见面的市政厅会议上，安插了尖声叫喊的抗议者们。总而言之，在奥巴马执政期间，科赫兄弟推动了激进化，并且组织了难以约束的不满者的运动，而到2016年他们已经丧失了对它的控制。"我们负有部分责任"，在特朗普当选前一个月，一名科赫兄弟政治活动的前雇员向《政客》（Politico）坦言。"我们投入了许多，却训练并武装了一支不可控制的草根军队。"

在其他方面，科赫兄弟及其盟友也成了他们自己2016年成功的受害者。他们因为过于彻底地以金钱俘获了共和党，无意间为特朗普的崛起打下了基石。他们狭隘自利的优先政策与绝大多数选民的意见相悖。然而除了特朗普之外的几乎所有共和党总统候选人，为了套取捐赠人的支持而承诺效忠于他们的心愿清单。候选人们承诺削减那些收入最高者的税额，保留华尔街的漏洞，容忍制造业岗位及利润的外流，以及降低或是私有化包括社会保障在内的中产阶级福利计划。自由贸易几乎毫无争论。这些立场忠实反映了富有捐赠者的议程，然而研究表明，他们越来越偏离广泛的人民基础，不仅是民主党，也包括了共和党选民，这些人中有许多已经在经济和社会方面被遗忘了数十年，尤其是自2008年金融危机以后。能够承担放弃亿万富翁支持的后果并无视他们优先政策的特朗普，看到了这个良机并且把握住了它。

特朗普能否实现支持者的希望，并且摆脱那些在他异端突起选期之前靠金钱房获了共和党的自私精英们，仍需拭目以待。早期的迹象并不乐观。不仅特朗普的过渡团队充斥着企业说客，包括曾为科赫兄弟工作的那些人，而且特朗普的就职委员会也有几位科赫兄弟十亿捐赠俱乐部的成员重点登场。不管是身价 36 亿美元的威斯康星州最富有的女人、拥有一家建筑用品公司的黛安·亨德里克斯（Diane Hendricks），还是拉斯维加斯赌场王国金沙集团的创始主席兼首席执行官谢尔登·阿德尔森（Sheldon Adelson），都没有突破过往政治的迹象。

就职典礼长期以来由富有捐赠人承包，所以过度解读也许有失公允。但是特朗普的税收提案，如果能被收集的话，那就更像是一个欺诈性诱购。虽然他通过承诺严厉对待"为所欲为"的精英而获取了蓝领的支持，但是根据经济专家的说法，他的提案反而威胁到被美国尊奉为永久性的贵族阶层。他似乎准备废除遗产税，让拥有 1090 万美元及以上遗产的继承人们获得一笔意外之财。2015 年这种规模的财产不足 5000 个。他还计划废除抑制继承性财富的赠与税。高收入者的资本利得税和所得税也被放上砧板宰割。身家共计约 845 亿美元的查尔斯和大卫·科赫从中受益，其达到的程度令以往的政府相形见绌，许多其他的亿万富翁也同样获利。正如选举次日雅虎财经的标题所示，"特朗普的胜利是华尔街银行的'大满贯'"。

实际的情况是，虽然特朗普可能被他口中的"被遗忘者"的那些人所选择，但是他必须应对基本上由激进右派的亿万富豪们塑造而成的共和党。他将必须共事的副总统曾受科赫兄弟资助，国会则被政治生涯归功于科赫兄弟的成员们掌控。除此之外，他将必须面对一个私人政治机器，它几乎在每个州都有组织，准备就绪以攻击任何背离他们议程的行为。没人能够预测特朗普会做什么，也无法预测年近八旬的科赫兄弟还将活跃多久。但有一件事可以肯定——科赫兄弟将他们的暗钱指定给接班人，在他们去世后仍会保持长久支出，在未来的岁月里，这些钱将会继续向美国政治施加不成比例的影响。

2016 年 11 月
写于华盛顿特区

目 录

序　言 / i

引　言：投资者 / 1

第一部分
以慈善为武器：思想之战，1970—2008 年

第一章　激进派：科赫家族史 / 27

第二章　看不见的手：理查德·梅隆·斯凯夫 / 63

第三章　滩头堡：约翰·M.奥林与布拉德利兄弟 / 98

第四章　科赫方法：自由市场的骚乱 / 127

第五章　科赫章鱼：自由市场的机器 / 150

第二部分
秘密赞助者：暗中行动，2009—2010 年

第六章　地面部队 / 171

第七章　茶党时间 / 178

第八章　化石燃料 / 214

第九章　金钱即话语：通往"联合公民"判决的漫漫长路 / 244
第十章　惨败：2010年，暗钱的中期亮相 / 260

第三部分
政治的私有化：完全对抗，2011—2014年

第十一章　战利品：掠夺国会 / 293
第十二章　战争之母：受挫2012 / 326
第十三章　各州：攻州略地 / 362
第十四章　推销新科赫：一个更好的作战方案 / 385

作者的话 / 413

引　言：投资者

2009年1月20日，全美国的目光集中在华盛顿，在那里超过100万名欢呼的庆祝者聚集于国家广场，以见证第一位非裔美国总统的就职典礼。从全国各地鱼贯而来的支持者如此之多，几乎使华盛顿的人口在24小时里增加了一倍。在基本民主程序中，就职典礼一直都是最动人心弦的仪式，是权力的和平移交，而这一次格外鼓舞人心。从灵魂乐女王艾瑞莎·富兰克林（Aretha Franklin），到大提琴家马友友，这个国家最有名的标志性音乐家们奉献了令人喝彩的表演来纪念此时刻。各界名流显贵私下活动只求一座之位。群情如此激动狂热，使得民主党政治顾问詹姆斯·卡维尔（James Carville）预测了一种长期的政治情况：民主党"将在此后四十年继续掌权"。

然而在2009年1月的最后一周里，在美国的另一边，另一种集会正在进行，那是一群用尽一切手段使选举结果失效的积极分子。在印第安韦尔斯，一座坐落于棕榈泉外围的加州沙漠小镇，沿着文艺复兴度假村植满棕榈的漫长车道缓慢驶过后，一个人在擦洗SUV。当侍者飞快过来搬拿行李时，步出车门走到路边的是一些美国最狂热的保守派。他们中的许多人代表了美国最具权势的牢不可破的商业利益。很难想象一幅比问候他们的画面更富裕的美好生活图景。头顶上，是一片明亮蔚蓝的天空。在远处，圣罗莎山麓自科切拉谷底拔地而起，险峻无比，创造出令人目眩神迷、色彩千变万化的幕景。视线所及之处尽是天鹅绒般的绿草地，朝着邻近的三十六洞高尔夫球场蜿蜒。几个有着人造沙滩的游泳池，被躺椅和挂上帘幕的私密亭台围绕。夜幕低垂，无数的蜡灯和提基火炬点亮了步道和花坛。

而在酒店晚宴厅里，气氛严峻，好像这些奢侈品只是在提醒聚集在这里的人群，他们的损失有多巨大。这周末在此胜地会面的客人们，包括了许多在小布什总统八年任期内的最大赢家。他们中有身价亿万美元的商人，美国最大财富王朝的继承者，右翼媒体巨头，保守派官员，还有以漂亮手腕帮助资助人把持权柄的精明政客。这里也有雄辩的作家和出版人，他们就职的智库、支持团体和不计其数的出版物，正是由这些企业利益提供资金。尽管人物众多，最受尊敬的贵宾还是那些潜在的政治捐赠人——或如他们自己所称，"投资人"——他们的支票簿是完成手头项目所迫切需要的东西。

这群人周末聚集在此，并非是由知名反对党的领袖召集，而是经由一位普通公民：查尔斯·科赫。年已七十的他一头白发，但身体仍然年轻健壮，牢牢掌管着总部坐落于堪萨斯州威奇托市的科氏工业集团（Koch Industires）。这家公司由查尔斯的父亲弗雷德（Fred）建立，自弗雷德1967年离世后，查尔斯与兄弟大卫接掌并买下了另外两兄弟的股份，公司持续壮大至今。查尔斯和大卫——通常被称作科赫兄弟——几乎完全拥有他们领导下的美国第二大私营企业。他们拥有长达4000英里的油气管道，位于阿拉斯加、得克萨斯、明尼苏达州的炼油厂，佐治亚-太平洋（Georgia-Pacific）木材和造纸公司，以及煤炭、化工企业，他们还是商品期货的大宗交易者之一。公司的持续盈利也使两兄弟在全世界最富有的人中排名第六、第七。2009年，他们各自拥有约140亿美元的财富。哥哥查尔斯是一位有不同寻常的目标、习惯于走自己的路的人。这个周末他想获得的，是使自己的保守派伙伴加入一项艰巨任务：阻止奥巴马政府实施美国民众投票支持的,而在他看来是灾难性的民主政策。

科赫兄弟以其财富规模,自然拥有非同寻常的影响力。但是许多年来,通过加入臭味相投的政治盟友的有着强烈意识形态色彩的小团体,其中不乏财富同样庞大到不可估量的人,他们进一步扩大了势力。这部分人希望利用财富来推动一套保守的自由至上主义(Libertarianism)政治,但目前为止都还处在政治边缘,1980年大卫·科赫代表自由意志党竞选美国副总统时,仅仅获得了1%的选票。当时,保守派代表人物威廉·F. 巴克利(William F. Buckley Jr.)批评他们的观点是"无政府极权主义"(Anarcho-Totalitarianism)。

1980年科赫兄弟竞选失败,但是他们并没有接受美国的决定,而是开始改变投票方式。他们利用财力,采用其他方式将他们少数人的想法施加于多数人。在被选票击败后的几年里,他们倾注了数亿美元,暗中将他们的政治观点从美国政治生活的边缘移到中心。凭借与做投资生意时一样的远见与毅力,他们资助并建立了一套令人震撼的全国性政治机器。早在1976年,接受过工程师培训的查尔斯·科赫开始计划一项席卷全国的运动。作为约翰·伯奇会(John Birch Society)的前成员[1],他有一个激进的目标。1978年,他声称:"我们的运动必须摧毁盛行的国家主义模式。"

为此,科赫兄弟发起了一场旷日持久而引人注目的思想斗争。他们资助看似毫无关联的智库与学术项目,促使宣传团体在全国政治辩论中发表他们的观点。他们雇佣说客将他们的利益推动到国会,招募工作人员建立人为的基层组织,为他们的运动提供基层的政治势力。另外,他们还资助法律团体和司法掮客在法庭上为他们的案件出力。最后,他们还增加了一个私人政治机器——其与共和党不相上下且可能将其纳入其中。许多行动被秘密掩藏,在台面上则伪装成慈善活动,几乎没有任何公众可以追踪的资金链留下。而正如他们的一位工作人员在2015年夸耀的,一个"充分整合的网络"逐渐建成了。

科赫兄弟思想无比坚定专一。他们也不是单打独斗，而是身处一群由极其富裕、极端保守家族组成的小团体中。他们几十年来倾注资金，影响美国人的思想与选票，而且几乎没有被曝光。他们的认真发力开始于20世纪后半叶。除了科赫兄弟外，这个团体还包括理查德·梅隆·斯凯夫（Richard Mellon Scaife），梅隆银行和海湾石油公司（Gulf Oil）的继承人；哈里·布拉德利（Harry Bradley）和林德·布拉德利（Lynde Bradley），因国防合同而发家的中西部人；约翰·M.奥林（John M. Olin），化学和军火公司巨头；科罗拉多州的酿酒业家族库尔斯（Coors）；还有密歇根州的德沃斯（DeVos）家族，安利销售帝国的创办人。每一位都互不相同，但他们一起形成了新一代慈善家，热衷于动用私人基金的数亿美元来改变美国政治的方向。

当这些投资人开始努力让美国按照他们信奉的路线改造时，他们的想法更可能被认为是边缘的。他们挑战二战后广泛接受的共识：积极政府是有利于公共利益的力量。相反，他们主张"有限政府"，大幅降低个人和企业税，最低限度的贫困人群福利，以及大量减少工业监管，尤其是在环保领域。他们声称自己由原则驱使，但立场却与个人经济利益无缝衔接。

借助罗纳德·里根担任总统，他们的观点开始获得更多推力。大多数情况下，他们仍被视作右翼的极端边缘[2]，但是共和党和全国许多地区都在趋近他们的路线。传统观点往往认为，右倾者来自反对自由派开支计划的民意反弹。而还有一种较少被审视的解释是由于这一小群富豪投资人的影响。

当然，在美国政治中，两边的意识形态领域都由富有的资助人长期掌握着大到不成比例的权力。乔治·索罗斯（George Soros），一位为自由派组织和候选人出资的亿万富豪，经常被保守派点名批评[3]。但是，科赫兄弟却专门设立了新标准。正如无党派监督组织公共诚信中心（Center for Public Integrity）的创始人查尔斯·路易斯（Charles Lewis）所说，"科赫兄弟处在完全不同的水平上。没有人和他们一样花费如此之多，其突出的规模使他们与众不同。他们自有一套违反法律、操纵政治和混淆视听的方式。自从'水门事件'后，我一直在华盛顿，而我未曾见过任何与此相似的东西。他们是我们时代的标准石油公司（Standard Oil）"。[4]

到贝拉克·奥巴马（Barack Obama）当选总统的时候，这对富豪兄弟的行动已经变得更加复杂。他们通过说服范围更大、精心挑选的富有的保守派人和他们一起"投资"，实际上已经创造出一家私人政治银行。聚集在文艺复兴度假胜地的正是这群人。其中大多数人和科赫兄弟一样，拥有巨额的私人财富，他们不仅属于全国最富裕的那1%，甚至是更加精贵的0.1%或更高级别。按照大多数人的标准，他们无比成功。而奥巴马的当选则给了这群人当头一棒。

在此前共和党执政的八年里，这群保守派企业精英巩固了权力，在美国政府的监管与税收法规上积累了巨大影响力。这群人中的一部分挑剔布什总统还不够保守。但是在布什任期内，他们为自己的利益形塑政策，这一阶层的许多成员积累了惊人的财富，并且将新任民选总统视为他们既得利益的直接威胁。参与者们害怕他们正在见证的不只是共和党八年统治的过去，还是一种政治秩序的终结——他们相信这种秩序极大地造福了国家和他们自身。

在2008年的大选中，共和党人被彻底击败。民主党人不仅夺回了白宫，还在国会两院中均占多数。2008年大选是失望，更是彻底的溃败。"他们已经体无完肤，问题是能否幸存下来。"奥巴马总统的前副发言人比尔·伯顿（Bill Burton）回忆道。之后成了奥巴马高级顾问的自由派政治活动家约翰·波德斯塔（John Podesta）回忆说，选举后的初期，"有一种必胜的感觉，布什已经败北，他会成为胡佛，而奥巴马将是富兰克林·罗斯福（Franklin Roosevelt）并支配一切。那时的人们有一种钟摆开始晃动的感觉，一个崭新的进步时代已经开启。布什的民调支持度比尼克松还低！他的经济与外交政策已经宣告彻底失败。有一种'我们怎么才能把事情搞砸'的感觉"[5]。

保守派的政治危机感加剧，经济面临自20世纪30年代大萧条以来最令人晕眩的大跳水。奥巴马就职当天，因为怀疑这个国家的银行的生存力，股票市场大跌，标准普尔500指数下落5%以上，而道琼斯工业平均指数暴跌4%。持续的经济衰退不仅使一些保守派的投资组合沦为废品，也将他们的信仰体系打为无用。作为自由至上主义的保守主义（libertarian conservatism）的基本信条，市场绝对可靠的观念看起来愚昧无知。自由市场倡导者看到他们整个的意识形态运动危在旦夕，甚至一些共和党人成了怀疑者。例如两任布什政府的资深人士，退役将军科林·鲍威尔（Colin Powell）认为，"美国人期望生活中有更多的政府治理，而非更少"。《时代》杂志捕捉了这一时代思潮，在封面上饰以共和党大象，标题为"濒危物种"。

查尔斯·科赫本人描述奥巴马的当选有如末日，在早些时候的一月，他给公司的7万名员工发送了一封慷慨激昂的内部通信，信中断言美国面临"自20世纪30年代以来自由繁荣的最严重损失"。因为担心联邦支出中的自由派复苏，他告诉员工，更多的政府项目和调控正是加剧经济衰退的错误方法。"是市场，而非政府，为经济增长提供最强劲动力，帮助我们摆脱那些困难时期。"他坚称。

奥巴马的就职演说是他最糟糕的梦魇。新上任的总统几乎"向政府调控最少、市场运作才最好"的观念宣战。"没有监管，市场可能失控。"奥巴马警告道。他还接着宣称，"只照顾富人的国家无法长富"，听起来似乎目标直指那些企业财阀，例如聚集在印第安韦尔斯的那群人。

正是不满这种具有威胁性的政治背景，查尔斯·科赫召集了一位保守党同伴——自称为"商业右派"（Mercantile Right）[6]的克雷格·谢利（Craig Shirley）来夺回，如果可能的话最好接管美国政治。奥巴马的当选让任务更加急迫，但聚集在印第安韦尔斯的那群人起初并不是为了科赫兄弟。从2003年起，查尔斯和弟弟大卫每年两次为保守派捐赠人悄悄组织类似的会面。这项活动一开始规模很小，但当0.01%顶层人士中的右派针对奥巴马的敌意建立起来后，它便迅速扩张。

他们向公众隐藏起了野心，除了最低法定财务公开之外，避免其他一切，而科赫兄弟在他们的圈子里将政治慈善事业描绘成一项位高任重者的高尚事业。"舍我们其谁？舍此时何时？"查尔斯·科赫转述了古希伯来学者希勒尔（Rabbi Hillel）的战斗动员，在一次捐赠人会议的邀请函里发问道。"很明显我们正在走向灾难"[7]，后来科赫告诉保守派作家马修·康特奈提（Matthew Continetti），解释他的计划，力图聚集其他自由市场的热衷者，将他们组织成一个压力集团。2003年的第一次研讨会只吸引了15人。

一位因害怕报复而谢绝署名的科赫王国的前内部人士描述道，早期捐资人会议是争取其他人为其维护公司盈利的政治斗争埋单的精明手段。这些研讨会实质上是公司游说活动的延伸，由科赫员工任职并组织，总体上被视为公司项目。他还透露，对于科赫兄弟而言，格外重要的是从其他商界领袖那里取得对环境问题斗争的支持。科赫兄弟强烈反对政府为应对气候变化而采取任何会损害他们化石燃料利益的措施。但突然间在2009年1月，这些狭隘的担忧显得无足轻重。奥巴马的当选激起了保守派商业精英的深刻忧虑，会议蜂起，他们成为政治抵制的中心。策划者们一头雾水。"突然间他们在引领游行队伍，"他说，"没有人预料到。"

到2009年，科赫兄弟成功将他们的政治会议从不稳固的自由市场交换会，扩展至开始吸引一大批有影响力的人物。富商们大量涌去与有名有权者接触，譬如最高法院法官安东宁·斯卡利亚（Antonin Scalia）和克拉伦斯·托马斯（Clarence Thomas）。众议员、参议员、州长和媒体名人也加入进来。"得到一张邀请函意味着你已经取得成功，"一名仍为科赫兄弟工作的人员解释道，"人们都想进入这个房间。"

峰会中募集的资金也越来越吸引眼球。更早的商人们为操纵美国政治也曾花费了庞大金额，但科赫会议的数额已经远远将过去甩在身后。正如《华盛顿邮报》丹·鲍尔兹（Dan Balz）观察的，"当年保险巨头兼慈善家 W. 克莱门特·斯通（W. Clement Stone）为理查德·M. 尼克松（Richard M. Nixon）1972 年的竞选捐资 200 万美元，曾导致公众愤慨，引发的运动造就了'水门事件'后竞选资金方面的改革"[8]。算上通货膨胀，鲍尔兹估计斯通的 200 万美元约合今天的 1100 万美元。相比之下，科赫兄弟及其朋友圈为 2016 年大选积累的政治资金预计高达 8 亿 8900 万美元，"水门事件"时期被认为极度腐败的金钱规模在它面前也不免相形见绌。

参与者的影响力，帮助提升了科赫兄弟的声誉，为他们极端自由至上主义的政治观点戴上了崭新而高尚的光环，而在过去诸多观点被远远排斥在主流之外。"我们不是一帮四处宣扬怪论的激进分子，"大卫·科赫语带骄傲地告诉康特奈提，"这群人中许多都非常成功，在他们的社群中举足轻重、受人尊敬！"[9]

2009 年 1 月的那次会议，也是奥巴马时期的第一次会议，究竟有谁参加，在度假地又发生了什么，这些问题只能被部分地拼凑还原，因为客人名单正如科赫兄弟政商事务等诸多方面一样，都被秘密隐藏。曾为科赫兄弟工作的一名共和党竞选顾问谈及这个家族的政治活动时表示，"说他们低调作为根本是轻描淡写。他们分明在秘密行动"。

比如说，这个会议的参与者按照惯例被告诫销毁所有文件副本[10]。"留意保护你的会议记录与材料"，一次会议的邀请函上提醒道。来宾被告知对新闻媒体三缄其口，也不要在网上发布任何关于会议的信息。精细的安全措施被执行，以确保参会人员及会议议程不受公众监督。参会者在报名时，被提醒经由科赫员工安排一切，而不要轻信度假地的员工，不过这些人的背景也都被科赫的安全人员调查清楚了。为了拦截闯入者和冒名者，所有正式聚会都需佩戴名牌，而智能手机、平板电脑、相机及其他记录设备在会议开始前被收管。为了防止聚会期间被窃听，音频技术人员在四周放置了发射白噪声的扩音器，以针对任何不请自来的媒体或公众。[11]不言自明的是，违背保密的下场是被之后的会议驱逐。当缺漏真的出现，科赫会发动一场紧张的长达一周的内部调查并阻塞泄密。尽管计划者的希望是这笔钱能对国家事务产生决定性影响，但峰会上募集的捐款及募款人都不被公开披露。根据后来流出的记录，科氏工业特别项目的副总裁兼查尔斯·G.科赫慈善基金会副总裁凯文·金特里（Kevin Gentry），在一次峰会征集现金时向捐赠人保证，"我们能保障匿名"[12]。

为了避免有人不理解这项事业的严肃性，查尔斯·科赫在一封邀请函中强调"阳光下的娱乐"不是"我们的终极目标"。打高尔夫球和乘贡多拉船是下班后的好消遣，但早餐将早早开始。他提醒受邀者，"这是实干家的聚会"。

这群"实干家"中至少有18位亿万富豪加入奥巴马总统第一任期内科赫兄弟组织的秘密反对活动。忽略只是百万富翁的参与者不计，这群与会的有钱人中有不少身价估计达数亿美元，仅18位知名亿万富豪截至2015年的财富总和就超过2140亿美元[13]。事实上，有更多亿万富翁在奥巴马总统第一任期间，匿名加入科赫策划的聚会，人数多过1982年《福布斯》开列美国400富豪榜时存在的亿万富翁。

科赫会议的参与者反映出国家经济不平等的普通加剧，已臻19世纪90年代镀金时代的水平。2007年美国收入最高的1%人群与其他人之间的差距变得如此悬殊，以至于1%的人口拥有35%的全国私人财产，将几乎1/4的收入据为己有，而25年前这个比例还只是9%。[14]自由派批评家，例如《纽约时报》专栏作家，同时也是诺贝尔经济学奖得主的保罗·克鲁格曼（Paul Krugman），担忧国家处在从民主政治走向财阀统治的危险之中，或许是更糟的寡头政治——像是俄罗斯，少数极有权力的商人迫使政府哺育他们而牺牲其他所有人。[15]"我们正在走向的不仅是高度不平等社会，也是寡头统治的社会，一个继承财富的社会，"克鲁格曼警告道，"当一些人富有到可以有效收买政治制度时，政治制度将倾向于为他们的利益服务。"[16]

"寡头政治"（oligarchy）这一术语有煽动性，在惯于将此理解为和美国民主不相容的专制统治者的人们眼里，好像是种夸张。但是，越来越多声音开始认为美国是"公民寡头政治"（civil oligarchy），占人口极小部分的极富阶层可以利用极高的经济地位来推动一套政策优先服务于他们。西北大学专门从事寡头政治比较研究的教授杰弗瑞·温特斯（Jeffrey Winters）也是其中一员。他认为，美国的寡头们并不直接统治，而是利用财富来造就偏袒他们利益的政治结果。正如诺贝尔经济学奖得主、"左"倾的哥伦比亚大学教授约瑟夫·斯蒂格利茨（Joseph Stiglitz）所说，"财富造就权力，造就出的权力造就更多财富"[17]。

多年来，美国经济学家倾向于轻视国内经济不平等的重要性，声称不平等的加重仅仅是全球经济巨大变化的必然结果。他们认为随着时间的推移，极端不平等将自然地平衡，潮涨之时所有船都将高升。自由市场倡导者的看法是，最重要的不是结果的平等，而是机会的平等。正如保守派诺贝尔经济学奖得主米尔顿·弗里德曼（Milton Friedman）所述："一个社会把平等——结果平等——置于自由之前，最终的结果是既不平等也不自由……另一方面，把自由置于首位的社会，如同幸运的附加品，最终的结果是更好的自由与更好的平等。"

然而在新千年里，这一共识正开始分崩离析。越来越多研究政治与财富关系的学者认为，美国逐渐加剧的不平等是对经济与民主的双重威胁。巴黎经济学院的经济学家托马斯·皮凯蒂（Thomas Piketty）在其改变时代精神的《21世纪资本论》（Capital in the Twenty-First Century）一书中警告，在没有政府积极干预的美国和其他地方，经济不平等可能会不可避免地增加到一个地步,那时候目前占据世界经济份额越来越多的一小部分人口,在可预见的未来将会占有的,不仅是 1/4 或 1/3,而可能多达全球财富的一半或更多。他预测,富人及其继承人的财富将以比工资增长更快的回报率增长,创造出他所谓的"世袭资本主义"。他预测,这一力量将加剧富人与穷人间的鸿沟,达到类似于贵族统治的旧欧洲与香蕉共和国间差距的程度。[18]

一些人认为,少数精英群体也在引发极端的政治党派偏见,因为他们的利益与议题和剩余人口面临的经济现实间失去联系。共和党人麦克·洛夫格伦(Mike Lofgren),用三十年时间观察富人利益如何与华盛顿的政策制定机构博弈,他在参议院预算委员会担任工作人员,公开反对他所称的富人的"分离"(secession)行为,他们"将自己与国家的公民生活割裂,除非能够从中获取不义之财,他们毫不关心社会福利"[19]。雅各布·哈克(Jacob Hacke)和保罗·皮尔森(Paul Pierson)描述美国已经成了"赢者通吃"的国度,通过造就政治优势,经济不平等将使自身永存。如果是这样的话,科赫研讨会就提供了赢家的群像。

仅有一份完整的科赫峰会来宾名单在 2010 年 6 月的一次会议中被公之于众。[20] 就像阿斯特夫人(Mrs. Astor)的四百名流,根据谁有资格进入阿斯特家宴会厅,界定了 19 世纪末纽约社交界的上流阶层。科赫的捐资人名单描绘了一个富人社交小圈子:这群人大多是商人,极少数是女性,更少的则是非白人。虽然其中一些人是自己创业,但很多人热衷于保藏继承而来的巨额遗产。尽管被科赫峰会吸引的一致都是保守派,但这些人并非卡通片里有阴谋的老套的反面人物,他们意见分散,彼此在社会与国家问题上常有分歧。将他们联结在一起的黏合剂,是对政府监管与税收的反感,尤其是当它与他们的财富积累相抵牾时。毫不奇怪的是,与 20 世纪末相比,创造巨额财富的方式发生了变化,与由铁路大亨和钢铁巨头统治的阿斯特时代不同,大量参会者来自金融领域。

奥巴马第一任期内亲自参加或派代表参与科赫峰会的知名金融人士中，包括了史蒂文·A.科恩（Steven A. Cohen）、保罗·辛格（Paul Singer），以及史蒂芬·施瓦茨曼（Stephen Schwarzman）。他们可能都是有原则性的哲学保守派，没有不可告人的目的，不过也因私人原因害怕一个如奥巴马期望的更自信的联邦政府。

科恩创立的顶级对冲基金 SAC 资本咨询公司（SAC Capital Advisors），当时是紧张激烈的内幕交易刑事调查的焦点。检察官描述说，他的总部设在康涅狄格州斯坦福德的公司，是"一个名副其实的吸引市场骗子的磁铁"。《福布斯》估计科恩的财富一度高达 103 亿美元，让他的支票簿成为可怕的政治武器。

保罗·辛格经营着利润丰厚的对冲基金艾略特管理公司（Elliott Management），《福布斯》估计他的财富达到 19 亿美元。因为其争议性的行为，批评者给他的公司取了"秃鹫基金"[21] 的绰号，它在经济衰退的国家折价购买不良债务，接着积极采取法律手段向资金短缺的国家施压，而这些国家原指望贷款会被谅解而非以利润回报。虽然辛格坚称他没有从穷中之穷的国家收购债务，但他的方法，尽管利润高昂，也引起了公众嘲笑和政府审查，甚至纽约的诸多小报也在跟腔。在辛格支持前纽约市长鲁道夫·朱利安尼（Rudolph Giuliani）竞选后，2007 年 7 月《纽约邮报》以"鲁迪的'秃鹫'金主——从贫穷中攫金"为题报道。辛格将自己描述为戈德华特自由企业保守派，为推动自由市场思想慷慨解囊，但同时他的公司被曝光，在压榨几个极度赤贫政府的事务上寻求非常规政府协助。这种言行矛盾在科赫捐赠人网络的许多成员身上都有体现。

史蒂芬·施瓦茨曼，相较于辛格而言大体上并不算是一位政治活动家，他卷入科赫的政治事业最初很可能是出于偶然。2000 年，他花费 3700 万美元购置了位于公园大道 740 号、曾是小约翰·洛克菲勒（John D. Rockefeller Jr.）居所的豪宅，三年后大卫·科赫也在这幢曼哈顿公寓中购买了一套房产。奥巴马当选后，施瓦茨曼某种程度上成为华尔街失控的典范。克里斯蒂娅·弗里兰（Chrystia Freeland）在《巨富》（*Plutocrats*）一书中写道，2007年6月21日，他的非常成功的私募股权投资公司黑石集团股票首次公开发售，"同一天美国富豪集团举办了社交聚会"。这一天结束时，施瓦茨曼出售了价值6亿7700万美元的股票，他手里还握有当时估值约78亿美元的额外股份。

施瓦茨曼惊人的大赚日给华盛顿留下了深刻而不完全正面的印象。不久后，民主党人开始批评附带权益（carried-interest）的税法漏洞以及其他帮助投资人聚敛财富的记账花招。在2008年的股市崩溃中[22]，当奥巴马和民主党人开始更多讨论华尔街改革时，像施瓦茨曼、科恩、辛格这些聚集到科赫研讨会的投资人们损失惨重。

科赫的主要投资人罗伯特·默瑟，一位利用复杂算法发财的古怪的计算机科学家，他运营的一家对冲基金也可能是政府的另一个目标。国会中的民主党人在考虑向股票交易征税，而由他合作主持的文艺复兴科技公司（Renaissance Technologies）在计算机驱动下频繁进行着大量交易。尽管熟悉默瑟想法的人坚持，他的政治行动与金钱利益是分开的，但默瑟有额外的反对政府的商业理由。国税局要求调查他的公司是否以不恰当的方式避免支付上亿美元的税款，而公司否认了这项指控。另外，就业法也让他头疼；三名家佣很快就控告他拒绝支付加班费，并且坚持认为他扣减工资的理由不公，被他视作违规的行为包括浴室洗发液少于1/3时没有替换。[23]小报新闻讲述这起案件时不约而同地提到，此前默瑟在他位于纽约长岛的大厦中安装过一套精致的电动火车，还为此起诉一家玩具火车制造商200万美元的开价过高。2011年默瑟以1亿2500万美元的薪酬，排名当年《福布斯》收入最高的对冲基金经理的第十六位。

活跃在科赫团体中的其他投资人也有其他法律问题。家得宝公司（Home Depot）的创始人亿万富翁肯·兰戈尼（Ken Langone），陷入了长期的法律战中，因为他在担任纽约证券交易所薪酬委员会主席时，向他担任交易所负责人的朋友迪克·格拉索（Dick Grasso）支付了1亿3950

万美元[24]。数额如丑闻般大得过分，格拉索因此被迫辞职。据报道，兰戈尼对其批评者感到愤怒，他认为"要没有我们这些阔佬和我们提供的资助，全国的大学都要完蛋"[25]。

另一名金融领域的科赫会常客理查德·斯特朗（Richard Strong），是共同基金斯特朗资本管理公司的创始人。在前纽约总检察长艾略特·斯皮策（Eliot Spitzer）调查其以不当定时交易给朋友家人牟利后，他被处以终身禁止进入金融业。斯特朗缴纳了6000万美元罚款并公开道歉。他的公司还额外支付了1亿1500万美元的相关罚款。但是斯特朗将公司资产卖给威尔斯·法戈（Wells Fargo）后，美联社报道其将成为"更加有钱的人"[26]。

科赫峰会的许多参与者不仅是成功的商界领袖，也是逃税的精明领头人。例如科罗拉多石油和娱乐产业的亿万富翁、奎斯特电信公司的创办人菲利普·安舒茨（Philip Anschutz），2002年被《财富》杂志称为美国"最贪婪高管"。他在税务问题上有一番苦战，需要专业知识才能解释他的税务问题。安舒茨是一位投资过一些圣经题材电影的保守基督徒，他通过使用所谓的预付可变的远期合同，试图避免缴纳2000年至2001年的资本利得税。2015年，《福布斯》估计安舒茨的财产约为118亿美元。这些合同允许像安舒茨这样的富有股东承诺在之后的某个日期给投资公司股份，以替代预先支付现金。因为股票不会马上转手，所以不必上缴资本利得税。根据《纽约时报》，安舒茨在2000年至2001年间，以名下石油和天然气公司的股份为保证，通过证券公司帝杰（Donaldson, Lufkin & Jenrette）募集了3亿7500万美元。

最终，法院依据一定的法律细节，持反对安舒茨的立场。前《纽约时报》记者大卫·凯·约翰斯顿（David Cay Johnston）写道，实际上法院裁定"与安舒茨交易略有不同的预付"将继续存在。"但是他们为什么要这样呢？"他问道，"为什么如今有人能享用现金收益而不用缴税呢？"约翰斯顿的结论是："糟糕的真相是，美国有两套不同且不平等的所得税制度。一套制度面向超级富豪,例如安舒茨和他的妻子南希(Nancy),他们被允许推迟或避免为其投资收益交税,这是诸多税务把戏的其中一种。另一套则是针对不比巨富们有钱的人。"[27]

一些捐助人家族曾明确有过税务犯罪的经历。总部位于密歇根的全球性传销帝国安利,其联合创办人理查德·德沃斯(Richard Devos)已经认罪,1982年他骗取了加拿大政府2200万美元的关税。德沃斯随后澄清这是一个误会,但记录显示,这家公司参与了一场欺骗加拿大当局的精心设计的骗局。他与他的合伙人杰·凡·安德尔(Jay Van Andel)被追缴纳2000万美元罚款。《福布斯》估计德沃斯的财富高达57亿美元,这笔罚款不足挂齿。2009年,德沃斯的儿子迪克(Dick)与儿媳贝特西(Betsy)是科赫名单上的主要捐资人,并且因触犯俄亥俄州的竞选财务法而面临创纪录的5200万美元民事罚款。[28]

能源巨头在科赫网络中同样占有重要地位。他们中有不少也面临重大的政府监管与环境问题。经营"冶炼"工业、油、气和采矿业的往往是国内政府监管最直接的反对者,但他们又全都依靠政府许可、法规与税法,来帮助他们获得利益与公共土地。除了科赫自己以外,参与该团体的至少有12家油气公司的高管。总体而言,在避免政府采取任何缓解气候变化的措施与削弱环保措施上,他们表现出浓厚的兴趣。科尔宾·罗伯森(Corbin Robertson)是其中一名突出成员,其所在家族建立了价值十亿美元的石油公司,即昆塔纳能源资本(Quintana Resources Capital)。罗伯森在煤炭方面下重金,据报道,《福布斯》称其为"全国最大的私人贮藏——拥有储备量210亿吨"[29]。有调查报告将罗伯森和几个政治团体联系在一起,这些团体与环保局控制燃煤排放污染物的努力相抗衡。颇为滑稽的是,其中一个团体定名为"工厂需要二氧化碳"(Plants Need CO_2)。(译者注:Plants有"工人"和"植物"两重含义)

另一家活跃于科赫捐赠人网络的煤炭巨头是理查德·吉利姆(Richard Gilliam),他负责涉及弗吉尼亚矿业的坎伯兰能源有限公司(Cumberland

Resources）。围绕日渐沉落的煤炭产业的监管之争，在这家公司非常明显。2010年梅西能源公司（Massey Energy）以近10亿美元的价格收购坎伯兰，仅一个星期后梅西公司拥有的上大煤矿（Upper Big Branch mine）就发生了惨烈的矿难事故，29名矿工丧生，这也成为近40年来最严重的煤矿灾难。一位调查梅西公司的政府人员发现，其在多个安全问题上疏忽懈怠，联邦大陪审团起诉CEO堂·布兰肯西普（Don Blankenship），阴谋违反并阻碍联邦煤矿安全标准，此人成为面临刑事指控的第一位煤炭大亨。之后，梅西公司被阿尔法自然资源公司（Alpha Natural Resources）以71亿美元的价格收购。[30] 而阿尔法公司的CEO凯文·克鲁奇菲尔德（Kevin Crutchfield）同样是科赫网络的一名成员。

同样在科赫名单上的还有几位极其成功的水力压裂领域的引领者，他们对政府也有自己的不满。从页岩中开采天然气的革命性方法重振了美国能源事业，但也惊动了环保人士。这群"压裂者"包括拉瑞·尼克尔斯（J. Larry Nichols），他联合创办了总部设于俄克拉何马的戴文能源公司（Devon Energy）；哈罗德·哈姆[31]，他的大陆能源公司（Continental Resources）是北达科他州蓬勃发展的巴肯页岩的最大运营商。在农民之子哈姆以82亿美元登上2015年《福布斯》美国富豪榜第37位，并为掩盖石油产商的税法漏洞而活动时，他的公司因越来越糟糕的环保与工作安全问题而臭名昭著。

科赫网络中的许多捐资人有一个共同的特点，即他们是产业的私人拥有者，属于被《福布斯》称为"隐形富豪"的相当低调的那类人。私人所有权让这些大亨拥有更多的管理自由和更有限的公开曝光，也免于受到股东们的监管。不过许多捐资人还是会受到在他们眼里不必要的政府的法律监管。

事实上引人注目的是，科赫网络的成员在过去或当下都面临着严峻的法律问题。拉斯维加斯金沙集团（Las Vegas Sands Corporation）的创始人兼首席执行官谢尔登·阿德尔森，其拥有的财富据《福布斯》估计约为314亿美元,而他正被司法部调查,其公司为获取在中国澳门经营赌场的许可被疑违反了《反海外腐败法》。

对《反海外腐败法》的忧虑也萦绕于科赫兄弟心头。正如彭博社后来揭露的,公司在阿尔及利亚、埃及、印度、摩洛哥、尼日利亚和沙特阿拉伯的非法支付记录在法国法庭上被披露出来。另外,2008年夏,就在奥巴马当选的几个月前,联邦政府官员质疑该公司向伊朗进行销售,触犯了美国反对伊朗支持恐怖主义的贸易禁令。[32]

同时,另一位捐资人,创立威廉·格雷斯公司(William R. Grace Company)的家族中的成员奥利弗·格雷斯(Oliver Grace Jr.),是股票期权回溯丑闻的核心人物,结果他被逐出互动软件(Take-Two)公司的董事会,这家公司曾出品过侠盗猎车(Grand Theft Auto)系列电子游戏。

总部位于辛辛那提市的信达思公司(Cintas Corporation)是美国最大的制服供应公司,其董事长理查德·法默(Richard Farmer)面临法律问题,其中包括一位雇员的惨死事故。就在大概与商人不太友好的奥巴马新政府上台前,信达思和职业安全与健康管理局(OSHA)就六项安全引证达成了一项创纪录的276万美元的和解,其中一项涉及一名在工业烘干机中被活活烧死的工人。这名西班牙裔移民员工被传送带挂住,拖向了热源。在这场致命事故发生前,职业安全与健康管理局引用了信达思公司自2003年以来超过170次安全违规行为,监管者警告其中70次可能导致"死亡或严重的生理伤害"。奥巴马就职后,这家公司仍旧反对向工人遗孀支付损失赔偿,坚称工人是因自己的失误而丧命。法默同样是科赫团体中的一名亿万富翁捐资人,《福布斯》估计其财产达20亿美元。

科赫网络的参与者一致支持反对政府、自由市场和自力更生,但其中也包括了一群数量惊人的主要的政府承包商。例如史蒂芬·贝克特尔(Stephen Bechtel Jr.),《福布斯》估计其个人财富有28亿美元。贝克特尔是大型国际工程公司贝克特尔公司(Bechtel Corporation)的董事兼退休董事长，这家公司由他的祖父建立，由他的父亲接任，而在他退休以后，又由他的儿子、孙子继续经营。奉行家长制和家族经营的贝克特尔公司[33]是全国第六大私营公司，公司的经营几乎全部依赖于政府项目。它修建了胡佛水坝及其他大型公共项目，甚至打入了最隐秘的国家安全系统。仅在2000年到2009年，它与美国政府签署了价值392亿美元的合同，其中6.8亿美元用于美国入侵后伊拉克的重建。

一如科赫捐资人拥有的诸多其他公司，贝克特尔也面临政府的法律问题。2007年，负责伊拉克重建的特别检察长给出一份报告质控贝克特尔公司偷工减料。另外在2008年，这家公司支付了352万美元的罚款，以解除波士顿臭名昭著的"大挖掘"（Big Dig）隧道工程中工作不达标的指控。因为清理华盛顿州汉福德（Hanford）核设施花费数十亿美元的超支问题，这家公司还面临国会斥责。

科赫网络内部对政府的敌意如此之高，以至于一名捐资人怒气冲冲地拒绝联邦政府干涉其生意与个人安全。托马斯·斯图尔特（Thomas Stewart）将父亲位于西雅图的食品生意打造成美国巨型服务集团。据报道，他热衷于乘自己的直升机和公务机旅行。一名前公司飞行员曾以不符合联邦航空管理局规定为由拒绝接受他的飞行建议，根据《西雅图邮讯报》对这位飞行员的采访，斯图尔特当时"从椅子上跳起来，咆哮着：'我想做的任何事我他妈的都能做！'"[34]

2009年科赫峰会的焦点是面对选举失利的情况，保守派应当采取什么措施的自由论辩。当捐资人和其他宾客在酒店宴会厅晚餐时，如同古罗马的议员在集会广场观看一场角斗士决斗，他们见证了一场揭示未来严峻选择的激情四溢的争论。坐在舞台一侧面对参加者的，是得克萨斯州参议员约翰·科宁（John Cornyn）。他是参议院共和党委员会的领导者，也是前得克萨斯州最高法院的法官。此人身材魁梧，额头高而粉红，一头蓬松的花白头发，爱穿深色条纹西装，他的形象正符合共和党内当权核心的形象。无党派立场的《国家杂志》(National Journal)将科宁评为参议院中第二保守的共和党人。但是正如一名前助手所说，他也是"程度很深的宪政主义者"，相信政治妥协偶尔也是必要的。

坐在会议主持者另一边的是南卡罗来纳州参议院的吉姆·德明特（Jim DeMint），他代表了共和党中最外围的反主流煽动者，一名崇拜者将他称为"匈奴人首领"。当时他57岁，比科宁还大5个月，但他一头乌发、身材清瘦、风格质朴洒脱，看起来比实际年龄要年轻好几岁。在选举进入国会前，德明特在南卡罗来纳州经营一家广告公司。他明白如何做营销，他在那晚的发言是政治手段，历史学家肖恩·威廉茨（Sean Wilentz）认为德明特的观念与来自帕尔梅托的先辈们一脉相承[35]——南部邦联的分离主义者约翰·卡尔霍恩（John C.Calhoun）曾在19世纪60年代鼓吹联邦权力彻底无效。

这两名共和党参议员已经争执了一段时间。那晚他们发表了截然相反的开场白。科宁赞同共和党以吸引包括温和派在内的广大选民的方式夺回胜利。"他明白得克萨斯州和缅因州的共和党人不一定完全相同，"前助理解释道，"他相信应该让党成为包容的大帐篷。除非得到更多选票，否则无法获得胜利。"

与之形成鲜明对比的是，德明特将妥协描述成投降。运行缓慢的宪政过程令他耐心尽失。他认为他的许多参议院同事胆小如鼠且自私自利。在他看来，联邦政府严重威胁了美国经济的活力，因而任何不是向政府监管及支出全面开战的事务都只是一种逃避。德明特是新的极端主义的代表，他在那晚的发言支持精炼共和党，而非稀释。他争论道，他宁愿拥有"三十名有信仰的共和党人，也不要毫无信仰的大多数人"，这句话作为他的箴言引起了围观者的欢呼鼓掌。德明特认为，共和党人不应与自己的原则妥协、和新政府合作，而应当采取坚定立场反对奥巴马，发动一场声势浩大的抵制阻挠运动，无论2008年的选举结果如何。

在参会者为他质朴的南方方式继续欢呼时，德明特特别在一个问题上斥责了科宁。他指责科宁违背其保守主义自由市场原则，而向最糟糕的政府大支出投降，而他自己早些时候则投票赞成财政部对即将破产银行的大规模救助。2008年9月15日，全美最大的投资银行雷曼兄弟（Lehman Brothers）破产，成为金融机构的惊人挤兑及普遍恐慌的开始。联邦储备委员会主席本·伯南克（Ben Bernanke）警告国会领导者，"这起事件后接踵而至的将是全球金融体系的崩溃"。为了延缓经济灾难，布什政府财政部请求国会批准7000亿美元的大规模救助计划，也被称为"问题资产救助计划"（TARP）[36]。

奥巴马和共和党总统候选人约翰·麦凯恩（John McCain）在2008年大选准备阶段都支持采取紧急措施。不过此后，对救助计划的激烈反对在公众与反政府、自由市场保守主义者（如德明特）中蔓延开来。科宁本指望就共和党的未来开展一场有风度的辩论，当捐资人们发出嘲笑时，他突然发现自己处于被动守势，而自由市场的牛虻兼《华尔街日报》社论撰写者史蒂芬·摩尔（Stephen Moore），则作为主持人在鼓动人们。房间内开始群情激动。捐资人兰迪·肯德里克（Randy Kendrick）指责科宁，"你只是选择继续做徒有其名的共和党人（RINOs）！"——采用了摩尔为软弱无能的温和派发明的蔑称。

在前排桌旁静静坐着经历这一切的是查尔斯·科赫与他的妻子丽兹。没有人挺身为科宁辩护。人们普遍认为科赫兄弟作为自由市场的坚定骨干支持者，反对政府对私人领域的巨额救助。之后许多记者也同样这样认为，他们将科赫兄弟对奥巴马的反对归因于二者在TARP等问题上的原则性分歧。但是事实并非如此。如果人们仔细查阅记录，他们就会发现真相显而易见。首先，科赫的政治组织"美国繁荣"确实曾严格遵循自由至上主义者立场反对救助。但在股市低迷并威胁科赫的大量投资组合时，这个组织悄无声息地迅速改换了立场。面临保守派沉重的反对力量，当众议院意外地未能通过救助计划时，2008年9月29日星期一，股市开始崩溃。到当天结束时，道琼斯工业指数下落777点，下跌6.98%。

这创造了一天内股市下跌指数的最大纪录。

虽然一些保守团体和政治家（如德明特）依然反对救助，但股市恐慌已经足以改变许多人的看法。包括科赫兄弟在内，许多巨头在接下来的 48 小时里迅速变脸。在众议院投票的两天后，在参议院即将审议这项措施时，一份如今支持救助的保守派团体名单暗地里传递到了共和党议员手中，希望借此说服他们支持救助计划。"美国繁荣"组织就在名单之中。[37] 不久后，参议院以获得两党支持的压倒性优势通过了 TARP。一位熟悉科赫兄弟想法的知情人士说，"美国繁荣"组织的突然翻转反映出他们自己的改变。[38]

不过，就算科赫兄弟维护自己投资组合的个人兴趣超过了自由市场原则，他们也不会在一屋子气势汹汹的自由至上主义者面前讲出来，他们还指望靠这些人手里的钱打击奥巴马。所以，即便这些人的公开表态迅速改变了房间里的气氛，也并没有人挺身而出，为科宁以及在传统合理的政治反对的界限内负责任行动的理念而辩护。

相反的是，当奥巴马时代的第一次科赫峰会结束时，据在场一名见证者称，捐资人的情绪"就像一帮捶打前胸的大猩猩"。聚集的客人们听完两种路线后，选择了极端主义的道路。

科赫兄弟已经得出结论，他们需要诉诸特别的政治手段以实现目标。在 2009 年 1 月捐资人研讨会的几天前，在位于堪萨斯州威奇托市的黑玻璃堡垒般的科氏工业集团总部的一次会议上，查尔斯和大卫·科赫私下权衡了长期政治策略下的选择。

后来他们在接受《威奇托鹰报》（*The Wichita Eagle*）的比尔·威尔逊（Bill Wilson）和罗伊·温兹尔（Roy Wenzl）采访时透露，在听取奥巴马的就职演说后，他们与政治顾问理查德·芬克（Richard Fink）就美国正在走向毁灭的观点上达成一致。据报道，芬克告诉这对身家亿万、财富放在一起将为世界之最的兄弟，如果他们想要挫败奥巴马当选所代表的进步潮流，那将会是"他们生命的战斗"。[39]

根据威奇托报纸的描述，芬克说，"如果我们要采取动作，就应当立刻行动，否则不如不做。而如果我们无法立刻行动，或者根本不做，我们将变得无关紧要，并且只会浪费大量时间，与其如此我宁可把时间花在打高尔夫球上"。

不过，如果科赫兄弟下定决心，他们的确想要如芬克所说的"立刻行动"，他们就应该准备充分，芬克警告道，因为"事情将会变得非常、非常丑陋"。

奥巴马的顾问们后来承认，他没有暗示他将要反对什么。他曾经作为超党派政治家进行活动，理想化地和那些他称作"喜欢将我们国家割裂为红色州和蓝色州"[40]的人们讨论议题。他坚称，"我们同属一个国家"，美利坚合众国。如同他自己混合了不同地域、不同种族的基因，他的愿景是调和而非分裂。奥巴马的第一次就职演说和这些主题交响回荡，他指责"犬儒主义者"，即他所说的"那些不明白……他们脚下的土地已经改变——长久以来我们沉浸其中的陈腐政治观点已经不再适用"的人。

这种情感值得称道，但可叹的是，这也不过一厢情愿。如果新宣誓的总统在他发表这些乐观言论的时候，低头看向他锃亮的皮鞋下面的土地，他可能会明智地留意到，他所站的红蓝两色地毯，是依照政府合同定做，由科氏工业旗下的英威达公司（Invista）制造的。在美国政治中，科赫以及他们所代表的一切是无法轻易摆脱的。

注释：

1 查尔斯·科赫是罗伯特·勒费夫尔的追随者。根据 *Radicals for Capitalism: A Freewheeling History of the Modern American Libertarian Movement* (PublicAffairs, 2007) 的作者布莱恩·多尔蒂在与本书作者的采访中描述，勒费夫尔是"赢得查尔斯的心的无政府主义者"。勒费夫尔的更多情况，参见第二章。

2 在罗纳德·里根的总统任期内，即我就职于《华尔街日报》时，共和党当权派和纯粹保守主义者之间始终存在区隔，在里根政府中的许多保守主义者仍被视为异类。

3 参见 Jane Mayer, "The Money Man," *New Yorker*, Oct. 18, 2004。

4　Jane Mayer, "Covert Operations," *New Yorker*, Aug. 30, 2010。

5　此人与作者的对谈。

6　此人与作者的对谈。

7　Matthew Continetti, "The Paranoid Style in Liberal Politics: The Left's Obsession with the Koch Brothers," *Weekly Standard*, April 4, 2011。

8　Dan Balz, "'Sheldon Primary' Is One Reason Americans Distrust the Political System," *Washington Post*, March 28, 2014。

9　Continetti, "Paranoid Style in Liberal Politics"。

10　参见 Kenneth R. Vogel, *Big Money: 2.5 Billion Dollars, One Suspicious Vehicle, and a Pimp—on the Trail of the Ultra-rich Hijacking of American Politics* (Public Affairs, 2014)，此书对科赫研讨会有精彩描述。

11　Michael Mechanic, "Spying on the Koch Brothers: Inside the Discreet Retreat Where the Elite Meet and Plot the Democrats' Defeat," *Mother Jones*, Nov./Dec. 2011。

12　Vogel, *Big Money*。

13　2015年科赫研讨会已知身价估值超过10亿美元的参会者包括：查尔斯·科赫, 429亿美元；大卫·科赫, 429亿美元；谢尔登·阿德尔森, 314亿美元；哈罗德·哈姆, 122亿美元；史蒂芬·施瓦茨曼, 120亿美元；菲利普·安舒茨, 118亿美元；史蒂文·科恩（由迈克尔·苏利文代表）, 103亿美元；小约翰·梅纳德, 90亿美元；本·格里芬, 65亿美元；查尔斯·施瓦布, 64亿美元；理查德·德沃斯, 57亿美元；黛安·亨德里克斯, 36亿美元；肯·朗格尼, 29亿美元；小史蒂芬·贝克特尔, 28亿美元；理查德·法默, 20亿美元；斯坦·哈伯德, 20亿美元；乔·克拉夫特, 14亿美元。伊莱恩·马歇尔的财富在2014年据估为83亿美元，2015年掉出《福布斯》名单。若将她2014年的财富也算入，总数达到2220亿美元。

14　Jacob S. Hacker and Paul Pierson, *Winner-Take-All Politics: How Washington Made the Rich Richer—and Turned Its Back on the Middle Class* (Simon & Schuster, 2010)。书中显示，计入资本收益和股息，2007年收入最多的1%的人，拿走了全国收入的23.5%。

15　参见 Chrystia Freeland, *Plutocrats: The Rise of the New Global Super-rich and the Fall of Everyone Else* (Penguin, 2012), 3。

16　此人与 Bill Moyers 的对谈，其中谈到关于 Thomas Piketty 的著作 *Capital in the Twenty-First Century* 时说道，"What the 1% Don't Want Us to Know," BillMoyers.com, April 18, 2014。

17　Joseph E. Stiglitz, "Of the 1%, by the 1%, for the 1%," *Vanity Fair*, May 2011。

18　Thomas Piketty, *Capital in the Twenty-First Century*, trans. Arthur Goldhammer (Belknap Press/Harvard University Press, 2014)。

19　Mike Lofgren, "Revolt of the Rich," *American Conservative*, Aug. 27, 2012。

20　这份名单发表在网站 *ThinkProgress*, on October 20, 2010, in a news story by Lee Fang。2014年 *Mother Jones* 公布了另外的部分名单。

21　参见 Ari Berman, "Rudy's Bird of Prey," *Nation*, Oct. 11, 2007, 关于纽约州立法机关立法帮助他追索债务。除此之外，辛格向美国法院寻求帮助，向阿根廷施压，偿还该国拖欠债券的利润。

22　根据 David Carey and John E. Morris, *King of Capital: The Remarkable Rise, Fall, and Rise Again of Steve Schwarzman and Blackstone* (Crown Business, 2010)，"促使国会采取行动的催化剂，是施瓦茨曼的生日晚会和正在临近的黑石IPO, 追踪了国会会议讨论的人说"。

23　Christie Smythe and Zachary Mider, "Renaissance Co-CEO Mercer Sued by Home Staff over Pay," *Bloomberg Business*, July 17, 2013。

24　据《福布斯》2015年估计，肯·兰戈尼拥有29亿美元财富，他辩称，格拉索的报偿是合理的，该说法最终被法庭接受。

25　Mark Halperin and John Heilemann, *Double Down: Game Change 2012* (Penguin, 2013), 194。
26　"Richard Strong's Fall Came Quickly," Associated Press, May 27, 2004。
27　David Cay Johnston, "Anschutz Will Cost Taxpayers More Than the Billionaire," *Tax Notes: Johnston's Take*, Aug. 2, 2010。
28　"DeVoses May Pay a Price for Hefty Penalty; Record Fine Presents Problems; Lawyers Say They Will Appeal," *Grand Rapids Press*, April 13, 2008。
29　Daniel Fisher, "Fuel's Paradise," *Forbes*, Jan.20, 2003。
30　2015年，美国第四大煤业公司阿尔法自然资源公司申请破产保护。
31　Josh Harkinson, "Who Fracked Mitt Romney?" *Mother Jones*, Nov./Dec. 2012。
32　科氏工业坚称它遵守了贸易禁令，因为它利用了一家国外子公司，来帮助伊朗建造全世界最大的甲醇工厂。科氏工业遵守法律条文的同时，以使用离岸员工为手段，逃避了自1995年生效的美国贸易禁令的实质意图。Asjylan Loder and David Evans, "Koch Brothers Flout Law Getting Richer with Secret Iran Sales," *Bloomberg Markets*, Oct. 3, 2011。
33　关于贝克特尔的精彩历史，参见 Sally Denton, *Profiteers: Bechtel and the Men Who Built the World* (Simon & Schuster, forthcoming)。
34　2010年，斯图尔特及其妻子、女儿和另外两人，在一次直升机失事中丧命。据报道，调查者认为这是由他坐在驾驶舱里的五岁女儿踢玩控制装置引起的。
35　Sean Wilentz, "States of Anarchy," *New Republic*, March 30, 2010。
36　TARP 细节来自 Hank Paulson, *On the Brink: Inside the Race to Stop the Collapse of the Global Financial System* (Headline, 2010), chaps. 11–13。
37　2008年10月1日，参议院投票当天，参议员 John Thune 的办公室发布了支持救助的组织名单，而 AFP 名列其中。http://www.thune.senate.gov/public/index.cfm/press-releases?ID=8c603eca-77d3-49a3-96f5-dfe92eacda06。
38　Phil Kerpen，"美国繁荣"组织的高级科赫活动人，出版著作 *Democracy Denied* (BenBella Books, 2011)。书中承认，尽管"痛恨这个法案"，"我真的恐惧，我们的金融系统将会崩溃"。
39　Bill Wilson and Roy Wenzl, "The Kochs' Quest to Save America," *Wichita Eagle*, Oct. 15, 2012。
40　Barack Obama, Keynote Address, Democratic National Convention, July 27, 2004。

第一部分

以慈善为武器

思想之战,1970—2008年

第一章　激进派：科赫家族史

科赫是实力强大的自由至上主义家族。然而奇怪的是，这个家族的部分财富要归功于两位历史上著名的政治大腕：约瑟夫·斯大林和阿道夫·希特勒。20世纪30年代，科赫家族石油产业的创立者、族长弗雷德·查斯·科赫（Fred Chase Koch），与这两位掌握的政权建立起利润颇丰的生意关系。

根据家族记载，弗雷德·科赫的父亲是一名荷兰印刷商兼出版人，定居在得克萨斯州夸纳（Quanah）的一座小镇，小镇就位于俄克拉何马州边界南部，他在当地拥有一家周报和印刷店。夸纳以美国最后一位印第安科曼奇族首领夸纳·帕克（Quanah Parker）的名字命名，一直到弗雷德出生的1900年，该地仍保持着边境氛围。弗雷德头脑聪明，渴望摆脱活在旧世界里的父亲，他少年时曾经离家与科曼奇族人一起生活。后来，他穿越广袤国土去求学，从得克萨斯州的莱斯大学转到了麻省理工学院。在那里，他获得了化学工程专业的学位，还加入了拳击队。老照片里，年轻时的他身材高大，衣着正式，戴着眼镜，有一头肆意不羁的卷发，表情自信而不驯。

1927年，沉迷于发明创造的弗雷德创制了一种从原油中提取汽油的改良方法。但是正如他后来时常苦涩地告诉儿子们的，当时美国的大型石油公司视他为生意威胁，还在1929年起诉他及其客户侵权，将他排挤出该行业。弗雷德认为，主要石油公司垄断专利是反竞争、不公平的行为。后来科赫兄弟认为政府与大公司间有不公平合作，反对"企业任人唯亲"，似乎是这场抗争的翻版。在弗雷德·科赫眼里，自己是与腐败制度斗争的局外人。

科赫在法庭上努力回击，前后超过十五年，最终赢得了 150 万美元的和解赔偿。[1] 他指出对手向至少一名主审法官行贿，这一怀疑被证实，那名失职的醉鬼将案子交到了不正直的职员手中。"法官被贿赂的事实完全改变了他们对正义的看法。"一名老资历的家庭雇员回忆道，"他们相信正义能被收买，而规则是给傻瓜制定的。"[2] 与此同时，因为打官司，科赫在美国的这段时期步履维艰，他带着创新的炼制方法去往国外。

他和顾问查尔斯·加纳尔（Charles de Ganahl）一起，帮助一战后的英国修建了一座炼油厂。当时俄国人向英格兰提供能源，在十月革命后俄国人开始建造自己的炼油厂时，便向他寻求专业知识。

根据家族记载，起初科赫撕毁了苏联向他寻求帮助的电报。他说自己既不想为共产党人工作，也不相信他们会付钱。不过在协议确保提前付款后，他打消了心里的疑虑。1930 年，他的公司，当时称为"温克勒-科赫"（Winkler-Koch），开始训练苏联工程师，并帮助斯大林政权在第一个五年计划期间建造了 15 座现代炼油厂。这项计划取得了成功，建立起俄国未来石油工业的基础。石油贸易给苏联带来了至关重要的硬通货，从而实现了其他产业的现代化。据报道，科赫获得 50 万美元的报偿，在美国大萧条期间，这是一笔相当庞大的数目。而到了 1932 年，苏联国内需求日益增长，官员们认为复制技术、自建油厂将更有利。[3] 一份报告显示，苏联人修建到一百座工厂[4]时，弗雷德·科赫还继续为他们提供着技术帮助，不过顾问工作的利润减少了。

接下来发生的事情已经从科氏工业的官方企业史中抹去。提及公司在苏联、大部分于 1932 年结束的工作后，企业史一跃而至 1940 年，据其所述当时弗雷德·科赫决定成立一家新公司"木河炼油"（Wood River

Oil & Refining）⁵。查尔斯·科赫《成功的科学》（The Science of Success）一书的记叙同样语焉不详，他只提到父亲的公司通过"在国外，尤其是在苏联建厂"，"在经济大萧条的初期第一次真正享有大盈利"⁶。

有一段颇具争议的经历被遗漏。与苏联"分手"后，弗雷德·科赫投向了阿道夫·希特勒的第三帝国。1933 年，希特勒成为总理，不久后由政府监督资助，进行了大规模工业扩张，其中包括为了满足逐渐膨胀的军事野心而强化制造燃料的能力。20 世纪 30 年代，弗雷德·科赫因为石油业务经常前往德国。⁷档案文件记录了 1934 年，堪萨斯州威奇托市的温克勒-科赫工程公司（即弗雷德的公司）为一家位于德国汉堡易北河畔的公司提供工程计划，并开始监督大型炼油厂的营建。⁸

科赫在那时候参与的德国炼油厂是一个极不寻常的项目。这家工厂的高管美国人威廉·罗德斯·戴维斯（William Rhodes Davis）是一名臭名昭著的纳粹热衷者，因为与希特勒间的广泛业务关系，他最终被联邦检察官指控为纳粹政权的"重要代理人"⁹。1933 年，戴维斯提议收购欧洲油库公司（Europäische Tanklager A.G，或 Eurotank）拥有的一处位于德国汉堡的石油储存设施，并将其改造成一个大型炼油厂。而在那时希特勒的军事企图以及需要更多燃料的事情已经是众所周知。戴维斯的计划是将原油运到德国，提炼后卖给德国军队。戴维斯交涉的一家美国银行行长¹⁰拒绝和这项交易扯上任何关系，认为这是在支持纳粹军队扩张，但其他人则为戴维斯增加了借贷额度。安排好美国融资后，戴维斯还需要取得第三帝国的支持。为了达成目标，他首先必须说服德国工业家们相信他支持希特勒。为了巴结讨好实力强劲、背景强大的法本公司（I. G. Farben）董事赫尔曼·施密茨（Hermann Schmitz），戴维斯在早会上用纳粹的"希特勒万岁"手势向他致意。后来也是这家化工公司为集中营毒气室制造致命气体。然而，戴维斯的这些努力并没有为他大开绿灯，他转而直接向希特勒传达讯息，最终争取到元首在一次会议中命令心腹批准交易。在希特勒的指示下，第三帝国的经济部长们支持戴维斯建造炼油厂。戴尔·哈林顿（Dale Harrington）在戴维斯的传记中借鉴见证者的说法，描述了希特勒向心存怀疑的手下宣告："各位，我已经审度了戴维斯先生的提议，它听起来是可行的，我希望银行提供资助。"[11] 哈林顿写道，在接下来的几年里，戴维斯与希特勒至少会面了六次，有一次他为妻子要了一本希特勒《我的奋斗》（Mein kampf）的亲笔签名版[12]。根据哈林顿的说法，1933年底戴维斯"衷心投入纳粹主义"并明显表现出"憎恶犹太人"[13]。

1934年，戴维斯向弗雷德·科赫的温克勒–科赫公司寻求帮助，以实施他的德国生意计划。在弗雷德·科赫的指导下，炼油厂在1935年竣工。戴维斯和科赫联手，创造出的第三帝国第三大炼油厂，其每天可处理的原油量达到1000吨。根据哈林顿的说法，其重要性还在于这是德国少数几家能够"生产战斗机燃料所需的高辛烷值汽油"的炼油厂之一，"自然而然，'欧洲油库'的大部分生意和德国军方进行"。因此他总结道，这家美国企业成为"纳粹战争机器的一个关键组成"。[14]

德国工业史方向的历史学家对此表示赞同。西北大学教授彼得·海斯（Peter Hayes）认为，德国燃料工业的发展对于希特勒的军事野心而言"非常、非常重要"。"希特勒开始实现'专制'或经济的自给自足，"他解释道，"负责此项目的德国长官戈特弗里德·费德尔（Gottfried Feder）认为，尽管德国不得不进口原油，但通过自行提炼可以节省外汇。"[15]

在战争前期，戴维斯从中大发其财，尽管有英国的封锁，但他参与了精心设计的骗局来保证将原油源源不断地输入德国。二战打响时，高辛烷值燃料被用于德国飞行员的空袭。而科赫家族和戴维斯一样从中获益。苏格兰格拉斯哥大学商业历史中心主任雷蒙德·斯托克斯（Raymond Stokes）与人合著了一本纳粹时期德国石油工业史的著作《石油因素》（Faktor Öl），书中记录了温克勒–科赫公司的作用，"从旨在帮助实现第三帝国燃料政策的计划里，温克勒–科赫公司直接获益"[16]。

那些年里，弗雷德·科赫经常前往德国。家族故事里说，1937年3

月他本来会登上那次跨越大西洋、前往兴登堡的致命航班,但在最后一刻他推迟了行程。1938 年底,随着二战临近而且希特勒目标明确,他钦佩地谈及德国等地的法西斯主义,并将罗斯福新政下的美国与之对比并表示不满。"尽管没有人支持我,但我认为世界上的健全国家只有德国、意大利和日本,因为他们全都在工作,并且努力工作。"[17] 他在给友人的信里这样写道。科赫还补充说:"这些国家的劳工比其他地方的劳工生活好得多。如果把今天德国人的心态和 1925 年作对比,你会开始思考,也许闲散失业、尸位素餐、仰赖政府,诸如此类种种折磨我们的问题,其实都非绝对而且能够克服。"

科赫家族成员说,当美国于 1941 年加入二战时,弗雷德·科赫试图参军。不过政府反而引导他发挥化学工程技术方面的能力,为美国战机炼制高辛烷值燃料。讽刺的是,温克勒-科赫建造的汉堡炼油厂成为盟军轰炸的重要目标。1944 年 6 月 18 日,美国 B-17 轰炸机终于摧毁了它。轰炸汉堡造成的伤亡人数几乎难以想象。在盟军与汉堡的关键工业目标漫长激烈的对抗过程中,共有约 52000 名平民被炸死。

弗雷德·科赫愿意与苏联和纳粹合作,这成为创造科赫家族早期财富的重要因素。1932 年当他在马球比赛中结识未来的妻子玛丽·罗宾逊（Mary Robinson）时,他为斯大林所做的工作早已将他推上发家致富的坦途大道。

罗宾逊二十四岁,是韦尔斯利学院（Wellesley College）的毕业生,她身材高挑苗条,金发蓝眼,外貌美丽动人,家庭照中经常能捕捉到她的愉悦神情。作为密苏里州堪萨斯城著名医生的女儿,她在更开明的环境里长大成人。年长七岁的科赫深深迷恋于她,在相识一个月后就与她结了婚。

不久,这对夫妻委托当地最受欢迎的建筑师,在威奇托市郊的一大片土地上修建一座雄伟壮观的哥特式石制宅邸。温克勒-科赫公司的总部就位于威奇托市。尽管周围是平坦空旷的草地,但府邸富丽堂皇,彰显了他们日益上升的社会地位。房子配备有马厩、马球场、猎犬狗舍、游泳池和嬉水池、环形车道，以及石梯花园，全国最顶尖的工匠为他们修建装饰物，例如锻铁栏杆和刻有奇特雪花图样的石头壁炉。

短短几年内，科赫夫妇还购买了堪萨斯里斯（Reece）附近广阔的春溪牧场（Spring Creek Ranch），爱好科技与遗传学的弗雷德在那里培育饲养牲畜。在家庭照片里，这对夫妻看起来迷人而尊贵，他们举办野餐和泳池派对，骑着马，脚踩马靴，手持球杆，身边围绕着一群乐享其中的朋友。

他们在婚后的八年里孕育了四个儿子：弗雷德里克（Frederick），被家人称为弗雷迪（Freddie），生于1933年；查尔斯，生于1935年；双胞胎大卫和威廉（William），生于1940年。因为父亲经常外出，母亲忙于社交与文化消遣，这群孩子主要被托付给成群结队的保姆和管家。

除了偏爱国家工作伦理超过美国的新兴福利国家外，尚不清楚弗雷德·科赫在20世纪30年代对希特勒看法如何。不过他相当热衷德国的生活与思考方式，因此为自己的大儿子弗雷迪、二儿子查尔斯聘用了一位德国家庭教师。那时的弗雷迪还是个小男孩，查尔斯仍然裹着尿布。据一位他们家的熟人回忆，保姆的铁律吓坏了两个小男孩[18]。除了表现专横外，她还是狂热的纳粹支持者，经常鼓吹希特勒的美德。她身着笔挺的白制服和尖护士帽，常带来一堆可怕的德国儿童读物，其中包括维多利亚时代的老书《蓬头彼得》（Der Struwwelpeter），书里主要讲述行为不当会遭受的残忍后果，有一个孩子被切掉大拇指，另一个则被活活烧死。这位熟人回忆说，那名护士抚养孩子的做法相当严厉独断。她强制进行死板的如厕规则，要求男孩们按日程准时早上排便，否则他们会被强喂蓖麻油然后灌肠。

在好几年里，这位惹人厌恶的女家教支配着幼儿教育，基本上未受异议。1938年，父母前往日本、缅甸、印度和菲律宾旅行，两个男孩被留给保姆照管数月。即便是玛丽·科赫在家的时候，她也是一如平常地听从丈夫,拒绝加以干预。"我父亲对母亲相当强硬,"后来比尔·科赫(译者注:William 的昵称为 Bill)告诉《名利场》的记者,"母亲害怕父亲。"[19] 与此同时,弗雷德·科赫经常一离开就是好几个月,去德国或者其他地方。

1940 年,双胞胎出生,弗雷迪七岁,查尔斯五岁。这年之前,德国家庭教师显然出于个人意愿,最终离开了科赫家。她告知的理由是,希特勒入侵法国时她喜不自胜,认为必须回到祖国与元首一起庆祝。我们无从得知这段充满极权的早期经历对查尔斯有什么影响,不过有趣的是他毕生执着于讨伐极权主义,却又同时经营着一家由他绝对控制的企业。

弗雷德·科赫严于律己。大卫的童年伙伴、期货业协会主席约翰·达尔加德(John Damgard)回忆说,他"真是一个约翰·韦恩(John Wayne)型的人"[20]。科赫强调不懈的追求,带他的儿子们参加非洲的大狩猎,一位表亲还记得他的地下室台球房的墙上挂满了吓人的异国动物头颅标本,包括狮子、熊,还有其他有角的和有长牙的动物,瞪着闪烁而呆滞的玻璃般的眼珠。[21] 到了夏天,男孩们能听到朋友们在街对面乡村俱乐部的水池里嬉戏。一直到五岁的时候,父亲都不允许他们加入,而是要求他们挖蒲公英,后来则让他们在家庭农场里挖沟铲粪。弗雷德·科赫关心他的孩子们,但也下定决心不让他们像他相识的其他一些石油大亨的不肖子孙,成为他所称的"乡村俱乐部懒汉"。查尔斯写道,"父亲在小时候灌输职业道德,使我受益匪浅,尽管当时看来似乎没有什么帮助","到我八岁的时候,他确保工作占据我大部分的闲暇时间"。[22]

后来四个儿子全部公开表达对父亲的钦佩与感动,但他们的美好回忆掩盖了黑暗的部分。弗雷德·科赫的规则就是绝对,惩罚理念则是对身体下手。孩子犯错时他不只是打屁股,有时候他用皮带抽打,或者其他更糟的方式。一名家庭成员记得,曾见过他把一根树枝剥下来,"把双胞胎像狗一样鞭打",因为他们破坏石阶花园激怒了他。这位拒绝公开身份的家庭成员还补充道,"他很难相处"。另一名家庭成员同样记得皮带抽打的事,他说,弗雷德·科赫"不常在身边",但是当儿子们调皮捣蛋,他们"真的会被狠狠教训"。

  兄弟们之间一直竞争激烈,成年后更是达到传奇水平。家庭影像中记录了兄弟们趴在户外围栏上,互相抢夺玩具,把对方欺负哭,还有他们在小小年纪戴着几乎和头一样大的拳套搏击的场景。不久之后,老二查尔斯成了这群人中霸气飞扬的领袖。他好胜心强、发奋努力、充满自信,是模范式的金发英俊的运动爱好者。一名家庭成员回忆道,查尔斯最喜欢的游戏是"抢山为王"。另一名家庭成员说,"这一直没变"。

  查尔斯很少输掉"山王"之名,一旦输了就会很难接受。家族记载中说,有一次弟弟比尔在拳击比赛中击败了他,查尔斯从此拒绝打拳。

  弗雷迪则早早表现出和其他人的不同,他不像自己粗野的父亲。他爱读书,像他有艺术气质的母亲,当双胞胎和喜欢发号施令的查尔斯打球时,他更喜欢躲在自己房间里读书。(不过,弗雷迪的确在不止一个场合反对过查尔斯,还曾狠狠打在查尔斯脸上,打破了他的鼻子。)查尔斯后来告诉《名人》(Fame)杂志,"父亲希望把他的男孩都变成男人,但弗雷迪无法理解这种管教"。查尔斯还说:"父亲不明白,所以对弗雷迪很严厉。他不明白弗雷德并不是一个懒孩子——他只是与众不同而已。"[23]

  这位父亲对其他孩子同样严厉。大卫喜欢读书,有一段时间沉迷于发生在堪萨斯的《绿野仙踪》系列故事,但父亲则更喜欢他做家务。大卫越来越依附二哥查尔斯,成为他的跟班小伙伴,乐意放下手头的一切听凭哥哥指挥。"我和大卫更亲近,因为他在所有事情上都(比其他人)更好。"查尔斯直言不讳地告诉《名人》杂志。

  玛丽·科赫回忆道,结果"比尔总是觉得被查尔斯和大卫排除在外",他"没有自信自尊"。兄弟们中,唯有比尔一头红发,他性子火暴,常会大发脾气，有一次曾拿起一只价值连城的古董花瓶狠狠砸碎在地上。弗雷德·科赫的回应则更加激烈。

乔治梅森大学前副教授兼历史学家克莱顿·柯平（Clayton Coppin）[24]，是少有的身处科赫家族之外，却掌握其内部运作第一手资料的人。1993年，科氏工业委托他写一部机密企业史。在随后的六年时间里，柯平几乎不受限制地接触公司在威奇托市总部的私人档案，以及弗雷德·科赫和玛丽·科赫的私人文件。他还拥有采访生意伙伴的全权委托。1999年企业史完成后，柯平就被辞退了。接着在2002年，比尔·科赫又招募他进行第二项机密研究计划，这一次是为了他哥哥查尔斯的政治活动。柯平在采访中描述了他作第一份研究报告时对这个家族的了解，还分享了第二份报告，全文分为三个部分，于2003年完成，题为《秘密行动：查尔斯·科赫的政治活动史》(Stealth: The History of Charles Koch's Political Activities)。

柯平阅读了大量弗雷德·科赫的私人信件。据柯平说，1946年弗雷迪十三岁的时候，父亲弗雷德向一个朋友吐露，家里面临抚养孩子的难关，亟需帮助。那个夏天弗雷迪被迫到家庭农场劳作时，经历了某些情感混乱。朋友推荐了纽约的临床心理学咨询师波西娅·汉密尔顿（Portia Hamilton）[25]专门研究儿童发展。弗雷德开始与她通信。汉密尔顿与这家人见面，并撰写了诊断报告。这位心理学家建议让男孩们分开，而本就忙于社交与旅行的玛丽·科赫要和他们保持更远的距离，让他们变得更有"男子气概"。这一时期的心理学理论将同性恋归结于"过度母爱"。

结果弗雷迪被送到纽约塔里敦（Tarrytown）的预科学校哈克利（Hackley），他在那里追寻自己的文化兴趣，观看曼哈顿的戏剧并出演学校作品。后来他逐渐感到哈克利中学拯救了自己。

为了不让查尔斯欺负弟弟们，科赫夫妇在他十一岁的时候也把他送去了学校。他们选择了南亚利桑那州一所以严厉著称的男校。母亲明确表示这样做是由于他弟弟比尔的缘故，[26]但这样却加剧了男孩间的不和。

"我恳求他们别把我送走。"²⁷1997年查尔斯告诉《财富》杂志。查尔斯在寄宿学校表现糟糕,科赫夫妇没有答应他回家的请求,而是将他送到了另一所更严苛的科罗拉多州的喷泉谷寄宿学校。查尔斯回忆道:"我憎恶那里的一切。"²⁸他说,父母在某一刻终于"怜惜"他,同意他去喜爱的威奇托市的公立高中。但是"我陷入了麻烦",他回忆道,所以他们又把他打发到了同样强调纪律的印第安纳州的卡尔弗军校。查尔斯在那里取得了更好的成绩,不过又覆辙重蹈,不断陷入麻烦。因为在火车上喝酒,卡尔弗最终开除了他²⁹(虽然最后他被重新接纳,使他能够获得毕业文凭)。"我身上有一点叛逆、自由的精神。"查尔斯后来承认。作为惩罚,父亲赶他去和得克萨斯州的亲戚一起生活。³⁰"父亲吓唬他,"大卫后来回忆道,"他说'如果你做不到,你将一无是处。你已经令我失望了'。父亲是一个严厉的监督人。"³¹

柯平在给比尔·科赫所作的机密报告里写道,"查尔斯在接下来的十五年里几乎不在家,只有假期时才偶尔回来"。他被家人放逐后,"假期回来做的第一件事情就是痛揍弟弟比尔"。³²

小比尔非常沮丧。他性格孤僻,充满了对大卫和查尔斯的自卑。不久,双胞胎也被送到寄宿学校。有趣的是,比尔选择追随查尔斯的脚步去卡尔弗军校,而大卫选择了东部的预科迪尔费尔德学院(Deerfield Academy)。"男孩间的冲突很多。查尔斯不断反抗权威。这是一个悲惨的童年。"³³柯平在采访中说。

然而查尔斯在为人父后,又部分地重复着这种模式。儿子蔡斯(Chase)十三岁时,有一次网球比赛打得心不在焉,查尔斯便派一名员工将他送去了某个家庭农场下的饲养场,那里热浪滔滔、臭气熏天,他被迫一周无休、每天工作12个小时。查尔斯面带笑容,自豪地向《威奇托鹰报》讲述了这个故事,"我想,他本以为自己会在威奇托这儿有个工作,每晚能和朋友们出去玩"。³⁴蔡斯成了优异的网球运动员,但随后又惹出更棘手的麻烦。高中生蔡斯在威奇托驾车时闯了红灯,致使一名十二岁的男孩重伤而死。他承认驾车过失杀人的轻罪指控,被判缓刑 18 个月监禁和 100 小时的社区服务,并被要求支付男孩葬礼的费用。大学毕业后,蔡斯和父亲一样进入了家族企业。

与此同时,查尔斯的另一个孩子,普林斯顿大学毕业生伊丽莎白(Elizabeth),在网络博客里描述了她向父亲证明自己的努力的事情。她写到一次回家的经历,"到达的那一刻,我有跪倒在地板上舔食泥土的强烈冲动,以此表达我多么感激他们为我做的一切,我不是那种他们警告的一不小心就会变成的娇纵小怪物"[35]。她还描述了在房子周围"追逐"父亲的场景,她试图用自己对经济学的兴趣给他留下印象,并且"凝视着你毫无建树的漆黑深井,你这个享受特权的废物"[36]。

弗雷德·科赫为防止后代被溺爱的严厉,也传给了他的下一代。在 1936 年他计划将巨额遗产留给儿子们的时候,他给他们写了一封有预见性的信。信中警告:

> 当你二十一岁时,你们会收到一笔现在看来数额巨大的钱,听凭你们自己处置。这可能是一个祝福,也可能是一个诅咒。你们可以将它作为获得成就的有用工具,或者愚蠢地挥霍掉它。如果你们选择任凭这笔钱毁灭你的自主自立,那它会是对你们的诅咒,而我的馈赠将成为一个错误。我会为让你们错失了光荣的成就感而遗憾,但我知道你们不会令我失望。记住,逆境往往是伪装起来的祝福,当然也是最伟大的人格塑造者。善良慷慨地对待彼此以及你们的母亲。[37]

查尔斯·科赫将装裱好的信件副本放在自己的办公室里。但正如《财富》杂志所说,鉴于兄弟们未来彼此间旷日持久的法律战,"从未有这样好的建议被这样地充耳不闻"[38]。

大卫·科赫回忆说，父亲也尝试在政治上教导孩子们。"他一直和我们这些孩子谈论政府的问题。"大卫告诉布莱恩·多尔蒂（Brian Doherty）。布莱恩在科赫资助的自由至上主义杂志《理性》（Reason）担任编辑，还写作了《资本主义的激进分子》（Radicals for Capitalism），这部 2007 年出版的书讲述了科赫兄弟协助的自由至上主义运动。"这是伴随我成长的一个基本观点——大政府是糟糕的，政府管控我们的生活和经济财富是不好的。"

弗雷德·科赫的政治观点明显是因和苏联接触带来的创伤而形成。随着时间推移，斯大林残酷清洗了科赫的几位苏联朋友，这让他不寒而栗。在苏联工作时，分配给他的无情的政府监管人也明显震撼了他，此人威胁说共产主义者很快会征服美国。科赫深受这段经历的影响，后来他在生意完成后表示，后悔曾与苏联合作。他在位于威奇托的公司总部里保留的照片，记录了他修建的炼油厂之后如何被摧毁。科赫家族在威奇托的熟人格斯·迪泽雷加（Gus diZerega）表示："当苏联成为更强大的军事力量，弗雷德因自己曾是协助的一员而有一定的负罪感。我想这使他深受折磨。"

1958 年，弗雷德·科赫成为约翰伯奇会最早的十一名成员之一。这个极端保守团体最为人所知的，是关于共产主义秘密颠覆美国的广为传播、牵强附会的阴谋论。弗雷德出席了糖果制造商罗伯特·韦尔奇（Robert Welch）在印第安纳波利斯举办的成立大会。这个组织吸引了来自全国各地的观念相似的商人，其中包括位于密尔沃基的艾伦-布拉德利（Allen-Bradley）公司的董事、后来资助了右翼的布拉德利基金会的哈里·布拉德利。成员们怀疑许多著名美国人是共产主义代理人，包括德怀特·艾森豪威尔（Dwight D. Eisenhower）总统。（保守主义历史学家罗素·柯克——努力将极端疯狂清除掉的一分子，有一句著名的反驳，"艾森豪不是共产主义者，他是高尔夫球手"。）

弗雷德·科赫在 1960 年自行出版的小册子《一个商人眼中的共产主

义》（*A Business Man Looks at Communism*）里宣称，"共产主义者已经渗透进了民主党和共和党"。在他眼里，新教教会、公立中学、大学、工会、军队、国务院、世界银行、联合国和现代艺术，全是共产主义者的工具。他写到本尼托·墨索里尼在意大利镇压共产党人时流露钦佩，对于美国民权运动则表示轻蔑。在"布朗诉托皮卡（科赫家乡堪萨斯首府）教育委员会"一案中，最高法院投票废止公立学校的种族隔离政策，之后伯奇会成员激烈弹劾大法官厄尔·沃伦（Earl Warren）。弗雷德·科赫在小册子里声称，"有色人种在共产党占领美国的计划里显得突出"。他还认为福利政策阴谋将农村黑人吸引到城市，预测在那里会煽动起"邪恶的种族战争"。科赫在1963年的演讲中断言，共产党人"会渗透进美国政府最高机构，直到总统也变成共产党，而我们其他人都不知道"。

弗雷德·科赫利用自己的财富资助政治活动，他所开辟的道路后来由儿子们延续。他承销发行了自己的书，声称超过250万册，还开展了巡回演讲。据美联社报道，在1961年的一次演讲中，他告诉堪萨斯共和党妇女俱乐部成员，如果她们担心加入他反对共产主义的斗争太有"争议性"，她们就该记住"等子弹打到脑袋上横尸沟渠的时候，你就不会那么有争议性了"[39]。FBI注意到了科赫耸人听闻的言论，在报告里称他的夸夸其谈"荒谬透顶"[40]。

伯奇会的观念落后，但营销方式则相当复杂。成立该组织的糖果制造商韦尔奇，敦促组织者实行现代销售计划，大力进行广告宣传，走家串户推广小册子。在威奇托，活动形势大好，弗雷德·科赫经常参加当地伯奇会的会议并且出手大方。

然而讽刺的是，这个组织却心口不一。阴谋诡计大行其道，会员身份保密，作为打击敌人阴谋的必要之举，下手"卑劣"得到内部认同。年轻时参加过威奇托伯奇会会议的迪泽雷加回忆，韦尔奇"明确寻求使用同样的手段"，那些他认为是敌对势力用的"操纵，欺诈，甚至是不诚"的手段。他还说，这个群体用了一种策略，建立虚假的外围组织"伪装成与他们不同的样子"。一大堆秘密关联的组织突然出现，名称是首字母杂烩，例如 TRAIN（To Restore American Independence Now）和 TACT（Truth About Civil Turmoil）。⁴¹ 另一种策略是用世俗温和的口号包装激进主张，例如"政府越少，职权越多"，在今天听来也很熟悉。谴责"集体主义"是韦尔奇喜欢的一个修辞，十五年后人们会有些困惑——2014年查尔斯·科赫在《华尔街日报》中的讽刺与之呼应，他将批评他的民主党指责为"集体主义者"⁴²。

韦尔奇是"一个非常聪明敏锐的人，智慧非凡"⁴³，弗雷德·科赫的妻子玛丽后来告诉家乡报纸《威奇托鹰报》。然而当1963年11月22日肯尼迪总统遭到暗杀，这家人对伯奇会的崇拜显得有些难堪。正如李方（Lee Fang）在《机器：复兴右派的指导手册》（The Machine: A Field Guide to the Resurgent Right）一书中讲述的，那天早上肯尼迪总统到达达拉斯，他看到一则占据整页、煽动仇恨的报纸广告，由几位得克萨斯的伯奇会成员出钱刊登，控诉他提倡"莫斯科精神"叛国⁴⁴。当时，肯尼迪对伯奇会的态度已经从试图忽略转为意识到需要面对他们越来越恶毒的谣言，他指责这些谣言是"猜疑的讨伐运动"和"极端主义"。

暗杀发生后不久，弗雷德·科赫立刻转变态度，在《纽约时报》和《华盛顿邮报》刊登整版悼念广告，提出肯尼迪暗杀背后的阴谋论，认为杀手李·哈维·奥斯瓦尔德（Lee Harvey Oswald）的行动是共产主义阴谋的一部分，还警告人们共产党人不会"满足于此"。角落处则是一份可撕下的表格，引导公众邮件申请报名伯奇会。专栏作家德鲁·皮尔森（Drew Pearson）对此回应，抨击科赫的"广告噱头"，并揭露他是曾给苏联建油厂获取厚利的伪君子。

弗雷德·科赫继续活跃于极端主义政治活动。1964年巴里·戈德华特（Barry Goldwater）代表右翼争取共和党提名时，弗雷德提供了实质性的支持。戈德华特同样反对《民权法案》以及最高法院在"布朗诉教育委员会"一案中废除种族隔离的里程碑性的决定。极右势力没能胜选,⁴⁵ 反而助推了共和党那年遭林登·约翰逊（Lyndon Johnson）羞辱般的惨败。1968 年,弗雷德·科赫仍在右翼的道路上越走越远。在乔治·华莱士（George Wallace）出现前,他在一个宣扬种族隔离和废除所有所得税的平台上,呼吁伯奇会成员埃兹拉·塔夫脱·本森（Ezra Taft Benson）和南卡罗来纳州参议员斯特罗姆·瑟蒙德（Strom Thurmond）一起竞选总统。⁴⁶

大卫和查尔斯吸收了父亲的保守主义政治观念,也加入了约翰伯奇会。但他们与父亲的想法并不完全一致。迪泽雷加在威奇托科赫会的书店翻书时与查尔斯·科赫相识,后来在 20 世纪 60 年代中期与他成为朋友,据他所说,查尔斯不接受这个组织宣扬的所有阴谋论。他回忆道,年长他几岁的查尔斯引导他丢开共产主义方面的书籍,转向他认为特别令人兴奋的反政府经济作家们的作品。他记得查尔斯告诉他,"这是好东西"。约翰伯奇会的创办人韦尔奇是经济教育基金会的董事会成员,这家基金会推广自由放任经济学至极端程度,里克·珀尔斯坦（Rick Perlstein）在记叙戈德华特崛起历程的《暴风雨来临之前》（Before the Storm）一书中写道,"它近乎无政府主义"⁴⁷。不同于父亲被阴谋论吸引,查尔斯被这些理论俘获。

大学毕业后的几年是查尔斯人生中的一段不安时光。1961 年他二十六岁,父亲的健康每况愈下,尽管他心有犹疑,但父亲说服了他回到威奇托帮助经营家族企业。从麻省理工学院（他的父亲在学校董事会任职）以工程学学士和核与化学工程硕士学位毕业后,查尔斯本来一直在波士顿担任商业顾问,享受着自由。确信不这样做父亲会卖掉公司后,查尔斯不情不愿地回到威奇托帮忙,但他回到家乡后不知不觉产生了对知识的饥渴,他近乎狂热地致力于找到一些宏观的政治理论体系,在父亲的反共情绪与自己对世界的分析方式间架起桥梁。他还想要融入自己对商业的思考和在工程和数学方面的兴趣。1997 年他告诉《华尔街日报》,"我在接下来的两年里过得如同隐士,埋首书堆"。曾到他公寓的客人们记得，他在屋里扔满了书，几乎每本看起来都有高深莫测的经济和政治内容。他后来解释道，认识到"有一定规律支配自然世界"，他试图弄清"是否同样的规律不适用于社会世界"[48]。

父亲在饭桌上对税收的谴责，也促进了查尔斯那时的知识变动。弗雷德负面地将美国税收当作初期的社会主义。早些年，国税局起诉了他的公司少缴税款，要求支付一大笔额外费用，此外还有罚款和法律费用。[49] 他对房地产税也持强烈反对，并且告诉查尔斯他担心美国政府会课他重税，迫使他卖掉家族企业，让儿子们继承的财产减少。[50] 为了减少未来的税款，弗雷德·科赫采用了精心设计的财产计划。依据其他策略，他建立了"慈善先付信托"，只要儿子们原则上将累计利息捐给慈善事业达二十年，他便能将财产交给儿子们而不必交继承税。[51] 为了将自身利益最大化，换句话说，科赫兄弟们是不得不行善。逃税是他们非凡慈善事业的原动力。正如大卫·科赫后来解释的，"所以 20 年来，我必须捐赠所有那些收入，而我有点陷进去了"[52]。

弗雷德·科赫的财产计划对每个儿子都一视同仁，但据柯平的说法，为了确保自己的后代能继续服从于他，他安排了两个阶段传递财产，[53] 另一半财产要等到他死后才会交给儿子。他先将自己拥有的两家公司中较小的那家科赫工程的所有权平均分给四个孩子，而之后的分配悬在儿子们的头上，取决于他的兴致。

根据柯平的说法，查尔斯投向约翰伯奇会怀抱的部分原因是为了取悦老父亲。迪泽雷加曾在那段时间接受查尔斯的邀请，参加在科赫宅邸的非正式讨论组，他说"相当明显，查尔斯认为伯奇会的一些东西是胡说八道"。他回忆道，"查尔斯聪明得可怕"。[54] 事实上在 1969 年他父亲逝世一年后，查尔斯因为反对越战而退出了持支持态度的伯奇会。

另一相关的边缘组织，对于这一时期查尔斯·科赫的政治演变有着重大影响。自由学校（Freedom School）由过往复杂的激进思想家罗伯特·勒费夫尔带领。1957年，勒费夫尔在科罗拉多州斯普林斯市开办了自由学校，而且从一开始就与约翰伯奇会关系紧密。1964年，伯奇会威奇托分会的重要人物罗伯特·洛夫（Robert Love），介绍查尔斯来到这所学校。学校提供为期两周的深入课程，讲授"自由和自由企业的哲学思想"。伯奇会创办人罗伯特·韦尔奇也被邀请。但是勒费夫尔的关注点略有不同，他几乎和反对共产主义一样坚决地反对着美国政府。

勒费夫尔支持联邦州废除死刑，但不喜欢"无政府主义者"的标签，所以他代以"无独裁主义者"（autarchist）自称。勒费夫尔喜欢讲"政府是一种伪装成自己药方的疾病"。自由至上主义运动的历史学家多尔蒂（Doherty）说，"勒费夫尔是一名获得查尔斯青睐的无政府主义者"，而那所学校是"认为新政是可怕错误的人们的小世界"[55]。一份关于自由学校的FBI文件显示，1966年查尔斯·科赫不仅是这所学校重要的财政支持者，也是执行人兼理事。

勒费夫尔的外表像是快乐的白发圣诞老人。据说他早先因邮件欺诈被起诉，这与他在邪教一般的右翼自我实现运动中的作用有关。这场运动被称作强大的"我"（the Mighty "I AM"），使观众们陷入疯狂，反复高呼着"消灭他们"来回应富兰克林和埃莉诺·罗斯福（Eleanor Roosevelt）的名字。记者马克·埃姆斯（Mark Ames）回忆，勒费夫尔成为州证人而逃过起诉，但他继续我行我素，自称拥有超自然力量，在破产中挣扎，还迷恋一个十四岁的女孩。[56] 之后在参议院乔·麦卡锡（Joe McCarthy）反共运动的高潮时期，勒费夫尔成了一名FBI线人，他指责同情共产党的好莱坞人物，并且指引人们驾车清除红军女童子军。他为科罗拉多斯普林斯市极端保守的《报讯》（*Gazette-Telegraph*）撰写了一定量的社论，使他能够争取到资金，在位于附近乡下五百英亩的校园内开办自由学校。在那里，他担任院长。

这所学校以修正主义的美国史教导学生，强盗大王是英雄而非罪人，镀金时代则是美国的黄金时代。[57] 税收被诋毁成盗窃的一种形式，进步运动、罗斯福新政和林登·约翰逊的"反贫穷战争",在校方看来是社会主义化的毁灭性转变。学校还教导,弱势及穷苦群体应当由私人慈善机构关照,而不应是政府。关于内战,学校也持修正主义的立场,认为内战不该打,而南方本该被允许脱离。学校争辩,相较于军队征兵,奴隶制的罪恶更小,因为人类应该被允许在自愿的情况下把自己卖为奴隶。和这一时期的查尔斯·科赫一样,这所学校试图将历史、经济与哲学观点融合进一个理论框架,将其称为"哲经史学"(Phronhistery)。

1959年,一群伊利诺伊的老师由地方商会送到这所学校开会,返回时震惊不已,他们通知了联邦调查局并发表公开信谴责学校提倡"无政府,无警察部门,无消防部门,无公立学校,无医疗和分区法,甚至无国防"。他们指出"这当然是无政府状态"。他们还描述,该学校建议将《人权法案》减少为"仅有一条:拥有自己财产的权利"。

1956年,《纽约时报》作了专题报道,描述这所学校是"极端保守主义"的堡垒[58],并且提到受该校教导、生活发生巨大改变的校友,就包括了查尔斯·科赫。报道中说,查尔斯·科赫在意识到核工程学位将令自己和政府走近后,又在麻省理工取得第二个化学工程学位。报道还说,当时这所学校坚决反对美国政府,因而提议废除宪法,而支持一部能够限制政府强征"强制税"权威的宪法。《纽约时报》描述了勒费夫尔还反对医保和反贫穷项目,并暗示这所学校亦反对政府支持的种族融合。勒费夫尔对记者说,黑人学生(这所学校没有收)会造成问题,《纽约时报》写道,他的理由是"他的部分学生是种族隔离主义者"。

查尔斯·科赫对自由学校非常热心,[59]还说服自己的三个兄弟也参加课程。但是家中的离群者弗雷迪,相较于其他人而言花费了更多时间钻研历史和文学,他批评这种课程是胡说八道。他说勒费夫尔使他想起了辛克莱·路易斯(Sinclair Lewis)小说中描写的骗子。弗雷德后来告诉人们,查尔斯被哥哥的忤逆激得火冒三丈,威胁说如果不俯首听命就要"揍扁"他。[60]

迪泽雷加说，查尔斯也安排他参加了学校课程，并且认为查尔斯为他支付了学费。他回忆道，那时除了勒费夫尔之外的唯一教员是詹姆斯·J.马丁[61]（James J. Martin），一位无政府主义历史学家。此人和历史评论研究所（Institute for Historical Review）一起进行了"修正主义"工作，认为二战中对纳粹种族灭绝行为的指控是"编造的"，后来以大屠杀否认者的恶名而为人所知。后来成为自由派学者的迪泽雷加回忆，"这是一堆谬论大乱炖"，"但是如果你生来就比上帝还有钱，并且为此感到怪异，那么这种强盗大王是英雄版本的历史，当然会让你感觉好多了"。

在自由学校，查尔斯格外着迷于两个自由放任经济学家的作品，奥地利理论家路德维希·冯·米塞斯（Ludwig von Mises）和他的得意门生弗雷德里克·哈耶克（Friedrich Hayek）。奥地利流亡者哈耶克访问过自由学校。1944年他的《通往奴役之路》（*The Road to Serfdom*）出版，在《读者文摘》（*Reader's Digest*）发布精简版后，出乎意料地成为畅销书。书中尖锐批评了"集体主义"，认为集中化的政府规划（那时自由主义者参与其中）将无情地导致独裁。哈耶克在许多方面都是一种倒退，将逝去的黄金时代夸大为理想化的自由资本主义，而按理说它并没有为大部分人存在过。不过哈耶克的观点比许多美国拥趸理解的有更微妙的差别。正如安格斯·伯金（Angus Burgin）在《伟大的说服》（*The Great Persuasion*）中讲述的，许多极保守的美国人只知道《读者文摘》上哈耶克被曲解的译本。[62] 保守的出版社省略了，哈耶克在政治上却支持穷人的最低生活标准、环境与工作场所的安全规定，以及防止以不适当利润获取垄断的价格控制。

哈耶克的思想在后大萧条时期来到美国，此时保守商人正在竭力挽回1929年股市崩溃前大行其道的自由放任思想的信誉。从此以后，凯恩斯主义经济学取而代之。哈耶克的天才之处在于以一种吸引人的新方式重塑了信誉扫地的思想。正如吉姆·菲利普斯-芬（Kim Phillips-Fein）在《看不见的手：从新政到里根时期的保守运动的形成》（*Invisible*

Hands: The Making of the Conservative Movement from the New Deal to Reagan）一书中所说，哈耶克不仅仅是将自由市场描述为一种经济模型，而是将其标榜上升为全人类自由的关键[63]。他污蔑政府高压强制，而把资本家美化成自由的旗手。他的思想自然吸引了美国商人，例如查尔斯·科赫以及自由学校的其他支持者，他们的一己私利被哈耶克描绘成能够造福全社会。

查尔斯资助自由学校，是他向着成为终身的美国自由主义、减税支持人迈出的第一步。他希望利用财富将自己的边缘观点纳入主流，他将自由学校变成受认可的研究所，又逐步变成专研自由至上主义哲学的四年制本科项目，称为壁垒学院（Rampart College）。1966年的宣传册上展示了勒费夫尔和查尔斯的照片，查尔斯手握铁锹，为新建筑破土动工。马丁受聘领导堡垒学院的历史系。然而正如埃姆斯所述，这项事业很快因管理不善受挫，留下了一连串不满的支持者。最后，学校搬到了南部，在那里由反工会的纺织大亨罗杰·米利肯（Roger Milliken）支持多年。或许是感觉到他成了政治阻碍，等到勒费夫尔1986年去世的时候，科赫兄弟已经基本上疏远了他，不过查尔斯在1973年给勒费夫尔写了一封温暖友善的信。[64]他还在20世纪90年代发表演讲肯定了自由学校对自己的深远影响。他说，在那里"我开始满怀激情地献身于自由，视其为与现实与人性最协调的社会组织形式，因为我在那里第一次深入接触米塞斯、哈耶克那样的思想家"。他还补充道，"总而言之，市场规则改变了我的一生，也指引了我的一切行为"。

在查尔斯逐渐变得受意识形态驱使时，他的弟弟大卫和比尔也像他一样，都在他们父亲的母校麻省理工学院获得了工程学位。相比之下，弗雷德里克（不再被称作弗雷迪）就读于哈佛大学，后来等到美国海军服役结束，又去往耶鲁大学戏剧学院学习编剧。他表示自己对于进入家族企业毫无兴趣，他更喜欢写作、编剧，收藏艺术品、古董、古籍，以及极致奢华的历史建筑。

1992年比尔·科赫在宣誓过的证词中透露，一直保持单身的弗雷德里克，其年轻时的私生活成为其他兄弟恶意胁迫的焦点。[65] 比尔在证词中叙述了20世纪60年代中期的一次令人感情痛苦的冲突，他和查尔斯、大卫认为大哥弗雷德里克是同性恋，他们以向父亲揭露私生活为威胁，试图强迫弗雷德里克放弃家族企业股份。

比尔在证词中说，查尔斯和一个朋友说服格林尼治村大楼经理，让他们在不受允许的情况下，趁弗雷德里克不在家，进入他居住的公寓，这件事后兄弟们开始了胁迫计划。很显然，他们一进去就四处窥探，发现了他们认为可以逼人妥协的隐私。弗雷德里克回到公寓，发现了不请自来的两人。根据比尔的证词，不久后查尔斯打电话给弟弟们，讨论弗雷德里克是否应该被允许继续担任家族企业的职位。比尔接受盘问时承认，他和兄弟都认为这种情况是家族企业的潜在麻烦，因此他们委托查尔斯制订对付弗雷德里克的计划。证词里还说，查尔斯接着在波士顿安排了一场科赫工程公司的董事会议，这家公司在那时候是四兄弟共同继承的部分家族企业，董事会也由他们组成。实际上，正如比尔所说，这场会议是一个陷阱。会上没有处理公司事务，这就是一个针对弗雷德里克私生活进行审判的私设法庭。座位事先经过安排，弗雷德里克一人坐在一边，面对他的三个兄弟。根据证词中所述，接着查尔斯带头审讯，他指控弗雷德里克是同性恋，并认为他的行为对家族企业不妥。弗雷德里克被告知，如果他拒绝将他的股份移交给其他兄弟，他们会将他的事情透露给父亲。他们警告道，如果父亲得知此事，很可能会损害脆弱的健康状况，而结果仍然是废除弗雷德里克的继承权。

关于弗雷德里克私生活的话题从未在家庭中公开讨论过。玛丽·科赫提及她亲近的长子是"艺术型的"，而老弗雷德·科赫显然回避这个话题。一名家庭成员说在那些年里同性关系是家中禁忌，"它意味着驱逐"。

按照比尔证词中的说法，弗雷德里克面对兄弟们的指控时试图为自己辩护，争辩说他有发言权。但查尔斯打断了他，告诉他"闭嘴"，坚持他在这件事情上无权发言。弗雷德里克在那一刻表示自己不想讨论了，然后起身走了出去。比尔发誓称，自己对弗雷德里克感到抱歉，最后试图替他说情。他还说，在弗雷德里克离开后，查尔斯因此迁怒于他，说三兄弟应当团结一致。在盘问中比尔又透露，他后来向弗雷德里克道歉，弗雷德里克也感谢了他捍卫自己的努力，尽管来得有些迟。不过谈论这个话题仍然太过痛苦。

这次对抗的完整故事从未公之于众，因为比尔的证词被密封。不过1997年《财富》杂志简短引用了"查尔斯试图以同性恋胁迫弗雷迪以低价交出他的股份"[66]。杂志还写道，查尔斯"极力否认"这件事。多年后，弗雷德里克也简短提及此事，他告诉传记作家丹尼尔·舒尔曼（Daniel Schulman），"查尔斯想以'同性恋胁迫'控制我的股份并没有成功，原因很简单，我并不是同性恋"[67]。出于许多原因，此事仍存争议，但是弗雷德里克的继承财产的处理方式与弟弟们不同。他预先得到了更多钱，但被遗漏在最终分配之外。

1967年，在对兄弟阋于墙的愤怒中，弗雷德·科赫因心脏病发作过世。三十二岁的查尔斯成为家族企业的董事长兼首席执行官。儿子们将公司改名为"科氏工业"，以此纪念他们的父亲。当时，公司的主营业务是炼油、运营油气管道和养牛，年收入据估计达1.77亿美元，颇具实力。不过和它后来的巨兽体量相比，此时还显得微不足道。

弗雷德·科赫对没收税的担心原来是夸大的虚惊。他去世时被称为堪萨斯州最富有的人[68]，而他的遗产也让儿子们非常富有。查尔斯·科赫经常颂扬获得成功所需的道德习惯，以此为主题他在2007年出版了《成功的科学》这本书。但他一直不太愿意谈论自己继承的遗产。相比之下，弟弟大卫不太假装成靠自己奋斗的成功人士。大卫毕业于马萨诸塞州的预科迪尔费尔德学院，后来因向学校捐资2500万美元，成为该校唯一一位"终身校董"。2003年他在迪尔费尔德学院向校友演讲时，开了自己有钱的玩笑："你可能会问，大卫·科赫怎么会有这样的财富呢？好吧，让我给你讲个故事。一切开始于我还是个小男孩的时候。有一天，父亲给了我一个苹果。我很快卖了五块钱，买了两个苹果，卖了十块钱。然后我买了四个苹果，卖了二十块。所以，如此日复一日，周复一周，月复一月，年复一年，直到父亲去世，留给我三亿美元！"

弗雷德·科赫还给儿子们留下了建造起世界上最赚钱的企业帝国的基本构件。一名前科氏工业公司内部人员说，派恩本德（Pine Bend）炼油厂是皇冠上的明珠，这家工厂位于明尼苏达州，距离明尼阿波利斯市不远，后来改名为大北方石油公司（Great Northern Oil Company）。1959年，弗雷德·科赫买下了这家公司1/3的股份。

1969年，也即查尔斯·科赫掌控这家公司的两年后，科氏工业收购了这家炼油厂的大部分股份[69]。后来查尔斯评价这场收购是"我们公司发展过程中意义最重大的事件之一"。

派恩本德是一座金矿，因为其独特优越的地理位置，能够买到便宜的来自加拿大的重质"垃圾"原油。便宜废料经加工后，可以卖出和其他汽油一样的价格。因为重质原油非常便宜，派恩本德的利润率远高于其他大多数炼油厂。而且受一大堆环保法规限制，对手越来越难以在该地区建造新的炼油厂与之进行竞争。

到2015年，派恩本德炼油厂每天加工约35万桶加拿大原油，而根据《气候内幕新闻》（InsideClimate News，隶属路透社）的大卫·沙逊（David Sassoon）所说，科氏工业是全世界最大的加拿大石油进口者。2012年，他写道："美国每天从加拿大的油砂地区进口120万桶油，而仅仅这一家科赫炼油厂就要用掉大约25%。"[70]科赫家族的大幸乃是世界的不幸，因为加工来自加拿大肮脏焦油砂的原油需要更多能源，因此格外有害环境。

1970年，也是科氏工业完成派恩本德交易的一年后，双胞胎也加入了科氏工业，大卫在纽约工作，比尔则在波士顿附近。查尔斯一如既往地掌握公司控制权，不久长期存在的兄弟战争再度爆发。根据法庭记录，比尔感到被冷落，而且不满于查尔斯坚持把几乎所有收入都投回公司而克扣了兄弟们的钱。他抱怨道，"我在这里是美国最有钱的人之一，但我却不得不借钱买房"[71]。政治上无党派的比尔不满，"查尔斯给自由至上主义者的钱和他分红的一样多。很快人们就会说，科赫兄弟和公司都疯了"。

1980年，比尔在弗雷德里克的帮助下，试图从查尔斯手中夺取公司控制权。按前同事布鲁斯·巴特利特（Bruce Bartlett）的说法，查尔斯以"铁腕"运营着公司。[72]查尔斯和大卫意识到并改变了董事会走向，这场未遂政变以失败告终，并且作为报复，开除了比尔。

比尔和弗雷德里克站一边，查尔斯和大卫站另一边，两边打起了诉讼，重现了童年时的兄弟之争。1983年，查尔斯和大卫以11亿美元的价格收购了另外两个兄弟的全部公司股份。[73]据报道，这次交易让查尔斯和大卫拥有了科氏工业超过80%的股份，二人各拥有一半。不过兄弟官司持续了十七年多。除了其他的指控，比尔和弗雷德里克宣称，查尔斯和大卫以低估公司价值的方式欺骗了他们。尤其是派恩本德炼油厂成为争夺的焦点，比尔和弗雷德里克认为查尔斯和大卫向他们隐瞒了它的真实价值。查尔斯和大卫则否认这一指控。随着对峙升级，兄弟们还雇用了对立的法律团队和私家侦探，据说这些人曾翻遍对立兄弟的家庭垃圾。

1990年在母亲的葬礼上，兄弟们带着冷如铁石的表情经过彼此。而弗雷德里克则没有到场。后来一名住在威奇托的密友称，查尔斯没有提前通知他葬礼安排。而芝加哥的一场暴风雪也打乱了他的行程。最后弗雷德里克到达堪萨斯州时，只来得及参加葬礼后的招待会。这位朋友说，"他心碎不已"。

比尔也几乎错过了葬礼。他仓促之间得到通知，不得不包下一架私人飞机才得以准时到达,并且没能坐在直系亲属的位置,而是和表亲在一起。另外,他和弗雷德里克都相信,自己被排除在父亲农场的一场私人纪念仪式外,而查尔斯和大卫安排并出席了这一活动。

话说回来,玛丽·科赫的遗嘱被公开,其中包括一项规定,拒绝将她1000万美元遗产交给任何在她死后六周内对其他兄弟提起诉讼的儿子。正在起诉另外两个兄弟的弗雷德里克和比尔怀疑,已经罹患痴呆的母亲在即将离世的日子里,被不适当地影响而在遗嘱中加入了这一规定。他们再次起诉,结果败诉,再上诉,还是败诉。

弗雷德里克最后独自生活,大多数时候在国外,购买并修复壮观的历史古迹,遍及法国、奥地利、英格兰、纽约和宾夕法尼亚州,在里面装满艺术品、古董和文学手稿,其中有许多他都捐给了博物馆和珍稀图书馆。弗雷德里克和弟弟们不同,更喜欢匿名捐赠[74],他对朋友们解释说,父亲曾教导他们为人谦虚,而且靠慈善谋名是庸俗之举。他余生都拒绝与查尔斯交谈。

比尔创立了自己的高碳型能源公司奥克斯博(Oxbow),据《福布斯》的报道,他凭自己的能力成了亿万富翁。他生活奢侈,为了赢得1992年美洲杯帆船赛曾花费约6500万美元。[75]他和兄弟们一样是共和党的主要捐资人,因为视野受到打扰的问题,他反对在他科德角(Cape Cod)避暑宅邸外的水域建造风力田的提议,还卷入了与环保人士的激烈法律斗争中。几十年来他也几乎不和查尔斯交谈,不过逐渐与他的双胞胎兄弟大卫和解。[76]

由查尔斯担任毫无争议的董事长兼首席执行官,科氏工业迅速扩张。负责永核(Evercore)投行公司的罗杰·阿特曼(Roger Altman)将该公司的表现描述为"格外惊人"。他补充说,"我很想知道他们是如何做到的"。功劳大多归于查尔斯,作为一名才能卓绝、细节导向、指标驱动的经纪人,他享有盛名。他是一个非常强硬的谈判人,一个同事戏称,"在一笔50∶50对半分成的交易里,他会连标点符号也拿走"[77]。

随着公司的发展，查尔斯留在威奇托，一周工作六天，每天十小时。他向未来妻子丽兹求婚时，据说是通过电话告知的，而她还能听见他迅速翻看满满当当的行事历，来寻找一个可以结婚的日子。在准备过程中，他要求她学习自由市场经济学。

大卫则居住在纽约市，他成为公司的执行副总裁并担任旗下化工科技集团（Chemical Technology Group）首席执行官。一位了解科氏工业公司的金融专家透露："查尔斯就是公司。查尔斯经营着它。"大卫多年来享受着黄金单身汉的生活，同事们形容他"平易近人"并且"有点呆"。他在法国南部租下一艘帆船，在南安普顿买下一栋海滨别墅，他在那里举办的派对被纽约社会日记（New York Social Diary）网站比作"休·海夫纳狂欢夜的东海岸版"。大卫还以大笑闻名，他的笑声被形容为"碎窗鸣响"。不过在一名长期的家族内部人士看来，他时常看起来"有点失落"并且"社交笨拙，并不真的那么使人印象深刻"。1991年，他在洛杉矶的一次飞机失事中受重伤，而他是头等舱中唯一幸存的乘客。在他康复过程中的一次例行体检里，又被查出前列腺癌。他接受治疗并重新审视自己的人生。他后来结了婚，安定下来，开始组建家庭。正如他告诉《新贵商业周刊》（Upstart Business Journal）的，"当你成为飞机前部唯一的幸存者而其他人都丧命时——你会庆幸，'我的上帝，仁慈的主为了某些更大的目的而饶过了我'。我的笑话在于，从那以后我一直很忙，做一切我能想到的好工作，为了让他能信任我。"[78]

他和妻子朱丽亚·弗莱舍（Julia Flesher），一名前时尚助理，两人不在南安普顿、棕榈滩或阿彭斯的度假屋时，就和他们的三个孩子住在公园大道740号9000平方英尺的跃层公寓里。作为纽约最有钱的居民，大卫已经成为艺术和医学界的大恩主，捐献了数百万美元给林肯中心、大都会艺术博物馆、美国自然历史博物馆以及其他机构。而在奥斯卡奖得主亚历克斯·吉布尼（Alex Gibney）的纪录片《公园大道》（Park Avenue）中，他对家政人员就没那么大度了。一名前门卫形容他是这栋楼里"最小气的人"。"我们会给他的卡车装货——通常有两车——每周去汉普顿（the Hamptons）。进，出，进，出，尽是沉重的袋子。而从科赫先生那里我们从来拿不到小费，也从来得不到一个微笑。"[79] 到了圣诞节，门卫期待一年的辛苦会得到报偿，而科赫只给了他一张50美元的支票。2012年这部纪录片在美国公共广播电视台播出时，大卫·科赫被激怒了，他辞去纽约WNET公共电视台董事会的职务，背弃了大笔捐款的承诺。就那部纪录片是否是他惩罚电视台的理由这一问题，科氏工业的发言人拒绝发表看法。不过关于那部电影，科赫向一位朋友直言不讳：它会让他们损失1000万美元[80]。

"他们一直都生活在远离现实的泡沫幻影里。"一位长期的家庭内部成员这样说道，以解释科赫兄弟受到批判性审视时的愤怒。"他们进入了一个世界，里面的人们喜欢他们，或是想要成为他们。他们完全不了解穷人。他们也不是觉得有义务了解帮助他人的那一种人。"

随着财富的增加，查尔斯·科赫和大卫·科赫成为美国走强硬路线自由至上主义政治的主要代言人。尽管大卫的方式比查尔斯更世界主义也更友善，但即便是采访过两兄弟的自由至上主义记录者多尔蒂，也难想出一个两人意见有分歧的问题。他说，查尔斯的目标是"从根本上"消灭政府。

克莱顿·柯平最初是由公司聘雇的研究员，后来被大卫·科赫继续聘用，他曾读过科赫家族的私人信件，采访过科赫兄弟及其伴侣，做了绝大多数局外人无法做到的事。他看到了查尔斯·科赫在家庭教育背景下的强硬政治观点。在2003年未发表的关于查尔斯政治发展的报告《秘密行动》里，柯平表示，只有将其当作童年时代与权威抗争的延伸，才能真正理解查尔斯对政府如此强烈的仇视。

柯平写道，查尔斯早年的目标是实现完全的控制。他指出，"直到父亲去世，他才逃离了父亲的权威"。之后，查尔斯竭力确保自己的兄弟或是其他人都不能挑战他手中的家族企业的控制权。后来与派恩本德炼油厂工会工人的冲突[81]，以及监管状态的扩张，也都强化了他的决心。柯平写道，"只有政府和法庭仍然是权威的来源"，如果要制定法律，查尔斯的"自由至上主义政策会消除这些"。

如果查尔斯仅仅只是想推动自由市场经济理论，他本可以支持几个已有的组织，而不是被几个近乎无政府主义的边缘组织吸引。柯平认为，"他被心灵深处的强烈渴望驱使，要消除世上唯一能够制约他的东西：政府"。

根据保存的私人文件，其中一些为比尔·科赫所有，柯平得以追踪查尔斯离开旧导师勒费夫尔的边缘思想之后，为了亲手握住权力的政治演变轨迹。为了回应自由至上主义思想家关于变革的最好工具是思想而非政治实践的争论，查尔斯在1978年的《自由至上主义评论》（*Libertarian Review*）上撰写了一篇揭露性的文章，认为像他们这样的局外人需要组织起来。他写道，"思想不会自行传播；只有借助人才能扩散。这就意味着我们需要一场运动"[82]。他的语言是战斗性的，要求"我们的运动必须摧毁盛行的国家范式"。

在柯平看来，到20世纪70年代末的时候已经很清楚，查尔斯"不会满足于成为自由至上主义革命中的恩格斯甚或是马克思。他想要成为列宁"。

大约在同一时期，一场由查尔斯·科赫资助的不知名会议差不多制定出了科赫兄弟未来尝试接管美国政治的路线。[83] 1976年，纽约市的自由至上主义研究中心（Center for Libertarian Studies）成立，查尔斯·科赫捐资约6.5万美元，不久研究中心举办了一场由几位自由至上主义运动重要人物主导的会议。那些散发关于边缘运动如何夺取实权的文件的人中，就包括了查尔斯·科赫。这些文件引人注目的内容包括，他们的激进主义，他们对公众的蔑视，以及他们对采取政治诡计的必要性的信念。演讲者提出，借由放弃"无政府主义"这个词——因为它让许多人想到"恐怖分子"——自由主义者隐藏起真正的反政府极端主义思想。为了吸引更多的追随者，一些人建议，他们需要组建人为的"草根"团体，并且给志愿者发放毫无意义的头衔而不会丧失实际控制权。

查尔斯·科赫撰写了一篇论文，系统分析了他熟知的约翰伯奇会的优劣，以此作为他们未来事业的模型。他的评估清晰而有条理。他指出尽管这一边缘团体有种种缺点，但它拥有 9 万名成员、240 名领薪员工，以及 700 万美元的年度预算。虽然有令人印象深刻的数字，但查尔斯也批评了约翰伯奇会对阴谋的痴迷，以及对韦尔奇建立的人格的盲目崇拜。他指出，韦尔奇拥有该组织股份，控制权集中在他手中，使得他无法接受建设性批评。（有趣的是，查尔斯将以大致相同的方式，继续发行他的非营利智库加图研究所的股票。）但他也发现了许多值得称赞的地方。他尤其赞成效仿约翰伯奇会的保密性。

"为了避免不必要的批评，如何控制并指引组织的问题不该被广泛公布。"查尔斯写道，他主张在日后影响美国政治的计划里采取秘密行动。

他还写道，为了资助未来的政治事业，他们应该像约翰伯奇会一样，利用"所有现代营销和激励技术来筹集资金并吸引捐资者……包括在家里或其他预计顾客会喜欢的地方聚会"。科赫兄弟的捐资人会议将沿用这一营销方式，把资金募集转变成在奢华环境下举办、有邀请函才能加入的高级社交活动。

查尔斯告诫他的激进派同伴，要想赢得胜利，不能像约翰伯奇会一样，他们需要栽培可靠的领导者，树立积极正面的形象，这就要求他们"与媒体与艺术界人士合作，而非对战"。兄弟们也遵循这一计划。大卫成为纽约艺术的慷慨支持者，经常出现在上流社会的版面。与此同时，查尔斯保持低调，但也努力邀请媒体爱心人士参加他的捐资人会议，比如电台谈话节目主持人格伦·贝克（Glenn Beck）、《华盛顿邮报》专栏作家查尔斯·克劳萨默（Charles Krauthammer），以及《国家评论》（*National Review*）专栏作家拉姆士·彭努如（Ramesh Ponnuru）。科赫关系网络的两名顶级捐赠人拥有自己的新闻媒体：石油大亨菲利普·安舒茨拥有《华盛顿观察家报》（Washington Examiner）和《旗帜周刊》，共同基金巨头福斯特·弗里斯（Foster Friess）是《每日来电》（The Daily Caller）的最大股东。2013年，科赫兄弟也曾审慎地考虑购买论坛公司（Tribune Company）。

至于获取支持者，查尔斯建议，最好的办法是侧重于"吸引年轻人"，因为"这是接纳完全不同的社会哲学的唯一群体"。他秉持这一信念，在此后几年里投入几百万美元进行灌输教育，提供自由市场的课程，甚至还用电子游戏宣传他的思想，其定位的影响对象低至小学生。

另一位发言人，自由至上主义历史学家莱纳德·里乔（Leonard Liggio）援引了纳粹模式的成功，支持他们建设自己的青年运动。从1974年到1998年，与受科赫资助的人道研究所（Institute for Humane Studies）有关联的里乔，在题为《国家社会主义政治策略：现代工业社会专制传统下的社会变化》的文章里说，纳粹主义成功创造青年运动，是他们夺取国家的关键。他建议，像纳粹一样，自由至上主义者应该组织大学生来创造群体身份。

威奇托约翰伯奇会的前成员乔治·皮尔森（George Pearson），在这几年里担任查尔斯·科赫的政治副手，他的文章拓展了这一策略，令人大开眼界。他建议自由至上主义者用新的方式影响学术界，从而调动起年轻骨干。他警告道，给大学的传统礼物并不能保证足够的意识形态控制。他反倒建议资助名牌大学中的私人机构，这样，捐资人能够在招聘人选和其他形式的控制上发挥影响力，同时隐藏起激进主义的目标。

柯平总结皮尔森的观点时说："使用含混的、误导性的名称，掩盖真正的议程，隐瞒控制手段，这些都是有必要的。这就是查尔斯·科赫不久之后在慈善捐赠中实践的方法，后来也用到了他的政治活动中。"

1976年的会议结束后不久，查尔斯投入了自由意志党的政治活动。

他不仅成为该团体的善财天使，也是该政党能源政策纲目的作者，其内容要求废止一切政府管控。1979 年，科赫兄弟在选举政治中走出了更为大胆的一步，当时查尔斯倾向于幕后操作，说服了三十九岁的大卫竞选公职。[84] 兄弟俩当时支持自由意志党的总统候选人埃德·克拉克（Ed Clark），此人和罗纳德·里根在右派中较量。他们与竞选捐款的所有限制作对，进而找到了一条合法途径。他们设法让大卫成为副总统竞选搭档，因此根据竞选财务法，他能够在竞选中如愿以偿地挥霍大笔个人财富，而不必受到 1000 美元捐款上限的制约。

"大卫·科赫迅速答应对抗竞选财务法规，"保守派活动家格罗弗·诺奎斯特（Grover Norquist）后来承认，"通过成为候选人，他能够想给多少钱就给多少。"[85] 曾在科赫资助的智库工作的经济学家巴特利特认为"这是个把戏"。大卫·科赫毫无政治经验，几乎无人知道，最初引起了人们的惊愕。不过在自由意志党大会上，当他承诺要为自己的竞选活动花费 50 万美元时，据报道目瞪口呆的成员们发出了欢呼声。[86] 竞选名单上的口号是"自由意志党唯一的资金来源：你"。民粹语言是误导性的。事实上，大卫·科赫才是主要资金来源，他付出超过 200 万美元，差不多达到竞选总预算的 60%。

事后看来，大卫·科赫 1980 年的参选似乎充当了勒费夫尔的激进分子教育法和茶党运动之间的桥梁。事实上，那年自由意志党的领袖克拉克告诉《国家》（The Nation）杂志，自由至上主义者当时已准备好成立"一个非常大的茶党"，因为人们"受够了"赋税。与此同时，自由意志党的讲台几乎是自由学校激进主义课程的精确翻版。它呼吁废除一切竞选金融法规，取缔联邦竞选委员会（FEC）。它还支持废除所有政府医疗项目，包括医疗补助和医疗保险。它攻击社会保障制度"事实上已经破产"，呼吁将其取消。自由意志党人还反对所有所得税和企业税，包括资本利得税，并且呼吁停止起诉逃税者。他们在讲台上也呼吁废除证券交易管理委员会、环境保护局、联邦调查局、中央情报局，以及其他政府机构。他们要求废除"妨碍"就业的"任何法律"——包括最低工资和童工的相关法律。他们还把公立学校当作废除的目标，连同他们所说的孩子的"强制"教育。自由意志党人还想摆脱食品和药物管理局、职业安全与健康管理局、强制佩戴安全带的法律，以及给穷人的所有形式的福利。总之，这个讲台努力废除20世纪通过的几乎每一次重大政治改革。在科赫兄弟和其他自由意志党成员眼里，政府应当被削减至仅剩一个骨架功能：保护个人与财产权。

在那年11月，自由意志党仅仅获得了1%的选票。它反对战争与征兵的立场，与赞同毒品和卖淫合法化，在年轻叛逆者中赢得了一些支持。但是作为一次市场试验，自由至上主义被证明是一个巨大的失败。科赫兄弟意识到，他们的政治品牌在投票箱上销量不佳。查尔斯·科赫变得公开蔑视传统政治。"它往往是一桩肮脏腐败的交易，"当时他告诉一名记者，"我对推动自由至上主义思想感兴趣。"[87]

根据多尔蒂的历史研究，科赫兄弟开始把当选的政治家当作不过是"表演剧本的演员"。一名科赫兄弟的密友告诉多尔蒂，兄弟俩不再浪费更多时间，他们如今想要"为剧本提供题目和台词"。为了改变美国的方向，他们意识到必须"影响政策思想何所从来的领域：学术界和智库"。

在1980年的选举后，查尔斯和大卫远离了公众视野。理查德·维格里（Richard Viguerie）以极其成功的右翼直邮公司而赢得"右翼资助人发现者"的绰号，他回忆道，"他们的举动真的不在我的掌握中"。[88]而在接下来的三十年里，他们出资超过1亿美元，其中大部分没有公开，投给许多看似独立、实则以推动他们的激进思想为目标的组织。他们的前线组织将美国政府妖魔化，将其塑造成敌人而非公民的民主代表。他们把自由定义为它的缺位，把巨额私人财富不受约束的积聚定义为美国的目标。渐渐地，他们建立起触手颇多的意识形态机器，被称为"科赫章鱼"。

科赫兄弟并不孤单。当他们寻找引导美国政治向右硬推而不必赢得普选的方法时,他们从一小批志同道合、富有的保守主义家族那里获得了宝贵的支持,这些人朝着相似目的,利用着自己公司的巨款。带有匿名保证的慈善活动,成为他们选择的手段。而他们的目标显然是政治性的:消除林登·约翰逊"伟大社会"、富兰克林·罗斯福的新政,以及泰迪·罗斯福进步时代的影响。

肩负这项艰巨任务,在很多情况下他们要重打父亲曾经输掉的战斗。自满的自由派,以及许多同样的共和党人认为,到20世纪70年代,美国的政治钟摆已经永久远离了约翰伯奇会那样的极端保守主义团体。强大的政府作为社会和经济改良的必要工具,几乎被普遍接受。用于再分配的税收和支出基本上没有争议。1971年理查德·尼克松甚至公开宣布:"我现在是经济上的凯恩斯主义者。"

然而,共和党中并非所有人都意见相同。一个小型但财力雄厚的保守后卫部队开始努力工作,制订对抗温和力量的计划,并以巧妙的新方法为激进右派赢得战斗。

注释:

1 法律问题的最全面描述,参见 Clayton A. Coppin, "A History of Winkler Koch Engineering Company Patent Litigation and Corruption in the Federal Judiciary"(未出版)。受科氏工业委托,与作者分享。

2 一名与科赫家族相熟人士,在与作者的访谈中透露。

3 Alexander Igolkin, "Learning from American Experience," *Oil of Russia: Lukoil International Magazine*, 2006。

4 "一百座工厂"参考自"Economic Review of the Soviet Union",载于"Why the Soviet Union Chose the Winkler-Koch Cracking System" by Clayton A. Coppin,受科氏工业委托的报告。

5 Koch Industries' Web site, History Timeline。

6 Charles G. Koch, *The Science of Success: How Market-Based Management Built the World's Largest Private Company* (John Wiley & Sons, 2007), 6。

7 弗雷德·科赫去往德国的生意之旅由一名家族成员描述。

8 Rainer Karlsch and Raymond Stokes, *Faktor Öl* [The oil factor] (Beck, 2003)。

9 戴维斯生前从未被指控犯有罪行。1941年他死后,一份指向他的司法部调查被掩盖。根据 Dale Harrington, *Mystery Man: William Rhodes Davis, American Nazi Agent of Influence* (Brassey's,

1999), 206。

10　同上，14 页。波士顿银行的查尔斯·斯宾塞拒绝了这笔生意。反之，他将其强加给那些不太有顾虑的低阶职员。

11　同上，16 页。

12　同上，19 页。

13　同上，18 页。

14　同上，19 页。

15　此人与作者的对谈。

16　此人与作者的对谈。

17　Fred Koch to Charles de Ganahl, Oct. 1938, in Daniel Schulman, *Sons of Wichita: How the Koch Brothers Became America's Most Powerful and Private Dynasty* (Grand Central, 2014), 41– 42。

18　对这位保姆的描述，基于对知情人士的采访。该人士要求不透露姓名，以与该家族继续维持关系。

19　Bryan Burrough, "Wild Bill Koch," *Vanity Fair*, June 1994。

20　此人与作者的对谈。

21　对一位科赫家族表亲的采访。

22　Charles G. Koch, *Science of Success*, 9。

23　Maryellen Mark, "Survival of the Richest," *Fame*, Nov. 1989。

24　柯平在乔治梅森大学的社会和组织学习项目工作，该学校主要由科赫家族资助。

25　汉密尔顿 1940 年毕业于哥伦比亚大学，写作关于心理学的热门报纸专栏，认为儿童游戏和罗夏测验可以揭示内在的混乱。"Troubled Little Minds," *Milwaukee Sentinel*, April 3, 1949。在这篇专栏文章中，她描述了一位得到父母和祖父母"太多的爱"的小女孩。

26　Wayne, "Survival of the Richest"。

27　Brian O'Reilly and Patty de Llosa, "The Curse on the Koch Brothers," *Fortune*, Feb. 17, 1997。

28　查尔斯·科赫对学校时光的回忆见杰森·杰宁斯的采访，公布于科氏工业的网站。

29　参见 Wayne, "Survival of the Richest" 与 Coppin's unpublished study commissioned for Bill Koch, "Stealth: The History of Charles Koch's Political Activities, Part One"。

30　查尔斯·科赫与杰宁斯的对谈。查尔斯·科赫对父亲的回忆，来自杰宁斯的对谈。

31　O'Reilly and de Llosa, "Curse on the Koch Brothers"。

32　Coppin, "Stealth"。

33　此人与作者的对谈。

34　Roy Wenzl and Bill Wilson, "Charles Koch Relentless in Pursuing His Goals," *Wichita Eagle*, Oct. 14, 2012。

35　Elizabeth Koch, "The World Tour Compatibility Test: Back in Tokyo, Part 1," *Smith*, March 30, 2007, http://www.smithmag.net。

36　Elizabeth Koch, "The World Tour Compatibility Test: Grand Finale," *Smith*, May 3, 2007, http://www.smithmag.net。

37　Kelley McMillan, "Bill Koch's Wild West Adventure," 5280: *The Denver Magazine*, Feb. 2013。

38　O'Reilly and de Llosa, "Curse on the Koch Brothers"。

39　Lee Fang, *The Machine: A Field Guide to the Resurgent Right* (New Press, 2013), 100。

40　FBI memo, March 15, 1961, addressed to C. D. DeLoach (assistant FBI director), uncovered through a Freedom of Information Act request filed by Ernie Lazar。

41　Fang, *Machine*, 97。

42　Charles Koch, "I'm Fighting to Restore a Free Society," *Wall Street Journal*, April 2, 2014。

43 Fang, *Machine*, 96。
44 同上，102 页。
45 一些保守派认为，戈德华特的竞选澄清并加强了共和党。但是其他人，例如迈克尔·格尔森 "Goldwater's Warning to the GOP," *Washington Post*, April 18, 2014，在文中认为他的参选对于共和党人是灾难，部分原因是少数族裔选民的后代排斥他。
46 Fang, *Machine*。
47 Rick Perlstein, *Before the Storm: Barry Goldwater and the Unmaking of the American Consensus* (Nation Books, 2009), 113。
48 Wenzl and Wilson, "Charles Koch Relentless"。
49 Coppin, "History of Winkler Koch," 29。
50 Wilson and Wenzl, "Charles Koch Relentless"。
51 Gary Weiss, "The Price of Immortality," *Upstart Business Journal*, Oct. 15, 2008; "Estate Planning Koch and Chase Koch (Son of Charles Koch): Past, Present, and Future," *Repealing the Frontiers of Ignorance*, Aug. 4, 2013, http://repealingfrontiers.blogspot.com。
52 Weiss, "Price of Immortality"。
53 根据柯平所说，弗雷德·科赫在信中流露，他担心小小年纪得到家族财富却与父亲断绝关系的孩子们。
54 格斯·迪泽雷加与查尔斯失去联系，并且最终放弃了他的右翼观点，成为精神和其他方面的政治学家及作家。尽管如此，他赞扬查尔斯打开了他的政治哲学的想法，这使他走上学术道路。
55 此人与作者的对谈。
56 Mark Ames, "Meet Charles Koch's Brain," NSFWCorp, Sept.30, 2013. See also George Thayer, *The Farther Shores of Politics: The American Political Fringe* (Simon & Schuster, 1967). 相关回忆还可参考 Donald Janson, "Conservatives at Freedom School to Prepare a New Federal Constitution," *New York Times*。勒费夫尔在回忆录里宣称，1965 年 6 月 13 日他得到圣人的口授，闭上眼睛以六十英里的速度驱车 20 英里，将他的肉身留了下来，而经天空旅行到沙斯塔山，在那里他见到了耶稣。
57 关于自由学校课程的描述，基于对三名曾经就学者的采访，其中包括格斯·迪泽雷加，以及两名保留匿名的人士。
58 Janson, "Conservatives at Freedom School to Prepare a New Federal Constitution"。
59 柯平认为，老弗雷德·科赫答应了查尔斯去自由学校一个星期的请求，以此交换查尔斯同意支持约翰伯奇会。
60 "俯首听命"的说法，基于与科赫兄弟接近者的回忆。
61 马丁供稿给 Institute for Historical Review's publication, The Journal of Historical Review，他的著作 *The Man Who Invented "Genocide": The Public Career and Consequenccs of Raphael Lemkin* 由该学会于 1984 年出版。Deborah Lipstadt, 著有 *Denying the Holocaust: The Growing Assault on Truth and Memory* (Plume, 1994)，在接受作者采访时说，"不是大屠杀否认者的人，无法正式加入 IHR 并定期在它的刊物上发表文章"。
62 Angus Burgin, *The Great Persuasion: Reinventing Free Markets Since the Depression* (Harvard University Press, 2012), 88。
63 "哈耶克和冯·米塞斯的伟大创意是使用自由和革命性改变的语言，创造出对自由市场的捍卫。是自由市场，而不是政治领域，使得人类意识到了他们的自由……是自由市场，而不是福利国家，才是有意义地反对法西斯主义的真正基础。" Kim Phillips-Fein, *Invisible Hands: The Making of the Conservative Movement from the New Deal to Reagan* (Norton, 2009), 39–40。
64 2010 年，科氏工业的发言人试图保持科赫家族与自由学校的距离，坚持说查尔斯和大卫从来不是勒费夫尔的"热衷者",2010 年我将这个描述用于 *New Yorker* story "Covert Actions"。这名发言人说,"事实上从 60 年代起,他们就与他没有了联系"。然而,如同马克·埃姆斯首次报道的,1973 年查尔斯·科赫寄给勒费夫尔一封友善的信件,就计划私人接管另一家勒费夫尔有关联的自由至上主义组织,即人道研究所,寻求他的同意。

65　Deposition of William Koch。

66　O'Reilly and de Llosa, "Curse on the Koch Brothers"。

67　Schulman, *Sons of Wichita*, 130. 舒尔曼描述,这次胁迫发生在老弗雷德去世后,但是比尔·科赫的证词不是这样说的。

68　参见 Coppin, "Stealth"。

69　科赫兄弟买下的派恩本德炼油厂来自霍华德·马歇尔二世,该家族的成员几乎是科氏工业唯一的外部投资人,保有 15% 股权。八十九岁时,马歇尔成为小报焦点,他娶了二十六岁的安娜·妮可·史密斯,她当时是令人难忘的丰满舞女兼《花花公子》模特。

70　David Sassoon, "Koch Brothers' Activism Protects Their 50 Years in Canadian Heavy Oils," *InsideClimate News*, May 10, 2012。

71　Leslie Wayne, "Brothers at Odds," *New York Times*, Dec. 7, 1986。

72　此人(曾在位于达拉斯、科赫兄弟资助的政策分析全国中心担任经济专家)与作者的对谈。

73　Schulman, *Sons of Wichita*, 142。

74　弗雷德里·科赫的捐款中,包括 300 万美元用于修复斯特福德河畔莎士比亚的天鹅剧场。他出席了伊丽莎白女王亲自主持的开幕式,但是请求她不要提及他的名字。

75　Rich Roberts, "America 3 Win No Bargain Sail," *Los Angeles Times*, May 17, 1992。

76　比尔·科赫在双胞胎兄弟大卫的生日聚会上,以及参加波希米亚森林会(加利福尼亚北部高端男士的社交静思会)时,打破沉默与查尔斯交谈。

77　参见 Louis Kraar, "Family Feud at Corporate Colossus," *Fortune*, July 26, 1982。

78　Weiss, "Price of Immortality"。

79　*Park Avenue: Money, Power, and the American Dream*, PBS, Nov. 12, 2012。

80　与作者的对谈。大卫·科赫辞去 WNET 董事的更多内容,参见 Jane Mayer, "A Word from Our Sponsor," *New Yorker*, May 27, 2013。

81　石油、化学和原子能工人联合会号召在科赫的派恩本德炼油厂发动罢工,从 1973 年 1 月开始,持续九个月。根据柯平《秘密行动》,"如果查尔斯·科赫可以的话,他会消灭他炼油厂里的工会"。

82　Charles Koch, "The Business Community: Resisting Regulation," *Libertarian Review*, Aug. 1978。

83　Coppin, "Stealth," 充分描述了这场会议并引用会上文件。

84　查尔斯·科赫"喜欢控制事物的想法,即便他不被承认掌握控制权," David Gordon, a fellow libertarian activist, told *Washingtonian* magazine. Luke Mullins, "The Battle for the Cato Institute," *Washingtonian*, May 30, 2012。

85　此人与作者的对谈。

86　Marshall Schwartz, "Libertarians in Convention," *Libertarian Review*, Nov. 1979。

87　参见 Mayer, "Covert Operations"。

88　此人与作者的对谈。

第二章　看不见的手：理查德·梅隆·斯凯夫

多年以来，理查德·梅隆·斯凯夫的匹兹堡大厦前厅矗立着一个珍贵的宝物，一只红木架上的铜铸大象。访客们将它误当作一般的共和党吉祥物也情有可原，斯凯夫的先人建立的梅隆银行、美铝铝业（Alcoa aluminum）和海湾石油帝国，一个多世纪以来都是共和党在宾夕法尼亚的财政支柱。不过这尊大象是向汉尼拔的致敬。传说中这位军事战略家骑在象背上，大胆翻越阿尔卑斯山，向罗马帝国发起突然袭击。1964年斯凯夫成立一个私人组织时，从中汲取了灵感。这个少有宣扬的团体仅仅是这些造就不可思议成就的第一步。这些全国最有钱的人之一，和其他非常富有的保守派捐款人一起，对照汉尼拔，将自己比作战场上的将军，投身于以洗劫美国政治为目标的、有战略的思想战役中。

数十年里，斯凯夫被描述为一个隐士，在那些接受其慷慨赠予的人眼里，他也是神秘的。五十多年里，据他自己估计，他个人花费了约10亿美元家族财富用于慈善事业，这一数额还曾经因通货膨胀而调整。他估计，最多时大概是6亿2000万美元，用于影响美国公共事务。1999年，《华盛顿邮报》称他为"20世纪最后二十五年里重塑美国政治运动的主要财务支持者"[1]。2014年7月4日他去世时，《纽约时报》登载了长篇讣告和他的照片。然而他几乎从不在采访或发表演讲中谈及他的动机和目的。他几乎不和自己资助机构的运营者交流，也疏远了许多以前的朋友和家人，包括两位前妻和两名成年子女。1981年，《哥伦比亚新闻评论》（*Columbia Journalism Review*）的记者凯伦·罗斯梅尔（Karen Rothmyer）试图突击采访时，他警告她："你这该死的共产主义混蛋，滚开！"[2] 不过2009年，也是他被诊断出癌症晚期的五年前，斯凯夫撰写了一部有关过往私密、仍未出版的回忆录《富于保守的人生》（*A Richly Conservative Life*），它能窥见现代保守主义运动发展的所有秘密。[3]

斯凯夫在回忆里描述了，他和其他几个有影响力的保守主义者，在美国文明面临来自进步主义的存亡威胁上有着共识，冷战期间他们开始会晤，起初是非正式的，密谋反对国家的自由主义趋势。在一次会议上，有人认为，将美国的表面衰落比作古罗马帝国没落的老旧观念是不够的。这个团体决定，更好的类比是北非迦太基帝国的灭亡。当军事领袖汉尼拔到达罗马门前，富有的精英没能为它提供足够支持，迦太基显而易见地衰落了下去。统治阶级的被动性导致敌人胜利，永远埋葬了高贵的迦太基文化。因为这次讨论，诞生了"拯救迦太基联盟"（League to Save Carthage）。这是一个有影响力的美国顽固保守主义者的非正式网络，如同斯凯夫所写，他们决定，"美国绝对不能重走迦太基的老路，我们必须赢得我们时代的斗争"。

1964年，当这个团体作为迦太基基金会正式成立时，许多保守主义者自觉像是失落文明的遗老。他们的领袖，共和党总统候选人巴里·戈德华特已经在选举中惨败。而民主党胜选者林登·约翰逊正带着自由派民权法和雄心勃勃的"伟大社会"反贫穷项目向前迈进，激进地扩大政府权力范围并挑战旧有秩序。战后岁月里，自由主义对艺术和文学的支配如此统一，文化批评家莱昂内尔·特里林（Lionel Trilling）因而自信地宣布："如今总体上没有保守或反动的思想在传播。"[4] 右派的重要知识分子斯坦顿·伊万斯（M. Stanton Evans），在1965年《自由主义当权派：谁治理美国……以及如何治理》（*The Liberal Establishment: Who Runs America...and How*）一书中，捕捉到保守主义者的边缘化感受。他宣传，

"关于自由主义当权派的主要观点是,它掌权"。作为回应,右翼活动家们,类似于曾研究过路德维希·冯·米塞斯的伊万斯,为"反建制"而战斗。然而他们还缺乏实施所需的资金。

踏入这片空白、迎接这个挑战的人,正如大象雕塑下所刻黄铜铭牌颂扬的,是"理查德·梅隆·斯凯夫元帅,半个世纪的迦太基英雄,1950—2000"。铭牌赞美了斯凯夫的"无畏,忠诚和毅力"。与斯凯夫密切合作多年的保守派记者兼出版人克里斯托弗·鲁迪(Christopher Ruddy),分享了一些政治经历,他认为斯凯夫是采用强有力的政治慈善这一新形式的先驱。鲁迪说,他是现行模式的"发起人","我不知道有谁先于他也这么尝试过。他有点像是圣诞老人"。[5]

早年很少有人会预料,斯凯夫能在政治或许多其他事情上发挥重要影响,得益于他生来拥有的惊人财富。1957 年,《财富》评选美国最有钱的八个人,其中就有他的母亲莎拉·梅隆·斯凯夫(Sarah Mellon Scaife)和另外三位梅隆家族成员。[6] 不过斯凯夫在其他方面没有特别突出的表现。直到三十五岁左右,他也没有真正的事业和成就。甚至按他自己的评价,他过着放荡的生活。斯凯夫在回忆录里写道,他最喜欢的作家是约翰·奥哈拉(John O'Hara),因为他对上层社会圈盛行的颓废与失落的捕捉无人能够匹敌。"他对某一阶层的宾夕法尼亚人总结得太漂亮了,"斯凯夫写道,"他们的乡村俱乐部价值观,以及太过依赖钱和酒生活而导致的糟糕状态。"[7] 斯凯夫的曾祖父、家族财富的创立者托马斯·梅隆(Thomas Mellon)法官,曾经担心继承的财富对未来的继承人造成腐蚀。这位爱尔兰农民之子在 19 世纪前半叶定居宾夕法尼亚,事实证明他是一位出奇好的商人。他利用房地产投资杠杆引入日益繁荣的贷款业务,这成就了匹兹堡庄严的梅隆银行。在镀金时代,这个家族从一些新兴的工业企业如海湾石油和美铝中,获取了巨大利益。然而 1885 年,梅隆审视他的巨额财富时感到烦恼:"人的一般情况是努力工作,忘我,收获和积累；一旦他的后代摆脱了努力的必要，他们的身心迟早会腐化堕落。"

等到1932年他的曾孙理查德·梅隆·斯凯夫在匹兹堡出生，这位家长最大的一些担忧成为现实。男孩被家人称作迪基（Dickie）。据各方描述，他的母亲莎拉·梅隆·斯凯夫，与酗酒的挣扎较量以失败告终。她的女儿、已故的科迪莉亚·斯凯夫·梅（Cordelia Scaife May）曾说，她是"一个酒鬼"。"我也是。"科迪莉亚还说到她的兄弟，"迪基也是。"[8]

他们含着银汤匙出生，因此生来性急好斗。斯凯夫在回忆录里描述他自己是从根本上"反当权派"，考虑到他继承的遗产，这点似乎令人费解，不过他在梅隆王朝内的位置带有怨愤。他的母亲嫁给了一位英俊、出身好的本地贵族艾伦·斯凯夫（Alan Scaife），此人善于驱使猎犬，读最精英的学校，不过祖上已经把家族的金属加工公司经营得一塌糊涂。理查德·斯凯夫的叔叔，和他母亲一样也从巨额梅隆财富里继承了一大部分的R.K.梅隆，轻蔑地对待斯凯夫家族。伯顿·赫什（Burton Hersh）在1978年撰写了该家族的传记，斯凯夫告诉他，"我的父亲——他'后面的奶子'，没人重视他"[9]。在回忆录里，斯凯夫记叙了被他和妹妹称呼为"小猪叔叔"的、他最亲近的梅隆家亲戚，"对待我的父亲如同一个小跑腿的"。除了监督妻子巨额遗产的权力，在各种梅隆的业务关系里，艾伦·斯凯夫被授予了许多礼节性的头衔，但是并没有实权。

二战期间，艾伦·斯凯夫小露风采，他应征进入战略服务办公室（OSS），也即中央情报局的前身，做一名陆军少校。尽管他的定制制服给人留下难忘印象，但也不太代表他工作表现的真实情况。后来成为中央情报局局长的理查德·赫尔姆斯（Richard Helms）回忆，曾经的同事斯凯夫是"一个无名小卒"[10]。

不过，家人与间谍工作的接触，激发了理查德·斯凯夫一生对情报阴谋、阴谋论和国际事务的热衷。斯凯夫写道，这也引发他强烈反对共产主义的观念。他在回忆录里追忆，战时休假回家的父亲告诫家人，共产主义的灾难阴云笼罩，不仅在国外，也在美国国内。"我的政治保守主义思想最终使我露出的面目，如同一个'巨大右翼阴谋'的幕后黑手，存在于希拉里·克林顿的想象中——但也只是她的想象。"他写道，"在十二岁生日前"，在1944年在纽约的殖民地俱乐部和父亲共进午餐时，他就开始了他的政治保守主义思想。[11] 艾伦·斯凯夫警告家人，像他们这样富有的资本家会遭到攻击。他以劳工暴乱和阶级斗争的图像作为证明。"他关心国家安全，在餐桌上让我们感觉到，我们的整个未来岌岌可危。"[12] 斯凯夫写道。当地《匹兹堡邮报》（Pittsburgh Post-Gazette）的编辑威廉·布洛克（William Block）有相似回忆。他还记得艾伦·斯凯夫在20世纪40年代，为了左派给富人造成的、他认为的日益严重的威胁而紧张兮兮。他后来回忆道，"艾伦·斯凯夫非常担心继承的财产"[13]。

这个家族和前一代人一样，关心自身财富的保存。斯凯夫不仅是全国最大工业财富的继承人，也继承了根植于强盗贵族时代的明显反动的政治观。他的叔祖父，匹兹堡银行家安德鲁·梅隆（Andrew Mellon），曾在沃伦·哈丁（Warren Harding）、卡尔文·柯立芝（Calvin Coolidge）和赫伯特·胡佛（Herbert Hoover）总统任下担任财政部长，他是反对进步运动的反革命活动的领导人物，尤其还是与所得税不共戴天的仇敌。

随着宪法第十六修正案通过，1913年国会设立联邦所得税，在此之前，美国的税收负担不成比例地压在穷人身上。烟草之类的普遍消费品被课以高额税。城市资产的税率高于农场和庄园。"从上至下，有所得税之前的美国社会是一幅不平等的图景，而征税让情况雪上加霜。"[14] 加州大学圣地亚哥分校社会学教授艾萨克·威廉·马丁（Isaac William Martin）这样写道。

马丁在历史著作《有钱人的运动：让1%的人不缴税的草根运动》（*Rich People's Movements: Grassroots Campaigns to Untax the One Percent*）中指出，1913年所得税的通过被许多市民视为灾难，他们不断抗争要求废除或削减累进税制，拉锯战维持了近一个世纪。在接下来的一个世纪里，富有的保守派采用了许多复杂而有吸引力的方式，将他们反税的观点包装成公益理念。发起抗争时，他们很少提及自身利益，但他们一贯反对于他们负担最重的高额税。而在引导早期反对活动的人里，没有人比安德鲁·梅隆的作用更大。

在国会制定联邦所得税的时候，梅隆是美国最富有的人之一，他在许多那时称为"托拉斯"的垄断集团里拥有利益。据说他的联合信托银行为匹兹堡近一半的投资项目提供了资金。[15] 在他看来，这种安排产生的经济不平等不仅无可避免，还是对卓越与美德的公正奖励。为了努力让这种观念赢得大众支持，他撰写了一部面向大众的《税务：人民的事务》(Taxation: The People's Business)，他在书中违背直觉地主张，对富人减税会增加税收，而非减少，所以这是属于广大公众利益的事，而非狭隘的一己私利。[16] 六十年后，"供给经济学"之父裘德·万尼斯基（Jude Wanniski）将向梅隆致敬，感谢他提供的灵感。尽管当时梅隆的反税书籍销量不佳，只有商界领袖批量购买。[17]

梅隆一担任公职，就促成了 20 世纪 20 年代成为进步时代的诸多改革被一个商人成功削弱的时期。[18] 1921 年，资本利得税被削减，股票市场大繁荣。梅隆在财政部任职的十几年里不断努力，1926 年终于成功通过了一项法案，使"对美国最有钱的人的税率的削减程度达历史最低"[19]，马丁如是说。梅隆保证会有更大的增长和繁荣。狂热投机之后的结果，反而是 1929 年的股市崩盘，他的信用就此蒙污。不仅他的经济理论看起来自私自利且不负责任，这还显露了梅隆自己向一些国家最大的企业秘密提供免税优惠和补贴，而这些企业很多都有梅隆家族的重大投资。[20] 最终，梅隆被起诉，裁决所得税欺诈没有成立。不过他被要求补缴税款，对于一个贵族家庭而言这是蒙羞和侮辱。

在 1929 年股市崩盘后的第三年，即 1932 年，在阶级斗争和金融诈骗的背景下，理查德·梅隆·斯凯夫出生。他的家人，后来包括他自己，将和安德鲁·梅隆曾经一样，继续拥抱低税和有限政府，并以此为高度的原则问题。而他的父母精心策划的旨在减少税单的房产计划表明,他们有实际作为,而不只是抽象兴趣。

斯凯夫的父母创造出家族中免税最多的慈善基金会。1941年12月,也即日本偷袭珍珠港的几天后,莎拉·斯凯夫基金会成立。它似乎是应时而出,用来使家族财富免受预期中的增税影响。斯凯夫写道,"我不知道父母的具体动机是什么",但他提到因为即将来临的战争,"有一场谈话……关于超过90%的最高所得税率"。[21] 罗斯福和工会认为,富人应该承担战争花销的更大份额,以给予"牺牲的平等"[22]。尽管这个家族在国防上持鹰派观点,他们也仍然避免向军事建设支付应付份额。正如斯凯夫在回忆录里实事求是地写道,"富人不可避免地要规划财富以避免政府充公。他们将采取一切法律允许的手段来使用手里的金钱,只要他们认为合理,让收税人碰不着"。

然而斯凯夫夫妇生活奢侈。他们委托人建造了一座占地725亩、科茨沃尔德风格的笨重郊区住宅,位于宾夕法尼亚州的利戈尼尔(Ligonier),邻近梅隆家族家传的9000英亩滚石农场(Rolling Rock Farms)。他们命名此地为企鹅宅第,因为莎拉·斯凯夫发现让宠物企鹅在地上蹒跚走路非常有趣。(企鹅居所建成圆顶冰屋的样子,每天都会放满厚冰块。)这座周末居所如此巨大,让小时候的斯凯夫自己就拥有四个房间。不及他有钱的失眠者数羊入睡,而他不是,他写道,"当我无法睡着时,我试着重数房间,数字大概到50或60"。[23]

奢侈的生活方式并没有保护斯凯夫,反而在他九岁的时候,因为一次骑马事故头部遭受重伤。落马伤及头骨,使他昏迷了8—10小时,头上被植入了金属夹。结果在一年多时间里,他不得不在家接受教导,而终其一生他都要避免剧烈运动。这次受伤也阻止了他服兵役。但是当他躺在家里的病床上时,他紧跟时事,在地图上描绘二战期间的军队调度,还培养出对于报纸的毕生热情,小时候的他酷爱读报,后来还会拥有自己的报纸。

家庭与平凡生活隔绝，也没能使得斯凯夫家的孩子们免于奚落，在大萧条时期和战时，路人看到他们被接送会加以嘲讽，当汽油被限量配给给别人时，他们坐在豪车后座也会自我嘲讽。斯凯夫回忆道，"和大多数人相比，斯凯夫家与众不同。我们非常有钱"。他还说自己年轻时害怕人们会因此讨厌他。但和大多数自由派不同，他写道，随着他渐渐长大，他开始感到有资格享有自己拥有的好运。"我的一些朋友——我想说是大多数——对于有钱有种负罪感。我没有，而且从来都没有。"正如他描述的，"继承的财产属于个人，也属于他的社群和国家。它能用来做有影响的好事"。他说："能把钱投到思想斗争里发挥作用，我感觉很好。"

斯凯夫回忆他的童年是快乐的。他喜欢教导他的家庭教师，崇拜他的父亲，倾慕他的母亲。不过比他大四岁的姐姐科迪莉亚，对他们成长的看法有所不同。她称这个家庭尤其擅长于"让彼此痛苦"[24]。在斯凯夫家，唯一能够和钱的巨大供应量媲美的物品就是酒。在斯凯夫十四岁被送到迪尔菲尔德学院时（八年后大卫·科赫就读于同一所预科学校），他就已经是一个酒徒了。他在高年级时，和一些当地女孩在校外喝酒被抓，违反了迪尔菲尔德学院的校规，险些没能毕业。斯凯夫回忆道，父母为了保住他的毕业证，急忙给学校新宿舍楼捐了钱。不过多年后，他资助了社会批评家查尔斯·默里（Charles Murray），此人主要倡导的理论是，高度的职业伦理和道德规范是造就富人成功的主要原因。

尽管斯凯夫勉勉强强才通过预科学校，他还是被父亲毕业的耶鲁大学所接受，但他很快就因为随后的几次狂饮作乐而被开除。一只空啤酒桶滚落楼梯，伤及一名同学，这段插曲巩固了他欺负人的坏孩子名声。（斯凯夫写道，对他踢出了酒桶的指控有误，实际上那是他的朋友们丢弃的。）因为另一场醉酒闹剧而在校外被捕后，他还贬低处理他的案子的院长，加速了自己的被开除。即便如此，斯凯夫在次年就得到机会，重读耶鲁的一年级。不过他看电影的时间超过上课，很快又被退学，而这一次成为永远。然而在作为董事会主席的父亲的帮助下，他从匹兹堡大学毕业，不久后进入了家族企业海湾石油公司。

可是他的行为没有太多改善。在 23 岁时的一个雨夜，他酒后匆忙前去看望未婚妻弗朗西丝·吉尔摩（Frances Gilmore），造成了一场几乎致命的车祸，结果他膝盖碎裂，并与追尾车辆的家人达成了高昂的法律和解。

酗酒和奇异的悲剧持续困扰他的成年生活。一个朋友在他面前自杀。他的姐夫在神秘情况下死于枪击，被判定为意外或是自杀。姐夫的死引发了丑闻，造成姐弟间持续的裂痕，因为科迪莉亚怀疑弟弟以某种方式牵涉其中。2005 年，科迪莉亚罹患致命疾病，她也自我了结了性命，用一个塑料袋窒息而死。她留下了价值 825 万美元的财产。

不过在 1958 年，随后的悲剧还没有发生之前，斯凯夫的父亲猝然离世。斯凯夫当时仅 26 岁。他回忆道，这"是我生命的分水岭"。父亲留给他日渐衰败的家族金属公司，很快被他变卖成现金；父亲还在他态度轻蔑的叔叔主持的梅隆银行董事会中，给他留下了一个毫无权力的位置。更重要的是，斯凯夫被派去负责母亲的财务，被交予投资数亿美元的责任。"首要大事是照管母亲的事务，正如父亲曾经做的。"他写道，"45 岁的莎拉·斯凯夫是富有的女人，但却毫无管理经验……所以我不可避免地成为，简单来说就是一名投资人。只要管好所有钱。"[25]

他的父亲去世后不久，母亲设立了两家慈善信托基金，每个 5000 万美元。受益人是斯凯夫和他的姐姐。斯凯夫家和科赫家族一样，设计信托基金，从而让所有净收益在接下来的二十年里捐赠给非营利性慈善机构。在此之后，5000 万美元的本金就能交到每位斯凯夫后代的手里，而免课遗产税。换句话说，二十年的慈善事业是为免税遗产付出的代价。正如斯凯夫关于这项计划时写到的："税法怎么写定，不是很重要吗？"[26]

斯凯夫指出，他的母亲认为这是个好方法，因为 1961 年她为孩子又创设了一对相似的信托基金，这一次每个受益人可以获得 2500 万美元，而条款要求斯凯夫和姐姐将净收益捐给慈善的年限，只需超过十年。1963年，他的母亲又拿出了1亿美元存进信托基金，留给她的孙辈，取名为莎拉·斯凯夫孙辈的信托基金。净利息又一次必须捐赠出去，这次是超过二十一年。因为科迪莉亚没有子女，1亿美元将全部归属斯凯夫，当时他已经有一个小儿子和一个小女儿。所以在后来的二十一年，直到1984年，他实际上管理着出自三个信托基金利息的所有慈善捐款，累积持有2亿5000万美元的资产。无论是资产本身还是年利息，在当年都是极其可观的金额。

斯凯夫在回忆录里，将母亲免税移交财富的方法描述为"于社会有益的合法避税手段"。他写道："这使捐赠者只有在经历公共利益的间隔后，才能够为继承者留出一笔钱免除遗产税或赠与税。在我看来，这对双方都是一笔好交易。"

而一个结果是，这种税法使许多非常富有、一心保存财富的家庭，成为美国公民领域的主要力量。为求免税，他们被要求发挥公共慈善作用。以科赫和斯凯夫家族为实例，税法最终却为现代保守主义运动获取了资金。

部分因税收问题的驱动，斯凯夫作为慈善家的角色更加突出。不过当务之急是如何分散不断累积的来自信托基金的成堆利息，它们需要被分发到慈善机构以满足税法。对于斯凯夫或科赫这样非常富有的家族而言，一种极有吸引力的解决之法是捐给他们自己的私人慈善基金。这样既能获得减税，也能掌控慈善基金的使用。

私人基金会几乎不受法律限制。它们被要求每年至少捐赠资产的5%给公共慈善机构——称作"非营利"组织。作为回报，捐赠者被准许减税，使得它们大幅减少了所得税。这种安排使得富人既收获丰厚的税收补贴，同时也能利用他们的基金会遂心所愿地影响社会。除此之外，这一行为通常赋予捐赠人一道慷慨大方和公共精神的光环，充当了缓和阶级仇恨的一贴膏药。

因为这些优点，20世纪私人慈善基金会在超级富豪中激增。如今，它们已经司空见惯，几无争议，不过美国政界人士曾一度对私人基金会抱以极大怀疑。[27] 这些侵入公共领域的私人财富的集合体，被视为一种未经选举、不负责任的财阀权力形式。

这种做法始于镀金时代的约翰·D.洛克菲勒，他的慈善顾问弗雷德里克·盖茨牧师（Rev. Frederick Gates）曾警告他："你的财富正在滚滚而来，如同雪崩一样地滚来！你必须跟上！你必须分发出去，比它增长得更快！"作为回应，1909年洛克菲勒向国会寻求法律允许，取得联邦许可以成立一家一般用途的私人基金会，其主要使命是防止与减轻痛苦，以及促进知识与进步。包括前总统西奥多·罗斯福在内的批评者抨击这一想法，表示"使用这样巨大财富的慈善机构无论有多少，也无法以任何方式抵消获取它时的不当行为"。那时候，许多美国名人在国会作证，反对创设私人基金会。其中包括约翰·海恩斯·霍姆斯牧师（Reverend John Haynes Holmes），他谴责这"与民主社会的整体思想矛盾"。美国劳资关系委员会主席弗兰克·沃尔什（Frank Walsh）在1915年表示，"大型慈善信托基金，也被称为基金会，似乎是社会福利的威胁"。斯坦福大学政治学教授及斯坦福慈善与公民社会研究中心（Stanford Center for Philanthropy and Civil Society）的联合主任罗布·莱克（Rob Reich）解释说，私人基金会"按照定义实际上代表财阀的声音"，是"令人不安的，因为它们被认为是深刻而根本地反民主……是一种会损害政治平等、影响公共政策并且可能永久存在的实体"。[28]

洛克菲勒无法获得国会批准，转而使纽约州议会同意了他的计划。然而从法律上，作为所有私人基金会鼻祖的洛克菲勒基金会，起初只限于推动教育、科技和宗教事业。可是私人基金会的数量与日俱增，它们研究的问题也千变万化。据莱克的说法，1930年私人基金会约有200家[29]，1950年，数量增至2000，而到1985年则是3000。2013年，在美国的私人基金会超过 10 万家，资产超过 8000 亿美元。这些美国特有的组织，享有税收减免的公开补贴，然而其运行过程对于选民或消费者几无透明性和问责制可言，它们已增长为公共政策领域重达 8000 亿磅的强力巨人。理查德·波斯纳（Richard Posner）是反传统的自由至上主义法律学者，他称永久性慈善基金会是"完全无责任心的机构，不对任何人负责"，而且表示"经济学上的谜题是，为何这些基金会不是完全的丑闻"[30]。

最早强盗贵族开始向慈善机构捐赠时，他们的赠与并非是免税的。然而随着 1913 年联邦所得税的实施，富人很快说服国会，除非确保他们获得特别减税，否则慈善家们将不会再为公共目的捐钱。所以 1917 年，捐资人被给予无限制的慈善减免。理由是，尽管他们拥有财富，只要他们的捐赠造福公众而非个人私利，他们也应获得公共补助。反对为各种其他社会工程免税的保守主义者，这次却迅速地全然接受了这项实例中的漏洞。

1958 年父亲去世时，斯凯夫已经建立起自己的小型基金会。在他二十一岁时，家庭律师向他解释，慈善基金会为他的遗产提供了良好的避税地，按照斯凯夫的说法，他收到了第一剂"强心针"。他的早期基金会名叫阿利盖尼（Allegheny）基金会，关注本地社区改进项目。1964 年，他以自己的政治俱乐部命名，增设了迦太基基金会，最初重点关注国家安全问题。

1965 年母亲去世后，斯凯夫和姐姐共同掌控更加庞大的莎拉·斯凯夫基金会。但他们的优先事项不同，马上产生了不可调和的争斗。姐弟很快陷入困境，他们在余生的大多数时光里都拒绝交流。科迪莉亚·斯凯夫和母亲一样，重视艺术、环保、教育、科技和人口控制。（莎拉·斯凯夫曾是玛格丽特·桑格的朋友，是计划生育的坚定支持者。）多年来斯凯夫也支持计划生育，但他的兴趣更倾向于其回忆录里所谓的"公共事务"。1973 年，他成功使得莎拉·斯凯夫基金会的资金发放，几乎全部按他的意愿重新定位。"结果是"，他写道，"相当可观的拨款力量"[31]，使他能够"推动我相信的有利美国的思想"[32]。

由于避税的带动,斯凯夫不仅成为全国最富有的公民,也成为最大的慈善家之一。他在回忆录里狡黠地写道:"这是理查德·梅隆·斯凯夫作为右翼大业背后的暗夜之灵传奇的开始。"[33]

迫在眉睫的问题在于,所有资金如何以最好的方式使用。斯凯夫是威廉·F·巴克利的早期崇拜者,作为右派知识分子,他认为他们需要建立自己的当权派以反对自由派。这项事业的领导声音来自斯凯夫拯救迦太基联盟的成员——路易斯·鲍威尔(Lewis Powell),未来的最高法院法官,当时他是弗吉尼亚州里士满的知名企业律师。就在那时,鲍威尔在寻求"大钱袋"为这项计划慷慨解囊。

鲍威尔是一位杰出的战斗计划起草者,详细阐述了保守派企业界可以如何夺回美国政治。本着汉尼拔的精神,他们需要针对傲慢膨胀、自我满足的当权派发动一场毁灭性的突然袭击。他们自以为超越党派,但保守派将其视作自由派。发动这场攻击的人,可能会是现有的其他意见精英,除非这场攻势由公开宣称实现重商政治议程的党派捐资者暗地资助。[34]

鲍威尔和企业界保守派之间有多重联系。除了蒸蒸日上的企业法律业务外,他在全国十几家最大公司的董事会也有席位,其中包括烟草制造商菲利普·莫里斯(Philip Morris)公司。1971年春,当激进学生、反战示威者、黑人权利斗士,以及大多数自由派知识精英反对他们所看到的美国企业的堕落时,目睹这一切的63岁的鲍威尔愈发兴奋。鲍威尔相信美国资本主义正面临危机。整个夏天,他都在剪下证明政治危机的报章杂志。鲍威尔格外关注拉尔夫·纳德(Ralph Nader),这位年轻的哈佛法学院毕业生受当时的劳工部助理部长丹尼尔·帕特里克·莫伊尼汉(Daniel Patrick Moynihan)聘用,调查汽车安全隐患问题。1965年,纳德以《任何速度都不安全》(*Unsafe at Any Speed*)一书揭露通用汽车,指责汽车工业将利益凌驾于安全之上,由此引发了美国消费者运动,重创美国人对此行业的信任。与通用汽车公司法律顾问有私交的鲍威尔,几乎带着末日警告的心情,看待这次以及其他反企业运动的发展。

那年夏天,在鲍威尔被理查德·尼克松提名到最高法院的两个月前,他的邻居、美国商会负责人兼密友尤金·西德诺(Eugene Sydnor Jr.),在与鲍威尔同样的政治焦虑下,委托他为企业联盟撰写一份特殊备忘录。1971年8月,鲍威尔的备忘录火热出炉,内容完全是向美国企业界发出的反革命战斗呼吁,警告他们如果不进行政治组织并予以还击,生存将危在旦夕。五千字的备忘录标明"机密",并以"对美国自由企业体制的攻击"为题。[35] 这份实质上的"反《共产党宣言》",制定了保守派统治的蓝图。正如吉姆·菲利普斯-芬在她的历史著作《看不见的手》中的描述,鲍威尔的备忘录将美国企业界转变成"领头部队"。

部分美国最大公司财富的继承人们,包括斯凯夫在内,也在响应战斗口号,他们着手准备成立私人基金会,以作为保守主义运动的金库。对于捐资人和领受人而言,基金会有几项优势。与大多数生意不同,基金会掌控在极少数人手里,因而他们可以迅速落实争议性项目。而且基金会在赋予高尚事业光环的同时,还为捐资人提供税金优惠。曼哈顿研究所(Manhattan Institute)的学者詹姆斯·皮尔逊(James Piereson)是一些保守派基金会的关键人物,他回想这一时期,"20世纪70年代末我们创业时一无所有。在美国政治生活的主流中,我们没有任何机构"[36]。他还驳斥了他所谓的自由派错觉,即认为公司直接资助了大部分极右运动,他辩称,"我们的所作所为对于公司而言太具争议性"。与此相反,他说,最初"仅有少量的基金会",包括依靠石油财富的埃尔哈特基金会(Earhart Foundation),源于感冒药王朝的史密斯·理查德森基金会(Smith Richardson Foundation),以及最为重要的,斯凯夫家族各式各样的基金会。

事实上,20世纪60年代末和70年代初是美国企业和靠企业巨额财富生活的人的一段艰难时期。环境保护和消费者运动的应运而生,造就了一系列强硬而崭新的政府法规，这使企业步履维艰。随着蕾切尔·卡森（Rachel Carson）《寂静的春天》（Silent Spring）一书出版，揭露了不负责任的化学行为对环境造成的毁灭性后果，国会通过了《清洁空气法》（Clean Air Act）、《清洁水法》（Clean Water Act）、《有毒物质控制法》（Toxic Substances Control Act）以及其他构建现代管理国家的法律。1970年，在两党的强力支持下，尼克松总统签署法案，设立环境保护局（Environmental Protection Agency）以及职业安全与健康管理局，赋予政府监督企业的新权力。《清洁空气法》规定的标准格外严厉。环境保护局制定法规时，只权衡一个问题——公共健康，产业要付出的代价则明确视作无关。与此同时，反越战的声浪渐高，抗议者愤而反对那些他们指控为助长冲突的企业，例如汽油弹生产商陶氏化学公司（Dow Chemical），它成为70年代超过200次示威游行的目标对象。像斯托顿·林德（Staughton Lynd）等新左派领导人，呼吁反战运动不要在华盛顿政府身上浪费时间，而是应该"围攻企业"，[37] 1969年斯托顿·林德这样写道。民意调查显示，美国人对企业的尊重一落千丈。

当科学家将吸烟与癌症联系在一起，烟草行业面临格外尖锐的攻击，这可能加剧了鲍威尔的耸人危言。自1964年起，直到进入最高法院，鲍威尔一直担任着菲利普·莫里斯公司的董事，他不加掩饰地捍卫烟草，签署了一系列抨击批评者的年度报告。例如公司1967年度报告宣称："我们谴责在如此重要的争议问题上缺失客观性……不幸的是，许多吸烟与健康问题方面的报告普遍忽视了被广泛认可的吸烟的正面好处，有利于吸烟的科学报告几乎无人关注。"烟草公司请求准允"平等时间"以回应电视上的批评者，遭到联邦通信委员会（Federal Communications Commission）拒绝，对此鲍威尔感到不快，并且坚决认为公司享有的第一修正案权利正遭受侵害。鲍威尔诉诸法庭失败，增加了他的企业备战感。杰弗瑞·克莱门茨（Jeffrey Clements）在《企业不是人民》（Corporations Are Not People）一书中表示，鲍威尔为烟草公司的辩护是企业权利运动的先兆，也是他在给保守派的备忘录里，推动支持更多偏向企业的法庭的一大部分原因。[38]

因为高通胀伴随高失业的"滞胀"，经济情况下行，加重了美国企业的困境。还有石油危机和气体管道问题。在几代人实行再分配的累进收入与遗产税后，经济精英正在丧失领先地位。70年代中叶的美国，和历史上的任何时候一样，收入是平均分配的。[39]

"没有有识之士质疑，美国经济体系在遭受广泛攻击。"鲍威尔在备忘录里宣称。他的哀诉比许多其他保守派冗长文章的突出之处，在于他认为眼前的最大威胁不是一小撮"左派极端分子"，而是"完全可敬的社会要素"。他表示，真正的敌人是"大学校园、讲坛、媒体、知识分子和文艺刊物、艺术和科学"，以及"政治家"。

鲍威尔呼吁美国企业反击。[40]他催促美国资本家们实行"游击战"，对付那些试图"阴险"损害他们的人。他认为，保守派必须对形成公众意见的机构——例如学界、媒体、教会和法院——施加影响，从而掌握舆论。他还主张，保守派应该要求教科书、电视节目和新闻报道中的"平衡"，从而在源头处控制政治争论。而他主张捐资人应该要求在大学招聘、课程上拥有话语权，并且"在所有政治领域有力施压"。他预测，胜利的关键是，在"只有共同努力才可用的资金规模"支持下的"长远仔细的规划和实施"。

鲍威尔并非孤身一人。一批右派积极分子发出了相似的战斗呼吁，其中包括新保守主义的教父欧文·克里斯托尔（Irving Kristol）。克里斯托尔这位前托派，已经成为《华尔街日报》保守社论的专栏作家，他在那里撰文建议企业领袖的公关更加油滑，认为他们需要淡化"对自我私利的执着追求"，而去标榜家庭、信仰之类的道德价值[41]。尼克松的白宫助手帕特里克·布坎南（Patrick Buchanan）在1973年同样认为，为了长久地成为政治多数，保守派需要说服美国企业和倾共和党基金会，去资助一所将会充当"免税庇护所""人才储备营"和"信息中心"[42]的智库。

不过真正使右翼兴奋起来的是鲍威尔的备忘录，它煽动富有的极端保守派将他们的慈善捐赠变成武器，以打赢一场影响美国政治思想的多线战争。

在这一时期，和许多保守派一样，斯凯夫对传统政治的希望日益破灭。戈德华特的败选是私下的巨大失望。之后，斯凯夫大张旗鼓地卷入一场更大的运动，向 330 个与尼克松 1972 年选举连任活动相关的不同的前线组织捐赠 3000 美元的支票，总数将近 100 万美元。小规模现金是专门为了避开限额。

而当尼克松牵涉"水门丑闻"时，斯凯夫放弃支持他，也放弃了资助候选人的想法。那时斯凯夫已经在匹兹堡外买下了一家位于格林斯堡的当地报纸《论坛评论》(*Tribune-Review*)，1974 年他发表了一篇要求弹劾尼克松的尖刻社论。不久之后，他甚至拒绝接听总统的电话。克里斯托弗·鲁迪说："从那以后他不再是竞选人的大金主了。"

斯凯夫在选举过程中受挫，像查尔斯和大卫·科赫两兄弟一样，他试图通过更迂回的方式为政治胜利助资。尽管他继续向政治活动和行动委员会捐款，但他开始投资更多在保守机构和思想上。他的私人基金会成为政治和政策新事业的主要资金来源，尤其是智库，在保守主义思想战运动中成了皮尔逊所说的"炮兵"[43]。斯凯夫在回忆录里估计，保守主义运动中最重要的 300 个机构，他至少支援过 133 个。

1975 年，斯凯夫家族慈善信托基金向一家位于华盛顿的新保守派智库，即遗产基金会（Heritage Foundation），捐资 19.5 万美元。在接下来的十年里，斯凯夫成为最大支持者，捐资超过 1000 万美元。到 1988 年，捐款总额达到约 2300 万美元，这也意味着斯凯夫在智库的总资金中占据极不成比例的巨大份额。在此之前，斯凯夫已经是美国企业研究所（American Enterprise Institute）——一家位于华盛顿的更早的、颇有竞争力的保守派智库的最大投资人，不过遗产基金会有一套新模式赢得了他的青睐。与过去的研究中心相比，它的政治意图明确，以酝酿、兜售保守主义思想并将其深植进美国主流为荣。

事实上，遗产基金会诞生自两名国会助手对更传统的智库模式的失望。其中一位埃德温·佛纳（Edwin Feulner Jr.）[44]毕业于沃顿商学院，是哈耶克的助手，在募集资金方面颇具天赋。另一位保罗·韦里奇（Paul Weyrich），头脑灵活，是来自威斯康星州的极端保守的工薪阶层天主教新闻助理，他描述自己是一名"激进分子"，"致力推翻当前的权力结构"[45]。美国企业研究所拒绝向立法斗争施加影响，直到事情尘埃落定，这是一种稳妥的做法，反映出较早的智库担心丧失自己的非营利状态，但却使得那两人被激怒。而他们希望创立一种崭新的智库，以行动为导向，能够在决定做出之前积极游说国会议员，在斗争中选择立场，以及在各个方面不仅是"想"，更要去"做"。

路易斯·鲍威尔的备忘录唤醒了项目所需的善财天使。一马当先的就是来自极端保守的科罗拉多库尔斯啤酒家族的约瑟夫·库尔斯（Joseph Coors）。他读完鲍威尔的备忘录后分外"激动"，给他的科罗拉多共和党参议员戈登·阿洛特（Gordon Allott）写信，提议"投资保守派事业"。[46]为阿洛特工作的韦里奇看到库尔斯的信便抓住机会，催促这位似乎资助资金无限且无附加条件的大亨赶快来华盛顿。"我相信，我从未见过有人和约瑟夫·库尔斯一样政治幼稚。"[47]据报道他后来轻笑着提及此事。但库尔斯则迷溺其中。韦里奇曾告诉库尔斯"这个国家建立在投入保卫自由的战争的基础上。想想我们需要的战斗情报"。

库尔斯立即加入。像科赫兄弟和斯凯夫一样，他和他的兄弟们继承了丰厚的私人家族企业以及家长的保守观念。约瑟夫·库尔斯是约翰伯奇会的支持者，他认为工会工人、民权运动、联邦政府的社会计划，以及20世纪60年代的反传统文化，对于使他和他的祖先成功的生活方式而言，都是事关生存的威胁。库尔斯酿酒公司由阿道夫·库尔斯（Adolph

Coors）于 1873 年成立，他是一名普鲁士移民，以对工会的敌意而闻名，并且与科罗拉多民权委员会产生多次冲突，该委员会指控公司歧视少数族裔的雇员。创始人最小的孙子，即约瑟夫·库尔斯，深信激进左派已经蔓延全国，他作为科罗拉多大学的摄政者试图阻挠左翼演讲者、教职员工和学校学生时，成了争论中心。[48] 他试图要求老师宣誓效忠美国，但被其他掌权者挫败。而他自己的儿子在学校里成了嬉皮士，他愤怒万分，在毕业演讲中责备"好逸的寄生虫……靠国家救济生活"。到了与韦里奇产生关联时，他早已相信右翼需要韦里奇描述的那种崭新的更激进的国家机构。

不久之后，库尔斯成为韦里奇和佛纳发起的、新兴的保守派智库的首位捐资人。这家当时名为分析研究协会（Analysis and Research Association）的智库，是遗产基金会的前身。

在最初 25 万美元捐款的基础上，库尔斯又承诺 30 万美元以修建总部大楼。很快他就陶醉在作为全国知名人物的新地位里，并且乘喷气式飞机往返于科罗拉多州高登市（Golden）与华盛顿。在许多大富豪政治理论家的支持下，遗产基金会在 1973 年开张。

斯凯夫的资金以更大的规模迅速跟上。[49] 当时流行这样一句话："库尔斯给六包；斯凯夫给几箱。"[50]

美国独立研究机构至少在 20 世纪初就已存在，不过正如约翰·朱迪斯（John Judis）在《美国民主的悖论》（The Paradox of American Democracy）中所写，早期智库致力于提高公众利益，而非狭隘的私人或党派利益。遵循进步运动的传统，他们公开表示受社会科学而非意识形态驱使。其中声名远播的是由圣路易斯的商人罗伯特·布鲁金斯（Robert Brookings）于 1916 年成立的布鲁金斯学会（Brookings Institution）。学会将其使命定为"免于任何政治或经济利益"。[51] 为了确保"公正无私"的道德标准，本人是共和党人的布鲁金斯委任观念多元的学者们进入董事会。

同样的理想激发了洛克菲勒基金会、福特基金会和罗素塞奇基金会，以及那个时代的大多数学术和精英新闻组织，例如力求摆脱党派偏见以传递真相的《纽约时报》。因为这些机构以从事于现代的，甚至是科学的真理追求为自我理念，所以它们并不自视为自由主义者，尽管它们对社会问题的解答常常涉及政府解决方案。

20世纪70年代，随着少数巨富如斯凯夫的捐资人提供资金，以及受一些大企业支持，一种新形式"智库"出现，比起从事学术研究，它更忙于向政治家和公众推销预定的意识形态。罗素塞奇基金会的前总裁埃里克·华纳（Eric Wanner）总结道："应该由社会科学塑造社会政策，而全世界各地的美国企业研究所和遗产基金会们则代表了这种进步信念的颠倒。"[52]

一种说法称，催生智库作为变相政治武器的观念的人，正是哈耶克。BBC纪录片制片人亚当·柯蒂斯（Adam Curtis）讲述了一个故事：大约在1950年，伊顿和剑桥毕业生安东尼·费希尔（Antony Fisher），一名古怪的英国自由至上主义者，相信社会主义和共产主义正在占领民主西方，他在读过《读者文摘》版的《通往奴役之路》后，就应该采取何种措施寻求哈耶克的建议。他是否应该竞选公职？当时任教伦敦经济学院的哈耶克告诉他，对于有他们这样信念的人而言，从政徒劳无益。哈耶克认为，政客是传统观念的囚徒。如果想要实施当时被认为荒诞不经的自由市场思想的话，他们必须改变政客的想法。为了达成这一目标，就需要野心勃勃，甚至有点虚伪的公关活动。费希尔记录道，哈耶克告诉他，最好的方式是开办发动"思想战争"的"学术机构"[53]。哈耶克还告诉他，如果成功，他将改变历史进程。

然而为了成功，需要就智库的真实目的做一些瞒骗。费希尔冒险事业的伙伴奥利弗·斯梅德利（Oliver Smedley）写信给他说，他们需要"讳言"，并且将组织伪装得中立且无党派。他们选择了一个适当得平淡无奇的名称,在伦敦成立了自由至上主义智库的鼻祖,取名"经济事务研究所"(Institute of Economic Affairs)。斯梅德利写道,这是"必要的,在我们的名称里不应提供任何标示,表明我们沿着可能被解读为持有政治偏见的特定路线去教导公众。换句话说,如果我们公开宣称我们正在进行自由市场经济学的再教育,这可能使敌人质疑我们目的的慈善性"。

费希尔会继续在世界各地又成立了150家左右的自由市场智库,包括纽约的曼哈顿研究所,斯凯夫和其他保守派大亨都是它的主要金主。实际上莎拉·斯凯夫基金会多年来是曼哈顿研究所最大的单一捐助者。[54] 当这些钱助力保守派社会批评家默里和供给经济学大师乔治·吉尔德(George Gilder)的职业生涯,他们反对福利计划和税收的观点对普通美国人产生巨大影响时,斯凯夫认为投资得到了回报。

费希尔成立曼哈顿研究所的早期合作者是威廉·凯西(William Casey),他是华尔街金融家,也是未来的中情局局长。早期智库并非间谍行动,但资助它的富人并不反对使用借口和假情报,服务他们眼中的崇高事业。实际上斯凯夫在这一时期还同时资助了一家中情局前线团体。他在回忆录里承认,在20世纪70年代初他拥有一家总部设在伦敦的新闻组织,名为论坛世界特稿社(Forum World Features),它实际上是中情局经营的宣传行动。他接管的这家组织来自乔克·惠特尼(Jock Whitney),即《纽约先驱论坛报》(New York Herald Tribune)的出版人,也是他父亲在战略情报局的朋友。

在韦里奇的早期计划里,诡计元素同样明显。他的包括通信在内的文件,使他的政治组织听起来像是秘密的企业前线组织。一名工作人员写道:"你也清楚,商人在政治领域是出了名的无感。我认为,这主要是因为商人担心牵扯事业以及来自联邦政府的可能后果。我们计划的组织会掩护他,并以高价为他有效执行政治工作提供手段。"[55]

美国大亨早期隐匿于非营利前线组织背后的尝试,已经被证明在法律和政治上皆为祸害。20世纪30年代,民主党人幸灾乐祸地揭发杜邦(Du

Pont）家族资助美国自由联盟（American Liberty League）——一家表面独立的反罗斯福新政的组织，并戏称其为"美国玻璃纸联盟"（American Cellophane League），因为"这是杜邦产品，一目了然"。1950年，国会调查这家已经成为美国企业研究所的团体，谴责其是"'大企业'压力组织"[56]，应当登记为游说商店，并禁止向其捐资人提供税收减免。1965年，美国企业研究所高层人士请辞，组成了戈德华特1964年总统竞选的智囊团。虽然如此，国税局仍威胁着智库的免税状态。正是这样伤人的经历，促使美国企业研究所以及当时其他保守团体避免表现得太有党派性或是成为企业雇佣的托。

然而在70年代，这样的担忧已然过时。新近好斗的企业先锋中的鲍威尔和其他人翻转消极态势，借由成功将现有的当权派组织，例如布鲁金斯学会和《纽约时报》，重新定义成同样偏袒自由派的一方，积极控诉保守组织遭受偏见。[57]他们却是认为，思想"市场"是必要的，它能平衡所有观点。但实际上，他们将以前超越争端、公益导向的以中立性为荣的组织，削弱成分化战争中的纯粹参战者。

布鲁金斯学会和《纽约时报》迷失方向，迅速将保守派纳入队伍中，寄望以此展现他们的无党派主义。布鲁金斯学会急忙让一名共和党人成为会长，而《纽约时报》在1973年吸纳尼克松前讲稿撰写人比尔·萨菲尔（Bill Safire），作为评论版的专栏作家。1976年，斯凯夫资助的当代研究学会（Institute for Contemporary Studies）发布报告，指责媒体的自由派偏见，随后《纽约时报》以反商业色彩为理由，迫使社论版编辑约翰·奥克斯（John Oakes）离职。与此同时，资助大量早期两党环保运动和公益法运动的福特基金会，试图对它是自由派的批评进行还击，[58]在1972年捐赠第一批30万美元基金给美国企业研究所。"恭喜，你从福特基金会打劫了一大笔！"[59]一名友人在给美国企业研究所高管的消息中大呼出声。

结果到70年代末，保守派的非营利组织取得的权力，在拯救迦太基联盟最初建立的时期几乎无从设想。巨富的右翼捐资人已经改变自己遭人奚落的、罗斯福时代自私的"经济保皇派"形象,摇身变成受人尊重的双边辩论中的"另一边"。

新型高度党派化智库的影响远超华盛顿政府。他们向已解决的学术领域引入质疑,贬低真正不偏不倚的专家,向政客提供矛盾的数据和论据菜单以供选择。他们带来的好处是更加多元的知识氛围,超越自由主义的正统观念。然而危险则在于,骗子党羽会以欺骗性研究为基础创造"平衡",并且在牵涉资助人经济利益的急迫议题上误导公众。

一些知情人,例如史蒂夫·克莱蒙斯(Steve Clemons)是曾在尼克松中心等智库工作的政治分析家,他将新兴智库描述为"浮士德式交易"。他担心金钱腐蚀研究。"资助者日益期望取得有助他们重要利益的政策成果。"[60]他在一篇自白文章中坦承,"我们已经成为洗钱者,而那些款项背后有真实具体的政治议程。没有人愿意对此置喙;这是最禁忌的话题之一"。[61]

为了努力证明知识的正直性,所有新型智库都可以举出特殊例子,表明他们和一些捐资人的立场有区隔。不过更典型的案例是约翰·M.奥林,这名化学和军火大亨拥有的基金会是美国企业研究所的顶级赞助人。奥林的信件显示,在尼克松时代,他指定捐款的特定用途,要求研究所阻挠遗产税的提升,之后因为在他看来研究所动作懈怠,他对此感到越发烦躁。奥林在给智库总裁的消息中,责备征税是"彻底的社会主义",并且抱怨如果智库不尽快发表意见,"等我一死,我的财产几乎全会被清算"。[62]

大卫·布洛克(David Brock)是叛离保守派的自由派积极分子,年轻时曾在遗产基金会工作,他声称基金会几乎完全操于有钱赞助者之手。他在《被右派蒙蔽》(Blinded by the Right)一书中全盘托出,"我亲眼见证右翼意识形态如何制造,又如何受控于一小群有权势的基金会",例如史密斯·理查德森、阿道夫·库尔斯、林德和哈里·布拉德利,以及约翰·M.奥林基金会。[63]在他的评价中,斯凯夫是"目前为止最重要的";

的确，布洛克描述他是"在塑造现代保守主义运动以及向政治领域散播其理念上，最重要的一个人物"。

斯凯夫个人究竟如何从思想上参与——而非下放权力给重要顾问，例如他的长期助手理查德·拉里（Richard Larry）和拉里的同事前海军 R. 丹尼尔·麦克迈克尔（R. Daniel McMichael）——仍旧保留几分神秘。斯凯夫豪赠的接受者，例如战略与国际问题研究中心主任大卫·阿布希尔（David Abshire），里根的前司法部长兼遗产基金会同事埃德温·米斯三世（Edwin Meese III），总是赞扬他的敏锐头脑。正是米斯形容斯凯夫是"看不见的手"，将"平衡与合理原则带回公共竞场"，并"悄然为整个运动叠砖架炮"。[64]然而斯凯夫的前助手詹姆斯·舒曼（James Shuman）告诉《华盛顿邮报》，如果斯凯夫没有继承大笔家族财产，"我不认为他有足够的智力达成这么多事"[65]。

斯凯夫在回忆录里，略带智慧和魅力地重新讲述了他的人生故事，暗示说他如果缺乏自我意识，本可以变得灵活而有趣。然而他为数极少的公开演讲里，有一次在1994年为了庆祝共和党赢得参众两院的遗产基金会集会上，这次演讲让人对他头脑的清醒程度不太放心。斯凯夫有点语无伦次地漫谈，宣布"随着政治胜利，盘绕国家半个世纪的意识形态斗争，如今显现清楚迹象，正在进入赤裸裸的意识形态战争。其中我们共和国的根基受到威胁，我们最好小心留意"。[66]

在他结束康复计划重举酒杯的同一年，斯凯夫又发表了一番漫无边际的言论。1987年，他的第二任妻子玛格丽特·"里奇"·巴特尔（Margaret "Ritchie" Battle）带他一起去贝蒂福特中心。同事们说，他好几年都保持节制。但他的妻子仍然纸醉金迷。1979年他邂逅和他一样已婚的里奇后，夫妻开始上演肥皂剧戏码。斯凯夫声称，迷人且有难忘决心的南方人里奇，身着魅惑难挡的白色兔毛衫出现在他的办公室后，两人这才第一次发生关系。"我们做了自然而然的事。"[67]他告诉《名利场》（*Vanity Fair*）。里奇则反驳："我从来没有过一件兔毛衫。我对那样的东西过敏！"

据说两人恋爱时，里奇狠踢了斯凯夫的命根，使他不得不被送往医院急诊室。与此同时，他和第一任妻子就离婚协议缠讼近十年，他努力不让她拿走他延迟获得的部分海湾石油股份。为了逃避传唤，里奇一度被裹在毛毯里由仆人抬出斯凯夫家，一如克里奥帕特拉。

斯凯夫的家庭生活支离破碎。据斯凯夫的儿子大卫说，里奇和斯凯夫在他就读预科学校——又是迪尔菲尔德——期间带着酒和大麻看望他，斯凯夫还和儿子一起抽。[68] 1991年，斯凯夫与里奇结婚，里奇继续住在自己位于拐角的房间。他们的婚礼丢尽了匹兹堡上流社会的脸面，闪瞎人眼的草坪标志上一语双关地写着"里奇爱丁丁"[69]。

不过在这对夫妻的分手壮举面前，如此丑闻也黯然失色。里奇雇佣私家侦探跟踪斯凯夫到按小时收费的路边旅馆，记录下斯凯夫和塔米·瓦斯科（Tammy Vasco）偷情。这位高挑的金发女人曾因卖淫被捕。而里奇自己在发现仆人布置浪漫的双人烛光晚餐后，窥视斯凯夫的窗户并且爬了进去，结果被以"非法侵入"自己丈夫的房子为理由遭拘。指控虽被驳回，被蔑视的妻子很快又因为夫妻俩的黄色拉布拉多猎犬博勒加德的抚养权，而和斯凯夫的管家大打出手。里奇成功带着狗逃逸后，斯凯夫在前院张贴告示，上面写着："妻子和狗走失——悬赏寻狗。"[70]

这些冲突还只是他们"史诗"般的离婚冲突的小前奏。斯凯夫听从律师建议，没有坚持和里奇的婚前财产协定，在回忆录里这是他深度痛悔的失误。斯凯夫坚持认为，他并非故意羞辱前妻，他只是相信有"开放婚姻"。他开玩笑说，这个问题"比尔·克林顿和我都有"。而塔米·瓦斯科陪伴着斯凯夫，一直到他生命的尽头。她陪伴他去加利福尼亚那楠塔基特岛和圆石滩的房子，也经历了家庭成员的懊恼和匹兹堡社会的蔑视。一名斯凯夫的友人说，尽管她有卖淫被捕的记录，但他罹患癌症垂死之时，仍在床边放着瓦斯科的相片。

所有这一切带来了疑问，斯凯夫基金会在1999年迫使遗产基金会更多关注保守主义社会和道德问题，尤其是家庭价值对此它将如何解释。

基金会总裁埃德·佛纳迅速回应捐助人的要求,聘请了威廉·J.班尼特（William J. Bennett）。班尼特是直言不讳的社会保守派,曾是罗纳德·里根的教育部长,以及老布什的国家毒品控制政策办公室（National Drug Control Policy）主任。不久之后,他被任命为基金会文化政策研究方面新的杰出研究员。李·爱德华兹（Lee Edwards）撰写基金会的官方历史,他证实斯凯夫基金会"特别在意家庭的崩解,这一问题成为基金会的重要关切"。[71]班尼特还担任斯凯夫基金会主席。

同样令人难以理解的是,斯凯夫用于90年代对克林顿总统婚姻不忠的过度调查,即后来所说的阿肯色项目的基金会捐款,该如何合理解释。这个项目雇用私人侦探,从反克林顿的来源处挖掘丑闻,将下流的半假真相输送给《美国观察家》（The American Spectator）杂志,而该杂志同样是由斯凯夫的家族基金会资助。斯凯夫的基金会大量投钱,数次诉讼克林顿,所有官司助长了政治狂热,导致了克林顿的弹劾听证会。

与此同时,斯凯夫迷溺于不着边际的阴谋论,认为克林顿白宫助手文森特·福斯特（Vincent Foster）之死实际上是一场谋杀,斯凯夫一度称为"克林顿政府的罗塞塔石碑",而警方早已判定是自杀。斯凯夫甚至在访谈中坚称克林顿"能随意命令人们消失……天啊,肯定有60人（和克林顿有关）神秘死去"。[72]

斯凯夫向克林顿发起的自行出资且基本免税的不同凡响的复仇,证明了一个富有的极端分子可能对国家事务造成的影响,某种程度上这也成为后来科赫兄弟对付奥巴马的彩排。总统身边可能环绕特工,以及成群的律师和工作人员,但是斯凯夫证明,对抗隐匿于非营利前线组织背后的反对者们无止境且难追踪的支出是多么困难。而最后,阿肯色项目变得如此失控,斯凯夫发现自己不知不觉陷入严重的法律困境,被传唤向大陪审团就篡改联邦证人的可能指控作证。他手下的两名飞行员,其中一位开他的DC-9型私人飞机载他去阿肯色州作证。没有任何指控被提起。然而斯凯夫大怒,从基金会资助对象里剔除《美国观察家》,并和引领反克林顿冲锋的长期助手理查德·拉里反目。拉里不久后辞职。

随后在2008年的一次惊人转机里，斯凯夫会见了希拉里·克林顿，后者曾指认斯凯夫是她所说的折磨克林顿的"右翼巨大阴谋"的头目。保守派政治评论家拜伦·约克（Byron York）声称，"地狱已正式冻结"。经过一次愉快的编委会闲聊，斯凯夫撰写了一篇评论文章，发表在自己的报纸上，宣布自己对她作为民主党总统候选人的看法已经改变，现在"非常有好感"。这次和解既证明了希拉里·克林顿的政治手腕，也证明了斯凯夫近乎幼稚的易感性。回忆录里，斯凯夫与对手进行私人会面后，不断改变自己的政治观念，无论此人是自由派的肯尼迪家族成员萨金特·施莱弗（Sargent Shriver），或是民主党众议员杰克·默撒（Jack Murtha）。"和许多亿万富翁一样，他活在幻影中。"他的朋友鲁迪（他和克林顿夫妻的关系同样缓和）总结道。相反的信息鲜能进入他的世界。而斯凯夫家族的财富使他能够建造一座政治堡垒，强化他的意识形态并强加给全国的其他人。

斯凯夫在威奇托迅速扩张家族企业，并且寻求比选举政治更有效的方式以传播自由至上主义，与此同时，查尔斯·科赫也被路易斯·鲍威尔激发。1974年在达拉斯的一家酒店，查尔斯向一群商人发表演讲。"正如鲍威尔备忘录指出的，"科赫警告他们，"生意和企业制度陷入麻烦，为时已迟。"

科赫催促他的商业领袖同人们"付诸激进的新努力，以战胜普遍的反资本主义思想"。他宣称，"发展出一批资金充足的自由企业理念支持者的中坚骨干，是我们今天的迫切需要"[73]。他还说，"社会主义"管控的反对者，应该通过投资"倾资本主义的研究和教育项目"，"撬动"他们的力量。他认为，借由这样的方式，他们的努力将会得到"乘法效应"。

那时候查尔斯对政府的恼怒不仅是理念上的。科氏工业刚成为联邦政府监管的目标。[74]一个月前，政府控告公司违反联邦石油价格管制。

1975 年，政府还因对丙烷气体要价高达 10 万美元而传唤科氏工业的一家子公司。政府对这家公司更多更严重的指控接踵而至。

响应鲍威尔的斗争号召不久，查尔斯也设立了一家智库，将他的私人基金会改造成加图研究所（Cato Institute）。这个名字是向美国殖民时期一系列支持解放的书信作者的笔名致敬。有说法称，在它的启动资金面前，斯凯夫给遗产基金会的早期捐款形同矮人，而当年查尔斯在头三年里给全国第一家自由主义智库减税后的捐款，据估计达到 10 万至 20 万美元。[75]

埃德·克兰（Ed Crane）是一位年轻潇洒的加州金融家，他和科赫一样热衷自由至上主义，但却没有其财力，据他说智库的点子就是他出的。1976 年自由意志党候选人在总统竞选中不出所料地惨败后，曾在竞选活动中起作用的克兰准备回到私营企业。但曾在竞选中见面的查尔斯将他带到一边，问他如何才能让他留在自由至上主义活动中。"我说我的银行账户空空如也。"克兰后来回忆说，"他问，'你需要多少钱？'""按照布鲁金斯或者美国企业研究所模式的自由至上主义智库可能会不错。"克兰回答。查尔斯立刻回答："我会给你的。"[76]

克兰成为加图研究所的负责人，但加图的早期员工称，查尔斯只手拥有绝对铁腕。自由至上主义活动家大卫·戈登（David Gordon）曾在早期的加图工作，他告诉《华盛顿》杂志，"埃德·克兰总是打电话到威奇托，并由查尔斯经营一切。很明显，科赫在支配"[77]。另一位加图的早期员工罗纳德·赫莫伊（Ronald Hamowy）补充说，"不论查尔斯说什么，照做"。尽管克兰反感政府，1977 年加图还是将总部设在了华盛顿特区。很快研究所聘用了大批学者，他们被主流媒体恭奉为无党派专家。

但基本上，加图致力于支持查尔斯·科赫的愿景：政府唯一合法的角色是"作为一个守夜人，保护个人与财产免受外部威胁，包括欺诈。这已经是最大限度了"[78]，正如他在 70 年代对威奇托扶轮社所讲。科赫兄弟总将加图以及由他们的慈善事业支持的意识形态项目，描绘成无党派、无私利。但从一开始，科赫兄弟的意识形态和商业利益就衔接得如此紧密，彼此之间难以区分。低税收、宽松的监管，以及减少为穷人和中产阶级的政府项目，这些全都契合科赫财富和权力的积累。

我们无法确切知道，从20世纪70年代开始，由几个巨富家族资助的私人基金会和信托基金，究竟投了多少钱给右翼智库，并且效果究竟有多好。他们的基金很快与谨慎地跟随这些家族醒目引领的企业捐资相混合。不同于其他形式的有偿政治影响，这些钱绝大部分从未被透露。非营利团体的厚礼可以向公众隐瞒。新型智库因此成为快速成长、秘密的企业军火库。事实上在"水门事件"后，保守派智库自我调整以适应企业，以此为影响政策而杜绝丑闻的最安全方式。[79]到20世纪80年代初，在遗产基金会早期支持者克雷尔·布思·卢斯（Clare Boothe Luce）的私人文件中发现了资助者名单，其中遍布500强企业[80]。美国石油公司、安利、波音、大通曼哈顿银行、雪佛龙、陶氏化学、埃克森、通用电气、通用汽车、梅萨石油、美孚石油、辉瑞、菲利普·莫里斯、宝洁、雷诺烟草、塞尔、西尔斯、罗巴克、史克必成制药、联合碳化物公司，以及联合太平洋公司，都曾付钱给智库——而智库则推动它们的议程。

保守派慈善事业的学者兼关键人物詹姆斯·皮尔逊表示，至少"智库和保守派基金会让保守思想受人尊敬"[81]。他还说，在资助涌入之前，保守主义者被视作美国政治边缘的"怪人"。

这种运动产生影响的一个衡量角度是，从1973年起，一直到接下来的数十年里，公众对政府的信任持续降低。如果说这群资助保守派活动的人推动了什么一致信息的话，那就是政府才是美国的问题，而非企业。80年代初，舆论的逆转有标志性意义，美国人对政府的不信任程度首次超过对企业的不信任度。[82]

在全国范围内的投资取得成效的一个更早标识是，共和党浪潮席卷1978年中期选举。这一年，共和党人赢得3个参议院席位、15个众议院席位以及6个州长。在佐治亚州，处在会造成未来不可预见后果的进程中，纽特·金里奇（Newt Gingrich）当选了国会议员。能源危机和"滞胀"等外部事件当然也影响了选举结果。而新型保守智库和其他右翼政治组织煽动不满群众，并塑造出主流声音。

帮助保守派复兴的，是新组织起来、惊人积极的独立竞选攻势，其由右翼捐赠者提供资金，由全国保守政治行动委员会（National Conservative Political Action Committee）管理。该活动在美国竞选中使用了全新水平的自费攻击广告。

保守势力在国会的影响力也日益明显。本来预期劳工运动在吉米·卡特（Jimmy Carter）任期内可能取得巨大进展，但由广泛的智库和外部游说团体支持的占优势的商业会议，很快给予了一系列毁灭性阻挠。[83] 韦里奇的作用同样关键。通过创建共和党研究委员会（Republican Study Committee），一个联合外面活动者和保守派当选官员的组织，他巩固了运动对国会的影响力。许多年来，因为这个混合的组织，遗产基金会的员工成为唯一被允许同共和党国会成员定期召开核心会议的外人。"我们基本上是遗产基金会和国会保守派成员间的管道。"[84] 1983年总裁堂·埃伯利（Don Eberly）说。

在斯凯夫的经济支持下，韦里奇在这一时期还发起了其他一些巧妙的政治组织。一个是美国立法交流委员会（American Legislative Exchange Council，简称ALEC），这个组织的目标是在全国各州发起保守主义的斗争。从1973年到1983年，斯凯夫和梅隆家族信托基金向ALEC捐资50万美元，占其预算的大部分。"ALEC顺利走在实现组织发起者梦想的路上，"[85] 1976年韦里奇的助手给斯凯夫的高级顾问写信，"十分感谢您的信任，以及斯凯夫家族慈善信托基金的无限慷慨"。一名ALEC管理员抱怨斯凯夫的基金会对组织议程的影响过大时，一名斯凯夫员工则反驳说，他们遵循"黄金法则——谁有黄金，谁就是法则"。[86]

与此同时，韦里奇大肆扩大保守风潮，借由和杰里·福尔韦尔（Jerry

Falwell）共同创立的"道德多数派"，把社会和宗教保守派变成倾向企业的信徒。韦里奇特别擅长利用白人对废除种族隔离的愤怒。[87]

1980年，这一切努力的成效显现。在最终的票数对垒中，里根，一个保守派，以压倒性的优势击败卡特。就在几年之前，自由派精英已经写下了保守派的讣告，如今保守派正在令人震惊地复兴。混乱扩散至每一个层面，包括参议院的乔治·麦戈文（George McGovern）、弗兰克·丘奇（Frank Church）、约翰·卡尔弗（John Culver）和伯奇·贝（Birch Bayh）四个自由派，统统失败。

斯凯夫和科赫兄弟一样，最初并没有支持里根1980年的竞选。起初他偏向约翰·康纳利（John Connally）。不过，这几乎无关紧要。通过建立自己私人的思想工厂，极端捐助者找到方法，在政党之外控制美国政治。里根一经当选，就接受了美国遗产基金会电话簿大小的政策手册《领导力要诀》（Mandate for Leadership），并且复印分发给每一位国会成员。政府很快按照其愿望清单提供了为数颇丰的项目。遗产基金会列出了1270项具体的政策建议。据佛纳说，里根政府采纳了61%。[88]

如果安德鲁·梅隆在世，他本人也会为里根在国会通过的大幅减税而称心满意。里根削减企业和个人所得税率，尤其有利于富人。[89] 1981年至1986年间，最高所得税率从70%减至28%，同时却向底部4/5工薪阶层增税。过去不显著的经济不平等开始攀升。化石燃料产业的最美愿景同样成真。里根采纳遗产基金会提出的建议，一进入白宫，就废除了尼克松为应对能源危机而实施的油气的经济管制。这些都是查尔斯·科赫强烈反对的规定。里根还削减石油利润税，不出所料，科氏工业的收入暴涨。《福布斯》指出，尽管科赫名气不大，"但很可能是美国利润最大的私人企业"。

新型的保守派非营利组织也日益兴旺。1985年，遗产基金会的预算是布鲁金斯和美国企业研究所的总和。斯凯夫那时已经以每年100万美元的速度向智库捐献了1000万美元。[90] 他的行动已经把路易斯·鲍威尔的梦想变成现实。不过鲍威尔议程中的一个关键部分还未完成。保守派基金会本该投资培育他们自己的知识分子，但拯救迦太基联盟仍未征服美国学府。常春藤联盟并不欢迎斯凯夫之流，和他当年被开除时差不多。斯凯夫声称，他感激免遭自由主义的思想灌输。"我很幸运。高等教育没有把我推向左派，而我也从未后悔。"他在回忆录中写道，"我想说，富人心怀愧疚的主要原因，是学校教育他们应该这样。"[91]

而这个状况，即将改变。

注释：

1. Robert Kaiser, "Money, Family Name Shaped Scaife," *Washington Post*, May 3, 1999, A1。
2. Karen Rothmyer, "Citizen Scaife," *Columbia Journalism Review*, July/Aug. 1981。
3. 理查德·梅隆向作者分享了他的回忆录副本，并且授权除关于处理争议离婚的一小部分外所有材料的使用，那部分细节没有在书里出现。
4. Lionel Trilling, *The Liberal Imagination: Essays on Literature and Society* (Viking, 1950), xv。
5. 此人与作者的对谈。
6. Rothmyer, "Citizen Scaife"。
7. Richard Mellon Scaife, "A Richly Conservative Life," 282。
8. Kaiser, "Money, Family Name Shaped Scaife"。
9. Burton Hersh, *The Mellon Family: A Fortune in History* (Morrow, 1978)。
10. Kaiser, "Money, Family Name Shaped Scaife"。
11. Scaife, "Richly Conservative Life," 20。
12. 同上，21页。
13. Kaiser, "Money, Family Name Shaped Scaife"。
14. Isaac William Martin, *Rich People's Movements: Grassroots Campaigns to Untax the One Percent* (Oxford University Press, 2013), 25。
15. 同上，34页。
16. 同上，45页。梅隆认为，如果富人身上的税低些，他们会更倾向于投资免税债券，因此为财政部刺激出更多收入，并且同时也增加梅隆银行这样的金融机构的收益。
17. 杰拉尔德福特图书馆藏有鲍勃·戈尔登1975年6月11日写给迪克·切尼的关于美国企业研究所的备忘录，其中附有裴德·万尼斯基的学术论文复件，潦草写有标题："圣诞老人理论"。
18. John B. Judis, *The Paradox of American Democracy: Elites, Special Interests, and the Betrayal of the Public Trust* (Routledge, 2000)。
19. Isaac William Martin, *Rich People's Movements*, 64。
20. Judis, *Paradox of American Democracy*, 46。
21. Scaife, "Richly Conservative Life," 61。
22. 参见 See Kenneth F. Scheve Jr. and David Stasavage, "Is the Estate Tax Doomed?," *New York Times*,

March 24, 2013。他们指出,"牺牲的平等"是约翰·斯图尔特·米尔使用的术语,来自 19 世纪,后来成为支持进步主义税法,尤其是在金融战争中的论点。

23 Scaife, "Richly Conservative Life," 6。

24 Robert Kaiser and Ira Chinoy, "Scaife: Funding Father of the Right," *Washington Post*, May 2, 1999, A1。

25 Scaife, "Richly Conservative Life," 43。

26 同上,46 页。

27 约翰·D. 洛克菲勒秘密会见威廉·塔夫脱总统,努力取得其创建洛克菲勒基金会的支持,但是无论怎样努力,1913 年美国参议院均予以拒绝。根据 Rob Reich's paper "Repugnant to the Whole Idea of Democracy? On the Role of Foundations in Democratic Societies" (Department of Political Science, Stanford University, for the Philanthropy Symposium at Duke University, Jan. 2015), 5。

28 同上,9 页。

29 同上,7 页。

30 理查德·波斯纳将永久性慈善基金会比作世袭君主统治。他认为它们可能是富人自我征税的有用方式,但也质疑为什么它们能够享有税收优惠,尤其就自发擦亮公司形象的商人所经营的基金会的情况来说。参见 "Charitable Foundations— Posner's Comment," *The Becker-Posner Blog*, Dec. 31, 2006, http://www.becker- posner- blog.com。

31 Scaife, "Richly Conservative Life," 66。

32 同上,58 页。

33 同上,70 页。

34 *The Rise of the Counter- establishment: From Conservative Ideology to Political Power* (Times Books, 1986)。Sidney Blumenthal 在书中首次使用著名的 "counter- establishment" 术语,描述这场运动中早期知识分子历史的主要情况。

35 路易斯·鲍威尔备忘录的更多来源及影响,参见 Phillips- Fein, *Invisible Hands*, 156–165。

36 皮尔逊的评价来自 2006 年 9 月 21 日公开社会研究所论坛上,与加拉·拉马尔什所做的小组讨论。

37 转引自 Phillips- Fein, *Invisible Hands*, 151。

38 参见 See Jeffrey Clements, *Corporations Are Not People* (Berrett-Koehler, 2012), 19–21。

39 Isaac William Martin, *Rich People's Movements*, 155。

40 有些人质疑从鲍威尔备忘录中得到的是否过度。*The American Prospect* 作者马克·施密特 2005 年写道,"右派的真实情况是,没有计划,只有很多人写下他们自己的备忘录然后发起他们自己的组织"。

41 Phillips- Fein, *Invisible Hands*, 164。

42 布坎南备忘录的更多信息,参看 Jason Stahl, *The Right Moves: The Conservative Think Tank in American Political Culture Since 1945* (University of North Carolina Press, forthcoming), 93。

43 在 2006 年 9 月 21 日公开社会研究所的论坛上,詹姆斯·皮尔逊评价道。

44 佛纳是朝圣山学社成员。该组织是一家奥地利经济学俱乐部,由哈耶克联合成立并参加,而且几乎全部由美国商人承担费用。

45 David Brock, *Blinded by the Right: The Conscience of an Ex-conservative* (Crown, 2002), 54。

46 Lee Edwards, *The Power of Ideas: The Heritage Foundation at 25 Years* (Jameson Books, 1997)。

47 参见 Dan Baum, *Citizen Coors: A Grand Family Saga of Business, Politics, and Beer* (William Morrow, 2000), 103。韦里奇还说,"库尔斯是那种认为你能定下自己的议员然后成些事的人"。

48 同上。

49 成立遗产基金会之前,佛纳工作于策略与国际研究中心,该中心早期几乎由斯凯夫独力资助,所以他会认同斯凯夫作为潜在的支持者。

50　Kaiser and Chinoy, "Funding Father of the Right."
51　Judis, *Paradox of American Democracy*, 122。
52　同上，169 页。威廉·西蒙等保守派基金会领导者认为他们自己只是提供了政治平衡，并且复制自由派基金会的行动。但是政治学家史蒂芬·特莱斯接受作者采访时指出，这里存在着关键的不同。早期建制派基金会例如福特基金会，其董事会趋向于中立派，而新保守派基金会例如奥林基金会，董事会成员则趋向于"意识形态上一致"，并且更有可能接受将捐款作为发展运动的一种方式。
53　Adam Curtis, "The Curse of Tina," BBC, Sept. 13, 2011。
54　Martin Gottlieb, "Conservative Policy Unit Takes Aim at New York," *New York Times*, May 5, 1986。
55　L. L. Logue to Frank Walton (Heritage Foundation), Nov. 16, 1976, folder 16, Weyrich Papers, University of Montana。
56　Jason Stahl, "From Without to Within the Movement: Consolidating the Conservative Think Tank in the 'Long Sixties,'" in *The Right Side of the Sixties: Reexamining Conservatism's Decade of Transformation*, ed. Laura Jane Gifford and Daniel K. Williams (Palgrave Macmillan, 2012), 105。
57　参见 Stahl, *Right Moves*. 斯塔尔描述了这家保守派智库将专业知识概念与政治平衡概念相颠倒的方式。他还透露了福特基金会给美国企业研究所的捐款。
58　1976 年，亨利·福特二世做出震动慈善圈的行动，他从福特基金会董事会辞职作为抗议，认为它对商业的支持还不够充分。
59　这句话来自 William Baroody Jr. 的一位朋友，参见 Stahl, *Right Moves*。
60　Steven Clemons, "The Corruption of Think Tanks," Japan Policy Research Institute, Feb. 2003。
61　Claudia Dean and Richard Morin, "Lobbyists Seen Lurking Behind Tank Funding," *Washington Post*, Nov. 19, 2002。
62　Phillips-Fein, *Invisible Hands*, 174。
63　Brock, *Blinded by the Right*, 77。
64　诸多细节来自 Michael Joseph Gross, "A Vast Right-Wing Hypocrisy," *Vanity Fair*, Feb.2008。
65　Kaiser, "Money, Family Name Shaped Scaife"。
66　同上。
67　Gross, "Vast Right-Wing Hypocrisy"。
68　里奇否认了大麻传闻，但是斯凯夫证实了这件事。出处同上。
69　同上。
70　同上。
71　Edwards, *Power of Ideas*。
72　John F. Kennedy Jr., "Who's Afraid of Richard Mellon Scaife?", *George*, Jan. 1999。
73　转引自 Nicholas Confessore, "Quixotic '80 Campaign Gave Birth to Kochs' Powerful Network," *New York Times*, May 17, 2014。
74　同上。
75　Michael Nelson, "The New Libertarians," *Saturday Review*, March 1, 1980。
76　此人与作者的对谈。
77　Mullins, "Battle for the Cato Institute"。
78　Schulman, *Sons of Wichita*, 106。
79　Stahl, in *Right Moves*, 引述了"水门事件"后一名官员向商业领袖所作的阐述。
80　Box 720, folder 5, Clare Boothe Luce Papers, Library of Congress。
81　Pierson comment, Open Society forum。

82 Judis, *Paradox of American Democracy*, 129。
83 关于劳工国会挫折的详尽精彩描述，参见 Hacker and Pierson, *Winner-Take-All Politics*, 127。
84 Phil McCombs, "Building a Heritage in the War of Ideas," *Washington Post*, Oct. 3, 1983。
85 George Archibald to Richard Larry, Feb. 3, 1977, Weyrich Papers。
86 参见 Alexander Hertel-Fernandez, "Funding the State Policy Battleground: The Role of Foundations and Firms" (paper for Duke Symposium on Philanthropy, Jan. 2015)。
87 美国宗教领域的历史学家兰德尔·巴尔莫著有 *Redeemer: The Life of Jimmy Carter* (Basic Books, 2014)。他在书中提出，认为对罗诉韦德案的激烈反应造就了基督教右派的传统观点是错误的。反之，他认为，是福音派对宗教混合的反对，真正发动了这场运动。他认为，韦里奇聪明地抓住了，因吉米·卡特拒绝给予明确只招收白人的鲍勃琼斯大学税免地位，而激起的福音派的愤怒。
88 Dom Bonafede, "Issue-oriented Heritage Foundation Hitches Its Wagon to Reagan's Star," *National Journal*, March 20, 1982。
89 从 1980 年到 1985 年，国会削减对最富有的 1% 的人的有效联邦所得税率，从 31.8% 降至 24.9%。与之对比，国会提高了对底层 4/5 收入者的有效税率，从 16.5% 增至 16.7%。对于绝大多数美国人而言，这不是一次大加税，但是对于有钱人来说是实打实的减税。结果，从 1980 年到 1985 年，收入最多的 5% 的人的税收收入增加，而其他人全都减少。根据 Judis, *Paradox of American Democracy*, 151. 另参 Daniel Stedman Jones, Masters of the Universe: Hayek, Friedman, and the Birth of Neoliberal Politics (Princeton University Press, 2012), 265。
90 埃德·佛纳在 Luce Papers 中描述了斯凯夫的捐款规模。
91 Scaife, "Richly Conservative Life," 22。

第三章　滩头堡：约翰·M.奥林与布拉德利兄弟

如果说有某个事件激发了保守派捐资人，让他们试图夺取美国高等教育的控制权，那可能就是 1969 年 4 月 20 日康奈尔大学里的暴动[1]。那天下午，家长们在纽约伊萨卡校园时，八十名黑人学生占领学生会并脱离管束，他们列队游行，高举紧握的拳头，向黑人权力致敬。让文雅的常春藤社区受到冲击的是，一些人挥舞枪支。编队负责人是一名学生，自称为康奈尔非裔美国人社团的"国防部长"。腰带一般的满载弹匣以潘秋·维拉的风格绑在胸前，一支锃亮的来复枪漫不经心抓在右手、直垂到臀部。他下巴高扬，头发蓬松，山羊胡子，戴着让人联想到马尔科姆·X（Malcolm X）的眼镜，他的戏剧性形象如此糟糕，以至于多年来被保守派——例如记者大卫·霍洛维兹（David Horowitz）——视为"美国高等教育史上最可耻的事件"[2]。

身家千万的企业家约翰·M.奥林，那个周末并不在他的母校康奈尔。他人在国外旅行。但是作为康奈尔大学的前受托人，他不可能没有看到武装抗议者的标志性照片。照片迅速传遍世界各地，最终赢得了当年的普利策奖。

同样迅速散播出去的，是康奈尔管理者不愿冒流血冲突的风险、很快向黑人斗士的要求妥协的新闻。大学校长在胁迫下，承诺在康奈尔加快计划建立独立的黑人研究项目，并调查几名黑人女学生居住的建筑物外发生的焚烧十字架事件。而让校园里许多保守师生深受震动的是，总统也同意大赦抗议者。据报道之前他们中的一些人暴动时，从康奈尔图书馆书架上把书扔下，谴责这些作品"无关"黑人经历，随后面临纪律处分。

据各方描述，对抗令奥林格外不安。在康奈尔校园里，四栋建筑有他家的名字，图书馆即是其中之一。他和父亲都从这所学校毕业，也是自豪且慷慨的捐资者。在他看来，比抗议者行为更糟糕的，是康奈尔校长詹姆斯·珀金斯（James Perkins）的做法，这位坚定的自由派已经特意向内城的少数族裔学生敞开校门，如今又似乎在屈就课程、降低纪律标准以安抚他们。

"康奈尔的灾难激发了奥林将他的慈善事业转向一个大胆的新方向。"[3] 据约翰·J.米勒（John J. Miller）说。而他的授权传记《自由的礼物》（*A Gift of Freedom*）则为对奥林生活和遗产进行原创研究提供了宝库。奥林"非常清楚地看到，康奈尔的学生和多数重要大学里的学生一样，仇视商人和企业，而且实际上已经开始质疑国家本身的理想"[4]，奥林基金会的备忘录这样描述。

结果，根据米勒的说法，奥林不再像1953年建立约翰·M.奥林基金会的最初几年那样，大量慈善捐款投给医院、博物馆或其他标准的贵族事业，转而走上一条全新的激进道路。他开始资助野心勃勃的运动攻势，让美国高等教育的政治倾向重新调整向右。他的基金会的目标是全国最顶尖的学校，常春藤联盟和它的同行，因为他清楚这些学校是未来掌权人的孵化器。如果这些年轻的骨干能被训练得像他一样思考，那么他和其他捐资人就能确保国家的政治前途。这是一场蓄意的占领，他没有靠枪弹，而是选择以金钱作武器。

到2005年，约翰·M.奥林基金会殚精竭虑，为了满足创始人的意愿，他3亿7000万美元的总资产，近一半都花在了投资推动全国校园的自由市场意识形态和其他保守派思想上。这样做使它形塑并造就了新一代保守的毕业生和教授。"这些努力起到了作用，帮助挑战'左'倾的校园——说得更确切些，是挑战激进人士掌控美国高校的问题。"米勒在2003年出版的一本小册子里给出结论，小册子由慈善圆桌（Philanthropy Roundtable）出版，该组织为保守派慈善家所运作。

"这些家伙，以个人和集体的方式，创造了一种新的慈善形式，即活动型慈善事业。"谈及这一时期奥林基金会和其他资助保守的反知识阶层产物的私人基金会时，进步政治战略家罗布·斯坦（Rob Stein）这样说。"他们开启的是民主体制中最有力的装置，组装在一起以推广一套信仰并限制政府的统治。"[5] 斯坦颇受触动，也尝试建立这一模式的自由版。根据他们定义的敌营范围，每一方会认为，对方有更多的钱和更大的影响力。[6] 但从20世纪70年代开始，左派感到难与由少数进取的右派捐资人开创的意识形态的广泛传播相匹敌。毫无疑问，康奈尔暴动使奥林的慈善事业激进化，但引此作为他思想关键的官方记录却不完整。这场抗议活动发生在1969年，而且奥林尚未开始将其基金会转变为旨在"挽救自由企业制度"的意识形态工具，如他的律师所说[7]。一直到四年后的1973年的春天，改变才发生。仔细检视，似乎有更多的因素参与其中，奥林动机里的闪光点也不免减色。

1973年，奥林公司卷入多起针对其环境行为的严重争议，声誉遭到破坏，营收受到威胁，并且纠缠于昂贵的诉讼之中。这家公司由奥林的父亲富兰克林创立于1892年，最初是伊利诺伊州的东奥尔顿（East Alton）的一家煤矿爆破火药的制造商，后来业务拓展到小型武器和弹药。奥林和科赫家的儿子们一样，紧紧追随父亲的道路。[8] 从预科学校毕业后，他进入了父亲的母校康奈尔大学，在那里他努力上进，直到被允许进行与家族公司有关的化学研究。他在1913年毕业，获得化学学士学位。随后他回到伊利诺伊，加入了家族企业。

虽然奥林认为自己靠努力成功，并且反对新政时期的政府社会项目

（这一信念也助长了他后来资助自由市场思想的行为），但是联邦政府才是其公司成长和个人财富的最大贡献者。正如米勒传记中的细节所示，在一战和二战期间政府的大笔军火合同大大提高了公司的盈利。一战期间收入翻了四倍，二战期间收入则暴增。奥林抱怨政府的干预和低效，但他的公司仅在二战期间就收割了4000万美元的利润。到1953年，它被《财富》杂志誉为最伟大的家族企业之一。

1954年，公司上市，与马西森化学公司（Mathieson Chemical Corporation）合并，规模翻倍，业务增多，最终改名为奥林公司（Olin Corporation）。聚合后的企业那时的收入为一年5亿美元，生产从施贵宝（Squibb）医药品到卷烟纸的所有东西。它还制造温彻斯特步枪，以及后来1969年尼尔·阿姆斯特朗登月火箭的肼燃料。与此同时，奥林的国家概观也在形成。1957年，约翰·M.奥林和弟弟斯宾塞从父亲手中接过公司，《财富》将两兄弟排为美国富豪第31名，据估计其财富超过7500万美元。伴随奥林的巨大财富，各式荣誉激增。继1963年退休担任公司执行委员会主席之后，他又投身于几所名牌大学的董事会事业，其中包括康奈尔大学，他还对户外运动充满热情。1958年他和妻子登上《体育画报》封面，手拿猎枪，身着整洁的花呢衣，站在如画的高草中，突出了他猎人以及冠军犬饲主的形象。作为出名的环保主义者，他还是世界野生动物基金会的董事。

1973年环保局成立不久，就挑中奥林公司作为第一批目标，这肯定是对他个人的一次粗暴打击，也损及公司信誉和财收。面临更严格的突击审查，奥林建立的公司是法外之徒，同时面临几个州严重污染的指控。

在亚拉巴马州，奥林公司因生产DDT杀虫剂而纠缠其中。蕾切尔·卡森在《寂静的春天》一书中已经指出，这种农药是生态食物链的致命污染物。而美国使用的DDT，20%由奥林公司生产。很快联邦官员出台了收紧化学品生产的政策并启用新的污染标准，而公司表示这样会使工厂无法开张，奋力反抗却吃了败仗。此外，环境保护基金会（Environmental

Defense Fund)、奥杜邦学会（National Audubon Society）、全国野生动物协会（National Wildlife Federation）三个环保组织，全部起诉奥林公司，要求其停止将含有 DDT 的废水排入亚拉巴马州工厂附近的国家野生动物保护区。1972 年，联邦政府彻底禁止使用 DDT，迫使奥林关闭了生产线。

该公司在生产氯和其他产品时滥用汞，同样也成为一个大问题。1970 年夏，据《纽约时报》头版报道，美国内政部指控奥林公司每天向纽约北部的尼亚加拉河倾倒 26.6 磅汞。[9] 当时汞危害人体健康已经为人所知。科学家已经证明它会损害人类的大脑、生殖系统和神经系统。随后，司法部也控告奥林公司伪造记录，指出该公司已将 6.6 万吨包括汞在内的化工废料倾倒在纽约尼亚加拉瀑布城的一处垃圾填埋场[10]。同时胡克化工塑料公司（Hooker Chemicals and Plastics Corporation）在同一地点，以及附近的"洛夫运河"（Love Canal）被控倾倒有毒化学品——该运河也成为有毒污染的国际性象征。最终，奥林公司和三名前公司职员被判在倾倒案中伪造记录，之后审判长对公司处以最高可达 7 万美元的罚款。[11]

与此同时，在弗吉尼亚州索尔特维尔（Saltville）小镇——该地靠近阿巴拉契亚山，位于美国西南角落——奥林公司正面临非常严重的环境危机，这不仅会威胁终结奥林的工业运作，也会改变整个小镇未来的生活方式。奥林公司的污染广泛且棘手，将面临数亿乃至数十亿美元的清理费用，遥遥不见尽头。

几十年来，索尔特维尔一直是典型的公司镇，由唯一的大老板奥林公司近乎以封建方式拥有并经营着。[12] 公司在这峻美的高山缺口拥有一万亩土地，以及 450 个适中的小隔板房，租给镇上 2199 名居民。它还拥有当地的杂货店、供水系统、污水处理系统，以及唯一一所学校，许多工人差不多读到六七年级就辍学了。对于类似给居民建立一个游泳池、一座小运动场的专断的繁荣，公司颇引以为豪。员工生病时，公司花钱请医生。在索尔特维尔小镇，镇长和几乎所有人都在化工厂工作，工厂由奥林在 1954 年兼并马西森化工公司时获得。该镇巨大的天然盐矿床使它成为生产氯气和盐灰的绝佳场所,并且多年来它一直是美国工业繁荣的景象,至少对拥有者来说是这样。可是对于员工来说,有一个悬而未决的头疼问题。奥林的氯气生产过程中使用的大量的汞,每天都被工厂泄漏到公共水道中。公司估计,从 1951 年到 1970 年,工厂每天排放约 100 磅。大部分直接流入沿着小镇边缘如画般流淌的霍尔斯顿河(Holston River)的北福克支流(North Fork)。另外,该公司倾倒汞废物的一个开放式沉淀池,含有令人震惊的 5.3 万磅有毒物质。

哈里·海恩斯(Harry Haynes)在索尔特维尔经营着一家小型历史博物馆,他的父亲过去在奥林工厂工作。他说,"他们全都知道那时的种种危害。他们有一些非常好的科学家。然而缺乏规章制度"。他还回忆,"我们小时候全都玩水银","爸爸从化工厂带回家。你把它放在地板,它会爆成无数碎滴,然后扫到一起,它会重新聚集起来"。因为弥漫的化学气体,公司给工人发放了防毒面具,然而据另一位居民回忆,"并没有人戴"。[13]

然而在 1972 年,日本水俣湾严重汞污染导致的新生儿缺陷的照片,令全世界陷入恐惧。科学家们明确将先天缺陷——以及其他恐怖的健康问题,包括脑瘫、智力障碍、失明、耳聋、昏迷和死亡——与食用当地捕鱼区得到被汞废料污染的海产品关联起来。汞被倾倒入水中后,分解成可溶形式,对水生生物和食用者有毒。水俣的噩梦引人关注其他地方汞污染的影响,其中包括索尔特维尔的奥林工厂。国家实施的测验迅速揭露,霍尔斯顿河北福克支流的汞含量极高,它从索尔特维尔一路流到田纳西,汇入切罗基湖(Cherokee Lake)休闲区,那里是受人喜爱的钓鱼目的地。根据一份报告,在距奥林工厂南 80 英里的鱼里发现了危险水平的汞。[14]

为了应对索尔特维尔上涨的忧虑情绪,1970 年弗吉尼亚州通过了严格的新标准,而公司表示无法满足。结果奥林表示,公司将于 1972 年底停止在索尔特维尔的运营。实际上,公司关闭工厂有其他几条原因。工厂无法与效率更高的西部盐灰商竞争。此外,它也受到来自矿工联合会的压力,雇员代表艰苦斗争后,工会取得了成功。并不仅仅因为环保原因,工厂注定难逃灭亡。

然而,因为自己的问题而指责环保人士的故事情节,也被证明是不可遏止的。《生活》杂志制作了名为"企业镇的终结"的哀悼的摄影报道[15],《华尔街日报》感叹施加给美国企业的惨重的新监管负担。与此同时,奥林公司拆除工厂,将持有的大部分索尔特维尔房地产卖回给当地居民,却发现没有人愿意接手堆满汞废物的"粪塘"。公司尝试移走周围一英尺左右的表层土壤,也试图沿河挖掘沟渠转移有毒径流,但这些努力都是徒劳。不久,环保局标明索尔特维尔是全国首批"有毒污染清除基金项目"(Superfund)资助的地点之一。

"这是座鬼镇。这里被极度污染,如今依旧。"雪莉·"西西"·贝利(Shirley "Sissy" Bailey)说,她在索尔特维尔附近长大,仍生活在这里。"直到今天,那个污物池仍在那里,沿河你也仍然可以看到水银。饮用水满是铅和汞,连狗也不能喝。"她说她"亲历过"历史,小时候跑过河岸,那里有毒,寸草不生,空气中常闻到氯气和其他化学物质的味道。"奥林公司很恶劣,对人很坏,丧失了人性。"她说。"大多数工人受教育程度低,像绵羊一样被他们领着到处走。许多人得了病,索尔特维尔的出生缺陷比全国其他地区多。"她坚称,虽然没有研究能证明这点或是确立任何因果关系。[16]

弗吉尼亚州福尔斯彻奇市(Falls Church)卫生、环境和司法中心科学主任,哈佛毕业的史蒂芬·莱斯特(Stephen Lester)说:"常识来说,本该让公司承担责任,但是直到20世纪70年代才有了相关规定。环保局成为一种问责的方式"[17]。后来在贝利与索尔特维尔的汞污染斗争时,这家非营利环保组织提供了技术援助。"这样做当然增加成本、影响营收,所以并不受公司欢迎。"事实上,清理索尔特维尔的成本预计超过3500

万美元。

前奥林基金会官员被问及公司可耻的环境记录时,淡化了与非营利组织企业、反管控的意识形态的一切联系。"有可能奥林先生被针对公司的诉讼和管控一定程度地影响了。"[18]詹姆斯·皮尔逊说,这位保守派学者在 1985 年至 2005 年,是奥林基金会的执行长兼受托人。"不过那只是众多因素中的一个;而且他那时不再每天管理公司。"他补充道,"很多交错的趋向在传播:冷战、缓和、'水门事件'、通货膨胀、股市崩盘、中东战争、越南战争、环保主义、女权主义。"威廉·沃格利(William Voegeli)在 1988 年到 2003 年间担任奥林基金会的项目员工,他说,"这些年来,奥林家族与约翰·奥林基金会或奥林公司的关系非常松散"。他还补充,"我待在基金会的那些年里,从来没有听过它的基金可能怎样影响奥林公司(其股份占我们资金不足 1%)、或是奥林家族的财政类似的话。不管对我们的保守议程有什么说法,但它是无私的"。[19]

而正是在与日趋强硬的监管状态严重冲突的背景之下,约翰·奥林指示律师用他的财产捍卫美国企业。他说:"我最大的目标是见证自由企业在这个国家重新建立。企业和公众必须意识到日益发生的压制,二战后社会主义已经重新占领了这里。"[20]

首先,基金会倾注资金给斯凯夫和库尔斯也在支持的保守智库,遗产基金会,美国企业研究所,以及位于斯坦福大学校园的胡佛研究所。但很快约翰·奥林的焦点被分散。也许是因为不满康奈尔,他的基金会独树一帜地以改变学术界为中心意图。正如他给康奈尔校长的一封私人信件中写的,他认为校园任凭学者大肆传播"明确的左翼态度和主张"。奥林说,"我根本不在乎经济发展是否分为马克思主义、凯恩斯主义,诸如此类的东西"。他认为"自由主义"和"社会主义"是"同义词"。他坚称,所有这些学术潮流都需要"非常严肃地研究与修正"。[21]

为了熟悉方向,奥林的劳工律师弗兰克·奥康奈尔(Frank O'Connell)

联系了其他一些私人保守基金会。他咨询了科赫和斯凯夫基金会的同僚，以及其他一些右翼，例如埃尔哈特基金会和由维克斯药膏（Vicks VapoRub）资助的史密斯·理查德森基金会。那时管理查尔斯·G.科赫基金会的乔治·皮尔逊指导奥康奈尔，布置了一份自由市场的阅读清单，其中包括哈耶克的论文《知识分子与社会主义》（The Intellectuals and Socialism）。哈耶克强调这一观点：要征服政治，必须先征服知识分子。奥康奈尔回忆说，"这就像一个在家自学的课程"[22]。

初出茅庐的右翼基金会还在研究他们这一时期的当权派对手，特别是福特基金会。麦乔治·邦迪（McGeorge Bundy）曾任哈佛院长、肯尼迪和约翰逊政府的国家安全顾问，到了20世纪60年代末，福特基金会正在开拓这位领导所谓的"倡导型慈善"。[23] 举例来说，福特基金会将资金投入环保运动，资助了环保协会和自然资源保护委员会。通过支持公益诉讼，它展现了保守派如何借由法庭以实现大规模变革，同时，就如私人基金会的早期批评者所担心的那样，还能绕过民主选举过程。

1977年，奥林选择威廉·西蒙（William Simon）为董事，提高了基金会的地位。西蒙是奥林的熟人，来自长岛东汉普顿，两人在那里都拥有海滩别墅，而且奥林形容西蒙的思想"和我的几乎一模一样"[24]。奥林保持低调，相比之下西蒙喜欢现身聚光灯下，越火热越好。正如沃格利回忆的，西蒙就像爱丽丝·朗沃斯（Alice Longworth）对父亲西奥多·罗斯福的描述，"他想成为每一场婚礼的新郎，每一场葬礼的亡人"。

西蒙是能源大帝，后来成为尼克松和福特总统的财政部长，对于他眼中"蠢货"，他还是知名的过激批评者——这一类人包括自由派、激进派，以及同属共和党的温和派成员。像奥林一样，他被监管状态的扩张激怒。他格外讨厌环保主义者和其他自命的公共利益守护者，并将其形容为"新的专制者"。他在1978年的宣言《真相时刻》（A Time for Truth）里写道，"自60年代以来，国会通过的绝大部分监管法规……（已经）主要由强大的新游说团体发起，并冠以公共利益运动的名义"。西蒙批评这些"受大学教育的理想主义者"，称他们是为"'消费者''环境''少数族裔'福祉"和其他非物质事业的"福利"而工作的人，指责他们想要"扩大国家对美国生产者的警察权力"，质疑他们的纯粹性。[25] 注意到这些人声称毫不在乎钱，他指责他们受到另一种利己主义的驱使。他还引用同人新保守主义知识分子欧文·克里斯托尔的话，指责这些篡夺者想得到"塑造我们文明的权力"。而他认为，这种权力应该专属于"自由市场"。

西蒙在 1980 年的宣言续篇《行动时刻》（*A Time for Action*）里，对自由派精英的仇恨和怀疑到了接近尼克松式阴谋的程度。他声称，学者、媒体人物、官僚和公益倡导者组成的"秘密体制"控制着国家。重拾路易斯·鲍威尔九年前备忘录的说法，西蒙警告，"我们的自由万分危急"，除非商人加以回击。

西蒙和奥林一样的预感有点令人难以理解，因为两人都已达到美国权力和财富的顶端。他们早已是亿万富翁，拥有不可胜计的众多房产、财产、头衔、荣誉和成就。两人生来就享有特权。像斯凯夫一样，西蒙由司机接送上小学，而且他的家族是如此富有，他把父母比作斯科特·菲茨杰拉德（F. Scott Fitzgerald）小说中自在无忧的角色。尽管如此，他还是骄傲地认为自己是靠自我奋斗成功。他的父亲失去了他母亲的财产，显然激励了西蒙自立。在华尔街，他成为所罗门兄弟公司（Salomon Brothers）的极其成功的合作伙伴，在那里他是利润丰厚的杠杆收购新热潮的早期领导者。但奥林和西蒙全都缺失对下一代的影响力。"我们正以令人恐怖的速度倾向集体主义。"西蒙警告。

在西蒙看来，唯有意识形态的斗争能够拯救国家。西蒙写道，"我们需要的是反知识阶层的知识阶层……（它）可以被组织起来，挑战统治我们的'新阶级'——舆论制造者"[26]。"思想即武器——事实上也是对抗其他思想的唯一武器，"他认为，"资本主义没有义务补贴敌人。"[27] 他还说，私人和企业的基金会必须停止"盲目资助那些政治、经济和历史系敌视资本主义的院校"。相对的,他们"必须千方百计地输送急需的资金,给那些理解政治自由和经济自由之间关系的学者、社会科学家和作家"。"为了获取书籍、书籍、更多的书籍,必须给予它们补助、补助、更多的补助。"[28]

在西蒙的引导下,奥林基金会试图资助新的"反知识分子"。起初它尝试支持不知名的学校,在那里保守思想和钱受到欢迎。但是西蒙和同事很快意识到,这是一个失败的策略。如果想拥有影响力,奥林基金会需要渗透进名校,尤其是常春藤盟校。

迈克尔·乔伊斯(Michael Joyce)是奥林基金会的执行理事,这名狂热的前自由意志党人,早已成为克里斯托尔的新保守主义信徒,他给奥林基金会留下的印记超过了奥林,甚或西蒙。据乔伊斯的一个朋友说,他认为慈善事业关乎权力,而且那些巨额财富拥有者需要他这样的政治头目来告诉他们该如何运用它。乔伊斯是一名斗士,想与美国自由主义当权派较量,而不只是以怯弱的方式补充它。《福布斯》自由至上主义者博主拉尔夫·本柯(Ralph Benko)说,"乔伊斯是一个真正的激进分子。他受安东尼奥·葛兰西(Antonio Gramsci)启发,想引发激进的变革"[29]。在米勒看来,乔伊斯是"活动家中的知识分子,知识分子中的活动家。他明白思想世界如何影响现实世界"。乔伊斯的特点更直率。"我的方式,"他说,"就是幼儿和青少年的方式:战斗,战斗,战斗,休息,起床,战斗,战斗,战斗。从来没有人说我令人愉快。我造成了影响。朋友和敌人都承认这点。"

皮尔逊是一个深思熟虑、言语温和的新保守主义者,他也加入乔伊斯一道,其通往奥林基金会的道路经过了欧文·克里斯托尔。皮尔逊在宾夕法尼亚大学就结交了克里斯托尔家族,他在那里与和欧文的儿子比尔一道教授政府与政治理论。两人都感到被更自由主义的同龄人边缘化。近距离观察美国学界知识阶层后,皮尔逊得出结论,基金会需要"渗透"最精英的机构,"因为它们被其他次级的院校效仿"[30]。希勒尔·弗拉德金（Hillel Fradkin）曾在奥林基金会工作，正如他所说，"改变这场国家争论的唯一办法，就是寄希望于这些学校。捐款给保守派的前哨站作用不大"[31]。

他们称为"抢滩"理论的策略浮现出来。皮尔逊后来写了一篇文章给保守派慈善家同伴提供建议，正如文中所写，目标是建立保守派的细胞，或者说是"滩头堡"，在"最具影响力的学校，取得最大的影响力"[32]。这个方案需要巧妙、间接，甚至是一些误导。

皮尔逊解释道，关键在于以这种方式资助保守主义的知识阶层，不会"引发学术诚信的问题"。不再尝试指定要职或教员人事，他指出这两样必然"引发激烈争论"，他建议保守派捐资人寻找志同道合的教员，通过外部资助扩大其影响力。这样一位教员迟早能够执行扩张计划。但皮尔逊也警告说，"对于原定的诚实和名声而言，他们的意识形态观点不被辨识出来是至关重要的"。公开承认"预设结论"会毁灭一个项目，更别说项目以"证明马克思主义的错谬"或是推动"自由企业"为目标了。他建议最好"将项目限定在研究领域,（例如）军事史方向的约翰·M. 奥林学术奖金"。他还写道，"借由以重要历史人物命名，一个项目通常能被赋予哲学性或原则性身份，例如普林斯顿大学的麦迪逊计划（全称为 James Madison Program in American Ideals and Institutions）"。

（事实上，经过长年的反复试验，2000 年奥林基金会资助给普林斯顿的麦迪逊计划 5.25 万美元作为启动资金[33]。由直言的社会和宗教保守者罗伯特·乔治运营，该计划成为"抢滩"理论的典范。正如乔治的一个朋友 2006 年在《国家》杂志描述的，他是"一个精明的右翼工作者，在自由主义基础设施内部暗中破坏"[34]。）

皮尔逊警告保守派慈善家，从文科教育中去掉自由主义，需要耐心和狡黠。他自己曾是大学教师，知道正面进攻会引起政治反弹。他建议，与其公开尝试迅速改变学界，"我们也许应该转而考虑增添新的声音来挑战它"。如他所说，"这很可能是改变大学文化的最佳手段，因为少数强大的批评声音到了某一刻，会使整个意识形态的纸牌屋自行垮塌"。[35]

奥林基金会对其使命不够透明也不是第一次了。1958年至1966年间，它秘密充当中央情报局的银行。这八年里，中情局借助基金会洗钱 195 万美元。[36] 根据米勒的说法，奥林认为自己的秘密角色是爱国义务的一部分。许多政府资金流向反共产主义的知识分子和出版物。然而1967年，媒体曝光了隐秘的宣传行动，[37] 从而引发了政治抗议，并导致中情局停止这一项目。当时并未公之于众的、中情局在奥林基金会的钱，和来时一样悄然消失了。然而利用私人基金会资助意识形态一致的知识分子的想法继续存在。

不久，奥林基金会投资了威廉·F.巴克利，他的电视节目《火线》（*Firing Line*）由基金会支持。[38] 基金会还资助阿伦·布鲁姆（Allan Bloom），这位畅销书作者从右派角度抨击美国高等教育的《美国精神的封闭》（*The Closing of the American Mind*）（书中还抨击摇滚乐是"没有停歇，商业包装出自慰幻想"）。基金会同样支持迪内希·迪索萨（Dinesh D'Souza），《非自由教育》（*Illiberal Education*）一书的作者，书中攻击"政治正确"，严厉批评要求考量女性和少数族裔敏感性的规则是自由主义思想警察的自不量力。除此之外，奥林基金会资助全国顶尖学校的教授，包括哈佛的哈维·C.曼斯菲尔德（Harvey C. Mansfield）和萨缪尔·P.亨廷顿（Samuel P. Huntington）。它还捐了 330 万美元给哈佛的曼斯菲尔德宪政政府项目（Mansfield's Program on Constitutional Government），该项目强调对美国政府的保守主义诠释；另外基金会捐了 840 万美元给亨廷顿的约翰·奥林战略研究所，该研究所极力主张就外交政策和国家安全采取强硬手段。

通过这些悉心提携的方案，基金会训练出下一代保守派，他们被乔伊斯比作"藏酒"，[39] 因为随着年岁增长，地位及权力上升，他们将会增值。基金会跟踪记录经历过亨廷顿的奥林项目的人，得意地指出，许多人进入了公共服务和学术界。1990 年至 2001 年间，哈佛项目有 88 名奥林研究员，其中 64 位继续在芝加哥、康奈尔、达特茅斯、乔治敦、哈佛、麻省理工、宾夕法尼亚、耶鲁大学教书。另外许多人成为政府、智库和媒体中的公众人物。总之直到 2005 年解散时，奥林基金会已经在哈佛支持了 11 个各自独立的项目，照亮了基金会的大名和理念，并且证明，只要项目得到妥善包装与资助，即使在美国最有钱的大学，也能让外面的意识形态组织建立起"滩头堡"。

除了这些项目外，基金会向一百多名约翰奥林研究员发放了 800 万美元。这些资金保证了许多年轻的学者花时间研究和写作，以期发展他们的事业。发放名单中包括约翰·尤（John Yoo），这名法律学者后来起草了小布什政府争议性的"酷刑备忘录"，使美国政府对恐怖分子嫌疑犯的酷刑合法化。

得益于有著名学术刊物的严格的同行评审标准，奥林基金会得以将一批学术水平存在争议的作品注入主流。例如，奥林基金会使约翰·洛特（John R. Lott Jr.），当时是芝加哥大学的奥林研究员，能够写出有影响力的著作《枪支越多，犯罪越少》（More Guns, Less Crime）。洛特在这部书里认为，更多枪支实际上减少了犯罪，而且私藏武器合法化使公民更安全。鼓吹弱化枪支管制法律的政客，引用了洛特的研究成果。但据《枪战》（Gunfight）作者亚当·温克勒（Adam Winkler）看来，洛特的学术是不可信的。温克勒写道，"洛特声称的信息源是'多份全国性调查'"[40]，但在质疑声下他的修订仅有一份，而且这份调查是他和研究助手做的。温克勒还讲述，被要求提供这份数据时，洛特声称因为电脑崩溃已经丢失了。被要求提供调查的任何证据时，温克勒这样写道，"洛特说他没有这样的证据"。（温克勒也从基金会拿了资助，证明奥林基金的接受者们意识形态并不单一。）

大卫·布罗克（David Brock）《真实的安妮塔·希尔》（Real Anita Hill）一书，也曾收到奥林基金会的小笔研究津贴，这是另一部受奥林资助、登上头条大火，但结果被指责学术不端的著作。[41] 布罗克在书中为最高法院法官克拉伦斯·托马斯辩护，指责希尔在参议院听证会上编造宣誓证词针对他。不过布罗克后来撤回该说法，承认自己错了。他为这本书道歉，并且说他被误导他的保守派信息源欺骗。

不过据米勒说，奥林基金会受赠者总的影响仍是"一场胜利"。2003年他作为保守派，兴奋于"少量基金会基本上已经给保守主义运动提供了风险资本"。他指出，和当年莱昂内尔·特里林宣布保守主义结束的时候相比，"保守主义思想在广泛传播，很多人相信现在它们占优势"。他补充道："假如说保守主义知识运动是一场全美赛车比赛，构成它的学者、组织是赛道上疾驰的车手，那么几乎所有车辆都会展示出带奥林标识的保险杠贴纸。"[42]

一段时间过后，奥林基金会打造右倾思想家的成功也引得左派的嫉妒。"右派明白著作的重要性。"耶鲁大学出版社负责人史蒂夫·瓦瑟曼（Steve Wasserman）说，他曾尝试取得富有的自由派捐资人支持，以敌过保守派所作的知识投资，但却失败。"我记得和一些重要的民主党活动者和资助者，玛格丽·塔班金（Margery Tabankin）、斯坦利·欣鲍姆（Stanley Sheinbaum）、加里·大卫·古德伯格（Gary David Goldberg），在加利福尼亚的一家餐厅见面。我告诉他们，他们需要想办法资助左派的书籍。但是书并不诱人，他们不感兴趣。他们不认为书在政治文化中很重要。民主党人是被明星人物和选举政治挟持的人质。"[43]

奥林基金会最重要的滩头堡建在美国的法学院里，在那里它资助了名为"法经济学"的一种法学新方法。鲍威尔在备忘录里早已说过，"司法制度可能是社会、经济、政治变革的最重要工具"。奥林基金会也赞同。随着法院扩大消费者、劳工和环保权利，要求种族平等、性别平等和工作场所更好的安全性，企业界的保守派迫切希望寻求更多法律力量。法经济学成了他们的工具。

作为一门学科，法经济学最初被视为一种边缘理论，主要由自由至上主义异类支持，直到奥林基金会花费 6800 万美元承包其发展。奥林基金会如同学术界的苹果佬约翰尼（Johnny Appleseed），在 1985 年至 1989 年间，承担了美国法学院所有法经济学项目 83% 的费用。大致上，超过 1000 万美元给了哈佛大学，700 万美元给了耶鲁和芝加哥大学，超过 200 万美元给了哥伦比亚、康奈尔、乔治敦和弗吉尼亚大学。米勒写道，"事实上比起支持的其他项目，法经济学更为约翰·奥林得意"[44]。

遵循皮尔逊的谨慎计划，项目名称不带任何意识形态。法经济学强调有必要分析包括政府法规在内的法律，不仅是为了公平性，也为了经济影响。支持者使用与政治无关的术语，将其描述成给法律带来了"效率"和"清晰"，而不是依靠模糊且难以量化、诸如社会正义之类的概念。

可是皮尔逊承认，该项目的好处在于，它是隐形的政治攻击，并且全国最好的法学院不了解这点，也就没有阻止它蕴含的意识形态冲击。"我将其视作进入法学院的方式——或许我不应该承认这点。" 2005 年他告诉《纽约时报》。"经济分析往往有保守化效果。"[45] 后来他在与政治学家史蒂文·M. 特莱斯（Steven M. Teles）的会谈中补充道，他更愿意资助保守主义宪法项目，然而基金会要是尝试这样直接的政治挑战，结果很可能被禁止进入美国最好的法学院。他坦承，"如果你告诉一位院长，你想资助保守主义宪法，他会马上拒绝这个想法。但是如果你说想支持法经济学，他会愿意接受得多"[46]。"法经济学是中立的，但在往自由市场和有限政府的方向上，它能提供哲学推力。也就是说，像许多学科一样，它看似中立，但实际并非如此。"

奥林基金会进入全国最好的法学院的路线迂回曲折。基金会起初资助的是法经济学早期领军人物——自由至上主义者亨利·曼恩（Henry Manne），他是芝加哥自由市场经济学派的助手。奥林基金会从 20 世纪 70 年代初开始资助他，根据特莱斯的说法，曼恩聪明杰出，不够圆滑，是思想的纯粹主义者，"被认为是法学学术界的边缘，甚至是古怪人物"[47]。

令基金会受挫的是，他并没有在高声望的学校任教。然而1985年，基金会把握住一个绝佳机会，在法律威信的高地建立了登陆场。[48]那一年，哈佛法学院因争议而分裂。左派教授要求学生从内部"刻意破坏"公司律师事务所。保守派教授和校友深感愤慨。争吵吸引了《纽约客》和其他地方的全国性新闻报道。在众多愤怒的哈佛法学院校友中，乔治·吉莱斯皮（George Gillespie）也是奥林基金会的受托人之一。感到时机已至，他联系了一位哈佛法学院的保守派教授菲尔·阿利达（Phil Areeda）——他在学校认识这名教授，而且向其提供过基金会的帮助。奥林基金会提议，而哈佛拿钱。走出意识形态束缚，哈佛法学院成立了约翰·M.奥林法律、经济和商业研究中心，基金会最终花了1800万美元。这可谓奥林基金会史上最大捐款。据说时任哈佛校长的德里克·博克（Derek Bok），很高兴拥有新的资助来源以及安抚不满校友的机会。

　　哈佛大学认可了法经济学之后，其他学校迅速跟上。到1990年，近80所法学院教授这门学科。同时，法经济学方向的奥林研究员开始开道通向法律业顶端，他们自1985年起，以每年大约一人的速度，取得最高法院助理位置。许多追随者都是杰出律师，并非全是保守派，但他们正在改变现行的法律文化。1986年，哥伦比亚大学法学院教授布鲁斯·阿克曼（Bruce Ackerman）称，法经济学是"哈佛法学院诞生以来法律教育最重要的事情"。[49]特莱斯在2008年《保守主义法律运动的兴起》（The Rise of the Conservative Legal Movement）一书中写道，法经济学是"过去三十年法律领域最成功的知识运动，从叛乱迅速跃为霸权"。[50]

　　随着法经济学的传播，每一步都收到奥林基金会和其他包括科赫和斯凯夫在内的保守派支持者的出资，自由派批评者逐渐警觉起来。位于华盛顿的自由派非营利组织正义联盟（The Alliance for Justice），在1993年发布了一份重要报告，警告"一个富人小集团"正尝试"从根本上改变我们社会分配正义的方式"。其中还揭露了，奥林基金会支付学生数千美元来乔治敦法学院上法经济学课程，以及在哥伦比亚法学院参加法经济学研讨会。尽管道德上可疑，但却仅有一家洛杉矶加利福尼亚大学的法学院拒绝了奥林资助，认为借由提供学生补助，基金会正在"利用学生的财务需求，以灌输特定的意识形态"[51]。

更有争议性的还是由奥林基金会资助，提供给法官的法经济学研讨班。已经担任弗吉尼亚州乔治梅森大学院长的亨利·曼恩发起了研讨会，他试图将乔治梅森大学打造成自由至上主义法学的中心。研讨班为法官们提供长达两周、费用全免的浸入式法经济学训练。训练通常安排在奢华地点，例如佛罗里达州基拉戈的洋礁俱乐部。它很快成为受法官们欢迎的免费假期，是毛式文化再教育营和地中海俱乐部的混合。法官们花几个小时学习为什么环保法、劳工法令人厌恶，或者为什么——如曼恩认为的——内幕交易法弊大于利，接着休息一下，打高尔夫，游泳，或和主人共进愉快的晚餐。短短几年内，660名法官经历了这种公费旅行，有些人，例如上诉法院法官和未通过的最高法院提名人道格拉斯·金斯伯格（Douglas Ginsburg），则去过很多次。据统计，40%联邦法官曾参加过该训练，包括日后最高法院法官鲁斯·巴德·金斯伯格（Ruth Bader Ginsburg）和克拉伦斯·托马斯。

各种大公司踊跃加入与奥林和其他保守派基金会一道埋单。无党派的公共诚信中心的一项研究发现，2008年和2012年间，近185位联邦法官参加了由保守派利益集团赞助的司法研讨班，而有些集团在法院还有官司。[52]研讨班的主要承包者是查尔斯科赫基金会、塞尔自由信托基金（Searle Freedom Trust）、埃克森美孚、壳牌石油、制药巨头辉瑞，以及国家农场保险公司，其话题范围从"资本主义的道德基础"，谈到"恐怖主义、气候和中央计划：自由和法治的挑战"。

同时，奥林基金会还给联邦主义者协会（Federalist Society）——一家1982年由保守派法学学生成立的强大组织——提供关键的启动资金。凭借奥林基金会的550万美元，[53]与斯凯夫、科赫有联系的基金会的大笔捐款，以及其他保守派的馈赠，联邦主义者协会从三个散乱的法律专业学生的白日梦，逐渐成长为一个拥有 4.2 万右倾律师的强大的专业网络，在全国范围内拥有 150 个法学院校园分部和约 75 个律师团体。所有最高法院的保守派大法官都是协会成员，还有前副总统迪克·切尼（Dick Cheney）、前检察长埃德温·米斯和约翰·阿什克罗夫特（John Ashcroft），以及地方法院的庞大成员也都出于协会。[54] 协会的执行理事、《国家评论》创始编辑之子尤金·迈尔（Eugene B. Meyer）承认，没有奥林资助的话"它可能根本不会存在"[55]。回望过去，奥林基金会的员工形容它是基金会做过的"最好的投资之一"[56]。

约翰·M. 奥林死于 1982 年，时年 89 岁。在他死后，他的基金会变得更加强劲。他给基金会留下约 5000 万美元遗产，另外 5000 万美元用作遗孀的信托基金，等到 1993 年奥林之妻去世，这笔钱也给了基金会。这些资金得到妥善投资，在基金会花完并于 2005 年关门之前，已增长到约 3.7 亿美元。奥林曾指示基金会在受托人在世时就关闭，以免落入自由派手中，如同他相信福特基金会不幸经历的那样。

威廉·西蒙仍然是奥林基金会负责人，直到 2000 年去世。他使用有争议的财务策略，在 20 世纪 80 年代继续为自己积累了惊人财富。到 80 年代末，《福布斯》估计西蒙的财富是 3 亿美元。

约同一时期，奥林基金会为自己做了一笔重要的 2.5 万美元的投资[57]，给一位名不见经传的作家查尔斯·默里，资助曼哈顿研究所的这笔补助金将会支持默里正在写作的一本攻击自由主义福利政策的作品。默里《失去土地》(Losing Ground) 诞生的背景，建立在保守派非营利组织的增长与连锁反应上。默里三十九岁时还是不知名的学者，在华盛顿一家评估美国政府社会福利项目的公司徒劳地辛勤工作。他失意沮丧、勉强度日，当他给遗产基金会的求职申请吸引了保守派慈善界注意时，他正准备尝试写作恐怖小说聊以糊口。很快他便成为扩张的保守派网络的受益者。遗产基金会将默里作品反福利的部分放到《华尔街日报》社论版。这吸引到奥林基金会的补助,使他能够把全部时间花在写书上,成就了他 1984 年这部开创性的作品——尽管他以前未曾考虑过将研究写成一部书。"这是慈善创业的经典案例。"[58] 默里说。隐藏在默里背后的力量是乔伊斯,奥林基金会的英杰。"麦克·乔伊斯是 20 世纪最有影响力却不太知名的人之一。"默里说。

《失去土地》以悲伤而非愤怒的口吻写就,它指责在穷人中创造一种依赖文化的政府项目。批评家说它忽视了穷人无法控制的宏观经济问题,而学者和记者则意见不一,一些人质疑默里的学术水平。[59] 然而,有了来自奥林和其他保守派基金会的充足资金,默里成功将美国穷人的争论,从社会缺陷转移到他们自身。

尽管里根公开表示反感大政府,但他的政府谨慎避开默里争议性的自由至上主义思想,更愿意批评福利骗子,而非政府运营扶贫项目的整体想法。然而让自由派沮丧的是,比尔·克林顿,一个"新民主党人",后来接受了他的观点,称默里的分析"基本正确",并且在 1996 年福利改革法案里,吸纳了许多默里的药方,其中包括有权要求工作和停止救助。"花了十年时间,"默里说,"《失去土地》从有争议变成传统智慧。"[60]

奥林基金会还支持了后来逐渐出名的高校网络(Collegiate Network),并私下在美国大学校园资助一连串右翼报纸。其中包括《达特茅斯评论》(*The Dartmouth Review*),可耻地用黑人英语发表社论,"现在我们来到达特茅斯,并且在学习上超过我们的非友,但我们仍然成为不了优等生"[61]。这家报纸举办了龙虾香槟盛宴,以嘲笑反对全球饥饿的学生禁食活动,砸了抗议南非种族隔离的学生建起的棚户,还公布了一份达特茅斯同性恋学生社团的学生们会议的秘密录音记录。《达特茅斯评论》成为右翼媒体人物——例如迪索萨,以及未来保守派电台主持人劳拉·英格拉罕(Laura Ingraham)——的孵化器。与此同时,在瓦萨(Vassar)的对应媒体,则在新闻界孵化出 ABC 记者乔纳森·卡尔(Jonathan Karl)[62] 和马克·蒂森(Marc Thiessen),后者是《华盛顿邮报》网络专栏作家，最有名的事迹是为布什政府使用酷刑辩护。

当奥林基金会逐渐耗尽自身时，迈克尔·乔伊斯跳槽到了一家新的更强大的私人基金会，它由另一个保守派家族开创。1985年，在密尔沃基市（Milwaukee）的一次公司合并创造出惊人暴利，促成当地一家先前死气沉沉的慈善机构——即林德和布拉德利基金会（Lynde and Harry Bradley Foundation）——一夜成为非营利组织中的巨头，其资产从1400万美元飙升至2.9亿美元以上，成为全国二十大基金会之一。直到那时还主要关注传统的地方善事的、基金会的义务小员工徜徉在现金海洋里，他找到乔伊斯并告诉他，"我们已经有了钱，我们想做你在奥林做的事。我们想成为西奥林"[63]。乔伊斯几乎立刻就搬到密尔沃基，去经营布拉德利基金会。他撇下皮尔逊，让其处理西蒙有名的暴脾气和把奥林基金会抽干的二十年计划。

在布拉德利基金会，乔伊斯有更多放手大干的权力。据皮尔逊说，"他基本上创造了现代保守派慈善事业的领域"。在接下来的十五年，布拉德利基金会捐赠2.8亿美元给喜爱的保守事业。[64]和福特基金会这类较早的研究基金会相比，它很小，但是与福特不同，布拉德利在乔伊斯的指导下，将自己视为意识形态战争中的正义战士，一心一意专注于此。据分析，至少2/3基金用于资助保守派知识分子活动。[65]钱给了约600名大学生和研究生奖学金，右翼智库，保守派刊物，国外的反共活动家，和它自己的邂逅图书（Encounter Books）出版社。基金会继续将名校作为战略重点，在乔伊斯管理下的头十年里，哈佛和耶鲁都获得了550万美元。[66]在中学层面，它也是股积极力量。布拉德利基金会实际上推动了早期全国"择校"（school choice）运动，全力进攻教师工会和传统的公立学校。基金会努力让美国人从政府那儿"断奶"，它影响能够使用公共基金的父母，让他们送孩子去私立或教会学校。

当乔伊斯接管布拉德利基金会，继续资助许多奥林时曾经资助的学术组织，其中同样的高校占了一半。"通常，不仅是同一所大学，而且是同一个部门，有时甚至，还是同一名学者"。[67] 布鲁斯·墨菲（Bruce Murphy）在《密尔沃基杂志》（*Milwaukee Magazine*）中写道，指控这导致了一种"知识的任人唯亲"。被选中的学者都是优秀的意识形态战士，但"罕有伟大学者"，他写道。比如，默里1994年的《钟形曲线》（*The Bell Curve*）一书，将种族和低IQ分数联系起来，认为黑人和白人相比，进入"认知力精英"的可能性更小，而该书的名誉扫地众人皆知，面对越来越大的争议，乔伊斯坚定地和默里站在一起。曼哈顿研究所因争议性项目开除了默里。"他们不想受牵连。"默里说。但据说乔伊斯在基金里留了约100万美元给默里，而默里后来去了美国企业研究所。默里说："我从麦克·乔伊斯那里得知，我的研究员职位可以移动。"但这本书激起的争议玷染了布拉德利基金会的名声。乔伊斯被指责为种族主义，他声称自己受到了死亡威胁而要求加强安保。他承认，这本书"留给我们不可磨灭的印记"。

2001年，在酗酒、古怪的自毁行为的流言声中，乔伊斯从布拉德利基金会下台。"魔鬼是谣传的"，一个朋友回忆。根据一位熟悉情况的人士，乔伊斯的饮酒早已从午餐喝三瓶啤酒逐步扩大成酗酒，而且造成了危机，使他在一次担任司仪的华盛顿的正式活动中，当众醉酒，丢尽脸面。后来，布拉德利基金会董事会让乔伊斯选择戒瘾或是辞职。意识到已经失去董事会的尊重，他辞职走人。在那之后，他生命的最后几年是孤独无助的恶性循环。

然而，乔伊斯的成就超越了他的个人问题。他退休时，受到无数右派的赞扬。《国家评论》形容他是"保守主义运动的首席运营官"。还补充说，"无论你检视思想战争中的什么地方，轻灰之下，都留有他的指痕"。颂词总结道，"他在布拉德利服务的那个时期，很难想出某件反对现行自由主义的重要冲刺，不是以麦克·乔伊斯开始或结束"。[68]

无人关注的是，布拉德利基金会推广的小政府保守主义是由联邦基金推动的。布拉德利基金会非常刻意地把自己打造成大政府的敌人。1999年，乔伊斯给基金会董事会撰写了一份机密备忘录，认为要取得胜利，保守派需要"为公共消费包装……戏剧性故事"，描绘公民是"无畏的大卫，英勇对抗庞大、集权、官僚的哥利亚巨人"。[69] 不过基金会大多数时候的存在要归功于巨人——以纳税人出资的国防开支形式。

布拉德利基金会的资产几乎一夜之间扩大了20倍，转变成重要的政治力量。而造成这个结果的事件，是1985年的一场企业收购。[70] 当时美国最大的国防承包商罗克韦尔国际公司（Rockwell International）以16.5亿美元的现金，买下了密尔沃基的电子产品制造商艾伦-布拉德利公司。布拉德利家族的私人基金会持有公司股份，这笔交易一下子给它带来了意外之财。它的资产从1400万美元骤增至约2.9亿美元。[71]

收购艾伦-布拉德利公司的时候，罗克韦尔2/3的收入和一半的利润来自美国政府的合同。实际上，罗克韦尔早已成为浪费政府开支的代表。《洛杉矶时报》称它是"走向疯狂的军事工业复合体的象征"[72]。罗克韦尔的金库塞满现金，但它作为主要承包商，生产了B-1轰炸机——这一饱受毁谤、被戏称为"飞行的埃德索尔"（Flying Edsel）的飞机，使公司声誉大受打击。卡特总统取消了这项浪费钱的计划，但在罗克韦尔发起激烈的游说活动后，里根总统复活了它。[73] 作为政府庞大国防体系的一部分，里根还授权制造MX导弹系统——这是又一项花费数十亿美元、被普遍批评为不必要的国防计划，而罗克韦尔又是它的最大承包商。因此到1984年，多亏肆意挥霍的政府开支，罗克韦尔拥有最强劲的财务报表，13亿现金美元堆在账本上。商业分析师警告，公司需要进入新的商业领域，以减少对联邦政府合同的依赖。正是这种无把握的情况使得公司疯狂抢购，结果它买下了艾伦-布拉德利公司，也造福了布拉德利基金会。

特别是早年间，艾伦-布拉德利公司也严重依赖政府的国防合同来度日。1903年，积极进取、高中辍学的林德·布拉德利和哈里·布拉德利两兄弟，以及投资者斯坦顿·艾伦（Stanton Allen），建立了该公司。后来，公司从制造变阻器扩展到各类工业控制器，特别是收音机、机床和汽车行业的。根据来自密尔沃基历史学家约翰·古尔达（John Gurda）受布拉德利基金会委托并出版的历史研究，美国加入第一次世界大战之前，企业"在偿付能力的边缘摇摇欲坠"[74]。而多亏占公司业务七成的政府国防合同，六年内订单增加了10倍，公司"发力了"，据古尔达的说法。二战被证明更是一次恩惠，古尔达形容它对公司的影响是"惊人的"。到1944年，政府战争业务占公司订单近八成。二战期间，业务量增加3倍不止。

艾伦-布拉德利公司超过奥林公司的地方是，为工人提供了慷慨的或者说是家长式的附加福利多得惊人，包括自己的爵士乐团——它由一个全职音乐主管指挥，在午餐时为人群演奏。屋顶有羽毛球场，由一名体育主管监督，此外还有员工阅览室。布拉德利兄弟竖起了一座标志性的佛罗伦萨风格的四面钟塔，在密尔沃基南边工厂上高耸至十七层，他们认为自己是仁慈的人民领袖，俯瞰着员工大家庭。而员工看到的情形则不同，他们组成工会，并且在1939年罢工，这使两兄弟大受打击。

哥哥林德不久去世，而弟弟哈里活到1965年，成了狂热的右翼。和弗雷德·科赫一样，他是约翰伯奇会的积极支持者，经常邀请创始人罗伯特·韦尔奇在公司销售会议上发言。布拉德利还忠心追随弗雷德里克·施瓦茨（Frederick Schwarz）博士，一个来自澳大利亚的极富戏剧性的反共医生，此人从犹太教转信基督教，还为他的基督教反共事业在中心地带演说，宣扬"卡尔·马克思是一个犹太人"，而且"像大多数犹太人一样，他矮小、丑陋、懒惰、邋遢，不愿外出谋生"但也拥有"像大多数犹太人一样的，优越的邪恶智慧"[75]。施瓦茨是布拉德利公司的常客，也是他最喜欢的一位。布拉德利还是曼宁论坛（Manion Forum）的强烈支持者，该论坛追随者相信，美国的社会支出是俄国让美国破产的阴谋的一部分。尽管他自己的公司也获得了政府支出的救命的经济刺激，但据说布拉德利认为,增强的联邦政府和世界共产主义是人类"自由"的"两大威胁"[76]。

虽然公司拥抱自由市场,但这并不妨碍它协议价格。1961年,哈里·布拉德利的继任者兼多年知己弗雷德·洛克(Fred Loock),因与其他二十九家电气设备厂商协议定价而被判有罪。根据受委托的历史研究,他勉强逃脱了监禁。公司和总经理则都支付了巨额罚金。

20世纪60年代,艾伦-布拉德利公司和联邦当局的关系进一步恶化。和奥林公司不同,因为该公司发现自己对于受更高的社会期望推动的新法律而言,是被瞄准的靶子。1966年,女性雇员团体控告,公司支付的工资少于操作同样机器的男性雇员,一名联邦法官站在她们这边。[77] 接着1968年,联邦当局批评公司实行种族歧视性的雇佣方针。作为回应,公司同意制订积极的行动计划。同时,工厂的工会员工罢工,导致停工11天。反垄断、种族、性别和劳工争端的结合,为政府进行反制提供了肥沃土壤。

与此同时,布拉德利基金会也日益政治化。最初,基金会的目的是帮忙救助贫困员工和密尔沃基居民,以及防止虐待动物。哈里·布拉德利和妻子都是动物爱好者,宠爱宠物狮子狗迪菲,它以现代艺术家命名,可以在豪宅里尽情奔跑。1985年乔伊斯接手基金会后,起草了一份新的任务宣言,宣称基金将用于支持"有限、能干的政府""充满活力的市场"和"强有力的防卫"。

布拉德利兄弟曾希望公司由家族私人掌握,工作则由团体负责,如此直到永远。他们的意愿明确。然而在密尔沃基福利和拉德纳(Foley & Lardner)法律事务所的帮助下,他们的继承人成功将公司卖给了罗克韦尔,获得了丰厚现金。律师事务所的一位合伙人迈克尔·格里比(Michael Grebe)随后成为新近富有起来的基金会的董事长兼首席执行官。

而留下来的艾伦-布拉德利公司情况也没有那么好。随着20世纪末美国制造业的衰退和体面的蓝领工作的空心化而来的，是其悲惨的滑落。2010年，被卖掉密尔沃基的公司二十五年后所残留的罗克韦尔自动化（Rockwell Automation）公司，将工厂剩余的制造工作外包给拉丁美洲和亚洲等的低工资地区。作为代表失业工人的工会，美国电气、无线电、机械工人联合会（United Electrical, Radio, and Machine Workers of America）1111号分部主席罗伯特·格拉纳姆（Robert Granum）告诉《密尔沃基商业杂志》(Milwaukee Business Journal)，罗克韦尔的决定将"剥夺劳动群众的后代拥有体面养家工作的机会"[78]。

艾伦-布拉德利独特的佛罗伦萨钟塔仍屹立在密尔沃基南边。但到那时，密尔沃基被形容为"两极化国家最两极化的州的最两极化的地方"[79]。工业基地已经崩溃，制造业工作不复存在，许多在艾伦-布拉德利工作过的白人移民早已搬到郊区，留下接近40%是黑人的密尔沃基，和全国第二的黑人贫困率，以及黑人比白人高出近四倍的失业率。[80]

与此同时，布拉德利基金会已成为保守派运动的中心。由于精明的投资，其资产激增，使其能够资助运动，将贫困归咎于对政府救济的依赖，而非导致美国如艾伦-布拉德利公司的工作被移到海外的贸易、劳工及产业政策。到2012年，布拉德利基金会的资产已超过6.3亿美元，使他在那一年就能发放超过3200万美元的基金，继续资助要求穷人寻找工作以及攻击公立学校的福利改革方案。基金会也继续支持，包括哈佛、普林斯顿、斯坦福大学在内35所精英院校中的保守派滩头堡。

那时，基金会的年度布拉德利奖，已成为保守派闪闪发光的奥斯卡颁奖典礼——夜晚的华盛顿，波托马克河畔的肯尼迪中心，到处都是身着晚礼服的男女名流，冗长的获奖致辞，现场吹奏的仪式音乐，和每年高达25万美元的四个奖项的归属榜单。历年获奖者包括报纸专栏作家乔治·威尔（George Will），他随后成为基金会的受托人。同时荣膺奖项的还有联邦主义者协会创始人们，以及普林斯顿的罗伯特·乔治（Robert George）；比尔·克里斯托尔（Bill Kristol），新保守派的《旗帜周刊》编辑；哈佛教授哈维·曼斯菲尔德；福克斯新闻总裁罗杰·艾利斯（Roger Ailes）；以及遗产基金会的忠实拥护者埃德·米斯和埃德·佛纳。几乎所有获奖者都在牵引美国政治争论向右的过程中起到了重要作用。在过去数年里，几乎支持过他们所有人的、满是享有税免的捐款的私人基金会，能集结出一个小型星座。基金会给他们的支持来自少数富有的反动者，对于他们的身份和故事，美国人几乎一无所知，但他们的"首要目的"，正如乔伊斯所说，"是利用慈善事业来支持思想战争"[81]。

注释：

1. 这场抗议的精彩报告，参见 Donald Alexander Downs, *Cornell '69: Liberalism and the Crisis of the American University* (Cornell University Press, 1999)。
2. David Horowitz, "Ann Coulter at Cornell," FrontPageMag.com, May 21, 2001。
3. John J. Miller, *A Gift of Freedom: How the John M. Olin Foundation Changed America* (Encounter Books, 2006)。
4. John J. Miller, *How Two Foundations Reshaped America* (Philanthropy Roundtable, 2003), 16。
5. Lizzy Ratner, "Olin Foundation, Right-Wing Tank, Snuffing Itself," *New York Observer*, May 9, 2005。
6. 例如詹姆斯·皮尔逊，把非常富裕的当权派非营利组织，例如福特基金会，当作自由派，他认为右派的支出惯常被左派超过。
7. 奥林的总顾问是弗兰克·奥康奈尔，这位劳工律师以对工会强硬而闻名。
8. 奥林历程的精彩描述参见 Miller, *Gift of Freedom*。
9. E. W. Kenworthy, "U.S. Will Sue 8 Concerns over Dumping of Mercury," *New York Times*, July 25, 1970, 1。
10. 奥林公司倾倒汞的一处垃圾填埋场被称为102街安置点，胡克化学与塑料公司也在使用。
11. 七项轻罪定罪中每一项的最高罚款是10000美元，因此最高总罚款是70000美元。"Olin Fined $70,000," Associated Press, Dec. 12, 1979。
12. "End of a Company Town," *Life*, March 26, 1971。另参 Tod Newcombe, "Saltville, Virginia: A Company Town Without a Company," Governing.com, Aug. 2012。
13. 此人与作者的对谈。
14. Virginia Water Resources Research Center, "Mercury Contamination in Virginia Waters: History, Issues, and Options," March 1979。另参 EPA Superfund Record of Decision, Saltville Waste Disposal Ponds, June 30, 1987。
15. "End of a Company Town"。
16. 此人与作者的对谈。
17. 此人与作者的对谈。
18. 此人与作者的电邮对谈。
19. 此人与作者的电邮对谈。
20. 引用自 Ratner, "Olin Foundation, Right-Wing Tank, Snuffing Itself"。
21. John M. Olin to the president of Cornell, 1980, in Teles, *Rise of the Conservative Legal Movement*, 185。

22. Miller, *Gift of Freedom*, 34。
23. 詹姆斯·皮尔逊描述福特基金会作为自由派积极慈善家的引领作用的精辟文章，见 "Investing in Conservative Ideas," *Commentary*, May 2005。
24. Miller, *How Two Foundations Reshaped America*, 13。
25. William Simon, *A Time for Truth* (Reader's Digest Press, 1978), 64–65。
26. Miller, *Gift of Freedom*, 56。
27. Simon, *Time for Truth*, 78。
28. Miller, *Gift of Freedom*, 57。
29. 此人与作者的对谈。
30. Teles, *Rise of the Conservative Legal Movement*, 186。
31. Miller, *How Two Foundations Reshaped America*, 17。
32. James Piereson, "Planting Seeds of Liberty," *Philanthropy*, May/June 2005。
33. Miller, *Gift of Freedom*。
34. Max Blumenthal, "Princeton Tilts Right," Nation, Feb. 23, 2006。
35. Piereson, "Planting Seeds of Liberty"。
36. 这些 CIA 基金大部分来自名为迪尔伯恩基金会的组织。奥林基金会接着把基金拨给位于华盛顿特区的弗农基金。
37. 1967 年，《壁垒》杂志揭开了隐秘的 CIA 项目。额外报告揭露，CIA 一直秘密通过全国数百家私人基金会输送资金，这些组织起着前线组织的作用，而且将钱秘密送往 "冷战反共"项目。部分钱散播到国内组织，例如全国学生协会。自由派组织，包括教师在内，也充当着前线组织的角色。
38. Miller, *Gift of Freedom*。
39. James Barnes, "Banker with a Cause," *National Journal*, March 6, 1993。
40. Adam Winkler, *Gunfight: The Battle over the Right to Bear Arms in America* (Norton, 2011), 76–77。
41. 关于布罗克在托马斯与希尔对峙中的作用，更全面的分析参见 Jane Mayer and Jill Abramson, *Strange Justice: The Selling of Clarence Thomas* (Houghton Mifflin, 1994)。
42. Miller, *Gift of Freedom*, 5. Also Miller's defense of Lott's research as "rigorous," 72。
43. 此人与作者的对谈。
44. Miller, *Gift of Freedom*。
45. Jason DeParle, "Goals Reached, Donor on Right Closes Up Shop," *New York Times*, May 29, 2005。
46. Teles, *Rise of the Conservative Legal Movement*, 189。
47. 同上, 108 页。
48. Miller, *Gift of Freedom*, 76。
49. Paul M. Barrett, "Influential Ideas: A Movement Called 'Law and Economics' Sways Legal Circles," *Wall Street Journal*, Aug. 4, 1986。
50. Teles, *Rise of the Conservative Legal Movement*, 216。
51. Alliance for Justice, *Justice for Sale: Shortchanging the Public Interest for Private Gain* (Alliance for Justice, 1993)。
52. Chris Young, Reity O'Brien, and Andrea Fuller, "Corporations, Pro-business Nonprofits Foot Bill for Judicial Seminars," Center for Public Integrity, March 28, 2013。
53. 二十多年里，奥林提供了 550 万美元。参见 Miller, Gift of Freedom, 94。
54. 联邦主义者协会有影响人物的更完整名录，参见 Michael Avery and Danielle McLaughlin, *The Federalist Society: How Conservatives Took the Law Back from Liberals* (Vanderbilt University Press, 2013)。
55. Miller, *How Two Foundations Reshaped America*, 29。

56 Miller, "A Federalist Solution," *Philanthropy*, Fall 2011. 欧文·克里斯托尔是联邦主义者协会最早的筹资人之一。

57 奥林基金会最后总计捐给曼哈顿研究所 630 万美元。

58 此人与作者的对谈。

59 对于《失去土地》的更全面分析，参见 Thomas Medvetz, *Think Tanks in America* (University of Chicago Press, 2012), 3.

60 同上，5 页。

61 Louis Menand, "Illiberalisms," *New Yorker*, May 20, 1991.

62 2015 年 1 月，卡尔作为首位网络电视记者，受到科赫兄弟邀请，在研讨会期间为捐赠人主持政治小组讨论。ABC 参加这个封闭事件的决定，激起了批评和争议但是开了先河。2015 年 8 月，《政客》专栏作家麦克·艾伦在科赫筹资会议上主持候选人讨论会，他接受了邀请，而 CNN 记者杰克·塔珀遵循原则拒绝了它。

63 布拉德利基金会创建历史的更多细节，参见 John Gurda's *Bradley Legacy*，此书由迈克尔·乔伊斯委托写就，1992 年由林德和哈里布拉德利基金会出版。

64 Patricia Sullivan, "Michael Joyce; Leader in Rise of Conservative Movement," *Washington Post*, March 3, 2006.

65 根据 James Barnes, "Banker with a Cause," *National Journal*, March 6, 1993, 564–565，布拉德利基金会每年发放的 2000 万美元，超过 1/3 用于支持"保守派知识分子"。

66 Katherine M. Skiba, "Bradley Philanthropy," *Milwaukee Journal Sentinel*, Sept. 17, 1995.

67 根据布鲁斯·墨菲，乔伊斯花费 100 万美元补贴默里写作《钟形曲线》。Murphy, "When We Were Soldier-Scholars," *Milwaukee Magazine*, March 9, 2006.

68 Neal Freeman, "The Godfather Retires," *National Review*, April 18, 2001.

69 "The Bradley Foundation and the Art of (Intellectual) War," Autumn 1999，是二十页的机密备忘录，为基金会 1999 年 11 月董事会议而准备，作者取得了一份副本。

70 艾伦-布拉德利的受托人最初给公司估价 4 亿美元，后来又扩大了估价。参一篇关于艾伦-布拉德利收购的精彩文章，James B. Stewart, "Loss of Privacy: How a 'Safe' Company Was Acquired Anyway After Bitter Infighting," *Wall Street Journal*, May 14, 1985.

71 同上，Gurda, *Bradley Legacy*, 153 页。

72 Peter Pae, "Maligned B-1 Bomber Now Proving Its Worth," *Los Angeles Times*, Dec. 12, 2001.

73 Winston Williams, "Dogged Rockwell Bets on Reagan," *New York Times*, Sept. 30, 1984。B-1 轰炸机直到 2001 年才证明无用，那时，在政府花费额外 30 亿美元改装飞机后，他们终于在阿富汗部署用于常规用途。然而，2014 年一份国会研究部门报告形容该飞机"越来越落后"。

74 Gurda, *Bradley Legacy*, 92.

75 Bryan Burrough, *The Big Rich* (Penguin, 2009), 211.

76 Gurda, *Bradley Legacy*, 115.

77 同上，131 页。

78 Rich Rovito, "Milwaukee Rockwell Workers Facing Layoff Reach Agreement," *Milwaukee Business Journal*, June 27, 2010.

79 参 见 Craig Gilbert, "Democratic, Republican Voters Worlds Apart in Divided Wisconsin," *Milwaukee Journal Sentinel*, May 3, 2014.

80 关于密尔沃基的更多情况，参见 Alec MacGillis 富有洞察力的文章，"The Unelectable Whiteness of Scott Walker," *New Republic*, June 15, 2014.

81 2003 年在乔治敦大学的一次演讲中，迈克尔·乔伊斯说，"在奥林和后来的布拉德利，我们的首要目的是慈善来支持思想战争，以捍卫并帮助恢复（国家）创始人的政治想象"。

第四章　科赫方法：自由市场的骚乱

二十一年来，当科赫兄弟资助一场以使美国企业摆脱政府控制为目标的思想战争时，唐纳德·卡尔森（Donald Carlson）一直在清理他们的产业留下来的残渣。科赫在明尼苏达州罗斯蒙特的派恩本德炼油厂蒸蒸日上，而他就在那里工作。外套上缝的名字是"公牛"（Bull），因为他体力强健，并且愿意承担旁人不愿接触的差事，同事们这样称呼他。"他并非总是最伟大的男人或父亲，但他每天早上起来都得上班。他必须每天勇往直前。"他的遗孀多琳·卡尔森（Doreen Carlson）回忆道，"如果一个工作太难，他们就会交给他。"[1]

从1974年卡尔森被雇用起，他每天在炼油厂工作十二小时，有时轮班是十六小时。工厂的盈利能力证明了科赫兄弟收购的预见性。它已经成为路易斯安那州北部最大的炼油厂，产能达到每天处理33万桶原油，是加拿大出口到美国的1/4。明尼苏达州使用的一半以上的汽油，和威斯康星州使用的四成，都是由它提供。卡尔森的工作艰辛，但他享受其中。他清理装有含铅汽油的巨大油箱，用手把它们刮下来。他从储藏罐中取样，其中泄出的水汽携带的力量时常把他的头盔吹掉。他吊起沉重的负载，收集溢出的燃料深得足以烧灼他的腿。和炼油厂里一千名员工的大多数一样，卡尔森经常暴露在有毒物质下。"他几乎在那些油罐里游泳"[2]，他的妻子回忆道。但卡尔森从没考虑过危害。"我是个年轻人，"他后来解释说,"他们什么都没告诉我,我也什么都不知道。"[3]

尤其是,卡尔森说,没有人警告过他小心苯——这种从原油中提炼出的无色液体化合物。1928 年,两名意大利医生首次检测出它与癌症之间的关联。之后,大量的科学研究发现,长期接触苯,有极大的风险罹患白血病。[4] 四个联邦政府机构——国家卫生研究院(National Institutes of Health)、食品和药物管理局(Food and Drug Administration)、环境保护局和疾病控制中心(Centers for Disease Control)——都宣布苯是致癌物。[5] 被问到能否发誓回答是否被警告过血红蛋白会受到危害时,卡尔森说,"我甚至不知道血红蛋白是什么"[6]。

1995 年,卡尔森生病过重,无法再在炼油厂工作。当他拿到公司病历时,他和妻子被眼前的内容震惊。70 年代末,职业安全与健康管理局发布规定,要求工人会接触苯的公司,每年提供血液检测并再测,如果发现任何异常应该通知工人。公司还被要求,让结果异常的员工求助医疗专家。科赫炼油厂按法律要求提供每年的血液检测,而卡尔森也顺从地进行定期筛查。但他发现,尽管从 1990 年起,他的测试结果就显示出越来越严重的异常血细胞数,但公司直到 1994 年才向他提及。

查尔斯·科赫曾批评政府监管是"社会主义的"[7]。从他的观点来看,进步时代发展出的监管状态,是对自由企业的非法侵占,也是自主性、营利性之路上的障碍。尽管这种理论可能吸引公司老板,但对于他们的数万名员工而言,事实则全然不同。

卡尔森继续工作了一年,身体越发虚弱,每周需要输血三至五品脱。终于到了 1995 年夏天,他病得完全无法工作了。那时,他的妻子回忆道,"他们让他走。给了他六个月的工资。这基本上是他累积的病假工资"。卡尔森认为,他的病与工作相关。但科赫炼油厂否认这种说法,拒绝向他支付工人的赔偿——如果支付的话,赔偿将会包含他的医疗费,还包括他的妻子、女儿日后的抚养补助。"医生无法相信,他从来没有得到工人的赔偿。"她补充道,"我们太天真了。我们没有想到人们会任由你死。

我们想,'他们帮助你,不是吗?'"

1997年2月,入职科氏工业二十三年后,五十三岁的唐纳德·卡尔森死于白血病。当时他和妻子结婚已经三十一年。"最不幸的是,"她说,"他去世的时候还想着,他没有拿到钱,让我们失望了。"她还说:"我的丈夫是那种真的相信如果勤奋努力、做好工作,终能得到回报的人。"

多琳对公司怒不可遏,她发起了一场一个女人的战斗,要求科氏工业承认对丈夫的死亡负有部分责任,并且道歉。"我在寻求一些应负的责任。"[8]她告诉《明尼阿波利斯星坛报》(*Minneapolis Star Tribune*)记者汤姆·米尔斯曼(Tom Meersman)。三年来,卡尔森坚持她的合法要求。公司给了她一些钱,但拒称这是与工作有关的死亡赔偿。它坚持抗拒,直到法官即将审理此案的几分钟前。公司最终同意她的说法,但以她签署保密协议,保守秘密不让公众知道为照办条件。"他们从不承认这一点。他们避开了法庭,没有留下书面记录。他们只是给了我些小面包屑,然后告诉我把嘴闭紧。"她回忆道。

十多年后,卡尔森的保密协议已经失效,而她终于能够说出来了。"我不认为你能写出我对科赫的看法。你只是附带的伤害。对他们而言这不过是钱,而他们有多少也不觉得够。"关于把责任推给科赫兄弟而非她应对的下一级行政主管,这样做是否公平时,她说:"查尔斯·科赫拥有这家炼油厂。"她接着道,"而且他们希望少点监管,你能想象吗?他们想要的是对他们有利的东西。他们从不损及利润。我听说他们在政治上支持很多人,我打赌这全是为了摆脱规则。"她说:"但是这些规定是为了安全考虑——不是让你的工人富有,而是让他们不用死。"

卡尔森的案子只是查尔斯接手公司后的几十年里,众多针对科氏工业企业行为的其中一件。公司以惊人的速度扩张成一个集巨大的化工、制造、能源、贸易、精炼事业的全球集团。但是同样以惊人速度增加的是它的法律冲突。面对挫败他的自由主义理念的政府监督者,查尔斯不是和平相处，而是宣战。如同他描绘的，他的反抗代表了高度的原则。例如1978年，他在《自由至上主义评论》向其他商人发出慷慨激昂的战斗呼吁，认为"当监管者踏上我们的家门口时，我们不应该屈服……不要主动合作；反而要抵制，无论在什么地方，无论你能合法地做到什么程度。而且要以正义的名义"。[9]

查尔斯反对监管的哲学理念，很难与他避免监管的经济兴趣区分开来。正如他描述的，他试图面对"傲慢、侵入性、极权主义的法律"，"不断推动自由事业"。[10] 批评家例如托马斯·弗兰克（Thomas Frank），《堪萨斯怎么了？》（What's the Matter with Kansas?）一书的作者，在堪萨斯长大，他对科赫兄弟的看法完全不同。"自由至上主义应当全是关于原则，但它真正有关的是政治私利。这基本上是一个戴上了哲学面具的公司前线。"[11] 无可争辩的是，无论出于什么动机，1980年至2005年这二十五年间，在查尔斯·科赫的领导下，他的公司创造了公司不法行为的惊人纪录。

例如1996年4月，"公牛卡尔森"在明尼苏达因白血病垂死之时，科氏工业的一名环境技术员萨利·巴尼斯－索利兹（Sally Barnes-Soliz），敲开了得克萨斯州科珀斯克里斯蒂（Corpus Christi）政府监管机构的大门，科赫兄弟在那里拥有并经营着另一家炼油厂，技术员揭发公司掩盖了苯排放量超标的事实。比处理工作场所安全还要多的环境法规，证明是科氏工业的持续障碍，就如科珀斯克里斯蒂炼油厂的问题所显示的。

后来巴尼斯－索利兹告诉《彭博市场》（Bloomberg Markets）杂志，"炼油厂就是大量排放苯到大气中"。[12] 科氏工业没有遵从要求此类排放减少的1995年联邦新法规，[13] 它曾在一份要求提交给得克萨斯自然资源保护委员会的报告中，尽力隐瞒产量。在内部，一名科赫的律师承认，公司自己的报告是"误导性和不准确的"，所以当时才会请来巴尼斯－索利兹提供更准确的记录。

她曾在科氏工业工作五年，并且为自己在直接帮助员工和公众的健康安全而热爱这份工作。按照指示,她仔细将炼油厂的苯排放重新列表,发现公司排放已经十五次超出合法标准。老板们不悦于她的发现。拥有科学与环境卫生学士学位、工业卫生科学的硕士学位的她知道自己在做什么,即便如此她还是多次重新计算。然而她不断得到同样的不受欢迎的结果。她向《彭博市场》讲述,"有很多次会议试着要我改数字。这很难,而我坚持自己的信念"。因此看到科赫向得州当局提交的后续报告时,她感到震惊。篡改后的苯排放量只有她计算出来的1/149。

"当我看到他们竟然伪造文件,我没有求助对象,只有告知当局。"她告诉《彭博市场》,描述了科氏工业违法行为一部分的片段。午休时,她驱车来到州监管机构,报告了欺诈行为。

科氏工业的辩护人称,告密者只是一名因心怀不满而寻找托词以保住工作的员工。[14] 但是 2000 年 9 月 28 日,科珀斯克里斯蒂的科氏工业面临一份 97 页的起诉书,控告它掩盖 91 吨的苯排放。公司可能遭罚款 3.52 亿美元,另外四名科赫员工可能处长期监禁和每人 175 万美元的罚款。公司在法庭上奋力回击,试图拒绝交出关于排放的数百封内部电邮,但庭长驳回了它们是商业机密的论点,斥责公司律师是"代言人",试图"阻止"监管者发现其"违法程度"。在争论过程中,公司透露,遵守排放标准的话需要花费 700 万美元。虽然成本看似很高,但在炼油厂的收益面前,还是微不足道的。检察官证明,科赫的科珀斯克里斯蒂炼油厂仅在 1995 年就获利 1.76 亿美元。

面对苯排放方面"隐瞒信息"的重罪指控,科赫公司最终认罪,缴罚金 1000 万美元,还支付 1000 万美元用于改善科珀斯克里斯蒂环境的项目。公司的一名女发言人强调,单独针对科赫经理的指控已经撤销,她还表示,"政府的诉讼最终瓦解了"。[15] 当时领导司法部环境犯罪科的职业检察官大卫·乌尔曼(David Uhlmann)却说情况相反,科氏工业承认向监管者和社会团体"为隐瞒苯这种众所周知的致癌物的排放而做了精心策划"。他称这起诉讼是"《清洁空气法》下标志性的案件之一"。

他指出，"环境犯罪几乎总因经济与傲慢而起，而在科赫一案中两种因素都很显著"。

公司对待巴尼斯—索利兹的方式同样令人大开眼界。她说由于她的揭发，她被隔离到一间空空荡荡的办公室，没有权责，也没有电子邮件往来。[16] 最终，她辞职并起诉公司侵扰。1999 年，科赫依秘密协议付给她一笔钱，数额未被公开。

大约在同一时间，路易斯安那州科氏工业的低阶雇员卡内尔·格林（Carnell Green）也想举报，他说公司威胁如果不放弃就要逮捕他。根据格林在 1998 年和 1999 年向比尔·科赫雇佣的私人侦探所作的两份声明，格林担任科氏工业的管道技术工兼气表维修员时，与公司管理产生冲突。[17] 从 1976 年到 1996 年，他一直为公司工作。他说，在此期间自己被要求清理他监测的 36 个气表，将外泄水银清扫出门倒到地上。他还被要求像亲眼见到上司做的那样，处理每个都含有约一夸脱汞的旧仪表，将它们丢到垃圾箱，并将装有汞的附加容器倾倒进水池。格林说，水银无孔不入，当他回到家，水银粒会从衣鞋中滚落。

而在 1996 年参加了关于有害物质的课程后，格林说，他向上司们发报告，提醒他们汞严重危害健康，应当更加小心处理。格林说，上司告诉他不要谈论这件事。不久之后一名自称"FBI 特工摩尔曼"的男人前来审问他，指责他在水银一事上撒谎。他说，如果不收回指控，官方威胁要逮捕他进监狱，还警告他如果将汞的事透露给包括外界机构在内的任何人，他将遭到解雇。格林说，他的直接主管随后交给他一份事先准备好的声明，声明中说科赫工厂里没有汞。由于担心下狱，格林在上面签了字。

格林说，因为担心健康，他仍然向职业安全与健康管理局提出申诉。科氏工业随后便炒了他，理由是"做不实陈述"。

格林在他的声明中补充道，他后来得知特工摩尔曼并非为联邦调查局工作，而是为"堪萨斯州威奇托的科赫安全"服务。当时，拉里·M.

摩尔曼是科氏工业法务部的调查员,后来成为科氏工业的企业安全总监。

据私人侦探理查德·"吉姆"·埃尔罗伊(Richard "Jim" Elroy)说,在格林指认遭科氏工业的汞污染的一处地点,后来取得了土壤样本,并且送往独立实验室进行测试。[18] 根据埃尔罗伊的报告,土壤样品被汞高度污染,以至于实验室拒绝通过美国邮政送还,还要求为危险物质的专业处理付钱。而那时格林已经失去工作。"格林只是来自路易斯安那州的工人阶级黑人,一个很好的家伙,尽其所能地努力谋生。"[19] 埃尔罗伊说。当时埃尔罗伊代表比尔·科赫与查尔斯、大卫打官司,他记录了格林的陈述。"科赫碾过这些人,然后弃置如垃圾。"埃尔罗伊说。问及格林的指控,摩尔曼或是科氏工业的发言人俱不回应。

但是随着关于污染的指控扩散全国,联邦检察官开始拼凑出一件大案,对抗违反《清洁水法》的公司。1995年,司法部指控,在6个不同的州管道和存储设施中数百万加仑的石油泄漏问题上,科赫撒了谎。联邦研究人员记录了,之前五年里超过300起石油泄漏,包括一次10万加仑原油泄漏,在科珀斯克里斯蒂的海湾留下12英里长的浮油——距离科赫炼油厂的位置并不太远。

该案的联邦首席检察官安吉拉·奥康奈尔(Angela O'Connell)后来描述,科氏工业不同于她处理过的其他石油公司,在司法部二十五年的生涯中,她与大部分都曾交手。"它们总在制度外运作。"[20] 她告诉丹尼尔·舒尔曼,后者在《威奇托之子》(*Sons of Whichita*)中生动描述了科赫公司的一系列违法行为。她说,泄漏是石油业务的常见问题,但她坚称,其他公司会和监管者坐下来谈,并且承认它们的缺疏,然而科氏工业"屡次撒谎……以避免处罚"[21]。

奥康奈尔收集各州大量反对科氏工业的案例时,她有种自己正在被监视的不安感。她认为自己的垃圾被人搜查,手机遭到窃听,然而她从来无法证明。情况使她无比惶恐,因而从那时起她监控自己的一切所说所为,以确保不被用来对付自己。

档案显示，1983年科氏工业雇用了一名美国前特工大卫·尼卡斯特罗（David Nicastro），来协助其安全工作。到了1994年，尼卡斯特罗在得克萨斯州拥有一家自己的小型调查公司安全源（Secure Source），而且"在随后的四五年里"，他证实，"我处理了不同项目"，为科赫兄弟服务，包括兄弟间的诉讼。[22] 在法庭文件中，他描述自己的作用是为科氏工业以及他所谓的"实体"进行"大量调查工作"。[23] 前FBI特工查尔斯·迪基（Charles Dickey）也与尼卡斯特罗一道参与其中。

多年之后回顾过去，奥康奈尔说，她视科赫兄弟为"危险的"，并且谈到他们时仍感觉不舒服。她降低声音，仿佛他们可能在监听，她回忆道，"他们试图污蔑我的名誉"。她详细讲述道，在她处理案子时，公司和当时的环保局长卡罗尔·布劳纳（Carol Browner）有过会谈，公司代表指责奥康奈尔的行为过度热心，努力将她排除出案子，不过没有成功。"他们在所有事上撒谎，因为他们是一家私人公司，所以逃脱了惩罚。"[24] 她说。"他们给每一步发现都设置障碍。它总是这个德行，'我不这样做''这不是我们的石油''这不是我们的管道'。他们说的每件事你都不能相信。他们玩游戏的方式当然不像其他公司那样。"她说。

2000年1月13日，司法部奥康奈尔的部门获胜。科氏工业同意支付30万美元罚金，创下当时被《清洁水法》处罚的历史最高纪录。环保局发布新闻稿，指责科赫"肆无忌惮地违法"，并且大声宣告，巨额罚金证明"那些试图从污染我们环境中牟利的人会付出代价"。2004年奥康奈尔从司法部退休，十年后石油泄漏造成的破坏仍旧使她烦恼。"问题是，石油沉到水底，毒害鱼类。如果人们吃了，就会病得非常非常厉害，"她说，"人们为此丧命。"

而一些违法行为可以被默认成不幸事故，科氏工业的污染模式令人震惊，不仅在于其严重恶劣，也因为它的任意妄为。公司在处理奥康奈尔提出的漏油案时，明尼苏达州的派恩本德炼油厂承认仍在违反《清洁水法》。因为向地面倾倒 100 万加仑的氨污染废水，以及在自然保护湿地和临近的密西西比河过失性泄漏约 60 万加仑燃料，炼油厂缴纳了 800 万美元罚金。在此之前因相同的违法行为，炼油厂已经向尼苏达州污染控制局缴纳了 690 万美元罚金。在这一污染案中，和科珀斯克里斯蒂的一样，政府当局指责科赫试图掩盖罪行，有实例是公司为逃脱监控在周末和深夜偷偷倾倒额外污染物，随后伪造记录。曾在派恩本德炼油厂工作的前员工托马斯·霍尔顿（Thomas Holton）告诉《明尼苏达星报》（*Minnesota Star Tribune*），"很多次……是的，我们撒了谎。我们的确做了那些事。我不会遮掩"[25]。

然而这些罪行一经对比，仍显苍白。[26] 得克萨斯州莱夫利的一座村镇，距离达拉斯东南约 50 英里。1996 年 8 月 24 日，横祸降临在小镇两名少男少女头上。那天下午，新近高中毕业生丹妮尔·斯莫利（Danielle Smalley）坐在家里的拖车中，收拾行李准备上大学。朋友杰森·斯通（Jason Stone）在外面，商量他们当晚为她准备的告别聚会。斯莫利的父亲丹尼（Danny）是名修理工，也正在家观看电视上的体育节目。事情不对劲的唯一征兆是一股微弱但越来越惹人作呕的气味。没能找到来源，他们家没有电话，丹妮尔和杰森决定开车到邻居家，告知可能有气体泄漏。借用丹尼·斯莫利的卡车，他们动身出发，可是卡车在几百码远的地方熄了火。当丹妮尔试图重新发动时，点火装置点燃了不可见的丁烷气雾。从距离房子不远、被腐蚀的科赫地下管道里泄漏出来的气体，引发了一场可怕的爆炸。高耸的火球完全吞噬了卡车。丹妮尔和杰森被活活烧死。

科氏工业公司付钱给父亲丹尼，要他撤销向公司提出的过失致死的诉讼。[27] 然而像多琳·卡尔森一样，幸存家属想要的不只是钱。

庭前的谋划非常激烈，据报道科赫雇用了一支顶级律师团队，以及一名跟踪斯莫利的私家侦探。同时斯莫利的首席律师特德·里昂（Ted Lyon）怀疑，他的律师事务所正遭到窃听。他聘用了一家安全公司检查，发现办公室里被置入了数支微型发射机。"我不会说科赫兄弟做了这件事,"律师后来说,"我只是觉得非常有趣,它发生在我们处理这起案件的过程中。"[28]

随着两方准备审判,一幅揭示公司过失的恐怖画面浮出水面。国家运输安全委员会的一项调查发现,负责单位科赫管道公司知悉管道被腐蚀,却既没有做任何必要的维修,也没有告诉爆炸地点附近居住的约四十户家庭如何处理突发情况。[29]一名斯莫利方的专家证人将管道形容为"瑞士奶酪"。[30]据石油工业安全方面的专家、证人爱德华·齐格勒(Edward Ziegler)说,爆炸是由于"公司完全不遵守规定,既不保持管道安全也不按照规定要求进行操作"。

三年来,公司实际上赞成使用较新的管道而停用旧管道。然而当公司意识到修缮用以输送液态丁烷的管道,每年会增加额外700万美元时,公司决定恢复使用旧管道。科氏工业的执行副总裁比尔·卡菲(Bill Caffey)在证词中承认,"科氏工业对丹妮尔·斯莫利的死亡负有绝对责任",[31]但他强调,他相信在他授权使用时管道是安全的。他赞扬查尔斯·科赫极其注重遵守安全和其他规定,但也承认面临财务压力。"我们要努力减少浪费性开销。"他解释道。前员工亨诺克·威斯汀(Kenoth Whitstine)在证词中证明,他在公司向老板提及另一条腐蚀管道的隐忧,担心一旦破裂会引起致命事故,却被告知支付诉讼赔偿会比修理更便宜。

丹尼·斯莫利终于等到了梦寐以求的机会,他作为审判的最后一名证人,发表了愤怒的独白,谴责科赫兄弟只关心钱。正如他后来告诉《60分钟》(60 Minutes):"他们说,'我们感到抱歉,斯莫利先生,你的孩子失去了生命,杰森也失去了生命'。抱歉不能解决。他们并不抱歉。他们看到的只有口袋里最后一块钱。如果他们关闭管道会损失多少钱。他们不在乎,他们想要的只是钱。"[32]

如果科赫兄弟浑不在意的安全做法是场赌博,陪审团作出的裁决使他们输掉了这场赌博。1999年10月21日,科氏工业被判有罪,不仅因其所犯过失,也因其蓄意伤害,因为它早已知道腐烂管道造成的极端危险。丹尼·斯莫利向公司求偿1亿美元，数额惊人。但是陪审团处以几乎3倍多的罚款，要求科氏工业赔偿2.96亿美元。在当时，这是过失致死判罚的最高纪录。

科赫兄弟受到判决的同时，也面临着日益增加的政治危机。美国参议院已经开始调查，针对公司从美洲原住民部落的土地上窃取价值数千万美元石油的指控。经过一年时间的调查，于1989年发布了一份严厉的报告，控告科赫石油"有广泛而复杂的计划，以欺诈性误测的方式，从印第安人及他人手中窃取原油"。

参议院的调查深入到科氏工业牢牢守护的秘密，迫使查尔斯·科赫在威奇托的公司总部宣誓作证。一名委员会官员回忆，他被政府的干扰"平静地激怒"[33]。宣过誓后，查尔斯承认，三年来公司从印第安土地上不当攫取了价值约3100万美元的原油，但也辩称这是偶然发生。他告诉调查人员，石油计量是"非常不确定的艺术"。然而委员会出示证据表明，当时从印第安土地上购买石油的其他公司在测量方面毫无重大问题。事实上，其他公司中的大多数了解得更清楚，他们秘密揭发科赫公司，因为认为它在欺诈。[34]

参议院的调查也遭遇了一种熟悉的模式：那些挑战科赫兄弟的人开始觉得有人要监视，甚至可能是恐吓他们。后来成为私家侦探的理查德·"吉姆"·埃尔罗伊当时是选派去调查的FBI特工。他的专长用来调查了俄克拉何马州的腐败，也处理了不少棘手案件，包括一些有组织的犯罪。[35]但他很快就陷入了即便是在调查黑手党的时候也从未遇到过的情况：他确定自己被人跟踪了。

有一天，埃尔罗伊停下车，跳了出来，用枪抵着一直尾随的司机，将其从车里拖出来，他出示了FBI身份证件，与司机当面对质，并警告说，"告诉你的老板，要是有下一次，你就在尸体袋里了"。埃尔罗伊讲述道，司机解释说，"我是名私家侦探，和科氏工业合作"。据报道，公司的法务负责人否认雇佣私人侦探来监视埃尔罗伊。可是其他参议院调查员也有不安的经历。根据参议院的报告，另一名调查员发现，一名科赫雇员试图从他前妻那儿搜罗黑料。[36]

该委员会的首席顾问肯尼思·巴伦（Kenneth Ballen）[37]，曾是在新泽西州打击有组织犯罪的检察官，他认为手下有一名助手被收买以诋毁他。巴伦说，幸运的是没有发生。"这不像政治；而像调查有组织的犯罪"，巴伦回忆道。他注意到并坚持认为，查尔斯·科赫"是个可怕的家伙，难以挑战。大多数人退缩，而不是与他们缠斗"。"这些人已经积累了难以计数的巨大力量。"[38]

另一名参与参议院调查的年轻律师威克·索勒斯（Wick Sollers），后来成为蓝筹法律公司金与斯伯丁（King & Spalding）的管理合伙人，他也有过不安的体验。当索勒斯被参议院委员会招募时，他是巴尔的摩（Baltimore）的助理检察官。"公司对调查很不高兴，"他注意到，"他们派了各式人马努力阻止我们——使者，律师，以及参议员，想让我们停止调查。"折节的参议员是俄克拉何马州的共和党人堂·尼克尔斯（Don Nickles），这位社会及财政的保守派，多年来从科氏工业那里收取多笔竞选捐款，其游说公司后来也被科赫聘用。[39]

索勒斯说，几名工作人员认为曾有人翻找他们的垃圾。"我们不知道人是谁派来的，"索勒斯小心地说，"但有人雇佣私家侦探来发掘一切能找到的私隐。"他回忆说，在他离开参议院来到金与斯伯丁公司后，他在公司的导师收到一件匿名包裹，其中充斥破坏他名声的新闻剪报和法庭文件。一些文件鼓吹科赫兄弟的无辜。他说，"我从未经历过这样的事情"，"有人试图恐吓和压制科赫兄弟的批评者。我并非政治化的人，但这事令人烦恼"。[40]

克里斯托弗·塔克（Christopher Tucker）作为证人也向委员会调查员证实，遭遇了不寻常的骚扰。在他指控科氏工业欺瞒石油测量后，有报道说，四名参议员在一封信中告发他作伪证，而房东女儿则向他通风报信说，有些西装男子带走了他的垃圾。投诉他的基础在于，他简历引用的专业证书在他作证后不久才落实下来。就这一事例，公司一被施压，就承认促成了参议员针对他的告发信。"这非常令人害怕。"塔克告诉记者罗伯特·帕里（Robert Parry），"你拥有一家有钱的公司。他们得到的钱比许多小国家有的还多。"[41]

虽然如此，参议院印第安事务特别委员会发布了一份明显让科氏工业身败名裂的报告。后来，仍是 FBI 特工的埃尔罗伊给俄克拉何马的检察官撰写了一份备忘录，内容针对该公司潜在的刑事案件，指控它盗窃石油。而在备忘录发出前，埃尔罗伊警告比尔·科赫，这些进展可能导致他的兄弟们入狱。埃尔罗伊回忆中比尔说："那就把他们关起来！"比尔告诉一家新闻媒体，"我不想我的家族，我的财产，我父亲的遗产，都建立在有组织犯罪的基础上"[42]。

兄弟间的敌意愈发加深。1983 年查尔斯和大卫以 8 亿美元买断另外两个兄弟的股份后，比尔确信自己被骗光了应得的家产，因为他认为两兄弟故意低算公司价值。为了报复，比尔向查尔斯和大卫发动了一连串诉讼，甚至曾一度反对母亲。但比尔·科赫很快又一次败给对方的智谋。

在权衡委员会对科氏工业指控的十八个月后，俄克拉何马城大陪审团消除公司嫌疑，这一决定笼罩了某种阴谋的乌云，在科赫兄弟后来的政治参与会更明显。《国家》取得的公司内部记录表明，面对潜在的刑事指控，科赫兄弟发动了旨在收买政治力量的紧急策略。在大陪审团开会的俄克拉何马，他们向重要政客捐款，其中包括参议员尼克尔斯。差不多在同时，尼克尔斯推荐了监督大陪审团调查的俄克拉何马城检察官人选。[43] 达成推荐的过程中，尼克尔斯参议员排除了刑事部门负责人，而提携了蒂莫西·伦纳德（Timothy Leonard），这名前共和党州参议员毫无刑法经验，而其家族在收取科赫使用费的油田方面存在经济利益。有人呼吁取消他的资格，而老布什总统的司法部准许了他的弃权请求。

办公室助理检察官南希·琼斯（Nancy Jones）当时在处理俄克拉何

马大陪审团对科氏工业的调查，当被问及后来是否因政治压力结束调查时，她的回答措辞仔细。经过漫长的停顿，她说，"你可以这样说"，"被排除在外的是一名来自其他州的自由派民主党人，而他们任命的则是一位共和党，没有联邦、刑事或审判的经历"。44 前 FBI 特工埃尔罗伊则没这么小心谨慎。他认为，"尼克尔斯彻底打破了这里的检举。他参与了检察官的任命。他从科赫那里获得了极大支持。他是他们的人。他是钱能买到的最佳参议员"。

尼克尔斯即刻驳回了政治干预的指控，声称他"甚至不知道检察官办公室参与对科赫的刑事调查"。他补充说，他和检察官伦纳德"关于此事""从未有过交谈"。伦纳德也否认存在任何不当行为。45

不过，亚利桑那州民主党参议员、前印第安事务特别委员会检察官丹尼斯·德孔西尼（Dennis DeConcini）当时曾说，"我感到惊讶而失望。我们的证据如此有力，我们的调查是参议院做过的最细致的工作之一。这是对科赫压倒性的案件"。46

科氏工业关键文件的神秘消失，一直使联邦刑事调查备受阻碍。琼斯曾试图收集证实参议院证词的记录，从而不必依赖证人，因为证人的证词可能被当作员工的不满言论而遭驳回。但是当她向公司传唤交出文件时，她被告知许多已经不复存在。她灰心丧气，最终放弃并辞职。埃尔罗伊也离开了。他从 FBI 退休，成为为比尔·科赫工作的全职私家侦探，保证了家族两方都有自己的私人侦探。比尔·科赫还保留了一名前以色列情报官员的工作。"你必须要有情报，"比尔在被问及时这样解释，"可是获取的方式，有合法的，也有非法的。"47

自己兄弟被刑事起诉的希望逐渐渺茫，比尔·科赫推动了替代的法律策略，给科氏工业带来了更大的困境。他自己展示了家庭的残酷无情，他以《虚假索赔法》向科氏工业发起了揭发内幕的诉讼，控告公司从政府土地上窃取石油。内战时期的法规允许，在能证明私人承包商欺骗政府的实例里，公民可以提出这样的告发索赔诉讼。这件与俄克拉何马大陪审团放弃的案件本质上相同，但民事案件要求的证据标准则低一些。

随着这起民事案件向前推进，埃尔罗伊着手工作，收集更多针对科氏工业的证据。他纵横往来于全国各地，采访了五百名潜在的证人。在这场兄弟版《碟中谍》里，比尔·科赫的调查员逐渐确信，查尔斯和大卫的私家侦探拦截了他们的通信。比尔的团队转而购买了5000美元的安全电话。由于怀疑比尔的律师事务所已被渗透，他的团队还在桌上留下淫秽的假备忘录作为诱饵，他的调查员埃尔罗伊声称对方很快问及这个东西。"他们有个间谍潜入了律师办公室，"埃尔罗伊坚持认为，"他在同一栋楼的另一层工作，而且他们付钱让他潜入法务部门。"

埃尔罗伊的怀疑并非毫无根据。一名签署了秘密协议、要求不公开姓名的共和党政治活动人员承认，查尔斯和大卫·科赫通过一家法律公司雇用了他，让他用数个月时间跋涉于全国各地，搜寻一切可以损害他们兄弟比尔的个人、商业或法律信息。他回忆说，"这是去寻找任何东西，只要可以引起麻烦，可以化作利刃直戳他眼"[48]。

这种间谍行动的结果也存在于马里兰州东海岸繁忙公路旁的一个租赁储物柜中。在柜子里，几箱旧文件记录了私人侦探给比尔·科赫编造污点所做的惊人努力。文件包含了一家名叫贝克特布朗国际（Beckett Brown International）的已倒闭的私人调查公司的机密工作记录。文件里的潦草手记揭示，1998年这家侦探公司被雇去查探，比尔·科赫是否背地里支持了一系列已在播送的反科赫电视广告。这些广告由一个自称"支持清洁美国的公民"（Citizens for a Clean America）的团体制作，内容展示了往自己口袋里大把塞钱的同时，科赫兄弟还在污染环境。事实上调查指向比尔·科赫是幕后操纵者。[49]但现在看来，用以揭露他的方法和他的策略一样可疑。

文件表明，侦探公司安排了"D线"，这是表示挖掘垃圾箱的行动的黑话。他们还偷偷获取他人的私人电话记录，包括弗吉尼亚州里士满的一名广告主管，其任职的小公司制作了一则反科赫广告。这名主管芭芭拉·富尔茨（Barbara Fultz）说，她毫不了解科赫兄弟牵涉的事情。她以为她在为一个好政府（good government）团体做广告。十五年后，当她得知调查人员以某种方式得到她的私人电话记录时，那些记录还留在马里兰东岸储物柜的一堆旧文件中，许多是以潦草手写记录下她打电话的内容，富尔茨说，"我脑袋都惊炸了"。

"我绝对没有把我的电话记录给过任何人"，富尔茨说，她现在是一名退休的奶奶。富尔茨记得，许多年前里士满警察在凌晨两点打电话告诉她，她的办公室套间的门半开着，使她奇怪不已。她想，她的电话记录会不会就是这样取得的。"可怕的是，有人会进入我的地方，检查我的记录，而我一无所知。我不是政治人物，"她说，"但使我悲哀的是，我们在美国拥有的美好自由可以被那些偷鸡摸狗、权力熏心、道德沦丧的人暗中破坏。"[50]

1999年底，丹尼·斯莫利的过失致死案在得克萨斯州审判的同一时刻，比尔·科赫的揭发诉讼宣称，科氏工业采取的"蓄意欺诈的模式"在俄克拉何马州塔尔萨市同时试行。埃尔罗伊和其他为比尔·科赫工作的调查员列出了惊人的证人名单。经过宣誓，一名科赫前员工描述了为公司窃盗石油的过程。"我不得不照他们说的做，否则我会失去工作。"前员工佩里告诉陪审团。作为反驳，科氏工业请出了自己的证人，此人维护公司的做法，称是普遍且合法的，并且揭露控告者是骗子和不满的员工。不过审判的转折点来自菲尔·杜博斯（Phil Dubose），这名曾在科氏工业工作27年、直到1994年被解雇的员工出庭作证。

杜博斯最初是一名"计量员"，工作乏味收入低，负责测量从供应商那里购买的原油，他一路做到了高级管理岗，监督来往于东海岸的石油运输。他监管4000里长的管道、186辆卡车和全面在海上工作的驳船。杜博斯出庭证实了他和其他员工所谓的"科赫方法"。正如他后来描述的，

"他们在印第安保留地误测原油，在美国各地也这样做。如果你买原油，你会缩短测量标准。他们会告诉你怎么做。他们有该领域的测量器。他们会重新校准，他们买的时候会说一桶仅有 3/4。你用各种不同的方式行骗。如果我们卖一船 1500 桶，你会说这是 2000 桶。这一切涉及重量和测量，而他们的拇指支配标准。这就是科赫方法"[51]。

比尔·科赫的调查员说，他们盲目地顺着科赫前员工的名单探寻，偶然撞上了杜博斯。在他们拜访杜博斯家前不久，杜博斯遭受了家庭悲剧，变得更加虔诚。当他们来问关于科氏工业的问题时，杜博斯说会尽其所能地回答。当他以路易斯安纳口音一开口讲话，他们知道，他们打出了另一口井喷的油田——一位价值无法估量的证人。

杜博斯争辩，他说："科赫兄弟从不遵守规则。他们有自己的竞赛领域。他们就是不遵守任何规定。不管是环保局或是其他什么。他们不断制造污染。如果他们被罚款，这没关系，因为他们靠污染赚了那么多钱。我们从不把管道破裂的类似事情宣布出来。不然我们会被罚款。当我们泄漏石油时，也从不公布真实数量。我们被告知这样做以降低成本。科赫家族希望我们撒谎，并设法遮掩。"

杜博斯认为，保持低成本的压力极大，而且他认为，压力来自顶层，向下灌输到公司的每个层级。他说，"如果你的账册短缺了一两个多月，你就要去找新工作"。也许因为没被说明就被解雇，他感到心酸，但也给他留下了不可磨灭的印象。"他们不正直地得到金钱。"他坚称。他们利用诡计，甩开了沟渠里的女孩和男孩们。他总结道，"以他们的方式来赚钱，你不必成为比尔·盖茨那样的天才"，"他们只靠在全国到处打破规则就做到了"。

在审判结束前，查尔斯·科赫自己出庭，而他的妻子，以及大卫和妻子朱丽亚全在观看。他否认欺骗政府，而且认为如果石油生产商相信他的公司作弊，他们会转而把石油卖给科赫的竞争对手。[52]

陪审团显然未被说服。1999 年 12 月 23 日，科氏工业因向政府提出

24587项虚假索赔而被判有罪。公司面临的罚款可能超过2亿美元。作为额外损失，它还必须向比尔·科赫支付高到罚款1/4的金额，比尔扬扬得意地向新闻界宣布："这表明他们是石油工业界最大的骗子。"

"这是他们第一次被打败，"杜博斯回顾说，"我们胜利，是因为他们没有我所拥有的强大武器。"被问及他指的是什么时，他答道："真相。"[53]

最后，科氏工业公司以2500万美元解决了比尔·科赫的告发官司。大多数罚款交给了联邦政府，公司还付给比尔超过700万美元，连同他的法律费用。作为家族后来所谓的"全球和解"的一部分，到2001年中，交战兄弟最后同意停火。查尔斯、大卫和比尔签署了一项协议，承诺不会有进一步的诉讼，并同意达成有约束力的无贬低条款，违反者将承担巨额财务惩罚。至少曾有一次，比尔过于随意地谈及他的兄弟们，科氏工业的总顾问警告他，他正在冒罚款的风险。协定买来了暂时的和平。但是公司形象和家族声誉已经蒙受了剧烈深刻的损害。

科氏工业的发言人梅丽莎·柯西米亚（Melissa Cohlmia）说，科赫兄弟严重的法律损失是一次学习经验，因此公司在合乎规范方面加强了努力。20世纪90年代以后，公司的整体环保记录确实有些提升，尽管2010年马萨诸塞大学阿默斯特分校政治经济研究所评选美国十大空气污染者，公司仍然位列其中。[54] 2012年，环保局的数据库揭示，科氏工业是国内头号有毒废物制造者，生产了9.5亿磅有毒废物。[55] 法律要求8000家公司对它们在工业生产过程中遗留的有毒和致癌化学成分负责，该公司就在名单前列。

查尔斯·科赫在2007年《成功的科学》一书中承认，他早先判断错误。"我们被迅速增加的监管抓了个措手不及。"他这样解释，"虽然企业越来越受管控，但是我们继续思考与行动，如同我们在纯粹的市场经济中生活。"

就查尔斯的立场看，问题不是科氏工业在法律制度运作下的行为如何。他似乎主张,在他热衷的"纯粹的市场经济"下,这样的规定不会存在。当科赫兄弟取得股份时，很显然美国并非他们在自由学校理想化了的自由放任乌托邦。当他们的公司经历了数亿美元罚款，被美国参议院标记为不正当，而且勉强逃脱联邦刑事起诉后，科赫家族重组了业务。他们卖掉了许多最惹麻烦的管道，将自己手中持有的管道削减至 4000 英里，另外他们大量转移到金融领域，交易商品和衍生品，那里的法规和监管相对较弱。他们迅速地多元化，2004 年以 41 亿美元收购杜邦的合成纺织部英威达，这使得他们成为莱卡（Lycra）和去污大师（Stain Master）地毯等知名品牌的世界生产商。2005 年，他们以 210 亿美元买下了大型木制品公司佐治亚-太平洋，这使得他们在胶合板、层压材料，以及迪克西（Dixie）纸杯、壮汉牌（Brawny）纸巾、北棉（Quilted Northern）厕纸等无处不在的纸制品生产方面，成为世界最大的制造商之一。他们也成为甲醛的主要制造者，尽管大卫·科赫的慈善事业公开支持癌症研究，但科氏工业对于它被列为人类致癌物，悄然无声地做着抗争。

科氏工业的公司利益和大卫·科赫慈善工作之间的冲突，在 2009 年公开浮现。当大卫·科赫担任美国国家癌症研究所（National Cancer Institute，简称 NCI）顾问委员，并且美国国家卫生研究所（National Institutes of Health，简称 NIH）断定甲醛应该被当作一种"已知的人类致癌物"的时候，佐治亚-太平洋的高管抗议政府的调查结果。公司环境事务副总裁特雷勒·钱皮恩（Traylor Champion）向联邦卫生部分寄送正式的抗议信，表达公司"强烈反对"NIH 的结论。大卫·科赫既没有退出 NCI 的咨询委员会，也没有在评估甲醛的致癌性时放弃公司股份。

当问题被提出时，曾接受过几轮前列腺癌先进治疗的科赫，因为任何人都可以质疑他的正直而大为发火。但是国家环境卫生科学研究所（NIH 下设部门）副主任詹姆斯·哈夫（James Huff）说，科赫在咨询委员会工作很"让人恶心"[56]。"这无益于公众健康，"他说，"既得利益不应存在于委员会。这些委员会非常重要。对于 NCI 是否细查甲醛，他们有很大的影响力。甲醛牵涉数十亿美元的资金。"NCI 前主任哈罗德·瓦默斯（Harold Varmus）知道科赫是科学研究所的捐资人，他指出许多慈善家有大量的商业利益，但也承认得知公司对甲醛的立场让他很"惊讶"[57]。

科赫兄弟的公司利益与他们在其他议题上的哲学立场同样产生了冲突，包括反对政府支持的"权贵资本主义"。科氏工业充分利用了一整套联邦补贴，从使用联邦土地的 50 万英亩的养牛牧场，40% 享有人为的低放牧费，到 2002 年与布什政府交易，出售 800 万桶原油，以达成作为避免市场混乱的保护手段而预留的战略石油储备。"你能想出比战略石油储备更反自由市场的手段吗？"一名前科赫高管问道。他指出，"能源并不在自由市场中运作"。

科氏工业的行径也证明了拥有者在其他方面的道德说法同样是假话。根据《彭博市场》的调查报告，科氏工业"使用不当支出，以赢得在非洲、印度和中东的生意"，并且"将数百万美元的石油化工设备卖给伊朗，一个被美国认定为全球恐怖主义支持者的国家"。[58] 报告还显示，科赫兄弟与伊朗交易违反了 1995 年克林顿总统反对不法国家而实施的贸易禁令。科氏工业承认，它在贸易禁运期间帮助伊朗建立了世界上最大的甲醇工厂，但坚称交易采取依靠外国子公司的方式，建构在严格的法律途径下。随后公司解雇了曝光争议做法的员工。

然而，当查尔斯和大卫继续将公司 90% 的利润投入他们的生意——他们常常指出，如果他们被要求向公众股东支付季度股息，这种策略便不可能实现——它的收入大幅增长。1960 年，它收获了可观的 7000 万美元，2006 年则达到惊人的 900 亿美元。"这无比壮观，"华尔街投资银行家罗杰·阿特曼观察到，"它就是场巨大的成功，它的一切都是。"[59]

注释：

1 此人与作者的对谈。
2 同上。
3 Tom Meersman, "Koch Violations Arouse Concerns," *Minneapolis Star Tribune*, Dec. 18, 1997。
4 David Michaels, *Doubt Is Their Product* (Oxford University Press, 2008), 76。此书提供了关于苯的精彩讨论，讲述了石油工业为阻碍对其监管所作的努力。
5 声明苯是致癌物的机构名单，参见 Loder and Evans, "Koch Brothers Flout Law Getting Richer with Secret Iran Sales."
6 Meersman, "Koch Violations Arouse Concerns"。
7 查尔斯·科赫 1974 年的演讲。引自 Confessore, "Quixotic '80 Campaign Gave Birth to Kochs' Powerful Network"。
8 Meersman, "Koch Violations Arouse Concerns"。
9 Charles Koch, "Business Community"。
10 同上。
11 此人与作者的对谈。
12 Loder and Evans, "Koch Brothers Flout Law Getting Richer with Secret Iran Sales"。
13 起初公司安装了新的防污染装置，但是当它证明存在不足时，公司没有处理问题，而是切断装置并且伪造记录。
14 科赫兄弟的常任律师约翰·海德雷克称，巴尼斯—索利兹是"一名可怜员工，因为预感到要结束，为了提起诉讼对她的老板宣称虚假声索"。参见 Oct. 6, 2011, entry on PowerLineBlog.com。
15 此人与作者的对谈。来自他的其他评论，参见 Sari Horwitz, "Unlikely Allies," *Washington Post*, Aug. 15, 2015。
16 巴尼斯—索利兹的描述，来自 Loder and Evans, "Koch Brothers Flout Law Getting Richer with Secret Iran Sales"。
17 Carnell Green, 采访来自 Richard J. Elroy, Sept. 18, 1998, and April 15, 1999。作者取得了 Elroy 的报告副本。
18 根据西瑞环境实验室所做分析，一份样本含有 180ppm 的汞，另一份为 9100ppm。法定限额为 30ppm。根据格林的说法，他的 OSHA 投诉因为超过了截止日期毫无结果。
19 此人与作者的对谈。
20 Schulman, *Sons of Wichita*, 216；此人与作者的对谈。
21 Schulman, *Sons of Wichita*, 215。
22 此人与作者的对谈。
23 关于 1997 年查尔斯·迪基等人诉霍华德·马歇尔三世、请求保护令的文件，描述了科氏工业是私人调查公司安全源的"最佳客户之一"，该公司由查尔斯·迪基与大卫·尼卡斯特罗运营。这份代表公司的文件表明，"在过去的三年里，他们为科氏工业及其大量实体进行了大量调查"。到 2000 年，这家公司在合伙人法律和解后解散。
24 此人与作者的对谈。
25 Schulman, *Sons of Wichita*, 226, 提供了这些案件的完整描述。
26 斯莫利案生动精研的描述，参见同上，211 页。
27 同上，214 页。其中写道，为了使"查尔斯和大卫·科赫明白他们从他那里夺走的是什么"，斯莫利"希望有机会坐在证人席"。
28　同上，218 页。
29　国家运输安全委员会报告的相关信息，基于 Loder and Evans, "Koch Brothers Flout Law Getting Richer with Secret Iran Sales"。
30　同上。
31　Schulman, *Sons of Wichita*, 219。
32　"Blood and Oil," *60 Minutes II*, Nov. 27, 2000。
33　参议院委员会成员与作者的对谈。
34　其他公司揭发科氏工业的指控来自参议院调查的一名前官员。
35　埃尔罗伊收集了针对科氏工业的大多数证据，使用了两百毫米的镜头拍摄科赫员工从散落的油井取油，然后他挨家访问。据他说，他对他们说，"我来自 FBI，我想和你谈谈你偷的油。你是不是要把它带走卖掉？"许多人回复道，"不，是公司让我们做的"。这家公司的律师坚决否认了他的指控。
36　美国参议院印第安事务特别调查委员会 1989 年 11 月的报告显示，一名科赫雇员"竟然采访一名参议院调查员的前妻"，而且"科赫还试图调查委员会职员的背景"。
37　巴伦建立了一家非营利组织无恐未来（Terror Free Tomorrow），2007 年威廉·科赫向其捐了一笔钱。但是在听证会期间，巴伦和科赫兄弟没有任何私人联系。
38　此人与作者的对谈。
39　多年来，尼克尔斯收到来自科氏工业的大笔竞选捐款；参见 Leslie Wayne, "Papers Link Donations to 2 on Senate Hearings Panel," *New York Times*, Oct. 30, 1997。2014 年，科氏工业的公共部门，聘请尼克尔斯的游说公司，争取竞选财务改革；参见 Kent Cooper, "Koch Starts Lobbying on Campaign Finance Issue," RollCall.com, June 9, 2014。
40　此人与作者的对谈。
41　Robert Parry, "Dole: What Wouldn't Bob Do for Koch Oil?," *Nation*, Aug. 26, 1996。
42　"Blood and Oil"。
43　这名前美国检察官已经辞职。
44　此人与作者的对谈。
45　尼克尔斯和伦纳德的否认，来自 Phillip Zweig and Michael Schroeder, "Bob Dole's Oil Patch Pals," *BusinessWeek*, March 31, 1996。美国印第安事务局和大陪审团一样，没有发现参议院报告的可控告的不法行为。《商业周刊》指出，为科氏工业辩护的奥色治部落的主要成员们后来感觉，他们和印第安事务局被骗了。这家杂志报道了，奥色治部落的首领查尔斯·蒂尔曼在 1994 年 11 月 29 日，写信给调查委员会成员、参议员约翰·麦凯恩（亚利桑那州），'我们得到了不可避免的结论，即印第安事务局更在意的是给你的委员会结果盖上盖子，而非给予我们真相'"。
46　Zweig and Schroeder, "Bob Dole's Oil Patch Pals"。
47　Burrough, "Wild Bill Koch"。
48　共和党活动人员与作者的对谈。
49　参见 Gary Ruskin, "Spooky Business: Corporate Espionage Against Nonprofit Organizations," Nov. 20, 2013。
50　此人与作者的对谈。
51　此人与作者的对谈。
52　查尔斯·科赫作证说，"如果生产商相信你的测量方法没有其他人的精确，他们会从你那儿离开"。"Tulsa Okla. Jury Hears Last Day of Testimony in OilTheft Trial," *Tulsa World*, Dec. 11, 1999。
53　此人与作者的对谈。

54 "Toxic 100 Air Polluters," Political Economy Research Institute, University of Massachusetts Amherst, 2010, www.peri.umass.edu/toxicair_current/。
55 参见 EPA's Toxic Release Inventory data bank, 2012。科氏工业以全部三种污染形式排名头三十位，参见 Tim Dickinson, "Inside the Koch Brothers' Toxic Empire," *Rolling Stone*, Sept. 24, 2014。
56 此人与作者的对谈。
57 此人与作者的对谈。
58 Loder and Evans, "Koch Brothers Flout Law Getting Richer with Iran Sales"。
59 参见 Mayer, "Covert Operations"。

第五章 科赫章鱼：自由市场的机器

在法庭和国会接连受辱后，科赫兄弟开始从商业和政治上调整自己的方法。他们开始更有战略地行动，投入资金以全新的方式追求权力。科赫兄弟政治转变背后的最重要人物是理查德·芬克，同领域的批评者们给他取了"海盗"的绰号，因为他的美好生活建立在他们的工资上。

芬克的著名事迹是，70年代末，这名二十七岁的研究生打着艳丽的蓝色领带，身着格子衬衣和崭新的白边黑涤纶西装，飞到威奇托向查尔斯要钱。"我看起来真是个傻瓜。"[1] 他后来承认。芬克在新泽西州梅普尔伍德（Maplewood）长大，他开玩笑称《黑道家族》(The Sopranos)就像是他们家的故事。之后他成为奥地利自由市场理论的信徒。他希望查尔斯能资助新泽西罗格斯（Rutgers）大学的一个项目，他在纽约大学攻读研究生学位的同时在那里兼职教书。当时在大多数院校里，奥地利经济学课程和维也纳圆舞曲一样非常少见。而在芬克游说后不久，查尔斯允诺给项目15万美元。后来芬克问查尔斯，为什么他会投那么多钱给一个长头发、大胡子、身着闪亮迪斯科套装的研究生，据说查尔斯打趣道："我喜欢聚酯，它是从石油制造出来的。"

到80年代末，芬克已经取代加图的埃德·克兰，成为查尔斯·科赫的主要政治助理。克兰感兴趣于自由至上主义思想，但认为它"令人毛骨悚然，当你必须应付政治家的时候"[2]，芬克则不同，他着迷于权力的具体细节。用六个月时间研究科赫兄弟的政治难题后，芬克规划了一个实践蓝图，表面上受哈耶克的行动模式启发，但它超越了查尔斯1976年就这一主题所作论文的遗漏之处，给查尔斯留下了深刻印象。它题为《社会变革的结构》（The Structure of Social Change），文中指出，制造政治变革的方法就像制造其他产品一样。后来芬克在谈话中描述，它分三阶段占领美国政治。第一阶段需要"投资"知识分子，他们的思想将作为"初级产品"。第二阶段需要投资智库，将理念转变成销得出的政策。而第三阶段需要补贴"公民"团体，它们将和"特殊利益"一道，施压民选官员去落实政策。[3] 本质上它是一条自由至上主义的生产线，只待购买、装配和开启。

芬克的计划为查尔斯·科赫量身定做，后者深深服膺哈耶克，并且以工程师的系统思维处理商业和政治。虽然有些人觉得视民主过程为一个工厂令人不安，但查尔斯很快采用了这一方法。他告诉自由至上主义作家布莱恩·多尔蒂，"实现社会变革需要纵横一体的策略"。他说，它必须从"思想创造"转变"到政策发展，到教育，到基层组织，到游说，到政治行动"。不久之后，打趣的自由至上主义者将科赫兄弟不愿曝光的多臂装配线戏称为"科赫章鱼"（Kochtopus）[4]，这一名称一直沿用下来。

与他们过去在自由意志党的日子里理想化但外行的方法相比，在芬克的帮助下科赫兄弟的方法明显更加务实。因为生意面临严重威胁，他们开始玩华盛顿政治游戏，积极程度与其他公司相比有过之而无不及。例如，在经历窃取印第安石油的参议院听证会上的公关惨败后，科氏工业打破意识形态，聘请了民主党全国委员会前主席、当时的华盛顿首席说客，罗伯特·施特劳斯（Robert Strauss），公司很快在首都开设了办公室，并发展成强大的内部游说行动。芬克解释说，公司在华盛顿的存在很有必要，因为它感到"被这个过程如此残酷对待"[5] 而且缺乏"企业防御"[6] 能力。

科赫兄弟过去不屑于传统政治，如今他们却成了共和党的主要捐助者。参议院调查委员会前法律顾问肯尼思·巴伦注意到，"正是那次调查把他们带向了共和党"。他指出："查尔斯一直是极右派。他们认为里根是个叛徒。但他们担心自己的生意。事情关乎权力。"[7]多尔蒂以差不多同样的方式看待科赫兄弟拥抱共和党。他相信，科赫兄弟是迄今自由至上主义思想的最大资助者，但他注意到并坦言，他们也成了"共和党政客的直接资助者，出于和其他企业完全相同的理由。自由至上主义世界的许多人感到困惑，认为他们是叛徒"。

兄弟俩的投资很快改变了他们的政治地位。1996年，他们已经成为共和党的主要玩家。80年代，大卫·科赫并不理会鲍勃·多尔（Bob Dole），一名来自科氏工业老家堪萨斯的参议员，认为他是另一个"毫无道德原则"的"当权派"政客[8]，而到了1996年，他成为多尔对阵比尔·克林顿的总统竞选活动的副主席。科赫家族不再是局外人，他们成为多尔的第三大经济靠山。实际上，大卫·科赫为多尔举办了生日聚会，候选人在那里筹集了15万美元。

据说多尔也帮助了科赫兄弟。[9]批评者说，他支持一项保障他们这类公司的立法，指控必须支付巨额联邦法律罚款有违法规。但是因为汉堡包中沙门氏菌的突然爆发，吓得国会不敢减弱这类处罚，提议的法令就此夭折。假如这项法令通过，向科氏工业征收的数千万美元罚款将被取消。[10]据《华盛顿邮报》称，科氏工业在另一问题上确实成功得到多尔的帮助，从新房地产折旧计划中免除税款，这一政策为公司节省了数百万美元。[11]几十年后退出政治生涯的多尔承认："我一直相信，当人们给出大笔钱时，他们——可能是默默地——期望获得一定回报。"[12]

科赫兄弟在政治和在企业中一样的强硬喜好，很快激起争议。1997年，他们成为另一起参议院调查的焦点。这一年，克林顿家族因竞选资金的丑闻登上头条，包括将林肯卧室（Lincoln Bedroom）租给大捐助者，从可疑的民主党快钱金主钟育瀚（Johnny Chung）那里获得资助。钟还曾妄言，"我看白宫就像地铁。你得投币，它才会开门"¹³。作为反击，少数派的参议院民主党人自己开展了不太受关注的探查，很快引向了威奇托的两位鲜为人知的兄弟。

民主党制作了一份严厉报告，揭露他们所谓的"大胆"方案，即在1996年竞选的最终时刻让秘密的大捐助人非法收买选票。行动由一家名为"三合管理服务"（Triad Management Services）的可疑空壳公司进行，他们花费超过300万美元，在29场角逐中使用广告异常严厉地攻击民主党候选人。超过一半的广告资金来自一家默默无名的非营利组织经济教育信托基金（Economic Education Trust），其资金来源的真实性成谜。参议院委员会的调查员相信，"'信托'实际上完全或者部分由威奇托的查尔斯和大卫·科赫兄弟资助"。根据参议院的报告，这家信托基金是前线组织（front group），目的是在违反竞选财务法时用来掩盖真正捐助者的身份。

科赫兄弟过去长期反对限制他们的政治开支，他们被怀疑秘密为攻击广告埋单，这些广告大部分在科氏工业做生意的州播放。在三合管理公司特别活跃的堪萨斯州，这些资金被怀疑影响了四场不相上下的竞选的结果。保守派共和党山姆·布朗巴克（Sam Brownback）竞逐参议员时得到了特别的帮助，包括密集的电话攻势，告诉选民他的对手吉尔·多金（Jill Docking）是犹太人。¹⁴尽管克林顿总统成功连任，但堪萨斯州的可疑胜利造成了全国性影响，帮助共和党保留了众议院的控制权。

当被记者问及他们是否给过钱时，科赫兄弟拒绝回答。查尔斯·科赫也没能回应参议院调查员的质询。而在1998年，《华尔街日报》终于确认了一个联系，注意到一名领科赫兄弟的工资的顾问参与了计划。共和党人称，他们只是想和工会开支平分秋色，但1998年企业与工会的支出比是21∶1。最后，联邦选举委员会¹⁵裁定三合的计划违法，董事长兼创办人卡洛琳·马莱尼克（Carolyn Malenick）¹⁶被处罚款。而其他参与者从未被确认。

查尔斯·路易斯领导美利坚大学调查报告工作坊,并且创办了无党派检查团体公共诚信中心,据他形容,1996年的三合丑闻是美国政治的"历史性"时刻。在此之前当然也有更大的竞选丑闻。但三合是一种新模式。一家大型公司利用一家免税的非营利机构作为前线组织,或者按他的说法,是"一个保险中介,以威胁的方式秘密影响选举",这是有史以来第一次。他说,科赫兄弟展示了"通过利用保险中介,你可以把一百万美元倾倒在某些人的脑袋上"。用多年时间报道华盛顿的政治腐败后,路易斯得出结论:"科氏工业是横行无忌的公司中的典型代表。"

科赫家族在美国政治中日益增加的财源作用如此不同寻常,其原因不仅在于它自身蔑视规则的意愿,也由于要配合芬克的计划,将所有形式的政治支出——竞选,游说,和慈善——融合为一项未来为捐资者带来巨大红利的投资。[17] 路易斯的调查报告工作坊用2013年一年的时间,筛查科赫的财务记录并得出结论,他们的行动具备"前所未有的规模、范围和资金"[18],而且是以"直接经济利益和政治利益共同强化"的方式。

1992年,大卫·科赫把兄弟俩多管齐下的政治策略比作风险资本家的多样化投资组合。他告诉《国家杂志》,"我的总体观念是最小化政府作用,最大化私有经济的作用及个人自由"。"通过支持所有这些各式'非营利'组织,我试图用不同方法来达成那些目标。这差不多就像是投资者投资各种各样的公司。他获得了多样性和平衡力,而且规避了风险。"[19]

这一方法造成的结果是一张复杂的流程图,它使得科赫兄弟能够利用财富,从大量不同的方面同时影响公共政策。在顶端,所有资金有同一来源——科赫兄弟。而最后,所有捐资全都服务于相似的倾商业、限政府的目标。而他们通过三种不同的渠道同时输送金钱。他们给政党委员会和候选人,例如多尔提供政治献金。他们通过政治行动委员会捐钱,并且用游说施加影响。另外,他们成立了大量非营利团体,大笔资金来自他们私人基金会的税减捐款。其他富有的活动家给政治捐款,而其他公司做游说。但科赫兄弟的策略和大部分秘密的慈善支出,成为他们强大力量的助推器。

到1990年,进取的保守主义和自由至上主义积极分子踏破了威奇托的门槛,他们在这里和先行者芬克一样,向查尔斯·科赫兜售提议以期获得他的赞助。典型的是1991年两名前里根政府律师的经历,克拉伦斯·托马斯的前助手克林特·博利克(Clint Bolick),以及威廉·"奇普"·梅勒三世(William "Chip" Mellor III),两人需要种子基金投资一种新的进取型右翼公益法律公司,该公司将为了"经济自由"而向政府法规提起诉讼。梅勒回想:"还有谁会当真给我们足够的钱?"[20] 据梅勒说,最初低阶助手拒绝了提议,之后查尔斯·科赫本人当场承诺150万美元,但有控制他的附加条件。梅勒回忆:"他说,'接下来是我要做的事。三年里,我会每年给你50万美元,但你每年必须回来证明你达到了要完成的里程目标,我会在每年的基础上评估,而且没有担保'。"这个法律团体,即司法研究所(Institute for Justice),持续得到反对政府法规的众多成功案例,包括反对竞选财务法,还有几起案件上至最高法院。

"近年来,"1992年一则有预见性的新闻故事指出,"来自威奇托的钱几乎涌入每一家华盛顿智库,以及尊崇自由市场经济与轻视政府监管的自由至上主义信条的公共利益团体。"[21] 文章指出,仅在1990年,查尔斯和大卫·科赫控制的三家主要的私人基金会,就向那些表面无党派但受政治动机驱动的团体支付了400万美元。

在极右派自由放任经济学的世界之外,几乎无人察觉科赫兄弟的多维政治支出继续增长。[22] 例如1998年至2008年,查尔斯·科赫的私人基金会,即查尔斯·科赫慈善基金会,花费超过4800万美元的享有减税的基金,主要交给了宣扬他的政治观点的团体。克劳德·拉姆慈善基金会由查尔斯和他的妻子丽兹控制,此外还有两名公司员工和一名会计,它同样花费超过2800万美元的减税基金。大卫的慈善基金会,其超过1.2亿美元的减税基金,大量用于文化和科学项目,而非政治项目。与此同时,科氏工业在这些年里花费超过5000万美元进行游说。科赫政治行动委员会（KochPAC）向政治活动捐款 800 万美元，其中超过 80% 给了共和党。此外，科赫兄弟和其他家族成员花费数百万用于个人竞选。

这样庞大的政治事业究竟花了多少钱，只有科赫兄弟知道，因为公开记录仍不完整。[23] 通过将大部分资金分散给错综复杂的非营利组织，科赫兄弟使公众探查他们政治"投资"完整范围的行动，即便不是不可能，至少也是很难完成。仅在 2008 年，公共税收记录标明，三个主要的科赫家族基金会捐款给三十四家不同的政治和政策组织，其中三家由他们创立，还有几家由他们指导。

这里存在一些法律界限。根据法律，免税慈善机构，即国税局标定的 501(c)(3)，必须避免介入游说和选举政治，并且要为公众，而不是为捐助者的利益服务。但这样的法律很少执行，而且容易被灵活解释。

批评者开始抱怨，科赫兄弟的慈善方式破坏了慈善捐款豁免税收的目的。监督团体响应慈善全国委员会（National Committee for Responsive Philanthropy）2004 年的报告发现，科赫兄弟的慈善事业为自己服务。报告还控诉，"得到基金会资金的非营利组织，所做的研究和宣传都是基于影响科氏工业利润的议题"。

但科赫兄弟辩称，他们是出于公共精神，才向那些反对环境法规、支持降低工业和富人课税的团体捐助了数百万美元。几名长期伙伴质疑这个说法。旧友格斯·迪泽雷加表示，科赫兄弟对自由至上主义的青春热忱，很大程度上演变成维护企业自身利益的理论根据。他谈及查尔斯，"也许他混淆了赚钱和自由"。另外一名保守派人士与科赫兄弟工作密切，但为了不破坏关系拒绝透露姓名，而他竟然称他们的免税捐赠是"一场骗局"。他声称，他们只是认为做慈善事业比纳税更好。"人们说，'哇，他们太慷慨了！'"他对此感到惊奇，"对于他们而言，这只是最佳选择。如果他们不把钱投到自己的事业，那就必须交给政府。用这样的方式，他们至少能够控制钱如何花费。"他指出，通过将公司和慈善工作混合，"他们牵连出一些漂亮的细线。这实际上是另一种形式的游说"。但他承认,"他们已经建立起相当惊人的组织机器"。[24]

科赫兄弟从一开始就严加控制他们的慈善事业。大卫·科赫承认,"如果我们要给出一大笔钱,我们会确保他们花钱的方式符合我们的意图"。"如果他们走错方向,并且开始做我们不同意的事情,"他告诉多尔蒂,"我们就撤回资金。"

查尔斯·科赫"秀肌肉"的先例发生在1981年的加图研究所,他解雇了智库五位原始股东的其中一个。讽刺的是,尽管查尔斯曾批评罗伯特·韦尔奇通过炫耀组织股份的所有权,将约翰伯奇会变成崇拜他个人的团体,但查尔斯也以同样的方式建立加图,这家非营利组织由股东挑选董事会。在非营利组织的世界里,罕有这种安排。但正如查尔斯在约翰伯奇会观察到的,它确保了董事们拥有不同寻常的持续控制手段。

被查尔斯解雇的加图董事,是自由至上主义圈子里的重要人物默里·罗斯巴德(Murray Rothbard)。他是上西区激进的犹太知识分子,在更愉快的日子里他的工作曾获得查尔斯资助。罗斯巴德称这场政变"不公正""专横"且"非法"。他接着声称,查尔斯"没收了股份,我天真地将它留给替我'保管'的科赫在威奇托的办公室,这种行为明显侵犯我们的协议,也违背了自由至上主义原则的每一条宗旨"。[25]

有些人怀疑,一名奥地利经济学派的纯粹主义者因批评科赫而被解雇,此人指责他们为获取1980年的候选人资格而淡化了不受欢迎的自由至上主义立场。比如,该平台停止宣扬完全废除所有所得税,还呼吁缩减而非废除军队。这场争议向温室中的自由至上主义社群拉响警报,站在罗斯巴德一方的人认为查尔斯冷酷而贪婪,对权力而非原则更感兴趣。

后来在科赫四兄弟的多轮遗产争夺战中,其中一次罗斯巴德所作的声明,就是以查尔斯对控制的追求为焦点。一份备忘录做了总结,概括了罗斯巴德颇具预见性的证词,其中引述他的说法说,查尔斯"不能容忍分歧"并且会"不计后果地取得并保持与他相关的非营利组织的控制权"。[26] 罗斯巴德指责查尔斯从办公室装修到加图办公用品的设计,一切由他支配。他更进一步说，查尔斯希望得到与他有关的非营利组织的"绝对控制权"，而他还一心想"能够花别人的钱"。这种批评后来在科赫研讨会的问题中重现，一些人认为这是查尔斯拿别人的钱建立受他控制的政治贿赂基金的手段。罗斯巴德还指责查尔斯，利用非营利组织"接近政府中有影响力的人物，并得到他们的尊重"。

在80年代中期，正如芬克在计划第一阶段中呼吁的，科赫兄弟也开始建立自己的学术滩头堡。他们将重点特别放在乔治梅森大学，这是一所弗吉尼亚州声名远播的高等教育系统，位于华盛顿郊区。1977年《华盛顿邮报》形容这所学校在"昏暗的旷野"艰难跋涉。到1981年，芬克已经将他的奥地利经济学项目从罗格斯大学搬到了这里，最终命名为莫卡特斯中心（Mercatus Center）。这所智库的资助完全是外部捐款，主要来自科赫兄弟，而它位于公立大学校园之中，所以它带有一定误导性地自我吹嘘是"市场导向思想方面的世界一流大学来源——弥合了学术思想与现实问题之间的鸿沟"。

财务记录显示，科赫家族的多所基金会向学校捐赠了3000万美元，其中大部分给了莫卡特斯中心。《华盛顿邮报》称莫卡特斯中心是"坚决反监管的中心，主要由科氏工业公司资助"[27]。而这引发了质疑，莫卡特斯中心是否真的是一家独立的知识中心，或者只是科赫兄弟游说行动的延伸。克莱顿·柯平在乔治梅森大学教历史，而且为比尔·科赫编写过查尔斯政治活动的秘密研究，他毫不客气地在报告里将莫卡特斯中心描述成"一家伪装成公正学术项目的游说团体"[28]。他指出，这种安排对于科赫兄弟而言有财务优势，因为"资助一个团体可以享有减税，团体的所有实际作用都是为他的企业利益而游说"。

与莫卡特斯中心在同一栋楼里的，是受科赫大量资助的人道研究所，查尔斯·科赫担任主席。人道研究所由"鲍尔迪"·哈珀（F. A. "Baldy" Harper）创立，此人是自由市场的基本教义派，曾担任自由学校的理事，他在自由学校时曾为《自由人》（Freeman）撰写文章，称收税是"盗窃"，福利是"背德",工会是"奴役",并且反对法院责令的种族隔离的补救办法。查尔斯·科赫曾热情颂扬哈珀,"所有自由的老师中,无人如鲍尔迪一样深受爱戴,因为他是老师们的老师,而且在教学中,教给他们谦逊和温柔"[29]。

人道研究所的目标旨在培养、拉拢下一代自由至上主义学者的小联盟。因为思想战争的进展太慢让查尔斯一度感到忧心,据报道他要求以更精良的标准来监控学生的政治观点。[30]令一些教员失望的是,申请者的论文必须经过电脑,以计算他们提及自由市场的偶像艾茵·兰德(Ayn Rand)和米尔顿·弗里德曼的次数。每周开始和结束时,学生须测验意识形态上的进步。研究所还提供有报酬的查尔斯·科赫暑期实习项目,将与科赫兄弟志趣相投的学生安置在观念相近的非营利组织,在那里他们可以进入自由至上主义者的关系网。

与此同时,乔治梅森大学的经济系成为争议性理论的温床,这些理论开始改变美国人的税收法案,孵化出里根政府提出的格外有利富人的供给面减税。乔治梅森大学的兼职教授保罗·克雷格·罗伯茨(Paul Craig Roberts)起草了里根时代首部供应侧减税法案的前身,由他的前任老板国会议员杰克·康普(Jack Kemp)引荐。不仅这些减税措施使政府资金匮乏,乔治梅森大学还从哲学上贬低它的作用。教员中的明星詹姆斯·布坎南(James Buchanan)是"公共选择"("public choice")理论的创始人,他经常将他的方法形容为"没有浪漫的政治学",因为他将民选官员和公仆归为另一类自我扩张、贪婪的私利团体,这一观点在反政府的自由至上主义者中流行。1986年,布坎南获得诺贝尔经济学奖。自由派经济学家们惊骇不已。例如罗伯特·莱卡赫曼(Robert Lekachman)斥责布坎南贬低"为简单的利己所有人类行为"[31]。尽管如此,这个奖是无可否认的成就,它帮助学校和自由至上主义名扬各地。

加图研究所研究员朱利安·桑切兹(Julian Sanchez)不久赞扬乔治梅森大学是"自由至上主义者的麦加",他说,"这可能是全国受高等教育的自由主义者任职人数最多的机构"。[32] 而自由派用怀疑的目光看待科赫兄弟对学校突出的影响力。"这是华盛顿放松管制政策的起点",研究右翼如何用钱的民主党政治战略家罗伯·斯坦说。注意到科赫兄弟异常大的作用,他说,"乔治梅森是一所公立大学,接受公共资金。弗吉利亚在主办一个由科赫兄弟实际控制的机构"。[33]

加在里奇·芬克头上的诸多头衔,正印证了批评者的担忧。当芬克越来越受查尔斯·科赫重视,他放弃了莫卡特斯中心的正式角色,将管理工作移交给了一位门徒,然后加入了科氏工业成为其游说头目,但仍然留在大学受人尊敬的监事会中。他还一度成为查尔斯·科赫慈善基金会的总裁、克劳德·拉姆慈善基金会的总裁、弗雷德·C和玛丽·科赫慈善基金会的主管,以及几个科赫政治团体中不可或缺的成员。他的角色替换暗示出,在科赫兄弟事业内部非营利与营利性追求之间的细微界限。

随着芬克的声名上升,克兰则在下降。克兰仍然在管理加图研究所,但是1992年,查尔斯·科赫从这家自由至上主义智库的董事会辞职,尽管大卫仍然是受托人。同事们怀疑,不欣然听令的克兰没有向赞助人展现出足够的忠诚。克兰曾私下嘲笑查尔斯的管理哲学,即查尔斯所称的基于市场管理法,或称 MBM,后来还择其精要写进了《成功的科学》一书中。大体上,查尔斯相信企业文化应该复制自由市场的竞争力。几乎各层级公司员工要根据他们创造的价值得到报酬,互相之间竞争奖金,这构成他们年薪的大部分。查尔斯形容 MBM 是一个"整体系统",包含"愿景、美德与才能、知识过程、决策权、激励五个维度"。一些公司员工背地里嘲弄 MBM 鼓励的残酷文化是"赚兄弟的钱"。《福布斯》在书评中也有些奚落查尔斯,描述他是"无师自通","在'支配人类幸福'的'固定法则'上几乎怀有马克思主义信仰",而且他的"员工等级体系""特别愚笨"。[34]

尽管评价各异,但查尔斯坚持要求企业各个部门的员工遵循他的体系，留出固定时间来练习和复习技术。"这完全成为自由至上主义者深恶痛绝的官僚体制，"一名前雇员指出，并补充道，"他是亿万富翁，不是我，所以谁明白呢？"MBM接受了一种观念，即各层级员工，甚至底层员工，都可能有比高层更好的想法。理论上讲，这是一种平等主义的做法，然而像克兰这些人挑战他的上下级权威时，查尔斯究竟有多开明仍然成为问题。许多人发现他作为全世界最富有的人之一非常谦虚，注意到他经常和员工一起到公司食堂用午餐。而在查尔斯1999年的演讲中，他把自己的信念与新教创始人马丁·路德相比。他谈及自己的自由市场观念，"在这一点上，我效仿马丁·路德"，"我站在这里。别无他念"。[35]这种比较发人深省。

无论如何，当查尔斯试图向加图研究所强加他的管理体制时，克兰的表现不算虔敬。在加图夺目而现代、光线充足的华盛顿总部大办公室里，克兰后来明确表示，他认为查尔斯是一位严肃的思想家兼典范的生意人，但他情不自禁地取笑MBM。"他认为他是个天才。他是国王，相信自己穿着衣服。"[36]克兰窃笑说。相形之下，芬克更关心查尔斯的思想。加图的职员说到芬克，"里奇全盘照用MBM"[37]。"他接任的时候带着利刃"插在克兰背后。"他的名字非常贴切。"[译者注：芬克之名（Fink）有告发者、讨厌鬼之意]

借由加图和人道研究所，科赫兄弟核对芬克社会变革清单的第一项——孵化符合他们观念的学术思想的机构。莫卡特斯中心清点第二项，即一个旨在推动这些思想诉诸行动的更实际可行的组织。它所处的位置有附带好处，穿过波托马克河就是国会大厦，这使得研究员们能够在国会听证会上作为独立专家定期检验。2004年，《华尔街日报》戏称它是"你未曾听闻的最重要智库"，还指出被小布什总统放入"黑名单"的二十三条规定，有十四条是莫卡特斯的学者建议的。其中八项涉及环境保护。芬克告诉日报，科赫兄弟有"打（他们）战役的其他手段"，另外莫卡特斯中心并不积极推进公司的私益。但是，得克萨斯大学专研环境问题的法学教授托马斯·麦加里蒂（Thomas McGarity）认为，"科赫不断陷入与环保局的麻烦，而莫卡特斯不断攻击该机构"[38]。一名与莫卡特斯中心多次冲突的环保律师将它斥为装扮成非营利组织的游说公司，称它是"改换经济目的头脸的一种手段"。这名律师讲解了这一策略："你把公司的钱，拿给一家听起来中立的智库"，这家智库"雇有家世和学术背景的人，发表表面可信的研究。但他们全都和资助者的经济利益完全一致"。

举例来说，1997年环保局采取行动以减少地面臭氧——一种部分由炼油厂排放的废气造成的空气污染。成为莫卡特斯中心高级官员的经济学家苏珊·达德利（Susan Dudley）对提议法规提出了新奇的批评。她说，环保局没有考虑到阻挡阳光的烟雾减少了皮肤癌的病例。[39] 她声称，如果污染得到控制，每年将额外增加1.1万个皮肤癌病例。

1999年，哥伦比亚特区巡回法庭接受了达德利支持烟雾的观点。法庭评估了环保局的规定，判环保局"明确无视了""臭氧可能具有的健康益处"。就判定的另一部分，法院还裁定环保局逾越了职权。

后来，监督团体宪法责任中心（Constitutional Accountability Center）揭露，多数法官此前曾参加过一次主要由科赫基金会资助、开销全免的法律研讨班。那一次发生在蒙大拿州牧场，由科赫兄弟资助的经济与环境研究基金会（Foundation for Research on Economics and the Environment）运营。法官声称，他们的决定不受公款游玩的影响。然而他们对莫卡特斯中心的奇异论点的支持，很快证明是令人尴尬的。最高法院一致驳回他们的立场，指出《清洁空气法》的标准是绝对的，也不受成本—效益分析的约束。虽然他们一方最终失败，但案件表明，科赫兄弟的意识形态管道在嗡嗡作响地忙碌着。

莫卡特斯中心招募的最重要人物可能就是温迪·格拉姆（Wendy Gramm）了。她是经济学家兼得克萨斯大型能源公司安然的董事，也是有权势的得州共和党参议员菲尔·格拉姆（Phil Gramm）的妻子。90年代中期，她成为莫卡特斯中心监管研究项目的主管。在这里，她推动国会支持后来广为人知的"安然漏洞"（Enron Loophole），豁免对能源衍生品的监管，借助监管疏忽从中获利。科氏工业也是衍生品的主要交易者，它和安然都为漏洞拼命作游说。科赫以公司出于对声誉的关心会进行自我监督为由，主张无须政府监管。

一些专家预见了危险。1998年，商品期货交易委员会（Commodity Futures Trading Commission）主席布鲁克斯利·波恩（Brooksley Born）警告，利润多但风险高的衍生品市场需要更多的政府监管。但主持参议院银行委员会的议员格拉姆不顾这些警告，制定了为安然和科赫量身定制的放松管制的法案，即《商品期货现代化法》（Commodity Futures Modernization Act）。尽管波恩发出警告，但克林顿政府在华尔街压力之下，还是同意了豁免监管。

2001年，在成堆的虚假财务报表和造假的会计行为中，安然轰然倒塌。但是温迪·格拉姆在争取漏洞的一年后，已经从安然赚满了180万美元。而且事实显示，安然在破产前，给过格拉姆参议员大笔竞选捐款，而董事长肯尼思·莱（Kenneth Lay）曾捐钱给莫卡特斯中心。

2002年底，格拉姆夫妇已经进入半退休状态，但在莫卡特斯中心，豁免包括能源衍生品在内的有极大市场风险的热情依然不减。直到2008年经济崩溃，其后果才完全显现出来。到那时候，乔治梅森大学既是科赫资助高等教育的最大单个接受者，也是弗吉尼亚最大的研究型大学。

乔治梅森大学是科赫兄弟最大的自由至上主义学术工程，但并非独此一家。根据一份内部名单，到2015年，查尔斯科赫基金会在美国高校中资助了307个不同机构的倾商业、反监管、反收税项目，并且计划再扩张进18多所。[40] 从缺钱的西弗吉尼亚大学到布朗大学，这些学校皆包括其中，科赫兄弟依循奥林基金会的传统，建立常春藤联盟"滩头堡"。

在布朗大学，这也是通常被认为最自由派的常春藤学校，2009年查尔斯·科赫的基金会捐赠了147154美元给政治理论项目（Political Theory Project），这个阅读自由市场名著的新生研讨班，由自由意志论者约翰·托马西（John Tomasi）教授讲授。"读了一整个学期的哈耶克后，他们在接下来的四年里很难摆脱这种观念。"[41] 根据一家保守派刊物，托马西这样"狡猾地"吐露。查尔斯·科赫的基金还向布朗大学提供额外资金，支持研究"为什么银行放松监管有利穷人"之类题目的教师或博士后。[42]

在西弗吉尼亚大学，查尔斯·科赫基金会捐款96.5万美元创建自由企业中心（Center for Free Enterprise），连带有一些附加条件。基金会违反传统的学术独立标准，要求对资助的教授拥有话语权。[43] 科赫兄弟的投资在这个由煤炭（科赫兄弟在煤炭方面也有经济利益）支配的贫穷小州，拥有极大的影响力。[44] 赞成资助的西弗吉尼亚大学教授拉塞尔·索贝尔（Russell Sobel），2007年编写了一部《释放资本主义：为何繁荣止步于西弗吉尼亚州的边界，以及如何解决它》（*Unleashing Capitalism: Why Prosperity Stops at the West Virginia Border and How to Fix It*）。书中认为，煤矿安全和清洁水的管理只伤害了工人。它问道："工人们更安全真的比收入减少要好吗？"[45] 不久，索贝尔向西弗吉尼亚州长和内阁介绍基本情况，也去了参议院和众议院财政委员会的联席会议。该州共和党主席宣布，索贝尔的反监管著作是他们党施政纲领的蓝图。

2014年，一家监管不严的西弗吉尼亚公司自由工业（Freedom Industries），向该州最大城市查尔斯顿（Charleston）的饮用水中，泄漏了一万加仑散发恶臭的不明化学物质，当局下令远离水龙头，在30万居民中引发恐慌。在折磨西弗吉尼亚的悲剧性工业灾难似乎永无止境的历史里，这只不过是另一起罢了。而到那时，索贝尔早已远去。他被列为南卡罗来纳州要塞军校的访问学者，以及乔治梅森大学莫卡特斯中心的专家。

科赫兄弟日益增长的学术影响的辩护者，例如查尔斯·科赫基金会大学关系的负责人约翰·哈丁（John Hardin），认为他们的基金在给校园带去意识形态的多样性和讨论思考。"我们支持那些在大学校园里增添多样思想的教授。而且在任何情况下，学校在人员和教学决策上要保持控制权。"[46] 他在《华尔街日报》写道。

但在批评者眼中，科赫兄弟在腐蚀学术界，而不是改善它，他们赞助那些无法满足合法奖学金标准的课程。西弗吉尼亚大学理工学院经济学教授约翰·大卫（John David）见证了学校的变化，他在一篇严厉的报纸专栏文章中写道，显然"大学的全部学术领域都可以被收买，就像政治家一样。不同之处是，大学应该允许开放对话和思想交流，而不是成为用外部特殊利益指定的政治宣传，教化天真学生的地方"[47]。

芬克计划的前两个步骤现在已经完成。然而科赫兄弟断定，这些步骤仍然不足以引起变革。自由市场的绝对主义仍然是美国政治中的次要插曲。他们需要芬克计划中的第三和最后阶段——一个将他们自己的想法带到街头，并且动员公众支持他们的机制。"如果困在象牙塔里，再伟大的思想也一无是处。"[48] 查尔斯在1999年的演讲中指出。大卫换了种说法："我们需要的是一支销售队伍。"[49]

注释：

1　Bill Wilson and Roy Wenzl, "The Kochs' Quest to Save America," *Wichita Eagle*, Oct. 13, 2012。
2　此人与作者的对谈。
3　理查德·芬克《社会变革的结构》论文的一个版本，"From Ideas to Action: The Roles of Universities, Think Tanks, and Activist Groups," *Philanthropy* 10, no. 1 (Winter 1996)。
4　米塞斯研究所的自由至上主义者大卫·戈登，早年曾加入加图研究所。据他说，这个名称由萨缪尔·爱德华·库金三世原创，此人是"无政府—自由至上主义者"。
5　W. John Moore, "The Wichita Pipeline," *National Journal*, May 16, 1992。
6　Parry, "Dole"。
7　此人与作者的对谈。
8　大卫·科赫对于鲍勃·多尔的看法，根据他的兄弟比尔，转引自 Parry, "Dole"。
9　更多关于科赫兄弟和多尔的精彩文章，参见 Zweig and Schroeder, "Bob Dole's Oil Patch Pals"。
10　法律交易的更多情况，参见 Center for Public Integrity, The Buying of the President (Avon Books, 1996), 127–130。
11　Dan Morgan, "PACs Stretching Limits of Campaign Law," *Washington Post*, Feb. 5, 1988。
12　Charles Green, "Bob Dole Looks Back," *AARP Bulletin*, July/Aug. 2015。
13　William Rempel and Alan Miller, "Donor Contradicts White House," *Los Angeles Times*, July 27, 1997。

14 柯平在《秘密行动》中写道，"调查委员会的成员们相信，科氏工业借助了经济教育信托基金与'共和国公民'作为前线组织，遮掩科赫出资制作反多金的广告"。

15 Elizabeth Drew, *The Corruption of American Politics: What Went Wrong and Why* (Carol, 1999), 56。

16 马莱尼克承认，该计划以新的方式挑战了底线，但是坚持说三合只是与工会合法支出的钱相平衡。认为工会拥有支出优势的观念在保守派中司空见惯，尽管根据上书所说，1996年企业支出多达工会的12倍。参见 FEC judgment against Malenick: http://www.fec.gov/law/litigation/final_judgment _and _order _02CV1237.pdf。

17 当然，自由派也给出大量的钱。他们这些年来最突出的捐赠者——金融家乔治·索罗斯，经营着开放社会基金会，这家基金会在美国每年支出多达1亿美元。索罗斯还向各种民主党外部组织给予大笔私人捐款，2004年因为违反竞选财务法而被处罚金。但是索罗斯支持的事业——例如大麻除罪化和强化公民自由——并不能明显利于他的财富，此说法来自他的发言人迈克尔·瓦尚，发言人还表示"他的捐款都不是服务他自己的经济利益"。关于索罗斯的更多信息，参见 Mayer, "Money Man"。

18 参见 Charles Lewis et al., "Koch Millions Spread Influence Through Nonprofits, Colleges," Investigative Reporting Workshop, July 1, 2013。

19 Moore, "Wichita Pipeline"。

20 Teles, *Rise of the Conservative Legal Movement*, 239。

21 Moore, "Wichita Pipeline"。

22 参见 Mayer, "Covert Operations"。

23 私人基金会按法律被要求公开揭露他们的基金，但是接受者没有揭露捐赠者身份的义务。因此如果接受者将钱交给第二组织，这笔钱的踪迹就变得模糊。

24 科赫工作伙伴与作者的对谈。

25 David Gordon, "Murray Rothbard on the Kochtopus," LewRockwell.com, March 10, 2011。

26 罗斯巴德的备忘录的描述，参见 *Sons of Wichita*, 156—157。

27 Al Kamen, "I Am OMB and I Write the Rules," *Washington Post*, July 12, 2006, A13。

28 Coppin, "Stealth," pt. 2。

29 *The Writings of F. A. Harper* (Institute for Humane Studies, 1979)。

30 关于查尔斯对人道研究所和加图研究所的微观管理的详尽报道文章，参见 Mullins, "Battle for the Cato Institute"。

31 Robert Lekachman, "A Controversial Nobel Choice?" *New York Times*, Oct. 26, 1986。

32 Julian Sanchez, "FIRE vs. GMU," Reason.com, Nov. 17, 2005。

33 根据莫卡特斯中心的网页，它"没有接受来自乔治梅森大学，及任何联邦、州及当地政府的资助"。然而莫卡斯特是由"乔治梅森大学教务长任命的主任"领导的。

34 Daniel Fisher, "Koch's Laws," *Forbes*, Feb. 26, 2007。

35 1999年1月，在佛罗里达州那不勒斯全国政策委员会，查尔斯得到理查德·德沃斯奖的获奖感言。转引自 Fang, *Machine*, 120。

36 埃德·克兰2010年与作者的对谈。克兰对查尔斯·科赫的评价第一次在《纽约客》发表时，没有对应到他身上，但是被问及时，克兰向大卫·科赫证实他是来源，这个实情从此广为公布。

37 加图的官员与作者的对谈。理查德·芬克谢绝采访，根据科氏工业发言人史蒂夫·隆巴尔多的说法。

38 此人与作者的对谈。

39 莫卡特斯研究员苏珊·达德利，炮制出反对《清洁空气法》、支持烟雾的观点，她成为小布什总统信息和管理事务办公室的主管，监督所有联邦法规的制定和实施。

40 截至2015年8月，科赫家族基金会资助的高校项目参见 http://www.kochfamilyfoundations.

org/pdfs/CKFUniversityPrograms.pdf。

41 Heather MacDonald, "Don't Fund College Follies," *City Journal* (Summer 2005)。

42 IRS 990 forms for the Charles G. Koch Charitable Foundation; Lee Fang, "Koch Brothers Fueling Far-Right Academic Centers at Universities Across the Country," *ThinkProgress*, May 11, 2011。

43 根据查尔斯·科赫基金会拨款要求，"在捐助人支持的教授职位（凭科赫拨款聘雇的教授）的任何延长之前，商业与经济学院院长，经与拉塞尔·索贝尔教授或其继任者协商，应向基金会提供候选人资格证件"。除此之外，基金会坚持有权撤回对开罪它的任何由拨款聘雇的教授的资助。

44 关于科赫兄弟煤炭利益的更多信息，参见 http://www.kochcarbon.com/Products.aspx。

45 Evan Osnos, "Chemical Valley," *New Yorker*, April 7, 2014。

46 John Hardin, "The Campaign to Stop Fresh College Thinking," *Wall Street Journal*, May 26, 2015。

47 John David, "WVU Sold Its Academic Independence," *Charleston Gazette*, April 23, 2012。

48 1999 年查斯在全国政策委员会的演讲，同上。

49 Continetti, "Paranoid Style in Liberal Politics"。

第二部分

秘密赞助者

暗中行动,2009—2010年

狼群的完全自由,意味着羊羔的死亡。

——以赛亚·伯林

第六章　地面部队

1976年查尔斯·科赫创立自由至上主义运动的蓝图里，强调了采用"所有现代销售和激励技巧"的必要性。1984年，不到十年时间，他开始发动一支私人的政治销售力量。名义上，这是另一个由科赫资助的，为争取减少政府而奋斗的保守派非营利组织。它自称是"健全经济公民"（Citizens for a Sound Economy，简称CSE）。从外面看，它就像一个由公民风潮所创造的货真价实的政治团体，很像已经遍布全国各地的、拉尔夫·纳德的公共利益研究团体（Public Interest Research Groups）。

然而根据无党派的公共诚信中心的说法，这个组织实际上是美国几家最大企业的军火库中的新型武器，是由企业赞助商暗中制造的冒牌平民运动，并不属于草根，相反，正如这类人造团体逐渐为人所知的，它是"人造草皮"（Astroturf）。与企业游说或竞选支出不同，给CSE的捐款可以保密，因为它将自己归类为非营利的"教育"团体（还拥有自己的慈善基金会和政治行动委员会）。迄今为止，这一新组织最大的隐蔽赞助人是科赫兄弟，他们在1986年至1993年间至少提供了790万美元。

招募欺骗性的前线组织以掩饰公司私利的想法并非独创，即使在科赫家族内部也是如此。不仅杜邦家族和其他人在新政时期利用了同样的诡计，弗雷德·科赫所属的团体在50年代也曾使用。弗雷德·科赫是德米勒政治自由基金会（DeMille Foundation for Political Freedom）的早期积极成员,这家基金会是位于威奇托市的反劳工联盟团体,也是全国工作权利法律保护基金会(National Right to Work Legal Defense Foundation)的先行者。在一封揭露性的私人信件中,一名工作人员解释了该组织的"人工草皮"策略。他说,事实上大企业家会作为"匿名的四分卫"运营组织,并且"发号施令"。但他说,他们需要兜售"故事",声称该组织"由家庭主妇、农民、小商人、专业人士、工薪阶层组成,而非大企业主"。否则的话,他坦言,运动"几乎注定失败"。[1]

弗雷德·科赫的儿子在CSE采用了同样的套路。自由至上主义仍然是孤独的远征,但是CSE用公司财富去营销它的扩张,给它罩上群众运动的光环。据早期参与者马特·基布(Matt Kibbe)说,它的使命"是接受这些沉重的思想,并解释给美国大众"。基布解释说,"我们和奥巴马读一样的关于非暴力革命的作品——索尔·阿林斯基(Saul Alinsky)、甘地、马丁·路德·金。作为非暴力社会变革的范例,我们研究了波士顿茶党的思想。我们认识到,我们需要地面部队来推销思想,而不是候选人"。

短短的几年内,该组织已经在26个州动员了50名有报酬的实地工作者,将选民们团结在科赫兄弟降税收、减监管、削政府支出的议程下。举例来说,CSE支持单一税而推动废除累进税,以及推动将许多政府计划"私有化",包括社会保障(Social Security)。"思想不会自行出现,"基布指出,"遍观历史,思想需要赞助人。"

虽然科赫兄弟是该组织的创办人兼早期投资者,但它很快充当了全国最大的几十家企业的掩护。[2] 该组织的领导否认这是一场出借的运动。但《华盛顿邮报》获得的私人记录显示,从埃克森到微软,一大批大公司捐助了该组织,在这之后它动员了公众支持它们的议题。这些公司中有许多卷入了反政府斗争。例如微软当时正试图避开反垄断诉讼。据报道,它捐钱给CSE建立的基金会,该基金会旨在减少司法部的反垄断工作。

该组织的另类做法偶尔引发争议。1990年,该组织创建了一个衍生组织,即"环保公民"(Citizens for the Environment),称酸雨和其他环境问题是"杜撰的故事"。《匹兹堡邮报》调查此事发现,这家衍生组织"自己没有公民成员"。

一名内部人士透露,主要组织的成员说法也是骗人的。"他们总是说有 25 万名成员",他后来回忆说,但是当他询问这是否意味着他们带有卡证或支付会费时,却被告知没有,这就意味着他们曾在某一时刻捐过款,无论时间多久、数额多小。"这是有意的不诚实。"他坚持认为。

到比尔·克林顿成为总统时,CSE 已经是奥巴马当选后各类企业支持的数量激增的反对派运动的雏形。1993 年,它成功攻击了克林顿提议的能源税——如果该税法生效的话,将向化石燃料的使用征税,而可再生能源免除。在不泄露其企业赞助商的力量展示中,CSE 经营广告,筹划媒体事件,攻击政治对手。它还在国会外动员起看似草根的喧闹的反税集会——NPR(美国国家公共电台)将其描述为"被设计出来在摇摆不定的民主党人心中种下恐惧"。

丹·格里克曼(Dan Glickman)是支持能源税的民主党人,以前是科赫兄弟的家乡威奇托市的代表,他认为,他们倾注的反对他的秘密资金,终结了他十八年的国会生涯。"我无法证明这一点,但我想我很可能是他们的受害者。"他说。他来自威奇托,与科赫兄弟拥有共同的朋友,这些朋友为科赫他们思想的诚意作保证。然而对他而言,即便他们可能是真诚的,但明显的是,"他们的政治理论不过是对自身利益的合理化"。[3]

芬克后来证实了格里克曼的怀疑。选举结束后,他承认,他们挫败能源税的运动,动机来自收益底线。"我们相信,随着时间的流逝,能源税可能破坏我们的生意。"[4]他对《威奇托鹰报》说。

CSE 在帮助消灭克林顿能源税方面的成功,也鼓舞了该组织。接下来,它盯上向高收入者增税的提议。而根据《华尔街日报》的说法,CSE 的广告有强烈的误导性,重点放在洗车业主以及其他家庭经营的小企业,暗示这项增税是针对中产阶级,然而事实上它影响的人只是最富有的 4%。⁵ 正是这种夸张的恐吓手段，成为奥巴马时代科赫的标志。而秘密的企业捐赠者则为 CES 欣喜若狂。"它们可以在雷达网下飞行……没有界限，没有约束，也没有曝光。"⁶ 有人如此赞扬道。

然而到了 2003 年底，内部竞争引发了 CSE 的分裂。"分裂与控制权有关"，迪克·阿米（Dick Armey）回忆道，这名来自得州的前共和党众议院多数党领袖，在离开国会之后主持该组织。"我过去从未完全理解它，而且现在也不确定。"他相信，科赫兄弟想利用该组织"推动他们的商业利益；他们希望 CSE 就这些问题游说。"其他人曾暗示，正是阿米在推动他的法律公司客户的利益，阿米否认了这样的指控。而分裂还有另外一个因素，阿米表示："我认为这是理查德·芬克的夺权。他试图在公众中得到更高位置，从而维持他的地位以及与科赫家族的良好生计。"⁷

阿米不了解科赫兄弟，但在加入该组织前曾与查尔斯谈话，发现他"有点古怪。查尔斯似乎是半神秘的"。"他是半秘密的，他会用隐晦的语气说话。你必须思考，'他是什么意思？'他会谈论这个企业试图'拯救国家'，诸如此类。"似乎对阿米而言，查尔斯的目标相互矛盾。"查尔斯希望更加在他的控制之下，但他也想更加身处幕后。我没弄明白。"另一位 CSE 的资深人士总结说，尽管科赫兄弟热爱着抽象化的自由，"他们非常有控制力，管理非常严密。你不能和他们一起建立一个组织。他们会管控它"。

阿米与其他几个脱离 CSE 的人一起，接着开办了另一家保守派自由市场组织"自由有用"（FreedomWorks）。就在 2003 年，那时科赫兄弟两年一次的捐资人峰会第一次开启，据知情人透露，最初这被设计作为一种手段，用来将科氏工业环境和监管斗争的花销分摊到其他人身上。首次会议相当惨淡，参与者不及 20 人，大多来自查尔斯的社交圈。据一名内部人士说，几场演讲枯燥乏味，令人痛苦。

与此同时，大卫·科赫和理查德·芬克用 CSE 的残余力量创建了新的非营利宣传组织。他们给新组织取名"美国繁荣"（Americans for

Prosperity）。像 CSE 一样，它会遭批评者指控，它在利用非营利身份做伪装，在匿名的幕后，代表科赫兄弟的公司与政治利益。新组织还和 CSE 一样，拥有几个不同的部门，各有不同的税务状况。新组织的一个羽翼是美国繁荣基金会（Americans for Prosperity Foundation），其董事会成员包括大卫·科赫和理查德·芬克。这家基金会属于 501(c)(3) 教育组织，因此给它的捐款可以作为减税礼物而勾销。不过虽然它能"教育"公众，但是不能参与选举政治。另一部门是一个被称为"美国繁荣"的宣传组织。根据税收代码，它是一个 501(c)(4) "社会福利"团体，这意味着只要不作为"主要"活动，它就可以参与选举政治。给组织这一边的捐款也能秘密进行，不过不免税。

为了经营行动中更政治性的一方，科赫家族雇用了提姆·菲利普斯（Tim Phillips），这名政治老手曾与基督教联盟前主席拉尔夫·里德（Ralph Reed）共事。里德被视为宗教右翼中最有见识的政治活动家。他和菲利普斯共同创立的"世纪战略"（Century Strategies），是一家竞选顾问公司的动力机，这家公司因为与杰克·阿布拉莫夫（Jack Abramoff）亲密无间且有利可图的业务联系而声名狼藉。阿布拉莫夫作为说客，因为向印第安赌场老板和其他客户骗取了数百万美元而锒铛入狱。菲利普斯没有受到与丑闻有关的指控，但他曾经帮助建立了一个组织，该组织看似是宗教性的，事实上却为阿布拉莫夫处理了赌场现金。[8]

菲利普斯是手段强硬、严厉无情的组织的一员，远离查尔斯·科赫早期自由至上主义思想虚弱的知识迷雾。里德和阿布拉莫夫二人都是格罗弗·诺奎斯特的早期门徒——诺奎斯特是华盛顿有影响力的反税积极分子，广为人知的是他希望政府缩减规模到他可以"把它淹死在浴缸里"的程度的宣告。诺奎斯特还曾经吐露，他认为里德和阿布拉莫夫是他最好的两个学生。"格罗弗告诉我，拉尔夫是他的托洛茨基，阿布拉莫夫是他的斯大林。"[9] 保守主义经济学家布鲁斯·巴特利特回忆说。

菲利普斯在南卡罗来纳州长大，家境贫穷。他的家庭对民主党人无比热心，在纺织厂工作后来成为公交司机的父亲，被取名为富兰克林·德拉诺·罗斯福（Franklin Delano Roosevelt），而祖父曾经在罗斯福的公共事业振兴署（WPA）工作。不过据菲利普斯的回忆，他青春期最"受伤"的一个时刻，是1980年的一个夜晚，在看电视新闻时，他被罗纳德·里根迷住了。他对父亲说："我要支持那个家伙。"[10] 他的父亲大感震惊，关掉电视，把母亲叫进房间，并且严厉地警告他说，共和党人"是为了有钱人。儿子，不会吧，你在开玩笑吗？"

菲利普斯回应说："那么也许有一天我要成为有钱人。"他回忆道，他的父母格外失望："你以为我会说，唔，我要搬到苏联去，我要成为，唔，共产主义无神论者之类的。"

作为南方浸会信徒，菲利普斯进入了自由大学（Liberty University），一所位于弗吉尼亚州林奇堡（Lynchburg）的杰里·福尔韦尔的教会学校。但是一个学期后，他花光了钱退了学。从那时起，他得到了一个保守团体的帮助，得到提供免费住房的实习机会，直到被雇为弗吉尼亚州共和党国会竞选活动的工作人员。到1997年，他和里德已经建立了"世纪战略"。2004年他们在一起，帮助发动教会选民使乔治·布什连任。那年，基督教右翼为了激发社会保守派，煽动对同性恋平权的恐惧，引来批评。2005年，大卫·科赫和阿特·波普（Art Pope），一位定期参加科赫研讨会的北卡罗来纳的折扣商店大亨，招募菲利普斯来管理"美国繁荣"。"能够建立以经济问题为基础的运动，这个想法令我着迷，用这样的方式，基督教右翼人士已经建立了一个基于社会问题的运动。"[11] 他回忆说，解释他为什么接受这份工作。

菲利普斯的网上自传，将他描述为"草根领导"和"草根群众"政治组织方面的专家。科赫兄弟选择更老练的专业人士菲利普斯，释放出"科赫章鱼"进入强硬新阶段的信号。以赞扬政治"切喉者"出名的诺奎斯特，称许菲利普斯是"能成事的大人"。

芬克计划的第三阶段，现在可以认真着手了。

注释：

1 德米勒基金会的通信参见 Sophia Z. Lee, *The Workplace and the Constitution: From the New Deal to the New Right* (Cambridge University Press, 2014), chap3。第一段引用来自 1954 年 10 月 13 日唐纳德·麦克莱恩（德米勒基金会）写给约瑟夫·费根（威斯康星州商会）的信。第二段来自 1956 年 8 月 15 日麦克莱恩写给里德·拉森的信。
2 参见 Dan Morgan, "Think Tanks: Corporations' Quiet Weapon; Nonprofits' Studies, Lobbying Advance Big Business Causes," *Washington Post*, Jan. 29, 2000。
3 此人与作者的对谈。
4 "Politics That Can't Be Pigeonholed," *Wichita Eagle*, June 26, 1994。
5 David Wessel and Jeanne Saddler, "Foes of Clinton's Tax- Boost Proposals Mislead Public and Firms on the Small-Business Aspects," *Wall Street Journal*, July 20, 1993, A12。
6 Morgan, "Think Tanks"。
7 此人与作者的对谈。
8 菲利普斯的组织为信念与家庭联盟（Faith and Family Alliance），将现金传递给阿布拉莫夫的赌客，至少存在一次记录在案的情况。
9 此人与作者的对谈。
10 提姆·菲利普斯 2012 年 4 月 19 日接受纪录片导演亚历克斯·吉布尼采访的未公布记录。
11 同上。

第七章　茶党时间

最传统的观念认为，茶党运动在美国自然地重新活跃起来，并不涉及金钱利益。然而，与大多数神话故事一样，现实是完全不同的叙述。

经常传扬的故事说，2009年烧遍全国的反政府怒火的显著觉醒，是由里克·桑塔利（Rick Santelli）电视直播的突发事件引起的。桑塔利曾是期货交易员，[1] 在CNBC商业新闻网定期做实况转播的评论员。桑塔利的激烈指责发生在奥巴马执政初期，2009年2月19日，距离奥巴马宣誓就任不到一个月。当时，奥巴马享有60%多的支持率。一年之后，支持奥巴马医保方案的国会议员将遭到唾骂，而两年后，他所在的党将失去众议院的控制权，实际上使得他没有能力制定在竞选中承诺的"你能信任的变革"。可以说，狂跌之路从那天就开始了。

专家、对手和幻灭的支持者，会指责奥巴马浪掷了政府的希望。当然，他和他的政府也有一些错误。但是很难想到有另一位总统，几乎一上任就必须针对他发起游击战。拥有大量资源的一小撮人，为了他们自己的目的，精心策划，暗中操控，并且利用了经济动荡。他们使用减税捐款资助一项运动，支持对富人大幅减税和减少他们企业的监管。他们付钱给焦点小组和经验丰富的活动人员，将这些服务自己的政策形塑成可怕的公共利益问题，与此同时，他们借助意在保护慈善家匿名性的法律，隐藏起他们的作用，让更多桑塔利这样的民间人物去传达信息。

当桑塔利在芝加哥商品交易所现场高谈阔论时，后来为人所知的他的"咆哮"开始缓慢建立。当前的挑衅是前一位嘉宾。在桑塔利出现前的几分钟，威尔伯·罗斯（Wilbur Ross Jr.）谴责了奥巴马前一天的提案，即要向数百万面临丧失抵押品赎回权的房主，提供重组抵押贷款的紧急帮助。[2] 大卫·科赫的私人朋友罗斯，是并非不涉利害关系的政策分析家。[3] 他的私人股权公司 WL 罗斯公司是一家所谓的秃鹫基金（vulture fund），大量参与抵押贷款业务。[4]

桑塔利总体上倾向于硬汉和自由市场言论，他兴奋地赞同罗斯，认为政府不应该伸出援手。他开始讲："罗斯先生说得太棒了！"指责奥巴马的计划是古巴式的经济统制。在他看来，饱受压力的房主都是"失败者"，他们的下场是自己应得的。他用道德术语表述他的论点，反对政府发挥再分配作用。通过帮助拯救那些下错财务赌注的房主，政府在"促进不良行为"。批评者之后会指出，布什政府救助全国最大银行时，[5] 并没有激起他同样的愤怒，就此事他曾发着牢骚承认，"我同意，需要做点什么"。然而当奥巴马提出帮助经济压力过大的下层阶级时，桑塔利对着摄像机尖叫："这是美国！你们中有多少人想要替邻居带额外浴室的抵押房出钱，而又没法付自己的账单？这些人举起手来。奥巴马总统，你在听吗？"

他的交易员同事们吹口哨欢呼，他接着说："我们正在考虑七月办一个芝加哥茶党。你们所有想去密歇根湖的资本家，我要开始组织了。"从一开始，这个类比就不恰当。迈克尔·格伦沃尔德（Michael Grunwald）著有详尽报道奥巴马经济刺激计划的著作《新新政》(*The New New Deal*)，正如他观察的，"波士顿茶党是向非选举产生、增加税额的领导人提出的抗议，而奥巴马总统是刚刚才减税的民选总统"。[6]

尽管如此，根据大多数说法，正是桑塔利对波士顿茶党的自发调用，引起了这场运动。例如科赫兄弟的政治顾问理查德·芬克说，"就是这个在证券交易所现场大喊的芝加哥人"开启了运动。他补充道，"我们的计划与此毫无关系"。[7]

2009年4月，正当茶党运动聚集力量时，科氏工业的发言人梅丽莎·柯西米亚也否认科赫兄弟与这场动荡有任何直接联系，她发表声明称，"科赫公司，科赫基金会，或是查尔斯·科赫、大卫·科赫，都没有特别提供资金支持这些茶党活动"。[8]一年后，大卫·科赫在《纽约》杂志中继续坚持说，"我从来没有去过一次茶党活动。甚至没有代表茶党的人接近过我"。当《每日野兽》(The Daily Beast)的采访者伊莱恩·拉弗蒂(Elaine Lafferty)提问，《纽约客》关于科赫兄弟参与的报道是否属实时，他回应道，"噢，请别提了"。[9]

这种否认帮助塑造了茶党运动是普通市民外行起义的早期叙事。"一个新的民粹主义在我们眼前扩散"[10]，正如马克·里拉(Mark Lilla)在《纽约书评》(The New York Review of Books)中写道。运动成员被描述为无党派的普通人，被"民主党人和共和党人，国家债务和其他五花八门的麻烦"激怒，国家公共电台(National Public Radio)这样报道。

这些自发政治骚动的报道并非完全错误。但他们距离完整的故事很远。首先，这个茶党不是美国政治中的"新品种"。其规模虽不同寻常，但历史已经表明，自富兰克林·罗斯福以后，几乎每一任民主党总统都遭到过类似的反对势力的攻击。早期的商人资助的右翼运动，从自由联盟到约翰伯奇会再到斯凯夫的阿肯色计划，都把民主党总统描绘成卖国贼、篡位者，以及对宪法的威胁。许多茶党集会略带不可否认的种族仇恨元素，这也是美国政治中经久不衰的可耻故事。茶党被描述成无党派的，也不恰当。后来《纽约时报》民意调查显示，超3/4的支持者都是共和党人。剩下的大多数人觉得共和党还不够共和党。最后，虽然它的许多支持者或许是政治新手，但从一开始，其表面上为反精英主义的叛乱，其实是受经验丰富的政治精英资助、煽动和组织。更仔细地检视，正如哈佛政治学家西达·斯考切波和博士生瓦妮莎·威廉森（Vanessa

Williamson）在 2012 年的著作《茶党与共和党保守主义的改造》(*The Tea Party and the Remaking of Republican Conservatism*）中的观察，茶党运动是一个"大众反叛……由科赫兄弟等亿万富翁企业家资助，由迪克·阿米等年老的前共和党主脑领导，由格伦·贝克和肖恩·汉尼提（Sean Hannity）等媒体名人持续不断地推广"[11]。

在街头剧场的背后，是一些美国最富有的商人，他们从 20 世纪 70 年代以来一直努力建立"反当权派的当权派"，而现在把公众骚乱视为绝佳机会，总算能动员公众支持他们自己的议程。正如经济学家布鲁斯·巴特利特说，"整个自由至上主义运动的问题在于，全是酋长，没有印第安人。没有任何真正的人民，比如选民，把它放在眼里。所以科赫兄弟的难题是，一直在试图创造一个实际的运动"。谈到茶党的出现，他说："所有人突然第一次看到，外面还站着印第安人——可以提供真正意识形态力量的人民。"他说，科赫兄弟立即开始"试图塑造、控制和引导平民起义进入他们自己的政策"。[12]

事实上，他们和其他一些富人盟友在桑塔利的咆哮之前，经常援引波士顿茶党形象，反复地努力煽动反政府反抗。历史追溯回几十年前，查尔斯·科赫在 70 年代末的自由主义革命蓝图，和理查德·芬克在 20 世纪 80 年代"社会变革的结构"的三部分计划。到了 20 世纪 90 年代，由科赫兄弟和几个亲密伙伴资助的非营利"草根"宣传组织，已经开始明确地推动反税的茶会主题。但是如巴特利特所说，早期的努力毫无牵引力。

1991 年，CSE（"健全经济公民"组织）助长了宣传中所谓的北卡罗来纳州罗利市（Raleigh）大规模抗议加税的"波士顿茶党的重现"。在场的人里，比起穿着独立战争、山姆大叔、圣诞老人服装的抗议者，记者团的人数几乎超过他们。在接下来的一年，CSE 参与了另一个茶党抗议的计划。这一次由反对烟草税的烟草公司们秘密资助，不过在秘密资金曝光后被迫取消。到 2007 年，CSE 已经分崩离析。科赫兄弟的新组织

"美国繁荣",试图策划另一起茶党反税抗议,这一次是在得州,不过也不成功。尽管如此,到奥巴马当选并且经济逐渐崩溃时,一个政治机器的雏形准备就绪,连同有报酬的活动专家网络,这些人创造穿着殖民地服装的"人工草皮"组织来伪造公众支持。

奥巴马面临的是一种新形式的永久性竞选。它不是由政治家而是由人民发起,他们的财富使他们有能力资助自己私人领域的行动,借此他们可能破坏选举结果。所谓的外部资金——在竞选之外由个人和团体自己支出——在奥巴马时代激增。对这部分开支的关注大多数放在了选举上。很少被注意到的是,外部资金在影响国家治理方式方面,同样发挥了无可匹敌的作用。大部分这种支出从未被披露。不过如同2012年科赫兄弟的政治助理芬克向《威奇托鹰报》吹嘘的,"我认为,这实际上是发生在奥巴马政府时期的众多事情之一,他们翻开每一块岩石后,看到的反对人民,结果都是我们"。[13]

这种非选举性外部支出的试行,实际上开始于2008年夏天。被小布什称为他2004年连任"设计师"的卡尔·罗夫(Karl Rove),长久以来梦想在传统政党控制之外,建立一个由几乎无穷无尽的私人财富资助的保守主义政治机器。他希望吸引各类保守派捐助者建立一个自费的民兵组织,它能够在不透明、不受法律限制、不受责任制限定常规运动的情况下投入战斗。根据《政客》记者肯尼思·沃格尔(Kenneth Vogel)的说法,那年夏天,科赫兄弟短暂参与了该计划的一个版本。他们的代表秘密会见了政治活动人士,这些人为其他非常富有的捐赠者工作,例如拉斯维加斯赌场大亨谢尔登·阿德尔森。一名参与者说,理想目标是"一场永不结束的战役"。[14]虽然在对奥巴马的胜利失望后,该团体散伙了。科赫兄弟,包括其他人,又重整旗鼓。

正如一名捐助者、已故的得克萨斯州亿万富翁哈罗德·西蒙斯(Harold Simmons)所说,从中吸取的教训是下一次他们需要花更多的钱。借由杠杆收购发了大财的西蒙斯,曾将近300万美元投资给一个团体,该团体制作电视广告，试图在 2008 年竞选中将奥巴马与 20 世纪 60 年代的激进分子比尔·艾尔斯（Bill Ayers）联系在一起。"如果我们经营了更多广告，我们可能就消灭奥巴马了。"[15] 他痛惜地说。

奥巴马上任时，股市下跌近六千点，失业率飙升到 7%。正如前参议员汤姆·达施勒（Tom Daschle）后来回忆的，"灾难感越来越强烈"[16]。在经济版"9·11 危机"发生的关头，奥巴马期待得到两党的支持。2004 年向民主党全国大会发表的主旨演讲中，他早已声明："这不是一个自由派的美国和一个保守派的美国。这里是美利坚合众国！"他或许是这样认为的。

当奥巴马沉浸在蜜月期时，他的亿万富豪对手们不浪费丝毫时间。奥巴马宣誓就职 48 小时后，"美国繁荣"开始攻击他的第一项主要立法《美国复苏和再投资法案》（American Recovery and Reinvestment Act），即受凯恩斯主义启发用 8000 亿美元来增加公共开支与减税以刺激经济。科赫兄弟的宣传团体开始在全国各地组织"猪刺激"（Porkulus）集会，嘲笑公共开支是腐败的"猪肉"——这个词由拉什·林博（Rush Limbaugh）创造。有理由假设，科赫兄弟太忙而无暇跟上这样的细节，但他们核心圈的一名前成员声称，"美国繁荣"组织"只做了他们想要它做的事，不多也不少"[17]。最初乏人参与的"援猪"集会，成了茶党活动的彩排。

"美国繁荣"组织很快发起了"不刺激"（No Stimulus）活动，赞助反奥巴马的媒体事件，特别关注那年一月科赫研讨会中的明星、南卡罗来纳州参议员吉姆·德明特。"美国繁荣"还开办一家网站，播放电视广告，并推出一份请愿书，声称收集了 50 万个阻止国会通过奥巴马经济刺激法案的签名。"我们不能用刺激方式制造繁荣。"它宣称。当法案成形时，该组织向国会中的共和党人提交了一封措辞严厉的信，要求他们给支出法案投反对票，无论新政府可能做出何种妥协或修改。

这些攻击反映了查尔斯·科赫的修正主义者信仰，即政府的经济干预引发了最近的大萧条。"银行家、经纪人和商人"，他争辩说，错误地遭到了指责。[18] 真正的罪魁祸首是赫伯特·胡佛和富兰克林·罗斯福，这两人都被他视作危险的自由派。在他看来，沃伦·哈丁和卡尔文·柯立芝——后者有句名言"美国人民的主要事务是生意"——的经济政策被不公正地中伤。查尔斯认为，新政只是"延长和深化了衰退"[19]。奥巴马当选后不久，查尔斯在给他7万名左右的员工的通信之中提到这一"历史教训"，基本上是重复他在自由学校学到的强盗大亨的修正主义。他还动员了"科赫章鱼"，这一由他支持的到2008年涵盖约34个公共政策和政治组织的庞大网络。在小布什时期，它一直都相对沉寂。

由科赫兄弟和他们的捐助者同盟们资助的智库，例如加图研究所、遗产基金会和斯坦福大学的胡佛研究所——6名出席科赫兄弟年度研讨会的人在这里有官方身份——开始炮制反对奥巴马刺激计划的研究论文、新闻稿和专栏社论。许多研究后来遭到偏见较少的专家质疑。例如，乔治梅森大学莫卡特斯中心发布了一份报告，声称刺激资金不成比例地投向民主党选区。最终，作者被迫纠正这份报告，然而在此之前拉什·林博早已引用该论文，给奥巴马的计划贴上"小金库"的标签，另外福克斯新闻和其他保守派媒体也响应了这种观点。

有利可图的鼓吹者们组成了一个全国性的传声筒。菲尔·克尔彭（Phil Kerpen），是"美国繁荣"政策部门的副总裁，也是福克斯新闻网站的撰稿人。另一名"美国繁荣"的工作人员瓦尔特·威廉斯（Walter Williams），是乔治梅森大学经济学的约翰·奥林杰出教授，他在林博声称有2000万听众的广播节目中，频繁担任嘉宾主持。

一些保守派人士援引了科力·卡伦德（Keli Carender）作例子——这个表面上孤身一人的西雅图积极分子，他的"猪刺激"抗议比桑塔利的咆哮提前一周发生——坚持认为，茶党运动没有富裕捐赠者的功劳。而卡伦德从林博那里借来了"猪刺激"这个词。与此同时，推售林博节目的首播网（Premiere Networks）公司，已经得到遗产基金会支付的每年200万美元左右的可观资金，用来将智库的路线推上热点话题，把消息发送回相似的超富资金池。[20]

对刚上任的奥巴马政府渎职的持续不断的指责，激起了公众的愤怒，也为国会急需支援的共和党人提供了有用弹药。奥巴马总统任期伊始的传统观念认为，2008年选举中共和党人一败涂地，因而他们保持重要性的唯一希望，是和大受欢迎、难以反对的奥巴马达成协议。但是那些期待妥协的人——包括总统和他的高级助手——没有注意到大老党（Grand Old Party，即共和党）内日益增长的极端主义。

甚至在新的国会会期开始前，将要成为众议院少数党党鞭、来自弗吉尼亚州里士满的律师埃里克·坎托（Eric Cantor），在他位于华盛顿公寓里的一次私人计划会上，告诉一些可信赖的盟友，"我们不是来达成协议，捡点面包屑，然后在少数党位置上再待四十年的"[21]。与此相反，他认为，共和党人需要斗争。他们需要团结起来，反对奥巴马提出的几乎所有事情，以此拒绝承认其个人的两党胜利。这个团体，包括他的副手凯文·麦卡锡（Kevin McCarthy）在内，自称为"年轻枪手"（Young Guns）。他们采取的阻挠策略给共和党人赢得了"否定党"（Party of No）的绰号。

2009年1月他们的第一次官方领导人撤退，众议院共和党人选择效仿的类型是塔利班。得州国会议员皮特·塞申斯（Pete Sessions）是共和党众议院竞选委员会的新领导人，他举出阿富汗臭名昭著的伊斯兰极端分子，作为他们如何发动"不对称战争"的示范。这个国家可能会陷入经济危机，但他告诉同僚们，执政并不是他们当选的理由。当他在安纳波利斯酒店做幻灯片展示时，他问同僚们："如果多数党的目的是执着……我们的目的是什么？"他的答案很简单："少数党的目的是成为多数党。"这个目标就是"整个会议的使命"。[22]

新的少数党领袖约翰·博纳（John Boehner）自己并非"年轻枪手"的一员，但越来越清楚的是，如果不向他们屈服，他可能会被他们罢免。当力量从各党派转移到外部资金，这些钱大部分来自整体上比选民更加极端的捐赠者，温和派必须担心主要挑战以及来自右翼的内部政变。

史蒂夫·拉图雷特（Steve LaTourette）是来自俄亥俄州的长期的共和党温和派议员，也是博纳的好友，他解释说："过去，很少有人会在自己党内与现任碰撞。但是这些外部团体的钱，给这些人壮了胆。"他描述外部捐助者们是"一群有钱人，他们支持有巨大影响力的人。你能指望的也许有两个，有一个或两个可能是在高中拿笔套挖鼻孔的家伙，但现在他继承了4000万美元，而且有机会成为一名玩家。一旦他们能够注入巨额资金，他们就能得到不成比例的影响力，再也不是一人一票了"。他叹口气说，"全是关于钱。这不是其他任何东西都有的功能"。[23]

拉图雷特说，当他来到奥巴马当选后的共和党党团第一次会议时，他深受震惊。"我们为什么输的问题被提了出来，这些家伙说，'因为我们不够保守'。好吧，我看向数字，我们失去了58%的独立派！"而像他这样的温和派正逐渐被排挤。他感到无比沮丧以至于最终离开，他成为一名说客，并且开始兴建旨在对抗党内极端主义势力的组织。"我离开，"他说，"因为我受够了。我再也无法忍受。我在那里待了十八年。我知道这是一项接触性运动，但无论是交通或学生贷款，有些事情你不用思考就会去做。现在你什么也做不了。有些人不希望政府做任何事。"他总结道。

格伦沃尔德讲述了一个传闻，共和党领导层告诉共和党众议员，当他们中的一员、众议院拨款委员会成员杰里·路易斯（Jerry Lewis）说"我们不能做"时，拨款委员会的民主党主席大卫·奥贝（David Obey）因缺乏合作而大怒。他说，"他们从一开始说的"是"你要干什么鬼都没有关系，我们不会帮你的。我们要靠边站，去你的吧"[24]

当然，共和党人的看法不同。他们指责奥巴马党派性太强，而且他夸耀自己的选举授权，并且在紧张的会议中提醒坎托"我赢了"时，令他们大为不快。在路易斯看来，民主党人傲慢、狭隘而专横。

虽然如此，奥巴马继续寻求着两党的支持。对于希拉里·克林顿所说的"巨大的右翼阴谋",他的经验有限。他仅在五年时间里,就从伊利诺伊州参议院跳到了白宫。结果表明他认为他能超越党派积怨是不切实际的自信,正如他在编辑《哈佛法学评论》(Harvard Law Review)时做到的。因此,当他收到博纳和众议院共和党核心小组成员的邀请,去国会山与他们商讨刺激计划时,奥巴马大张旗鼓地接受了。

1月27日,他登上总统车队的装甲豪车前往国会山。专门与共和党人举行会议是不寻常的,如同总统到他们的地盘来游说。但是政府已经承诺放弃狭隘的党派分歧。事实上,奥巴马的经济顾问们认为,他们已经为得到共和党的支持调整了刺激计划,减税占1/3。自由派对妥协感到失望,警告说政府支出比减税更能振兴经济,而且说整体的刺激支出数额太小的话,无法真正达到快速重振经济。尽管做出了这些让步,奥巴马在国会山的会议结果仍然是一场丧失颜面的灾难。快到他宣布计划的时候,有消息泄露,众议院的共和党领导层已经在命令它的核心小组投反对票。奥巴马被留下来向一屋子紧紧封闭的脑袋讲话。之后,他被留下来面对一群聚集的记者团,看起来支撑不住且一无所获。

"太令人震惊了。"奥巴马的长期政治顾问大卫·阿克塞尔罗德(David Axelrod)后来承认,"我们的感觉是,我们正在处理一场需要合作的史诗级别的潜在灾难。如果有什么是未来两年情况的预兆,那就是它了。"[25]

第二天上午,《纽约时报》和《华尔街日报》的读者打开报纸,看到满满一页加图研究所支付的付费广告。这家智库由查尔斯·科赫创立,大卫·科赫也在其董事会任职。这则广告直接质疑奥巴马的信誉。它引用奥巴马的话:"我们需要政府的行动,一个将帮助快速重振经济的复苏计划,这是毫无异议的。"用大写加粗的字体,广告文案反驳道:"尊敬的总统先生,那不是真的。"声明由203个人签字,他们中很多人的事业得到过来自科赫兄弟、布拉德利基金会、约翰奥林基金会,和其他右翼家族的慷慨资助。

奥巴马在白宫的副新闻秘书比尔·伯顿,回顾政府在第一个月内的受阻程度，认为这是一个完全的冲击。"他们这么早就攻击奥巴马，"他后来悲伤地回忆，"我们不仅没有答案，也不知道往哪里坐。白宫的椅子仍在离开它的主人手里打转。"[26]回首过去，伯顿为政府的天真摇头。"当时没人看见它正到来。"

他特别说道，"我们没有真正看到那股外部资金的力量，直到他当选之后。接着他必须做的首要事务，也是他能做的唯一一件事，就是花费数万亿美元，先通过刺激法案。而这导致了刺激方案二，和问题资产救助计划（TARP），还有汽车行业救助。右翼财阀从中汲取力量。他们利用对支出的愤怒"。他承认，"没有人看到科赫兄弟或迪克·阿米在那里"。

奥巴马上任两个月内，他回想到，政治环境已然改变。他回忆说，"一月，我们正与共和党人一起工作，坚定地秉持中间派思考的立场，处理经济复苏计划。""主流经济观点认为，这场灾难的规模需要大量的经济支出。我们征求共和党人的想法。我们在取得合作。各类国会议员的信件进来，带着他们发自内心的想法。众议院共和党的一位高阶成员甚至建议了高速铁路！但到了二月初，事情开始转变。他们不再寄信。他们全在表达对任何一种开支的怀疑。"领衔科赫兄弟"无刺激"运动的德明特参议员，声明"我非常喜欢奥巴马总统"，开始了他的演讲。随后他接着称刺激法案是"万亿美元的社会主义实验"，是"一百年里国会考虑过的经济立法中最糟糕的部分"。正如伯顿所说，"奥巴马上任六周内，德明特在讲'一届任期的总统'"。

2月17日，奥巴马签署《复苏法案》。它在国会勉强通过，参议院仅有3名共和党人投票，而众议院则一位都没有。五年后，芝加哥大学运营的"全球市场倡议"（Initiative on Global Markets）项目，调查经济领域思想多样性和卓越性方面的重要经济学家，发现了几乎一致的共识，即《复苏法案》已经实现了它降低失业率的目标。[27]受调查的37位经济学家中，只有一人意见不同。控制华盛顿的共和党的自由市场正统观念，已经完全偏离了理性、专业知识，而极端分子占了上风。事实上，奥巴马的反对者迫使政府采取的刺激方案，小于许多经济学家认为必要的程度，削弱了经济复苏。在他上任一个月里，由外部资金支持的极端反对者，已经伤害了奥巴马。签署刺激法案的第二天，奥巴马宣布了750亿美元的业主救助计划。

次日上午，桑塔利发表了他的咆哮演说，并病毒般地迅速扩散开去。保守派新闻汇集者马特·德拉吉（Matt Drudge），在他网站旋转的红色警报标志下放上链接，将其作为令人震动的紧急政治事件，推广给网站300万日常读者。

几个小时内，另一个叫作"TaxDayTeaParty.com"[28]的网站出现在互联网上，传播以茶党为标签的叛乱。域名由埃里克·奥多姆（Eric Odom）注册，他是一名来自伊利诺伊州自由意志党的年轻成员，住在芝加哥。直到最近，奥多姆一直都在为一个名叫"山姆亚当斯联盟"（Sam Adams Alliance）的组织工作，该组织的首席执行官与科赫兄弟有长期且密切的联系。山姆亚当斯联盟的奇怪故事又示范了另一种方式，即少数富有意识形态倡导者多年的私人资助，创造出一个地下的政治基础设施。

这家总部位于芝加哥的免税组织以1773年波士顿茶党积极分子山姆·亚当斯（Sam Adams）命名。尽管该组织的名号召唤了开国元勋，但它的首席执行官是一位名叫埃里克·奥基夫（Eric O'Keefe）的威斯康星投资人，自从作为年轻志愿者参与大卫·科赫在自由意志党的副总统竞选，他就与科赫兄弟保持密切关系。最终，奥基夫成为自由意志党的全国领导人。到了1983年，和科赫兄弟一样，他已经开始以其他手段推动自由市场原教旨主义，常常通过科赫兄弟的捐资人研讨会和其他冒险活动与他们联合。从小受《华尔街日报》和保守主义读书俱乐部（Conservative Book Club）影响，奥基夫"有钱。他成长过程中有点钱，而作为一名投资人他赚了更多，让他能够用几十年时间投入一系列雄心勃勃的政治改革运动,虽然这些运动几乎全都失败了"。《华盛顿邮报》这样写道。

有种说法称,山姆亚当斯联盟的创始人是名秃头、害羞、生于布鲁克林区的地产大亨,他名叫霍华德·里奇(Howard Rich),朋友和对头叫他霍伊(Howie)。里奇同样牵涉许多广泛的政治冒险,而且与科赫兄弟同道。[29] 他早期深受哈耶克和米尔顿·弗里德曼的著作触动,因而他在曼哈顿、得克萨斯和北卡罗来纳积累财富购买公寓楼的同时,成了一名自由至上主义渺茫事业的不懈支持者。奥基夫和里奇两人都与大卫·科赫一道,担任过加图研究所的董事。他们有多年的交情与沉浮,查尔斯·科赫也一样。因为相互关系足够好,乔治梅森大学人道研究所(查尔斯·科赫任董事会主席)挑选了30名左右的研究员,参与山姆亚当斯联盟的暑期实习。

几十年来,这个富有而紧密的小圈子一直试图推进他们热情推举的自由至上主义思想,几乎总是掩盖在各种组织的外壳下秘密工作,从而不让他们的角色被发现。特别是里奇,可媲美霍迪尼(Houdini)的戏法,他用数目眼花缭乱的更名、变形、连锁组织,模糊了他起的作用。[30] 他几乎总是拒绝与媒体交谈或与对手辩论。[31] 然而直到茶党出现前,结果一直都令他失望。"我三十二年的投入是一个漫长而昂贵的挫折教训。"[32] 他的紧密政治伙伴奥基夫承认。

这一团体早期的政治努力,包括了在20世纪90年代初的一次秘密尝试——要让选民们批准实施限制国会任期的投票措施。专家们表示,任期限制将损害民主党人,当时民主党的国会议员更多,而且还会加强外部有钱人,也就是像他们一样的人的力量。后来的茶党运动就是如此,任期限制的支持者们把他们的运动描述为平民被牢固权力激怒后的草根爆发。在加利福尼亚,有传言说科赫兄弟背后支持1992年是否实施限制的全民公决,但发言人否认他们有任何直接作用。但是公投成功后,《洛杉矶时报》发现真正的组织者和大部分的资金要追踪到霍伊·里奇和埃里克·奥基夫管理的秘密团体,即"美国任期限制"(U.S. Term Limits)。

科赫兄弟同样也有牵涉。³³ 面对文件，芬克承认，他们实际上提供了"种子基金"。

同样地，1991年在华盛顿州，一份国会任期限制的投票倡议几近通过，直到《纽约时报》曝光了默里·罗斯巴德这名与科赫兄弟分道扬镳的不恭的自由至上主义理论家所说的，"'草根'运动背后是科赫的大钱袋"。³⁴ 时报发现，支持者标榜的"平民主义的燎原之火"³⁵，事实上是总部位于华盛顿、自称"国会改革公民"（Citizens for Congressional Reform）的组织的产品。这个组织的开办得到了来自大卫·科赫的数十万美元。在被曝光后他声称，"我点燃了火星，而大火在自行燎原"³⁶。然而煽风点火的是他的支票簿。他的团队几乎贡献了3/4的活动预算，付钱给专业的签名收集者以募集足够的名字，从而让该问题得到投票。最终，最高法院裁定，联邦任期限制违宪。这个裁定永远结束了在国会层面的运动；然而支持者对人造民粹主义的嗜好并没有到此为止。

自由至上主义的赞助者一直试图，无论如何都要收买到公众支持的光环。2004年，科赫兄弟新成立的宣传组织"美国繁荣"的首度冒险，其中一项就是激进的反税措施，称为"纳税人权利法案"（Taxpayer Bill of Rights）。这项措施要严格限制州立法者，要求所有增税首先经过公民投票同意。该组织选择堪萨斯州作为纳税人权利法案的第一战场，当时科赫兄弟正在他们家乡州反对一项增税提议。尽管有人强烈抗议不明支出，但"美国繁荣"在电视广告上投入了创纪录的钱，而增税也告失败。两年后，在2006年，一家由里奇创建管理、叫作"支持有限政府的美国人"（Americans for Limited Government）的组织，花费约800万美元推广其他各种投票活动，包括要求让受土地利用法影响的业主得到赔偿。支持者再次声称拥有广泛的草根拥护。但是，公共诚信中心的一项调查揭露，事实上三名捐赠者中没有一位透露自己身份，他们投入的资金占据该组织资金的99%。³⁷ 尽管花费巨大，但这些反政府的边缘措施几乎处处遭到否决。

不久以后，伊利诺伊州暂停了里奇组织的慈善执照，因为它无法提供必需的财务报表，2006 年，该组织关闭了芝加哥总部。此时，"支持有限政府的美国人"迁往弗吉尼亚州费尔法克斯（Fairfax），在那里还有其他几家里奇管理的非营利组织。与此同时，在芝加哥，一个新的享有免税的组织在前任的位置上突然出现，自称"山姆亚当斯联盟"。

埃里克·奥基夫曾在"支持有限政府的美国人"担任董事，现在他是这个新组织的主席兼首席执行官。"我们不会被关闭。"[38] 先前在威斯康星州被调查竞选财务违规时，他起过誓。税收记录显示，当年山姆亚当斯联盟约 88% 的资金，来自一位未透露姓名的神秘捐赠者，他一次就给出了一份 370 万美元的大礼。

2008 年夏天，当贝拉克·奥巴马越来越接近总统宝座时，山姆亚当斯联盟的埃里克·奥多姆开始试验一些在线交流方法，这些方法之后将帮助组织茶党运动。他测试了推特的作用，用它触发了华盛顿众议院里的一次右翼快闪。他的朋友罗布·布鲁伊（Rob Bluey），一位自称"大型右翼阴谋的持证会员"[39] 的二十八岁博主，和他一起创造了他们所称的"不要走"（DontGo）运动。他们发推特消息，要求众议院民主党领导层安排一次近海油气开采合法化的投票，否则共和党人将拒绝夏季休会回家。[40]

推特试验效果极佳。当年 8 月，保守党议员、石油游说者和其他近海钻井的支持者涌入众议院，制造了一场看似自发的疯狂抗议。他们高呼，"不要走！""钻这里！现在钻！"他们没能成功解除对海上钻井的限制，但是这场反叛的一名领导者、亚利桑那州国会议员、保守派共和党人约翰·夏德格（John Shadegg）高声赞扬，这场抗议是"2008 年版的波士顿倾茶事件"。

过了六个月，就在桑塔利的咆哮言论后，埃里克·奥多姆迅速重新激活"不要走"名单。他向同样一万名的保守派中坚核心发出行动呼吁，这些人的联系信息他和布鲁伊早前已收集起来。奥多姆也组成了他所谓的"全国茶党联盟"（Nationwide Tea Party Coalition），与其他积极分子一起，其中包括了来自迪克·阿米的"自由有用"和科赫兄弟的"美国繁荣"组织的工作人员。"美国繁荣"迅速注册了一个名叫"TaxPayerTeaParty.com"的网站，利用其拥有50多名员工的网络来策划全国各地的集会。

当这些手下在网上联系力量时，他们将首次全国性茶党抗议活动定在了2月27日。那一天，全国各城市举行了十多个抗议活动。组织者声称有3万名参与者，但许多地方的人群依旧稀少。然而4月15日，在全国范围内第二次举行一系列"纳税日"茶党集会时，人数增加了10倍，达到了30万人。

遗产基金会、加图研究所和"美国繁荣"提供了演讲者、话题点、新闻稿、交通和其他后勤支持。进步性网站"进步思考"（ThinkProgress）的博主李方，首先站出来质疑运动是自发的还是合成的"人工草皮"。他指出，"美国繁荣"突然计划抗议活动"从东海岸到西海岸"，与此同时"自由有用"似乎已经接管了佛罗里达州当地的一个集会[41]。但并非每个人都喜欢抗议活动自上而下的控制。"'美国繁荣'惹恼了一些茶党，"自由至上主义博主拉尔夫·本柯（Ralph Benko）回忆，"这些人开车过来，打开门，穿上T恤，然后拍了照片，发给查尔斯（科赫）说，'看到没？我们在用你的钱做大事'。"

《堪萨斯怎么了？》一书的作者托马斯·弗兰克曾顺道驻足，在2009年2月白宫对面的拉斐特广场观察过一次早期的茶党集会。他总结说："这很大程度上是个骗局。""所有常见的嫌犯都在那里，比如'自由有用''水管工乔'（Joe the Plumber），和《美国观察家》（The American Spectator）杂志。也有一些人穿着革命战争中的服装，拿着'不要践踏我'的旗帜，他们实际上是政治活动家，另外还有一些普通人。"他说。"但保守派团体组织得很好。当时，很明显，它是演的，接着他们会布置。但接着它就流行开了。"正如一些人曾表示的，弗兰克认为"茶党没有被颠覆"。"它生来是被颠覆的。"不过他仍说,"科赫兄弟把企业自身利益融入街头群众运动,对于他们这样的赞助人而言,是一项重大成就。"[42]

当科赫兄弟继续声称没有参与时,里根政府有干劲的老手佩吉·维纳布尔(Peggy Venable)成了"美国繁荣"得州分会的领导。从 1994 年起,她就已经作为政治工作者从科赫兄弟那里领工资。她说起自己在运动中的作用滔滔不绝,"我从它变酷前就是茶党的成员!"[43]在奥斯汀,由科赫赞助的名为"捍卫美国梦"(Defending the American Dream)的政治活动中,她在会上谈时这样说道。随着茶党运动兴起,她描述了"美国繁荣"组织如何帮忙在政策细节上"教育"积极分子。她说,他们在集会后向支持者提供了她所谓的"下一步训练",为了使他们的政治能量被"更高效"地引导。这个组织还向愤怒的抗议者提供了可攻击的民选官员名单。没有与科赫兄弟的公关代表先对好词的维纳布尔高兴地说起这对兄弟,"他们当然是我们的人。大卫是我们董事会的主席。我当然见过他们,而且我非常欣赏他们做的事。"她补充道:"我们热爱茶党在做的事,因为这就是我们将要夺回美国的方式!"

维纳布尔在会议上赞誉了几位茶党"公民领袖"。"美国繁荣"得州分支将年度博主奖颁给一位名叫西比尔·韦斯特(Sibyl West)的年轻女子。她的网站上写着,西方称奥巴马为"首席瘾君子",并推测总统在表现出"恶魔附身(精神分裂症)"症状。

在会议的午餐时间,维纳布尔引见了特德·克鲁兹(Ted Cruz),这名前得州副检察长也是未来的参议员,他曾告诉人们,奥巴马是"美国入主过椭圆办公室的最激进的总统",而且还向选民们隐瞒秘密议程——"接管我们经济和我们生活的政府"。克鲁兹正式宣布,打击奥巴马是"我们这一代人的史诗战争!"随着观众起立欢呼,他援引得克萨斯人在阿拉莫(Alamo)的无畏之辞:"不胜利,毋宁死!"(Victory, or death!)

没有组织发挥的早期作用比得过"自由有用",这一"美国繁荣"

的远支,由菲利普·莫里斯之类的公司和理查德·梅隆·斯凯夫之类的亿万富翁捐款资助。"我认为,当茶党盛行,'自由有用'和任何人一样,还要做很多工作使它成为一场有效的运动。"阿米说。

回顾过去,阿米特别赞扬了一名年轻助手布伦丹·施泰因豪泽(Brendan Steinhauser),他是该组织的州和联邦活动的负责人。在桑塔利的咆哮后,他迅速创建了一个网站,关于如何策划集会以及抗议什么问题,向支持者提供各种实用建议,奥巴马的刺激支出就高居目标清单之中。他还建议口号、标语,并且与全国各地50多名茶党积极分子举行日常电话会议以协调他们的工作。很快"自由有用"为行动提供了一支九人的专业支持团队。阿米回忆在开始的时候,施泰因豪泽"花数个小时和会支持'自由有用'网站的人通电话,'自由有用'的其他家伙都嘲笑他"[44]。不过阿米描述了,施泰因豪泽如何将初期的怒火组织进大规模的政治运动。"他告诉他们该做什么。他给他们训练。要不是'自由有用',茶党运动就不会兴起了。"阿米后来说。

阿米本人是华盛顿内幕知情人,证明茶党运动是反精英主义(anti-elitist)这一观念并不真实。阿米在国会待了十八年,据说为欧华律师事务所(DLA Piper)做说客每年获得75万美元,这家法律公司代表的企业客户,包括制药巨头百时美施贵宝(Bristol-Myers Squibb)。而亿万富翁支持者们是有帮助的。他们给初生的茶党运动以组织与政治方向,如果没有这些,它可能会像占领运动一样白白浪费。相应地,抗议者们给了亿万富翁捐赠者们难以买到的东西——为他们的议程增添合法性所需的人数。正如阿米所说,"多年来我们一直在做孤独的工作。在我们眼里,它就像是骑兵降临"。

后来发现,"自由有用"也有一些聘用的帮手。这个免税组织悄悄地与格伦·贝克达成交易,煽动性的右翼福克斯新闻电视主持人贝克当时是茶党巨星。为了最终达到每年100万美元的报酬,贝克朗读由"自由有用"员工撰写的"嵌入内容"。他们告诉他在节目中说什么,而他在宣传材料中天衣无缝地融入独白，让它听起来像是他自己的观点。在"自由有用"的税务披露中，这种安排被描述为"广告服务"。

"我们认为，如果做得适度，这会是一个有用的工具，但接下来他们开始连跑带跳地飞速做。"关于这种安排，阿米这样回忆。"他们向积极分子和支持者们保密。"他声称。"他们在创造一种幻觉，他们是如此重要，吹嘘他们这个运动的英雄、偶像。他们不是在赢得媒体，而是在付钱给它。"[45]

贝克的观点受柯里昂·什科森（W. Cleon Skousen）影响。[46] 什科森是边缘理论家，其政治偏执还曾激发约翰伯奇会。贝克的每日观众达到约200万人次，在全新范围散布着弗雷德·科赫这样的早期极端保守主义者的思想。弗兰克·伦茨（Frank Luntz）形容这种冲击是有历史意义的。"桑塔利的咆哮唤醒了上层中产阶级和投资阶层，接着格伦·贝克唤醒了其他人。格伦·贝克的节目创造了茶党运动。"[47] 他补充说，"2009年税收日开始，七月在市政大会爆发。你可以在三个月内，创造出一场群众运动。"

奥巴马对于对立与激烈言论的反感是另一个因素，导致大部分关于华尔街软弱可欺的信息。富兰克林·罗斯福在第一次就职演说中为大萧条责备"货币兑换商"，奥巴马则不同，他的话语是柔和的。在几周内，批评家称，他把民粹主义的衣钵出让给了茶党反对者。"在民粹主义强烈对抗准备到位的氛围里，他允许右翼去规定条款。"约翰·朱迪斯在自由派《新共和》（New Republic）杂志中观察说。[48]

尽管施泰因豪泽努力管控茶党的种族歧视及其他表达仇恨的标志，但在奥巴马上任两个月内，街道与公园中满是集会，抗议者携带的标牌上写着，"立刻弹劾！"和"奥拉登"（Obama Bin Lyin）。奥巴马的脸贴满海报，他看起来像电影《黑暗骑士》里的小丑，他的皮肤被画成粉笔白，嘴几乎咧到耳朵，他的眼窝发黑，带着丧尸般的死亡凝视，下面写着"社会主义"。一个激进主义盈利性互联网公司"抵抗网"（ResistNet），在网站上打出名为"奥巴马=希特勒"的特色视频。在2月27日集会上的一名抗议者,自称是和该组织一起,在他举起的标语中,称国会是奴隶主,纳税人是"黑鬼"。奥巴马的形象也被PS得像是原始非洲巫医,一根骨头穿过他的鼻子。

科赫兄弟的政治助理芬克声称,他为种族歧视而感到难堪。[49]大卫·科赫附和了似是而非的说法,在他的观念中,奥巴马某种程度上是非洲人——尽管他出生在美国,幼年被肯尼亚的父亲遗弃,主要由他的美国母亲抚养,在夏威夷长大,而且他成年以前从未涉足非洲大陆。后来与保守派评论员马修·康特奈提的揭露性采访中,大卫还批评奥巴马是"我们国家有过的最激进的总统",而且认为总统的激进主义来自他的非洲血统。"他父亲是肯尼亚核心的经济社会主义者。"他说,"奥巴马并不真的面对面和父亲相互影响,但我看,他明显是一名父亲观点的崇拜者。所以他有点反商业,反自由企业几乎影响他一生。这只是告诉你,一个有口才的人能够达到的地步。"[50]

自身是混血的比尔·伯顿相信,"不考虑奥巴马的种族,你就不能理解他与右翼的关系。这些事没有人想谈论,但你实在不能否认种族因素。如果他是白人,他们绝不会这样对待他。不敬的程度简直登峰造极"。

奥巴马执政的第二个月要结束时,《新闻周刊》(Newsweek)发表了挖苦性的封面故事,宣称"我们现在全是社会主义者",甚至连高尚的《纽约时报》也捡起右翼将奥巴马放在美国主流之外的架构。在一次对总统的采访中,这家报纸问他是否是社会主义者。奥巴马显然惊呆了,以至于他不得不事后联系时报作完整回答。他说,"我很难相信你对那个社会主义的问题是完全严肃的",并且指出,是在前共和党人乔治·布什任下,而不是"在我的领导下,我们开始购买一批银行股份。而且我们在没有资金来源的情况下通过了一个新的大规模津贴,即处方药计划。这并不是由我负责的"。[51]

当奥巴马对经济被迫采取守势时，另一个攻击线正悄悄吸引许多同样有钱的金融支持者的注意。一月在棕榈泉科赫兄弟的秘密会议上，最大捐助人之一的兰迪·肯德里克提出一个问题。齐肩的霜白头发和华丽珠宝使她并不像是一名煽动者，但肯德里克是一个直言不讳的律师，几十年前曾为戈德华特研究所（Goldwater Institute）放弃了女性运动。这家研究所是位于凤凰城（Phoenix）的极右自由至上主义智库，她是董事会成员。她和她的丈夫肯，亚利桑那响尾蛇棒球队的合作拥有者兼管理合伙人，拥有让人注目的财富。

厄尔·"肯"·肯德里克（Earl "Ken" Kendrick）来自西弗吉尼亚，他创办的"数据电信"（Datatel）公司向高校和公司提供计算机软件，赚了数百万美元。随后他入股了得州的伍德福瑞斯特国家银行（Woodforest National Bank），这家私人银行在 2010 年被迫退还 3200 万美元，并且支付 100 万美元的民事罚款来解决高利贷透支费用。[52] 作为中坚力量的经济和社会保守派——除了支付响尾蛇队体育场和通向场地的公共交通的国家补贴——肯德里克夫妇被奥巴马的当选吓坏了。他们是科赫兄弟的捐赠网络的创始成员，曾经写过一张至少七位数的支票。他们的慷慨是一条双向道。他们支持科赫兄弟青睐的机构，例如人道研究所和乔治梅森大学的莫卡特斯中心。与此同时，科赫兄弟也支持由他们资助的亚利桑那大学的"自由中心"（Freedom Center），肯德里克哲学教授在那里向大学生传授"自由"。

现在，兰迪·肯德里克想知道，这个组织计划做什么来阻止奥巴马修整美国的医疗保健系统。她读过前民主党参议员汤姆·达施勒 2008 年的一本书《危急：我们如何处理健保危机》（*Critical: What We Can Do About the Health-Care Crisis*），并且感到惊慌。她警告说，赞成医疗保健全民覆盖的达施勒，很可能反映了奥巴马的想法。达施勒有望成为奥巴马的卫生和公共服务部部长。[53] 她说，如果新政府采用了达施勒提出的计划，将扼杀企业，伤害病人，并且导致出现他们一生中最严重的社会主义政府。她坚定不移,奥巴马必须被阻止。但计划是什么呢?

肯德里克的发言充满激情。她对这个问题的兴趣既是政治的,也是私人的。她认为,私人医疗保健的选择使她在腿伤后,免于余生都在轮椅上度过。最初她被告知不能冒险手术,因为她患有罕见疾病。但是著名的克利夫兰诊所(Cleveland Clinic)的一位专家发现了一个好的治疗方法。她挺过了手术,现在成了一位活跃的母亲,拥有一对十多岁的双胞胎。"兰迪确信,如果美国是加拿大或英国那样的政府医疗,她可能就死了。"一位不愿透露身份的朋友透露。

这是一个有力的证明,科赫研讨会上的捐赠者深受感动。但是奥巴马政府从来没有提议加拿大或英国那样的政府医疗。到了后来,奥巴马的《平价医疗法案》(Affordable Care Act)实施。克利夫兰诊所勒纳医学院分子医学教授唐纳德·雅各布森(Donald Jacobsen),也是曾经照顾过肯德里克的人,他回忆中的肯德里克是一位慷慨的捐赠者,但是她所谓的奥巴马医疗改革计划会威胁她接受过的那种治疗的观点,则被他视为无稽之谈。"我可以向你保证,'奥巴马医改'在各个方面都没有削弱我们的研究工作。"他说。"然而,右翼保守派及其茶党同人的查禁努力,阻碍了医学研究的进展。国家卫生研究院正在遭受巨大磨难,而且所有调查员都很难获得资金。你不能责怪《平价医疗法案》,但你无疑可以责怪共和党人。"

然而当肯德里克结束她饱含情感的讲述时,据两位熟悉会议的消息人士透露,科赫兄弟尴尬地沉默了。科赫兄弟当然反对任何政府的社会项目的扩张,包括任何可能的全民医疗保健计划。但消息人士说,他们并没有太关注这个问题。他们早已认为,医疗保健产业会为了自己的利益而进行斗争,所以他们没有想过介入。相反的是,奥巴马政府与大部分医疗保健行业签订协议,赢得了众多支持。"他们对这个问题没有准备。"一位消息人士说。

尽管他们后来顶着策划反对奥巴马医改的名声,但实际上是肯德里克，而不是科赫兄弟，第一个出来领路。她和其他几个千万富翁提供资金，阻止亚利桑那州"强迫"公民购买政府经营的或任何其他种类医疗保健，不过没有成功。[54] 但肯德里克并没有放弃。她心意坚决，我行我素。每隔几周，当她出现在智库时，据一位前同事回忆说，"他们常常站成一排，向她献上一束鲜花，如同面对一位女王"。

在亚利桑那州受挫后，肯德里克发誓要在全国抗争。"我得把钱给谁？"她询问亚利桑那州的共和党政治活动家西恩·诺布尔（Sean Noble），此人已经是她事实上的个人政治顾问。肯德里克要求知道，"有哪些组织正在做这些事"[55]，埃利安娜·约翰逊（Eliana Johnson）为《国家评论》撰写的记述中这样说。

依肯德里克的要求，诺布尔调查了这一领域并发现，几乎没有组织在2009年初成立以针对奥巴马的医保问题。或者说至少没有一家是501(c)(4)，即国税局编码的享有免税的"社会福利"组织，只要不作为主要焦点就能参与政治。与传统政治组织不同，这种非营利组织可以向公众隐藏其捐赠者的身份，仅仅只向国税局报告。诺布尔知道，这些所谓的暗钱组织格外吸引那些有钱人，就像科赫网络的成员一样，他们想在不受公众注意的情况下影响政治。

诺布尔同他的前老板约翰·夏德格一起参加了科赫研讨会——夏德格是来自亚利桑那州的坚定的保守派共和党议员，他的父亲史蒂芬曾是巴里·戈德华特的竞选经理和至交。诺布尔为夏德格工作了十多年，最终成为国会议员的亚利桑那办公室的参谋长。然而在2008年，诺布尔决定出去靠自己，他在位于凤凰城的家中开办了政治咨询公司"诺布尔联合"（Noble Associates）。肯德里克过去一直是夏德格的主要支持者，如今成了珍贵的客户。她和诺布尔密切合作多年。她前去参加一月的科赫会议，而诺布尔没有受到邀请，不过后来她打电话向他寻求了帮助。当诺布尔建立自己的事业时，她对讨伐医疗改革产生了兴趣，并且还进入了科赫关系网，这是一个展现商机无限的好机会。

诺布尔并非华盛顿政治大联盟的一线队员，但他受人尊敬并且富有魅力。他有着健壮身材，金色头发，太阳穴周围适当的灰色给他的天真增添了庄严，他谦逊而风趣；甚至他的政治对手也很难讨厌他。诺布尔形容自己是"里根宝贝"（Reagan Baby），他在亚利桑那州的肖洛（Show Low）小镇—— 一位玩牌者取的名字——长大。少年时，他手放心脏聆听广播中的国歌，由此开始一天的生活。他的母亲是家庭主妇，父亲是牙医，两人都是摩门教徒，相信美国是应许之地。在他们家里，巴里·戈德华特是一位英雄，吉米·卡特则是恶棍。1976年卡特当选时，诺布尔的母亲警告说，苏联将接管世界。当诺布尔上大学时，他为保守派候选人工作，最终与夏德格有了联系。随着时间过去，他结了婚，有了五个孩子，成为凤凰城支会的摩门主教。因为是自由至上主义者并且反对堕胎，1988年他把票投给了罗恩·保罗（Ron Paul）。在许多方面，他都非常适合科赫网络，只有一件事除外。诺布尔非常健谈，几乎是无法控制地在名为"诺布尔思考"（*Noble Thinking*）的个人网络博客写作。用私人资金承担针对奥巴马医保的计划，本该做得神不知鬼不觉。

2009年4月16日，肯德里克和诺布尔正在着手实施他们的计划，保护病人权利中心在马里兰州成立。该组织仅以一个锁着的72465号金属邮箱而存在，该邮箱位于凤凰城北部沙漠边缘公路旁的博尔德山（Boulder Hills）邮局内。后来的记录显示，诺布尔是它的执行董事。当诺布尔在2013年的证词中被问及谁雇了他时，他也努力遮掩，以保密协议为由拒绝回答，就如非营利调查组织"为了人民"（ProPublica）后来报道的那样。

他回应律师的问题说："我不能告诉你我为谁工作。"

"等等，"律师插话，"我问你的薪水是怎么定的，而你在告诉我2009年你和一些人有过讨论，并且拒绝告诉我是谁？"

"是的。"诺布尔回答。[56]

捐助者的身份仍然不透明，但从税务记录中可以清楚看到，诺布尔的赞助人们拥有数额惊人的资金。到6月，保护病人权利中心累积了约300万美元的捐款。到2009年底，总数达到1300万美元。超过1000万美元马上传递给了其他免税组织，其中包括"美国繁荣"，因为它很快带头抨击奥巴马的医保计划。到2010年底，在保护病人权利中心的信箱流动的资金达到近6200万美元，其中大部分是通过科赫的捐赠人网络募集的。

这个地下资金流的第一个确凿信号，是题为"幸存者"（Survivor）的电视广告。它讲述的主要人物是一位名叫秀娜·霍姆斯（Shona Holmes）的加拿大女子，她说"我从脑肿瘤中幸存下来"，但又声称，如果她被迫等待来自加拿大政府医疗服务的治疗，"我会死的"。与之相反，她说，她在亚利桑那州接受了救命治疗。真相核实员后来揭露，她的戏剧性故事非常可疑，事实上，加拿大医疗部门没有加快治疗的原因在于，她脑下垂体上长的其实是一个良性囊肿。[57]尽管如此，由大卫·科赫主持的免税慈善侧翼组织美国繁荣基金会，在2009年夏天花费了100万美元播放这则广告。

这则广告由拉里·麦卡锡（Larry McCarthy）制作，此人是华盛顿资深媒体顾问，最出名的行径是制作种族歧视性质的威利·霍顿（Willie Horton）广告，这则广告主要讲述了一名在马萨诸塞州监狱服刑的非裔美国人凶手在周末休假时的罪行。这则广告使迈克尔·杜卡基斯（Michael Dukakis）看起来在犯罪问题上态度软弱，推动了他在1988年总统竞选中的落败。麦卡锡因利用经过巧妙处理的情感信息——尤其是恐惧——而臭名昭著。民主党民意调查员皮特·哈特（Peter Hart）多年来与麦卡锡有竞争也偶有合作，正如他说起麦卡锡，"如果你想要进行一次暗杀，你雇了有史以来的最佳射手"[58]。那年春天，带着充裕现金，诺布尔和麦卡锡签约合作。

保护病人权利中心并非盲目操作。那个春天在诺布尔的怂恿下，该组织也悄悄付钱给共和党民意调查员兼代言人弗兰克·伦茨，让其就攻击奥巴马医保提案的最佳方式进行市场测试。伦茨在宾夕法尼亚大学的政治学教授是詹姆斯·皮尔逊，他后来管理了奥林基金会。伦茨研究了保守主义运动的发展，也成了将精英观点解释给大众的翻译式的人物。"智库成为思想的创造者，而我成为这些思想的讲解者。"他说，"我主要做的是听，以及处理加工。"他承认，"这些家伙不可能"作为沟通者。[59] 伦茨扮演的角色是"政策经营家"漫长队列中的一员，这类人将议题"构造"进有更广泛吸引力的语言，从而帮助推广富裕支持者的议程。[60]

伦茨采用民意调查、焦点群体与"即时回应电话会议"来完善攻击医保的语言，接着在圣路易斯、密苏里的普通美国人身上测试。利用这些会话，伦茨在 2009 年 4 月编辑了一份影响重大的 28 页的机密备忘录，对此刻公众没有反对奥巴马医保计划的强烈呼声发出警告；实际上，公众支持的呼声颇高。伦茨建议，到目前为止，使公众反对这个项目的最有效的办法是打上"政府接管"的标签。他写道："接管就像政变。两者都导致独裁者产生以及自由的丧失。"

"我的确创造了'政府接管'的说法。而且我也相信它。"伦茨坚称，他还指出"它为共和党提供了在 2010 年击败奥巴马所需的武器"。但大多数专家发现这个论调是明显误导性的，因为奥巴马政府建议美国人从盈利公司，而非从政府购买私人健康保险。事实上，进步人士感到愤怒，奥巴马的计划不是支持那些偏向政府保险项目的人的"公共选择"，它包括政府授权由个人购买医疗保险，这是由遗产基金会孵化以避免国有化医疗保健的保守派想法。[61] 伦茨的说法是如此不实，还被无党派真相调查组织"政治真相"选为"年度谎言"。然而，当后方政府官员一瘸一拐地试图修正时，伦茨的欺骗性信息越传越真，煽动起越发恐惧、愤怒的选民，许多人蜂拥至茶党的抗议活动。

诺布尔的策略精心挑选了攻击目标。他将攻击广告特别瞄准了参议院财政委员会成员所在的州，该委员会正在撰写医保法案，需要他们支持才能在委员会投票废止。奥巴马政府将大量权力授予委员会主席、蒙大拿州民主党人马克斯·鲍克斯（Max Baucus），委托他赢得两党的支持。相应的，鲍克斯在陆续尝试赢得委员会共和党领导者，即艾奥瓦州参议员查克·格拉斯利（Chuck Grassley）的支持。诺布尔研究了委员会，挑选出特别容易受到压力的成员，以及其他一些关键的摇摆者，把名单缩小到来自路易斯安那、内布拉斯加、缅因、艾奥瓦和蒙大拿州的成员。只要有足够的压力，他相信他可以让格拉斯利和鲍克斯两人都不安。

当时，很少有人想到奥巴马的医保计划能被打乱。保守党的反对更多集中在其他议题。诺布尔需要给可能被说服的议员造成"草根"压力，但选民还没有被吸引。随着参议院接近夏季休会期，风险增加。"我们知道我们必须让那个夏天变成绝对的地狱。"[62]他告诉《国家评论》。为了寻求帮助，他找到亚利桑那州的老友道格·古德伊尔（Doug Goodyear）。古德伊尔具争议性的公关公司 DCI 集团（DCI Group），最开始是和欺骗性广告标杆的烟草行业合作，它真正使代表大公司利益的虚假的"人工草皮"运动的现代运用变得专业化。

该公司的管理合伙人兼首席执行官古德伊尔和两名共和党竞选工作人员一起，在 1996 年创立了 DCI 集团，当时他正在为大型的雷诺烟草公司（R. J. Reynolds）处理外部公共关系。这份工作向三人展示，普通的竞选工具甚至能够成功用于推销最有毒害的产品。而关键是，根据一份后来依法律决定被迫公开的烟草行业 1990 年的内部备忘录所说，他们把公司的经济利益伪装成关乎伟大原则的事情。这不会提高香烟销量，反而会创造冒牌的"'吸烟者'权利"团体，它们会鼓动反对吸烟限制，将其作为事关自由的根本问题。或者，如同提姆·海德（Tim Hyde）——三位合伙人中的一员，当时是雷诺公司的全国活动负责人——撰写的备忘录中所说，公司需要"创造运动"，并且将"围绕自由、选择、隐私的问题组格，建立广泛同盟"[63]。海德写道，公司"应当双轨并行"。一条是"华盛顿特区—纽约地带的知识分子轨道"，它可以借由社论、诉讼和专业智库研究来影响精英意见。另一条是"草根组织和地方的轨道"，它将利用前线组织来冒充大众政治支持的出现。

诺布尔知道，到 2009 年 DCI 集团在这些暗黑技艺方面无人超越。该公司与共和党关系深厚，曾为强大的利益集团工作，范围涵盖埃克森美孚到缅甸军政府的运输队。古德伊尔特别精通以隐蔽的"人工草皮"活动作伪装进行企业游说。而这家公司还有许多其他才能。为埃克森美孚工作时，它还嘲弄阿尔·戈尔（Al Gore）的环境哀歌《难以忽视的真相》(An Inconvenient Truth)，秘密发起病毒般的卡通恶搞视频"阿尔·戈尔的企鹅军队"。[64] 后来被人发现，这个假独立影片上留有 DCI 的印记。与必须披露部分信息的游说公司不同，公关公司施加政治压力时可以掩盖资金动向。

诺布尔的保护病人权利中心很快将数百万美元分散给其他非营利组织，其中一些似乎是 DCI 集团的外壳组织。2009 年 6 月，保护病人权利中心将 180 万美元汇给了名称有混淆性的保护病人权利联盟（Coalition to Protect Patient Rights），该组织由 DCI 集团的一名会计当月于弗吉尼亚州成立。这家组织不久就将大部分资金传给了 DCI 集团。很快，美国医学会（American Medical Association）前主席唐纳德·帕尔米萨诺（Donald Palmisano）出现在全国媒体上，代表这家新成立的联盟抨击奥巴马的医疗保健方案。[65] 他承认，那些他拒绝透露姓名并且不处于医疗领域的捐助者们，招募了他为这个自称是"医生主导的联盟"的组织讲话。

同一名 DCI 集团会计的名字出现在另一家华盛顿地区非营利领域的文件上，这家小组织自称为自由研究所（Institute for Liberty）。它很快收到了来自诺布尔保护病人权利中心的 150 万美元赠款。其中 40 万美元用于"咨询"，回流到 DCI 集团。在之前一年，自由研究所的全部预算是 5.2 万美元。现金突然如此充裕，以至于该组织的主席安德鲁·兰格（Andrew Langer）告诉《华盛顿邮报》，"今年对于我们而言真是有意外收获"。他提到一名他没有透露姓名的捐助人，指定了资金用途，要用于以奥巴马医保计划为目标的五个州的广告攻势。尽管《华盛顿邮报》提及这场惊人的广告活动，但它没能追踪到资金的真正来源。播出广告的唯一赞助信息完全是误导性的。有一句话是这样说的，"由维护小企业健康组织（Keeping Small Business Healthy）支付"。[66]

与此同时，"美国繁荣"组织投身这场斗争之中，独立出"病人立刻联合"（Patients United Now）——根据提姆·菲利普斯的说法，该团体组织了300多场反对医保立法的集会。在一次集会上，一位民主党众议员的肖像被悬挂起来；另一场集会上，抗议者展开一条描绘达豪集中营死尸的横幅，暗示奥巴马的医改计划形同纳粹以国家命令进行的谋杀。

布拉德利基金会也参与进来。虽然这家免税的基金会不直接支持茶党团体，但其总裁迈克尔·格里比说，基金会支持"由'美国繁荣'和'自由有用'运营的公共教育项目，在茶党活动中非常活跃"。[67]

尽管格里比公开评价科赫兄弟的"美国繁荣"组织在茶党活动中"非常活跃"，芬克依旧声称并非如此。"我们从未资助过茶党。"他仍然坚持说，"我们在大学、智库和公民团体中推动了二三十年的自由市场思想。我希望这些思想能扩散，成为茶党兴起的部分原因。"[68]

2009年6月末，科赫兄弟的第二次捐助人研讨会在科罗拉多州阿斯彭市举行，题目为"了解和处理美国自由企业与繁荣的威胁"（Understanding and Addressing Threats to American Free Enterprise and Prosperity），到这个时候，诺布尔已经得到了内部人士的位置。他不仅受到了邀请，[69] 而且还正式签订合同成为科赫政治顾问。一名前内部人士说，科赫兄弟觉得他们需要额外的帮助，因为奥巴马的胜选强烈刺激了右翼，渴望加入他们行列的富裕捐助人的数目，几乎令他们招架不住。"突然间他们筹集了一大笔钱！他们处在一个热点，几乎呼吸不过来。"他说。

这次兰迪·肯德里克没有打断会议，而是被安排在医疗保健小组发表演讲。而且这一次，据一位见证者称，她向旁人所做的宣传"使这个地方群情激昂"。在捐助者散会前，他们承诺用数百万美元来阻止奥巴马的优先立法项目。

在这个夏天，民主党议员回到各自选区和所在州举办的传统市政厅会议，在辛辣言语中爆炸。愤怒完全是自发出现的。但调查记者李方发现，一名"自由有用"的志愿者在散布一份备忘录，指导茶党人如何扰乱会议。管理"rightprinciples.com"网站的鲍勃·麦古菲（Bob MacGuffie）建议奥巴马政策的反对者们"挤满大厅……分散"，从而让他们的人数看起来更引人注意，并且要"在共和党报告时早点捣乱……大声叫喊并且提前挑战共和党的陈述……使他紧张不安，让他从准备好的讲稿和议程中离开……起身，呐喊，马上坐回去"。[70] 虽然麦古菲很快被轻视为孤身的业余人士，但一些外界骚动则是专业的，由科赫关系网负担费用。诺布尔后来承认，"我们在这些市政厅塞满了只为这件事尖叫的人"。[71]

一名退伍军人指责华盛顿民主党议员布莱恩·贝尔德（Brian Baird）支持奥巴马的医保计划是玷污宪法后，贝尔德决定退出政坛，这是难以忍受的有害氛围下的一个例证。在费城，温和派共和党参议员阿伦·斯佩克特（Arlen Specter）以及卫生与公共服务部部长凯思琳·西贝利厄斯（Kathleen Sebelius），在一次试图解释医疗保健法案的活动中，被数百名批评者的嘘声淹没。全国各地的议会成员，在遥远的佛罗里达州坦帕市（Tampa），或是纽约长岛，都发现自己被尖叫着的公民伏击，其中一些人误信流言，以为奥巴马计划要建立政府"死亡小组"让老人们安乐死。

吵闹的集会被证明是毁坏奥巴马议程的关键。在华盛顿为保守派领导人（包括来自"美国繁荣"的代表）举行周例会的反税积极分子格罗弗·诺奎斯特，形容这个夏天的大混乱是转折点。他说，国会中的共和党领导层"如果没有八月人们走上街头，就不可能达到这个结果。它阻止了政治交易者，例如格拉斯利"[72]——本来可能与奥巴马有建设性合作的共和党人。此外，反对奥巴马的公众的增加，影响了华盛顿游说行业中心"K街"上的企业捐助者。"K街是30亿美元的风向标。"诺奎斯特说,"当奥巴马强大时,商会说,'我们能与奥巴马政府合作'。但八月成千上万的人走上街上并'恐吓'国会议员时,情况发生了改变。"

当月国会休会期间,奥巴马和他的家人在玛莎葡萄园岛度假时,在科赫关系网支付的反医保广告的狂轰滥炸下,格拉斯利明确表示他不会提供两党的支持。所在州同样受到诺布尔活动重点攻击的鲍克斯,也并无反应,推延不定。自由派民主党参议员爱德华·肯尼迪(Edward Kennedy)一直是全民医保的最大拥护者,他的去世也给医疗改革投下了巨大阴影。一月时举行了一次特别选举,以填补他的民主党参议员。

民主党政治顾问兼广告专家吉姆·马戈利斯(Jim Margolis)曾创造了奥巴马2008年许多竞选点,看着形势,他越来越沮丧。他曾一直就医疗保健问题向白宫政府和国会民主党人提供建议,起初抱有高度希望。他说:"我认为在医疗保健方面,你会得到有思想的共和党人的适量支持。"73 "三月和四月,马克斯·鲍克斯在接触奥林匹亚·斯诺(Olympia Snowe)和查克·格拉斯利(Chuck Grassley)。温和派共和党人发出了一些正确的声音。但是进展缓慢。接着,在八月休会期间,事情真的爆炸了。了解资金流是什么样的会很有趣,"他沉思着说,"我怀疑,在我们进入夏天时,外部力量正踩着高速挡狂进。"阿克塞尔罗德后来承认,他"并不是真的在跟踪"这一时期的右翼资金,后来才意识到有一伙"认为奥巴马有威胁性"的"右翼寡头",因为他"相信用政府解决问题。又是一个镀金时代"。74

曾经警惕丰富多彩政治剧的新闻界,夸大了草根风潮的规模。9月12日,不足6.5万名75茶党支持者举着"埋葬奥巴马医改和肯尼迪"之类的标语,聚集在华盛顿国家广场,参加格伦·贝克和自由有用的"9·12"集会,这却被当作似乎美国政治的整个重心已经转移。

无可否认,极右的数量已经增加。20世纪30年代反新政的自由联盟的成员,据估计有7.5万人,而20世纪60年代约翰伯奇会约有10万名核心成员。[76] 总体上，至多 5% 的美国人赞同约翰伯奇会。相比之下，据《纽约时报》估计，茶党运动在巅峰时期赢得了 18% 人口的支持，而据研究员德文·伯格哈特（Devin Burghart）说，其核心是在六家全国性组织网络注册的约 33 万人[77]。如果这些估计是正确的，从历史标准来看，茶党活动中坚人士的实际人数并没有如此之多。但是，地下基础设施的专业化，抱持同情心、有些情况下是受补贴的媒体，以及将信息从边缘地带推到中心舞台的集中资金，确实意义重大。

10 月 3 日，随着奥巴马当选一周年临近，大卫·科赫来到华盛顿地区，出席"美国繁荣"赞助的耀武扬威的"捍卫美国梦峰会"。奥巴马的民调正迅速下降。只有一位缅因州共和党参议员奥林匹亚·斯诺在医疗保健问题上与政府合作，而她最终会被排除出去。助手们说奥巴马深感失望。通过阻挠每一个倡议，包括他最雄心勃勃的国内计划，共和党人破坏了他最大的呼吁——他要超越旧的党派分歧、成为搭桥者的承诺。

参议院少数党领袖共和党人米奇·麦康奈尔（Mitch McConnell）将共和党党团会议协调一致，部分办法即指出茶党势力已经就绪，准备向任何误入歧途的人发起主要挑战。于是外部资金资助的团体提供了关键的杠杆力量。这项计划进展顺利。到了秋天，一年前热情赞颂奥巴马的专家们，如今在写作他的政治无能。

十月的这一天，在弗吉尼亚阿灵顿水晶门万豪酒店摩肩接踵的舞厅，科赫发表演讲说，"五年前，我哥哥查尔斯和我提供资金开办'美国繁荣'，穷尽我最大胆的想象我也没有料到，'美国繁荣'已经成长为这样庞大的组织"。他接着说，"今天这样的日子使我们五年前成立这个组织时的董事会的愿景成为现实"。他略微尴尬地搓着双手补充说，"我们设想了一个群众运动，以州为基础，全国各行各业成千上万的美国人站起来为经济自由抗争，在历史中是经济自由让我们国家成为最繁荣的社会……令人感激的是，从加利福尼亚到弗吉尼亚、从得克萨斯到密歇根的萌芽表明，越来越多的同胞们开始和我们做的一样，看到同样的真相"。

当他笑容满面地站在讲台上时,"美国繁荣"许多分会的代表们一个接一个报告情况,站在标记他们所在州的巨大标志下,描述如何在他们的地区组织了"几十次茶党活动"。随着激动情绪汹涌,闪光灯在礼堂中纵横交错。很难不注意到,在彻底失败的大卫·科赫离开国家政治舞台的二十九年后,他成功资助了一些看起来很像总统候选人提名大会的东西,而他自己就是赢家。[78]

注释:

1　里克·桑塔利担任过德崇证券(Drexel Burnham Lambert)的副总裁。
2　《屋主可负担能力和稳定计划》是为 2008 年市场惊人崩溃后面临 8 万亿美元房产损失的屋主提供的临时救助方案。
3　2014 年 10 月罗斯举办聚会为大卫·科赫庆祝。Mara Siegler, "David Koch Celebrated by Avenue Magazine," New York Post, Oct. 2, 2014。
4　更多关于罗斯在住房抵押贷款方面的利益情况参见 Carrick Mollenkamp, "Foreclosure Tsunami Hits Mortgage-Servicing Firms," Wall Street Journal, Feb. 11, 2009。
5　奥巴马上任前,布什的财政部长亨利·"汉克"·保尔森已经花费 1250 亿美元的银行救助计划,还有额外 200 亿美元也在规划之中。
6　Michael Grunwald, The New New Deal: The Hidden Story of Change in the Obama Era (Simon & Schuster, 2012), 280。
7　芬克的抗议是向《威奇托鹰报》和《弗卢姆报告》的提姆·马克做出的。他承认,科赫兄弟曾被要求资助茶党,但他说,积极分子们的提议没有一个符合他们的要求,按他们的标准需要精确目标、具体时间表和衡量尺度。
8　Andrew Goldman, "The Billionaire's Party," New York, July 25, 2010。
9　Elaine Lafferty, " 'Tea Party Billionaire' Fires Back," Daily Beast, Sept. 10, 2010。
10　Mark Lilla, "The Tea Party Jacobins," New York Review of Books, May 27, 2010。
11　Theda Skocpol and Vanessa Williamson, The Tea Party and the Remaking of Republican Conservatism (Oxford University Press, 2012)。
12　Jane Mayer, "Covert Operations," New Yorker, Aug. 30, 2010。
13　Wilson and Wenzl, "Kochs' Quest to Save America"。
14　Vogel, Big Money, 42。
15　参见 Frank Rich, "Sugar Daddies," New York, April.22, 2012 引用采访时西蒙斯的话,来自 Monica Langley,Wall Street Journal, "Texas Billionaire Doles Out Election's Biggest Checks," March 22, 2012。
16　达施勒接受《前线》采访, "Inside Obama's Presidency," Jan. 16, 2013。
17　例如丹尼尔·舒尔曼报告,科赫兄弟参与"美国繁荣"达到事无巨细的程度,他们招募了制作广告的外部政治活动人士。Schulman, Sons of Wichita, 276。
18　Charles G. Koch, "Evaluating a President," KochInd.com, Oct. 1, 2010。

19 查尔斯·科赫对新政的贬低参见 Charles Koch, "Perspective," *Discovery: The Quarterly Newsletter of the Koch Companies*, Jan. 2009, 12。

20 《政客》的肯尼思·沃格尔率先报导了林博、马克·列文、格伦·贝克的报酬的故事。Kenneth P. Vogel and Lucy McCalmont, "Rush Limbaugh, Sean Hannity, Glenn Beck Sell Endorsements to Conservative Groups," *Politico*, June 15, 2011。

21 Grunwald, *New New Deal*, 142。

22 同上，142—143 页。

23 此人与作者的对谈。

24 Grunwald, *New New Deal*, 145。

25 同上，190 页。

26 此人与作者的对谈。

27 Justin Wolfers, "What Debate? Economists Agree the Stimulus Lifted the Economy," *New York Times*, July 29, 2014。

28 Fang, *Machine*, 32。

29 同上。书中描述了山姆亚当斯联盟创始人里奇。里奇拒绝回应访问请求。

30 可参见 Russ Choma, "Rich Rewards: One Man's Shadow Money Network," OpenSecrets.org, June 19, 2012。

31 霍华德·里奇也没有回应我多次请他做评论的尝试。

32 Marc Fisher, "Wisconsin Gov. Scott Walker's Recall: Big Money Fuels Small-Government Fight," *Washington Post*, March 25, 2012。

33 Dan Morain, "Prop. 164 Cash Trail Leads to Billionaires," *Los Angeles Times*, Oct. 30, 1992。

34 Sarah Barton, The Ear, Rothbard-Rockwell Report, July 1993。

35 Timothy Egan, "Campaign on Term Limits Taps a Gusher of Money," *New York Times*, Oct. 31, 1991。

36 同上。

37 Bill Hogan, "Three Big Donors Bankrolled Americans for Limited Government in 2005," Center for Public Integrity, Dec. 21, 2006。

38 Jonathan Rauch, "A Morning at the Ministry of Speech," *National Journal*, May 29, 1999。2008 年夏，埃里克·奥多姆提供了他自己对这些事件的描述，坚持说茶党是自然倾泻，不过无视了谁资助山姆亚当斯联盟或是罗布·布鲁伊这个问题。Odom, "The Tea Party Conspirators and the Real Story Behind the Tea Party Movement," *Liberty News*, Aug. 30, 2011。

39 Ben Smith and Jonathan Martin, "BlogJam: Right-Wing Bluey Blog," *Politico*, June 18, 2007。

40 整个夏天，当石油和汽油价格飙高时，能源产业大亨如拉里·尼克尔斯，俄克拉何马州大型油气公司德文能源的董事长，出席过科赫兄弟的捐资人峰会，他用力推动了扩大海上钻探。其他几名科赫网络成员，包括拉斯维加斯赌场主谢尔登·阿德尔森、辛塔斯的迪克·法默、哈伯德广播的斯坦·哈伯德，也参与其中，资助支持钻探的前线组织，即由纽特·金里奇管理的美国解决方案。

41 李方质疑茶党是否是在华盛顿制造的"人工草皮"运动的早期报告，引领了媒体更加仔细的调查。他的首部主要故事是"Spontaneous Uprising?" *ThinkProgress*, April 9, 2009。

42 此人与作者的对谈。

43 此人与作者的对谈。

44 此人与作者的对谈。

45 Dick Armey 就格伦·贝克的支出接受作者的对谈。还可参见 Vogel and McCalmont, "Rush Limbaugh, Sean Hannity, Glenn Beck Sell Endorsements to Conservative Groups"。

46　Sean Wilentz, "Confounding Fathers," *New Yorker*, Oct. 18, 2010。
47　此人与作者的对谈。
48　John B. Judis, "The Unnecessary Fall," *New Republic*, Aug. 12, 2010。
49　一位与芬克有过充分谈话的消息人士，与作者分享了芬克的想法。
50　Continetti, "Paranoid Style in Liberal Politics"。
51　"Obama's Interview Aboard Air Force One," *New York Times*, March 7, 2009。
52　Purva Patel, "Woodforest Bank to Hand Back $32M in Overdrafts," *Houston Chronicle*, Oct. 13, 2010。
53　达施勒被提名担任双重职务，即卫生和公共部秘书长，以及白宫的健康掌权者，但是因二月初未付税款的争议而被迫退出。
54　投票倡议由戈德华特研究所起草，2008年11月以微弱差距失败。
55　Eliana Johnson, "Inside the Koch-Funded Ads Giving Dems Fits," National Review Online, March 31, 2014。
56　Kim Barker and Theodoric Meyer, "The Dark Money Man," *ProPublica*, Feb. 14, 2014。
57　"Dying on a Wait List?," FactCheck.org, Aug. 6, 2009。
58　此人与作者的对谈。
59　此人与作者的对谈。
60　艾萨克·威廉·马丁在《有钱人的运动》一书中，描述了"政策经营家"的历史角色。
61　共和党支持个人授权的更多信息，参见 Ezra Klein, "A Lot of Republicans Supported the Individual Mandate," *Washington Post*, May 12, 2011。
62　Johnson, "Inside the Koch-Funded Ads Giving Dems Fits"。
63　Amanda Fallin, Rachel Grana, and Stanton Glantz, "To Quarterback Behind the Scenes, Third-Party Efforts: The Tobacco Industry and the Tea Party," *Tobacco Control*, Feb. 2013。
64　Antonio Regalado and Dionne Searcey, "Where Did That Video Spoofing Gore's Film Come From?," *Wall Street Journal*, Aug. 3, 2006。
65　David Kirkpatrick, "Groups Back Health Reform, but Seek Cover," *New York Times*, Sept. 11, 2009。
66　Dan Eggen, "How Interest Groups Behind Health-Care Legislation Are Financed Is Often Unclear," *Washington Post*, Jan. 7, 2010。
67　Ken Vogel, "Tea Party's Growing Money Problem," *Politico*, Aug. 9, 2010。
68　Bill Wilson and Roy Wenzl, "The Kochs Quest to Save America," *Wichita Eagle*, Oct. 3, 2012。
69　科氏工业总顾问马克·霍尔登被采访时描述，诺布尔是公司的"独立订约人"和"顾问"，参见 Kenneth Vogel, *Big Money*, 201。
70　Lee Fang, "Right-Wing Harassment Strategy Against Dems Detailed in Memo," *ThinkProgress*, July 31, 2009。
71　Johnson, "Inside the Koch-Funded Ads Giving Dems Fits"。
72　此人与作者的对谈。
73　里克·珀尔斯坦是极少数媒体人物，茶党抗议按他的话说是"粗野的编排"，而非崭新普遍的运动，他在《华盛顿邮报》的文章中警告，"保守派已经熟练地利用媒体蒙骗傻瓜"。他认为，"疯狂之树"，他这样称呼极右抗议者，曾在美国政治中存在，但在过去，更强大的记者团，以及更负责任的保守派，例如威廉·巴克利，"已经明确标记了，这些'极端主义者'代表的公民愤怒——过界了"。参见 Rick Perlstein, "Birthers, Health Care Hecklers, and the Rise of Right-Wing Rage," *Washington Post*, Aug. 16, 2009。
74　此人与作者的对谈。
75　估计人数有争议。

76 参见 Kevin Drum, "Old Whine in New Bottles," *Mother Jones*, Sept./Oct. 2010。

77 Devin Burghart, "View from the Top: Report on Six National Tea Party Organizations," in *Steep: The Precipitous Rise of the Tea Party*, ed. Lawrence Rosenthal and Christine Trost (University of California Press, 2012)。

78 李方首先注意到捍卫美国梦峰会和总统提名大会的盛典的相似性。Fang, *Machine*, 121。

第八章　化石燃料

在 2008 年总统选举前的最后一个月里，宾夕法尼亚州立大学气象学和地球科学终身教授，也是气候变化研究领域领军人物的迈克尔·曼告诉他的妻子，无论哪位候选人胜利，他都会感到开心。因为共和党和民主党总统候选人都谈到了解决全球变暖问题的重要性，这也是曼心中当今最重要的议题。但他没有完全预见到，搅动茶党的相同势力会巧妙引导公众对政府的愤怒，反对像他这样的科学专家。

曼起初并不信服气候变化的科学，而在 1999 年，他和两个共同作者发表了一项跟踪过去一千年气温的研究。研究包含一张简单易懂的图表，显示地球的温度在九百年内几乎呈直线徘徊，但接着在二十世纪形同曲棍球棒击球段急剧上升。后来为人所知的这张曲棍球棒图极其有说服力，因而在气候辩论中获得了标志性地位。到了 2008 年，和大多数专家一样，曼早已得出结论，压倒性的科学证据证明，人类燃烧过多的煤、石油、天然气，正在危害地球气候。这些燃料释放出的二氧化碳和其他气体正在滞留地球的热量，将会带来毁灭性的后果。

即使是技术性、无党派的谨慎堡垒五角大楼（the Pentagon）也断定，"气候变化带来的危险，真实、紧急而严重"。一份官方的美国国家安全战略报告声明了日益增加的国家安全威胁的形势，认为"地球变暖带来的变化会导致关于难民和能源的新冲突，旱灾和饥荒带来新的苦难，特大自然灾害和全球土地退化"。这份报告明确预言，如果不采取措施，"气候变化和大范围流行病"将直接威胁"美国人民的健康和安全"。[1]

美国科学进步协会（The American Association for the Advancement of Science）是世界上规模最大、最负盛名的科学协会，对此它也同样坚信不疑。它警告道，"我们面临着意外、不可预测而且可能不可逆转的变化风险"，伴随有潜在的"大规模破坏性后果"[2]。

曼并不是特别政治化。[3] 人到中年的他为人友善，正在谢顶，黑色山羊胡遮住他的圆脸，是个典型的科学怪咖，他曾在加州大学伯克利分校主修应用数学，在耶鲁大学取得地质学和地球物理学的高级学位，多年来都没有设想科学家在公共政策中可以扮演重要角色。奥巴马胜选时，他回忆说："我也有种普遍的看法，认为我们会在气候变化方面看到一些行动。"

当然了，这个假设似乎合情合理。在奥巴马获得民主党的提名的那晚，他充满激情地谈到气候变化，发誓说美国人回望时会知道"这是海洋上升开始放缓、我们的星球开始愈合的时刻"。一上任，他承诺会通过"总量管制和交易"（cap and trade）法案，迫使化石燃料产业像其他产业一样为污染付出代价，而不是当成别人的问题。总量管制和交易是以市场为基础、要求碳排放许可的解决方案，最初由共和党人支持。这套办法认为，这将给燃料行业带来财务上的刺激，从而停止污染。在过去几年减少造成酸雨的工业排放上，效果出奇的好。通过选择一个经过检验、温和节制、两党支持的办法，奥巴马政府和许多环保人士认为，这个办法必能成功。

"我们没有考虑到，"曼后来指出，"金钱利益的残忍，以及听凭他们驱使的政客。我们在谈论的是，直接挑战地球上最强大的产业。他们无所不至地挑战任何威胁他们利益的东西，即便牵涉其中的是科学和科学家。"[4]

曼主张："化石燃料行业是一个寡头。"有些人可能会争论，美国的油、气和煤炭巨头，符合字典定义中的有效控制大多数的小型特权集团。而无可争辩的是，他们出资并帮助策划的一系列恶毒的人身攻击，将会威胁到曼的生活，阻碍气候立法，并改变奥巴马总统的任职进程。

如果说有一个超级富有的利益集团希望看到奥巴马在位时失败，那一定就是化石燃料行业。如果说有一场测试，检验了其成员们凌驾美国民主体制之上的集中的财务力量，那就是当科学和全世界其他地方都向相反方向行进时，这一少数派有能力阻止政府在气候变化方面的行动。奥巴马的医保法案激怒了茶党抗议者，但是他的环境和能源政策才是科赫圈子中许多百万富翁、亿万富翁的真正目标。对于全世界大多数人口来说，在气候变化问题上不采取行动的代价远大于行动的代价。但是对于化石燃料行业而言，正如曼所说，"就像十九世纪从鲸鱼油转变过来。他们在为维持现状而斗争，无论多么愚蠢"[5]。

煤炭、油、气巨头组成了科赫捐赠网络的核心。峰会的来宾名单读起来像是场看看美国最成功也最保守的化石燃料大亨是谁的猜人游戏，而他们中大多数是私营公司的私人、独立经营者。他们这群人从"采掘"能源中创造或是继承了巨额财富，无需向公众股东或其他许多人负责。例如，该群体中的科尔宾·"科比"·罗伯森是得州最传奇的石油大亨休·罗伊·卡伦（Hugh Roy Cullen）的孙子。罗伯森曾在得克萨斯大学担任足球队长，1969年毕业，他用继承来的石油财富进行了大胆而不同寻常的冒险行动。他把几乎所有赌注都押在了煤炭上，报道称，到2003年他积累了美国最大的私人煤炭储备。一项统计称，他拥有210亿吨煤炭储备——足够为整个国家提供二十年的燃料。[6] 据报道，他的总部位于休斯敦的私人公司昆塔纳资源资本（Quintana Resources Capital），拥有的煤炭仅少于美国政府[7]。

捐赠网络中的其他资助者还包括哈罗德·哈姆和拉里·尼克尔斯，两人成功开拓了"水力压裂法"，这是一种有环保争议的处理方式，通过向地下岩层注入水和化学物质而提取石油和天然气。大陆资源公司创始人哈姆是靠自己努力成功的亿万富豪投机商,《国家杂志》将他比作约翰·D.洛克菲勒。虽然他近亿元的离婚协议,与他作为最小的儿子从有13个孩子的佃农家庭出人头地,成为小报热衷的故事,但商业杂志还是更关注他的公司,而他的公司几乎一夜之间成了开采北达科他州巴肯页岩的代表。

在社会层级的另一端,加入网络的还有戴文能源公司负责人拉里·尼克尔斯,他后来也是石油行业最重要的贸易协会美国石油学会(American Petroleum Institute)的主席。作为普林斯顿毕业生和曾经的最高法院职员,尼克尔斯曾催促他家族的俄克拉何马能源公司收购米切尔能源公司(Mitchell Energy),因为他注意到这家公司的天然气产量因为使用"水力压裂法"而攀升。尼克尔斯将这个方法与自家公司在水平钻井方面的专长结合,"释放了人们所知的非常规能源气革命"[8],正如能源产业历史学家丹尼尔·耶金(Daniel Yergin)在《探寻》(The Quest)一书中所写。科赫兄弟也投资了化工、管道,以及水力压裂的其他方面。[9]

捐助者网络中还有大获成功的石油商、继承西部石油钻探财富的菲利普·安舒茨。在20世纪80年代,他自己发现了怀俄明与犹他州边境上传说般的油田,之后他多样发展了牧场、铁路和通信。网络中也包括许多较小的经营者。他们是来自怀俄明、俄克拉何马、得克萨斯和科罗拉多州的石油商,或是来自弗吉尼亚、西弗吉尼亚、肯塔基和俄亥俄州的煤炭巨头。美国最大的丙烷罐经销商也参与其中。同样加入的还有许多为美国能源部门提供辅助支持的企业。除了科赫兄弟外,还有许多其他的管道、钻井设备拥有者和石油服务企业,包括传奇性的贝克特尔家族,他们在沙特阿拉伯、委内瑞拉和其他地方,花费数十亿美元兴建了炼油厂和管道。

这个群体中的大多数实际捐助者偏向于保持低调,让政治家替他们说话。他们精通于将该团体对政府监管的保留意见熔铸进高尚的哲学术语。政治家称他们为"就业创造者"和爱国者，为美国的能源独立担负责任。而显然，政府限制碳排放对他们造成的直接财务威胁比其他人都大。

这个群体遇到的难题是，到2008年，气候变化的算法展示了一个几乎无法想象的挑战。科学家认定，为了让大气温度到21世纪中叶保持合理的碳排放量，将世界维持在这个碳排放范围内，那么80%化石燃料产业的储量只好停置不用。[10]换句话说，科学家们估计，化石燃料工业拥有的油、气和煤炭，大约是地球安全燃烧量的5倍。如果政府为了保护地球而干预"自由市场"，这些公司的潜在损失会是灾难性的。然而如果这些储备中的碳能够无节制燃烧而不受政府的任何制止，科学家们预测，大气温度将有难以承受的上升，从而引发对生物的潜在不可逆的全球性破坏。

早在1997年，科赫团体的一名成员敲响了即将到来的监管威胁的警钟。这一年，卢·沃德（Lew Ward）是即将退休的美国独立石油协会（Independent Petroleum Association of America）董事长，该协会是独立油气生产商的贸易组织。卢讲述了他的伤心事，如同垂死天鹅的哀鸣。沃德本人是俄克拉何马州的一名石油商，一开始骄傲地列举了他任职期间帮助通过的各种税收漏洞。他指出，"过去几年来我们幸运地拥有一个共和党国会"。但他警告，该行业近来侥幸度过的各种政策"小冲突"，不过是"真正表演的一场彩排……可能的'碳税'可以帮助支付减少温室气体排放的成本"。沃德准确察觉到，气候变化问题即将到来，并且认为，如果"激进环保主义的'摆脱石油'议程"成功，"沿着这条路向下看，我们可以看到产业被围困"。他发誓说："我们不会让它发生。我向你打包票！"

沃德的夸耀神气是有充分根据的。多年来，石油产业向美国政治施加着狭隘但有力的影响。早在1913年，石油产业利用其政治影响获得了特殊的税收漏洞，即"石油耗减津贴"（oil depletion allowance）。依据石油勘探危险且昂贵的理论，使产业在打出油井时扣除的收入如此之多，因而许多石油公司完全偷逃所得税。[11] 1926年这一漏洞又过分扩大，自由派在国会受油田维护者的阻挠，努力了五十年才终于能够结束它。

20世纪受石油支持而崛起的美国政治家中，最突出的便是林登·约翰逊。罗伯特·卡洛（Robert Caro）在《通往权力之路》（The Path to Power）中讲述，从1940年开始，约翰逊通过维护他们的利益从得州油田极其富有的支持者那里得到竞选捐款，从新国会议员跃升为民主党顶尖的政治掮客。[12]

虽然石油产业借助税收优惠、大额政府合同、管道建设资助等其他拨款形式，从联邦政府那里获益甚巨，但它却成了反政府的保守主义的堡垒。事实上，随着财富增长，得克萨斯油田不仅是数量惊人的竞选钱财的来源，也是特别极端右翼政治力量的起源。在关于得州石油财富的《大富豪》（The Big Rich）一书中，布莱恩·伯勒（Bryan Burrough）推测，驱使许多富豪的是"暴发户深层的不安全感"[13]，他们一心要维持刚刚取得的一切。

得克萨斯现代极端保守主义石油派系的先驱，非科比·罗伯森的祖父休·罗伊·卡伦莫属，他帮助将昆塔纳经营为一家价值十亿美元的企业。源于南部邦联的衰落贵族，他所属的一帮石油商讨厌北方的自由派，诋毁富兰克林·罗斯福政府是"犹政"（Jew Deal），并且成立了第三个党，以呼吁"恢复白种人的最高地位"为政纲[14]。卡伦的政治野心和他的财富一起膨胀，在1952年——科赫兄弟成为政治大金主的半个世纪前——他是美国政界最大的单人捐助者，也是参议员约瑟夫·麦卡锡（Joseph McCarthy）反共产主义运动的关键支持者。[15] 但在当时，他这一支靠石油支持的激进右翼注定要被边缘化。伯勒解释说，"要在政治上取得成功，卡伦需要某种支持组织，但他不愿或不能建立一个"[16]。然而半个世纪后，随着"科赫章鱼"就位，卡伦的孙子和石油商同人的进展好得多。

产业内长期营造着反对限制碳排放的意见。地球正在变暖而且是人类造成的这一观念1988年第一次闯入主流媒体，在相关问题被参议院委员会讨论之前，气候模型专家兼美国宇航局哥达德太空研究所主任詹姆斯·汉森（James Hansen）在全国性的热浪中就证实了这一观点。《纽约时报》将他引人注目的发现刊登在头版。老布什在总统任期内，同当时两党大多数政治领袖一样，毫无争议地接受了科学结论。他誓言保护环境，承诺"集合白宫效力，对抗温室效应"，并且派他的国务卿詹姆斯·贝克（James Baker）参加首个气候科学家国际峰会，即政府间气候变化小组（Intergovernmental Panel on Climate Change）。虽然布什是共和党人，但他在党内并非异见者。几十年来，环保运动得到了两党的支持。

虽然支持气候行动的社会舆论高涨，化石燃料行业还是组织并资助了当时最强力的反击。尽管两党总统候选人在2008年达成协议，要采取措施避免气候变化，但强大的外部利益一直在加紧破坏这项共识。发动一场思想战争所必需的保守派基础设施已经到位。用来重点攻击气候科学的一切工具就是金钱。在表面之下，资金正在倾泻而入。

自由派环保组织"绿色和平"的研究主任科特·戴维斯（Kert Davies），花费数月时间，努力追查流向非营利组织网和电视传声筒的资金，它们仿佛遵照相同脚本，全都否认全球变暖的现实。他发现，从2005年到2008年，单单科赫兄弟就投入了近2500万美元给几十个不同的对抗气候变革的组织。[17] 总量令人瞠目结舌。他的研究显示，查尔斯和大卫的支出已经超过当时世界上最大的上市石油公司埃克森美孚3倍。[18] 在2010年的报告中，绿色和平组织授予当时无人听闻的科氏工业"否认气候科学的中心支柱"的头衔[19]。

围绕该话题、经同行评议过的第一份学术研究，增添了更多细节。卓克索大学（Drexel University）社会学和环境科学教授罗伯特·布鲁尔（Robert Brulle）发现，2003年至2010年间，超过5亿美元用于他所描述的一个巨大的"就气候变化带来的威胁，操纵和误导公众的运动"[20]。这份研究调查了一百多家质疑盛行的全球变暖科学的非营利组织的纳税记录。它发现，这本质上是一场伪装成免税慈善工作的企业游说活动。布鲁尔发现，约140家保守派基金会资助了这项运动。在他研究的那七年里，这些基金会以5299笔基金的形式，将5.58亿美元分发给91家不同的非营利组织。资金流入智库、宣传组织、行业协会、其他基金会，以及学术和法律项目。渐渐地，这个私人网络发起了持久性运动，旨在破坏美国人对气候科学的信任，并且挫败任何控制碳排放的努力。

对于布鲁尔确认的保守派组织的阵容，任何追踪现代保守主义运动资金的人都会感到眼熟。布鲁尔认定的否认气候变化的最大资助者中，有隶属于科赫和斯凯夫家族的基金会，这两个家族的财富都部分来自石油产业。同样积极参与的还有布拉德利基金会，以及与参与科赫会的富裕家族有关联的几家基金会，例如德沃斯家族、北卡罗来纳零售巨头阿特·波普，以及继承父亲遗产的医生小约翰·坦普尔顿（John Templeton Jr.）——他父亲老约翰·坦普尔顿（John Templeton Sr.）是美国共同基金的先驱，赞成在巴哈马群岛居住而最终放弃了美国公民身份，据说由此节省了1亿美元税金。布鲁尔发现，当钱被分散，从这些和其他来源得到的资助他所谓的"气候变化反对运动"的资金，有3/4无法追踪。

"强大的资助者正在支持这场运动，否认全球变暖的科学发现，增加公众对这种大规模全球威胁的根源和补救措施的质疑。"他认为，"至少美国选民理应知道这些活动的幕后人物是谁。"

相反，奥巴马上任后，一些对抗气候科学之战中的最大资助者，行动甚至变得更加隐秘。越来越多的保守派私人基金会和捐助者不是直接资助运动，而是开始通过一家名叫"捐赠者信托"（DonorsTrust）的组织指示他们的捐款，该组织本质上成为右翼屏障，在它之后现金上的指纹消失无踪。位于弗吉尼亚州亚历山大市一个普通砖砌建筑中的捐赠者信托，与其附属组织"捐赠者资本基金"（Donors Capital Fund），被《琼斯妈妈》（Mother Jones）杂志的安迪·克罗尔（Andy Kroll）引人注意地形容为"保守主义运动的暗钱提款机"。

来自西弗吉尼亚的热情的自由至上主义者惠特尼·鲍尔（Whitney Ball），曾监督了科赫资助的加图研究所的发展，她在1999年成立了捐赠者信托，该组织自负是富有保守者的重要优势。该组织使得他们的捐款似乎给了听起来平淡的"捐助者建议的基金"，而不是更有争议性的保守派组织。这项机制由此把捐赠者的名字从资金转移轨迹中抹去。与此同时，捐助者保留了至少相同的慈善税收减免。正如捐赠者信托的网站宣传的，"当你希望保留你的慈善捐赠的隐私，尤其是资助一些敏感或争议问题时，建立一个捐赠者信托账户，要求给你的捐赠保持匿名。你的账户收到的任何捐款，必须上报国税局，但不会变成公开信息。与私人基金会不同，来自你账户的捐款会保持匿名，如你所求"。

1999年至2015年间，捐赠者基金重新分配了汇集的约7.5亿美元捐款，以它自己的名义捐给了各式各样的保守主义事业。[21] 通常根据法律，为了换取他们的减税，查尔斯·科赫基金会之类的私人基金会被要求公开披露它们发放基金的慈善组织对象。这一种方式是用来确保这些公共服务组织真的在为公众服务，但捐助者建议的基金却打破了这种最低限度的透明。鲍尔辩称，这种机制并非可疑，甚至也非不同寻常，自由派也有他们自己的捐助者建议基金，即潮汐基金会（Tides Foundation）。捐助者基金是对潮汐基金会的反应，而很快拥有了4倍资金和更有策略性的董事会。其董事包括几名保守主义运动中最重要机构的高级官员，他们来自美国企业研究所、遗产基金会和司法研究所，作为自由至上主义法律中心，启动资金由查尔斯·科赫提供。他们行使中央委员会职责，协调赠款。

布鲁尔在研究时注意到，否定气候变化背后的资金，随着2007年左右对这些阻碍改革的批评声渐涨，来自科赫和埃克森美孚等化石燃料利益者的几千万美元捐款似乎已经从公开抗争中消失。与此同时，来自捐赠者信托的越来越多且数额相当的匿名资金，开始用于资助气候变化反对运动。布鲁尔发现，例如2003年，在他研究财务记录的140个组织中，捐赠者信托的资金只占它们钱源的 3%，到 2010 年该比例已经增长至 24%。间接证据表明，资助否定气候变化的化石燃料利益者故意隐藏手脚，不过布鲁尔无法证明。他说，"关于所有这些钱来自哪里，对我们而言是个巨大的未知领域"[22]。

科赫兄弟和捐赠者信托间的关系也很密切。公开信息显示，科赫兄弟的基金会给捐赠者信托的捐款相当可观，相应地大量现金分散到它们喜爱的非营利组织。例如 2010 年，最大的单笔赠款 740 万美元给了美国繁荣基金会，基金会的董事长正是大卫·科赫。这些资金约占美国繁荣基金会当年所收资助的 40%，这也证明所谓"真正的草根组织"纯属谎话。与此同时，"美国繁荣"不仅在组织茶党叛乱方面发挥起领导作用，也带头推动全国范围内的气候变化阻碍行动，旨在尽一切可能融合两个运动。

大部分秘密资金用来传播对科学的怀疑。1960 年伟达（Hill & Knowlton）公关公司曾代表烟草公司，为了捏造吸烟与癌症有关的科学知识不可靠性，采用了欺骗性手段，如今化石燃料产业依循相同的剧本。这家公司在备忘录中厚颜无耻地说，"怀疑就是我们的产品"。为了增加他们这方的可信度，烟草企业资助了貌似官方的协会和吸烟者权益组织的广泛网络。这一策略很快也进入了全球变暖否定运动。

事实上，就如几乎所有的科学假说一样，全球变暖有一些不确定性。可能性，而非绝对确定性，才是科学方法的本质。但是正如国家海洋和大气管理局前负责人詹姆斯·贝克博士在 2005 年所说，"在这个问题上拥有的科学共识好过我知道的其他问题——也许只有牛顿的力学第二定律除外"[23]。

然而 1998 年，美国石油学会与几名石油行业的高管以及保守派智库人员花费 200 万美元共谋了一项秘密计划，使新闻界和公众对这一不断增加的科学共识感到困惑。该计划招募持怀疑态度的科学家，并训练他们的公共活动，以便他们能够充当发言人，从而增加合法性并掩盖石油行业的议程。

根据《共和党的科学之争》(The Republican War on Science)，这个计划是威廉·奥基夫的思想结晶[24]，奥基夫是美国石油学会的前首席运营官，也是埃克森美孚的说客，成为位于弗吉尼亚州的保守主义智库乔治马歇尔研究所（George C. Marshall Institute）总裁。奥基夫在领导研究中心期间，继续为埃克森美孚游说。这家智库被《新闻周刊》形容为"否定机器的中央齿轮"[25]，专门为犹疑的客户提供反向科学辩护。它由斯凯夫、奥林、布拉德利及其他基金会资助，开始时作为冷战鹰派的中心，为里根总统的"星球大战"导弹防御系统做担保，后来逐渐扩大为揭露其他可能被解释为自由派或反企业的科学发现。与此同时，来自受威胁的公司利益关系的资金频繁被用于资助这项研究。

带头控告气候科学的是两名年事已高的退休物理学家弗雷德·塞茨（Fred Seitz）和弗雷德·辛格（Fred Singer），他们与马歇尔研究所有联系，曾为烟草行业辩护。[26] 正如内奥米·奥利斯克斯（Naomi Oreskes）和埃里克·康韦（Erik Conway）《贩卖怀疑的商人》(Merchants of Doubt)一书中所写，两位弗雷德在他们的时代曾是杰出的物理学家，但在环境或健康领域没有任何专业知识，"然而，多年来新闻界引用他们作为专家"，"事实上他们精通的是将无形的资金洪流转换进'与事实斗争，以及推销怀疑'"[27]。

不过对于化石燃料行业而言，赢得舆论并非易事。随着新千年的来临，公众基本上都支持环境法规。根据民意调查，直到2003年，超过75%的共和党人支持严格的环保规定。[28] 为了支援公关活动，2002年碳管理的反对者们聘请了弗兰克·伦茨，此人警告说，"环境问题可能是共和党人——尤其是布什总统——总体上最易受影响的议题"。为了获胜，他认为，全球变暖否定者必须将自己塑造成环境的"保存和保护者"。在他最终泄露给公众的机密备忘录《赢得全球变暖之辩》(Winning the Global Warming Debate)中，伦茨强调的第一点是，碳管理的反对者必须"绝对","不能首先提出经济论点"。换句话说，如果透露经济利益的真相，则必败无疑。

他接着说，关键是要质疑科学。他建议，"你需要持续把科学确定性的缺乏当作辩论的首要问题"。他说，只要"选民相信在科学界关于全球变暖没有共识"，监管就可以被提前阻止。他建议使用，"有用"的语言，包括短语，例如"我们不能仓促决断"和"我们不应该让美国承诺任何束缚我们的国际文件"。后来伦茨会转变立场公开承认，全球变暖是真正的危机。但在其科学工作很快成为气候变化否定者攻击目标的迈克尔·曼看来，伦茨2002年的备忘录成了一张虚拟狩猎许可证。"它主要在说，你必须怀疑科学家并制造虚假团体。它并没有说'从事人格毁谤'，但倾向于那个方向"。

就在这个时候，由科赫兄弟资助并引导的组织，猛攻全球变暖的科学和背后的专家。查尔斯·科赫创建的自由至上主义智库加图研究所，源源不断地制造出报道，例如《并非启示录：科学、经济学、环境保护主义》(*Apocalypse Not: Science, Economics, and Environmentalism*)，以及《恐惧气候：为什么我们不应该担心全球变暖》(*Climate of Fear: Why We Shouldn't Worry About Global Warming*)。来自查尔斯·科赫慈善基金会的基金，连同埃克森美孚和美国石油学会的资助一起，也帮助支付了一项未受同行评审的研究，该研究声称全球变暖争辩中的吉祥物北极熊，并没有因气候变化而濒临灭绝。这迅速招致了诸如全国野生动物协会等领域专家的批评——该联合会预测到2050年，2/3的北极熊会因为栖息地融化而消失。[29]尽管如此，受石油产业资助的研究结论在科赫资助的组织网络中获得回响。"如今的北极熊比过去都多。"加图研究所的负责人埃德·克兰坚持说。他认为"全球变暖理论只是给政府更多的经济控制权"。[30]

正是对北极熊作修正主义研究的作者们，也向迈克尔·曼标志性的曲棍球棒研究开了第一枪,他们在2003年出书扳倒它。批评者萨利尔·巴里恩纳斯（Sallie Baliunas）和宋威利（Wei-Hock "Willie" Soon）的凭据令人印象深刻。宋被认定为哈佛–史密斯森天体物理学中心（Harvard-Smithsonian Center for Astrophysics）的科学家。但后来人们发现,他拥有的是航空航天工程的博士学位,而不是气候科学,并且在史密斯森学会（Smithsonian Institution）仅为无薪兼职。他没有透露,从2005到2015年间他从化石燃料行业接受了超过120万美元的资助,其中至少有23万美元来自查尔斯·科赫慈善基金会。[31] 据后来的揭露,付给他论文的一些款项被化石燃料公司标记为"可交付成果"。

宋对曼的攻击如此有争议性,以至于同情曼的编辑和其他几位职员辞职,抗议发表批评的小杂志《气候研究》（Climate Research）。然而,从那时起,当时在弗吉尼亚大学环境科学系当助理教授的曼,背后就被钉上了靶子。[32]

随着全球变暖的科学共识增加,石油行业的抗争努力也越来越积极。2000年,环保活动家阿尔·戈尔作为总统候选人,给化石燃料工业带来了明显的威胁。在那次选举周期,科氏工业及其员工付出超过80万美元,支持他的对手小布什和其他共和党人。科氏工业的政治行动委员花在联邦竞选活动上的支出,比包括埃克森美孚在内的其他任何油气公司都要多。[33] 从2004年到2008年,这家公司在华盛顿游说方面的支出扩大了二十多倍,达到2000万美元。[34] 到那时,科赫兄弟的公司私利已经彻底胜过了他们年轻时对传统政治的轻蔑。

在这期间,来自油、气、煤炭公司的政治捐款越来越两极化。1990年,油气行业的政治捐款,60%偏向于支持共和党人,40%支持民主党人。到了布什执政中期,80%的捐款给了共和党人。来自煤炭公司的捐款更不平衡,根据响应政治研究中心（Center for Responsive Politics）的资料,90%给了共和党人。

投资很快收到效果。哈佛大学的政治学家西达·斯考切波在关于否认气候变化的一份研究中写道，共和党，特别是在美国国会，在气候问题上突然急转向右。³⁵ 党派分歧在一般公众中仍然很小，但在民选官员中发展出巨大鸿沟。

碳管理的保守派反对者例如詹姆斯·英霍夫（James Inhofe），他是来自俄克拉何马州的共和党参议员，从科氏工业的政治行动委员会得到了一系列竞选捐款，他的花言巧语无所不用其极。他宣称全球变暖，"是有史以来对美国人民设下的最大骗局"。英霍夫的发言人马克·莫拉诺（Marc Morano）因为早期推动"说出真相的快船老兵"（Swift Boat Veterans for Truth）这个在2004年选举中诋毁约翰·克里（John Kerry）的军队记录的组织的说法，而获得专业"斗牛獒"的名声，就如曼后来所说。莫拉诺当时工作于一家保守派新闻媒体，该媒体部分资金由斯凯夫、布拉德利和奥林基金会资助。³⁶

2006年，莫拉诺向科学家们发动"快船式攻击"。"你必须开始指名道姓，追击个人。"³⁷ 他接受纪录片导演罗伯特·肯纳（Robert Kenner）采访时解释说。他似乎享受把政治分歧变得私人化，在电视对决中咧嘴笑着嘲讽并激怒对手。莫拉诺公开谴责詹姆斯·汉森（James Hansen）是一个"效颦炸弹客"，而曼是一个"骗子"。他说起找替罪羊的做法，"我们乐趣多多"。³⁸

莫拉诺指责，曼是他所谓的"气候哄骗"³⁹ 的一个部分，据他描述，这是"一个资助充裕的气候问题机器，做法律游说，并且利用每一点数据和新研究来宣称，'情况比我们想象得糟'或是'我们必须立刻行动'"。就莫拉诺的教育背景而言，他在乔治梅森大学学习政治学，而非气候科学。"我不是科学家，但我在电视上扮演一位科学家。"他开玩笑说。尽管如此，他语带权威地断言，"人造的全球变暖恐惧是一个宏大的政治叙事，而不是科学"。

与此同时，小布什时期化石燃料工业的富矿，曾在他的竞选中占有重要地位。尤其是煤炭工业，在 2000 年给布什提供的西弗吉尼亚州 5 张选举人票中，起到重要作用，锁定了胜局，如果艾尔·戈尔得到这个曾经的民主党州，胜利本将属于他。"政治老兵和白宫高级工作人员同意，这基本上是一次煤炭点燃的胜利。"[40]《华尔街日报》写道。这个行业得到了丰厚回报。副总统迪克·切尼是石油领域设备和服务公司哈里伯顿（Halliburton）的前首席执行官，他亲自负责能源政策。布什在竞选期间曾发誓，要通过限制温室气体排放应对气候变化，一旦执政，切尼就取消了他的命令。在切尼的传记作者巴顿·戈尔曼（Barton Gellman）所描述的"管理犯错老板的个案研究"中，切尼转变政府立场，认为全球变暖的科学是"不确定的"，要求"更多的科学调查"。[41]

当时被希拉里·克林顿称为"迪克·切尼说客能源法案"的 2005 年的能源法案，向化石燃料密集型企业提供了大量补贴和税收优惠。举例来说，布什政府削弱了对燃煤发电厂的监管。政府还采取了最终被法院推翻的立场，免除《清洁空气法》下对汞排放的监管，翻转了克林顿执政时的立场。"水力压裂法"也得到推动。切尼利用他的影响力，不顾环保局的反对，使之免于《安全饮用水法》的监管。[42]水力压裂产业迅速发展。五年之内，拉里·尼克尔斯的戴文能源公司成为美国第四大天然气生产商；哈罗德·哈姆成了一位亿万富翁；切尼曾经的哈里伯顿公司也成为水力压裂产业的主要玩家。这表明了自由市场的拥护者从政府支持中获益颇丰。

布什的能源法案总共包含约 60 亿美元的油气补贴，以及 90 亿美元的煤炭补贴。[43]科赫兄弟惯常把自己塑造成自由至上主义者，谴责政府税收、监管和补贴，但记录显示，他们充分利用了特殊税收优惠，以及石油、乙醇、管道及他们从事的其他商业领域所能享有的补贴。在许多情况下，他们的游说者奋力捍卫这些补贴。此外，一家自由派监管机构"媒体事务"（Media Matters）研究表示，在 2000 年后的十年时间里，他们的公司从政府合同中获益近 1 亿美元。

贝拉克·奥巴马就任总统时，化石燃料产业不仅渴望保留津贴，也比以往更激烈地反对气候变化科学。斯考切波指出，2007年成为这场斗争中的一个转折点。那一年，阿尔·戈尔获得了诺贝尔和平奖，并出演奥斯卡奖获奖纪录片《难以忽视的真相》。这部电影以曼的曲棍球棒图为主要内容。戈尔的称誉和曼的简单图表帮助将人们对全球变暖的关注提升到新的高度，有41%的美国民众说这部影片让他们担忧"很多"[44]。

"在这个关键时刻——总体上美国人可能已经相信应对全球变暖的紧迫性的时候"，斯考切波指出，反对者们焕发新机，反击回来。理查德·芬克和查尔斯·科赫在几十年前就曾展望的整个意识形态的装配线，包括整个保守派媒体势力，都投入了战斗。福克斯电视台和保守派广播谈话节目的主持人对该问题进行了饱和报道，把气候科学家塑造成推动激进化、具党派性、反美国议程的骗子。联合的智库不断推出书籍和意见书，这些作者在国会作证，并且旋风式巡回表演般登上谈话节目。"对气候变化的否定被刻意散播，迅速从智库大部头进入到日常媒体，影响了30%—40%的美国民众。"[45]斯考切波估计。

气候变化反对者还招募了保守主义的基督教福音派领袖，他们总体上不信任政府，并且有着巨大的政治及传播影响力。这一盟约的意外产物是华盛顿郊区的康沃尔联盟（Cornwall Alliance）。这个组织在福音圈发布了名为《抵制绿龙》（*Resisting the Green Dragon*）的热门影片，将环境保护主义等同于伪神崇拜，它描述全球变暖是"我们时代最重大的谎言之一"。气候变化已经成为基督教基本教义派的热点话题，因而美国全国福音派协会（National Association of Evangelicals）副主席、被认为是这场运动中最有权势领袖的理查德·西齐克（Richard Cizik）在公开表态赞同气候变化科学后，于2008年底被迫辞职。

不久，民意调查显示，除了中坚的自由派外，所有人对气候变化的担忧已然瓦解。随着2008年总统竞选结束，这个问题越来越分化。就在大选前，随着经济动荡，共和党总统候选人约翰·麦凯恩重申，气候问题真实存在。[46]他还说,绿色工作将引领经济复苏之路。但他选择诵念"钻,宝贝,钻"咒语的莎拉·佩林(Sarah Palin)作为竞选伙伴,这也表明气候极端主义者在共和党内变得多么有影响力。

奥巴马执政时,美国的总能源85%以上来自油、气和煤炭。这是笔巨大的生意,有利润和影响与之匹配。

而传统观念认为,奥巴马的当选对于环保主义者而言意味着好事。曼也同样乐观,但他担心同事之中有他所认为的"令人忧虑的自满"。他知道,奥巴马政府给化石燃料产业造成两大威胁,并且他怀疑,这个产业只会举手投降。第一大威胁是奥巴马的环境保护局。局长丽莎·杰克逊(Lisa Jackson)宣布,她打算将温室气体排放物当作有害污染物,首次依《清洁空气法》对其控管。这是2007年最高法院支持的权力。但之前并没有政府曾设法与该行业正面较量。第二大威胁是民主党计划引入长期酝酿的、限制温室气体排放总量的管控和交易法案。

甚至在奥巴马就职之前,"美国繁荣"已经开始瞄准总量管控和交易的想法,散布承诺要求民选官员反对应对气候变化的新支出。与此同时,科氏工业开始游说,反对减少碳排放的政府授权。接着在奥巴马宣誓就职后不久,一则奇怪的电视广告出现在全国各地,似乎异常地偏离了既定政策。而大多数美国人都被不知从哪里冒出来的、占据了奥巴马政府最初几个月、正在显露的经济灾难吓坏,这似乎是关于一位名叫卡尔顿(Carlton)的被宠坏的懒鬼的不和谐的电视广告。

"嘿,看这里。"一个看起来品行不佳的年轻人说,从一盘烤面包中取走一个,"我是卡尔顿,一个富有的环保伪君子。我继承财富,并且念名校。我有三所宅子和五辆车,但总和我的有钱朋友谈论拯救地球。而且我希望国会花费数十亿美元在全球变暖和绿色能源的项目上,即使这会导致大量失业、更高的能源账单,以及把你们这样的人更深地埋进经济衰退中。谁知道呢?也许我甚至可以从中赚钱!"

事实上，"卡尔顿"是大卫·科赫大力资助的非营利"社会福利"组织"美国繁荣"的创作。而大卫·科赫当然继承了数百万美元，就读于迪尔菲尔德学院，拥有四所房子（在阿斯彭的滑雪小屋；在棕榈滩的美好时代豪宅萨米恩托别墅；在汉普顿的庞大的海滩别墅；以及曼哈顿公园大道 740 号有 18 个房间的复式公寓），并且拥有路虎、法拉利和其他的车。

通过创造"卡尔顿"作为诱饵，科赫兄弟和他们的盟友显然希望说服公众相信，政府在气候变化方面的行动威胁到"像你这样的人"或是普通美国人的钱包。而当然他们自己受到的威胁更大。拥有炼油厂、管道公司、一家煤炭子公司（赖斯煤炭公司）、燃煤发电厂、化肥和石油焦炭制造、木材产业和超过 100 万英亩[47]未开发的加拿大油砂租约的科氏工业，每年单独排放约 3 亿吨二氧化碳到大气中[48]。政府对碳污染的任何经济处罚，都会威胁他们的直接利润，以及他们巨额投资的尚未开发的化石燃料储量的长期价值。

科赫兄弟他们自己当时几乎对气候变化只字不提。

但是在一次采访中，大卫·科赫表示，如果真有气候变暖，将会是一个佳音。"地球将能够养活更多的人，因为有大得多的土地面积可用于生产粮食。"[49]他辩说。查尔斯的想法反映在公司内部通讯中，主要内容是题为"吹烟蒙人"（Blowing Smoke）的文章。"为什么这样未经证实或虚假不经的主张得到推动？"它问。这则通讯建议，人类最好适应全球变暖，而不要与之斗争。[50]"既然我们无法控制大自然，那就让我们想想如何适应她的变化。"2010 年 3 月在华盛顿开放的史密斯森自然历史博物馆的大卫·科赫人类起源厅里，类似的说法也被巧妙地讨论。受他财富资助的展览信息称，人类在应对以前的环境挑战方面，已经进化得更好，而且也将适应气候变化。一个互动游戏启示人们，如果地球上的气候变得无法忍受，人们可能建造"地下城市"，发展"短小结实的身体"或"弯曲的脊柱"，以便"在狭小空间里移动，不成问题"。

气候问题很快也逐渐蔓延到茶党集会中。2009 年春夏，当抗议者在普遍的愤怒中爆发时，"美国繁荣""自由有用"以及其他秘密资助茶党的组织，在将民粹的愤怒导向气候变化方面，取得了显著成功。2009年4月15日第一次大型"纳税日"茶党集会上，当大多数抗议者在痛斥奥巴马的银行纾困和刺激计划时，"美国繁荣"的员工分发着免费的T恤和标牌，抗议一项对于街头大多数人而言不太了解的议题，即总量限管和交易法案。"奥巴马的预算提出了有史以来最多的消费税。"[51] 宣传组织在讨论要点中强调。

为了让这个问题变得戏剧化，"美国繁荣"的分支派出"碳警察"，他们趾高气扬地走进茶党集会，假称是环保局派来的使者，警告说后院烧烤、教堂和割草机要被取缔，因为《清洁空气法》有更新更严的解释。宣传小组还发动所谓的"热气球旅行的费用"，以嘲弄总量管制和交易提案。它以170英尺高的鲜红色热气球为主要特色，在一侧装饰有将反对提案的论点浓缩成几个恐怖词汇的口号。它说，总量管制和交易意味着"高税收，没工作，少自由"。2009年"美国繁荣"将热气球送到许多州，以至于该组织总裁提姆·菲利普斯后来承认，"在那一年半里我坐了太多次热气球，超过了我想坐的次数。我不喜欢热气球"[52]。

这场公众运动伴随着一个更黑暗隐蔽的事件。来自弗吉尼亚州夏洛茨维尔、赞同总量管制和交易法案的新晋民主党议员汤姆·佩列洛（Tom Perriello）发现，2009年夏天，选民开始用愤怒的信件轰炸他的办公室。例如美国有色人种协进会（NAACP）和美国大学妇女协会（AAUW），这些通常支持自由派的组织的当地分会，收到来自选民的大量传真[53]。他们在官方信纸中热情地提出，总量管制和交易法案将提高电费，伤害穷人。但在国会议员的工作人员努力联系愤怒的选民时，发现这些信是伪造的，是由一家位于华盛顿的公关公司邦纳联合（Bonner and Associates）为了煤炭工业贸易集团的利益而送出。

这场欺诈暴露后，该公司解雇了一名员工。但这并非一个孤立的事件。和那年夏天的许多其他民选官员一样，佩列洛也发现自己在市政厅会议上遭到诘难。一个质问者称他为"叛徒"，因为他支持总量管制和交易法案，而另一个人则把这场较量录了像。后来，观众中的一位破坏人士向调查记者李方承认，他是受"美国繁荣"的弗吉尼亚负责人唆使。[54] 类似的爆发发生在那年夏天的全国各地。来自特拉华的温和共和党议员麦克·卡斯尔（Mike Castle）被选民搭话，他们要求知道他怎么甚至能考虑投票给这种"骗局"，埃里克·普利（Eric Pooley）在《气候战争》中描述道。[55] 结果显示，美国商会、美国石油学会和其他行业代表成立了一个名为"能源公民"（Energy Citizens）的"草根"组织，同茶党组织一道在市政厅里塞满抗议者。

煽风点火的还有右翼电台的主持人们。"这无关拯救地球，"拉什·林博告诉他的听众，"伙计们，除了税收提高和财富再分配，这无关任何事。"格伦·贝克警告听众，供水会遭限制。"这关乎控制你生活的每个部分，甚至是洗澡！"国会中的共和党人加重了这种恐惧，他们引用遗产基金会的一项研究，预测美国人的能源账单会增加数千美元，并导致毁灭性的失业率。无党派的国会预算办公室提出一份与之相反的权威研究，显示美国人的平均花费会像一天买一张邮票一样。但是共和党众议院少数党领袖约翰·博纳驳回真实数据，建议任何相信他们的人不妨"去问独角兽"[56]。

尽管存在这种煽动性的氛围，众议院还是在2009年6月26日通过一项法案，限制和交易二氧化碳排放量。这个过程并不完美。[57] 作为倡议者的加利福尼亚国会议员亨利·韦克斯曼（Henry Waxman）和马萨诸塞州的埃德·马基（Ed Markey）费尽全力推动，环保人士和受影响行业之间做了漫长的讨价还价。许多环保人士认为最终结果缺陷颇多，不值得如此麻烦。但对于那些希望国会能够达成奥巴马曾经承诺的适度妥协的人来说，这是迈出的第一步。

然而胜利没有引起欢欣，而是笼罩着不安的阴影。支持者们，尤其是来自化石燃料比重大的保守州的民主党人，例如弗吉尼亚州的佩列洛和里克·鲍彻（Rick Boucher），他们担心将会付出高昂代价。随着化石行业受到的威胁增加，阻止的决心也会越来越大。

那年秋天，电视广告开始出现在蒙大拿这样的州，在那里民主党参议员马克斯·鲍克斯在医疗保健问题上，已经受到科赫网络成员的攻击。"没有科学证据证明二氧化碳是一种污染物。事实上，比今天更高的二氧化碳含量将有利于地球的生态系统。"广告上说，提醒观众告诉鲍克斯，不要投票支持将会"以我们的工作为代价"的总量管制和交易法案。广告赞助者是名称奇怪的"绿色二氧化碳"（CO_2 Is Green）组织。据《华盛顿邮报》能源新闻记者史蒂文·穆夫森（Steven Mufson）说，默默资助它的人是科尔宾·罗伯森，即全国最大的私有煤炭储备的拥有者。[58]

罗伯森还插手另一家反气候变化的前线组织——"负责任监管联盟"（Coalition for Responsible Regulation）。一旦奥巴马的环保局采取措施管控温室气体，这个从前不为人知的组织就采取法律行动阻止。[59] 这个组织的私人电子邮件后来浮出水面，揭示出它如何成功怂恿得克萨斯官僚加入诉讼，哪怕得州自己的气候学家相信，人为造成的全球变暖导致了现实危险，而且环保局的科学发现坚实可靠。罗伯森自己和他公司的名字都没有出现在加入该组织的文件资料里。但该组织的地址和高级职员，却同罗伯森的昆塔纳公司一模一样。

紧随夏天嘈杂的茶党抗议，在华盛顿的事情也变得更加难堪。2009年9月，奥巴马在国会联席会议上发表医疗保健计划时，他的演讲被南卡罗来纳州的共和党众议员乔·威尔逊（Joe Wilson）打断，他大喊"你撒谎"。国会指责威尔逊过分失礼，但在一个月里，气候变化怀疑论者响应了威尔逊的好战。有人发布了一份报告，题为《联合国气候报告：他们撒谎！》（UN Climate Reports: They Lie！）[60]。

当奥巴马政府准备好在2009年12月前往哥本哈根参加第一次国际气候峰会时，反对力量逐渐增多。全世界的领袖期待美国将最终承诺锐意改革。此前，美国拒绝与其他发达国家一道遵循《京都议定书》，限制温室气体排放。考虑到奥巴马的立场，留给化石燃料势力及其自由市场盟友的时间似乎不多了。然后，在 2009 年 11 月 17 日，一位匿名评论者在反对网站宣布，"奇迹发生了"[61]。

就在致命的时机点，一个来路不明的破坏者熟练入侵了东英吉利大学（University of East Anglia）的网站，上传了数千封内部电子邮件，详细展示了该大学著名的气候研究中心（Climatic Research Unit）的科学家们的私人通信。这所英国大学的气候学家一直与美国气候学家频繁沟通，而时间一直追溯到 1996 年，他们所有未加留意的专业怀疑，与他们对反对者无意流露或时而轻蔑的对白，如今全世界都能看到。

克里斯·霍纳（Chris Horner）是保守派气候变化反对者，他就职于竞争企业协会（Competitive Enterprise Institute），这是又一家受包括科赫兄弟在内的石油和其他化石燃料财富补贴的智库。他宣称，"蓝裙时刻可能已经到来"[62]。但他们不是使用莫妮卡·莱温斯基控告比尔·克林顿的标志性服装，而是将利用全世界重要气候科学家的话来怀疑气候变化运动。经过编辑剪接和断章取义，可以使他们的交流看起来在暗示，为了支持全球变暖是真实的这一观念，他们宁可乐意捏造数据。

他们将所谓的丑闻称作"气候门"，行动更加活跃。由科赫兄弟部分资助的这些组织的网站猛力攻击被黑的邮件。加图的学者格外积极地推广这个故事。在信件公之于众的两周里，单单一名加图学者就接受了二十多次媒体采访，宣扬所谓的丑闻。故事很快从明显有倾向性的场地，迅速扩展到《纽约时报》和《华盛顿邮报》的版面，增添了主流的可信度。"美国繁荣"的总裁提姆·菲利普斯攻击被黑的电子邮件，向遗产基金会的一群保守博主们形容它们是"一个关键的转折点"，而且补充道，"如果我们赢得科学争论，我认为这是一场决定性的胜利"[63]。

最终，7 个独立调查表明气候科学家们无罪，在邮件里没有发现相关内容可以诋毁他们的工作或全球变暖的大共识。与此同时，迈克尔·曼的生活，连同环保运动一起，陷入了混乱之中。

最受神秘黑客事件扰乱的科学家中，就包括了曼。被盗电子邮件的四个词被抓取，作为他是骗子的证据。在描述他的研究时，他的同事称赞他使用"花招"帮助他"隐藏气温下降的数据"。曼的批评者们直接得出结论，这些话证明了他的研究只是愚弄公众的"花招"，而且他为了伪造气候变暖的证据，故意隐藏起二十世纪实际气温"下降"的一段。

充分了解之后，可以发现实情大不相同。[64]一名英国同事而非曼写了这些表面上可谴责的话，而且带入上下文检视，这完全是寻常说话。这里的"花招"只是指曼为了提供备份数据集而设计的巧妙技术。有疑问的"下降"是指1961年后某些类型的树木年轮中的可用信息减少，这使得难以得到连续的数据集。另一位科学家，而不是曼，发现弥补这个问题的替代数据源，这才是"隐藏下降"的意思。电子邮件中唯一真正暴露的负面问题是，曼和其他气候学家彼此同意保留他们的研究，而不与他们轻视的部分批评者分享。考虑到他们受到的骚扰，他们的理由是可以理解的，但它违反了科学界期望的惯常的透明性。除此之外，这起"气候门"丑闻，可以说并不存在。

然而被黑的电子邮件很快刺激出一场猎巫行动。几天之内，英霍夫和国会中其他接受科赫竞选捐款的共和党人要求调查曼。他们给宾州大学寄恐吓信，曼当时是那里的终身教授。随后，弗吉尼亚州总检察长、乔治梅森大学法学院毕业生肯·库奇内利（Ken Cuccinelli），还传唤了曼的前雇主弗吉尼亚大学，要求得到他过去十年学术研究的所有相关记录，浑不在意自由至上主义者宣称的担心政府干涉。最终，弗吉尼亚最高法院发现其误读法律，以"带有偏见"为由驳回了自家总检察长的案子。

到2009年的新年前夕，曼都感觉在受到各方攻击。保守派电台主持人经常抨击他。反对网站则亮满博客文章，详细说明他的邪恶。一个自称前中央情报局的官员联系曼所在部门的同事，悬赏一万美元求取他的污点，"保证机密"。不久后曼坚称，一家名叫全国公共政策研究中心

（National Center for Public Policy Research）的智库领导了一场运动，使曼来自国家科学基金会的资助被撤销。正如曼在《曲棍球棒图和气候战争》（*The Hockey Stick and the Climate Wars*）一书中所讲，两家保守派非营利法律公司，东南法律基金会（Southeastern Legal Foundation）和里程碑法律基金会（Landmark Legal Foundation），发起针对他的法律行动。[65] 这家智库和两家法律公司的资助者是一系列家族财富的组合，通过他们的私人慈善基金会，布拉德利、奥林和斯凯夫无处不在。

查尔斯·科赫的基金会也参与其中。它参与资助了里程碑法律基金会。科赫兄弟明显赞赏里程碑的董事长马克·莱文（Mark Levin），此人长期作为前检察总长埃德温·米斯三世的同事。2010年，"美国繁荣"雇用莱文，在他的全国性联合广播谈话节目中推广它，从而复制了"自由有用"打动格伦·贝克的交易。对于守旧而博学的科赫兄弟来说，莱文是发言人的奇妙选择。他的风格有煽动性，甚至粗鲁。他后来爆料肯尼思·沃格尔和"美国繁荣"交易的《政客》记者，是"恶毒的杂种"[66]，而且还对一名女性来电者说："我不知道你丈夫为什么不把枪对准自己的太阳穴。滚开吧！"[67] 他对奥巴马政策的攻击同样激烈，特别是关于气候变化问题。他说曼"和人造全球变暖的宣扬者""不知道如何进行正确的统计分析"，并指责"环境－中央统制论者"（enviro-statists）为了证明专制政府接管的必要而发明全球变暖。他声称，他们的"追求"，"归根结底，是权力，而不是真相"。[68]

与此同时，另一个组织，位于宾夕法尼亚州哈里斯堡的公共政策选择联邦基金会（Commonwealth Foundation for Public Policy Alternatives）发动了一场针对曼的个人生活的严重攻击。这家所谓智库属于类似的保守组织的州网络，即州政策网络（State Policy Network）。这家基金会的大量财务支持来自于捐赠者信托和捐赠者资本基金，这使得旁人无法确定具体的个人支持者。但因为位于斯凯夫的家乡州，这家基金会与斯凯夫家族的基金会关系格外深厚。联邦基金会的董事会主席迈克尔·格利巴（Michael Gleba）是莎拉斯凯夫基金会总裁，也是斯凯夫的迦太基基金会的财务主管，还是两家基金会的受托人。这种安排赋予了联邦基金会不同寻常的影响力，尤其是对宾夕法尼亚州的立法机构。

这家宾夕法尼亚的智库发动了一场让曼被解雇的运动，而且成功游说了共和党盟友在议会威胁拒绝给宾州大学资金，直到这所大学对曼采取"适当的行动"。随着资金被扣押作为要挟，这所公立大学同意调查曼。与此同时，这家智库还在大学日报上发起广告攻击行动，并帮助组织了一场反对曼的校园抗议。

"州立大学这样的压力让人神经紧张。"曼回忆说，"这里有基于被盗邮件的模糊指控。通常情况下，很明显没有理由进行调查。但它是由联邦基金会推动，这家基金会看起来几乎钳制着州立法机构的共和党人。我知道我没有做错任何事，但我前途未卜。宾夕法尼亚州立大学承受了太多的政治压力，我不确定他们是否会屈服。"

与此同时，曼的邮箱开始收到死亡威胁。"我尽全力保护我的家人"，他说。但是这个愿望也成为不可能，有一天他不假思索地打开一封可疑信件，结果办公室里撒开一团白色粉末。担心患上炭疽，他给校园警察打了电话。很快联邦调查局用犯罪胶带隔离了他的办公室，扰乱了整个系所。这种粉末最终证明是无害的，但曼回忆，"这是一个奇怪的场面。我的冰箱上有警察局长的热线号码，以防万一我妻子看到不寻常的东西。我感觉就像，有一个刻意针对的诽谤活动，达到了这些疯子可能会跟踪我们的程度"。

让曼格外不安的是，似乎气候变化核心否认者和第二修正案狂热者之间有所重叠，他逐渐认为，这是被"自私的特殊利益"激起的。"忿忿不平的人，难以吃上晚饭的人，都被误导认为对气候变化采取行动意味着'他们'想要剥夺你的自由，可能你的武器。有一个非常巧妙的运动向他们灌输思想，"他说，"我们看到了第二修正案狂热者对堕胎医生采取的行动。有人尝试以同样的方式把我们描绘成恶棍。"

曼不是唯一收到死亡威胁的人。一些气候学家，他说，包括英国被入侵气候研究中心的主任菲尔·琼斯（Phil Jones）在内，都感到必须雇佣私人保镖。"幸运的是"，曼讲到，宾州大学的两次调查——立法机构还要求了更深入的第二次——以及美国国家科学基金会监察长的另一个调查，根本上是美国最高科学机构，都证明曼无罪。"持续了两年时间。结果很好。但两年是一段很长的时间。"他说。"我从未想到我会成为一些有争议讨论的中心。这不是你研究我做了什么的原因。"他补充道，"让我担心的是这种马戏团般的气氛可能已经吓跑了许多年轻科学家。这实际上是一种寒蝉效应。它阻止科学家参与公共讨论，因为他们害怕他们或他们的部门领导会受到威胁。"

等到曼的科学研究得到支持，强调他的正直以及气候变化带来的真正危险时，这些几乎无关紧要了。那时，相信世界在变暖的美国人自2008年急剧下降了14个百分点。据2010年盖洛普民意测验，几乎一半受访者（48%）相信，全球变暖的担忧"大体上被夸大了"，这是这家民调公司自十年前提出这个问题以来的最高数字。[69] 从长远看，曼看不出美国有什么理由与科学背道而行，除了金钱。他说，"在科学界，相信气候变化的程度正在增加"。"在公众中，不是保持稳定就是在下降。这里存在分歧。挑拨离间的楔子是这个行业买来的。"

尽管总量管制和交易法案提交到参议院，但它已经寿终正寝。首先，来自南卡罗来纳州思想独立的共和党人林赛·格雷厄姆（Lindsey Graham），在战斗中发挥勇敢领导的作用，他与民主党人约翰·克里和无党派的乔·利伯曼（Joe Lieberman）在宣布共同支持立法后，使环保主义者既惊又喜，"我已经得出结论，温室气体和碳污染"是"不好的事情"[70]。

然而，格雷厄姆害怕来自右翼的压力。他警告民主党人，他们必须赶在福克斯新闻捕捉到风声之前迅速行动。正如他担心的，2010年4月，福克斯新闻攻击他支持"气税"。一名尖刻的茶党积极分子立即在他家乡州召开新闻发布会,揭发他是"同性恋",而且一个叫作"美国解决方案"(American Solutions)的政治前线组织,因他的气候问题立场而在南卡罗来纳州发起对他不利的运动。后来发现,美国解决方案组织受大型化石燃料和其他企业利益资助,其中许多人都是科赫的一丘之貉。这些人中有戴文能源的拉里·尼克尔斯,信达思公司的迪克·法默,哈伯德广播的斯坦·哈伯德(Stan Hubbard),以及拉斯维加斯金沙集团董事长谢尔登·阿德尔森。在这些天的打击中,格雷厄姆从进程中退出。来自内华达州的民主党多数派领袖哈里·瑞德(Harry Reid),处理总量管制和交易法案的最后一击。因为自己面临艰难连任,并且担心民主党为法案送死,在格雷厄姆退出后,他拒绝将法案提交参议院表决。

气候变化改革的反对者如愿以偿。"僵局是气候变暖怀疑者的最好伙伴,因为这就是你真正想要的,"莫拉诺后来承认,"我们不声援任何立法。我们是消极力量。我们只想尽力阻止这些东西。"[71]

被问及气候立法为什么失败时,阿尔·戈尔告诉《纽约客》的瑞恩·利扎(Ryan Lizza),"特殊利益的影响力现在处于极不健康的水平。所处程度达到了极点"。他说,"在当前的政治体制下,不首先寻求和获得最受改变影响的最大商业利益的允许,参与者几乎不可能制定任何重大变革"[72]。

当旨在应对气候变化的第一次立法熄火时,西弗吉尼亚的梅西煤矿因瓦斯爆炸而崩塌,造成29名矿工遇难。不久之后,墨西哥湾的深水地平线钻井平台发生泄漏,引发了有史以来最大的意外漏油事故,杀死和造成出生缺陷的海洋动物数量都创下纪录。大陪审团将控诉上大煤矿的所有者犯罪,密谋逃避安全法规,而联邦法官将发现钻井平台的主要所有者英国石油公司(British Petroleum),犯有重大过失的罪行。

与此同时,大气中的二氧化碳含量已经超过了科学家认为有导致全球变暖失控风险的水平。此时奥巴马承认,他知道"支持票可能不会现在就有",但是他发誓,"我打算在接下来的几个月里寻求"。然而保守派的金钱机器已经远远领先于他，有一项大胆的新方案正在努力确保他永远不会成功。

注释：

1 National Security Strategy, Washington, D.C. (Office of the President of the United States, 2010), 8, 47。
2 American Association for the Advancement of Science, Climate Science Panel, "What We Know," 2014。
3 曼告诉妮拉·班纳吉，"我开始是作为科学家，不认为在公共政策中要发挥太大作用"。Banerjee, "The Most Hated Climate Scientist in the US Fights Back," *Yale Alumni Magazine*, March/April 2013。
4 此人与作者的对谈。
5 同上。
6 Fisher, "Fuel's Paradise"。
7 Neela Banerjee, "In Climate Politics, Texas Aims to Be the Anti-California," *Los Angeles Times*, Nov. 7, 2010。
8 Daniel Yergin, *The Quest: Energy, Security, and the Remaking of the Modern World* (Penguin, 2011), 328–329。
9 更多关于科赫兄弟的水力压裂投资的情况，参见 Brad Johnson, "How the Kochs Are Fracking America," *ThinkProgress*, March 2, 2012。
10 参见 "Global Warming's Terrifying New Math," by Bill McKibben, *Rolling Stone*, July 19, 2012。他解释道，科学家相信地球能够承受半个世纪内5650亿吨二氧化碳燃烧，但是据知情人估计，目前尚未开发的碳储量为27950亿吨。
11 石油消耗补贴的历史，参见 Robert Bryce, *Cronies* (PublicAffairs, 2004)。
12 卡洛写道，"一种政治资金的新来源，潜力巨大，已经被开发出来"，"而且林顿·约翰逊已经在负责它"。Robert Caro, *The Path to Power* (Vintage Books, 1990), 637。
13 Bryan Burrough, *The Big Rich: The Rise and Fall of the Greatest Texas Oil Fortunes* (Penguin, 2009), 204。
14 同上，138页。
15 同上，220页。卡伦是1952年的最大捐助者，他的这一说法基于北卡罗来纳大学教授亚历山大·赫德的研究。
16 同上，210页。
17 这些组织及候选人的关注的问题不只是打击气候变化科学，但这是他们的共同之处。
18 在资助非营利组织方面，不是资助政客上，科赫兄弟的支出超过埃克森美孚。
19 参见 "Koch Industries, Secretly Funding the Climate Denial Machine," Greenpeace, March 2010。
20 Robert J. Brulle, "Institutionalizing Delay: Foundation Funding and the Creation of U.S. Climate Change Counter-movement Organizations," *Climate Change* 122, no. 4 (Feb. 2014): 681–694。
21 惠特尼·鲍尔死于2015年8月，在登载于《国家评论》的悼词中，詹姆斯·皮尔逊写道，捐赠人信托自1999年成立起，已经捐赠了7.5亿美元。捐赠人信托宣布，曾任莫卡特斯中心副总裁的、竞争企业协会首席执行官罗森·巴德将接任她。

22　Andy Kroll, "Exposed: The Dark- Money ATM of the Conservative Movement," *Mother Jones*, Feb. 5, 2013。

23　引用于 Ross Gelbspan, "Snowed," *Mother Jones*, May/June 2005, 再度引用于 Michaels, *Doubt Is Their Product*, 197。

24　Chris Mooney, *The Republican War on Science* (Basic Books, 2006), 83。

25　"Global Warming Deniers Well Funded," *Newsweek*, Aug. 12, 2007。

26　弗雷德·塞茨过去曾分发来自雷诺公司的 4500 万美元，给愿意为烟草辩护的科学家。弗雷德·辛格攻击环保局关于二手烟有害健康的断言。支持辛格工作的资金来自香烟公司支持的烟草研究所的款项。而这笔钱是透过非营利组织亚力克斯·德·托克维尔研究所传递的。辛格对二手烟的研究在 20 世纪 90 年代展开。税务记录显示，1999 年至 2002 年间，托克维尔研究所收到了来自布拉德利、奥林、斯凯夫、菲利普·麦克那、克劳德·拉姆基金会的 172.39 万美元。

27　Naomi Oreskes and Erik M. Conway, *Merchants of Doubt* (Bloomsbury Press, 2010), 9。

28　调查数据来自 Theda Skocpol, *Naming the Problem: What It Will Take to Counter Extremism and Engage Americans in the Fight Against Global Warming* (Harvard University, Jan. 2013)。

29　史蒂文·阿姆斯特普博士是国际北极熊中心的首席科学家，并且担任美国地质调查局北极熊项目负责人长达三十年。他解释说，过去十年北极熊数量规模的估计只是猜测，但是它们的严峻未来是肯定无疑的，如果在保护它们栖息地上无所作为的话，栖息地不可否认地"因气候变暖正在消失"。此外，2008 年北极熊成为首个脊椎动物物种，列入受气候变暖威胁的《濒危物种法案》中。还可参见 Michael Muskal, "40% Decline in Polar Bears in Alaska, Western Canada Heightens Concern," *Los Angeles Times*, Nov. 21, 2014。

30　此人与作者的对谈。更多关于北极熊的争议，参见 "Koch Industries, Secretly Funding the Climate Denial Machine"。

31　参见 Justin Gillis and John Schwartz, "Deeper Ties to Corporate Cash for Doubtful Climate Researcher," *New York Times*, Feb. 22, 2015。

32　曼与他的合著者已经公开小心他们的研究发现，指出因为没有一千年前的温度记录，他们被迫使用"替代物"方法，包括了不够理想的技术，例如研究冰芯和树轮。

33　根据选举委员会的报告，2005 年至 2008 年间，科赫政治行动委员会捐款总计 430 万美元，埃克森美孚为 160 万美元。

34　根据公共诚信中心的资料，2004 年科氏工业花费 85.7 万美元游说，2008 年增加至 200 万美元。参见 John Aloysius Farrell, "Koch's Web of Influence," Center for Public Integrity, April 6, 2011。

35　Skocpol, *Naming the Problem*。

36　提出"快船"故事质疑约翰·克里的越战记录时，莫拉罗作为记者为 CNS 新闻工作，这是媒体研究中心的项目，研究中心由斯凯夫家族基金会资助。

37　参见 Robert Kenner's 2014 documentary film, *Merchants of Doubt*。

38　同上。

39　Banerjee, "Most Hated Climate Scientist in the US Fights Back"。

40　Tom Hamburger, "A Coal- Fired Crusade Helped Bring Bush a Crucial Victory," *Wall Street Journal*, June 13, 2001。

41　Barton Gellman, Angler (Penguin, 2008), 84。

42　《洛杉矶时报》率先报道了切尼就水力压裂免税方面施加影响力的故事，指出了他的前公司哈里伯顿在水力压裂方面存在利益。Tom Hamburger and Alan Miller, "Halliburton's Interests Assisted by White House," *Los Angeles Times*, Oct. 14, 2004。

43　补贴的数据统计来自 Public Citizen, "The Best Energy Bill Corporations Could Buy," Aug. 8, 2005。

44 盖洛普民意调查；参见 Skocpol, *Naming the Problem*, 72。戈尔的称誉参见 Eric Pooley, *The Climate War* (Hachette Books, 2010)。
45 Skocpol, *Naming the Problem*, 83。
46 麦凯恩在第二场总统辩论中做出这些评论。参见 Pooley, *Climate War*, 297。
47 Steve Mufson and Juliet Eilperin, "The Biggest Foreign Lease Holder in Canada's Oil Sands Isn't Exxon Mobil or Chevron. It's the Koch Brothers," *Washington Post*, March 20, 2014。
48 3亿吨二氧化碳的数据，来自 Brad Johnson, "Koch Industries, the 100-Million Ton Carbon Gorilla," *ThinkProgress*, Jan. 30, 2011, 引用于 Fang, *Machine*, 114。
49 Goldman, "Billionaire's Party"。
50 关于科氏工业游说活动的精彩报告，参见 Farrell, "Koch's Web of Influence"。
51 Fang, *Machine*, 115。
52 Jim Rutenberg, "How Billionaire Oligarchs Are Becoming Their Own Political Parties," *New York Times Magazine*, Oct. 17, 2014。
53 Kate Sheppard, "Forged Climate Bill Letters Spark Uproar over 'Astroturfing,'" *Grist*, Aug. 4, 2009。
54 参见 Fang, *Machine*, 176。
55 Pooley, *Climate War*, 406。
56 同上，393。
57 众议院总量管制和交易法案之争的权威描述，参见上一条。
58 参见 Steven Mufson, "New Groups Revive the Debate over Climate Change," *Washington Post*, Sept. 25, 2009。
59 这场争议的更多信息，以及得克萨斯州气候学家约翰·尼尔森–甘蒙的声明，参见 David Doniger, "Going Rogue on Endangerment," *Switchboard* (blog), Feb. 20, 2010。
60 Marc Sheppard, "UN Climate Reports: They Lie," *American Thinker*, Oct. 5, 2009。
61 这家网站是 Climate Audit。
62 Chris Horner, "The Blue Dress Moment May Have Arrived," *National Review*, Nov. 19, 2009。
63 2010年10月26日提姆·菲利普斯在遗产基金会谈及气候门的泄露事件，报道见 Brad Johnson, Climate Progress, Nov. 27, 2010。菲利普斯竭尽所能地利用这个形势，在哥本哈根联合国气候大会外举行"美国繁荣"的抗议。他在那里宣称"我们是草根组织……我认为这很不幸，当富裕家庭的富裕孩子……想要把美国失业率送上20%"。参见 Mayer, "Covert Operations"。
64 妮拉·班纳吉在她给曼所写的人物文章中，提供了关于泄露电邮的非常详尽清楚的分析，参见 "Most Hated Climate Scientist in the US Fights Back"。
65 曼写道，东南法律基金会向国家科学基金会索要关于给他的资金和他在宾州大学的同事的信息。他还写道，里程碑法律基金会起诉获取他发给合作进行曲棍球棒图研究的其他学校的同事的私人邮件。Michael E. Mann, *The Hockey Stick and the Climate Wars* (Columbia University Press, 2012), 229。
66 Vogel and McCalmont, "Rush Limbaugh, Sean Hannity, Glenn Beck Sell Endorsements to Conservative Groups"; John Goodman, "Talk Radio Reacts to Politico on Cain; Mark Levin Criticizes Ken Vogel," *Examiner*, Nov. 2, 2011。
67 *Media Matters*, May 22, 2009。
68 Mark Levin, *Liberty and Tyranny* (Threshold, 2010), 133。
69 引自 Kate Sheppard, "Climategate: What Really Happened?," *Mother Jones*, April 21, 2011。
70 Ryan Lizza, "As the World Burns," *New Yorker*, Oct. 11, 2010。
71 Kenner, *Merchants of Doubt*。
72 Lizza, "As the World Burns"。

第九章 金钱即话语：通往"联合公民"判决的漫漫长路

在 2010 年 5 月 17 日的纽约大都会歌剧院，伴随打着黑领结的观众们的掌声，一名身材高大、神情快活的亿万富翁轻快地大步迈向舞台。这是美国芭蕾舞剧团第 70 届年度春季盛会，而大卫·科赫因作为董事会成员的慷慨而得到荣誉。作为长期的古典芭蕾崇拜者，他最近为即将到来的演出季捐赠了 250 万美元，而在此之前也捐赠了数百万美元。在科赫收到一个象征性奖励时，他身边是这次盛会的两名联合主席，身着桃红礼服的社交名媛布莱恩·特朗普（Blaine Trump），以及着翡翠绿的来自政治世家的卡洛琳·肯尼迪·思考斯伯格（Caroline Kennedy Schlossberg）。肯尼迪的母亲杰奎琳·肯尼迪·奥纳西斯（Jacqueline Kennedy Onassis）曾是这家芭蕾舞团的赞助人，巧合的是，她还是第五大道公寓曾经的拥有者，而科赫在 1995 年买下了它，并且在 11 年后因为觉得太小又以 3200 万美元卖了出去。

这次盛会标志着科赫正式成为纽约最杰出的慈善家之一。在七十岁的时候，他因令人印象深刻的捐赠历史而得到认可。2008 年，他捐赠了 1 亿美元，将林肯中心的纽约州剧院大楼现代化，现在这所大楼以他的名字命名。他捐赠了 2000 万美元给美国自然历史博物馆，恐龙厅以他的名字命名。那年春天，注意到大都会艺术博物馆外喷泉的老旧状态，他承诺拿出至少 1000 万美元用于改造。他是这家博物馆的受托人，也许是该市最令人艳羡的社会奖励。他还在纪念斯隆凯特林癌症中心担任董事，在那里他捐款超过4000万美元，一个教授职位和一个研究中心以他的名字命名。

一位显耀人物却明显从这次盛会中缺席：这场活动的第三位名誉联合主席米歇尔·奥巴马（Michelle Obama）。她的办公室说，日程安排冲突使她无法参加。而在纽约慈善圈里，大卫·科赫靠自己的权力成为名人。在一群公关顾问的帮助下，他塑造出令人印象深刻的公众形象。一名伙伴说，科赫曾透露，他每年将40%的收入捐了出去，他的总收入估计约为10亿美元，这自然使他还拥有约6亿美元的年收入，并且大大帮助他减轻了税负。[1] 而他享受这个角色，一位家庭成员说，部分原因是这给他带来名望。然而，他的支出还有另一个面向，那时大部分是保密的。虽然大卫很高兴能把名字写在全国最受尊敬爱戴的文化和科学机构上，并对芭蕾舞团公开表示崇拜，但他家族的惊人政治支出则更为私密。

事实上要经过多年，科赫兄弟巨大政治阴谋的模糊轮廓才会通过必需的公开报税开始浮出水面，而完整故事也许永远不会被人知晓。不过在右翼攻击希拉里·克林顿而引发的案件中，最高法院四个月前所作的判决，已经让这个家族的隐秘支出进入选举上野心勃勃的新阶段。大卫·科赫在纽约上台的那一刻，为兄弟俩工作的行动人员正在悄悄地将三十年的思想机构建设转化为一种类似并对抗两大政党思想机构的机器。而他们的机器不代表有广泛基础的支持，而是由美国一小部分最富有的家庭提供资金，如果他们愿意的话，他们现在可以花费全部财富来影响这个国家的政治。

2010年1月21日，最高法院在"联合公民"（Citizen United）案中宣布了5:4的判决结果，推翻了一个世纪以来禁止公司和工会给候选人不计一切的投入花费。法院认为，只要企业和工会不是把钱交给可能腐败的候选人，而是交给支持或反对候选人，而且在技术上独立于竞选活动的外部团体,他们就可以花费无限资金来帮助他们选择的任何候选人。为了达成判决,法院接受了一个公司和公民一样享有言论自由的权利的观点。

这个裁决为上诉法庭在"现在就说"(*SpeechNow*)案中做出的相关决定铺平了道路。该案的决定也很快推翻了个人给外部组织的金钱限制。以前,给政治行动委员会(PAC)的捐款上限为每人每年5000美元。但现在法院认为,只要不与候选人竞选活动协作,就可以没有捐款限制。不久,为获得无限捐款而设立的组织被戏称为'超级PAC',因为它们得到了极大提升的新的力量。

在两个案子里,法院都同意一个论点,即与给候选人的直接捐款相对,独立支出不会导致腐败。从一开始,批评者例如理查德·波斯纳,这名明智而打破旧习的保守派联邦法官就宣称最高法院在"天真地"思考,指出"从腐败的观点出发,很难看到'超级PAC'捐款和直接竞选捐款的实际区别"[2]。而正如《纽约客》作家杰弗里·图宾(Jeffrey Toobin)总结的,直接影响是"给予富人差不多完全的行动自由,纵心所欲花钱支持他们喜欢的候选人"[3]。

法院大多数人赞同的少数几个留下的限制中,有一个长久存在的期望,即政治运动中的任何开支都应该对公众可见。撰写多数派意见的安东尼·肯尼迪(Anthony Kennedy)法官预言,"随着互联网的出现,支出的及时披露"将比以往任何时候都容易。他认为,这将防止腐败,因为"公民可以看到民选官员是否在所谓金融界的'口袋'之中"。

这个臆断很快被证明是错误的。与之相反,正如批评人士警告的,越来越多涌入选举的资金由神秘的非营利组织支出,它们声称有权隐瞒捐助者的身份。斯凯夫和科赫兄弟这样的富有活动家早已准备好将慈善事业当作武器。现在他们和其他同盟捐赠者,向那些声称有权资助选举并且不泄露捐资人的非营利"社会福利"组织,提供了后来人们所称的"暗钱"。结果,美国的政治体系被淹没在无穷无限、来历不明的现金洪流中。

在推翻现有竞选财务法的过程中，法院重创了一个世纪的改革。在19世纪末和20世纪初，来自新富工业巨头的秘密捐款牵涉出一系列竞选丑闻，之后进步主义者通过了法律，限制支出以保护民主进程免于腐败。这些法律的制定是为了在经济不平等的时代维护政治平等。改革者已经看到，财富聚集在石油、钢铁、金融和铁路巨头手中，威胁着民主的平衡。例如1896年和1900年共和党人威廉·麦金利（William McKinley）的选举，是由政治组织者马克·汉纳（Mark Hanna）向洛克菲勒的标准石油这样的大公司募集，从而起到了受人诟病的推动作用。在对腐败的强烈反应中，在西奥多·罗斯福总统的授意下，国会于1907年通过了提尔曼法案（Tillman Act），禁止企业捐款给联邦候选人和政治委员会。[4] 后来的丑闻导致了进一步的约束，限制工会开支和个人捐款的规模，并且要求公开披露。通过推翻这些限制中的许多条目，"联合公民"案的判决在许多方面可看作镀金时代的回归。

温和的共和党人约翰·保罗·史蒂文斯（John Paul Stevens）法官，首次被任命但长期担任自由派一翼，他形容这个判决"彻底背离了第一修正案"。在漫长的异议中，他认为，宪法的制定者为了"个体美国人，而非企业"保护言论自由权，并且其他行为"对于那些认识到有必要防止企业破坏建国以来的自治，以及那些自西奥多·罗斯福时代以来反抗企业参与竞选活动带来的特别的腐败潜能的人而言，这是对于他们拥有的常识的摒弃"。史蒂文斯令人难忘地补充说，"虽然美国的民主不完美，但在最高法院多数派之外很少有人会认为，它的缺陷包括了政治上缺少企业的钱"。

大多数分析认为，在这些确保公平选举的重要规则上的突然转变，原因来自首席法官约翰·罗伯茨（John Roberts）的法院越来越坚定的保守主义。显然，这是决定性因素。而这也有其背景。

在近四十年里，一小群极富的活跃分子希望通过超出法律允许范围的支出来影响美国政治，他们一直不满于法律限制。有一个家族格外不懈地斗争，那就是密歇根的德沃斯家族。这个家族打造了非凡的美国商业传奇——安利（Amway）直销帝国，制造了数十亿美元财富，其成员也是科赫捐赠网络的坚实力量。1959年，两名儿时伙伴理查德·德沃斯（Richard DeVos Sr.）和杰·凡·安德尔在密歇根州艾达（Ada），大急流城的一个郊区，建立了安利公司，一边挨家挨户售卖家用产品，一边带着着魔般的热情宣讲致富信条。随着时间的推移，这家私营公司成长为营销巨头，到2011年，每年收入近110亿美元。

德沃斯家族是荷兰归正教会（Dutch Reformed Church）的虔诚信徒，这个教会是由荷兰移民带到美国的加尔文教派的变节分支，移民们大多定居在密歇根湖附近。到20世纪70年代，该教会已经成为基督教右翼充满活力、而有人会说是充满恶意的中心。成员们长期反对堕胎、同性恋、女性主义和现代科学，认为这些东西与他们的教义冲突。在加尔文主义的传统中，排斥政府干预并崇尚苦干和成功的自由市场经济理论，也被许多追随者接受。在有极端观念的团体里，没有比德沃斯家族更极端或者说更活跃的了。与创立保守主义运动的其他一些家族相比，他们在密歇根州之外不太出名，但也几乎没有家族比他们发挥更大的资助者作用。他们支持了许多事业，也包括了科赫的捐助人网络。虽然他们在社会问题上的观点比科赫兄弟更加反动，但他们也与科赫兄弟一样强烈反感监管和收税。

事实上，安利的组织结构正是为了避免联邦政府收税。德沃斯和凡·安德尔将挨家挨户售卖他们的美容、清洁和饮食产品的推销员定义为"独立企业主"而非雇员，由此达成了他们的目的。这使得公司拥有者可以略过社会保障捐款和其他员工福利，极大地提高了他们的盈利。然而，这也导致了他们与国税局和联邦贸易委员会（FTC）的大量法律冲突。在后来撤销的一项指控中，政府宣称，该公司只是一个建立在对潜在经销商的误导性的获利承诺之上的"金字塔"计划，这些人成批购买了产品，却发现自己无法卖出，因此被迫招募更多的经销商来偿还债务。

公司经营的灰色地带，使得它对政治影响力的营造显得尤为重视。1975年，大急流城的共和党议员杰拉尔德·福特（Gerald R. Ford）成为总统后，政治影响力的效用就变得格外明显。在联邦贸易委员会进行调查的时候，德沃斯和凡·安德尔在总统办公室与福特进行了长时间的会谈。不久之后，福特的两名高级助手成为德沃斯和凡·安德尔新创企业的雇员。他们参与其中的消息浮出水面后，两名助手离开，但后来安利又雇用了其中一人作为华盛顿的说客。[5] 与此同时，也许是巧合地，联邦贸易委员会对安利是否属于非法传销的调查宣告失败，结果只敲定公司对经销商能赚多少钱的广告带有误导性。

公司的政治行动主义是如此异常的激烈，以至于当时一名贸易委员会的律师告诉《福布斯》，"他们不是生意，而仿佛是种准宗教的社会政治组织"。[6] 事实上，正如吉姆·菲利普斯–芬在《看不见的手》中所写，"安利不仅仅是一家简单的直销公司。它是一家以传教士般的热情致力于倡导自由企业思想的组织"。

可是德沃斯家族能够给选举花多少钱，受到法律限制。1974年水门丑闻发生后，国会制定新的捐款限额，并建立总统竞选的公共资金。反对者围绕着新规则努力寻找方法。1976年，他们部分地成功了，最高法院裁决共和党参议员候选人威廉·巴克利的弟弟詹姆斯提出的案件时，废止了"独立支出"的限制。这开启了大捐助者不断扩张势力的机会。

1980年，理查德·德沃斯和杰·凡·安德尔带头采用"独立支出"的方式，成为支持罗纳德·里根总统候选人地位的花钱最多的人。[7] 到了1981年，他们拥有的头衔反映出其增长的影响力。[8] 理查德·德沃斯是共和党全国委员会（The Republican National Committee）的财务主席，而杰·凡·安德尔领导美国商会。在华盛顿，这对伙伴出尽风头，他们在停靠于波多马克河的安利游艇上举办豪华聚会，参与者包括共和党大人物，以及来自十几个安利经营的国家的显要人物。贫穷荷兰移民之子德沃斯现身时的造型仿佛好莱坞巨星,他戴着闪烁的小戒指,驾驶着劳斯莱斯。[9]

然而,1982年德沃斯和凡·安德尔两人受到了刑事指控,安利创始人的巨流资金也没能撤销加拿大政府对其税务欺诈的调查计划。丑闻爆发时,当时的《底特律自由新闻报》(Detroit Free Press)记者凯蒂·麦金赛(Kitty McKinsey)和保罗·马格努森(Paul Magnusson)的报道,使习惯了德沃斯和凡·安德尔的爱国与虔诚形象的读者大感震惊,他们揭露了直接来自老板办公室的长达十三年的精心设计的税务骗局。[10]他们揭示,最严重的事情包括,安利曾秘密授权采用创制假发票的方案,欺骗使得加拿大海关官员错误低估他们公司出口到加拿大的产品总额。从1965年到1978年,安利也因此欺诈性地逃过了2640万美元的税款。

安利谴责这番新闻报道,并威胁要向《底特律自由新闻报》发起5亿美元的诽谤诉讼。但公司隔年发表了一份简短声明,宣布承认欺诈加拿大政府的罪行,并将支付2000万美元罚款。作为交换,认罪协议要求撤销对包括德沃斯和凡·安德尔在内的四名公司高管的刑事指控。1989年,安利支付了额外的3800万美元以应对相关民事诉讼。[11]

德沃斯很快不再担任共和党全国委员会的财务主席。他提到1982年残酷的经济衰退是一次受欢迎的"清洗过程",或是坚称他从未见过想找工作的失业者。这一切都没能帮助保留他的地位,最大捐助者们也反感他将委员会大会变成开给安利推销员的爱国主义动员会。德沃斯会把有钱的捐助者唤到舞台上,问他"为什么作为美国人使你骄傲"。一位长期的共和党活动家告诉《华盛顿邮报》:"我们正在失去捐款,这就是最后一根稻草。"[12]

无论如何,德沃斯家族仍是共和党和日益兴盛的保守主义运动的大金主,还赞助了撤销竞选财务法的种种活动。[13]从1970年起,他们开始将至少2亿美元导入新右派(New Right)基础建设的几乎每一个分支,包括智库,例如遗产基金会,还有学术组织,例如在大学校园资助保守主义出版物的个人主义者院际联合会（Intercollegiate Studies Institute）。"在过去的五十年里，没有一个共和党总统或总统候选人不知道德沃斯家族"[14]，密歇根州的共和党前主席索尔·安努季斯（Saul Anuzis）说。

德沃斯家族还深入参与了秘密的全国政策委员会（Council for National Policy），该组织被《纽约时报》描述为"全国几百位最强大保守主义者的鲜为人知的俱乐部"，一年三次"在秘密地点闭门进行机密会议"[15]。会员的名单是秘密的，但我们了解到与该组织有联系的名字包括杰里·福尔韦尔、菲丽丝·斯拉夫利，以及全国步枪协会（National Rifle Association）的韦恩·拉皮埃尔（Wayne LaPierre）。它与科赫研讨会的许多参与者也有重叠，包括怀俄明合股投资公司弗里斯联合（Friess Associates）的创始人福斯特·弗里斯，他至少从1996年大选时就和科赫兄弟有政治合作，那时他们俩把钱交给三合管理公司以暗中资助攻击广告。查尔斯·科赫接受过来自全国政策委员会的奖项，但他并非该组织的成员。用理查德·德沃斯的话来说，这里就是个把"实干家和实捐者"[16]聚集在一起的地方。

如果真有什么后果的话，德沃斯家族与法律的冲突只是使他们更大胆。1994年中期选举期间，安利给了共和党250万美元，这是美国历史上已知的来自企业的最大一笔软资金（soft money）。1996年，廉洁政府的相关组织批评这个家族又通过向圣地亚哥旅游局捐赠130万美元，来帮助宣扬在那里举行共和党全国代表大会的那一年，绕开竞选捐款限额。

到那时，老理查德·德沃斯已经买下了NBA的奥兰多魔术队，并且把安利的管理权传给了他的儿子，被人们称为迪克的小理查德。小德沃斯持有和父亲相同的政治和宗教观点，但他在生意上是实用主义者，将这家积极的自由市场公司深入扩张到中国。到2006年，安利1/3的收入全部来自这个共产主义国家。

迪克与密歇根州荷兰归正教会社群另一豪门家族的贝特斯·普林斯（Betsy Prince）成婚，增加了德沃斯家族的声望和财富。她的父亲埃德加·普林斯（Edgar Prince）创立了一家汽车零部件制造公司，该公司在1996年以13.5亿美元现金售出。[17]同时，她的弟弟埃里克·普林斯（Erik Prince）成立了全球安保公司黑水（Blackwater），记者杰里米·斯卡希尔（Jeremy Scahill）描述它是"世界上最强大的雇佣军"[18]。

最终成为密歇根共和党主席的贝特斯·德沃斯，据说是和她丈夫不相上下甚至更厉害的政治野心家。在她的支持下，2002年迪克·德沃斯为了将更多时间投入政治事业而停止管理安利。然而结果令人沮丧。2000年，德沃斯家族为了一次密歇根州教育券全民投票花费200万美元，但被68%的投票者挫败。这个家族接着在2006年花费了3500万美元，但迪克·德沃斯也没有成功成为州长。

在实现他们保守主义愿景的热情中，至关重要的莫过于德沃斯家族消除政治支出限制的使命。多年来，这个家族资助了挑战各种竞选金融法的法律行为。这场战争的起点是詹姆斯·麦迪逊言论自由中心（James Madison Center for Free Speech），1997年贝特斯·德沃斯担任其创始董事会成员。这个非营利组织的唯一目标是，结束政治中对金钱的所有法律限制。其名誉主席是参议员米奇·麦康奈尔，他是一位精明强大的筹款人。

保守派反对竞选资金限制，把它当作对言论自由的原则性保护，但该事业最大赢家之一的麦康奈尔曾偶尔透露出更多的党派动机。作为20世纪70年代在几乎是民主党天下的肯塔基州竞选的共和党人，他曾经承认"支出优势是给共和党竞争机会的唯一东西"[19]。他曾经还开设大学课程，在黑板上写下他认为建立政党所必要的三个要素："钱，钱，钱。"[20]在一次参议院关于竞选资金限制的辩论中，据说麦康奈尔告诉同事，"如果我们终结这玩意儿，我们能够再控制这个机构二十年"[21]。

詹姆斯·麦迪逊中心旨在通过与法庭斗争来实现这个梦想。除了德沃斯家族外，早期捐助者包括几家最强大的右翼组织，例如基督教联盟（Christian Coalition）和全国步枪协会。但是该组织的驱动力是一名来自印第安纳州特雷霍特（Terre Haute）的思想坚定的律师詹姆斯·波普

(James Bopp Jr.),他是反堕胎的全国生命权利委员会(National Right to Life Committee)的总顾问。波普还成了麦迪逊中心的总顾问。

事实上,波普的法律公司和詹姆斯·麦迪逊中心有相同的办公地址和电话号码,而且尽管波普把自己列为该中心的外部承包商,但事实上捐助者的每一美元都进了他的公司。而通过将自己设定为非营利慈善组织,麦迪逊中心使德沃斯家族基金会和其他支持者可以得到税收减免来补贴希望渺茫的诉讼,如果没有的话他们可能不会尝试打那些官司。"这个组织与波普法律公司之间的关系是这样的,真的不存在慈善机构",华盛顿律师马库斯·欧文斯(Marcus Owens)说,他曾为税务局监督免税组织。"我之前从来没有听说过,这种给特定法律公司的圈养的慈善机构或基金会资助。"[22]

1997年,在贝特斯帮助成立麦迪逊中心的同一年,她解释了自己对竞选资金限制的反对。当时存在全国性的强烈抗议,反对民主党和共和党在1996年总统竞选中逃避捐款限额的做法,它们使用无限的资金,即后来为人所知的软资金,支付所谓的"问题"广告而非竞选广告。在参议院,两党都推动改革。但在国会《点名》(Roll Call)报的特约专栏中,德沃斯为无限捐款进行辩护。

她写道,"软资金"只是"辛苦赚来的美元,老大哥还没有找到方法控制。它整个就是这么回事,不是其他什么"。她补充道,"关于软资金我略知一二,我的家庭是共和党软资金最大的单一贡献者"。"而我已经决定,停止为说我们在收买影响力的意见而生气。现在我只承认这一点。他们是对的。我们确实期待一些回报。我们期待培育保守主义的执政理念,它由有限政府和尊重美国传统美德所组成。我们期待投资得到回报;我们期待一个诚实的好政府。此外,我们还期待共和党利用这些钱来推动这些政策,而且是的,去赢得选举。像我们这样的人,"她狡黠地总结说,"当然必须被阻止。"[23]

大多数反对竞选资金限制的大捐助者都是保守派,但也有少数极富的自由派民主党人属于这个精致俱乐部。2004年，支持民主党的外部组织花费了1亿8500万美元——比共和党外部组织的花费多两倍不止——用来阻止小布什连任，不过结果失败了。[24] 其中，8500万美元仅来自14位民主党捐助人。这群人中突出的是纽约对冲基金巨头乔治·索罗斯，他是美国入侵伊拉克的反对者，认为布什总统是个祸害，以至于他发誓，如果能够确保成功的话，他愿意花尽全部70亿美元的财富来打败他。[25] 据了解，在民主党工作人员的帮助下，索罗斯将超过2700万美元倾泻进外部的支出选项，包括527家组织。也是在同一年，共和党人用同样的机制资助了对约翰·克里发起的"快船"攻击。在联合公民案之前，这些计划至多有法律疑点。联邦选举委员会裁定，巨额的外部支出计划违反竞选财务法，并且向两党的违法者征收高额罚款。后来，索罗斯仍然活跃在包含意识形态的慈善事业，花费数亿美元支持人权和公民自由的组织网络，但他基本上不再给出惊人的竞选捐款。

如果德沃斯家族希望从麦迪逊中心获得，贝特斯曾经所说的"我们投资的回报"，那么他们从最高法院的联合公民案的判决中，收获了一项。这"真的是吉姆（波普）的思想成果"[26]，洛杉矶洛约拉法学院（Loyola Law School）选举法专家理查德·哈森（Richard L. Hasen）告诉《纽约时报》。"他制造了这些案件，以特定顺序向最高法院呈现某些问题，并且取得了一定的成果。"哈森说，"他是一个诉讼机器。"

波普赞同这个说法。"我们有一个十年计划来解决一切，"他告诉《纽约时报》，"如果我们做得正确，我想我们差不多可以废除被称作竞选财务法的整个管制。"[27]

就在几年之前，这种说法还会显得可笑，而事实上，起初没有人认真对待波普。他灰色蓬松的披头士发型和教条性的法律风格，以及他的极端观点，着实受到一位联邦法官的嘲笑。[28] 当时他正辩称，一部攻击总统竞选人希拉里·克林顿的夸张影片作为新闻在哥伦比亚广播公司（CBS）《60分钟》播出，它同样应该得到第一修正案的保护。这部名叫《希拉里：电影》(*Hillary: The Movie*)的冗长影片由"联合公民"制作，这个组织是老牌右翼，素有制作恶意竞选广告的历史。而问题是，正如最高法院解释的，《希拉里：电影》是受保护的言论形式，还是支持者的企业政治馈赠，后者能作为竞选捐赠而受到控制。

在把这些事业当作减税慈善的富有捐助者的支持下，案子一件接一件，波普已经重创了现代竞选财务法的基础。他达到了目的，在某种程度上利用了自由派公民权利和言论自由的语言，来反对他们自己的做法。这是有意的策略。保守派法律运动的先驱克林特·博利克（Clint Bolick），他的司法研究所的启动资金来自查尔斯·科赫，他认为右派需要通过坚持呼吁自己的"相对权利"来打击左派。[29] 因此，"联合公民"被说成作为公司来行使他们言论自由的权利。正如保守派希望的，这个观点削弱并分化了左派，甚至吸引到第一修正案的传统自由派拥护者的支持。

尽管民调不断显示，[30] 大多数美国公众——共和党人和民主党人皆是——支持严格的支出限制，但导致废除这类法律的关键挑战，是由极富的少数人——科赫家族和他们的超富保守派活动集团——发起的。

例如，仔细考察"现在就说"一案，紧跟联合公民一案的下级法院的裁决回到了同一群人身上。世界上不存在名为"现在就说"的组织，它是几名自由至上主义活跃分子专为挑战支出限制的目的而发明出来的。除了别人之外，这场官司是埃里克·奥基夫的思想产物，自从1980年为大卫副总统竞选工作开始，这名威斯康星投资者一直是科赫的自由至上主义者盟友，他呼吁终结竞选开支限制。

领导这场官司的是布拉德利·史密斯（Bradley Smith），一名睿智的激进反监管律师，他还联合创立了保守派的竞争政治中心（Center for Competitive Politics）。他支持政治支出的零公开披露，并且也没有揭露他的投资者，不过国税局的记录显示，2009年他的中心享有几家保守派基金会的支持，其中包括布拉德利基金会。史密斯的职涯生动展现了保守派慈善家财富栽培他这样的人才的方式。他曾是查尔斯·科赫的人道研究所的学者，后来成为主持联邦选举委员会（Federal Election Commission）成员里对财务限制最直言不讳的反对者，而该机构是负责监督竞选支出的联邦机构。让他得到这个重要位置的支持者是米奇·麦康奈尔和加图研究所。正如他承认的，"要不是加图努力把我推上国会山，我不会成为选举委员会的委员"[31]。

在"现在就说"一案中必不可少的还有司法研究所，这家组织用查尔斯·科赫提供的种子资金成立。与此同时，这起诉讼的大量费用由弗雷德·杨（Fred Young）承担，这名威斯康星的自由至上主义退休人员，在将工会工人的工作外包给无工会的州后，靠出售父亲的杨氏散热器公司（Young Radiator Company）赚了几千万美元。[32] 杨在科赫支持的理性基金会（Reason Foundation）和加图研究所担任董事，同时也是科赫捐资人峰会的另一名常客。

2010年，杨充分利用了新判决的自由来花钱。他在这一年捐赠的钱80%是由SpeechNow的超级PAC花出，所有都用于支付打击威斯康星州民主党参议员鲁斯·范戈尔德（Russ Feingold）的电视广告。范戈尔德是特别有象征性的目标。他曾是参议院严格的竞选支出法的主要支持者。[33] 他坚持原则，极力要求外部组织不要为他花钱。那年秋天，他落败了。

在拥护者看来，联合公民及其衍生组织在澄清灰色地带时，它并不那么象征进步主义者噩梦中的黑白对照。而这一点恰恰非常重要。通过闪耀出一线明亮绿光，最高法院向富人和他们的政治工作者传达了一个信息，即当他们开始筹集并支出资金时，可以不受惩罚地行动。法律迷雾和政治污点不复存在。

很快，在科赫捐赠者峰会上的承诺数额开始飙升，2009年6月西恩·诺布尔筹集到了1300万美元，而后一年的一场筹资会议，几乎达到9亿美元。"最高法院的决议根本上提供了好管家的正式认可"[34]，"美国十字路口"（American Crossroads）机构主席史蒂文·劳（Steven Law）承认。"美国十字路口"是保守派的超级 PAC，由共和党政治活动家卡尔·罗夫在联合公民案判决下达不久后成立。

然而包括奥巴马在内的批评者认为，这种变化将产生更严重的后果。在 2010 年的国情咨文中，奥巴马谴责法院的决议成为头条，说它"推翻了一个世纪的法律，我相信会为特殊利益——包括外国企业——打开闸门，在我们的选举中无限制地支出"。作为回应，出席这场讲演的最高法院陪审法官萨缪尔·阿利托（Samuel Alito Jr.）被人看到摇头，嘴里说着"不是真的"[35]。

另一个后果在于，联合公民案的决议将政党建立在广泛共识上的权力平衡，转移给了足够富有、热情愿意花费自己数百万美元的个人。按照定义，这赋予了非典型的少数人口权力。

"它不限制大笔的钱，"大卫·阿克塞尔罗德认为，"联合公民案不断释放消极信号，不仅仅是对总统，也是普遍地对政府。过去的总统都遭到过围困，但如今不再假定他们在为公众利益行事。这里存在一种贻害无穷的鼓噪。"执政后，他说，"我们感觉被包围了"。[36]

注释：

1 大卫·科赫的一位社交熟人与作者的对谈。
2 Richard Posner, "Unlimited Campaign Spending—A Good Thing?," The Becker-Posner Blog, April 8, 2012。
3 Jeffrey Toobin, "Republicans United on Climate Change," *New Yorker*, June 10, 2014. Also see his "Money Unlimited," *New Yorker*, May 21, 2012。
4 参见 Elizabeth F. Ralph, "The Big Donor: A Short History," *Politico*, June 2014。
5 Dale Russakoff and Juan Williams, "Rearranging 'Amway Event' for Reagan," *Washington Post*, Jan. 22, 1984。
6 "Soft Soap and Hard Sell," *Forbes*, Sept. 15, 1975。
7 Russakoff and Williams, "Rearranging 'Amway Event' for Reagan"。文中写道，"共和党全国委员会前财务主席德沃斯，以独立支出方式捐出 70575 美元；美国商会前主席凡·安德尔，68433 美元"。
8 同上。
9 关于德沃斯家族的精彩文章，参见 Andy Kroll, "Meet the New Kochs: The DeVos Clan's Plan to

Defund the Left," *Mother Jones*, Jan./Feb. 2014。

10　Kitty McKinsey and Paul Magnusson, "Amway's Plot to Bilk Canada of Millions," *Detroit Free Press*, Aug. 22, 1982。

11　Ruth Marcus, "Amway Says It Was Unnamed Donor to Help Broadcast GOP Convention," *Washington Post*, July 26, 1996。

12　Russakoff and Williams, "Rearranging 'Amway Event' for Reagan"。

13　德沃斯家族支出的数据参见 Kroll, "Meet the New Kochs"。

14　同上。

15　David Kirkpatrick, "Club of the Most Powerful Gathers in Strictest Privacy," *New York Times*, Aug. 28, 2004。

16　2005 年 3 月 22 日，保罗·韦里奇在 C-SPAN (http://www.c-span.org/video/transcript/?id=7958) 说，国家政策委员会"用里奇·德沃斯的话，正在把实干家和实捐家联合起来"。

17　Jeremy Scahill, Blackwater: *The Rise of the World's Most Powerful Mercenary Army* (Nation Books, 2007), 78。

18　埃里克·普林斯，经历曲折的前"海豹"特遣队军官，很快陷入专业的法律麻烦。他最终移居国外，在其警卫被控伊拉克战争期间射杀 17 位平民后，他更改公司名称以逃脱国际罪犯的名声。

19　John David Dyche, *Republican Leader: A Political Biography* (Intercollegiate Studies Institute, 2009)。

20　John Cheves, "Senator's Pet Issue: Money and the Power It Buys," *Lexington Herald-Leader*, Oct. 15, 2006。

21　Michael Lewis, "The Subversive," *New York Times Magazine*, May 25, 1997。

22　马库斯·欧文斯接受了乔恩·坎贝尔（Jon Campbell）的对谈。坎贝尔第一个写作波普和詹姆斯·麦迪逊中心间不一般的关系，参见"James Bopp Jr. Gets Creative: How Does the Conservative Maestro of Campaign Finance Fund His Legal Work?," Slate.com, Oct. 5, 2012。

23　Betsy DeVos, "Soft Money Is Good: Hard-earned American Dollars That Big Brother Has Yet to Find a Way to Control," *Roll Call*, Sept. 6, 1997。

24　Trevor Potter, "The Current State of Campaign Finance Laws," *Brookings Campaign Finance Sourcebook*, 2005。

25　索罗斯 2004 年总统竞选支出的更多信息，参见 Mayer, "Money Man"。

26　David Kirkpatrick, "A Quest to End Spending Rules for Campaigns," *New York Times*, Jan. 24, 2010。西奥多·奥尔森，一位比波普好得多的诉讼律师，他在最高法院前作关键的口头辩论。

27　同上。

28　Stephanie Mencimer, "The Man Who Took Down Campaign Finance Reform," *Mother Jones*, Jan. 21, 2010。Mencimer 叙述，2008 年美国地区法院法官 Royce Lamberth "确实嘲笑了波普"。

29　参见 Teles, *Rise of the Conservative Legal Movement*, 87。

30　根据 ABC 新闻 2010 年 2 月 17 日所作民调，受调查的美国人中八成反对最高法院的联合公民案判决。

31　此人与作者的对谈。

32　Robert Mullins, "Racine Labor Center: Meeting Place for Organized Labor on the Ropes," *Milwaukee Business Journal*, Dec. 23, 1991。

33　2002 年，参议员拉塞尔·范戈尔德与亚利桑那州共和党人约翰·麦凯恩，合作撰写了《两党竞选法案》，又称《麦凯恩—范戈尔德法案》，而联合公民案基本违背了它。

34　"Changes Have Money Talking Louder Than Ever in Midterms," *New York Times*, Oct. 7, 2010。

35 从技术上讲，联合公民案没有提及外国公司可以做什么，所以一些非营利事实查验者说，阿利托反对奥巴马把裁决描述成向外国支出开门，这是对的。但是联合公民案裁决确实向外国企业的补贴敞开了门，可以任其在美国竞选中支出无限数目。

36 此人与作者的对谈。

第十章　惨败：2010年，暗钱的中期亮相

2010年1月底，当捐助者聚集在棕榈泉参加这年第一次的科赫峰会时，这片沙漠充满了快活的空气。一名参加者回忆说，"这只是波士顿特别选举的一两个星期后……感觉非常兴奋"。

在这个月早些时候，来自未公开捐助人的大笔捐款，帮助斯科特·布朗（Scott Brown）在马萨诸塞州意外当选，这使他成为三十八年来第一位在这个自由州当选参议员的共和党人。这笔钱大部分由西恩·诺布尔在幕后组织，当时他领着科赫兄弟的工资。更早些时候，当许多人认为布朗毫无希望时，诺布尔就已经下定决心，回报非常丰厚，值得冒险一赌，支持他赢。布朗的胜利对于奥巴马而言是场灾难。传奇性民主党人特德·肯尼迪在8月去世后，布朗通过填补他留下的空位，改变了国会中的权力平衡。民主党在参议院仍然占据多数席位，但关键一席的失去削弱了他们的权力。就在奥巴马拼尽全力通过医疗保健法案的最终版本时，民主党丧失了克服共和党阻挠所需的最低限度的60票。民主党人没有足够票数提交法案进行新的投票。布朗的胜利似乎成就了《平价医疗法案》的垮台。

倘若没有大量帮助的话，布朗不会获胜。数字揭示了一部分故事。虽然布朗是低调的共和党州参议员，最出名的事是为《时尚》（*Cosmopolitan*）杂志裸身拍照，但在初选后的六周时间里，他出人意料

地花了约870万美元，超过了民主党对手马萨·科克利（Martha Coakley）的510万美元。[1] 将近300万美元的不菲数额来自不明资助人建立的神秘州外非营利组织。在这些暗钱组织中，最活跃的两个是美国未来基金（American Future Fund）和"争取工作保障的美国人"（Americans for Job Security），[2] 它们收到了来自诺布尔在这年春天之前已经注册、位于亚利桑那州邮政信箱中的神秘"社会福利"组织的大笔现金。几个月来，这个也被称为保护病人权利中心的组织充满了大把秘密现金，这些钱来自科赫网络中的兰迪·肯德里克和其他成员，为了艰苦斗争以阻止《平价医疗法案》的通过。诺布尔将大部分资金改交给了在马萨诸塞州特别选举中反对科克利的前线组织。如果共和党人能够得到一个参议院席位，他们就可以阻止通过医疗保健法案并且重伤奥巴马。所以当计划成功时，布朗的胜利使捐助者颇为兴奋。许多人觉得他们亲自扭转了奥巴马医改的局势。"我们认为我们让它赢了！"峰会参加者回忆说。[3]

奥巴马对布朗的当选感到非常困惑，因而在隔天早上的白宫高级职员会议上，他责备地恳问员工，要求知道，"我的表述是什么？我没有表述！"他的政府势头已经被外部资金埋葬。

更加激起捐资者劲头的，是最高法院对联合公民案的裁定，下达时间是1月21日，就在斯科特·布朗在马萨诸塞州胜利的两天后，以及科赫峰会召开前不久。现在看来，布朗的竞争似乎是更多外部资金的一次前途光明的彩排，而法院已将外部资金封为言论自由。因此，当自称的"投资者"一起为2010年中期选举作计划时，他们的心情轻松高涨。

西恩·诺布尔看起来肤色晒黑、很时髦，在六个月前2009年6月的峰会上他还只是主持小组讨论，现在他已经擢升到会议上发言。他的国会员工工作和未偿还的学生贷款都已成为过去。正如他的政治咨询公司网站激动宣布的，"问题不是你知道什么，而是你认识谁"。

这次小组讨论的题目是"2010年的机会：了解选民态度和选举地图"。诺布尔乐观地谈到医保之争，他相信这场斗争已经唤起了全国的反叛。和他一样登台讲演的还有另外三人，每一位都代表地下政治行动的多种方面，而这些行动将在未来一年打垮民主党人。

演讲者中最著名的人物是埃德·吉莱斯皮（Ed Gillespie），全国顶尖的政治谋略家，2003年四十一岁的他成为共和党全国委员会主席。吉莱斯皮作游说发了笔大财，据估计高达1900万美元。他曾是民主党人，并且他与别人共同创立的奎恩吉莱斯皮联合公司（Quinn Gillespie & Associates）是两党性的，其更关心的是生意而非政治纯洁性。公司的客户包括安然，一家在丑闻中破产的大型能源公司，还包括一家医疗保健组织，它推动的个人保险任务类似于被奥巴马反对者称为背叛的行为。[4] 根据国会传言，爱尔兰移民之子吉莱斯皮起初是名泊车员，他能一路高升到华盛顿售卖影响力的繁荣行业的顶端，借助的是他的轻松亲和与敏锐的政治直觉。

法院一作出联合公民案裁决，吉莱斯皮就把握住了它的前景。几周内，他与布什政府同事兼校友的卡尔·罗夫动身去往得克萨斯州，向达拉斯石油俱乐部钱囊深深的石油商推销一种新的隐秘政治机器的计划。[5] 过去捐款的规模有限，而且只能给共和党或是它的候选人，大金主们现在可以给罗夫和吉莱斯皮准备创建的"外部"组织，合法提供无限现金，这两位活动者解释说，这些新组织将充当罗尔梦寐多年的私人辅助力量。罗夫告诉投资者，"人们称我们是巨大右翼阴谋，而我们真的是不称职的右翼阴谋"。他强调说，"现在是时候认真起来了"。[6]

甚至在联合公民案的判决之前，吉莱斯皮就一直很忙。而在奥巴马执政的最初几个月里，许多保守派人士失望泄气，在总统的支持率极高的时候，吉莱斯皮想出了一个巧妙计划来利用他能看到的唯一机会。随着奥巴马领导华盛顿，吉莱斯皮向各州望去。他知道，在2011年这一年中，许多州的立法机构将基于新的共识重绘它们议会选区的边界，这一过程十年才发生一次。所以他拼凑出一个充满野心的战略，目标是让共和党在全国接管州长和立法机关。夺取它们将使共和党人重划各州的议会选区以有利于候选人。虽然各州立法竞争机制对大多数人来说深奥莫测且枯燥得要命，但对吉莱斯皮而言，它们是共和党卷土重来的关键。

"这一切都是坐在埃德在弗吉尼亚州亚历山大市的办公室里构想出来的……完全是他的远见卓识，"吉莱斯皮的同事克里斯·杨科夫斯基（Chris Jankowski）后来告诉《政客》，"现在看来似乎是明显的策略，但你必须回到当年，意识到我们当时多么消沉……他说：'我们可以做点聪明事。'"[7]

吉莱斯皮称该计划是"红图"，即"重划选区多数项目"（Redistricting Majority Project，简称 REDMAP）。为了实现该计划，他接管了共和党州领导委员会（Republican State Leadership Committee，简称 RSLC），这个非营利组织此前作为一个包罗万象的银行，对有兴趣影响州法律的公司负责。他所需要的就是足够的钱，把红图付诸行动。到 2010 年底，RSLC 得到 3000 万美元，3 倍于民主党的对应机构，而数百万美元的帮助来自烟草公司奥驰亚（Altria）和雷诺，还有大笔捐款来自药品行业的沃尔玛，以及例如参加科赫峰会的那些私人富有捐助者。[8]"硬碰硬对撞。"吉莱斯皮后来回忆争夺资金的事说。"不断地工作，工作，工作"，尤其是在科赫峰会这样的蜜罐里。[9]

与诺布尔、吉莱斯皮一道加入这个小组的，是一位身量短小、逐渐谢顶的人，他对于政治上细枝末节之事的要求似乎没有止境。因为他的北卡罗来纳口音和滑下鼻梁的眼镜，他可能会被误认为是南方的店员。但是杰姆斯·亚瑟·"阿特"·波普（James Arthur "Art" Pope）确实是位店主，他事实上是"多样批发商"（Variety Wholesalers）公司的富豪董事长兼首席执行官，这家公司是家族拥有的折扣店集团，数百家商店从美国东岸延伸至南方。波普也是科赫网络的创始成员。作为长期的朋友和盟友，他和查尔斯一样，对自由市场理念充满热情，并且称赞他在加图研究所参加的暑期项目，使他接触到了哈耶克和艾茵·兰德这样的保守派偶像。1981 年从杜克大学法学院毕业并且接管家族私有公司后，他开始将拥有近1.5亿美元资产的波普家族基金会转变成一支出众的政治力量。

在过去的十年里,波普和他的家族及其家族基金会,在致力于推动美国政治转向右派上,已经花费了超过4000万美元。[10]除了定期参加科赫兄弟秘密计划的峰会外,他还在科赫兄弟的主要公共宣传组织"美国繁荣"的董事会任职,一如在先行组织"健全经济公民"中所做的,另外他还和科赫兄弟在许多其他政治事业上通力合作。税务记录显示,波普捐钱给至少27家由科赫兄弟支持的组织,包括反对环境监管、增税、工会和竞选开支限制的各类组织。波普和德沃斯家族一样,是詹姆斯·麦迪逊言论自由中心的支持者。事实上,波普在他的家乡北卡罗来纳州扮演的角色,是科赫兄弟全国性角色的州规模版本。虽然他在州外不出名,但他在家乡日益增加的影响力使得罗利市《新闻与观察家》(*News & Observer*)开始称呼他为"右翼骑士"。

那个周末,波普给小组带来了一个机会,让资助者帮助他把北卡罗来纳州变成红图的实验室。从历史上看,北卡罗来纳一直是关键的摇摆州。这里既是"新南方"(New South)的代表,也是杰西·赫尔姆斯(Jesse Helms)种族迫害的全国议会俱乐部(National Congressional Club)的老巢。而2008年奥巴马在这里险胜,到2010年仍受欢迎。民主党也控制着州议会;而共和党人已经超过一百多年没能控制北卡罗来纳州议会两院了。"谢尔曼将军之后就没有过。"有人这样开了一个玩笑。在2010年赢得议会多数并不容易。但要实现它的话,无人可媲美波普的地位。他既精通晦涩的选举法,又拥有很少有人匹敌的财富。但像科赫兄弟和德沃斯家族一样,多年来他缺乏运气来说服选民跟随他的领导。尽管他在北卡罗来纳州立法机关任职,但他在1992年竞选副州长时曾被完全打败,这是他竞逐全州公职的一次尝试。"他是一个糟糕的候选人。"德奈姆市(Durham)《独立周报》(*Indy Week*)曾报道那次竞选的政治记者鲍勃·吉尔里(Bob Geary)回忆说,"我从没见过他笑。他非常封闭并且迂腐。"[11]

以其广为人知的准确性，波普承认："我不是有魅力的政治演说家。"[12]

翻转这个州需要政治技巧和一些诡计。为此，小组寻求第四名成员，吉姆·埃利斯（Jim Ellis）。科赫兄弟选择峰会参与者是众所周知的挑剔，但似乎并不介意他因违反竞选财务法规而正在被起诉中。埃利斯，这位诺布尔的老朋友，在那里预测2010年竞选的结果，而且他也有其他的专长。

埃利斯曾有为了支持不受欢迎的公司、事业，制造假活动的历史。在20世纪90年代，他曾领导一家名为拉姆赫斯特（Ramhurst）的公司，据文件揭露，这家公司是大型烟草公司雷诺的隐蔽的公关分支。在他的领导下，拉姆赫斯特公司组织了看似自发的欺骗性的"吸烟者权利"抗议活动，反对施加给烟草的拟议法规和征税。[13] 仅在1994年，雷诺公司就投入260万美元给拉姆赫斯特公司以部署行动人员，由这些人动员他们所谓的"党羽"抗议克林顿的医疗保健计划，如果这项计划通过将对烟草销售征重税。[14] 那年的反医保集会上，回响着"滚回俄罗斯！"的呼喊。

如果说这次爆发与十五年后反对奥巴马医保计划有什么惊人相似之处的话，那可能是两次都牵涉同一群政治行动者。埃利斯在拉姆赫斯特公司的两名前高级助手道格·古德伊尔和汤姆·辛霍斯特（Tom Synhorst），在1996年继续成立了公关公司DCI集团，帮助煽动茶党抗议《平价医疗法案》。

与此同时，埃利斯已经进入了华盛顿共和党资金流的核心。如一些新闻报道形容，他成了汤姆·德莱（Tom DeLay）的"得力右手"。德莱是得克萨斯众议院共和党的强大领袖，他在服务企业说客的同时，也勒索他们的竞选捐款，因为这个"K街行动"他臭名昭著。德莱任命埃利斯当他的政治行动委员会的执行主任。二人霸道做法的下场是，2005年两人被指控违反竞选财务法。最终，德莱的定罪被推翻，但埃利斯就没有那么幸运了。2012年，他承认犯有一宗重罪，并缴纳罚款。[15] 但顽强如他，从公司简历中去掉了德莱的名号，然后继续前行。被问及他为钱制造抗议活动的职涯时,埃利斯听起来全无困扰。"草根被设计来给人们行使发言权。"[16]他耸耸肩说。当埃利斯在"2010年的机会"大会上向大捐助者讲话时,他的法律状况还不确定,但他毫无疑问熟识政治的丑恶一面。

受诺布尔和其他小组成员激励,捐助者离开棕榈泉时,对2010年非常乐观,但在消灭奥巴马医改一事上,他们的兴奋很快被证明为时尚早。"在华盛顿和其他地方有种假设,当他们得到斯科特·布朗,医保计划的丧钟就敲响了。"阿克塞尔罗德回忆说,"不会接受的人是奥巴马。他说:'我们要在地下行动并且找出一条路。'"

民主党人最终想出了一个解决问题的计划。众议院将批准12月参议院已经以60票通过的版本。然后,参议院将采用议会策略,只需要51票就能增添修正——规避共和党阻挠的威胁。尽管存在普遍怀疑,但是在3月中旬,执着的众议院议长南希·佩洛西(Nancy Pelosi)接近于成功。

随着通过的可能性越来越高,茶党的抗议也越来越丑陋。在他们背后,是公众看不见的来自科赫兄弟的金援。"美国繁荣"的领导人提姆·菲利普斯,作为国会山3月16日"杀死法案"抗议活动的组织者突然出现,他当场指责民主党人"试图把这份两千页的法案强塞进美国人民的喉咙里!"在几天后的第二次国会山集会上,[17]示威者向经过的民主党议员吐口水;以嘘声嘲笑来自马萨诸塞州的同性恋代表巴尼·弗兰克(Barney Frank)是"基佬";并且向三名黑人议员,约翰·路易斯(John Lewis)、伊曼纽尔·克里夫(Emanuel Cleaver)和吉姆·克莱伯恩(Jim Clyburn)大喊种族歧视性称呼。

尽管如此,在兴奋感上升的情况下,3月21日的众议院记分板显示,支持奥巴马的《平价医疗法案》有216票,这正是通过该法案所需的数字。在议会现场"是的我们能做到"和"是的我们做到了"的自发欢呼,唤起了选举夜的兴奋。那天晚上,奥巴马和他的工作人员在白宫的杜鲁门阳台举行了一次少有的庆祝活动,但总统怀疑政治报复不会等太久。他向政治主管帕特里克·加斯帕德(Patrick Gaspard)举起香槟杯时,开着玩笑说:"你知道的,他们会为了这事踹我们屁股。"[18]

在华盛顿市中心西恩·诺布尔和其他几名科赫工作人员共享的办公空间里,奥巴马的预感被证明是正确的。众议院通过《平价医疗法案》后不久,诺布尔和伙伴们就仔细研究了投票数。一个新计划的微光迸发出来。他们赞同,当前要做的是让他们建立起来的政治组织去与医保计划做斗争,并且利用它来占领刚刚给奥巴马带去伟大胜利的立法机构。

"我们慎重建议把注意力集中于众议院,"诺布尔后来告诉《国家评论》,"这里是法案通过的地方。佩洛西打破的民主党武器如此之多,以至于无权投票赞成该法案。奥巴马医改显然是道分水岭,提供动力使众议院多数席位送回共和党手中。"[19]

几乎无人知道它,但无论出于何种目的,一场与众不同的中期选举开始了。诺布尔的四月大部分花在路上,与查尔斯·科赫、里奇·芬克、兰迪·肯德里克以及关系网中的其他人策划行动细节。大卫·科赫更像是事后诸葛亮,或者如一位参与者所说,他就是弟弟。有条不紊且深思熟虑的查尔斯密切催促计划者。科赫关系网已经发展得非常庞大,以至于要花几周时间与众多捐赠者接洽。在全国各地,百万富翁接着百万富翁,诺布尔推销着计划。他们已经投了票,争论继续。现在是时候做一些问责了。

为诺布尔的保护病人权利中心筹集的资金,到 2010 年底翻了两番,达到 6180 万美元。根据税法,与所有这些"社会福利"组织一样,其资金来源不必公开。这个规定同样适用于另一家与科赫关联的神秘组织"TC4 信托",它在那一年额外募集了 4270 万美元。其中 1/3 以伪装的公开方式转移回了保护病人权利中心。[20] 这使得西恩·诺布尔的资金几乎达到 7500 万美元。有了充裕的现金后,科赫兄弟终于能采取与他们财富匹配的政治行动。

以前,他们给 501(c)(4)"社会福利"组织的款额相对较小。[21] 在联合公民案之前，这些非营利公司像营利性公司一样，被限制在选举中花钱支持或反对候选人。有一些打擦边球，运营他们声称的问题广告，但始终有法律风险盘旋其间。而在联合公民案后，"科赫章鱼"大体上派生出第二套的触手。第一组是智库、学术项目、法律中心，以及议题宣传组织，芬克曾将其描述为意识形态生产线。这些冒险事业作为慈善事业被界定为合法行动，并且仍然被禁止参与政治；给它们的捐款是免税的。2010 年增加了第二组，一个眼花缭乱的"社会福利"组织的迷宫，将隐藏的钱用于中期选举。

近一个世纪前，国会为"社会福利"组织制定法律框架时，未曾料想它们会成为富人隐藏政治支出的手段。事实上，为了符合免税资格，这些组织必须证明，它们将"专门为提升社会福利而行动"。而国税局后来放宽了指导原则，允许它们稍微参与政治，只要这不是它们的"主要"目的。律师们很快把漏洞扩大到荒唐的程度。例如，他们争辩说，如果一个组织将 49% 的资金用于政治，它就遵守了法律，因为它仍然不是"主要"从事政治活动。他们还争辩说，一家这样的组织如果把钱给另一家这样的组织，就可以宣称没有政治开支，即便后者把钱花在政治上。专家们把这套安排比作俄罗斯套娃。例如，2010 年底，保护病人权利中心报告了它的纳税申报表，说它在政治上分文未花。[22] 然而，它拨款 1.03 亿美元给其他保守组织，其中大多数都积极参与了中期选举。[23]

科赫兄弟是全国性暗钱爆炸的一部分。2006 年，只有 2% 的"外部"政治开支来自隐藏捐资人的"社会福利"组织。[24] 2010 年，这个数字上升到 40%，掩盖了数亿美元。竞选财务改革者怒不可遏却又无能为力。"索求这些资金并从支出中获益的政治玩家会知道钱从哪里来，"自由派的竞选法律中心（Campaign Legal Center）高级顾问保罗·瑞恩（Paul S. Ryan）认为，"唯一身处黑暗的将是美国选民。"[25]

管理所有这些新型暗钱是种挑战。四月，当专业竞选人士正在努力思考如何最大限度地利用联合公民案的裁决时，吉莱斯皮邀请了共和党活动家参与"2010年形势的非正式讨论",他在电子邮件中这样描述。这次不寻常的会面发生在卡尔·罗夫的客厅里,房子位于华盛顿西北部的富裕飞地韦弗排房(Weaver Terrace)。有人开玩笑说,他们参加了后来所谓的"韦弗排房组织"的第一次会议,这样他们就能告诉朋友他们身在著名政治领袖的家中。[26] 会上开展的是一次战争委员会,20名聚集在一起的首领协调他们的行动计划并且划分他们的领地。肯尼思·沃格尔在《大钱》(*Big Money*)中将其描述为"新共和党的诞生地——由少数非民选工作人员操控,他们只回应资助他们的最富有的积极分子"[27]。

作为这些活动家运营的虚拟私人银行,两个组织很快出现。第一个是由罗夫发起的美国十字路口和它的 501(c)(4) 旁系"十字路口 GPS"。至于资金方面,主要依赖于他的得州大亨网络。第二个是诺布尔的保护病人权利中心,它开始填满来自科赫捐助者峰会的捐款。与两个组织都密切合作的是美国商会,它以未公开捐款的方式花费了来自企业的数百万美元,其中大部分旨在挫败奥巴马的医保法案。[28] 商会派遣高级官员,参加了韦弗排房会议和科赫捐助者峰会。

每个玩家的角色都被仔细区分。诺布尔关注众议院竞选,参议院则留给罗夫的组织。按照红图策略,吉莱斯皮继续集中注意于州长和州立法机关。为了隐藏他们的作用,工作人员把资金转移到了数不胜数的隐蔽小组织。这也有助于满足法律要求,即没有单一的公益组织将超过一半的资金用在选举上。很快,在缺乏教育的人看来,一波针对民主党的自发攻击似乎在全国爆发。事实上,这是如此集中协调的努力成果,正如一位参与者说:"没有一场竞选是多个组织不同时播放广告的。"[29]

后来诺布尔向保守派刊物《国家评论》的华盛顿编辑埃利安娜·约翰逊解释了他的方法,他制作了一个电子表格,"按照他们失败的可能性"罗列了 64 名民主党议员。到 6 月底,他说,目标清单增加到 88 人,而到了 8 月,有 105 人。他"根据每个成员的投票记录,选区构成,以及其他因素"分配给每个议会选区 1—5 的"获胜潜力",以及每个候选人 1—

40 区间内的分数。最终，他说，他把 105 名目标候选人分为"三等，依据共和党胜利的可能性"。[30]

然后他按照他认为的每个候选人的胜算，分配科赫网络的资金。他没有揭露他的组织在为广告付钱，而是通过一批不同的前线组织来引导资金流向。举例而言，诺布尔向《国家评论》讲解说，他选择了"60 岁以上协会"（60 Plus Association），这家组织是老人游说团"美国退休人员协会"（AARP）的右翼版本，让它在"亚利桑那州第一国会选区、佛罗里达州第二和第二十四选区、印第安纳州第二选区、明尼苏达州第八选区、纽约州第二十选区、俄亥俄州第十六选区、宾夕法尼亚州第三选区，以及威斯康星州第三和第八国会选区"播放攻击民主党的广告。与此同时，他说，他利用另一个组织"争取工作保障的美国人"，这是他在斯科特·布朗竞选中已经部署过的同一个"商业联盟"，让它在"纽约州第二十四、北卡罗来纳州第二和第八、俄亥俄州第十八，以及弗吉尼亚州第九国会选区"播放广告。他还选择其他在布朗竞选中用过的隐蔽组织——位于艾奥瓦州的美国未来基金，在亚拉巴马州第二、科罗拉多州第七、新墨西哥州第一和华盛顿州第二国会选区，播放攻击广告。

美国未来基金，和诺布尔自己的非营利组织一样，属于 501(c)(4)"社会福利"组织，这意味着它可以隐藏捐助者的身份，并且不应该主要参与选举政治。它宣称的使命是"为美国人提供一种保守主义及自由市场的观点"，但实际上，它似乎不过是一个充作保守派政治金钱屏障的前线组织。如果努力追寻它的办公室，结果只会找到位于艾奥瓦州的邮政信箱。[31] 该组织由一名共和党活动人士 2008 年在这个州成立，种子资金来自全国最大乙醇制造商之一的布鲁斯·拉斯泰特（Bruce Rastetter），但税务记录显示，2009 年 87% 的资金和 2010 年约一半的资金只有一个来源：西恩·诺布尔的保护病人权利中心。

与之相类似，"争取工作保障的美国人"属于 501(c)(6)"商业联盟"或"贸易协会"，也有权依据税法隐藏它的资助者，这些人被分类为"成员"。这个组织在弗吉尼亚州亚历山大市有一个实体办事处，但这个场所几乎空空如也。这里只有一名雇员，此人是25岁的共和党竞选助手，与西恩·诺布尔熟识。凭借来自保险行业的100万美元捐款，该组织于1997年成立，它曾被赞成更严格竞选财富管理的自由派组织"公共市民"批评为，不过是"一个伪装的前线组织"。在"争取工作保障的美国人"发起早起活动的阿拉斯加州，那里的官员总结说，这个组织"没有别的目的，只为了在全国各地覆盖各种资金踪迹"[32]。阿拉斯加州控告该组织违反该州的公平选举规则。该组织支付了2万美元和解金，但并不承认有罪。而2010年，在诺布尔的帮助下，它的生意蒸蒸日上。诺布尔的中心在那一年委派给该组织480万美元。

除此之外，诺布尔还将数百万美元用于其他竞选，借助了这些及其他组织，其中包括了反税激进分子格罗弗·诺奎斯特的组织"支持税改的美国人"（Americans for Tax Reform），霍华德·里奇的组织"支持有限政府的美国人"，以及科赫兄弟的旗舰组织"美国繁荣"。[33] "美国繁荣"的预算相应地飙涨。2004年，该组织及其基金会的预算为200万美元。到2008年，增长至1520万美元。而在2010年，达到4000万美元，塞满了来自保护病人权利中心的资金。

在2010年6月，诺布尔测试了这个系统，利用"美国繁荣"攻击汤姆·佩列洛。佩列洛是来自弗吉尼亚州夏洛茨维尔（Charlottesville）的民主党新手议员，就总量管制和交易法案公然反抗化石燃料利益群体。诺布尔为了拓宽他能削弱的民主党领域，想要早早开动。在充满活力的时刻，佩列洛曾称对抗气候变化是"一个礼物"，宣称"三十多年来我们第一次有机会重新定义我们的能源经济"[34]。结果反倒是他在那个夏天被一系列的负面广告重新定义，这些广告不是由他的对手而是由不明局外人支付的。

佩列洛作为摇摆州里直言不讳的民主派，也就成了显眼目标。但很快，神秘资金也在抹黑里克·鲍彻，这名保守派民主党议员的弗吉尼亚选区包括索尔特维尔，那里已经被奥林公司变成了有毒废物倾倒场的工厂小镇。鲍彻在众议院代表这个地区长达28年，之前在州参议院还待了8年多。作为一名弗吉尼亚律师兼商业利益的强大盟友，他对于众议院通过总量管制和交易法案至关重要，他起草了大量方案并赢得了一些大型能源公司的支持，其中包括了杜克能源（Duke Energy）。他在协商这份法案时给煤炭工业赠予的好处如此之多，使得许多环保主义者感到厌恶。尽管如此，他完全支持这项法案的事实激怒了保守派极端分子，其中包括几名积极资助科赫网络的弗吉尼亚煤炭大亨。他正是那种大笔分化的政治资金在渲染灭绝的中间派。

"科赫兄弟每天二十四小时地追赶我"，鲍彻回忆道，那年11月他被打败后，成了盛德律师事务所（Sidley Austin）的合作伙伴。他回忆说，到选举日的时候，他万分震惊，"美国繁荣"和其他保守派外部组织花费了200万美元反对他。"这是阿巴拉契亚！"他说，"这是廉价的媒体市场。那可能像是其他大多数地方的1000万美元。"他讲到他的共和党对手摩根·格里菲斯（Morgan Griffith），"实际上并没有筹集和花费太多钱，而他也没有必要，因为科赫组织为他效劳"。[35]

根据鲍彻的说法，格里菲斯唯一的问题是，他反对处理气候变化和其他环境问题。格里菲斯的胜利让索尔特维尔——在这里环保局已经迫使奥林公司承担责任，整治一条有毒到杀死鱼类的河——由一位将环保局描绘成该地区最大敌人的议员来代表。

在鲍彻看来，污染者通过推翻竞选财务法而取得了胜利。"联合公民案后发生了巨大的变化，"他评价说，"当有人能花任意多的钱而且躲在不明组织背后不用透露是谁时，洪闸打开，一发不可收拾。最高法院犯了一个巨大的错误。这里不存在责任，一点都没有。"

为了塑造中期选情，诺布尔回头找民意专家弗兰克·伦茨进行市场测试。保护病人权利中心付钱在一百个国会选区做民意调查，而且是多次进行。这种帮助来得不便宜。后来的记录显示，保护病人权利中心于

2010年在"信息与调查"上花费了超过1000万美元。

在组织焦点小组后,伦茨建议,反对者需要避免直接攻击奥巴马,此人仍旧颇得民心,而要把民主党候选人和众议院议长南希·佩洛西绑在一起。"她完全是有毒",该项目的一位知情人士说。"人们认为她特别旧金山,所以不太了解。他们的原样说法是,"未经编辑的评论这样说道,"她滑稽可笑。"

为了做出预期的攻击广告,诺布尔再次选择了拉里·麦卡锡,这位资深媒体顾问最知名的能力是把复杂问题提炼成一个简单、有力并且通常是负面的符号。使麦卡锡名声在外的是,他格外精明地取用他的目标竞争对手们的调查研究。他经常利用民意调查、焦点小组、微定位数据和"感知分析器"——评估观众对演示录像瞬间反应的测量器——来打磨他的广告。

麦卡锡[36]是制作不光彩广告的老手,为那些因法律和政治节操原因而想要看起来和候选人毫无关联的人服务。通过说广告是"独立开支",候选人得以推诿。举例来看,威利·霍顿广告由成立联合公民的右翼活动家弗洛伊德·布朗(Floyd Brown)运营的"外部"组织支付。也正是这家组织后来制作了攻击希拉里·克林顿的影片,并命名为公司的语音测试案例。"拉里不仅是目前最好的广告制造者之一,"布朗宣称,"他也是本世纪最优秀的广告创意家之一。你和拉里一起去工作室,你在看的是艺术。"他笑着说:"从我的立场来看,它真美丽。"[37]

杰夫·加林(Geoff Garin)是一位民主党民意专家,过去偶尔与麦卡锡合作,但他更习惯于站在另一边。他的看法没有那么热情洋溢。他形容麦卡锡是"连环罪犯","在拉低美国政治可以接受什么的标准方面,起了相当大的作用"。[38]

在这年6月科赫兄弟在阿斯彭圣瑞吉斯酒店度假村举行第二次峰会的不久前,他们取得了突破,极大地增加了关系网的金融影响力,而此时众议院民主党人通过了一项奥巴马总统支持的法案，以消除所谓的"附带权益"漏洞。这个取消私人股本和对冲基金经理享有的特殊税收优惠的想法，在金融业引起了巨大恐慌。奥巴马在2008年赢得了纽约金融巨头的分量多得惊人的支持，但他的税收立场——永远不会在参议院通过——激怒了许多大人物。史蒂芬·施瓦茨曼是利润相当丰厚的私人股本公司黑石集团（Blackstone Group）董事长兼首席执行官，据《福布斯》估计，其个人财富为65亿美元，他会说政府杜绝漏洞的努力是"一场战争"，并宣称这"就像1939年希特勒入侵波兰"[39]。

施瓦茨曼后来为自己的言论道歉，但事实上奥巴马一上任，奥巴马和华尔街之间的关系就已经开始恶化。因2008年的经济崩溃而备受指责的金融家们感到愤怒，当奥巴马严厉批评他们是"肥猫"时，他们变得极其恼火，还宣称他的政府由一群对商业一无所知的大学教授掌管。而施瓦茨曼与许多其他金融家将其视为一种新水平的侮辱，手持支票纷纷涌向6月的科赫峰会，下定决心阻止他连任。

而讽刺的是，可能正是施瓦茨曼自己的放肆行为，使批评家注意到了附带利益漏洞。2006年，他决定将黑石集团从私人合伙企业转变为一家上市公司，他被要求首次披露他的收入。其数字震惊了华尔街和华盛顿。在2006年，他赚得3.983亿美元，是高盛首席执行官收入的9倍。除此之外，他的黑石集团股份价值超过70亿美元。2008年詹姆斯·斯图尔特（James B. Stewart）在《纽约客》的人物报道里，引用了施瓦茨曼一名朋友的说法："你完全不知道这给华尔街留下的印象多深。你们所有的人用整整一辈子辛勤工作，挣到2000万美元。当然，这是一大笔钱，然而施瓦茨曼一发力，似乎一夜之间，就拥有了80亿美元。"[40]

除此之外，斯图尔特还写道，施瓦茨曼"使自己成为华尔街贪婪和炫耀的活靶子"，他有着"豪华住宅的庞大收藏，即便以华尔街的现行标准来看，这些住所都格外奢华"。2007年《华尔街日报》的人物报道也讲到，施瓦茨曼五所豪宅的其中一处，是"位于佛罗里达棕榈滩的

1.1万平方英尺的家……他向行政主厨兼房产经理让-皮埃尔·崔金（Jean-Pierre Zeugin）抱怨说，一名员工不穿与制服搭配的黑鞋……橡胶鞋底的尖利噪声令他分心"。[41] 他自己的母亲告诉日报，"钱驱使着他，是衡量的标尺"。

而施瓦茨曼自己造成最严重伤害的，是他在2007年2月花费300万美元为自己打造的六十岁生日聚会，他请来流行歌星罗德·斯图尔特（Rod Stewart）和帕蒂·拉贝尔（Patti LaBelle）为自己献唱。亿万富翁狂欢作乐激起的媒体关注，直接导致国会要求填补附带的利益漏洞。[42]

这个漏洞实质上是一种会计诈术，使对冲基金和私人股本经理能够把他们的一大部分收入归类为"利息"，并以那时适用于长期资本收益的15%税率征税。这还不到其他顶级工薪阶层所得税率的一半。批评者称，这个漏洞对于百万、亿万富翁是种巨大补贴，而代价是牺牲普通纳税人。进步主义智库经济政策研究所（Economic Policy Institute）估计，这种对冲基金漏洞使政府每年付出60亿美元[43]的代价——足以给300万名孩童提供医疗服务。它还说，总数中每年约有20亿美元的减税，仅由25人享有。

至少从2007年起，国会批评者一直努力关闭这个漏洞，然而尽管改革法案已经在民主党众议院通过了三次，但是总在参议院折腰，成为共和党和民主党的华尔街庇护者的牺牲对象。

随着2010年夏天这个问题再次凸显，金融家们又一次动员起来。当奥巴马首次开始批判对冲基金"投机者"和"肥猫"时，在康涅狄格州格林尼治经营对冲基金的克利福德·阿斯内斯（Clifford Asness）号召准备作战，宣称"对冲基金真的需要一名社群组织者"。[44]

在6月主题为"了解和处理美国自由企业与繁荣的威胁"的科赫峰会上，组织者们正在等待施瓦茨曼及其他人。这些金融家代表了与科赫兄弟不同的一股共和党力量。其中极少数有狂热的意识形态。大多数人只是关心保护他们财富的继续积累。但是当他们的资源结合了保守运动早期资助者建造的意识形态机器,以及科赫兄弟和其他反政府激进分子的思想狂热时,结果却足以将共和党整个带向右派的汹涌金流。

另一名参加阿斯彭会议的对冲基金经理曾经是奥巴马筹款人——肯·格里芬（Ken Griffin）,他是位于芝加哥的城堡（Citadel）对冲基金的创始人兼首席执行官,他从奥巴马的共和党筹款人变到共和党一边,是后来所称的"对冲基金转变"的一部分。这一事件中的其他亿万富翁金融家还包括,从家得宝的创始人变身为投资银行家的肯·兰戈尼,以及总部位于马萨诸塞州的私人股本投资者约翰·蔡尔兹（John Childs）。托马斯·李合伙人公司（Thomas H. Lee Partners）为饮料公司斯奈普（Snapple）进行杠杆收购交易,两年内赚到9亿美元时,蔡尔兹在该公司担任二把手。他自己的蔡尔兹联合公司（J. W. Childs Associates）经历过几番沉浮,但他始终坚持是保守政治的大投资者,曾经被形容为"共和党在马萨诸塞州拥有的最接近自动取款机的东西"[45]。在2010年的选举周期中,蔡尔兹会继续花费90.7万美元在联邦选举上。

对冲基金经理保罗·辛格是曼哈顿研究所主席,也是共和党的主要捐助者,他没有参会,但是由他的亲密助手安妮·迪克森（Annie Dickerson）代表出席。辛格的埃利奥特管理（Elliott Management）公司在金融业有独特的市场定位。它购买破产公司和国家的不良债务,然后要求全额付清,否则必要时就将它们告上法庭。批评者称这种花招是不道德的,特别是应用于贫困国家的时候,谴责他是以贫穷为食的"秃鹫资本家"。然而据估计,辛格通过这样的做法已经积累了9亿美元的财富。自称为戈德华特自由企业保守主义者的辛格,是同性恋权利的支持者,也是奥巴马政府金融监管改革的严厉批评者。在对民主党人的怒火中,那年夏天他在曼哈顿主持了自己的筹款活动,支持那些反对多德-弗兰克及其他金融改革的共和党候选人。他还在另一名心怀不满的对冲基金捐助者SAC资本的史蒂夫·科恩价值1400万美元的家中,参加了另一场类似的会议。根据后来的报道,这个极其富有的亿万大亨小圈子很快"输送至少 1000 万美元"给中期选举中助推共和党人的组织,而且没有留下任何公开踪迹。[46]

到这时,科赫峰会上的财富集中程度非比寻常。6 月在阿斯彭秘密与会的 200 名左右参与者中,至少有 11 人位列《福布斯》400 名最富有美国人名单。[47]根据杂志当时对他们财富的评估,仅是这一群人的资产总额就高达 1291 亿美元。

希望能激发他们慷慨解囊,诺布尔在名为"为 11 月动员公民"的讨论小组上,为捐助者预映了电视广告样例,内容是抨击奥巴马医改,以及吹捧共和党的获胜机会。"今年秋天有机会选出更坚定地致力于自由和繁荣的领导人吗?"这场讨论的手册上问道。"这次会议将进一步评估形势,并提出一个方案,培养选民了解经济自由的重要性。"

和诺布尔一同参加这次讨论小组的有"美国繁荣"的总裁提姆·菲利普斯,他公布了他的组织计划,要在几场目标性中期竞选中投入闻所未闻的 4500 万美元。

那天晚上,与会者还收到了福克斯新闻主持人格伦·贝克一次激情四溢的晚宴讲演,作为对哈耶克的致敬,题目设定为"美国在通往奴役的路上吗?"最后,为当晚画上句点的是由捐赠者信托主办的一场"鸡尾酒和甜点招待会"。该组织为捐助者提供进行大笔匿名捐款的政治安全的方式,后来其负责人惠特尼·鲍尔简要解释了出席活动的原因:这是一个"目标丰富的环境"[48]。

最后一天,捐助者在午餐时参与一场形同拍卖的竞价活动,在笑声与掌声中,彼此用七位数的承诺不断超越。据报道,查尔斯和大卫·科赫他们也许诺了 1200 万美元。到午餐结束后,科赫支持的非营利组织可以指望从下注中得到 2500 多万美元。[49]

7 月,民主党战略家们开始察觉到一股奇怪的暗流,似乎一场近海海啸正在蓄力中。一位工作人员制作出一份图表,收集十个共和党阵营的独立组织所承诺的中期选举支出,然后震惊地发现,仅是总支出中的这一部分可能就至少达到2亿美元。"美国繁荣"承诺过要花费4500万美元，卡尔·罗夫的美国十字路口组织是5200万美元，美国商会承诺7500万美元，还有其他不计其数的组织，包括拥有大笔秘密资金的数量不明的暗钱组织，都排着队花费数百万美元。这幅图在党内作为地下出版物流传，一名看到它的民主党活动人士承认，这是"一记要命的警钟"[50]。

这些数字使奥巴马政府措手不及。前白宫助理安妮塔·邓恩（Anita Dunn）承认："显然，联合公民案会打开洪闸，并且将对民主党不利。但它在2010年爆发了。花在中期选举的数额可能惊到了每个人。"[51]

迟至5月，阿克塞尔罗德才知道科赫兄弟是谁。[52]当记者问他对他们有何了解时，他似乎没有把握。后来，科赫公关小组会表示，关于他们的新闻报道是由白宫发起的。而事实上，奥巴马的政治团队几乎一无所知。只有在地下工作的诺布尔团队开始在全国各地向民主党发起攻击后，白宫的一些人才开始感到有些古怪。正如阿克塞尔罗德回忆的："我们开始好奇，这些钱都是哪里来的？"

在艾奥瓦州，美国未来基金开始播出拉里·麦卡锡创作的广告，民主党民意调查员杰夫·加林（Geoff Garin）形容这也许是"今年最恶劣的"一则。这则广告指责当时的议员、艾奥瓦州民主党律师布鲁斯·布雷利（Bruce Braley），支持在下曼哈顿区拟议的伊斯兰社区中心，该中心被误导性地称作"归零地清真寺"。随着镜头画面在被摧毁的世贸中心滚动，解说员说道："几个世纪以来，穆斯林在赢得军事胜利的地方建造清真寺。"现在庆祝"9·11"的清真寺将建造起来，就在"伊斯兰恐怖分子杀害了三千名美国人"的地方；解说员表示，这仿佛像是日本人要在珍珠港建造一座胜利纪念碑。然后这则广告指责布雷利支持这座清真寺。

事实上，布雷利在这个问题上并无立场。对于一名来自艾奥瓦的议员来说这并非惊奇之事。但是一位身份不明的视频摄像者在艾奥瓦州的集市上伏击，并就此事询问了他。

布雷利回答说，他认为此事是须由纽约人决定的当地规划问题。不久之后他说，攻击广告"像是《绿野仙踪》中的房子砸在我身上"[53]。2008年，布雷利以30%的优势赢得席位，至2010年优势则几乎丧失。美国未来基金对付布雷利的努力，是那年独立组织发起的最昂贵运动。

选举结束后，布雷利指责广告制造者麦卡锡"以最低下的方式从联合公民案中获利"。至于那些雇佣麦卡锡的人，他说，他们"正在一路大笑走向银行。对他们来说这是一次不错的投资……他们是胜利者。失败者是美国人民，以及真相"。

在北卡罗来纳，连任七届的民主党国会议员鲍勃·埃瑟里奇（Bob Etheridge）的情况更加糟糕。他是麦卡锡为诺布尔的另一个前线组织"争取工作保障的美国人"制作的广告的攻击对象。那年夏天，埃瑟里奇走在国会山时，也发现自己不知不觉成为视频伏击的受害者。两名身着西装的年轻人走近他。一个人将摄影机直戳他脸，而另一个人则要求知道，"你完全支持奥巴马的议程吗？"埃瑟里奇吃了一惊，问道："你是谁？"没有得到回答就又问了一遍。越来越愤怒的他将这个问题重复了五次，直到最后他把摄影机推开，抓住了这名询问者。

"请放开我的胳膊，议员。"提问者恳求着，而摄影机还在继续记录。

"你是谁？"埃瑟里奇重复问。

最后，采访者结结巴巴地说："我只是一个学生，先生。"

"从哪儿来？"埃瑟里奇问。

"街上。"回答说。

在几天之内，一则经过编辑后显得埃瑟里奇失控发狂的对峙视频被上传至保守派网站大政府（Big Government），标题为"议员攻击学生"。视频如病毒般传播开来。不久之后，麦卡锡将视频插入一则名为"你是谁？"的攻击广告，其中装作来自埃瑟里奇选区的人们回答说："我们都是你的选民。"接着不准确地指责埃瑟里奇想要削减医疗保险。按照伦茨的指示，南希·佩洛西也在广告中突出出现。而最终给予埃瑟里奇致命一击的是有人指责他，就像布雷利一样，支持"归零地清真寺"。

罗利市当地的 WRAL 电视台报道了这场活动，指出"争取工作保障的美国人"花费了 36 万美元在媒体上反对埃瑟里奇，然而当时无人知道该组织背后的支持者。

经过 17 天的重新计票后，心烦意乱的埃瑟里奇在 11 月输给了茶党支持者勒妮·埃尔默斯（Renee Ellmers），一名在莎拉·佩林支持下竞选的护士。次日，此前否认有任何作用的共和党众议院全国委员会（National Republican Congressional Committee，简称 NRCC）承认，它是伏击视频的幕后支持者。如何使这则视频成功成为"独立"广告的内幕则从未得到揭露，不过 NRCC 也是麦卡锡的客户之一。

布雷利、埃瑟里奇、佩列洛和其他民主党人，在那年先后受到不明视频制作者的伏击，这并不是巧合。2010 年，"美国繁荣"和其他一些保守派组织鼓励成员们招惹民主党候选人，在镜头中记录下他们的暴怒。[54] 一些人给出了做法指导。经过一段时间后，这种做法也蔓延到了自由派组织。互联网上病毒式视频的力量呈指数性增长，特别是那些捕捉到举止有失体面的视频。

在这段时间里，科赫网络中几名最富有的成员助长了这种行径，开启了媒体事业，扩大党派攻击的曝光。比如怀俄明州共同基金巨头福斯特·福赖斯，在 2010 年与塔克·卡尔森（Tucker Carlson）午餐谈话后，承诺花费 300 万美元成立《每日来电》，由卡尔森任总编。这家新闻网站自称是《赫芬顿邮报》（The Huffington Post）的保守版。事实上，它起的作用更像是由捐助者阶层支付的对手研究的发泄口。查尔斯·科赫的基金会之后也会支持这家新闻网站。（那年 8 月《纽约客》发布我的研究科赫兄弟的文章《隐蔽行动》后，《每日来电》被选为针对我的报复性调查研究的平台，然而在被证明错误后，网站决定不去运作。）

只有到 2011 年事情才浮出水面。[55] 至少在纽约，"归零地清真寺"的争议已然部分激起了政治收益，支持资金来自位于长岛的 150 亿美元对冲基金公司文艺复兴科技的联合首席执行官罗伯特·默瑟。为了帮助纽约的保守派候选人，默瑟捐献了100万美元来帮忙支付攻击"归零地清真寺"支持者的广告。默瑟过去是计算机程序员，享有杰出数学家和古怪孤僻者的声名，对于科赫峰会他相对来说是一名新人。而他很快对该组织印象深刻。他长期以来轻视政府，并且和科赫兄弟一样反感政府监管。除了围绕"清真寺"问题煽风点火外，据说2010年默瑟向一家超级PAC捐献超过30万美元，设法击败来自俄勒冈州的民主党众议员皮特·德法西奥（Pete DeFazio），此人曾提议向股票交易征税。"文艺复兴"是一家所谓的定量基金，根据计算机算法以极高的频率和体量交易股票，因而拟议的税法将向公司传奇般的利润狠狠咬上一口。某位熟悉默瑟想法的人坚持认为，他牵扯进竞选的原因并不是拟议的股票交易税，而是默瑟与共和党候选人亚瑟·罗宾逊（Arthur Robinson）都对全球变暖深感怀疑。默瑟拒绝透露动机，他没有公开讨论这些问题，却为操控选民惧怕恐怖主义和医疗保险的广告付了钱。

随着议会竞争逐渐加剧，吉莱斯皮的共和党州领导委员会开始将暗钱引入地方州议会竞选，一场接着一场。其中有鬼鬼祟祟、合作良好的项目，占领威斯康星、密歇根、俄亥俄州和其他地方的州议会议场。尤其是北卡罗来纳州不负众望，成为红图策略的完美试验场。与此同时，阿特·波普在这里的巨大作用也指导性地证明了，一个异常富有的积极分子在后联合公民时代对一个州能够有多大的影响力。

许多细节仍然从公众视线中遮蔽。但是2011年秋天，在北卡罗来纳州西部的偏远角落，曾经代表州参议院达三个任期的退休民主党法官约翰·斯诺发现，自己遭受到一次又一次的政治攻击。经常投票支持共和党的斯诺被认为是州议会中最保守的民主党人，而且他的记录反映了他的选民的意见。他的共和党对手吉姆·戴维斯——一名茶党松散联盟的矫形牙医——政治经验极少，而斯诺是曾经的大学橄榄球明星，他有望轻松连任。然而不知怎么的，戴维斯似乎有无穷的资金用来指责斯诺。

斯诺回忆说，"和北卡罗来纳参、众议院其他投票成员一样，我投票支持给海岸上的水族馆帮忙建一个码头"[56]。但是电视攻击广告展现"豪华码头"是斯诺的浪费方案。"我们失去了工作。"广告中的一名女演员说。"约翰·斯诺解决我们经济问题的方法？'去钓鱼！'"一则群发邮件用卡通猪作装饰，指责码头是斯诺的"猪肉项目"之一。

总之斯诺说，他是二十多封群发邮件的目标，其中一封让人想起威利·霍顿广告。邮件主要内容是一张看起来颇有威胁的非裔美国罪犯的照片，信中写道，"多亏傲慢的参议员约翰·斯诺"，这个人可能"很快就能从死囚室放出来"。事实上，斯诺支持死刑，而且起诉过谋杀案。但在2009年，斯诺帮助通过了一项新州法——《种族正义法案》（Racial Justice Act），它使得如果一个囚犯能够证明陪审团的裁决受种族主义玷染，法官能够重新考虑死刑。这个法案是为了尝试解决死刑判决中巨大的种族差异。

斯诺后来回忆说，"攻击在不断发生"。"我的对手使用了恐惧战术。我是温和派，但他们试图让我看起来像自由派。"在选举夜，他以使人苦闷的不足200票的微弱差距落败。

选举结束后，无党派、倾企业的组织北卡罗来纳州自由企业基金会揭露，两个看似独立的外部政治组织发布广告针对斯诺，花费了数十万美元——这对于贫穷边远地区的地方选举而言是一笔巨款。波普帮助资助了公民社团行动（Civitas Action）和北卡真实工作（Real Jobs NC）这两家组织。[57]事实上，2010年波普捐献了20万美元的种子资金开启北卡真实工作，该组织即是"去钓鱼"以及攻击斯诺"猪肉项目"的群发邮件的始作俑者。

北卡真实工作还接受了来自埃德·吉莱斯皮共和党州领导委员会的125万美元巨款。而按照新闻调查机构"为了人民"解释，吉莱斯皮的组织按照为了向选民隐藏其参与而设计出的方式，将捐款分配出去。其方法不是把自己的名字放在广告上，而是创建听起来像当地新的非营利组织，且不用"共和党"这个词。作为社会福利组织，它声称是非政治性的,但是它的资金被用来攻击这个州20位不同的民主党人,没有一位共和党人。

鲍勃·菲利普斯是共同事业组织北卡分会的负责人,该组织推动对政治资金更严格的控制。他密切观察着正在上演的戏剧,并且得出结论,在地方层级,联合公民案的判决是比在全国更大的"规则改变者"。他说,裁决使单一捐助者,特别是像波普和科赫兄弟这样有大型企业资金渠道的人,起到重要甚至是决定性的作用。菲利普斯说,"2010年之前我们没有它……联合公民打开大门。现在,一名候选人可以真正地由独立组织花费更多的钱。我们在北卡罗来纳看到了这个,并且很多钱可以追溯到阿特·波普那里"。[58]

事实上,由相似的不明外部组织赞助的误导性广告在全国各地的竞选中突然出现。在费耶特维尔,正在寻求连任北卡罗来纳州参议员的、61岁的倾企业民主党人玛格丽特·迪克森(Margaret Dickson)被描绘为南希·佩洛西的克隆体,尽管她的记录保守得多。另一则由对手资助的广告使她看起来像"一个妓女",她说,画面上一个幽灵涂上口红,拿走成堆美钞,暗示她为了钱亵渎她在州议会的工作。波普后来说他被这则广告吓了一跳,但是他担任董事会的"美国繁荣"反而助推了她的对手。"那些广告伤害了我,"她后来说,"我已经经历过四次了,但这次活动的腔调比任何我见过的都更加丑恶,也更加私人。"[59]在选举当晚,迪克森缺少约1000票而落败,而她的选区人口超过15万。

民主党律师克里斯·希格第(Chris Heagarty)在罗利市竞选议员失败,他曾经领导过一个选举改革组织,并且对于政治资金并不那么天真。然而即便是他,也对集结攻击他的密集打击猝不及防。北卡真实工作和公民社团行动花费了7万美元在广告上,将他描绘成一个财政挥霍者,而"美国繁荣"对他的对手投入更大。一则广告指责他投票支持"增加超过10亿美元税收",尽管他未曾在立法机关任职。他说:"如果你把波普的所有组织聚集在一起,它们就会和北卡罗来纳的共和党人比胜选的那家伙花费更多的钱来打败我。"他陷入沉默,接着补充道:"对于一个人而言,拥有这么强大的力量令人恐惧。有钱就能买到北卡罗来纳政府。"[60]

自认为是历史上民主党州的失败者以及诚实改革者的波普,对这样的谈话感到不快。他在一次采访中说:"人们乱抛'某某试图收买选举'之类的说法。"[61]但在他看来,这诱发了贿赂,而且"这是非法、腐败的,是我在北卡罗来纳曾努力反抗的一些东西"。他说,他花的钱只是帮助"教育"公民,为了使他们能够"做出明智的决定。这是第一修正案的精髓!"被问及那些有更多现金的人可能淹没不富有的声音时,他说:"在这方面我真的比北卡罗来纳选民更有信心。"北卡罗来纳州参议院的民主党领袖马丁·内斯比特(Martin Nesbitt Jr.)并不信服。对于波普2010年的支出,他说:"这不是教化公民;这是凶猛攻击。他在做的就是收买选举。"

其他的批评家指责,波普利用享有税免的慈善事业,以推动有利他公司的激烈的倾企业、反税收政策。例如,在他家族基金会资助的智库工作的学者们,反对提升最低工资,而事实是完全反对任何最低工资法。与此同时,波普家折扣店的许多雇员都被支付最低工资。"我很小心地遵守法律,"波普说,"而且我把个人活动与慈善、公共政策、草根和独立支出的活动区别开来。"

他抗议夸张漫画把他描绘成贪婪自利的人,声称他深切关心北卡罗来纳人民,但是他相信私人企业能比政府社会项目更好地服务他们。因此他信奉削减个人和企业所得税、废除遗产税,以及削减州开支。朋友们解释说,波普认为这是慈善事业,他捐钱的对象,在照顾穷人和弱势群体,而不是政府。

波普家族的财富高度依赖低收入赞助人。1930年,波普的祖父在北卡罗来纳建立了五家廉价小商店并传给了下一代。波普的父亲是坚毅节俭的商人,把家族事业扩大成跨越13个州的帝国。然后波普在公司里一路高升,成为首席执行官。多样批发商公司拥有几家连锁店,包括罗西斯(Roses)、美威(Maxway)、超级10(Super 10)和便宜小镇(Bargain

Town）。这家公司青睐平均年收入不到 4 万美元的特定人口，以及至少有 25% 人口是非裔美国人的街区。

尽管引发了争议，但在 2010 年的北卡罗来纳州，波普和"外部"资金的胜利横扫一切。在波普和家族以及他们的组织设为目标的 22 场地方立法竞选中，共和党赢下 18 场。正如吉莱斯皮和他所希望的，这使两院牢牢掌握在共和党多数派手上，这是自 1870 年以来的首次。

根据南方研究所（Institute for Southern Studies）的研究，北卡罗来纳州 2010 年州选举中，独立团体 3/4 的支出来自与波普相关联的账户。波普与家族以及他支持的团体花费的总数额达到 220 万美元，以全国标准来看并不太多，但足以在一州范围内施加重要影响。

事实上，这种模式在全国各地重演。"奥巴马的团队做了一些令人惊奇的事情，那些家伙真的有些厉害，但民主党在州议院惨败。"[62] 前共和党众议员、红图主席汤姆·雷诺兹（Tom Reynolds）后来告诉《政客》。吉莱斯皮的副手克里斯·扬科夫斯基（Chris Jankowski）后来承认："起初我有点惊慌，他们没有真正在竞争。我以为我会被一记冷拳击中。"但接着，他说："我意识到正在发生什么，就像是，我们能把比分上升多少。"

中期选举前的最后一个月里，奥巴马的政治顾问们意识到，他们几乎毫无阻止灾难发生的方法。"我们在十月丧失了所有希望，"一名白宫助理后来承认，"我们感到没什么可做的。我们只得让船撞向冰山。"[63]

作为最后的努力，奥巴马尽力警告选民，共和党人正试图用秘密的特殊利益现金来窃取选举结果。他开始说出联合公民案如何允许"特殊利益利用有误导名称的前线组织赞助的欺骗性的攻击广告潮"。他甚至几乎不加掩饰地提到科赫兄弟，表示大公司藏匿于"像'美国繁荣'这样名称看似无害的组织"背后。奥巴马说，"他们不必确切地说'美国繁荣'是谁。你不知道这是否是一家外国控制的公司"，甚或是"一家大型石油公司"。

在选举前最后的日子里，民主党播放了全国性广告，指责"布什亲信"

埃德·吉莱斯皮和卡尔·罗夫,以及"大企业雇佣的骗子","窃取我们的民主"。场景中一位老妇人正被抢劫。然而这个画面陈腐老套,而且信息过于单一。几乎不可能在简短片段中向公众解释清楚,海量暗钱、捐助者经济利益、对奥巴马政策的猛击以及他们生活之间的关联。专业政治顾问的传统观点认为,美国人要么不明白,要么就是不在乎。[64]

考虑到历史趋势以及高达 9.5% 的失业率,2010 年共和党的声势壮大很可能无可避免,但是来自超富保守派无与匹敌的资金,将可能的胜利彻底击溃。诺布尔已经取得了如此大的进展,以至于在最后几周的竞选活动中,他正以超越第三类国会候选人为目标,之前没有人相信这些人会受批评。注意到来自明尼苏达州德卢斯市的民主党议员吉姆·奥伯斯塔(Jim Oberstar)没筹出多少钱后,诺布尔买下当地电视台时间,播出了和麦卡锡一同打造的广告,将奥伯斯塔塑造成为迪斯科时代的遗物,即关心自己多于关心选民。出乎所有人的意料,奥伯斯塔成为诺布尔刻下的又一道功勋。

2010 年 11 月 2 日,民主党遭遇了巨大失败,失去了众议院的控制权。在他迅速掌权后的短短两年后,奥巴马的政党和他推动的充满抱负的立法希望全部被击垮。共和党在众议院取得 63 个席位,使得他们牢牢掌控众议院。这是自 1948 年以来的最大翻转。首位女议长,也是伦茨钟爱的攻击对象的佩洛西,仅仅四年后就被放逐到少数派地位。新议长、俄亥俄州共和党人约翰·博纳现在的核心小组中满是茶党狂热分子,他们通过大体攻击政府、特别攻击奥巴马,攫取了权力。有几个人战胜温和派赢得了初选。许多人将他们的胜利归功于期待激进保守变革的捐助者。妥协不符合他们的利益。

民主党几乎在每个层面都遭受巨大挫折。共和党人取得了 6 个参议院席位。在州一级,民主党的损失更加令人震惊。在全国范围内,共和党获得了 675 个立法席位。他们在 21 个州赢得了立法机构和州长办公室的双重控制;民主党仅在 11 个州拥有同样的一党统治。地图看上去一片红，仅有几座蓝色小岛。

作为他们收获的结果，共和党现在可改划选区的地区是民主党的四倍。通过创造可靠的保险席位，他们可以建立一堵"防火墙"，防止民主党在下一个十年控制国会。

显然，相对温和的投资，红图取得的回报非常可观。对于共和党人来说，正如《政客》的格伦·思拉什（Glenn Thrush）观察的，这成为"不断给予的礼物"。"新晋共和党州，例如密歇根、威斯康星、俄亥俄和北卡罗来纳州，很快成为滋生攻击奥巴马核心议程的温床。他们破坏了他在健保、堕胎、同性恋权利、投票权、移民、环保、枪支和劳工议题上的政策。"

"感觉很糟糕。"奥巴马在选举后一天的记者招待会上承认。尤其伤人的是，他说，必须打电话慰问那些挺身替他和他的政策辩护而陷入孤立的民主党人，比如俄亥俄州州长特德·斯特克里兰（Ted Strickland）。他说："过去几天里最艰难的事情是，看到真正好的公仆不能再继续服务……看到他们离去不仅是悲伤，我也有很多对自己的质疑，我是否本可以做些不同的事，或是更多的事。"

他建议说："我认为这是每位总统都需要经历的事情。"而他接着停顿片刻，虚弱地说着玩笑话："我不是在暗示未来每一位总统都会经历和我昨晚一样的惨败。"

那晚最大却最不知名的赢家是西恩·诺布尔。他在国会山担任国会助理的时候，挣得的年薪是8.7万美元。相比之下，到2011年，他已经有钱到除了和妻子在凤凰城拥有两套房子之外，还购买了两套大房产。彭博新闻社报道，他花费66.5万美元在国会山购买了一座联排别墅，另外还拥有"一套位于犹他州哈里肯（Hurricane）的5700平方英尺大、有8间卧室的房子"[65]，金额未知。而最重要的是，2012年大选的创纪录开支近在眼前。

注释:

1. 参见 Brian Mooney, "Late Spending Frenzy Fueled Senate Race," Boston Globe, Jan. 24, 2010。布朗和对手马萨·科克利在参议员竞选中的总支出基本持平,但是当科克利从传统的民主党委员会得到大笔现金时,布朗没从共和党委员会偷拿一分钱。但是他从外部保守组织那里得到260万美元捐款,比科克利从外部组织得到将近100多万美元,这在填补巨大差距中发挥了重要作用。
2. 根据的报道来自 Steve Leblanc, Associated Press, Feb. 19, 2010。美国未来基金花费618000美元对付马萨·科克利,另外"争取工作保障的美国人"——2010年将从保护病人权利中心得到480万美元的组织——花费46万美元制作对付科克利的广告。与美国商会最后一分钟广告的100万美元加一起,在保守派外部组织花在过去12天竞选活动的260万美元里,这三个组织占据大部分。
3. 不愿透露身份的参与者与作者的对谈。
4. 埃德·吉莱斯皮说,他从未支持过个人的托管,即便他的公司代表的公司联盟建议这项计划。参见 James Hohmann, "Ed Gillespie's Steep Slog to the Senate," Politico, Jan. 13, 2014。
5. Vogel, Big Money, 47, 以更丰富的细节描述了达拉斯石油俱乐部的会面。
6. Ken Vogel, "Politics, Karl Rove and the Modern Money Machine," Politico, July/August 2014。
7. Glenn Thrush, "Obama's States of Despair: 2010 Losses Still Haunt," Politico, July 26, 2013。
8. 参见 Olga Pierce, Justin Elliott, and Theodoric Meyer, "How Dark Money Helped Republicans Hold the House and Hurt Voters," ProPublica, Dec. 21, 2012。
9. 参见 Nicholas Confessore, "A National Strategy Funds State Political Monopolies," New York Times, Jan. 12, 2014。
10. 4000万美元的数目,根据进步主义政府监管组织 Democracy NC 对税务记录的分析。
11. 此人与作者的对谈。首次出现见 Jane Mayer, "State for Sale," New Yorker, Oct. 10, 2011。
12. 此人与作者的对谈,首次出现见上一条。
13. 参见 Ted Gup, "Fakin' It," Mother Jones, May/June 1996。他写道,看起来貌似自制的举牌,实际上是北卡罗来纳州温斯顿—塞勒姆的烟草公司高管,用联邦快递寄给吸烟者权利团体的。
14. 吸烟者权利团体的组织,参见 Peter Stone, "The Nicotine Network," Mother Jones, May/June 1996。
15. 2012年6月埃利斯承认进行过非法竞选献金的重罪指控。在认罪协议中,他被判四年缓刑和1万美元罚款。他说,他的理解是,缓刑期之后,在2016年,进一步的裁决可能会驳回指控。
16. 此人与作者的对谈。
17. Sam Stein, "Tea Party Protests— 'Ni**er,' 'Fa**ot' Shouted at Members of Congress," Huffington Post, March 20, 2010。
18. Halperin and Heilemann, Double Down, 13。
19. Johnson, "Inside the Koch-Funded Ads Giving Dems Fits"。
20. 表格显示,TC4将钱送给会计所称的"被无视的实体",因此没有显示是给了CPPR,而是给了两家伪装分支 Eleventh Edition LLC 和 American Commitment。参见 Viveca Novak, Robert Maguire, and Russ Choma, "Nonprofit Funneled Money to Kochs' Voter Database Effort, Other Conservative Groups," OpenSecrets.org, Dec. 21, 2012。
21. 2010年之前,科赫兄弟主要支持的这类"社会福利"组织是"美国繁荣",他们仅在布什总统时期给予适量资助。相对的，他们大量捐助了国税局界定的慈善组织，或是501(c)(3)类组织，因为他们可以取得税收减免，而这些组织被严格禁止参与选举政治。

22 响应政治研究中心首先报告了这个事实，即保护病人权利中心在2010年国税局990税表中，没有申报任何政治上的支出。精彩深入的报告参见Kim Barker, "How Nonprofits Spend Millions on Elections and Call It Public Welfare," ProPublica, Aug. 18, 2012。其更详细地描述了这个现象。

23 支出数据涵盖2009年到2011年，而且包括TC4信托。

24 这些数据的计算来自响应政治研究中心，并且排除了党派委员会的支出。

25 Barker, "How Nonprofits Spend Millions on Elections and Call It Public Welfare"。

26 史蒂文·劳说，几位参与者，包括他自己，"为了能够告诉朋友他们去了卡尔·罗夫的家，就去了"。Joe Hagan, "Goddangit, Baby, We're Making Good Time," *New York*, Feb. 27, 2011。

27 Vogel, *Big Money*, 49。

28 例如彭博社报道，在2009年和2010年，健康保险业为攻击广告，悄悄向美国商会输送超过8600万美元。Drew Armstrong, "Health Insurers Gave $86 Million to Fight Health Law," Bloomberg, Nov. 17, 2010。

29 Vogel, *Big Money*, 53。

30 Eliana Johnson, "Inside the Koch-Funded Ads Giving Dems Fits," National Review.com, March 31, 2014。

31 Jim Rutenberg, Don Van Natta Jr., and Mike McIntire, "Offering Donors Secrecy, and Going on Attack," *New York Times*, Oct. 11, 2010。

32 Mike McIntire, "Under Tax-Exempt Cloak, Political Dollars Flow," *New York Times*, Sept. 23, 2010。

33 2010年，诺布尔的CPPR分发了3100万美元——仅占基金的一半——给五家保守派组织，这些组织接着在攻击58名民主党众议院候选人的电视广告上，花费了同样数额的钱。这些组织是：American Future Fund ($11.6 million), the 60 Plus Association ($8.9 million), Americans for Job Security ($4.8 million), Americans for Tax Reform ($4.1 million), and Revere America ($2.3 million)。CPPR提供了这五家组织当年所提预算的至少1/3。CPPR的下一项最大支出是1030万美元，进行"沟通与调查"，还有550万美元给了Americans for Limited Government，该组织发送了攻击民主党人的邮件。

34 Pooley, *Climate War*, 406。

35 此人与作者的对谈。

36 拉里·麦卡锡拒绝了对谈。

37 Floyd Brown, 与作者的对谈。首先出现参见Jane Mayer, "Attack Dog," *New Yorker*, Feb. 13, 2012。

38 Geoff Garin, 与作者的对谈。首次出现参见上一条。

39 Jonathan Alter, "Schwarzman: 'It's a War' Between Obama, Wall St.," *Newsweek*, Aug. 15, 2010。

40 James B. Stewart, "The Birthday Party," *New Yorker*, Feb. 11, 2008。

41 Henry Sender and Monica Langley, "How Blackstone's Chief Became $7 Million Man," *Wall Street Journal*, June 13, 2007。

42 甚至商业出版物刊登专栏文章揭露漏洞。参见Martin Sosnoff, "The $3 Billion Birthday Party," *Forbes*, June 21, 2007。

43 Randall Dodd, "Tax Breaks for Billionaires," Economic Policy Institute, July 24, 2007。

44 阿斯内斯早在2009年5月写出公开信，并且批评奥巴马因为对冲基金不跟随政府尝试重组克莱斯勒而将其妖魔化。参见Clifford Asness, "Unafraid in Greenwich Connecticut," *Business Insider*, May 5, 2009。

45 Andrew Miga, "Rich Spark Soft Money Surge— Financier Typifies New Type of Donor," *Boston Herald*, Nov. 29, 1999。

46 参见 Michael Isikoff and Peter Stone, "How Wall Street Execs Bankrolled GOP Victory," NBC News, Jan. 5, 2011。

47 他们的名单如下：查尔斯·科赫，447 亿美元；大卫·科赫，447 亿美元；史蒂夫·施瓦茨曼，113 亿美元；菲利普·安舒茨，110 亿美元；肯·格里芬，70 亿美元；理查德·德沃斯，58 亿美元；黛安·亨德里克斯，36 亿美元；肯·兰戈尼，29 亿美元；史蒂夫·贝克特尔，27 亿美元；斯坦·哈伯德，20 亿美元；乔·克拉夫特，14 亿美元。

48 Paul Abowd, "Donors Use Charity to Push Free-Market Policies in States," Center for Public Integrity, Feb. 14, 2013。

49 Kenneth Vogel and Simmi Aujla, "Koch Conference Under Scrutiny," *Politico*, Jan. 27, 2011。

50 参见 Sam Stein, "$200 Million GOP Campaign Avalanche Planned, Democrats Stunned," *Huffington Post*, July 8, 2010。

51 此人与作者的对谈。

52 此人与作者的对谈，2010 年 5 月。

53 此人与作者的对谈。首次出现参见 Mayer, "Attack Dog"。

54 参见 Fang, *Machine*, 174. 他描述说参加 2010 年保守政治行动会议，看到参加者被教导使用摄影机"骚扰民主党官员，直到他们不可遏制的爆发被录下"。他写道，几个保守派团体开办伏击视频技术的培训课程，根据职能人员，这些团体包括了"美国繁荣""自由有用"和美国多数。

55 参见 Ben Smith, "Hedge Fund Figure Financed Mosque Campaign," *Politico*, Jan. 18, 2011。史密斯将发现资金链归功于他的同事麦琪·哈伯曼。

56 Mayer, "State for Sale"。

57 充满种族主义的广告由北卡罗来纳州共和党制作。波普说，他没有参与，但是他和他的三名家庭成员捐给达维斯竞选活动每人 4000 美元的支票——州法允许的个人最高捐款额度。波普告诉"为了人民"网站，他给北卡真实工作的 20 万美元捐款不是为了红图行动，也不是为了重划选区的工作。然而选举过后提出的一件牵涉重划选区的诉讼揭示，波普商议了如何划定界限。参见 Pierce, Elliott, and Meyer, "How Dark Money Helped Republicans Hold the House and Hurt Voters"。

58 Mayer, "State for Sale"。

59 同上。

60 同上。

61 此人与作者的对谈。首次出现参见 Mayer, "State for Sale"。

62 Thrush, "Obama's States of Despair"。

63 David Corn, Showdown: *The Inside Story of How Obama Fought Back Against Boehner, Cantor, and the Tea Party* (William Morrow, 2012), 44。

64 指责暗钱的讨论的更详细描述参见上一条，40 页。

65 Jonathan Salant, "Secret Political Cash Moves Through Nonprofit Daisy Chain," Bloomberg News, Oct. 15, 2012。

第三部分

政治的私有化

完全对抗，2011—2014年

这里确实存在着阶层斗争。

不过是我所属的阶层——富有阶层在制造战争，并赢得战争。*

——沃伦·巴菲特

---

* Ben Stein, "In Class Warfare, Guess Which Class Is Winning," *New York Times*, Nov. 26, 2006。

第十一章　战利品：掠夺国会

2011年1月5日，第112届国会正式开幕，众议院议长南希·佩洛将大号礼仪槌移交至继任者约翰·博纳。而极端保守的亿万富翁影响的新时代已经展开。大卫·科赫的捐赠人网络已经花费了至少1.307亿美元让共和党赢得多数派。[1] 在公开宣誓就职仪式开始之前，大卫正在继任新议长的华丽办公室里，与他的员工亲切交谈。"人民的白宫"处于新的管理之下，而批评家会认为这标示着新的所有权。

当科赫在国会公开出现时，他的政治助手、"美国繁荣"的总裁提姆·菲利普斯身处国会委员会密室深处，该机构对于科氏工业的盈利至关重要。那天菲利普斯最重要的目的地是众议院能源和商务委员会。在新的共和党多数派的控制下，委员会加大了自身权力，阻止奥巴马总统在国会的环保议程。该委员会可以阻止处理气候变化的进展，并且在可预见的未来烦扰环保局。

大卫·科赫在那天的公开露面，意味着不同寻常的转变。从当年的自由至上主义失败者到今天的地位，科赫兄弟已经取得长远进展。正如一个月后《洛杉矶时报》指出："查尔斯和大卫·科赫不再坐在华盛顿政治制度之外，以坚定的保守主义被孤立一边。"与之相反，他们"坚定的保守主义"现在控制着国会一院，以及美国最主要的一个政党。正如报纸标题所说："科赫兄弟现在位于共和党权力核心。"[2]

那天下午在博纳宣誓就职后，科赫披上人字纹花呢大衣，戴上驼色羊绒围巾，大步穿过国会大厦，走到独立大道庆祝。而在他走得更远前，他被李方拦住，这名固执的自由派"进步思考"网站的博主，曾经花费数月时间记录科赫兄弟的得势之路。在自我介绍之后，方和一名摄影师把麦克风递到这位亿万富翁面前，问道："科赫先生，你是否对茶党运动感到骄傲？另外他们在过去几年里实现了什么？"

"是的。"科赫答道，看上去有点困惑。在他身边的菲利普斯试图阻断提问。"嘿，大卫，这位李是左派的优秀博主。"他挂着不安的笑容告诫他的老板。但是左耳听力受损的科赫要么没有理解警告，要么就是毫不在乎，因为他继续说着。"那里有些极端分子，"他承认，"但普通成员都只是我们这样的平凡人，而且我欣赏他们。我认为，这可能是自1776年以来最好的草根起义！"

到这时菲利普斯试图在录像里不显粗鲁地压过这场采访，他不断重复，"李——李——我对你很失望——李——你比这样更好的——李，李——这次采访结束了！"

尽管如此，方坚持推进，询问科赫想要从新议长博纳控制下的国会得到什么。"嗯，"科赫回答，他兴致越来越高，习惯性地舔着嘴唇，"削减见鬼的支出，平衡预算，减少监管，还有啊，支持商业！"

后来在一轮修补形象的访谈中，科赫兄弟会把他们自己塑造成毫无利害关系的帮倒忙好人，以及被误解的社会自由主义者，支持刑事司法改革之类的两党议题。但是当身处现场、剥离公关帮助时，大卫·科赫明确表达了他的优先考量。他视自己的个人利益与公共利益是同义。

在《巨富：全球超级新贵的崛起及其他人的没落》(*Plutocrats: The Rise of the New Global Super Rich and the Fall of Everyone Else*)一书中，记者克里斯蒂娅·弗里兰描述了那些巨富者如何普遍利用庞大的金融资源以保证政策有利于他们的利益，而其代价往往是牺牲不太富裕的人的利益。[3]大量的研究已经显示，近年来在美国这种趋势已经通过一些非常具体的方式扭曲了政治。政治学家李·德鲁特曼（Lee Drutman）为无党派阳光基金会（Sunlight Foundation）所作的研究发现，美国日益集中的财富导致了更多的对立分化和极端主义，尤其是右翼。共和党中极富有的捐助者比其余国人更反对税收和监管。他发现，"共和党人越依赖捐助者中的1%，他们就越趋向保守"[4]。

第112届国会很快展开。前总统小布什的顾问大卫·弗鲁姆（David Frum）曾描述共和党"极端富人"日益增加，并且在他看来具有破坏性的影响力，这届国会正印证了他的说法。"共和党捐助人基础的激进化，"他观察到，"推动该党倡导的那些极端政策，自巴里·戈德华特1964年总统竞选以来的任何事件都无出其右"。这还"导致国会中的共和党人尝试过去绝不敢使用的手段"[5]。

切实的硬数据佐证了这个看法。哈佛大学的西达·斯考切波发现，自从政治学家开始定量测量记录议员的立场，众议院"以最大的步子迈向极右"[6]。科赫兄弟新近赢得的对众议院能源和商务委员会的影响力，就是最好的例证。

在过去的国会，这个讨论小组一直由亨利·韦克斯曼主持，这位来自加利福尼亚州的自由派民主党人曾指挥众议院顺利通过总量管制和交易法案，结果只看到法案止步于参议院。现在，新的共和党领导者在该委员会塞进石油行业的支持者，其中许多都欠下科赫兄弟巨额的竞选人情债。[7]科氏工业PAC是该小组单个成员最大的油气产业捐助者，其花费甚至超过埃克森美孚。委员会中有31名共和党成员，受过它捐助的有22名，另外还有5名民主党成员。除此之外，委员会中6名新晋共和党人，有5人收到过来自"美国繁荣"的"外部"支持。

与此同时，委员会中的许多新成员签订了一项不同寻常的承诺，誓言效忠科赫兄弟的议程。[8]他们承诺投票反对任何形式的碳税，除非它能得到数额相当的开支削减的补偿——这实属不太可能的设想。像处理其他污染物一样，2008年美国最高法院为环保局控管温室气体扫清道路的时候，"美国繁荣"造就了"无气候税"承诺[9]。科赫兄弟的誓言模仿反税斗士格罗弗·诺奎斯特阻止共和党议员加税的成功范式，不过后者服务的不是一项事业，也不是一家公司。

到2011年立法会议开始时，足足有156名国会议员签署了科赫"无气候税"承诺。许多回归众议院能源和商务委员会的成员已经接受这个承诺，该讨论组12名共和党人中，有9人签字，包含6名新人中的5名。

科赫兄弟和委员会之间共生关系的最佳例证就是摩根·格里菲思，此人在代表索尔特维尔的选区击败了里克·鲍彻，成为能源和商务委员会新一波受任命者之一，这些新人都曾为他们的位置公开感激科赫兄弟。选举结束后不久，"美国繁荣"的活动人员是一场胜利集会的座上宾，格里菲思在现场情难自禁地称赞："我非常感激你们帮了我很多忙。"

科赫兄弟的投资很快得到了回报。格里菲思一上任，就成为主流气候科学的公开怀疑者。当科学专家们在国会作证时，他说他们需要考虑某种可能性，即美索不达米亚和维京人将他们的成功归功于全球变暖，而火星上融化的冰盖显示人类并非地球变暖的肇因，他的说法引起了全国的嘲弄。

众议院共和党人发起"与环保局的战争"，要求该机构"止步"，格里菲思议员在其中也是"领头羊"。上任一个月内，他和其他众议院共和党人惩罚性地大砍环保局27%的预算。参议院反对，但最终同意从这个曾阻止汞废水排入索尔特维尔河流的机构的预算中削减16%。到这时，控告奥林公司这类污染者赔偿清洁费用的1980年"超级基金法"已然过期，并且基金积累的38亿美元也已经用完。[10]一项研究表明，美国将近一半的人口居住在有毒废料点的十公里范围内，但在索尔特维尔这样的城镇，是纳税人而不是企业被留下来清理烂摊子。

科氏工业可以呼吸得更自由一点，但那些生活在它工厂附近的人们却不能。仅仅在阿肯色州克罗赛特蓝领小镇的南潘路，这一条短小街道上的15户家庭中，就有11户经受癌症折磨。许多居民确信，他们的困境是由附近科氏工业下属的佐治亚-太平洋造纸厂倾倒的化学废料造成的。空气中散发的恶臭太过严重，使得儿童和老年人不得不待在室内，透过口罩呼吸。而公司拒绝承担责任，并且指出癌症索赔此前已经"在集体诉讼中被驳回"[11]。但是在这条街上居住的黑人牧师大卫·博伊（David Bouie），一直竭尽全力想使环保局参与。"在我们这整条街上，癌症一例接一例地发生"，他告诉自由派调查电影制作人罗伯特·格林沃尔德（Robert Greenwald）。"我们这个社区有问题，许多人为此患病或丧命。为什么患癌率这么高？这家造纸厂与它有关系吗？"[12] 两年前，《今日美国》（USA Today）基于环保局的空气污染数据，发布了一份惊人的调查报告，其中指出克罗赛特的一所学校是全国毒害性最强的1%的地点之一，而佐治亚-太平洋工厂是主要肇因。[13] 环保局局长丽莎·杰克逊发誓采取措施，但国会削减预算给所有事情都造成巨大限制。

科氏工业污染的相关数字是无可争议的。2012年，根据环保局的有毒物质排放清单数据库，其中记录了8000家美国公司制造的有毒和致癌物产量，而科氏工业是美国有毒废物的头号生产者。它在这年生产了9.5亿磅的危险物质。从总产出中看，科氏工业排放了5680万磅到空气、水和土壤中，使其成为全国第五大污染者。[14] 该公司还是美国温室气体的最大排放者之一，根据环保局数据，到2011年它每年将2400万吨二氧化碳排入大气中，与500万辆汽车通常的排放量不相上下。

公司官员并不质疑数据的真实性，但却认为这仅仅反映业务规模和产品种类。他们强调说，他们已经取得了与同行相比毫不逊色的遵守记录。正如科赫矿产公司董事长史蒂夫·泰特姆（Steve Tatum）说："投资银行没有太多污染，因为它们不制造任何东西，而我们制造东西。"[15]

委员会中的另一名辩护者是麦克·蓬佩奥，他是来自科氏工业老家威奇托的共和党新人。[16] 他与亿万富翁兄弟关系紧密，因被称作"来自科赫的议员"而广为人知。科赫兄弟曾经投资过一家由蓬佩奥成立的航空公司，金额未公开。到他竞选公职的时候，科赫兄弟不再是他生意上的投资者，而是成为他身为候选人的主要支持者。他们的企业 PAC（政治行动委员会）和"美国繁荣"组织也代表他的利益。蓬佩奥当选后，他向该公司寻求参谋长，选中了马克·切诺维斯（Mark Chenoweth），这名律师曾为科氏工业的游说团队工作。几周之内，蓬佩奥就开始声援科氏工业的两项立法重点事项——反对奥巴马计划创办的温室气体污染者的公共环保局登记处，以及消费者对不安全产品投诉的数据库。[17] 没有公开易得的数据，自然极难追踪任何公司的有毒产出。（最终，科赫兄弟输掉了这场战斗，数据库被创建起来。）

科氏工业的披露信息显示，公司在 2011 年花费超过 800 万美元游说国会，其中大部分用在环境议题上。[18] 它的新国会影响力的最好评量标准可能就是"裸腹爬行"[19]，该术语由政治记者罗伯特·德雷珀（Robert Draper）提出，密歇根议员弗雷德·厄普顿（Fred Upton）曾在希望诱获能源和商业委员会主席身份时表演。在 2010 年前，厄普顿一直被认为是一个环保温和派。事实上在 2009 年，茶党和他们的赞助人占领之前，他曾说"气候变化是一个严重的问题，有必要提出认真的解决方法"，并补充道，"我坚信，当我们设法减少碳排放时，一切都必须拿到台面上考虑"。然而 2010 年，像许多共和党温和派一样，厄普顿面临来自右派的潜在的扼杀职涯的主要挑战。厄普顿幸免于难，但接受日益加强的气候变化科学共识的其他人，例如南卡罗来纳州的罗伯特·英格里斯（Robert Inglis），则被打败，这警示了剩下的人。在前往南极洲的国会旅行期间，科学家们向英格里斯展示了极地冰样本，显示自工业革命后二氧化碳含量持续增加的危害，英格里斯由此确信全球变暖的现实。英格里斯是一名基督教保守主义者，但他无法昧着良心否认事实。在深红色的南卡罗来纳州，他的科学觉醒成为他的政治没落。"被赶出去让人受伤，"他后来承认，"但我违反了共和党的正统观念。"[20]

与之形成鲜明对比的是，厄普顿成为重获新生的怀疑者。2010 年，他宣布放弃以前对气候的悖逆看法，与"美国繁荣"的总裁提姆·菲利普斯在《华尔街日报》合撰了一篇社论，他们在文中称环保局控制碳排放的计划是"违宪的权力攫取行为，将消灭数以百万的工作岗位，除非国会插手干预"。[21] 厄普顿还参加"美国繁荣"旨在阻止环保局而激起的诉讼。匍匐爬行取得了回报。新一届国会会期开始时，厄普顿获得主席身份，承诺对环保局局长丽莎·杰克逊（Lisa Jackson）构成阻碍，让她频繁来到委员会前作证，他吹嘘说，她因此得需要自己在国会的停车位。

不久后，众议院共和党人提出措施，即来自华盛顿的民主党众议员诺姆·迪克斯（Norm Dicks）所称的"污染者的愿望清单"。[22] 除了停止关于全球变暖的行动，他们还竭力阻止保护任何新定的濒危物种，允许毗邻大峡谷（Grand Canyon）的铀矿开采，解除山顶采矿管制，以及阻止将煤灰指定为一种空气污染。为了努力破坏环保局的核心任务，他们还提议立法，要求它考虑监管费用，而不考虑科学和健康益处，对此《洛杉矶时报》社论说："撕开四十年的《清洁空气法》，把心脏掏了出来。"[23]

在上任两个月内，众议院能源和商务委员会的共和党人也领导了一场斗争，反对替代性可再生能源计划。他们成功给政府对索林德拉（Solyndra，加利福尼亚的太阳能电池板制造商）及其他清洁能源公司的刺激支持计划打上奥巴马丑闻的烙印。事实上，能源部扩展给公司的争议性融资的贷款担保项目开始于布什政府时期。与党派的炒作宣传相反，它实际上给纳税人带来了利益。[24] 此外，虽然索林德拉的投资者被描述成奥巴马的支持者，但最大支持者中包括了沃尔玛创办者、保守派的沃尔顿家族成员。另外有一家太阳能公司在破产前也取得了同样的能源部贷款，该公司的大额投资者包括风险资本家迪克逊·多尔（Dixon Doll），此人也是科赫兄弟捐赠网络的主要贡献者。[25] 但是当众议院举行听证会，各种保守派前线组织煽动对"裙带资本主义"的愤怒时，这些事实被埋葬在有利化石燃料行业的叙事下。

厄普顿议员坚持认为，他并未改变环境问题的立场。但是当时担任无党派全国野生动物协会高级副总裁的杰里米·西蒙斯（Jeremy Symons）表示，其转变"如同昼夜变化"。他继续道："在过去，委员会多数派把《清洁空气法》视为保护公众的有效途径。现在委员会对待《清洁空气法》和环保局形同敌人。选民们没有要求这这样一种污染者优先的议程，但科赫兄弟妥善利用资金，可以感觉到他们影响的存在。"[26]

2011年底，回应调查的65名共和党国会议员中，仅有20人愿意表示他们相信气候变化正在引发地球变暖。提姆·菲利普斯欣然赞许戏剧性的存疑高峰。"如果你对比三年前和今天的情况，就会发现存在一个戏剧性转变，"他告诉《国家杂志》，"这些候选人大多都已发觉，科学已经成为政治。我们取得了巨大进展。这对共和党阵营的候选人意味着什么，如果你……收买绿色能源或是你在这个问题上偷偷摸摸合作，你这样做就是政治冒险。参与（共和党）提名进程——大会和初选——的绝大多数人，都是科学的怀疑者。而且那是受我们的影响。'美国繁荣'这样的组织已经成功了。"[27]

据曾经的同事说，家族创始人弗雷德·科赫有一句名言，"喷水的鲸鱼被刀插"。正如他警告的，科赫兄弟知名度不断提升，带来的负面影响是日益加强的公共监督。2011年初，当捐助者为棕榈泉外的一月峰会聚集在一起时，抗议者们首次云集于那时仍秘密的会议。戏剧化的环保团体绿色和平组织在度假村上空放飞135英尺长的"飞船"。荧光绿的飞艇上印有查尔斯和大卫的巨大头像，以及"科赫兄弟：脏钱"的字样。

科赫关系网络不再是一个秘密。一支当地警察分队身着防爆装备，封锁了通往兰乔米拉度假村的漫长蜿蜒的车道，此地实质处于防备状态，而外面混杂各色人等的抗议者挥舞着"科赫杀人！""揭穿科赫兄弟！"的标语。大约有25人被逮捕，而衣领饰有金色K字的科赫兄弟的私人保镖在度假村咖啡馆抓住《政客》记者肯尼思·沃格尔时，威胁要把他逮捕。他们警告说，除非他立即离开，否则他们会进行"公民的逮捕"，强迫他"在河滨县监狱度过一晚"²⁸。

在防卫牢固的度假村内部，美国最知名的一些企业领袖和查尔斯·科赫聚在一起，其中包括安利的德沃斯家族，家得宝的肯·兰戈尼，以及私募股权巨头兼美国企业研究所主席塔利·弗里德曼（Tully Friedman）。如同被围困的王室，大卫·科赫和戴墨镜的妻子朱丽亚在酒店阳台上短暂露面，从那里他们严肃俯瞰着下面的街头剧场。

严格的安保反映出，科赫兄弟这一边，在面临强烈抵制他们在公共场合搅动巨大作用的情况时更加好斗的姿态。密友们描述，这对兄弟沉迷于爆料，被批评性的新闻报道刺痛。他们似乎惊讶，且不满于日益增长的政治影响力导致的更严格的监督。他们习惯于把自己看作有公德心的公民。一名高尔夫球伴说，大卫对监督两兄弟的《纽约客》和其他出版物"唾沫横飞"²⁹，责怪媒体刺激引出死亡威胁并且迫使他们家族雇用私人保镖。

科赫兄弟还阴郁而不准确地谈到奥巴马政府勾结记者诽谤他们。"不知为何他们认为，他们可以运营数千万美元的广告，却可以在雷达屏幕下横行，而且不会有人发现。"³⁰一名熟悉科赫兄弟的保守派消息人士告诉《政客》，"所以他们现在正仓皇行动，因为他们并没有准备好。"

为了处理越来越多、特别是新闻界的批评者，他们请来了专长在于攻击性手段的新的公关顾问团队。例如共和党政治活动家迈克尔·戈德法布（Michael Goldfarb），他被《纽约时报》形容为"保守派煽动者"，使用"喷灯作为他的笔"³¹，公司在此时聘请他以改善形象。戈德法布曾为莎拉·佩林的副总统竞选工作，他将自己的工作描述为"攻击媒体"。后来，他成立了一家名为《华盛顿自由灯塔》（*The Washington Free Beacon*）的网络出版物，实行下属编辑所称的反对"自由派废话篓子"的"打击新闻"。³² 它的座右铭是"处治他们"³³。在一篇人物报道中，一名保守派记者告诉《新共和》（*The New Republic*）："我没有不敬的意思，而且我个人喜欢他，但他是右派最阴暗的人。"³⁴

与戈德法布一道活动的还有菲利普·埃伦德（Philip Ellender），科赫公司公共部门的联合总裁，他监督公司的游说以及在华盛顿的公关活动，并且如《政客》描述，他因为使用"帮助巩固科赫兄弟做法粗暴这个观点的手段"[35]而享有盛名。埃伦德监督一项危机沟通项目，其中包括进行频繁的民意调查以评估公司公众形象的损伤。为了反击，他发起了名为"科赫真相"（KochFacts）的寻衅滋事的公司网站，这个网站发动人身攻击，质疑工作不讨喜的记者的专业和诚信，对象涵盖自《纽约时报》到《政客》。强硬手段对于科赫兄弟而言并不新鲜，但他们现在正在向合法新闻记者的身上招呼。

2011年1月3日下午，我也尝到了这些手段，一封电子邮件从屏幕上弹出来，发件者是《纽约客》编辑大卫·雷姆尼克（David Remnick），我从1994年起就一直是《纽约客》的特约撰稿人。雷姆尼克是一名出色而繁忙的编辑，没有必要的话不会打扰他的作者。当他与人联系时，通常都有正当理由。

雷姆尼克在电子邮件中解释说，十分钟前他收到关于我的莫名其妙的询问，询问来自《纽约邮报》（New York Post）采访媒体行业的记者基斯·凯利（Keith Kelly）。雷姆尼克不确定如何回复，转发邮件并问道："你能帮我回答这个问题吗？"他有礼貌地补充说："抱歉打扰你了"。

"嗨，"凯利轻松地开始询问，"我们听说，右翼博客主可能正在准备放出一些针对简·迈耶的相当严重的说法。一方面，这可能被看作是对她2010年8月批评科赫兄弟的报复。"

他指的是五个月前我为《纽约客》撰写的一万多字的文章，题目是"秘密行动"，副标题是"正在向奥巴马发动战争的亿万富翁兄弟"。这篇故事首次深度揭露了对公众低调的科赫兄弟过去如何悄悄利用他们的巨额财富对美国政治施加巨大影响。文章还显示，他们的环保和安全记录与他们作为无私慈善家的光鲜公众形象严重不符。

更早之前，我曾经在《纽约客》用同样篇幅描绘另一位富豪捐赠者乔治·索罗斯,这名亿万富翁花钱资助自由派组织和候选人。索罗斯不喜欢这篇文章,但他接受在民主政治中媒体理应关注尖锐问题。与之相反的是,当科赫兄弟的故事登上《纽约客》时,兄弟俩被激怒。他们公司的总顾问马克·霍尔登(Mark Holden)后来描述这篇文章是"一记警训",承认说"我们没有做好回应"。[36]因为领导积极的控损任务,他很快向杂志寄出一封投诉信。他无法找出任何事实错误,但却认为与文章的标题相反,"秘密行动"毫无遮掩或"秘密"。而与索罗斯不同,科赫兄弟拒绝接受《纽约客》采访。反而在我们的文章发出后,大卫·科赫在《每日野兽》谴责它"可恶""荒唐"并且"大错特错"。但是他的抱怨不够具体,无须修改,因此杂志站在文章这边,我们结束这件事情,继续着手他事。然而,这份平静是虚假的。

在距离白宫三个街区的一栋低矮华盛顿办公楼里,一个欺骗行动正在成形。2010年夏天,当科赫兄弟增加中期选举支出时,约6名高薪工作人员在前国会议员J. C.沃茨(J. C. Watts)经营的游说公司后面借来的办公室里偷偷工作。据知情人透露,他们的目标是通过打击我从而削弱《纽约客》关于科赫兄弟的文章的影响。知情人告诉我,他们在我的生活里挖掘的是"丑闻,丑闻,丑闻","如果他们无法找到,他们就会伪造"。

因为重新启用科氏工业批评者抱怨多年的恐吓手段,一家拥有强大政治和法律执行关系的私人调查公司被雇用。这家公司似乎是警觉国际资源(Resources International),其创始人兼董事长霍华德·萨菲尔(Howard Safir)曾是前纽约市市长鲁道夫·朱利安尼手下的警察局局长。该公司宣传,自己维护"最高标准的保密和审慎"。

雇用一名私人侦探针对记者品格进行报复性调查[37],这种行为不同寻常,毕竟新闻界的工作是报道政治。科赫兄弟亲自参与这些活动,如果属实,程度有多深仍不清楚。私家侦探经常是间接受雇用,为委托人聘请的法务公司工作,这样他们就可以要求律师——当事人特权,保留否认权并消除痕迹。被问及是否调查过我时,霍华德·萨菲尔只说:"我不评论。我不证实或否认。"在他公司工作的儿子亚当·萨菲尔同样拒绝评论。我争取采访查尔斯和大卫·科赫，得到的结果是来自他们公司发言人史蒂夫·隆巴尔多（Steve Lombardo）的一封电子邮件，信中简单说道："我们将不得不拒绝。"在后续邮件中被问及公司是否曾准备对我进行私人调查时，他拒绝回答。

然而，导引回科赫兄弟的线索俯拾皆是。知情人士描述，戈德法布、埃伦德和其他科氏工业员工深入参与了该项目。一名消息人士说，领导该计划的是南希·冯特霍尔（Nancy Pfotenhauer），这是科赫兄弟内部圈子的一名长期成员，曾担任科氏工业发言人、华盛顿办公室的负责人，以及"美国繁荣"的总裁。

我对此一无所知，直到那年秋天，在我的文章发表几个月后，一位博客主打电话问我，是否听见有传闻说我是私家密探调查的目标。我一笑了之。那年冬天的圣诞聚会上，一名前记者把我拉到一边发出奇怪警告时，我也同样若无其事。"可能没这回事。"她说，但她认识的一位私人侦探曾提及，有几个保守派亿万富翁想得到帮助，挖掘华盛顿记者的丑闻。这位记者写了一篇他们不喜欢的文章。"后来我突然想到，他们想调查的记者可能是你。"

当我阅读一月下午雷姆尼克转发的《纽约邮报》记者的电子邮件时，这些警告在我脑海闪过。据邮报记者凯利说，将会有针对我发表的"指控"，声称我"大量借用"其他记者的作品，他希望就"指控"得到评论。而在我有机会回应之前，又有第二组邮件发给了雷姆尼克和我。这次的发信人是乔纳森·斯特朗（Jonathan Strong），他当时是保守派在线新闻网站《每日来电》的记者，而网站编辑塔克·卡尔森是加图研究所的高级研究员。[38] 斯特朗看来也即将发表一篇关于我的批评文章。他的电子邮件是预兆，直接询问了雷姆尼克我的作品是否落入"抄袭范围"。他提供了几份我的作品样例，并且要求明早十点前得到答案。

在新闻业道德败坏的罪行清单中，抄袭所处的位阶甚高。在名字和信用就是一切的行业里，这样的指控可能是无法承受的。而经过仔细检查，指控显然毫无根据并且可以轻易驳斥。有人可能使用了计算机程序，机械地筛选了我几乎十年的作品，引用官员的孤立语句，以及其他广泛重复的说法，以此论证"结构和表达""相当接近"另外四位记者的新闻故事。据称是剽窃的句子中没有具备特别意义的。这不是那种真正了解新闻业的人会关注的材料。更愚蠢的是，在据称我"抄袭"的四篇新闻故事中，《每日来电》声称的我剽窃的作品，它们的作者我都曾专门表达过赞扬。

在二十五年的新闻生涯里，我也曾犯过大错，但从未有人指责我盗用他们的作品。事实上，我总是特意肯定他人贡献。但是我也明白，如果不立刻回应这些指控，真相将几乎不再重要。一旦诋毁见诸报端，人们会认为一定有些猫腻。

后来我被告知，通过编造这些指控，欺骗行动的工作人员感到胜利近在眼前。"他们以为他们抓住了你。他们认为他们将被科赫兄弟加官晋爵。"一位知情者透露。我被告知，他们从我的私人生活开始下手寻找丑闻，但是在毫无斩获后，他们转向了抄袭问题。

在指控即将上线的仅仅几个小时前，我能做的只是在谎言散播之前设法说出真相。到了午夜，我已经联系了三位我被指涉嫌抄袭过的作者。所有人都主动提出做公开声明支持我，并且否认我盗用他们的作品。《每日来电》的记者甚至从未采访过他们。

李方是自由派网站进步思考的博主，我曾在故事中引用过他研究科赫兄弟的开创性作品。他发布声明称，"这些指控毫无价值"。他继续说："迈耶女士在故事中承认了我的功劳，也很清楚地做了大量自己的研究。我万分钦佩她作为新闻工作者的正直。"

保罗·凯恩（Paul Kane）是《华盛顿邮报》的记者，他迅速查阅了受质疑的新闻故事，然后给我发电子邮件："你不仅没有剽窃我的，而且就在下一行提到了我。"《纽约客》甚至在网上给出了他的原文链接。

另外我后来得知,我当时担任《华盛顿邮报》编辑的丈夫,还经手过我"偷窃"的这篇新闻故事。这些指控变得可笑。我联系的第三位记者也发表声明说,她并无不满之处。之后第四位也这样做。如果钱能买到的最好的对手研究是这样,那可真是相当拙劣。

我把事实发给了《每日来电》,它证实这些信息后,撤销了这套谎话。

但是基斯·凯利继续报道,这是他的功劳。他试图迫使科赫发言人回答,他们是否是污蔑行为背后的支持者,有趣的是并没有得到回应。他写了一篇后续文章,名为《污蔑消失》,问道:"明显经过协调的污蔑《纽约客》简·迈耶的行动,幕后支持者是谁?"他指出:"谎言虽然停摆,但指控背后的人物仍然是晦暗不清的秘密"。他向《每日来电》编辑卡尔森询问源头是谁,但卡尔森声称:"我们从哪儿得来的,我全无头绪。"

实际上有一条重要线索。据《纽约邮报》的说法,这一抄袭策略瞄准时间,旨在阻止《纽约客》向国家杂志奖(National Magazine Award)提名那篇讲述科赫的新闻故事。而且当《纽约客》无论如何继续提名这篇故事时,科赫兄弟用尽全力阻止。科氏工业的总顾问霍尔登给美国杂志编辑协会(American Society of Magazine Editors)的董事会发送了一封极不寻常的信件,试图阻止它挑中我的作品获奖。(不管怎么说,这篇故事最终没有获奖。世事如此,顺其自然。)

到那时候,大卫·雷姆尼克告诉《纽约邮报》,整个调查研究活动似乎是"可悲的"。他还嘲弄地补充道,"我有点吃惊,看到一个顶级行动如同一帮耍乌龙的克鲁索探长(Inspector Clouseaus)"。

科赫兄弟还争取到加图研究所负责人埃德·克兰。克兰承认,我的文章中阐明查尔斯"基于市场的管理"体系的剽窃性引用,背后就有他们的作用。作为回应,2011年1月峰会召开前不久,查尔斯行使他的加图股份所有权,强制要求管理变更,坚持要求公司的长期效忠者南希·冯特霍尔和凯文·金特里加入董事会,两人都不是作为重要的自由至上主义思想家而知名。共同创办加图的克兰感到愤怒,但这是最终重大调整的前奏，之后查尔斯和大卫迫使他完全出局。据报道称，大卫告诉加图研究所的董事会主席罗伯特·利维（Robert Levy），这家表面上无党派的智库不是要生产深奥的知识理论，而是应该提供"知识弹药，让我们可以在'美国繁荣'和我们的同盟组织中使用"[39]以影响选举。

如果科赫兄弟面对批评的愚钝反应，以及忿忿抗争的态度有什么影响的话，似乎只是刺激了他们的支持者，因为 2011 年 2 月 1 日他们离开棕榈泉附近守卫森严的地点时，科赫兄弟金库中有 4900 万美元要花出去。[40] 最后一轮集资狂欢的出价是如此兴致勃发，一名酒店员工声称他听到捐助者承诺加价 500 万美元。[41] 随着众议院安全达成，现在这个组织运道正旺，期望在 2012 年一次性了结奥巴马。

而首先，既然共和党成为大多数，能够如何帮助众议院的共和党人就有诸多讨论。继续担任科赫兄弟协议政治顾问的西恩·诺布尔在努力推动其开始，做法是助推威斯康星州议员保罗·瑞恩，此人将是众议院预算委员会的新任主席。

对于大捐助人而言，瑞恩是一个超级巨星，方下巴，蓝眼睛，是艾茵·兰德认真年轻的弟子，他经常被形容为"虚弱"，这似乎成为他的头衔。不过他的问题在于，他削减预算的想法吓坏了公众，震颤了自由派，也使许多共和党人担心。正如他自己所说，"我抽屉里有很多利刃"[42]。

在即将到来的国会会期中，瑞恩计划提出一份预算提案，该提案将会成为强硬的财政保守派的蓝图。没有人预计它在 2011 年能够通过，因为民主党人仍然掌控参议院和白宫。但是如果瑞恩聚集足够的支持，他可以把党大力推向右派，束缚奥巴马，并且为共和党的 2012 年政纲提供草稿。在战术上，很多有赖于他的成功。

几年以来，瑞恩一直激进地主张大幅削减政府开支，包括医疗保险和医疗补助，这两项是为老人和穷人提供的主要的政府健康计划。他还提出通过引进可替代的私人退休账户使社会保障制度部分地私有化。他认为，放血对于国家财政健康而言是必要的。在他看来，赤字将达到危机水平，而且这些项目不可持续。他的观念在大多数富有捐助人中广受欢迎。作为国家纳税最多的人，他们将是削减开支带来的税收减省的最大受益者。除此之外，他们不再需要为了他们的健康或财富而依赖政府的社会服务。

但是，瑞恩的许多想法对于大部分中产阶级而言十分可恶。小布什总统试图将社会保障私有化——即一项加图研究所推动的计划——时，他在势不可挡的公众反对面前被迫退缩。现实是，尽管动员起了茶党，保守派大捐赠者与不太富裕的追随者间优先考虑的事项仍然存在许多不同。据一项研究结果称，茶党领导人为了不使追溯者疏远，故意"捏造"他们的社会保障议程。他们措辞含糊地谈论如何防止美国"走向破产"，但是回避了细节。[43] 与此同时，研究者没有遇到一位茶党的草根支持者主张私有化社会保障。帮助中产阶级的福利项目实际上在大多数美国人中广受欢迎，几乎是不可侵犯的。虽然富有的自由市场热衷者通常赞成用市场导向的替代品取代这些项目，但民调显示其他人几乎都坚决反对这种改变，纽特·金里奇直言称其为"右翼社会工程"。[44]

为了推动激进的预算计划，瑞恩需要帮助，而诺布尔很快想出办法让捐资人实现它。他建议他们出钱进行昂贵的私下调查和市场测试，以帮助瑞恩微调他的方案，以及支持"人工草皮"组织的活动以创造公众支持的呼声。这个想法很新奇，但是摇摆在不正当的边缘。[45] 起草政府年度预算是国会的核心职能。

一开始在 2011 年初，捐赠者对这个想法兴趣缺缺。已经为选举付出昂贵代价的他们，不明白为何现在还需要付钱给民意调查和政府政策的焦点小组。但在接下来的几个月里，情况变了，而且来自科赫关系网络的神秘资金开始流动。大部分资金从捐赠者手上转移到一家 501(c)(4) "社会福利"组织，它的名称意义模糊，被称为"TC4 信托"，与名叫"公告"（Public Notice）的关注预算议题的小组织密切合作。[46] TC4 信托不过是弗吉尼亚州亚历山大市的一个快递箱，但在 2009 年至 2011 年间，它向国税局报告了约 4600 万美元的收入，并给予其他保守派非营利组织约 3700 万美元。[47] 它把自己定义为一个自由市场宣传组织，并且向国税局提交文件，声称"资助基金不可用于政治活动"。但它很快就在付钱给民意调查，以及旨在塑造和兜售共和党预算的公众宣传活动。

埃德·戈斯（Ed Goeas）是塔兰斯集团（Tarrance Group）的总裁，这是一家围绕预算项目工作的共和党民调公司。戈斯说，挑战在于降低来自削减福利支出的政治损伤。"这与发展政策无关，"戈斯说，"而是关于推销它。"解决方案似乎是避免在谈论医疗保险或社会保障时，直接使用"削减"这个词。"有种论述说，你可以把它当作'把你的钱从政府那里拿出来'。"戈斯说，"你可以把它说成'更有效率'——而不是削减。它必须更有'效率'。这是很大一部分。"付钱进行研究的"公告"组织也发起了一场公众宣传活动，将赤字描述成日趋临近的灾难。"'公告'是科赫兄弟的组织之一。"戈斯证实，补充说，他的公司"三或四年来替它"工作，同时还向瑞恩报告。[48]

瑞恩显然非常善学。他是预算细则方面的专家，但是对公共关系不太有把握。有人描述说，只要这些会议上出现的内容符合他的价值观，他就感谢帮助。此外与大多数这种建议不同的是，它是预先付款的。当奥巴马总统这年春天提出执政核心的处理进程，自己的预算草案时，他不知道与结果有巨大利害关系、这个国家最富有的一部分人，一定程度上为塑造和推销共和党的替代方案出了钱。[49]

当关注过分投注在瑞恩身上时，税收议题高据胜利的捐助者的议程。尽管运作方法可能沉闷乏味，但是正如自由派的美国进步中心总裁妮拉·坦登（Neera Tanden）所说："当寡头控制住政府杠杆，他们得到战利品。这是通过税收政策打的官司。"[50]

甚至在共和党正式控制众议院之前，总统就感到被迫就捐赠者阶层至关重要的税收问题让步。2010 年 12 月，总统达成协议，暂时延长数百万仍然没有工作的美国人的失业救济金，同时降低工资税并且为中产阶级提供其他帮助。作为交换，奥巴马给了共和党人他们最想要的——延长布什时代的所得税削减，原本这项不成比例地加惠有钱人的削减根据安排将自动失效。

这些削减已经将最高所得税率从39.6%降至35%。在两党的支持下，布什也早已削减了非劳动收入的税收，这类收入大部分由富人得到。举例来说，股息税从39.6%大幅减少到15%。绝大部分由富人获得的资本利得税，从20%降到15%。结果，许多最富有的美国人的税率比中产阶级和工薪阶层还低。

比如2008年对最富有的400名纳税人进行的研究显示，他们平均收入2.02亿美元，而缴纳的实际所得税率低于20%。[51] 他们申报的收入中，足足有60%来自资本收益。[52] 换句话说，赚2.02亿美元的人缴纳的实际税率，比每年挣34501美元的美国人还要低。

税法并非一直这么悬殊。随着20世纪收入越来越集中在顶层，税法对那些极度富有的人越发慷慨，以此回应他们向立法者施加的政治压力。和平时期的第一份所得税方案于1894年制订，它是威廉·詹宁斯·布莱恩（William Jennings Bryan）领导的平民党（Populist）运动的结果，而且只适用于6500万人口中最富有的8.5万人，或者说是0.1%。但是在强盗大亨发起代理法律战后，最高法院就把它打倒了。18年后，《宪法》第十六修正案将所得税合法化，起初仅对非常富有的人征收。在战争期间税率特别高，当时交税被视作特权人士爱国责任的一部分。第一次世界大战期间，收入最多者照77%的税率付钱，而第二次世界大战时税率是94%。（斯凯夫家族借助精心设计的信托和基金会避免支付的，正是这个税。）

然而那些最顶层的人很快成功将负担转移给他们下层的人，所以到1942年，几乎2/3的人口都须缴纳所得税。[53] 几十年来，税率保持了相对的进步性，1981年顶部阶层支付50%的税率。但是20世纪70年代揭开了长达三十年的"减税热潮"[54]，在此期间，占人口 1% 的最富有的人成功将联邦政府平均有效税率大砍 1/3，而最最富有的 0.01% 做得更好，将有效的联邦政府税率削减了一半。不出所料，美国财富的分配日益倾斜。

批评家们认为，极富有的人设法逃避了他们的合理份额。但是查尔斯·科赫并不这样看。他坚持说，税收负担不存在"合理份额"。他说，给富人减税将负担转嫁其他人的观念是错误的假设。他认为，每个人的税额都应该减少。他说，目的是缩小政府。"我们的目标，"1978 年他在充满激情的文章中写道，"是不去再分配政府负担；我们的目标是削减政府。"[55]

站在激进反政府的自由至上主义者的立场上，纳更低的税不是贪婪的问题，而是原则问题。自由至上主义将避税升格为原则性的斗争。事实上科赫认为，富人减少自己的税额是一种道德行为。正如同一篇文章中写到的："在道德上，降低税额不过是捍卫财产权。"正如 1980 年自由意志党党纲所说，公民的责任是"挑战对万能政府的狂热崇拜"。

怀俄明州共有基金经理人福斯特·弗里斯从 20 世纪 80 年代起，将政治力量与科赫兄弟结合。他将反对纳税描绘得同样无私，不过是从略微不同的角度。他辩称，富人纳税越少，公众受益越多，因为有钱人用他们的钱，能比政府做更多好事。他声称，通过向慈善机构捐款"富人自行纳税"[56]。"这是个问题——你认为政府应该拿走你的钱然后为你花，或是你想为了自己花钱？"他认为，"那顶层 1% 的人，为了让世界变成更好的地方可能比 99% 的人贡献得更多。"

然而查尔斯·科赫既不赞成税收，也不支持慈善。1999 年他在演讲中解释："我赞同十二世纪的哲学家迈蒙尼德（Maimonides），他定义慈善的最高形式是完全免除慈善，方法是让你的人类同胞能够自食其力。"[57]

但是在几所大学教授迈蒙尼德课程的文化批评家兼犹太学者莱昂·维斯提尔（Leon Wieseltier）说："这是错误、有倾向性并且愚蠢的。"

他解释说，"迈蒙尼德确实欣赏这种使接受者更加独立的慈善，但他也相信慈善责任是永恒的，而且帮助穷人的责任是'明确而绝对的'。事实上，迈蒙尼德宣称'无视慈善义务者，乃是恶人'。"[58]

虽然科赫和他组织中的其他人把他们对纳税的反对描述成纯粹原则的问题，但他们却置奥巴马政府于不断的压力之下，要它接受牺牲他人却能直接增加他们自己利益的减税。例如，2010年12月为了达成协议，共和党协商者坚持削减遗产税，这将使财政部丧失230亿美元，而约66名最富有的纳税人平均每人将节省150万美元。

这个要求不是凭空出现的。多年来，一些共和党的富有支持者，包括科赫兄弟和德沃斯家族，一直在煽动废除被巧妙冠以"死亡税"之名的东西。科赫兄弟和国内另外16个最富有的家族一道，包括沃尔玛的沃尔顿家族和玛氏（Mars）糖果家族，资助并协调多年的大型运动，以减少并最终废除遗产税。根据2006年的一份报告，17个家族从税收改革中坚持节省了710亿美元，这解释了为什么他们愿意从1998年起共同为此花费近五亿美元游说。[59]

他们由几个前线组织代表，其中包括美国家族商业协会（American Family Business Institute），该组织力求使减税被看作是保护家庭农场的必要手段。不幸的是，2001年，该组织找不到一家因地产税破产的家庭农场。"卡特里娜"飓风过后，也是这个组织，为了博得一些同情，走遍全国找寻继承人被遗产税伤及的暴风受害者，然而再次一无所获。事实上，仅有0.27%的财产足够富有到被遗产税影响。

科赫兄弟捐助人圈子里的一些成员，因为希望确保得到家族财富尽可能大的份额，他们的不遗余力令人印象深刻。针对亲属采取激烈诉讼手段的人，绝不只是科赫兄弟。这个时期他们关系网中的一员苏珊·戈尔（Susan Gore），是戈尔特斯（Gore-Tex）织物财富一部分的继承人，也是保守派智库"怀俄明自由团体"（Wyoming Liberty Group）的创办者，因为一心想要增加她个人继承的遗产，她试图合法使前夫成为承继者，以此声称她和其他兄弟姐妹有同样多的孩子,从而扩大她的家族信托的份额。[60]不过2011年底,法官否决了这位72岁女继承人的计划,裁决她不能将前夫算作"儿子"。

尽管激怒了进步人士,但是奥巴马总统还是不情愿地同意了许多共和党人的要求,其中包括扩大遗产税的免税额度。他曾经反对延长那些年收入超过25万美元者的布什减税政策,但是2010年12月,在共和党准备接管众议院的情况下,他尽力说服失望的支持者们,这是一段时间以来他们可能得到的最好协议。"在过去你常常可以通过分离几个共和党人去做正确的事来统治,"他说,"但现在,格伦·贝克和莎拉·佩林是共和党的中心——不存在合作的可能性。"[61]

结果12月的阴谋只是开幕,在逐渐拉开的戏剧中,为了敲诈更多有钱资助者支持的税收和支出让步,众议院共和党人竟然还会威胁拖欠偿还美国债务,这可能使脆弱的美国经济陷入灾难性的猛跌。这一切都在经济不平等加剧和社会流动性停滞的背景中上演。美国,这个将自己理想化为每个人都有机会成功的无阶级的国度,事实上在代际经济流动性方面已经落后于包括法国、德国、西班牙之类受阶级出身限制的旧大陆国家的其他富裕国家。

在这样的情况下,推进美国最富有人生赢家的议程一般来说很难受到欢迎。毕竟在2011年,2400万美国人仍然处于失业中。大衰退曾经将9万亿美元的家庭财富一扫而空。然而四十年后,保守派非营利生态系统已经变得相当熟练于发动思想斗争。右翼的智库、宣传组织以及热议话题活跃起来,塑造出一种政治叙事,回避了这种本来期待会发生的方向修正。

这场斗争中的关键争论是重构2008年经济崩溃的历史。从经验角度看,很难不把它视作自由市场基本教义派支持者的失败,以及加强政府监管的论据。他们本来期望它和大萧条一样,可能会产生对那些不负责任投机商的强烈抵制,造就更多的政府干预和更公平的税收制度。

自由派经济学家约瑟夫·斯蒂格利茨形容,2008年的金融危机对于自由市场倡导者而言,相当于共产党人面对柏林墙倒塌。甚至前任美联储主席、华盛顿自由市场的无双智者艾伦·格林斯潘(Alan Greenspan)也承认,他一直错误认为亚当·斯密所说的"看不见的手"能从自我毁灭中拯救商业。这场灾难可能是一个"教育时机",国内的经济保守派可以从中吸取教训。然而这并没有发生。反而,他们从自己偏好的结论开始,然后努力倒退去实现它。

在经济学作家兼资产经理巴里·里萨兹(Barry Ritholtz)所称的华尔街"大谎言"中,保守派智库的学者认为,问题是政府干预过度,而非过少。这场修正主义的引领角色由美国企业研究所扮演,它的董事会满是金融业巨头,其中许多人是自由市场的狂热分子以及科赫捐赠者峰会的常客。

具体来说,美国企业研究所认为,帮助低收入购房者获得抵押贷款的政府计划造成了经济崩溃。里萨兹指出,这些学说"甚至经不起随便推敲"[62]。政府的准私有抵押贷款出借方房利美(Fannie Mae)和房地美(Freddie Mac)存在很多错误,但大量无党派研究,包括哈佛大学的住房研究联合中心和政府审计署,都证明它们并非2008年经济崩溃的主要肇因。然而通过转移责任,里萨兹指出,"糟糕判断和失败哲学促成这场危机的那些人"能够继续捍卫自由市场"无须成人监督"的"错误叙事"。

到2011年,企业支持的保守派智库所做的自利研究根本不算新闻,但里萨兹认为,令人惊奇的是"他们赢了。多亏了大谎言没完没了的重复"。国会成立的调查崩溃原因的两党委员会的主席菲尔·安吉利德斯(Phil Angelides),也对这种修正主义大吃一惊。在一篇社论专栏中,他试图提醒公众,是"金融业的轻率,以及政策制定者和监管者的惨败,使得经济被拖垮"。而相反的是,他说,"那些在经济结构顶层的人"正在散播已经被委员会分析揭穿的"陈旧数据"。他承认,历史由胜利者书写,而且到2011年,在全国大多数人远远落后的时候,金融业大部分已经迅速重振,"历史的改写在全力展开"。

很快,资助智库的同一批保守派捐赠者所支持的政客,也在附和"大谎言"。例如来自佛罗里达州的共和党新星马尔科·卢比奥(Marco Rubio),他凭借2010年6月科赫研讨会49名捐赠者的助力,在2010年共和党参议员初选中击败了一位温和派。他很快宣告,"这个想法——我们的问题是由政府太小引起的——并不是真的。事实上,我们最近经济衰退的主要原因是政府鲁莽政策所制造的房屋危机"。

在这样的背景下,2011年4月15日,如今被包装为"通往繁荣之路"的瑞恩的预算计划在众议院投票表决。在过去,它的前景至多是不确定。不仅是民主党人,许多共和党人也认为此前的版本太过严苛。一年前,众议院议长约翰·博纳只给了它冷淡的支持。而到此时,共和党核心组织已经向右走远,它被提议重新包装。如今众议院以235∶193轻松通过,只失去了4名共和党人的投票,也没有吸引一位民主党人。

打着修补医疗保险的名义,预算计划将其缩水成形同收据的"费用支持",老人可以用来购买私人医疗保险。它还把医疗补助变成政府总拨款的破烂拼凑,同时削减了总资金。更进一步,它废除了作为奥巴马《平价医疗法案》一部分的医疗补助的扩大。与此同时,它将所得税简化成两个税率,削减最高税率至25%——罗纳德·里根当选时的一半。理论上,任何损失都将由消除减免金额得到弥补,但这些没有具体说明。正如《纽约时报》记者诺姆·施伯(Noam Scheiber)在《逃跑艺术家:奥巴马团队如何摸索复苏》(*The Escape Artists: How Obama's Team Fumbled the Recovery*)中对其所作的总结,对比奥巴马提出的预算,瑞恩计划为富人减少了2.4万亿美元的税,削减了6.2万亿美元支出。他一语概括这是"右翼的荒谬"。[63]

最让人震惊的方面是彻底改写美国的社会契约。为了减少赤字,瑞恩规定政府开支大量削减,其中62%来自面向穷人的计划,即使这些计划只占联邦政府预算的两成。根据《纽约时报》对瑞恩预算后来相似版本的分析，180万人将被中断发放食品券，28万儿童将失去他们的学校午餐补贴，另外30万儿童将失去医疗保险。[64]自由派预算与政策优先事项中心（Center on Budget and Policy Priorities）的罗伯特·格林斯坦（Robert Greenstein）称这个计划是"劫贫济富"，认为"这可能会制造美国现代历史上底层到顶层收入间最悬殊的收入再分配"。[65]

虽然如此，该计划还是成功获得接纳，赢得保守派专家和智库学者的齐声喝彩，这些人被共和党领导层视作高级别的政策指示。为该计划大唱颂歌的包括加图研究所、美国遗产基金会，以及格罗弗·诺奎斯特的强大反税组织"支持税改的美国人"，该组织宣称"保罗·瑞恩的预算是真正的保守主义预算该有的样子！"许多其他非营利宣传组织，例如"公告"、60岁以上协会、独立妇女论坛（Independent Women's Forum）以及"美国承诺"（American Commitment），也纷纷为大幅削减开支帮腔。喧闹声看似极多，但在表面之下，这些组织每一个都有相同的含水层——科赫捐赠网络提供的现金池。

一些意见作家也把瑞恩奉为神谕。大卫·布鲁克斯（David Brooks）是《纽约时报》温和保守的专栏作家，他的观点受到奥巴马重视。他宣称，瑞恩的计划是"我们一生中所见过的最勇敢的预算改革提案……他的提案将为所有想参加这次讨论的人建立严肃的标准。无论谁被提名，它都将成为2012年共和党的政纲"[66]。

更广大的新闻媒体也呼应瑞恩的说法，认为联邦政府赤字是国家面临的最急迫的经济问题。正如弗里兰在《巨富》中指出，尽管失业率达到9%，全国最大的五家报纸在4月和5月针对赤字所作的新闻故事数量是关于工作的3倍以上。"右派成功地设立了经济讨论的角度。对于那1%的人来说是个好结果。"[67]她写道。

瑞恩成功使得大多数华盛顿媒体当权派相信，他在解决难题，展现领导力，以及勇敢提出计划以拯救福利计划，同时也修补使白宫陷入混乱的国家严重赤字。政府连忙提出自己新的替代计划，却使还想要政府额外削减开支的自由派感到失望。总统的高级政治顾问，例如大卫·普劳夫（David Plouffe）和比尔·戴利（Bill Daley），一直在专心寻找中间派以及赢得独立选民，而不是去迎合他们的自由派基础，这些人还被普劳夫令人难忘地贬低为"尿床小孩儿"。

奥巴马总统如今提出未来十二年里削减4万亿美元支出，距离瑞恩的4.4万亿美元并不遥远。这一提议令当时的国务卿希拉里·克林顿非常苦恼，一位同事透露，她必须出去透透气。

接着在后来所称的"伏击"中，白宫邀请瑞恩参加奥巴马公布应对方案的演讲。面前坐着国会议员，奥巴马斥责瑞安的计划是"一幅我们无法信守对老人承诺的前景……简单来说，据我们所知它终止了医疗保险"。奥巴马指责共和党人"给富人提供了超过1万亿美元的新的减税优惠"，并认为这"比起关乎减少赤字，更多是关于改变美国的基本社会契约"。

瑞恩受到如此公开而个人地抨击的侮辱。违背礼仪引起华盛顿的小批评。奥巴马后来告诉鲍勃·伍德沃德（Bob Woodward），他发表尖锐演讲时并不知道瑞恩就在观众席中。"我们犯了错误。"[68]他承认。

在其他地方，比起政治礼仪而言，那里的人们更关心的是他们的福利是否会被削减，瑞恩提出的医保改革很快证明是有害的。在纽约北部议会特殊选举中，因为反对瑞恩的医保计划不被看好的民主党人大败预计会获胜的共和党人。[69]

不过众议院共和党人正欣喜若狂。[70]他们迫使奥巴马玩他们的预算游戏。他不是谈论就业和支出，而是在谈论赤字问题，并且与他们就削减多少万亿美元讨价还价。"我们引领。他们对我们做出反应。"[71]众议院共和党"党鞭"凯文·麦卡锡兴奋地说。捐赠者同样感到激动。[72]对于那些财富用来帮助支付瑞恩计划的人而言，仅是奥巴马处于守势的事实就使他们相信，他们的投资物有所值。

到那年春末，众议院共和党人使奥巴马在另一个问题上也陷入两难。总统刚与共和党人达成临时预算协议——包括民主党的大让步，很快出现了自封的"年轻枪手"（Young Guns），他们由众议院的茶党派支持，强迫就提高债务上限争论。设置债务上限是形式上的措施，长期用来批准国家债务的额度。看起来茶党激进分子似乎在抗议挥霍支出，但事实上他们所做的一切是拒绝经过正式授权、国会已经拨出的资金，本质上就是拒绝在上一年度疯狂购物后偿还国会的信用卡账单。最后，他们自我破坏的抗争更多的是伤害他们自己而非其他人，但是与此同时，激进分子迫使美国政府违约的意愿造成了全国性的危机。日益急切的对峙可能产生混乱和障碍，这一前景只会帮助保守派的反政府议程。用共和党长期的国会助手麦克·洛夫格伦的话说，他的党越来越像"预示末日的异教"[73]。

如果国会无法支付账单，国家的 AAA 信用评级将被下调，这可能会震颤市场，动摇商业信心，并且使经济衰退进一步恶化。没有人确切知道拖欠债款的后果会有多么严重。这是无法想象的。博纳警告他的核心小组中的叛乱分子，他们需要"像成年人一样处理问题"[74]。但是众议院多数派领袖、"年轻枪手"创立者埃里克·坎托紧抓债务上限投票，作为他所谓的"杠杆时刻"。

到 2011 年，极端主义的新贵在党领导层内部形成了一个强大集团，并且似乎心痒难耐地要挑战博纳的权威。他们许多人更多是感激科赫兄弟和其他激进的富有支持者，而非政党。白宫误以为，共和党内淡漠的商业势力会看到经济面临的威胁，然后促使激进派基础离开边缘地带。可是，虽然以美国商会为代表的更多的传统商业采取这一立场，但捐赠者支持下的右派侧翼正在推动"年轻枪手"一决胜负。亿万对冲基金经理人斯坦利·德鲁肯米勒（Stanley Druckenmiller）在《华尔街日报》中说，相较于"如果我们不解决真正的问题"[75]而言——他所指的是政府支出——政府拖欠债务显得不那么具有"灾难性"。另外在 2011 年 3 月

《华尔街日报》的社论文章中,查尔斯·科赫明确表示,他认为债务上限的任何提高都只是"推迟艰难抉择"[76]的一种方式。

推动"年轻枪手"走向财政悬崖的是科赫兄弟的政治武器,"美国繁荣"。大约 40 家其他茶党和反税团体也叫嚣着全面战争。声量最大的包括增长俱乐部(Club for Growth),这个于华尔街成立的执着的小型组织因为一个理由而强大:它有钱挑战那些不坚持强硬路线的共和党人。这个俱乐部曾经用自相残杀作手段,使官员与其保持一致,因为许多它支持的候选人一上任就变得更温和,使它备感沮丧。它发现,它所要做的就是威胁支持主要竞争者,然后"他们开始吓尿裤子"[77]。一位创始人开玩笑说。该组织的最大资助者包括科赫网络中的很多人,其中有亿万对冲基金经理人罗伯特·默瑟、保罗·辛格,以及私募股权大亨约翰·蔡尔兹(John Childs)。

"年轻枪手"将他们的反对妥协形塑成纯粹原则的问题,但是私底下是巨大的既得利益在起作用。总统和博纳正临近协商他们所称的"大妥协",预计会结束一些税法漏洞。[78] 对于这种可能会降低对冲基金和私人股本公司利润的改革,"年轻枪手"断然反对。

坎托特别维护附带收益的税法漏洞。对他来说,对冲基金和私募股权巨头的幸福是自己的。他是众议院中证券和投资公司捐款的最多接受者之一。[79] 2010 年坎托两次竞选资金的最大捐赠者中,有三位是与科赫网络有联系的金融家:史蒂文·科恩,利润丰厚的对冲基金 SAC 资本公司的亿万富翁创始人;保罗·辛格,所谓的秃鹫基金埃利奥特管理公司的千万富翁负责人;史蒂芬·施瓦茨曼,黑石集团的亿万富翁联合创办人。所以尽管一项研究显示,前 25 家对冲基金经理人每年平均赚得近 6 亿美元,而且结束这个漏洞将在未来十年增加 200 亿美元,[80] 但是坎托和其他表示关切赤字"危机"的众议院反叛者,却拒绝支持博纳提出的"大妥协"。

随着日益严重的债务上限僵局中的紧张态势建立,两位消息人士说,博纳亲自前往纽约恳求大卫·科赫的帮助。一名科赫家族的前顾问说："博纳乞求大卫'把走狗叫走！'"[81] 他指出："如果国家拖欠债款，大卫自己的投资也会倒闭。"博纳的发言人艾米丽·席林格证实有过拜访，但坚持说"任何了解博纳议长的人都知道他不'乞求'"。但众议院议长作为国家最有权势的选举官员之一，是继承总统的三号种子选手，前往一位亿万富商的曼哈顿办公室，请求他在内讧的国会斗争中帮忙，这个奇观刚好显示了2011年共和党的权力支柱已经向外部捐赠者转移到什么程度。

在七月最后的日子里，随着违约期逼近，奥巴马认为他接近与博纳达成协议。许多民主党人对此深恶痛绝，因为除了其他特点外，协议还包括削减计划中的医疗保险和医疗补助支出。奥巴马接受了削减赤字至关重要的观点，并且相信这份协议对于稳定经济必不可少。他开始让国会山的共和党人为这个痛苦的消息做好准备。然而，当总统打电话告诉博纳在7月21日晚上正式达成协议时，随着时钟滴答危险地走向违约，令奥巴马怒火渐升的是，议长并没有回复。总统又打了数通电话。他留下信息。几乎一整天过去了。最终，博纳打来电话，会谈中止，脱身离开，然后公开指责奥巴马。

"毫无事实依据地"[82]，根据托马斯·曼和诺曼·奥恩斯坦（Norman Ornstein）研究国会功能障碍的著作《比表面情况更糟》（*It's Even Worse Than It Looks*）所说，博纳声称总统违背了他们的协议条款。"我付出了所有，"博纳宣称，"不幸的是，总统不会同意。"

坎托后来向《纽约客》的瑞恩·利扎讲述了真实情况。[83] 破坏大妥协是他的主意。他说这是一个"合理评估"，在最后关头，他说服博纳为了纯粹政治的原因，不要接受这个协议。坎托争论说，为什么要送给奥巴马一场胜利？为什么要让他看起来胜任工作，从而助力他的竞选连任？对于共和党人来说，不管会否使国家陷入混乱，破坏会谈更为有利，然后等着看来年的总统选举是否带给他们一位给他们更佳协议的共和党总统。

最终达成的结果是利扎所称的"拜占庭"安排，为了预先阻止拖欠债款，两党同意自动削减开支，在整个预算中无差别地实施。没有人相信这种被称为"扣押"的盲目削减能够通过。但事实上，没有其他解决办法时，它们就会成真。这个机制将使奥巴马无限期地穿上财政"紧身衣"。国会黑人党团主席伊曼纽尔·克里夫（Emanuel Cleaver）指责这个协议是"包着糖衣的撒旦三明治"，众议院少数党领袖佩洛西则修正为"暗地搭配撒旦薯条的撒旦三明治"。

政治伤害更为深远宽广。无党派的国会预算办公室估计，"扣押"将使经济每年损失 75 万份工作，并且伤害数百万依赖公共服务的美国人。有史以来第一次，标准普尔下调了美国的信用评级。股票市场重挫，立刻下跌了 635 点。与此同时，公众对国会厌恶至极，以至于民意调查显示这项措施得到了这类测量历史中的最低支持率。奥巴马的人气也大受打击，首次跌破 50% 的重要门槛。他被左派右派一同嘲笑贬低，内部民调称他"弱势"。

一个响应极端赞助者利益的政治少数派，成功致使世界上最强大的民主制度变得失能。三十年前，自由意志党的政纲呼吁"废除医疗保险和医疗补助"，"撤销……日益沉重的社会保障制度"，并且"最终废除所有税款"，现在它的亿万富翁支持者占据了上风。

对此，妮娜·坦顿相信，总统终于明白了他面对的是什么。"我认为他上台执政真的尽力做到超党派，"她说，"我认为这场债务上限斗争使他看清，他们憎恶他多过想要做成事情。这是一个不理性的协议，受他们的投资者驱使。"[84] 在两年半的总统任期中，她说："他最终意识到，他们宁愿杀死他，也不愿拯救他们自己。"

注释：

1. 1.307 亿美元来自 2009 年至 2010 年的支出：保护病人权利中心，7200 万美元；TC4 信托，3850 万美元；"美国繁荣"，3850 万美元，为了避免重复计算，根据这些组织的国税局文件，减去了三个机构之间传递的金额。
2. Tom Hamburger, Kathleen Hennessey, and Neela Banerjee, "Koch Brothers Now at Heart of GOP Power," *Los Angeles Times*, Feb. 6, 2011。
3. Freeland, *Plutocrats*。
4. Lee Drutman, "Are the 1% of the 1% Pulling Politics in a Conservative Direction?," Sunlight Foundation, June 26, 2013。
5. 弗鲁姆"极端富人的崛起"的更多含义，参见 David Frum, "Crashing the Party: Why the GOP Must Modernize to Win," *Foreign Affairs*, Sept./Oct. 2014。
6. Skocpol, *Naming the Problem*, 92。
7. 科赫兄弟对委员会的捐款及影响的首度细致展现，参见 Hamburger, Hennessey, and Banerjee, "Koch Brothers Now at Heart of GOP Power"。
8. Lewis et al., "Koch Millions Spread Influence Through Nonprofits, Colleges"。
9. 参见 Eric Holmberg and Alexia Fernandez Campbell, "Koch Climate Pledge Strategy Continues to Grow," Investigative Reporting Workshop, July 1, 2013。
10. 超级基金项目资金耗费的更多信息，参见 Charlie Cray and Peter Montague, "Kingpins of Carbon and Their War on Democracy," Greenpeace, Sept. 2014, 26。
11. 参见 "Crossett, Arkansas— Fact Check and Activist Falsehoods," KochFacts.com, Oct. 12, 2011。
12. 大卫·博伊在罗伯特·格林沃尔德的电影《揭露科赫兄弟》中接受采访，该电影由 Brave New Films 制作。
13. 参见 "The Smokestack Effect," *USA Today*, Dec. 10, 2008。
14. 参见环保局有毒物质释放清单数据库。到 2013 年，科氏工业提高排名，位列全国第十大有毒污染者，有 8000 家企业根据法律要求在环保局登记。
15. Continetti, "Paranoid Style in Liberal Politics"。
16. 堪萨斯大学政治学教授伯德特·卢米斯告诉《华盛顿邮报》，"我相信他会就此事激烈争论，但是很难不把他当作科赫的议员"。参见 Dan Eggen, "GOP Freshman Pompeo Turned to Koch for Money for Business, Then Politics," *Washington Post*, March 20, 2011。
17. 《华盛顿邮报》率先报道了蓬佩奥支持科赫兄弟的两项立法重点事项。同上。
18. 参见 Sunlight Foundation's Influence Explorer data, http://data.influenceexplorer.com/lobbying/?r#aXNzdWU9RU5WJnJlZ2lzdHJhbnRfZnQ9a29jaCUyMGluZHVzdHJpZXM=。
19. Robert Draper, *When the Tea Party Came to Town* (Simon & Schuster, 2012), 180。
20. 此人与作者的对谈。
21. Fred Upton and Tim Phillips, "How Congress Can Stop the EPA's Power Grab," *Wall Street Journal*, Dec. 28, 2010。
22. Leslie Kaufman, "Republicans Seek Big Cuts in Environmental Rules," *New York Times*, July 27, 2011。
23. "A GOP Assault on Environmental Regulations," *Los Angeles Times*, Oct. 10, 2011。
24. 索林德拉破产，其他几家由大型企业贷款担保项目支持的公司也破产，但是美国国家公共电台报告，尽管因拖欠贷款损失 7.8 亿美元，但是这个项目产生 8.1 亿美元利息，获利 3000 万美元。Jeff Brady, "After Solyndra Loss, U.S. Energy Loan Program Turning a Profit," NPR, Nov. 13, 2014。

25 迪克逊·多尔的公司 DCM，投资了 Abound Solar。
26 Hamburger, Hennessey, and Banerjee, "Koch Brothers Now at Heart of GOP Power"。
27 Coral Davenport, "Heads in Sand," *National Journal*, Dec. 3, 2011。
28 Kenneth P. Vogel, "The Kochs Fight Back," *Politico*, Feb. 2, 2011。
29 此人与作者的对谈。根据作者对两名当时谈话者的对谈，科赫兄弟将死亡威胁和需要保镖的责任推给媒体。
30 Vogel, "Kochs Fight Back"。
31 参见 Jim Rutenberg, "A Conservative Provocateur, Using a Blowtorch as His Pen," *New York Times*, Feb. 23, 2013. 更多信息参见 http://right web.irc-online.org/profile/center_for_american_freedom/#_edn13。
32 科赫兄弟聘请他时，戈德法布是 Orion Strategies 有限公司的副总裁。《华盛顿自由灯塔》由隐藏捐助人的非营利组织出版，该组织为美国自由中心，其主席是戈德法布。它的 990 国税文件披露，戈德法布领导的非营利组织报告为公关工作付钱给一家营利公司，即 Orion Strategies 有限公司。
33 参见 Matthew Continetti, "Combat Journalism: Taking the Fight to the Left," *Washington Free Beacon*, Feb. 6, 2012。
34 Eliza Gray, "Right vs. Write," New Republic, Feb. 22, 2012。
35 参见 Kenneth Vogel, "Philip Ellender: The Kochs' Unlikely Democratic Enforcer," *Politico*, June 14, 2011。
36 Liz Goodwin, "Mark Holden Wants You to Love the Koch Brothers," Yahoo News, March 25, 2015。
37 在一则关于这家公司异常激烈地对付记者的故事里，《华盛顿邮报》描述我是"科赫兄弟的头号公开敌人"，他们的发言人只说，科赫兄弟对于针对我的剽窃指控"毫不知情"。参见 Paul Farhi, "Billionaire Koch Brothers Use Web to Take on Media Reports They Dispute," *Washington Post*, July 14, 2013。
38 弗里斯后来说，他没有参与对作者提出的调查性新闻故事。
39 参见 Schulman, *Sons of Wichita*, 320, 其中引用了加图研究所董事长罗伯特·利维描述说，大卫·科赫告诉他，他想要更多的"弹药"给"美国繁荣"，以及支持共和党。
40 Kenneth Vogel and Tarini Parti, "Inside Koch World," *Politico*, June 15, 2012。
41 研讨会期间度假地的一名客人与作者的对谈。
42 Halperin and Heilemann, *Double Down*, 346。
43 参见 Skocpol and Williamson, *Tea Party and the Remaking of Republican Conservatism*。
44 有钱人和其他福利支出相关者的政策偏好的差异，更多信息参见 Martin Gilens, *Affluence and Influence: Economic Inequality and Political Power in America* (Princeton University Press and Russell Sage Foundation, 2012), 119。
45 众议院代表的道德手册第七章，禁止所有"非官方账户"，包括"以官方目的的货物和服务的非现金捐款"。特别是，成员们被禁止接受来自受聘政治顾问的"志愿服务"，这"关乎（成员们）立法议程的发展与实施"。
46 负责 TC4 信托以及后来附属组织"公告"的项目的，是同一名工作人员。布什政府前新闻官格里奇·汉墨尔，他在 2011 年 1 月题为"架构开支辩论"的科赫研讨会上做了展示。
47 关于 TC4 信托的突破性报道，来自 OpenSecrets.org. 可参见 Novak, Maguire, and Choma, "Nonprofit Funneled Money to Kochs' Voter Database Effort, Other Conservative Groups"。
48 此人与作者的对谈。
49 保罗·瑞恩的最终说法，被几名无党派事实核实人发现是误导性的，他声称，是奥巴马计划削减医疗保险，而不是他。实际上，奥巴马的健康保健法案预期了医疗保健支出的稳步上升，但是因为计划储蓄而可能有未来增长率的下降。可是奥巴马的批评者很快附和了攻击路线。例如拉什·林博在他的广播秀中声称的，"保罗·瑞恩没有掠夺医疗保险达到5000亿美元这么多！你这家伙做的！"

50　此人与作者的对谈。

51　这项研究，参见 James Stewart, "High Income, Low Taxes, and Never a Bad Year," *New York Times*, Nov. 2, 2013。

52　数据出自一份关于资本利得税的有启发性的简明报告，参见 Steve Mufson and Jia Lynn Yang, "Capital Gains Tax Rates Benefiting Wealthy Feed Growing Gap Between Rich and Poor," *Washington Post*, Sept. 11, 2011。他们指出，此前二十年的80%资本利得仅由5%的美国人得到，他们中的一半属于最有钱的0.1%的人口。

53　Jeffrey A. Winters, *Oligarchy* (Cambridge University Press, 2011), 228。

54　参见 Hacker and Pierson, *Winner- Take- All Politics*, 48。

55　Charles Koch, "Business Community"。

56　引用自 Freeland, *Plutocrats*, 246– 247。

57　1999年1月，查尔斯·科赫在全国政策委员会的演讲。

58　此人与作者的对谈。

59　Public Citizen and United for a Fair Economy, *Spending Millions to Save Billions: The Campaign of the Super Wealthy to Kill the Estate Tax*, April 2006, http://www.citizen.org/documents/EstateTaxFinal.pdf。

60　Cris Barrish, "Judge Shuts Down Heiress' Effort to Alter Trust with Adoption Plot," *Wilmington News Journal*, Aug. 2, 2011。

61　Corn, *Showdown*, 76。

62　Barry Ritholtz, "What Caused the Financial Crisis? The Big Lie Goes Viral," *Washington Post*, Nov. 5, 2011。

63　Noam Scheiber, *The Escape Artists: How Obama's Team Fumbled the Recovery* (Simon & Schuster, 2011)。

64　参见 Jonathan Weisman, "In Control, Republican Lawmakers See Budget as Way to Push Agenda," *New York Times*, Nov. 13, 2014。

65　参见 Jonathan Chait, "The Legendary Paul Ryan," *New York*, April 29, 2012。

66　David Brooks, "Moment of Truth," *New York Times*, April 5, 2011。

67　参见 Freeland, *Plutocrats*, 265。她写道，"2011年4月和5月，失业率是9%时……美国最大的五家报纸发表了201篇关于预算赤字新闻故事，关于失业的只有63篇"。

68　Bob Woodward, *The Price of Politics* (Simon & Schuster Paperbacks, 2013), 107。

69　胜选者是民主党人 Kathy Hochul。

70　参见 Draper, *When the Tea Party Came to Town*, 151。

71　同上。

72　捐资者感到投资值得的断言，基于与熟悉其想法的一些人的采访，他们要求不透露身份。

73　Thomas E. Mann and Norman J. Ornstein, *It's Even Worse Than It Looks: How the American Constitutional System Collided with the New Politics of Extremism* (Basic Books, 2012), 54。

74　Naftali Bendavid, "Boehner Warns GOP on Debt Ceiling," *Wall Street Journal*, Nov. 18, 2010。

75　Frum, "Crashing the Party"，描述了斯坦利·德鲁肯米勒"令人惊叹"且激进的立场。

76　除此之外，由科赫支持的倡议者长期反对关闭附带利益漏洞。2007年，国会辩论关闭它时，查尔斯·科赫支持的研究组织税务基金会的研究员亚当·克莱顿认为，"这根本不会提高税收收入"。

77　Stephen Moore, former Club for Growth president. Matt Bai, "Fight Club," *New York Times Magazine*, Aug. 10, 2003。

78　在大妥协中，奥巴马会同意削减支出，以交换债务上限的延长，以及共和党人在税法中"清理干净垃圾"，正如博纳所说。博纳不会同意提高税率，但是他会同意消除一些税收漏洞。

79　参见 Alec MacGillis, "In Cantor, Hedge Funds and Private Equity Firms Have Voice at Debt Ceiling Negotiations," *Washington Post*, July 25, 2011。

80　这项 2006 年的研究引用自 Hacker and Pierson, *WinnerTake-All Politics*, 51。

81　作者采访了家族顾问、知情议员，及艾米丽·席林格。

82　Mann and Ornstein, *It's Even Worse Than It Looks*, 23。

83　Ryan Lizza, "The House of Pain," *New Yorker*, March 4, 2013。

84　此人与作者的对谈。

第十二章　战争之母：受挫2012

2011 年 6 月底的一个温和夏夜，在科罗拉多州比弗克里克（Beaver Creek），科赫兄弟再度集结"兵力"，为查尔斯所称的"战争之母"做准备。这个词借用自伊拉克独裁者萨达姆·侯赛因（Saddam Hussein），喻示按照这对亿万富豪兄弟凶猛好战的程度，他们计划应对即将到来的 2012 年总统竞选。

这将是最高法院联合公民案裁决之后的首次总统竞选。对于那些有必要财政资源的人来说，现在政治支出可以无穷无尽，一如学士峡谷丽思卡尔顿酒店（Ritz-Carlton）外广阔无垠的天空。大约 300 名参与者来到这里参加半年一次的研讨会，主题是"了解和处理美国自由企业与繁荣的威胁"。这一次，策划者采取了额外的预防措施来保守行程。在捐赠者会面的场馆之外，一连串扩音器环绕成围墙，向外界发射静电，防止被人偷听。直到《琼斯妈妈》杂志的记者布拉德·弗里德曼（Brad Friedman）得到并发布了周末部分的精彩录音，以及文字整理版，他们的设想才被打破。[1]

当他们聚集在落基山麓时，这些捐赠者有充分的理由乐观。《纽约时报》捣鼓居民数字、用赌马者般无情目光下注政治的内特·希尔福（Nate Silver）直接发问："奥巴马完蛋了吗？"[2] 在分析了奥巴马的低迷支持率和经济的滞后指标后，他断定，奥巴马很有可能已经从"赢得连任的温和受欢迎者，变成不值一提的败家之犬"。他指出，唯有共和党人选择了一位弱势候选人，或者经济奇迹般复苏，情况才可能改变。但是如果挑战者们表现正确，他预测，奥巴马将走上近来的连任输家吉米·卡特和老布什之路。

然而距离下一次总统选举15个月的时候，共和党强势候选人的人选还无法确认。在幕后，西恩·诺布尔在科赫兄弟的赞同下，数月来偷偷试图说服保罗·瑞恩竞选总统。亿万富豪支持者们期望他施展"利刃"，向联邦政府预算下手。但瑞恩表示反对。他和妻子都不喜欢总统的竞选马拉松。"被选为副总统不是更容易吗？"在国会议员的华盛顿办公室的一次会面中，他向科赫兄弟的使者发问。"因为那时只剩大概两个月。"[3]

由于瑞恩拒绝参选，科赫兄弟和他们的工作人员焦急地寻找替代者。米特·罗姆尼（Mitt Romney）显然是严肃的竞争者，但他们担心他无法与普通人相处良好从而当选。罗姆尼在担任马萨诸塞州州长前靠金融发财。民调显示，当选民被问到他是否"关心像你这样的人"时，他的形势一片惨淡。对更有希望的候选人的寻找，点燃了新泽西硬汉州长克里斯·克里斯蒂（Chris Christie）的炽热追求。大卫·科赫邀请克里斯蒂到他在曼哈顿的办公室，两人花了将近两个小时，通过克里斯蒂与工会和其他自由派势力的争端问题联络感情。这位州长不羁的蓝领工人风格，加上他对富豪友好的经济政策，使他成为几乎令人无法抗拒的胜选选手。到了6月，科赫兄弟让克里斯蒂成为研讨会上的主讲人，在那里他可以在可能为他的前程买单的人面前，为他的党派领导角色进行面试。

在克里斯蒂之前发言的得克萨斯州州长里克·佩里（Rick Perry），成了绝佳的陪衬。作为后来共和党辩论期间"哎呀"时刻的前奏，这位州长给观众席中有数字头脑的商人们留下了不好的印象，他在说明四点方案时展示了五根手指，结果留下一根在空中挥舞，这从程序上无法得到解释。

相比之下，克里斯蒂则是他的偶像布鲁斯·斯普林斯汀（Bruce

Springsteen）在政治上相当的人物。大卫·科赫亲自介绍他，大说好话，例如他不只是"实话实说"的"真正的政治英雄"，而且"和我是一类人"。就削减新泽西州成立有工会的公共部门员工的未来养老金和福利支出的问题，克里斯蒂在达成两党协议的过程中展示出"勇气和领导力"，对此科赫格外不遗余力地加以称赞。作为对这些让步的交换，民主党和他们的盟友取得了克里斯蒂的承诺，将增加帮助病困群体基金的支出。这种看似坚定务实的"解决方法"使克里斯蒂一跃拥有全国声望。四年后，一位法官会裁定这更像是欺骗替代法。[4] 工人福利被削减，但这个身陷经济下滑的州没能信守承诺。不过在 2011 年，对于科赫兄弟和聚集的盟友来说，克里斯蒂是未来中意的面孔。当捐赠者在他介绍时欢呼，吹口哨，大喊赞同时，科赫揶揄道："结果谁知道呢？""随着他改革新泽西州取得巨大成功，有一天我们可能看到他站上更大的舞台，至于走到哪儿只有上帝知道，他是被迫切需要的！"[5]

克里斯蒂很快使这群有钱人站了起来，他将高收入者的低税率描述成民粹主义的原因。他用精彩的表演，描画如何去对抗他所谓的"百万富豪税"——对该州收入最高的 1% 的人加征 1% 的所得税。他说，他告诉民主党人："这东西打哪儿来，回哪儿去，因为我才不会签它。"捐赠者大声欢呼。克里斯蒂还曾致力造就风能超级大州，但他的转变，以及退出减少温室气体排放的地区计划，也引起了人们的喝彩。[6] 到了听众提问时间，第一位发言者在屋里表达了激动之情，说道"你是我见过的，我知道的第一个可以打败贝拉克·奥巴马的家伙"，然后在笑声与掌声中，恳请克里斯蒂参加竞选。

而晚宴的主菜是查尔斯·科赫领导的筹款会议。他用朴实风味的中西部口音呼吁捐款，似乎美国的生死存亡系于此间。援引萨达姆·侯赛因第一次海湾战争中著名的战斗口号后，科赫作出更骇人的提醒。他警告说，即将到来的总统竞选中的风险无异于"国家的生或死"。他幽默地补充说，并非他试图"给这里的任何人施加任何压力。请注意，这不是压力。但是,如果这让你心里觉得高兴,而且你想更进一步,那就算是吧"。接着,作为确保从其他人身上挤出油水的举动,他公开指出并赞扬了迄今最大的捐赠者们。"我想做的是称赞,不是所有的伟大伙伴,而是捐赠超过十亿——百万——说错了,十亿。"这里他发现并纠正了自己。当有钱人群会意地为几个零的简单混淆而大笑时,查尔斯即兴发挥道:"好吧,我正想到奥巴马和他的十亿美元竞选,所以我认为我们会做得更好。"他接着说:"如果你想捐十亿,相信我,我们将为你举办一场特别研讨会。"

随后查尔斯勾出了 32 位捐赠者的名字,他们在过去的 12 个月里捐助了 100 万美元或是更多。有 9 位是亿万富翁,拥有的财富使他们位居《福布斯》400 位最富有美国人名单。一些人,像是金融明星查尔斯·施瓦布(Charles Schwab)、肯·格里芬和保罗·辛格,以及安利的理查·德沃斯和天然气企业家哈罗德·哈姆,都非常出名。而其他许多人都属于隐形富豪——拥有利润丰厚的私人企业,却很少引起公众注意。例如九名亿万富豪中的两人——小约翰·梅纳德(John Menard Jr.),据《福布斯》估计他的财富约为 60 亿美元,以及黛安·亨德里克斯,其拥有的财富价值 29 亿美元,在威斯康星州拥有私人建筑和住宅供应公司——在该州之外就不知名,更不用说在州内。查尔斯认出的许多非亿万富翁都是科赫圈子中的熟面孔。这里有来自北卡罗来纳州的波普家族,怀俄明州的弗里斯家族,得克萨斯州的石油家族罗伯森,以及煤炭巨头,例如乔·克拉夫特(Joe Craft)、吉列姆家族,还有科氏工业股票唯一的外部主要拥有者马歇尔家族的成员。

查尔斯还开玩笑说:"还有十人将保持匿名,包括大卫和我。所以说我们在这方面非常谦虚。"而更加严肃地,他宣称"计划是,下一次研讨会,我要念十个一百万的名字",不是十位一百万,而是一千万美元捐赠者们的名字。

当他念出慷慨解囊者的名字时,他清楚表明他期望他们的钱买到什么。他向他口中的"伙伴"承诺:"我们绝对会尽最大可能,明智地投资这些钱,为你取得国家未来所能得到的最好结果。"

这些想法都没有与全国的剩余民众分享。与最高法院在联合公民案中所做的政治支出将与透明的假设相距甚远,科赫兄弟和他们的伙伴煞费苦心隐瞒他们想做的事。这甚至是一个卖点。科氏工业负责特别项目的副总裁凯文·金特里,多年来为这对兄弟监督筹款,并且在研讨会上担任司仪,那个周末他向捐赠者保证:"我们能够保护匿名。"

科赫兄弟近期还想出了更聪明的新方式来遮掩资金。2010年选举期间他们简单地将资金引向秘密的非营利慈善机构和社会福利团体的迷宫,现在他们的做法不同,建立了更为有效的方法。他们首先将大量现金投入特定形式的非营利企业,即税法定义的501(c)(6),或者说是"商业联盟"。这种伞状组织,他们命名为美国创新协会(AAI),其优点在于可以把它的捐款归为"会员费",并且多少可以作为业务费用得到扣除。如同给501(c)(4)组织的捐款,法律保护捐赠者的匿名权。而作为商业联盟,它在州检察长的慈善信托范围之外,进一步保护了秘密性。

到比弗克里克研讨会休会的时候,科赫兄弟已经募集到新认捐的约7000万美元。没有公共记录显示,这些新资金具体是如何花费的,但大部分资金看来是直接进入了新的"商业联盟",即美国创新协会。仅在2011年,税务记录显示,美国创新协会,这个很快会更名为"自由伙伴"的组织,积累超过2.5亿美元。

这家新的商业联盟最初由韦恩·盖博(Wayne Gable)运营,他是科氏工业的游说负责人。该组织对国内税务局并不太坦露它的意图。根据它的建立文件,它告诉国税局"目前没有计划尝试影响任何选举"而未来可能会这么做,但也只是以"微弱"的程度。可是从一开始,这个组织就资助了许多科赫兄弟曾在2010年中期选举动员过的前线组织。[7]而这次,他们反对奥巴马的地下游击战是由一个"商业联盟"资助,并且被当作部分免税的营业费用。从2011年11月到2012年10月,科赫兄弟新的"商业联盟"向西恩·诺布尔的保护病人权利中心转移了1.15亿美元，还有3230万美元给了大卫·科赫的"美国繁荣"[8]。

2011年10月，克里斯蒂最终宣布，2012年不是属于他的一年。关于两党有一个众人皆知的说法，即选择候选人的时候，"民主党人沉浸爱河，而共和党接连跌倒"。但2012年正在顺利进展成为例外。随着权力从集于中央的党派专业人士手中向亿万富翁无赖转移，上下共识正让位给冲突的派系。甚至在科赫阵营内部，也存在意见分歧。继迷恋瑞恩之后，大卫·科赫喜爱克里斯蒂。查尔斯·科赫则钦佩麦克·彭斯，当时的国会议员，后来的印第安纳州州长，而当彭斯婉拒参加竞选时，科赫兄弟聘雇了他的前参谋长马克·肖特，令其担任另一位政治顾问。与此同时，捐助者在共和党中混乱无序。诺布尔努力把每个人纠集到同一个方向，然而失败了。

因为不确定还要做什么，在2011年底科赫的工作人员制造了大选季第一波攻击广告中的一则。受"美国繁荣"赞助，它抨击奥巴马为他的朋友们，例如索林德拉公司，腐败地大量提供"绿色馈赠"。"美国繁荣"花费240万美元，在佛罗里达、密歇根、内华达和弗吉尼亚等关键州数千遍地播放这则广告。西恩·诺布尔把这个想法当作一记好球推销，但它引起了一点问题。原来一名科赫捐赠者投资过索林德拉，因而感到不太愉快。

接下来一条由美国未来基金播出的科赫制造的广告，也被证明是成问题的。对于信息，科赫阵营偏向让自己与其保持距离，这家位于艾奥瓦州的神秘的前线组织则是最受欢迎的信息来源。镜头中拍摄的针对1%的民粹主义愤怒，凝聚于占领运动以及向大卫·科赫的公寓行进的抗议者，这则广告狡猾地攻击奥巴马与华尔街关系太过暧昧。它引用奥巴马称华尔街银行家为"肥猫"，随后问道，"猜猜谁投票支持华尔街救市计划？他的白宫满是华尔街主管"，后面伴随着奥巴马顾问们的头像闪过。科赫兄弟的政治工作人员在15个不同的焦点小组中测试这则广告。一经播出，它似乎极其成功，在Youtube上的点击量超过500万次。但是捐赠者团体中的一些金融业高管并不觉得这种政治误导有趣。"为什么攻击华尔街？"他们问。

一名捐赠者彼得·希夫（Peter Schiff），出席过6月的科赫研讨会，他显然并不接受这个新的民粹主义论题。作为一名康涅狄格州的金融分析师兼经纪人，他在10月冲入占领运动的曼哈顿营地中，举着标语"我是1%。我们谈谈吧"。随后的视频片段中，他辩争支持消除最低工资，并且付给"弱智"人群每小时2美元，这使他成为乔恩·斯图尔特（Jon Stewart）《每日秀》节目中的笑柄。科赫兄弟的"战争之母"，开局并不比萨达姆好很多。

在威斯康星这个总统竞选的关键州，情形似乎光明得多。在那里，第一任期中的州长斯科特·沃克（Scott Walker）因为制定出人意料的大胆反工会的政策，一跃成为全国明星。沃克是典型的新一代共和党人，借助一波暗钱在2010年轻松胜选，准备实施支持者们在保守派非营利组织精心培育了数十年的政策。

对于科赫关系网而言，沃克始料未及的崛起是一场胜利。科氏工业政治行动委员会是沃克竞选的第二大资助者。[9] 更重要的是，科赫兄弟是共和党州长协会的重要资金来源，借助该组织，2010年共和党在威斯康星州和其他地方绕过严格的州捐款限制。科赫兄弟的政治行动委员会资助了威斯康星州16位州立法机构候选人，这些人全部赢得了竞选，帮助了保守派控制议会两院，并且为威斯康星州的急剧右偏布置好舞台。

沃克还极大受益于另外两位极端保守的兄弟的慈善事业，即已故的林德和哈里·布拉德利，他们的基金会已发展成密尔沃基市的意识形态巨兽。沃克的竞选经理迈克尔·格里比是布拉德利基金会的总裁。各家智库长期以来为掌权者提供政策观点。有些智库，例如自由派的美国进步中心（Center for American Progress），是由政府内外的知名党人领导。[10] 即便如此，同时戴上两顶帽子也很少见。不过格里比的双重角色会使他在布拉德利基金会的前辈迈克尔·乔伊斯感到骄傲。乔伊斯开始将慈善事业武器化时所寻求的，正是这种亲力亲为的政治影响。

布拉德利基金会与沃克的密切关系，在他的社交日程上一目了然。选举后的第一批私人约会，就包括在密尔沃基可以俯瞰密歇根湖的漂亮的巴克斯酒店，和基金会的董事、高管一道享用庆祝晚宴。那时候，林德和哈里·布拉德利的基金会的资产已经超过6.12亿美元，他们还为沃克的许多政策提供了剧本。

格里比否认说，他的基金会并未策划使沃克成名的打击州雇员工会的方案。但他称赞这个行动，并亲自发送募款信件，请支持者帮助沃克对抗"大政府工会的老板"[11]。另外在2009年，布拉德利基金会拨发巨额基金给两家威斯康星的保守派智库，发展计划打破该州公职人员工会的力量。[12] 正如2011年《密尔沃基每日卫报》(*Milwaukee Journal Sentinel*)指出的，布拉德利基金会是"美国保守主义运动背后最强大的慈善力量之一"，也是"始于本州、扩及全国的公共政策试验背后的财务支持者——包括福利改革、私立学校的公共教育券，以及今年的，缩减公职人员福利和集体谈判"[13]。正如格里比后来向《纽约时报》承认的，关于沃克的扶摇直上，"为了避免显得莽撞，我可能在早期给他的竞选增添了一些可信度"。

作为没有独特感召力或魅力的大学辍学生，沃克可能不是通常注定会身居高位的人，但是在威斯康星州拥有大型分部的"美国繁荣"组织，在其茶党集会中，为当时还是密尔沃基行政人员的他，提供了现场操作和发言平台。[14] 从2007年起，科赫兄弟的这家政治组织就一直在对抗该州强大的公职人员工会。这场斗争承载着更重大的意义。1959年，威斯康星成为第一个允许其公职人员组建工会并进行集体谈判的州，而部分保守主义者讨厌这样，因为工会为民主党人提供了大块有力肌肉。"我们与这个问题相识已久，在威斯康星以及其他的州。"[15] "美国繁荣"的负责人提姆·菲利普斯对《政客》承认道。菲利普斯过去曾不无嫉妒地谈道，工会是左派的"地面部队"。

沃克反工会、反税、小政府的信息，与科赫兄弟的哲学完美协调，也有助于他们的商业利益。科氏工业在该州拥有两座佐治亚-太平洋造纸厂，在锯木厂、煤炭、管道方面也拥有产业，聘雇了大约3000名工人。

几个威斯康星州最富有的大亨，同时是科赫捐赠网络一部分，他们很快也开始写支票。例如威斯康星州最富有的人小约翰·梅纳德，他在2011年6月科赫兄弟的峰会上捐赠了100万美元，还给支持沃克的暗钱外部组织威斯康星增长俱乐部捐助了150万美元。和梅纳德的许多投资一样，这些政治献金物超所值。沃克一上任，就领导了一家州经济发展公司，给予了梅纳德的企业180万美元的特别税收抵免。[16]沃克政府也放松了针对污染者的执法措施。

在沃克当选之时年近七十的梅纳德，通过一连串以他名字命名的家装店，在2010年发了一笔约60亿美元的大财，直到沃克进入州议会前，他与政府的关系还一直，至少可以说是争扰不休的。根据《密尔沃基杂志》2007年的人物报道，他的公司与该州自然资源部之间的冲突之多，超过其他任何一家公司。[17]最终，公司与梅纳德个人因违法处理有害废物而被罚170万美元。在一桩令人难忘的案例里，据说他的公司将被砷污染覆盖的土地标记为"理想的操场"。

梅纳德对于有组织劳工的敌意显而易见。他强制实行决定禁令，不允许雇用任何曾经属于工会的人。一名员工描述说解雇过两名有光明管理前途的员工，因为他们高中时在一家加入工会的超市做过装袋工。[18]而且对于经理，如果他们的商店加入工会，也会被减薪60%。他们也必须同意为违规行为，比如开门迟到，支付每分钟100美元的罚款，另外必须同意将任何纠纷提交至对管理友好的仲裁，而不是法院。梅纳德因为担心员工偷窃商业供给，还禁止他们建造自己的房子。当一名员工得到特别许可，为坐轮椅的女儿建造配备坡道的房子时（以降职和大幅减薪来交换），他被开除了。而他犯的过错是，他的承包商在使用竞争对手的建筑材料。

梅纳德在赔偿和纳税方面，也有具争议性的记录。据说他将 2000 万美元篡改为工资，而非分红，将其作为业务支出扣除，之后国税局命令他支付 600 万元欠税。在另一案例中，作为对性别歧视和未付工资的赔偿，威斯康星最高法院强制梅纳德支付 160 万美元给前法律顾问，这个女人是他当时女友的妹妹。这位女士的律师形容梅纳德是"一个没有界限、没有限制、对法律不敬，而且明显不自律的人"。

类似的情况又发生了一起。[19] 2011 年被梅纳德解雇的前生意伙伴的妻子控诉他报复她的丈夫，原因是她拒绝和这位亿万富豪夫妻玩三人游。梅纳德的发言人否认了这项指控。而第二位女性，印第安纳波利斯小马橄榄球队（Indianapolis Colts）前四分卫的妻子，她宣称因为拒绝梅纳德的性提议而被他解雇；公司发言人也予以否认。总而言之，梅纳德似乎不像是沃克的赞助人，沃克强调他作为浸会传教士之子的基督教保守主义信仰，不过在经济政策上他们有心灵互通之处。此外，梅纳德是出了名的回避媒体，直到几年后，他和沃克的牵连才浮出水面。

黛安·亨德里克斯是威斯康星州最富有的女人，也是科赫兄弟的另一位百万美元捐赠者。要不是一位纪录片制作人在镜头里偶然捕捉到，她可能也还待在雷达之外。2011 年 1 月沃克宣誓就职的十五天后，亨德里克斯被拍到，在她认为的一场私人聊天中，她强行要求州长打击工会。这位大概六十岁的寡妇看起来迷人而不耐烦，极力要求沃克把威斯康星州变成"全红""有自由工作权"的州。沃克向她保证，他有一个计划。竞选期间他向选民隐瞒了这点，他向亨德里克斯透露，他的第一步是"处理为了所有公职人员的工会而进行的集体谈判"。他向她保证，这将"分制击破"劳工运动。这显然是亨德里克斯想听到的。她已经从 ABC 供应公司（ABC Supply）积累了约 36 亿美元的财富。这家公司是美国最大的屋顶、窗户和墙板的批发经销商，由她和已故丈夫肯于 1982 年创办。尽管她拥有非凡成就，但亨德里克斯说，她担心美国将成为"社会主义意识形态国家"。在州长向她保证有相同关切后不久，亨德里克斯和她的公司开启了一系列创纪录的捐款，据报道这会使她成为沃克的最大金援主。[20]

当沃克如他所说，向工会"扔下炸弹"时，他实际上剥夺了大多数州雇员就他们的薪酬进行集体谈判的权利。他单拎出公职人员，尤其是平均工资为 51264 美元的教师，作为该州赤字的原因。在这场对过度放纵、贡献不足、正在致州破产的公职人员的最终审判中，一个尴尬的事实未被提及。多亏了复杂的做账手法，根据州记录，黛安·亨德里克斯在 2010 年没有为个人所得税付过一分钱。[21]

概貌在麦迪逊市被勾画出来。为了竭力使共和党人丧失通过沃克反工会法案所需的法定人数，民主党议员逃离了这个州。愤怒的积极分子席卷立法会，蜂拥至街头，并且抨击沃克是科赫兄弟的反工会的走狗。任期还不到一个月，沃克就在无意中增加了讽刺的可信度，他接了一通玩笑者冒充大卫·科赫打来的电话，进行了让人感到难堪的漫长交谈，内容也很快公之于众。[22] 有一句话说得太过，沃克和冒充者结束通话时说："百万分感谢！"

随着对沃克的愤怒反应增加，他的批评者为罢免他而进行了长期努力，但最终失败，那时已经成为反对派头脸的科赫兄弟，对此发起了猛烈反击。他们利用"美国繁荣"和其他工具来动员支持沃克的集会，而且播放了数千次"支持沃克"和"工作在起作用！"的电视和广播广告。他们还利用自己开发的高科技数据库忒弥斯（THEMIS）来帮忙争取投票。

沃克在罢免战中取得胜利，使他在 2016 年总统选举中遭逢厄运。[23] 胜利之后，一位独立律师的关于可能有竞选资金违规的调查，发掘出大量电子邮件，揭露了他的选举掺和了多少州外富豪的隐藏之手。邮件揭示，通过捐钱给本该是独立组织的威斯康星增长俱乐部，沃克的策划顾问得到科赫兄弟和捐赠盟军的帮助。一封邮件中还建议"收下科赫的钱"。另一封坚持认为，州长应该"乘飞机去拉斯维加斯，和谢尔登·阿德尔森坐下来面谈"。信中接着说："现在管他要 100 万美元。"第三封信建议沃克，对冲基金大亨保罗·辛格会和你到同一处度假地，"把握住机会"。不久之后，威斯康星增长俱乐部收到了来自辛格的 25 万美元。

掌管威斯康星增长俱乐部并因此身处网络中心的，是科赫兄弟的老盟友埃里克·奥基夫。当年大卫·科赫失败的代表自由意志党的副总统竞选过程中，他也作为投资者自愿参加。之后他去经营山姆亚当斯联盟，即在发动茶党运动中发挥开创作用的组织，并且加入了加图研究所的董事会。这么多年来，奥基夫的多种政治策略也得到布拉德利基金会极大的帮助。根据一项统计，1998 年至 2012 年间基金会捐助超过 300 万美元给奥基夫指导或成立的组织。[24] 与此同时，布拉德利基金会加强与科赫兄弟圈子中的几位成员的联系。它的董事会很快增添了黛安·亨德里克斯，以及科赫兄弟在北卡的长期盟友、同时位列"美国繁荣"董事会的阿特·波普。奥基夫和其他人所属的这家俱乐部规模较小且向内发展，但是它影响的范围正在扩展。

理查德·芬克阐明，在电话恶作剧的尴尬发生后，他自己和他的捐助者面临的风险是什么。"我们绝不会后退，"他宣称，"左派试图恐吓科赫兄弟缩回他们对自由的支持，并且向其他人示意，如果你反对政府和它的盟友，就会发生这样的事。因而我们别无选择，只能继续战斗。"芬克大胆宣称："这是我们一生工作中的重要部分。我们不会停止。"[25]

为他们在威斯康星的成功所振奋，科赫兄弟开始认真专注于总统竞选。他们花费了数年时间筹备，而到了 2012 年，他们正在成为共和党当权派在权力上的竞争中心。曾经嘲笑他们的政治内行们，现在惊叹于他们政治行动的广泛性。

在积累世界上最丰厚财富的同时，科赫兄弟也创造了证明它合法性的意识形态装配线。现在他们增添了一个强大的政治机器来保护它。他们雇用最优秀的活动家，出资建立他们自己的选民数据库，委托最先进的民意测验，而且创立了一个募款行动，招揽其他数百名美国富人来帮助付钱。他们还缔造了一个联盟，其中有大约17个联盟的保守派组织，这些组织有特定的选区阵营，将掩盖它们资金的集中来源并且传递它们的信息。为了动员拉美裔选民，他们建立了名为"自由倡议"（Libre Initiative）的组织。为了联系保守派妇女，他们资助了美国女性关怀协会（Concerned Women for America）。对于千禧一代，他们组建了"时代机会"（Generation Opportunity）。为了掩盖电视攻击广告上的痕迹，他们藏在美国未来基金和其他前线团体后面。他们关系网的资金也流入枪支团体、退休者、老兵、反劳工团体、反税团体、基督教福音派团体，还有甚至450万美元给了所谓的共享服务中心（Center for Shared Services），该组织为他人协调办公空间租金和文件资料之类的管理工作。与此同时，"美国繁荣"组织在全国各地建立分部。科赫兄弟已经建立起他们自己事实上的私人政党。

秘密状态弥漫在政治行动的每一层。成为"忒弥斯"选民数据库首席运营官的前科赫主管本·普拉特（Ben Pratt），在他的私人博客上引用了萨尔瓦多·达利（Salvador Dalí）的话，这句话可以作为这项事业的座右铭："我影响力的秘密在于，它始终是秘密。"[26]

科氏工业的发言人罗伯特·塔潘（Robert Tappan）辩护说，保密是一个安全问题，因为"科赫过去多次被政府及其盟友当作目标，因为我们的真实（或者说，在某些情况下，感知的）信仰，以及涉及公共政策和政治议题的活动"[27]，忽视了从约翰伯奇会起几十年的秘密状态。

这种力量的巩固壮大反映了，在后联合公民时代极富者日益庞大集中的运动支出。相应地，这样的支出反映了美国越发普遍加剧的财富集中。[28]因此，2012年选举勉强算是一个转折点。它不仅是美国历史上迄今为止花钱最多的选举；它同样也是自现代竞选财务法诞生以来，史上首次，包括超级政治行动委员会和税免非营利组织的外部支出团体，浪掷来自美国最富有捐赠者的无限捐款，花费超过 10 亿美元以影响联邦选举。而且把非营利组织经营的攻击广告的花费考虑进去，外部组织的支出很可能首次超过竞选活动和政治党派。

科赫关系网在这一新的政治图景中如同巨人般赫然耸立。在右派，还有其他可怕的捐赠者网络，包括卡尔·罗夫组建的，但是没有单独一家外部组织花费了那么多钱。2012 年，靠自己的力量，包含几百人的科赫兄弟关系网至少花费了 4.07 亿美元，这笔钱几乎都是匿名的。[29] 这比约翰·麦凯恩在 2008 年整个总统竞选中所花的钱还要多。这也比 5667658 名美国人依照 5000 美元合法上限，在两次总统竞选中的捐款总和还要多。《政客》的肯尼思·沃格尔计算这个数据时发现，总统竞选中 0.04% 的最高捐款者的捐款，相当于底部 68% 的人的总和。[30] 此前从未有过最高捐款者差别如此悬殊的现象。[31] 极不平衡的情况使得 2012 年成为路易斯·布兰代斯（Louis Brandeis）箴言的最严峻考验，他曾说国家要么"民主，要么我们的财富集中在少数人手中"，而不能两者兼得。

科赫兄弟的增长的影响力，在 2011 年 10 月 4 日罗姆尼竞选的内部机密备忘录中体现得明显。罗姆尼，和全国每一位雄心勃勃的共和党人一样，在谋取大卫·科赫的支持。备忘录清楚地将他形容为"茶党的金融引擎"，尽管其中记录说他"否认直接参与"。[32]

备忘录还揭露，整个夏天罗姆尼与大卫都在纽约南安普顿的海滨别墅里进行私人密谈，希望取得他的支持。不过令竞选者沮丧的是，飓风"艾琳"使得会议取消。随着艾奥瓦核心小组逼近以及克里斯·克里斯蒂出局，罗姆尼在秋天再次发力。

就在备忘录写完后不久，罗姆尼选择了两个争议性的竞选立场，不过它们保证能取悦亿万富翁兄弟。首先，他改变了早先在气候变化上的立场。在 2010 年《无可致歉》（No Apology）一书中，罗姆尼写道，"我相信气候变化正在发生——全球冰盖面积的减少难以忽视。我也相信，人类活动是推动因素"。2011年6月踏上竞选征程时，罗姆尼重申了这个观点，并且强调这"对于我们而言很重要，要减少排放污染物和温室气体，这些很可能是你看到的气候变化和全球变暖的重要原因"。不过到了10月底在新罕布什尔州曼彻斯特的一次集会上，他突然宣布自己是气候变化的持疑者。"我的看法是，我们不知道是什么在导致地球上的气候变化，"他说。"而且花费数万亿美元来努力减少二氧化碳排放的想法，对于我们也不是正确路线。"到来年夏天在坦帕市接受共和党提名的时候，罗姆尼把采取行动应对气候变化的观念当作一个笑话。"奥巴马总统承诺开始减缓海平面上升，以及治愈这个星球，"他嘲弄道，"我的承诺是帮助你和你的家人。"

在第一次改变他的气候变化立场的一周后，罗姆尼为了在华盛顿"美国繁荣"组织"捍卫美国梦"年度峰会上讲话，没有参加艾奥瓦州其他共和党总统候选人都出席的竞选活动。他在那里发表了一场主题演讲，这可能通过了坐在观众席中的大卫·科赫的面试。[33]罗姆尼曾经作为东北部温和派治理过马萨诸塞州，但现在他公布了一个预算计划，使人想起保罗·莱恩。

之后不久，罗姆尼提议将所有所得税税率削减1/5。根据无党派的税收政策中心（Tax Policy Center），罗姆尼的提议将使顶层0.1%的人平均每年节省26.4万美元，而最贫穷的20%的纳税人平均减少78美元。中产阶级平均将减少791美元。罗姆尼还提出了其他高居捐赠者愿望清单上的项目，包括了取消遗产税，降低企业税率，以及取消海外运营公司所欠税款。总体来看，税收政策中心表示，这项提议将在未来十年增加5万亿美元赤字。罗姆尼说，通过关闭并未指明的税法漏洞，他将弥合差距。

查尔斯·科赫经常把他对减税的支持，描述成是出于关心穷人。"他们受难"于"更大的政府"[34]，在家乡报纸的采访中他说。然而这里回避了事实，即这些数字加起来，对已经富裕的人而言，是不成比例的巨大礼物。"这些家伙全都谈论赤字,但他们不会抛弃任何富人的税收优惠。"[35] 奥巴马的前沟通顾问丹·费弗(Dan Pfeiffer)后来指出。"真正让他们恼火的,"他说,"是我们开始谈论结束私人飞机的漏洞的时候!"

如果这些政策转变部分是为了赢得科赫兄弟支持而设计,那他们成功了。到了 7 月,大卫·科赫不仅接纳了罗姆尼,而且还在他的南安普顿别墅为他举办了每对夫妻 7.5 万美元的筹款活动。在其他宾客到来前进行了半小时私人聊天后,当他们分别和妻子走下楼梯时,罗姆尼和科赫被描述成散发着"自信光彩"[36]。几周之后,罗姆尼选择了瑞恩作为他的竞选搭档。这个选择遭到罗姆尼的竞选顾问斯图尔特·史蒂文斯(Stuart Stevens)的反对,而且因为瑞恩极端预算计划的不受欢迎,奥巴马也对此非常困惑。但是包括大卫·科赫及其妻子朱丽亚在内的保守派捐助人游说支持瑞恩。这是又一个迹象,它表明远远早于全国剩余人民有机会投票之前,隐形财富的初选就正在塑造话语和领域。

手握全世界最大财富——据估计至 2012 年合在一起达到 620 亿美元——查尔斯和大卫·科赫利用美国政治中金钱日益增加的重要性,占据完美地位。然而,总统竞选仍旧证明他们难以成功。由于党派专业人士在外部资助者面前黯然失色,几乎任何有足够现金的新手,包括他们自己圈子里的其他捐助者,现在都可以分裂破坏进程。

随着总统竞选开始,西恩·诺布尔对科赫阵营任何会倾听的人争论说,是时候向纽特·金里奇"扣下扳机"了。这位佐治亚州前众议院议长把自己改造成为希望渺茫的共和党总统候选人。即使是参与 20 世纪 90 年代金里奇众议院革命的一些保守派,也在私下乞求科赫活动人员,在金里奇给共和党候选人和党造成不可挽回的损害之前采取行动。金里奇可谓混乱无序中的杰出人物,在一些场合口才惊人,其他情况下则十分愚笨,而且会无情打击任何挡他路的人。对他而言,政治是一场全面战争,而且他的伤痕可以证明这一点。

在准备过程中,诺布尔的公司悄悄地制作了寄望是致命的电视广告,其中使用了2008年广告中的镜头,展现金里奇和南希·佩洛西坐在精致的双人座上,同意他们需要抗击全球变暖。在共和党这边,这则广告本可以证明纯然有害。但是诺布尔无法得到播放批准。个中迟疑似乎与极其富有的赌场大亨谢尔登·阿德尔森加入科赫圈子有关。

谢尔登·阿德尔森不完全是科赫兄弟类型的人,据说小布什总统曾形容他是"这个疯狂的犹太亿万富翁,朝我大吼大叫"。他是一个极右的外交政策鹰派,专注于确保以色列的安全。他曾经是民主党人,但他和科赫兄弟一样反感工会、奥巴马和再分配所得税。"为什么我应该比其他人缴更高比率税这件事是公平的?"[37]他曾经抱怨道。也许更重要的是,因为拥有据估计2011年达233亿美元的财富,这位七十八岁的拉斯维加斯金沙集团董事长,将大量筹码带上桌面。他本来可能成倍增加科赫捐助人网络的力量。科赫兄弟已经多次邀请阿德尔森加入他们的组织,但却毫无进展。因此,当他终于首次在2012年1月加利福尼亚印第安韦尔斯举行的峰会上露面时,他们不希望捣垮抛弃他中意的候选人,而那个人恰好就是金里奇。

"有很多人对谢尔登相当不满意",一名科赫心腹说,"但是纽特按中了他的所有开关"。这对奇怪组合已经是几十年的朋友,两人在20世纪90年代联合起来,当时金里奇帮助阿德尔森赢得一场苦战,保住他的赌场经营免于工会阻碍,这与拉斯维加斯的其他赌场不同。[38]他们还同样全心奉献于以色列的强硬路线保守派,尤其是本雅明·内塔尼亚胡(Benjamin Netanyahu)总理,一名同事说,阿德尔森经常一周同他通几次电话。在金里奇险峻的沉浮历程中,阿德尔森为他提供了数百万美元。在1999年金里奇由于道德指控和党内叛乱被迫辞职后,自称"只是一个忠诚家伙"的阿德尔森,继续着那种支持。在政治重心已经转移到别处之后很久,阿德尔森继续出借自己的私人飞机给金里奇,并且捐助近800万美元给维持金里奇工作的事业温床。

但是在一个与以色列有关的棘手问题上,这对老朋友意见相左。阿德尔森长期寻求赦免乔纳森·波拉德（Jonathan Pollard），这位犹太裔美国间谍向以色列传递国家机密，被判在联邦监狱服无期徒刑。过去，金里奇曾经称波拉德是"美国历史上最可耻的叛徒之一"，而且破坏了克林顿时期释放他的协议。如果被释放，金里奇警告说，波拉德可能"重拾背叛行为，进一步损害美国国家安全"。但是2011年12月，当急需现金的金里奇正在进入艾奥瓦核心小组时，他转变了自己的立场。他在一个犹太频道的采访中宣布，他现在有"一个偏向，支持宽恕"[39]波拉德。几周内，阿德尔森向金里奇进展缓慢的竞选活动捐赠500万美元，否则的话他的竞选多半会泡汤。[40]

阿德尔森的资金暂时复苏了金里奇，并带来一连串意想不到的结果。倾向金里奇的超级政治行动委员会使用赌场大亨的钱，购买了南卡罗来纳州超过300万美元的广告时间。接着播出名为"贝恩国王：当米特·罗姆尼来到镇上"的半小时视频，中伤罗姆尼是贪婪"掠夺的企业洗劫者"。视频遭到攻击后金里奇呼吁超级政治行动委员会将它撤下，不过在此之前他已经通过谴责罗姆尼合作创立的私募股本公司贝恩资本是"有钱人想出来掠夺一家公司的聪明方法"，增强了这个信息的影响。

没有一位左翼人士可以更有信服力地制造这起反对高级金融的案例。罗姆尼成了"秃鹫资本主义"，这个描述是无情吞食美国中产阶级剩余财产的概念的代表。金里奇处理完贝恩后，他继续要求罗姆尼公布纳税申报表。正如诺布尔所担心的，马力全开的金里奇是共和党人的灾难。

金里奇对资本主义过度行为的攻击，由一个世界上最富有的人承包，而此人的国际赌博帝国当时正在因为洗钱和外国腐败行为接受联邦刑事调查。最终，根据法庭证词，在洗钱案中，阿德尔森的公司支付了4700万美元庭外和解金，因为它未能报告4500万美元的资金转移，这笔转移是为了一名正在接受贩毒调查的华裔墨西哥商人。在另一个案子中，阿德尔森的前首席执行官控告这位大亨，在中国澳门的子公司结交犯罪团伙人物，而且向一名地方官员行贿，这可能违反禁止美国公民参与海外腐败行为的法律。阿德尔森形容这些指控是"妄想且编造的"[41]。而法律阴云几乎没能提高科赫关系网或共和党的形象。大笔资金没有加固共和党的得票，反而败坏招牌，延长初选，推动候选人接收捐助者的宠儿议题——总而言之，做了民主党人的工作。

罗姆尼没有采取任何措施来平息"小富豪里奇"（Richie Rich）的嘲讽。在坚称认为"企业是人"，并且说出"我喜欢开除人的感觉"之后，他泄露了一笔2.5亿美元的全权信托，其中充满了从瑞士到开曼群岛等避税天堂的离岸投资。他将2010年37.4万美元的演讲费形容成"不太多"，使他的形象固定成完全脱离普通美国人。这种展现1%有钱人如何生活的简单印象还变得更加糟糕，在金里奇的压力之下，罗姆尼公布了他的纳税申报表，显示他为2170万美元的收入支付了14%的实际税率。这个税率还不及许多中产阶级工薪人士的一半。金里奇在南卡罗来纳州大败罗姆尼，赢得了他的第一个初选，而且证明了虽然美国大众崇拜成功，但也信仰公平。

当金里奇在佛罗里达州彻底击败罗姆尼，罗姆尼的竞选团队惊觉金里奇的威胁时，损害早已经造成。"用针对贝恩的那些攻击，他为奥巴马铺设好蓝图"，科赫兄弟圈子里的一名保守主义者哀叹道。

福斯特·弗里斯是来自怀俄明州的共有基金经理人，以及科赫兄弟捐助人圈子中的长期成员，他也在制造混乱。当罗姆尼努力解决金里奇的时候，弗里斯向超级政治行动委员会大灌资金，推举来自宾夕法尼亚的前参议员、同样狂热信仰基督教保守主义的里克·桑托勒姆（Rick Santorum）。桑托勒姆在艾奥瓦州的超级政治行动委员会花费的近100万美元，令他从底端位阶跃升进榜首地位，确保了他的候选资格会远远超过其自然的政治保质期。几乎和桑托勒姆一样热爱聚光灯的弗里斯，和这位候选人一道，做了一系列震惊许多妇女的、关于生殖和性别问题的宣告。例如在与NBC记者安德莉亚·米切尔（Andrea Mitchell）的采访中，弗里斯解释了为什么他和桑托勒姆对奥巴马医保计划覆盖女性避孕药品存在异议。"回到我的时代，他们把拜耳的阿司匹林当避孕药，"弗里斯开玩笑说，"姑娘把它夹在两腿之间，而且它并不昂贵。"米切尔，这位专业素养难以撼动的记者，结结巴巴地说，"请原谅，弗里斯先生。坦白说，我只是努力缓过气来"。

等到桑托勒姆和金里奇在春末退出总统竞选的时候，弗里斯已经捐献了 210 万美元，而阿德尔森和妻子则为各自喜爱对象的竞选活动付出超过 2000 万美元。民主党人为捣蛋捐款者造成的损害而狂喜。"在避孕议题上，我们正消灭他们，"奥巴马的竞选经理吉姆·梅西纳（Jim Messina）说，"而且自 1996 年以来我们第一次在税收议题上取胜。"[42] 共和党的政治活动者史蒂夫·施密特（Steve Schmidt）表示，从基础广泛的政党资金到巨富外部捐赠者的转变，把竞选变成"意识形态驱动的生态系统"。他说，候选人"就像足球运动员，球衣上嵌着赞助商的名字。如果有一个人负责提名你，那你一切都是欠他们的。你可以否认，但这是决定性的"。[43]

竞选咨询公司 GMMB 为奥巴马的连任服务，其联合创始人吉姆·马戈利斯表示，罗姆尼作为温和派会表现得更好，但是被他的激进赞助者阻止了。"罗姆尼的最佳策略应该是，递给奥巴马一块金表，大致说些'我们都有这样的期望。他尝试过，但他没有做成。我可以。我是修理先生。我知道如何创造就业'。但是罗姆尼并未成功。相反，他跑向了右派。"2010 年的茶党及其背后资助者，唤起了马戈利斯所说的"超级强劲的共和党初选选民。我们不知道它会如何发展，不过可能有吸引人的温和派候选人从中兴起。相反，他们有赫尔曼·凯恩（Herman Cain）、米歇尔·巴赫曼（Michele Bachmann）、里克·桑托勒姆和纽特·金里奇！对于罗姆尼来说这是个难题"。

随着大选开始进行，奥巴马也不得不为有钱捐赠者烦恼。他一直渴望把经济公平当作他总统竞选的中心。但是他的一些顾问担心，在两党都越发依赖富有赞助者的时代，操作民粹主义是股危险力量。然而奥巴马寻求总统位置，部分原因在于他希望改变强大经济利益与治理者之间的关系。"我竞选总统的一个原因，"他说，"是因为我无比坚信，普通美国人——为了维持生计竭尽所能的勤劳民众——的声音，因为华盛顿特殊利益的强大声音而没有被听到。"

占领运动更加鼓励了他。所以他决定于2011年底在堪萨斯州小城奥萨沃托米（Osawatomie）开始他的连任竞选。1910年，西奥多·罗斯福曾在那里发表充满激情的演讲，要求政府"摆脱邪恶影响力或特殊利益的控制"，他试图应对美国日益增加的经济不平等这个棘手问题。

奥巴马谴责导致房产市场崩溃的"惊人贪婪"，以及共和党"靠你自己的经济学"。至于大钱对政治的影响力，他也发表了一些尖锐之语。"不平等扭曲了我们的民主，"他警告说，"它为能够支付高价游说者和无尽竞选捐款的少数人，提供了巨大的声音，而且它冒着出卖民主、价高者得的风险。"

这些话响亮有力，观众们欢呼喝彩。然而问题在于，无论奥巴马多想解决经济不平等，他也必须得求助他自己党派的亿万富翁和百万富翁。事实上，奥巴马很快就会创造现任总统出席募款活动次数的纪录。他继续公开发言，甚至直接面向捐赠者，告诉包括美国最富有的人、微软共同创始人比尔·盖茨在内的一小群大亨，"今晚这个房间里有五六个人，能够简单做出决定——这将是下一任总统——如果这个人最终没能获胜的话，则很可能至少得到一个提名。而那并非事情应有的发展方式"[44]。不管你是否喜欢，正如一位顶级进步捐赠者、新泰来（Stride Rite）鞋业公司前董事长阿诺德·希亚特（Arnold Hiatt）所说，奥巴马"身处盲境"[45]。

2012年初在罗斯福厅（Roosevelt Room）的一次会议上，他的竞选经理吉姆·梅西纳分享的坏消息震惊了总统，他们现在预计反对他的共和党外部支出达到了6.6亿美元。[46]

"你有多肯定？"奥巴马问道。

"非常肯定。"梅西纳回答。

奥巴马在他的总统任期内，曾对联合公民案的判决保留了一些最严厉的话，他说无法"想象任何对于公共利益更具毁灭性的事情"。所以他毫不动摇地拒绝鼓励支持者们，组建一个为了他的利益能够接受无尽捐款的"外部"超级 PAC。"我认为我们需要改变立场，"梅纳西说。"在人们明白这对你很重要以前，他们不会给你的。"

不久之后，奥巴马在新的经济现实面前屈膝，改变了他自己。他的竞选活动开始鼓励支持者向倾奥巴马的超级 PAC "美国优先"（Priorities USA）捐款。奥巴马为了筹集资金而表现成一个伪君子，并非是第一次了。2008 年，在拥护参议院竞选财政改革之后，他违背了自己的誓言，作为总统候选人接受了公共资金。奥巴马承认，他遭受着"所有政客的共同原罪，即我们必须筹集资金"。但他坚持表示，他将努力抗争改革体制："论点不在于说我是纯洁的，因为我浸泡在同样的浑水中。论点在于我知道它污浊，但我想要廓清它。"

然而，相同的金钱利益玷染两党到何种程度，在美国优先播放了它的第一则电视广告后变得清楚。这是来自一位钢铁厂工人的动情指责，他的工厂因为贝恩关闭了。"他会给你曾经也给过我的东西：一无所有。他会一起拿走"，工人这样评论罗姆尼。然后奥巴马的竞选活动突出了来自超级 PAC 用广告所传达的有力信息，称呼罗姆尼是"工作破坏者"，而他的公司是"吸血鬼"。

当时，许多政治光谱两端的有思想的经济学家和学者，都非常关切金融业对国家日益增加的经济不平等的影响。高收入主管——特别是金融业的——兴旺发达，而工薪阶层却停滞不前。从前财政部部长劳伦斯·萨默斯（Lawrence Summers）到新保守主义理论家法兰西斯·福山（Francis Fukuyama），专家们担心这样的趋势正在威胁中产阶级并压垮政治制度。[47]

然而，当奥巴马的广告捅破这些关键问题时，与华尔街联系的民主党人在愤怒中爆发。史蒂文·拉特纳（Steven Rattner）在投资银行拉扎德（Lazard Frères）赚了几百万美元，他的妻子则是民主党的前财务主管，他谴责这则广告"不公平"。小哈罗德·福特（Harold Ford Jr.）是来自田纳西州的前民主党议员，已经移往华尔街，他反对说，"在许许多多的例子里，私募股权投资是件好事"。新泽西州纽瓦克市长科里·布克（Cory Booker）是党内冉冉升起的明星，拥有众多金融业支持者，他登上全国性电视台，说出令白宫震怒的话："这种东西让我对两边都觉得恶心。"

比尔·克林顿打出最后一击。在CNN的一次采访中，他说，"我不认为我们应当进入这种立场，我们在里面说这是坏工作，这是好工作"。从2006年到2009年，前总统的女儿切尔西·克林顿（Chelsea Clinton）作为合伙人，在价值140亿美元的私募股权兼对冲基金公司艾威资本集团（Avenue Capital Group）工作。艾威资本创始人马克·拉斯里（Marc Lasry）是克林顿的主要支持者，还投资了100万美元给克林顿的女婿马克·梅兹文斯基（Marc Mezvinsky）管理的基金。克林顿政府充斥着华尔街大亨。现在，当奥巴马政府在准备把罗姆尼贪婪的生意记录作为他的重要失格时，克林顿草率宣布，罗姆尼"优秀的职业生涯跨越了资格门槛"。（据说当时希拉里·克林顿不同意丈夫的意见，私下里说，"比尔不能再这样做"[48]。）

作为回应，奥巴马竞选团队更仔细地裁剪了信息。就绝大部分而言，它不是直接攻击罗姆尼的财富，而是依靠狡猾的象征手法来讨论敏感的阶级话题。"反弹太大，所以我们采用暗示，"马戈利斯说，"我们展示他站在特朗普的私人飞机旁边。"

不论捐赠者阶级怎么想，反贝恩广告被证明是这次竞选中最有效的。当紧张不安的奥巴马竞选助手将广告预播给焦点小组时，"他们不断告诉我们放松！'别问这是否不公平'"，马戈利斯回忆说。显然，大众对于美国企业"赢家通吃"的准则深感不安。然而，根据普林斯顿大学政治学教授马丁·吉尔斯（Martin Gilens）的说法，因为富人施加于政治进程的巨大影响，"在大多数情况下，绝大多数美国人的偏好似乎基本上没受影响"[49]。

捐赠者阶级和其他国人之间的观念鸿沟在9月突然暴露，当时《琼斯妈妈》揭露了这年5月为罗姆尼举办的高端筹款活动中，一名服务员所作的秘密记录。在佛罗里达州博卡拉顿（Boca Raton）鸡尾酒会上，罗姆尼向聚集在此的富有支持者保证，47%人口的选票对他来说并不重要。当公众偷听到这个说法时，怒火延烧开来。

罗姆尼的说法是，他当时在回应一个关于他计划如何"说服每个人你得照顾好你自己"的问题。潜台词似乎是说，这个国家充斥着白占便宜的人。"我的工作不是担心那些人。我永远不会说服他们应该为自己的生活承担个人责任，"罗姆尼回答说，"有47%的人不管怎样都会投票给总统。"他描述说，他们这种人"依赖政府，认为他们是受害者，认为政府有责任照顾他们，认为他们有权享用医保、食物、住房，凡是你能想到的他们都觉得理所应当"。这些都是"不缴所得税的人"，他说，也因此"我们的低税消息不能接通"。他似乎在暗示，全国近一半的人都是寄生虫。

这不是嘴上失言。罗姆尼在表达的，是《华尔街日报》所说的共和党内部的"新正统观念"[50]。在反对政府救济穷人的老保守主义论点的新变之中，它将全国近一半人口贬低为日报所说的占富人便宜的"幸运鸭"。这个惊人理论认为，由于中产阶级和工薪阶层的许多成员得到特定的免税额度，例如劳动所得税抵扣和儿童税收抵免，这将他们的所得税降到零，因而他们属于"揩油者之国"，如威斯康星州政策研究所（Wisconsin Policy Research Institute）一名研究员的书名所示。

在这种理论背后，是几家与科赫兄弟和其他富有理论家相关联的非营利组织，包括遗产基金会和美国企业研究所（AEI）。最重要的可能是税务基金会（Tax Foundation），这家为反对罗斯福新政而成立的反税组织,因查尔斯·科赫的资金重新复活,并且在一段时间里由韦恩·盖博指导——此人是查尔斯·科赫基金会的总裁,也是科氏工业的华盛顿游说行动的负责人。正如税务基金会总裁斯科特·霍奇(Scott Hodge)一针见血指出的,这里存在"两种美国人:不付钱者和付钱者"。

批评者马上指出,这种理论忽视了低中收入的美国人缴纳的许多其他税款,包括销售税、工资税、财产税和汽油税,这些税在他们的收入中占据不成比例的巨大份额。这种理论还忽略了退休人员、学生、老兵和被迫失业者遭遇的特殊境况。而且它完全忽略了富人不成比例地享有的众多税收减免,从抵押贷款和慈善的税收减免到非劳动所得的优惠待遇,它们使罗姆尼所得税的有效税率是14%。然而保守派智库及学者提出的"制造者"和"接受者"间的拍马式区别,赢得了保守富人圈的极大好感。事实上,一些几乎反对其他所有增税的保守主义者,打着为了国家的公民利益的幌子,开始呼吁对收入低微者征收新税。正如《石板》(Slate)杂志的大卫·韦格尔(David Weigel)的俏皮说法,"共和党人终于找到他们想要征税的群体:穷人"[51]。

黑石集团的亿万富翁史蒂芬·施瓦茨曼在罗姆尼说法被发现的九个月前,就有过本质相同的论点。在彭博电视采访中被问到,考虑到经济的严峻状态,他自己的税额是否应该提高时,施瓦茨曼,这位附带利益漏洞的最活跃维护者建议说,与此相反,穷人需要付更多的税。"舍得孩子套得着狼,"他说,"一半公众不涉及所得税制度的想法有点奇怪,我不是说多少人应该符合,而是我们全都应该是制度的一部分。"除了政治上迟钝之外,这种意见也泄露了他对所得税历史的全然无知,一开始税只是对0.1%的人征收的,而且从不是设计来针对穷人的。

当时,施瓦茨曼的意见几乎无人关注。但是当其余国人从罗姆尼的话里了解到,超级富豪认为他们几乎一半的人都在白占便宜时,人们的反应是爆炸性的。奥巴马的内部民调数字,之前稳定徘徊在48%—50%的范围内,现在飙升至53%,超过了罗姆尼。在争议州,破坏力更加明显,罗姆尼的支持数狂跌。几天之内，民调显示，全国 80% 的人听说了那句话——一位民调专家说，那比知道朝鲜存在的人数还多。

在罗姆尼努力解释但并不否认的同时，奥巴马竞选团队欣喜地沉住气。终于在十天之后，奥巴马的团队播送了新的电视广告，猛击 47% 的洋相。这并非竞选团队制作的最初版本。从未播出的第一个版本，将罗姆尼的话置于穷困美国人的背景之下，那些人的悲惨面貌仿佛借用自沃克·艾伦斯（Walker Evans）或是罗伯特·肯尼迪的阿巴拉契亚之旅。不过在播出的版本中，消除了穷人，以中产阶级取代。现在这则广告主要表现了戴着防护眼罩的工厂女工，靠近梯子，让人联想到上升能力的拉丁裔建筑工人，还有戴着有 VFW（Veterans of Foreign Wars，对外战争老兵组织）标志帽子的目光坚毅的退役老兵。这不仅仅关乎穷人。通过机械模仿他的捐助者，罗姆尼已经把这场选举，即"战争之母"，变成了小型特权集团和几乎每个人之间的斗争。

大多数情况下，"科赫章鱼"在选举期间更多是被感觉到，而非被看到。不过在选举前一个月，它复杂的资助机制险些暴露。在加利福尼亚州，该州的竞选道德监督机构公平政治行为委员会（Fair Political Practices Commission）要求知道，一笔旨在影响两个加州争议性投票倡议的 1500 万美元的捐款的幕后主使。一项倡议是向富人增税，而另一项是限制工会在政治上花钱。据称捐赠者是一家亚利桑那州的不知名非营利组织，名叫"美国人支持尽责领导"（Americans for Responsible Leadership），但是加州官员并不相信这是完整故事。在最后关头，他们发起了一项调查来了解更多情况，因为该州严格的竞选法律要求捐助者完全公开。

很快，加利福尼亚当局开始揭开一个非同寻常的暗钱骗局，涉及许多与科赫兄弟有关的捐赠者、活动人士和前线组织。监管它的人是西恩·诺布尔，科赫兄弟的外部政治顾问。他的保护病人权利中心把这笔来自未公开对象的资金，交给了不知名的亚利桑那非营利组织，而该组织又不透露捐赠者姓名地把钱传递到加利福尼亚。在这中间，另一家位于弗吉尼亚州阿灵顿的非营利组织"争取工作保障的美国人"，在中间来回穿梭。结果，捐款原始来源者的身份被掩盖。其中有科赫网络的常客查尔斯·施瓦布，他发给查尔斯·科赫的闲谈电子邮件浮出水面，信中为加州之战索求"几百万"美元，而且承诺在选举之后补上一场高尔夫球赛。"今天我得到额外 200 万美元的承诺，使我的许诺总额有 700 万美元，"施瓦布写道，"我必须告诉你，来自你的组织的西恩·诺布尔助力极大。"

根据一名顾问的说法，当加利福尼亚调查员开始揭开诺布尔的资金操作时，科赫兄弟"感到恐慌"，他的操作与他们自己的盘根错节在一起。"他们做错了，而且他们认为他们有法律责任"[52]，他说。各种细节开始显现，例如一位身陷调查的加州政治顾问，他描述了这场计划如何始于"一些身处科赫网络的捐赠者"，这些人想要在加州发动一场反劳工斗争，就像威斯康星州发生的那起一样。"他们喜欢科赫模式"，这名顾问托尼·拉索（Tony Russo）解释说，所以他们建议他与诺布尔合作，而拉索认定诺布尔是科赫兄弟的"外部顾问"。[53]

经过漫长的调查，加州公平政治行为委员会负责人安·拉威尔猛烈抨击，这个前线组织的菊花链是"绝对的洗钱行为"。该机构最终处以破纪录的 100 万美元罚款来解决此案。它暴露了"隐藏捐赠者身份的暗钱非营利组织网络的全国性祸害"，拉威尔在公开声明中说，还指出卷入的组织与"科赫兄弟的网络"有关。

科氏工业的官员突然出来，强调说协议中规定，违法行为"是无心的，最糟糕的情况也只算是疏忽"，而且科赫兄弟没有亲自捐钱去影响加州投票倡议。此外，他们辩称，诺布尔只是一名独立立约者。"不存在所谓的我们控制这些组织的意义上的科赫网络，我不明白这是什么意思"[54]，公司总顾问马克·霍尔登告诉《政客》的沃格尔。但沃格尔指出，与此相反，查尔斯·科赫在 2011 年捐赠者研讨会的邀请信中，自己提到过"我们的网络"。

在令人难堪的调查（一直延续到 2013 年底）之后，科赫兄弟开始悄悄赶走诺布尔。到那时候，作为美国小镇阳光化身的诺布尔，已经离开妻子转而追求一位同事，并且他搅动起更多的负面状况，2012 年为了他和他公司的服务申索近 2400 万美元。根据"为了人民"调查，保护病人权利中心每支出 6 美元，就收费超过 1 美元。[55] 随着加州调查的扩大，科赫世界巧妙地与它保持距离。"他们做得真的很好"，诺布尔的一位朋友说，因为害怕报复，他以匿名为条件才发表看法。"他们全力以赴。真相？一个亿万富翁被发现违法雇来管理资金的家伙。他有罪吗？问题并不在于西恩，而在于这个企业，这是个违法企业！"

在竞选的最后阶段，形势很清楚，总统选举情况非常接近，因而结果将可能取决于投票率。俄亥俄州最能证明，如果投票率不足的话，罗姆尼就不能够得到足够的选票胜出。也是在这里，科赫兄弟和其他保守派慈善家起了几乎不被发觉的作用。

关于选民造假指控的争论，在整个夏天都成为沸点。双方互相指责对方采用卑鄙伎俩，更加毒害和分化政治进程。共和党全国委员会主席雷恩斯·普瑞巴斯（Reince Priebus）指责民主党人"支持造假——因为要是没有的话，至少会剥夺其两类核心选民：死者和重复投票者"。民主党人指责共和党蓄意复活民权运动前的种族主义选民抑制策略。比尔·克林顿宣称，"这是自从我们摆脱投票税和所有其他施加给投票的黑人歧视负担之后，限制投票权的最坚决举动"。与此同时，公正的专家，例如加州大学欧文分校选举法教授理查德·哈森（Richard Hasen），认为选举欺诈的指控才是真正的欺诈。自从 1980 年起"选举结果能够充分展现选民冒名欺诈"后，他徒劳搜寻无果，由此他总结说，这个问题是"虚言"。

虽然如此，这种危言耸听还是导致了 2011 年到 2012 年间 32 个州提出立法倡议，旨在要求选民出示官方身份证照片。它还引发神秘的公民监督团体在全国范围内爆发，要求打击选举欺诈。"俄亥俄选民诚信项目"（Ohio Voter Integrity Project）就是一家这样的组织，它巡查选民名单的"违规处"，然后说服当地选举机构向有嫌疑的选民发出传票，要求他们在公听会上自证清白。53 岁的特蕾莎·夏普（Teresa Sharp）来自辛辛那提市（Cincinnati）郊区，毕生都是民主党人，她收到过这样的一份传票。她在听证会上发现，这个自行任命的监督组织错以为她的地址是处空地。"我的第一想法是，"非裔美国人夏普回忆，"哦，不！他们才不会和我们可怜的黑人搅和在一起！谁在挑战我的投票权？"[56]

恐惧选举造假的全国性爆发看起来是自发的草根运动，但表象之下存在一条资金路径，导回到常见的钱囊深深的右翼捐赠者。例如，为了攻击夏普，俄亥俄选民诚信项目依靠的软件由全国性非营利组织"真实投票"（True the Vote）提供，而"真实投票"自己又受到布拉德利基金会、遗产基金会和"美国繁荣"不同方式的支持。

"真实投票"将自己描述成非营利组织，"由公民、为公民"创造，旨在保护"合法选民的权利，不拘他们是何党派"。但它的创办人、休斯敦茶党积极分子凯瑟琳·恩格尔布莱希特（Catherine Engelbrecht），是受汉斯·冯·斯帕克夫斯基（Hans von Spakovsky）指导。斯帕克夫斯基是共和党律师兼遗产基金会研究员，他开创了一番挑战民主派投票权改革的事业。遗产基金会在这个问题上有一段丑陋历史。这家智库的创始人保罗·韦里奇曾公开承认，"我不想每个人都去投票"[57]。1980 年，他告诉支持者，"事实上随着投票人数走低，我们在选举中的影响力相当忠实地上升"。

斯帕克夫斯基的最新著作《谁人在意？》（Who's Counting?）中，充满了关于选民造假的煽动性言论。此书由布拉德利基金会资助的邂逅图书[58]出版，合著者约翰·丰德（John Fund）也是遗产基金会研究员。与此同时,"真实投票"接受过布拉德利基金会的资金。[59] "美国繁荣"也推动了这个组织及选民造假话题,在它的政治事件中特别关注丰德和恩格尔布莱希特。

如果目的是恐吓选民,例如夏普,那么于她而言事情适得其反。当她的名字在听证会上被叫到时,由六名家庭成员陪伴的夏普走到前面,把她的钱包和文件摔到桌子上,并且问道:"你们为什么都要骚扰我?"之后她说:"这就像个私设法庭。这里有大概94个人正遭到质疑,而我的家人和我是唯一提出异议的!我环顾四周。董事会成员和速记员,他们全是白人。带来质疑的那位女士——她也是白人。"夏普得出结论,"我认为他们想尽其所能地阻止许多黑人去投票"。

在选举日当天,令罗姆尼及其支持者惊讶的是,民主党选民的人数远远超过共和党人的预期。科赫网络至少花费了令人惊人的4.07亿美元巨款,其中大部分来自隐形捐赠者。经营这项事业的活动者相信,直到11月6日投票关闭,他们能够准确预测选情,他们也和罗姆尼团队一样,深信胜券在握。

因为加州竞选财务丑闻而已身陷阴云的西恩·诺布尔,对胜利非常确信且相当有把握,因而他在选举日向捐赠者发送了一份备忘录,告诉他们剩余国人很快会得知他们已经知道的好消息,即罗姆尼将是下一任总统。但是当天下午4:30左右,弗兰克·伦茨打来电话。他说,投票站出口民调看起来情况不对。但是诺布尔或是大捐赠群体中的其他人,都还不相信。

晚上11:12,NBC新闻宣布俄亥俄州支持奥巴马,预计他是胜选者。当福克斯新闻跟进时,福克斯新闻分析师兼美国十字路口独立竞选活动创办人的卡尔·罗夫,在直播中大发脾气。他说服了有钱人捐赠1.17亿美元给他的超级PAC,以及为数不少的数百万美元暗钱,他还信心满满地保证给他们一个历史性的胜利。他坚持认为,福克斯新闻下论断"为时过早"。然而福克斯数字计算师坚守立场。罗姆尼已经输了。

"发生了什么？我们有不良数据"，结束之后一位科赫内部人士承认。他们指望选民不及 2008 年奥巴马大获全胜时的多样。相反的是，2012 年选民结构更加多元化。尽管白人和老年选民的比例下降，拉美、女性和年轻选民的参与度却在增加。与此同时，黑人选民保持稳定，他们投给奥巴马的票达到压倒性的 93%。保守派捐助者指望的美国是脱离现实的。

在选后打给最大支持者的一通电话里，罗姆尼做了略有不同的解释。他说问题在于，奥巴马其实用政府服务贿赂了支持者。"这位总统的竞选所为，是关注基本盘的特定成员，赠予他们来自政府的特别的财务礼物，然后积极努力地让他们出来投票。"[60]

听闻罗姆尼的分析时，奥巴马轻笑，告诉他的助手，"他一定是指 47% 那件事"。

几天之后，在阿肯色州本顿维尔（Bentonville），参议员约翰·麦凯恩的私人电话响起，打断了与沃尔玛高管的会谈。电话机械地宣布呼叫者的名字。"米特·罗姆尼！"它刺耳地叫着，"米特·罗姆尼！"麦凯恩看起来有点吃惊，他从口袋里掏出电话，起身离开房间，以便他能私下交谈。当麦凯恩回来，他向好奇的高管们解释说，关于如何处理总统竞选失利，罗姆尼希望得到建议。"我告诉他，第一次我完全做错时"，麦凯恩讲道，"我的妻子说服我去塔希提岛（Tahiti）度假。那是我犯过最糟糕的错误。第二次，"他接着说，"我就直接回去工作了。这没什么。我告诉他，'回去工作'。"有人开玩笑说，唯一的问题是，罗姆尼和那 47% 无业游民一样，没有工作。

评论家迅速得出结论，2012 年证明，金钱对于选举几乎没有或者说毫无影响。《政客》改变了关于金钱政治的系列文章的标题，从"百万美元收买"到"百万美元破坏？"一份最终统计显示，可追踪的总统和议员竞选的支出约为 70 亿美元，这是美国历史上迄今最为昂贵的选举。仅一位捐赠者——发誓"需要多少花多少"的谢尔登·阿德尔森，倾倒了近1.5亿美元，其中9200万美元未被披露，然而仍旧不够。据报道，大约1500万美元流向科赫兄弟的组织——"美国繁荣"。[61]

总而言之，得到无尽捐款的超级PAC和独立团体，花费了令人难以置信的25亿美元，而且这似乎什么也没改变。奥巴马将继续留在白宫，民主党将继续控制参议院，另外共和党将继续控制众议院。

这种规模的失败并没有被科赫兄弟和他们的捐赠者接受。"捐赠者们极其恼怒"，一名顾问回忆。深感失望但始终坚持不懈、有条不紊的查尔斯·科赫，向他的关系网络发送了一封电子邮件，通知他们，下一次捐赠者研讨会将从1月推迟至4月，其间他和他的工作人员会分析什么出了问题。"促进自由而繁荣的美国的目标，比我们设想的更加困难，然而关键在于，我们要继续，而非放弃奋斗。"[62]他写道。

然而媒体对政治的技术分析方法忽略了金钱收买到影响力的许多微妙方法。右翼极富有的激进分子没有赢得白宫，但他们已然改变了美国民主的性质。他们私有化了大部分的公共活动进程，并且控制了美国两大政党其中一个的议程。事实上，大卫·科赫作为候补代表出席了共和党全国代表大会，这是体现该党有多大改变的一个标志。[63]（可以说他也改变了。在大会上他接受采访表示支持同性婚姻，证明在这个问题上，当年参与勒索兄弟的计划的他已经有了长远改变。不过科赫兄弟并没有用自己的财富影响力推动同性婚姻，而且大卫的私人观点对于共和党也没有明显影响。）

而在其他一系列问题上，包括气候变化、税收政策、福利支出，以及竞选秘密捐款——共和党政纲如今反转了过去的观点，科赫兄弟和他们的政治"伙伴"的偏好占据上风。不再谈论加强《清洁空气法》，不再嘲弄"巫毒经济学"，不再支持"有同情心的保守主义"或是扩大医保药品覆盖范围，而这些在布什总统时期都曾有过。政府是支持邪恶的力量，而不是为了公众利益。

与预测相反，联合公民案的判决没有引发企业政治支出的浪潮。它反倒赋予了一些极富的个体极端且通常自利的议程。正如无党派的阳光基金会在一份选后分析中得出的结论，超级富豪已经成为美国的政治守门人。美国人口的"一万分之一"，或者说"百分之一中的百分之一"，"正在塑造可接受讨论的限度，一次进行一场对话"。[64]

奥巴马胜选了，但他几乎没有他战胜了大钱的概念。"我是现任总统，拥有全国各地的巨大支持网，以及数百万捐助者"[65]，他告诉一些支持者。这使他能够，如他所说的，"匹敌科赫兄弟想开的任何支票"。但是他警告说，"我不确定在我之后的下一位候选人，能否以同样的方式竞争"。梅西纳同样担心。"我认为他们的策略严重错误，"他说，"但我不认为他们会重蹈覆辙。"

注释：

1 Brad Friedman, "Inside the Koch Brothers' 2011 Summer Seminar," *The Brad Blog*, June 26, 2011。
2 Nate Silver, "Is Obama Toast? Handicapping the 2012 Election," *New York Times Magazine*, Nov. 3, 2011。
3 Halperin and Heilemann, *Double Down*, 345。
4 更多关于克里斯蒂的记录，参见 Cezary Podkul and Allan Sloan, "Christie Closed Budget Gaps with One-Shot Maneuvers," *Washington Post*, April 18, 2015, A1。
5 Friedman, "Inside the Koch Brothers' 2011 Summer Seminar"。
6 参见 Joby Warrick, "Foes: Christie Left Wind Power Twisting," *Washington Post*, March 30, 2015。
7 2012年"自由伙伴"将100万美元或更多美元给如下组织：保护病人权利中心，1.15亿美元；"美国繁荣"，3230万美元；60加协会，1570万美元；美国未来基金，1360万美元；美国关注女性立法行动委员会，820万美元；忒弥斯信托，580万美元；公告，550万美元；时代机会，500万美元；自由倡议，310万美元；全国步枪协会，350万美元；美国商会，200万美元；美国能源联盟，150万美元。
8 从技术上说，科赫兄弟的发言人坚持说，大卫·科赫只是美国繁荣基金会的董事长，但是在2011年6月研讨会期间对大卫·科赫的介绍里，凯文·金特里似乎描述他只是"美国繁荣的董事长"。
9 2010年科氏工业PAC向沃克的州长竞选捐赠4.3万美元，而大卫·科赫向共和党州长协会捐赠了100万美元。
10 约翰·波德斯塔，美国进步中心的创办人，2015年签约成为希拉里·克林顿的总统竞选活动的主席。
11 参见 Jason Stein and Patrick Marley, *More Than They Bargained For: Scott Walker, Unions, and the Fight for Wisconsin* (University of Wisconsin Press, 2013), 37。

12 参见 Patrick Healey and Monica Davey, "Behind Scott Walker, a Longstanding Conservative Alliance Against Unions," *New York Times*, June 8, 2015。这家报纸报道了，2009 年布拉德利基金会捐赠 100 万美元基金给威斯康星政策研究所，并且提供了麦基弗研究所 1/3 的预算，这两家机构都为即将就任的州长制定了提案清单，最优先的内容就是遏制州工会的权力。麦基弗研究所与"美国繁荣"的威斯康星分部存在大量联系。麦基弗研究所董事会的三名成员，同样担任威斯康星的"美国繁荣"的主管。其中的一人大卫·菲蒂格，也是科赫研讨会的与会者。

13 Daniel Bice, Bill Glauber, and Ben Poston, "From Local Roots, Bradley Foundation Builds a Conservative Empire," *Milwaukee Journal Sentinel*, Nov. 19, 2011。

14 2010 年，"美国繁荣"的一家名为"反击威斯康星"的旁系组织，在全州各地组织了茶党集会，当时的密尔沃基行政长官斯科特·沃克起主要作用。之后，这家秘密受资助组织，帮助他动员投票。与此同时，2010 年布拉德利基金会向美国繁荣基金会捐赠了 52 万美元，有点慈善互利的性质。

15 Adele M. Stan, "*Wall Street Journal* Honcho Shills for Secret Worker 'Education' Program Linked to Koch Group," *Alternet*, June 3, 2011。

16 参见 Michael Isikoff, "Secret $1.5 Million Donation from Wisconsin Billionaire Uncovered in Scott Walker Dark-Money Probe," *Yahoo News*, March 23, 2015。沃克的新闻秘书劳蕾尔·帕特里克强烈否认了雅虎新闻关于给梅纳德任何偏袒的说法。她否认"州长给梅纳德提供了任何好处"，并且说沃克"没有参与"奖励他公司税收抵免的决定，这个决定是由威斯康星经济发展公司批准，目的是为了创造就业而扩大现有设施。（她还指出，梅纳德的公司是 2006 年在民主党州长詹姆斯·道尔任下获得 1500 万美元税收抵免。州记录显示，当公司没能满足所有创造就业的要求时，这些优惠被减少到 100 万美元。）

17 参见 Mary Van de Kamp Nohl, "Big Money," *Milwaukee Magazine*, April 30, 2007。

18 同上。

19 参见 Bruce Murphy, "The Strange Life of John Menard," UrbanMilwaukee.com, June 20, 2013。唐纳德·特朗普的夫人梅拉尼娅也向约翰·梅纳德发起 5000 万美元的起诉，因为他取消和她护肤系列产品的促销协议，要求赔偿损失。梅纳德的律师描述说特朗普夫人的协议是无效的。

20 黛安·亨德里克斯捐赠了 1 万美元，即可允许的最大数额，给 2011 年沃克的竞选活动。而她的公司捐赠了 2.5 万美元给共和党州长协会。2012 年，她捐赠了 50 万美元，对抗罢免沃克的努力。2014 年，她捐赠了 100 万美元给威斯康星州的共和党。

21 相关描述，参见 Cary Spivak, "Beloit Billionaire Pays Zero in 2010 State Income Tax Bill," *Milwaukee Journal Sentinel*, May 30, 2012。亨德里克斯的公司 ABC 供应的税务总监描述说，她的州个人所得税为零，是异常地源自她公司的重新分类，从她支付税款的小型公司，变成一家在 2010 年下半年支付 373671 美元州税账单的公司。

22 恶作剧电话的拨打者是伊恩·墨菲（Ian Murphy）。他的描述参见"I Punk'd Scott Walker, and Now He's Lying About It," *Politico*, Nov. 18, 2013。

23 参见 Adam Nagourney and Michael Barbaro, "Emails Show Bigger Fund-Raising Role for Wisconsin Leader," *New York Times*, Aug. 22, 2014。

24 参见 Brendan Fischer, "Bradley Foundation Bankrolled Groups Pushing Back on John Doe Criminal Probe," Center for Media and Democracy's PR Watch, June 19, 2014。

25 Schulman, *Sons of Wichita*, 304。

26 Novak, Maguire, and Choma, "Nonprofit Funneled Money to Kochs' Voter Database Effort, Other Conservative Groups"。

27 Matea Gold, "Koch-Backed Political Network Built to Shield Donors," *Washington Post*, Jan. 5, 2014。

28 所有候选人、政党和外部组织的可追踪的选举支出，总计达到 70 亿美元，而独立团体和超级 PAC 花费的数目达到 25 亿美元，其中 12.5 亿美元来自传统 PAC，9.5 亿美元来自有无限资金的超级 PAC。相比之下，15.76 亿美元由民主党和共和党支出，根据来自 Federal Election Commission's report "FEC Summarizes Campaign Activity of the 2011–2012 Election Cycle," April 19, 2013。"外部政治委员会"的支出首次超过政党支出，这个说法来自 FEC commissioner Ellen Weintraub's statement, Jan. 31, 2013。

29 我计算的总数达到 4.07 亿美元是加上了公开披露的金额，而玛蒂娅·戈尔德在她 2012 年后关于科赫网络支出的杰出专题报道中，引用了 4 亿美元这个数字。参见 Gold, "Koch-Backed Network, Built to Shield Donors, Raised $400 Million in 2012 Elections," *Washington Post*, Jan. 5, 2014。

30 参见 Vogel, *Big Money*, 19。

31 捐款集中增加的相关数据参见 Lee Drutman, "The Political 1% of the 1% in 2012," Sunlight Foundation, June 24, 2013。

32 Hayley Peterson, "Internal Memo: Romney Courting Kochs, Tea Party," *Washington Examiner*, Nov. 2, 2011。

33 罗姆尼预算讲演的细节，参见 Donovan Slack, "Romney Proposes Wide Cuts to Budget," *Boston Globe*, Nov. 5, 2011。

34 "Quotes from Charles Koch," *Wichita Eagle*, Oct. 13, 2012。

35 此人与作者的对谈。

36 Schulman, *Sons of Wichita*, 341。

37 关于小布什对阿德尔森的评价，以及阿德尔森对所得税的评价的开创性作品，参见 Connie Bruck, "The Brass Ring," *New Yorker*, June 30, 2008。

38 参见 Vogel, *Big Money*, 79。

39 Jewish Channel, Dec. 9, 2011。

40 谢尔登·阿德尔森谈到金里奇时说，"读读那些自称为巴勒斯坦人的历史，你会知道为什么金里奇最近会说，巴勒斯坦人是被编造出来的人群"。阿德尔森的钱就位的时候，金里奇在艾奥瓦州以第四名结束，而且他将要被埋没在新罕布什尔州。阿德尔森之后施压罗姆尼调整他在波勒德的位置，但遭罗姆尼拒绝。不过在以色列的募捐活动上，罗姆尼确实坐在阿德尔森旁边，他在活动上表示巴勒斯坦人在文化上劣于以色列人。

41 Chris McGreal, "Sheldon Adelson Lectures Court After Tales of Triads and Money Laundering," *Guardian*, May 1, 2015。

42 此人与作者的对谈。

43 此人与作者的对谈。

44 2012 年 2 月在好市多公司联合创始人杰夫·布罗特曼家里所作讲演，根据 Vogel, *Big Money*, vii。

45 此人与作者的对谈。

46 梅西纳与奥巴马对话的描述，参见 Halperin and Heilemann, *Double Down*, 314。

47 萨默斯和福山表达他们关切的精彩文章，参见 Thomas Edsall, "Is This the End of Market Democracy?," *New York Times*, Feb. 19, 2012。

48 希拉里的私下反对，参见 Halperin and Heilemann, *Double Down*, 381。

49 Gilens, *Affluence and Influence*, 1。

50 Jonathan Weisman, "Huntsman Fires at Perry from the Middle," *Wall Street Journal*, Aug. 21, 2011。

51 Dave Weigel, "Republicans Have Finally Found a Group They Want to Tax: Poor People," *Slate*, Aug. 22, 2011。

52 科氏工业顾问要求隐瞒他的姓名,因为他继续与这家公司合作。据作者的采访。
53 证词来自 Tony Russo, State of California Fair Political Practices Commission Investigative Report, Aug. 16, 2013。
54 Vogel, *Big Money*, 201。
55 参见 Barker and Meyer, "Dark Money Man"。
56 此人与作者的对谈。
57 Ari Berman, *Give Us the Ballot: The Modern Struggle for Voting Rights in America* (Farrar, Straus and Giroux, 2015), 260。
58 邂逅图书以来自布拉德利基金会的 350 万美元基金,成立于 1998 年,出版"严肃非虚构作品"。在作者的采访中,汉斯·冯·斯帕克夫斯基否认他受种族歧视或党派利益驱使。"我相信有公平的选举",他说。"我的兴趣是确保得到人民最多票的人获胜"。参见 Jane Mayer, "The Voter-Fraud Myth," *New Yorker*, Oct. 29, 2012。
59 在国税局尚未授予该组织免税地位后,真实投票被迫归还来自布拉德利基金会的资金。
60 2012 年 11 月 14 日对他捐款人的呼吁,参见 Halperin and Heilemann, *Double Down*, 468。
61 彼得·斯通率先揭露了阿德尔森给"美国繁荣"的捐款规模,参见 Peter Stone, "Watch Out, Dems: Sheldon Adelson and the Koch Brothers Are Closer Than Ever," *Huffington Post*, June 14, 2015。
62 根据 Robert Costa, "Kochs Postpone Post-election Meeting," National Review Online, Dec. 11, 2012,查尔斯·科赫在给他的捐赠人网络的电子邮件中说道,"我们正在努力理解选举结果,而且,在分析报告的基础上,重新检视我们的视野、策略,以及成功所需的能力"。
63 查尔斯·科赫继续坚持,"我既不是共和党,也不是民主党",即便他的政治行动与他弟弟的熔接在一起。
64 Drutman, "Political 1% of the 1% in 2012"。
65 Vogel, *Big Money*, viii。

第十三章　各州：攻州略地

选举后的第二天，北卡罗来纳州罗利市希尔斯伯勒街的共和党州总部，并没有人悬挂黑绸。在华盛顿，专家们宣称，奥巴马的连任证明了大钱的失败，但在北卡罗来纳州，共和党人庆祝着州一级的胜利。埃德·吉莱斯皮18个月前在捐赠者峰会上描述的红图（重划选区多数项目）计划，进展得非常好。共和党人巩固了他们对北卡州议会的控制，并且非常巧妙地重新划定议会选区的界线，因而尽管得到的选票比民主党少，他们却赢得了更多的议会席位。这种模式也在其他州重复，足够使共和党人能够保住众议院，哪怕2012年民主党全国范围内的投票率更高。[1]这样的结果异常奇怪，但并非偶然。

对于科赫机器来说，北卡罗来纳州已经变成类似试验厨房的地方。

"几年之前，我们的想法是创建州范式。""美国繁荣"的总裁提姆·菲利普斯在2013年解释说。"北卡罗来纳州是达成它的绝佳机会——比这个地区的其他任何州都要好。如果你能扭转这样一个州，你就能实现真正的改革。"[2]

菲利普斯拒绝透露科赫兄弟的政治组织在北卡罗来纳州花了多少钱来帮助保守派夺权。[3]他只会说"这很重要"。"这是我们最为活跃的州之一。"

如果说2010年共和党控制北卡罗来纳州议会，已经实现了计划的第一阶段，那么第二阶段始于 2011 年 2 月，当汤姆·霍夫勒（Tom Hofeller），雕刻议会选区这门黑暗技艺或者说是通称的党派不公正划区（gerrymandering）的白发高人，出现在希尔斯伯勒街的共和党总部。

在那里，为了绘制地图一间密室被开辟出来。

议会选区所立基的新人口普查尚未公布。但是霍夫勒极为周到严谨。计算机的出现已经把重划选区变成了一门昂贵、自利且高度精确的科学。霍夫勒，这位共和党一方的一流人才，把全国巨量的意识形态种类，专业化为敌对的党派阵营。他的笔记本电脑装有 Maptitude 程序，其中包含了每个街区的人口细节，包括居民们的种族构成。

霍夫勒过去为共和党工作。但是到了 2011 年，他成了私人承包商，为外部大钱效劳。许多财务细节仍被遮蔽。但是根据后来诉讼中的文件，他最终十次前往北卡罗来纳州，与当地共和党人磋商如何创造数量最多的安全议席。霍夫勒将因为他的服务赚取超过 16.6 万美元。[4]

这个过程被紧密保卫，而且进屋权限被严格控制。但是至少有一位知名人物被允许进入这个内部密室。身家千万美元的折扣连锁店大亨阿特·波普，是该州最大的政治捐赠人，也是科赫兄弟的长期盟友，他成为频繁进出的顾问。

"我们在工作站一起工作，"技术专家之一的乔尔·劳普（Joel Raupe）在后来的法庭证词中说，"他坐在我旁边。"[5] 波普并非执业律师，在该州也不担任民选公职，但是州议会中的共和党领导层已经悄悄任命他为这项政治敏感计划的"协理顾问"。

党派不公正划区是一个两党游戏，历史与共和党一样古老。在联合公民案之后，使它不同的地方在于，这门从基底向上操纵政治的生意，现在主要由不经选举的富人指示及资助。为了完成这个任务，他们利用前线组织，这些组织声称是无党派社会公益团体，但资助捐款来自世界级大公司和科赫兄弟这样的富有捐赠者。流入政治最具微层面的外部大钱是有变革作用的。"在共和党占领州立法机关的过程中，科赫兄弟起重要作用",奥巴马前政治顾问大卫·阿克塞尔罗德说。"共和党是由上至下,但科赫兄弟有不同计划,即组织草根。这很聪明。民主党一方没有相应的计划,"他承认,"他们真是可恶的优秀组织者。"[6]

根据"为了人民"的一份报告,霍夫勒和他的团队受一家名为州政府领导基金会(State Government Leadership Foundation)的暗钱组织聘请工作。[7]它实际上是吉莱斯皮用来运行红图计划的共和党州领导委员会的衍生组织。但是不同于主要组织,这个分支是一家501(c)(4)"社会福利"组织,可以掩盖它的捐助者身份。给北卡的行动增加又一层防护的,是一个名为"北卡罗来纳州公平合法的重划选区"(Fair and Legal Redistricting for North Carolina)的州层级暗钱组织。

和资金一样,这份工作是秘密进行的。霍夫勒电脑中的一份幻灯片带有告诫,例如"确保真的安全"[8]。"确保你的计算机放在私人场所,"他警告说,"电子邮件是魔鬼的工具。"他还强调,与他共事的人应该"使用私人联络或是一个安全的电话!""不要做不必要的展示"。"当心带着礼物的无党派或两党人员,"他补充说,"他们很可能不是你的朋友。"

理论上,重划选区应当反映一人一票的基本民主原则。变化的美国人口应该是符合最新的普查数据,平均分配给全国总共 435 个国会选区。在公平的伪装下,监督这个进程的共和党议员穿梭于该州,举办公听会,向公民收集关于如何把线划得最好的意见和建议。"我们来这里的原因,是聆听你关于重划选区的看法和梦想",负责此进程的州参议院委员会主席对达勒姆市的人们说。然而实际上,霍夫勒发誓承认,他从未花力气去读公众发言的笔录。[9]

到霍夫勒的团队完工时,新地图严重减少了民主党能够赢得的国会席位。为了实现这个目标,工作人员将少数族裔选民塞进非裔选民已经高度集中的三个选区。这使得周边更多领域属于白人和共和党,而民主党在这些地区面临困境。实际上,新地图将该州重新种族隔离进国会选区,在选区中少数族裔选民能够支配自己的街区,但是不可能看到他们的党在州内取得多数派权力。

进步团体立即提起诉讼，声称新地图违反了禁止歧视性选举的《选举权法案》（Voting Rights Act）。共和党官员辩称这些地图是公平的。然而在这里，同样有秘密资金洪流影响事态发展，这些钱来自与波普和其他科赫网络成员有关联的暗钱组织。

这件案子被提交到该州最高法院，共和党人在这里占据 4∶3 的多数席位，这有可能使共和党选区重划计划得到一个有利的听证会。不过在这个情况实际发生前，法官将在 2012 年进行改选，而保守派担心一名共和党现任法官有可能落选。[10]他的民主党对手似乎准备好让法院的政治平衡倾向民主党人，这危及了共和党选区划分方案。

但是，一波突如其来的外部资金，恰好及时拯救了共和党法官保罗·纽比（Paul Newby）。外部组织花费超过 230 万美元帮助他，这在法官竞逐中是闻所未闻的数目。这笔钱的路径复杂得令人目眩[11]，使它不可能被普通市民追踪，但这些捐赠者中包括了吉莱斯皮的组织，共和党州领导委员会；波普的"多样批发商"公司；以及科赫兄弟的组织，"美国繁荣"。这些钱用来支付接二连三的媒体广告，以吹捧共和党法官打击犯罪的强硬态度。

在选举日，纽比险胜。不久，州最高法院确认了共和党领导的选区重划方案。然而 2015 年，美国联邦最高法院下令重新考虑此案，原因在于打包塞入少数族裔的地区是种族歧视性的。不过到那时，北卡罗来纳代表已经安坐于众议院，给共和党多数派反对奥巴马政府政策的新一波激进抵制再添人手。

"对方在那件事上消灭了我们"，与劳工运动有关系的民主党战略家史蒂夫·罗森塔尔（Steve Rosenthal）承认。通过把捐赠者的资金转移到大致被忽略的州及地方竞选，共和党不仅成功推进了他们的政治议程，还扫清了这一代在未来可能升职的民主党低层级公职人员。北卡罗来纳也不是唯一发生这种事的地方。根据民主党全国委员会的一份分析，在

2010年和2014年接连的中期失利，累积损失了共和党人超过九百位议会席次，以及11个州长职位。[12]

吉莱斯皮的红图计划已经被证明是一项惊人成功。多年来，北卡罗来纳州一直是政治分裂的，或者说"紫"州。2008年它支持了贝拉克·奥巴马的选举，2012年则没有，当时似乎一夜之间，它就变成了一道深红阴影。那年11月，共和党赢得州长位置以及在两院确保不被否决的多数，更添胜利果实。这是自重建时期（Reconstruction）以来，共和党首次完全控制该州政府。而且多亏了霍夫勒的专业地图，共和党人现在在国会代表中也占首要地位，在2010年其结构组成从7名民主党人和6名共和党人，变成4名民主党人和9名共和党人。

但是选举中受益最大的还是阿特·波普。他从北卡罗来纳的密室元老，摇身变为相当核心的公权人物。新任共和党州长帕特·麦克罗里（Pat McCrory）几乎刚宣誓就职，就惊呆州内众人地任命自己的恩人波普担任州预算主管。[13] 数年前选民曾经拒绝过波普对州公职的争取，即1992年他竞选副州长。州立法机关同样多次拒绝波普担任委派职务，包括州立大学系统的理事会成员。波普广受尊重但不被喜爱。共和党州议员理查德·摩根（Richard Morgan）与波普有过争吵，他描述说，波普不受同事欢迎，因为他的态度是"用我的方法，否则其他人都错了"[14]。

现在，波普无疑成为北卡罗来纳州第二有权的官员。作为预算主管，他能够影响州长，拥有议会两院的超级多数，还掌握巨大权力影响政府职能部门是否获得资金。一直以来，削减政府开支就是他的梦想。摩根回忆说，作为一名州立法者，波普花了很长时间分析这些数字。"当他完成的时候，没有一根藏在预算里的骨头没被阿特挖出来咀嚼过。"[15] 现在他有机会改造整个州。

根据精研寡头统治的政治学家杰弗里·温特斯的说法，那些在美国手握财阀势力的人直接行使它的现象是不寻常的。[16] 超级富豪的直接统治招致了数量危险的审查。那些利用巨额财富获取公职的人，例如前纽约市市长迈克尔·布隆伯格（Michael Bloomberg），通常都努力使自己不似寡头统治，或是为自己统治。波普清楚地感觉到这种危险。他小心谨慎地说，他将放弃薪俸，而且只任职一年。但是关于利己的质疑几乎立刻发生了。北卡罗来纳突然采取抽鞭行为，以牺牲穷人为代价来支持富人，这引起了人们激烈争论。其原因总体来说是大钱对该州的影响，具体来说是阿特·波普的动机及财务规划。

几个月内，立法机关自上而下彻底革新了该州税法和预算。几乎在每个议题上，立法机关都遵循着右翼的剧本。这些剧本产生自两家智库，约翰·洛克基金会（John Locke Foundation）和公民社团研究所（Civitas Institute），两者都由波普成立，主要接受波普家族的1.5亿美元的约翰·威廉·波普基金会（John William Pope Foundation）的资助。批评家称，公民社团研究所是波普的保守主义装配线，和推动该州政治进一步朝向右派的强大力量。波普不接受这种形容。"这不是我的组织"，他反对说。"我并不拥有它。"然而自公民社团研究所2005年成立以来，它97%的资金——约800万美元——由波普家族的基金会提供，而且波普位列董事会。约翰·洛克基金会约80%的资金也是由波普家族的基金会提供的。其余一些则来自烟草公司和两家科赫家族的基金会。

事实上从20世纪80年代开始，波普及其家族基金会共花费了6000万美元，投资北卡罗来纳州的保守派基础设施的系统建设，它起着"保守派流亡政府"[17]般的作用，该州共和党政治顾问迪·斯图尔特（Dee Stewart）这样说道。

这些智库是501(c)(3)组织，享有与教会、大学、公共慈善机构相同的免税地位。按照法律，这些组织被完全禁止实质性参与政治或游说活动。然而此中界限模糊。[18]例如，与波普有关联的智库的高级官员，来回循环于共和党竞选活动和波普担任董事的"美国繁荣"之间。这些智库员工写作法案样本给立法者预审，而且夸耀他们在议会的影响力。波普自豪于这个成就，他告诉保守派组织慈善圆桌，"经过一代人的时间，我们已经把北卡罗来纳州的公共政策辩论从中间偏左转变成中间偏右"。

波普及其家族基金会除了投给意识形态基础设施的6000万美元外，在2010年和2012年还向州候选人和党派委员会捐赠了超过50万美元。另外波普的公司"多样批发商"在此期间，又送出近100万美元给经营独立竞选活动的外部组织。在北卡罗来纳州，如同波普的前政治顾问斯科特·普莱斯（Scott Place）所说，波普是"科赫兄弟的仿冒品"[19]。

共和党一赢得北卡罗来纳议会的控制权，这些资金背后支持的议程就端上台面了。不过几个月时间，他们就制定了私人智库酝酿多年的保守主义政策。立法机关大砍企业和富人的税，另一边则削减中产阶级和穷人的福利和公共服务。它还破坏环保计划，严格限制女性堕胎，支持对同性恋婚姻的宪法禁令，以及把酒吧、操场和校园的隐匿枪支合法化。它还建立了麻烦而官僚的投票新障碍。批评人士说，如同过去隔离时期的投票税和识字测试一样，新的障碍是用来阻碍倾向民主党的穷人和少数族裔选民。选举法专家理查德·哈森（Richard Hasen）宣称，"我从未见过像这样的一套、我会称之为压制式选举措施的做法"[20]。南卡罗来纳大学专研南方史的历史学家丹·卡特（Dan T. Carter）指出，当全国各地的朋友询问，北卡罗来纳的事情是否如外界看来的那样糟糕时，他不得不回答，"不，它更糟糕——糟糕得多"[21]。

共和党人声称，他们的新政策允许居民"保留更多辛苦钱"。但是根据美联社的一份核实分析，工薪阶层的穷人排队等着付更多的钱，而最有钱的人则得到最多。北卡罗来纳州预算和税务中心记录了这些变化并发现，75%的存款将交给排名前5%的纳税人。立法机关取消了低收入工人的劳动所得的税额减免。它还废除了北卡罗来纳州的遗产税，这项举措预计将在头五年里损失该州3亿美元税收。然而这项减税优惠太过偏向最富有的少数人，因而在2011年仅有23例财产符合条件，因为现有法律已经免除了遗产中525万美元的税款。[在其特别顾问、发明争议性供应经济学的亚瑟·拉弗（Arthur Laffer）的协助下，这些顶部占优的减税措施中的许多条,由波普资助的公民社团研究所首先提出。]

与此同时,立法机关削减失业救济的幅度之大,使得该州不再有资格接收 7.8 亿美元的联邦紧急失业援助,而该州本来是有条件得到的。结果,失业率全国第五高的北卡罗来纳州,很快就只提供全国最微薄的失业救济。

该州还拒绝扩大穷人医疗补助的覆盖范围,这在《平价医疗法案》下他们是不必花钱就有资格享有的。这种抵抗表现在拒绝给予 50 万名没有保险的低收入居民免费医疗保健。哈佛大学及纽约城市大学的健康专家们所作的一项研究表明,立法机关对这些福利的阻碍,每年将使居民付出 455 至 1145 条性命的代价。

阿特·波普钟爱自由至上主义者的名言,"天下没有免费的午餐",而在北卡罗来纳州,他的预算证明他是对的。他帮助推动的许多新的减税预计将创造一年十亿美元的缺口。为了做出弥补,必须有所舍弃。因此为了节省,立法者转向了使北卡罗来纳与许多其他南方州有所区别的机构——负有盛名的公共教育系统。[22]

攻击是系统性的。他们批准给私立学校的教育券,而钳制、挤压公立学校的预算。[23] 他们取消了教师的助理,将老师薪酬从全国第 21 位降至第 46 位。他们取消了教师获得更高学位的奖励,也减少了为高危学龄前儿童提供的一个成功项目的资金。选民们压倒性地倾向于避免这些削减,通过延长暂时的微末销售税来维持教育经费,但是立法者无论如何都削减了开支,他们之中有许多人签署了"美国繁荣"推动的不征税承诺。

北卡罗来纳受人敬重的州立大学系统也遭受了打击。意识形态冲突注入斗争之中。波普的网络发动了削减支出的长期运动,与另一家波普创造的非营利组织威廉·波普·约翰高等教育政策中心(John William Pope Center for Higher Education Policy)的员工一道,指责大学系统成了"激进分子的利基",形容公共资金是"伤财无用物",而且要求立法机关"饿死这只野兽"。这个中心挖掘教授们的投票记录,力图证明政治偏见。共和党多数一接管立法机关,迅速实施了严厉的削减计划,这预计将导致学费上涨、教职员工失业及奖学金减少,哪怕该州宪法要求高等教育应当对所有居民"像实际一样自由"。

受人敬重的北卡罗来纳州立大学前校长比尔·弗莱迪(Bill Friday)在2012年去世前不久曾吐露,他害怕这些变化将使许多贫困或中等收入家庭无法接受高等教育。"你在做什么,向他们关上门?"他问道。"那是一场正在发生的战争。这违背政府可以扮演的角色。我认为这实在可悲。那是北卡罗来纳与众不同的地方。"[24]

在波普的网络为削减大学预算而奋斗的同时,他主动提议私人资助他喜欢的学科项目,比如西方文明和自由市场经济学。比如,波普送给北卡罗来纳州立大学一笔50万美元的礼物,资助保守派的讲座。"我相当确信,我们不会邀请保罗·克鲁格曼。"[25]一名挑选演讲者并且与约翰·洛克基金会有联系的教授承认。一些教职人员认为波普的捐款是收买学术控制权的出价。"这可悲而露骨",北卡罗来纳州立大学的一名英文系教授卡特·沃伦(Cat Warren)说。她说,波普"成功使得高等教育资金减少,然后利用这些缩减,作为对课程内容增加杠杆和影响的方式"。[26]

约翰·洛克基金会还赞助了北卡罗来纳历史项目(North Carolina History Project),这个项目旨在通过向高中老师提供在线课程计划,重新调整该州的历史教育,其内容贬低社会运动和政府的作用,却赞美所谓的"个人财富创造"。依相似脉络,州参议院的共和党人通过一项法案,要求北卡罗来纳的高中生学习保守主义原则当作美国历史的一部分,为了在2015年毕业。该法案强调"对政府征税和支出权力的宪法限制"[27]。"这都是波普计划的一部分,要为他的哲学积聚更多制度化的支持",自由派监督组织北卡政策观察(NC Policy Watch)的负责人克里斯·菲茨西蒙(Chris Fitzsimon)说。

不过随着声名增加,波普成了一个引雷针。全国有色人种协进会开始在该州首府每周举行"道德周一"(Moral Monday)抗议,反对北卡罗来纳的右倾转变，最后开始在波普公司多样批发商拥有的连锁店外示威抵制。

甚至州内的部分共和党人也指责波普太过分。吉姆·古德蒙（Jim Goodmon）是国会广播公司（Capitol Broadcasting Company）董事长兼首席执行官，该公司拥有CBS和福克斯电视台在罗利市的分支。他说，"我是共和党人，但是因为阿特·波普，我羞为北卡罗来纳共和党的一员。"[28] 古德蒙与该州的保守当权派有深厚联系。他的祖父弗莱彻（A. J. Fletcher）是杰西·赫尔姆斯的最大支持者之一。但是古德蒙称波普势力是"反传统社会"，并补充说，"他们掌权的方式是去说政府不好。他们唯一的解决方法是减税"。他总结说，"它从来不是把事情变得更好，而全是破坏另一方"。

在多样批发商公司罗利市总部，这间俯瞰着郊区停车场的空闲办公室里，接受采访的波普认为，那些试图将他描绘成极端的人被误导了。"如果左翼想要一只替罪羊，一个怪物，他们就掷出我的名字"，他抗议说。"我听说的关于阿特·波普这家伙的一些事——你知道，我不喜欢他们讨论的阿特·波普这家伙。我并不认识他。如果他们说的是真的，我不会喜欢关于我的很多事情。但那些事不是真的。"

在近四小时长的律师式的反驳中，他坚称，像他自己这样的保守主义者在北卡罗来纳是受压迫者，而他的支出仅仅代表了平衡分数的努力。他说，他并非受"狭隘的企业利益"驱使，而是受抽象的理想主义启发。他将自己描述成"政治上的保守派"和"哲学上的古典自由主义者"。他承认，他支持的非营利组织采取的许多立场有利于他的生意，例如反对最低工资法[29]。事实上，批评者们例如北卡罗来纳州自由派商人迪恩·戴博南（Dean Debnam），谴责波普表现出的"农场主心态"，因为他一直让"人们兼职工作……他掠夺穷中之穷者，然后用来推动富中之富者的议程"，他指责道。[30] 但是波普说，他没有采取立场来提高自己的盈利。按照约翰·洛克的传统,他说,他只是相信,当公民辛勤劳动创造财富并得到它作为奖赏时,社会运行得最好。

波普将自己初次接触自由市场理论归功于加图研究所运营的暑期项目。他认为,国家日益增长的经济不是问题,因为"财富创造和财富破坏时刻在发生"。[31]所有美国人都有成功的公平机会。他引迈克尔·乔丹和米克·贾格尔(Mick Jagger)为例,问道"为什么他们应当被剥夺那些钱——为什么那是不公平的?"他指出,"我不羡慕比尔·盖茨拥有的财富",接着补充道,"美国没有贵族或财阀"。

至于穷人,他认为,主要是他们自己糟糕选择的受害者。"真的,当你看看最低收入人群,大多数都仅仅只是年龄和婚姻的原因。如果你年轻且单身——甚至,但愿不会发生,如果你年轻且是一个单身家长,并且没有受过中学教育——那么你的收入会低,你将是底层的那20%。"

由波普财富支持的一群非营利组织也附和这种不走运的观点。比如公民社团研究所的一名研究员声称,美国穷人的生活好于"大多数自由派喜欢描绘的景象"。这位研究员鲍勃·鲁埃布克(Bob Luebke)引用的一份遗产基金会的研究显示,穷人通常有住所、冰箱和有线电视。"对无处不在的无家可归者的媒体痴迷,看来同样是虚言",他声称。约翰·胡德(John Hood)是波普的一位机灵门徒,2015年从约翰·洛克基金会离开,成为约翰·威廉·波普基金会的负责人,他强调说,"北卡罗来纳州贫困的真实范围和全国的情况,被过度估计了"。贫困确实存在的地方,他说,主要是由于"自我毁灭式的行为"。

北卡罗来纳大学法学院贫困、工作和机会中心主任吉恩·尼科尔(Gene Nichol)指出,该州1/3有色人种的孩子生活在贫困之中,这意味着他们从最底层起步,远没有到能够做出自己选择的年纪。但是在尼科尔批评共和党的政策之后,波普的网络成功向这所学校施压,在2015年撤销了贫困中心。

波普自己的贫困经历有限。他成长在一个富裕的家庭,就读私立寄宿学校，之后进入北卡罗来纳大学和杜克大学法学院，接着加入了祖父创办、父亲扩张的家族折扣店企业。然而波普经常强调，"我并不是一个继承者"。他解释说，他的父亲要求他和兄弟姐妹购买家族企业的股份。像查尔斯·科赫及其捐赠者网络的众多人一样，波普也相信，他已经进步到能够凭借自己的能力领导公司。那些了解波普的人证实，他工作极其努力，而且过分节俭。不过他也得到了许多来自父母的好处，包括数十万美元的竞选捐款。

1992年波普竞选副州长失败那次，斯科特·普莱斯担任竞选经理。他生动地回忆起波普的父亲曾给竞选活动捐过款。"他拿着支票簿，抚摸着它。他说'多少钱？'阿特说'哦，我估计6万美元'。这位父亲骂了句婊子。我站在那里，如遭雷击。我说'这是一笔大数目！'这位父亲回应'哦，这是阿特继承的遗产。有这笔钱，我猜他可以做任何想干的鬼事'。这不像是，'去拿吧，儿子'，"普莱斯回忆说，"这更像是，'拿了钱就滚！'"[32]

记录显示，在波普的竞选以失败告终之前，波普的父母给他分散"贷款"约33万美元，考虑通货膨胀，这笔钱在今天价值将超过50万美元。

普莱斯谈起波普，"他认为如果你穷，你只是工作不够努力。全是关于自由企业的立场。他可能确实扩大了他爸的生意，他还很聪明，而且政治精明。但是他不只是含着金汤匙出生。他一开始就已经是人生赢家"。普莱斯认为，"任何得到了几乎一张空白支票的人，都能在政治上有影响力"。

北卡罗来纳州民主党主席大卫·帕克（David Parker）指责波普掩饰生来享有特权的事实。"所有这些都谈到新教徒工作道德"，他说，"但是他用旧式的方法赚到他的钱：他的母亲生下一个儿子"。他补充说，"我们全是阿特·波普幻想世界的囚徒"。[33]

在北卡罗来纳州，波普资助的意识形态机器异常强大，但是到奥巴马连任的时候,在几乎每个州建立起来的仅仅是密切关联的非营利组织保守主义者的数百万美元系统中的一部分。因为他们偏爱联邦主义而怀疑集权,这样重点便自然而然。从内战开始到民权运动,各州的权利一直是保守主义者的战斗口号,尤其是在南方。从历史角度,伴随着地方政府抵制联邦政府干预,它经常深陷种族敌意。之后在里根任内,这种运动呈现出倾企业的面貌。保守派商业领袖,例如路易斯·鲍威尔和威廉·西蒙,组织起企业,在全国反对自由派公共利益运动,而保守派盟友在州及地方一级建立起类似的组织。其中一位领导者托马斯·罗(Thomas A. Roe),一个来自南卡罗来纳州格林维尔(Greenville)的反工会建筑业巨头,据报道在20世纪80年代,向遗产基金会的一名受托同事宣称,"你夺取苏联——我要夺取各州"。[34]

在1992年,罗接着成立了州政策网络,一个立足各州的保守派智库的全国性联盟。到2012年,这个网络拥有64家独立的智囊团,结果发现政策文件如出一炉,包括各州至少一个中心。举例来说,在北卡罗来纳州,由波普财富创立的两个智库都是成员。该组织总裁特蕾西·夏普(Tracie Sharp)形容每一家组织都是"极其独立的"。但是闭门之后,她把该组织的模式比作全球性折扣连锁店——宜家。2013年年度会议上,她告诉800名成员,这个全国性组织将为他们提供"原材料"和"服务"的"编目",以便地方分支能够在家组装意识形态产品。"挑选你需要的东西,"她说,"然后定制对你来说最有效用的东西。"[35]

2011年,州政策网络的预算达到相当可观的8320万美元。[36]协调智库的是超过100名"副"成员,其中包括保守派非营利组织,例如"美国繁荣"、加图研究所、遗产基金会和格罗弗·诺奎斯特的"支持税改的美国人",这家组织也由科赫兄弟帮忙资助。

给右派在州一级势力范围增添影响的,是美国立法交流委员会(ALEC)。从20世纪70年代开始,韦里奇的发明创造有了显著增加,当时理查德·梅隆·斯凯夫提供了该组织绝大部分启动资金。批评家称其为保守派企业的"法案工厂"。数千位生意人和贸易集团支付昂贵会费，和当地官员一起参加闭门会议，在会议中他们制定立法样板，接着州议员就把它们当作自己的方案提出。平均下来，ALEC 每年出产约 1000 份新法案，其中约 200 份成为州法。[37] 州政策网络的智库提供了立法研究，其中约有二十九家是 ALEC 的成员。

ALEC 在很多方面与企业游说公司难以区别，但它将自己定义为享受税免的 501(c)(3) "教育" 组织。但是对它的盟友，ALEC 吹嘘自己的业务成果。正如一条仅向成员发布的通讯所夸耀的，ALEC 为公司做了"好投资"。它说，"你找不到别的地方有那么高的回报率"[38]。为了避免显得被买通，立法者们确保不去提及法案样板的来源企业。但是正如前威斯康星州议员（后来的州长）汤米·汤普森（Tommy Thompson）承认的，"我总是喜欢去这些（ALEC）会议，因为我总能发现新想法。然后我会把它们带回威斯康星，给它们做点伪装，然后宣布'这是我的'"。

科赫兄弟是这种以州为中心的行动主义的早期善财天使。科氏工业在 ALEC 的公司董事会派有代表的时间有近 20 年，而且在这段时期内，ALEC 出产了许多法案，提高科氏工业之类的化石燃料公司的利益。仅 2013 年，它制造了大约 70 份法案，这些法案旨在阻止政府对替代性可再生能源项目的支持。

之后科赫兄弟自我展现为刑事司法改革的拥护者，而他们在 ALEC 活跃的时候，在推动各种严厉刑罚时起了作用，而这些刑罚助成了美国大规模监禁危机。多年来，ALEC 最活跃的成员中就包括了营利性监狱产业。例如 1995 年，ALEC 开始推动犯贩卖毒品罪的强制性最低刑期。两年后，查尔斯·科赫用 43 万美元借款帮助 ALEC 摆脱困境。[39]

2009 年，各州的保守运动增加了另一维度。州政策网络增加了它自己的"调查性新闻"服务，与一家名为政府和公共诚信富兰克林中心（Franklin Center for Government and Public Integrity）的新组织合作，并且在约 40 个州发展了新闻分部。记者们为他们自己的全国性有线服务和网站提交新闻故事。许多报告借鉴了州政策网络的研究，并且推广ALEC的立法优先项。这些报告经常攻击政府计划，特别是由奥巴马发起的计划。这个新闻组织声称是中立的公共监督机构，但它的大部分报道反映了背后支持者的保守主义倾向。

专业记者很快质疑起富兰克林中心给它的内容贴上"新闻"标签。威斯康星州麦迪逊市《首府时报》(The Capital Times)荣誉退休编辑戴夫·兹韦费尔（Dave Zweifel）称在该州的这家网站是"伪装的狼"，而且是"对客观报道传统的又一种危险打击"[40]。皮尤研究中心（The Pew Research Center）的新闻卓越计划（Project for Excellence in Journalism）项目把富兰克林中心的报道列为"高度意识形态化"。但富兰克林中心的创始人杰森·斯特维拉克（Jason Stverak）毫不动摇。他在一场保守派会议上说，他的组织（其资金来源他拒绝透露）计划填补经济死亡螺旋造成的真空，其中许多"传统媒体"在全国各地的州一级发现它们自己。[41]

日积月累地，这些组织创造出看似从下至上持续沸腾的保守主义革命，在各个州废止奥巴马的政策。但是资金大部分是由上而下。大多数资金来自跨国大企业，包括科氏工业、雷诺兹美国、奥驰亚的烟草公司、微软、康卡斯特（Comcast）、AT&T、威瑞森（Verizon）、葛兰素史克（GlaxoSmithKline），以及卡夫食品（Kraft Foods）。一群非常富有的单个捐赠人及其私人基金会也资助了这项事业。

大多数资金经过了靠近华盛顿特区的基金组织"捐赠者信托"，它消除了捐赠者的印记。[42] 从1999年起，捐赠人信托及其小弟组织捐赠者资本基金（Donors Capital Fund）汇聚的7.5亿美元，来自200名极富有的个人与私人基金会。许多人是同样组成了科赫关系网的亿万富翁、百万富翁。

这个相对捐赠者信托较小的捐款人组织，提供了富兰克林中心2011年95%的收入。捐赠者信托和捐赠者资本基金背后的大支持者，从2008

年到 2011 年也把 5000 万美元给了州政策网络的智库——这个数目远超过这个层级的组织。[43] 经营捐赠者信托、还担任州政策网络董事的惠特尼·鲍尔解释说，在奥巴马执政期间，保守派捐赠者看到了"在各州有所作为的更好时机"[44]。

2013 年秋，对北卡罗来纳保守主义改造的余波远超州界。来自新近重划的选区的共和党无名新议员，帮忙启动了导致联邦政府停摆的进程。这段插曲成为一场实例，即共和党内的激进化捐赠者基础在分化政治，且达到了几年前还几乎想象不到的程度。

直到 2012 年他参选之前，马克·梅多斯（Mark Meadows）一直是一位餐厅老板，兼北卡罗来纳州最西地带主日学校的圣经老师。此前，这个乡下山区的第十一国会选区，一直由前橄榄球联盟四分卫兼保守派民主党人希斯·舒勒（Heath Shuler）代表。但改划之后许多民主党人从这个选区被移走，使得舒勒退出，而不是浪费时间、金钱在明显无望的竞选之中，几乎就是把席位拱手让与梅多斯。

上任仅八个月后，梅多斯就上了全国头条，他向共和党众院领袖发送了一封公开信，要求他们施展"钱袋之力"消灭《平价医疗法案》。在那时候，当 2012 年选民选择奥巴马时，这项法案已经得到最高法院支持和承认。但是，梅多斯坚持，共和党应该破坏它，通过拒绝为它的实施发放资金。而且，如果不能达到目的的话，他们就会关闭政府。到了秋天，梅多斯成功得到超过 79 名共和党议员在计划上签字，逼迫反对激进措施的众议院议长约翰·博纳同意他们的要求。

梅多斯后来指责媒体夸大了他的作用，但是他被自己当地的茶党组织尊称为"我们的封面人物"，并且被 CNN 称为 2013 年停摆的"建筑师"。当国会中的激进派拒绝退让时，热闹宣传越发积极，给几乎整个联邦政府带来了 10 月里 16 天的关闭状态。据报道，梅多斯选区依靠联邦政府资助的几家日托中心，拒绝了那些忧心忡忡的家庭，而且附近的国家公园也被关闭，使得旅游业陷入放缓停滞。全国民意测验显示，民意压倒性地反对政府关闭。甚至《华盛顿邮报》专栏作家、保守主义者查尔斯·克劳萨默也把叛逆者们称为"自杀式胁迫小组"。

但是 2010 年的选区改划，已经创造出了《纽约客》瑞恩·利扎所称的"历史怪事"[45]。政治极端主义者现在毫无妥协的动力，即便是向他们自己党的领袖。相反的是，来自新的超保守选区的共和党成员所面临的唯一威胁，就是更加保守的候选人带来的重要挑战。

统计数据显示，所谓的"自杀式胁迫小组"中的 80 位成员，是极不具有代表性的少数派。他们代表的仅是全国 18% 的人口，而且在众议院共和党的所有小组中只居第三。选区重划使得他们的选区人种非常单一，而且相较全国要右派得多。他们是异常情况，但是因对共和党捐赠者基础的激进化，他们使用着不成比例的力量。

"在过去的时代，"利扎指出，"意识形态上的极端少数，能够被党的领导控制。现在众议院的新情况是，共和党一方的党纪已被打破。"党派领袖不再支配。外部大钱没能买下 2012 年总统选举，但它还是成功使美国政府瘫痪。[46]

梅多斯当然无法靠他自己谋划这场政府关门。特德·克鲁兹是来自得克萨斯州的资历尚浅的参议员，他在 2012 年胜选也得到了右翼外部资金的助力。他精心策划这场国会策略的绝大部分。与此同时，由该党大捐赠者群星资助的保守派非营利组织推动了梅多斯的请愿，而且也组织了以州为基础、大规模抗议奥巴马医改的活动，其程度如此激烈好比南方各州对于 1954 年 "布朗诉教育委员会案"最高法院所作裁决的蔑视。[47] 和种族隔离主义者一样，他们拒绝接受失败。

许多美国人对这样的激进行动大吃一惊。而保守派积极分子已经持续暗中制订各种破坏计划一段时间了。

乔治梅森大学法学教授迈克尔·格里夫（Michael Greve）在 2010 年美国企业研究所的会议上所作的演讲，清楚呈现了这种激进主义背后的强烈愤怒。格里夫是竞争企业协会的主席。这家位于华盛顿的反监管的自由市场智库,其资助来自布拉德利、库尔斯、科赫和斯凯夫基金会,以及一帮大企业——还有一位奥巴马医改的激烈反对者。"这个混蛋必须被当作政治细菌消灭"[48],他宣称。

"我不在乎怎么做到,不管它是被肢解,被我们刺穿心脏,被我们涂满柏油粘上羽毛然后赶出城去,还是被我们掐死。"他继续说道,"我不在乎是谁来做,不管是某些法院某些地方,或是美国国会。"以任何方式在这个目标上花钱都是值得的,任何朝着这个目标做出的要点都值得存档,任何为此目的的演讲或小组贡献都是在帮助美国。

2012年春最高法院支持这项法案以及秋天公众让奥巴马连任之后,这种激进抵制并没有结束。相反,右翼势力重新集结起来。正如《纽约时报》后来报道,一个"保守派积极分子的松散联盟"开始秘密聚集在华盛顿,密谋做点别的破坏医改的事情。[49] 这些会议产生了一份"抽走奥巴马医改的资金的蓝图",得到30多名保守派组织的签署,它们自称为"保守主义行动项目"(Conservative Action Project)。[50] 它们的领导人是前司法部部长埃德文·米斯三世,他是年事正高保守主义运动的旗手,在遗产基金会担任罗纳德里根主席,在乔治梅森大学的莫卡特斯中心担任董事,而且在科赫捐赠人峰会中频繁出席。其中一个方案是阻止给医保计划的国会资金,这个倡议最终得到梅多斯支持。

另一方案是激起对联邦法律不服从的大规模的"教育"活动。两种方案都是就州官员而言,例如在北卡罗来纳州拒绝建立保险交易所的官员,并且活动由公民发起。科赫网络的"商业联盟"自由伙伴商会(Freedom Partners Chamber of Commerce),资助了大部分的斗争。[51] 它利用自己定位年轻人的前线组织"世代机会"(Generation Opportunity)张贴网络广告,上有难看的卡通版山姆大叔,在一名接受妇科检查的年轻女性腿间蹦跶,以传播对于政府干涉私人保健事务的恐惧。(科赫兄弟的前线组织对于政府干涉生殖健康问题似乎没有这样的疑虑。)这个组织还赞助以学生为导向的抗议活动，活动中仿制的奥巴马医改保险卡被烧毁，就像越战时期的征兵卡一样。这种造假活动散布了恐惧和混乱。新闻报道反映了一种普遍观念，特别是在极度贫困的地区，即政府正在建立"死亡小组"。[52]

2013年夏秋两季，当梅多斯正在为他的公开信召集联合倡议人时，"美国繁荣"在反奥巴马医改的电视广告上花费了额外的550万美元。后来被问及这个问题时，提姆·菲利普斯强调说，他的组织只想废除法案，而非抽走它的资金。但无论是哪种方式，他承认说，这家科赫兄弟的政治组织将不会放弃。它计划花费"数千万"美元进行"多战线的努力"来反对这项法案，他说。

作为一部分努力，"美国繁荣"迫使各州拒绝法案中包括的免费、扩大的医疗补助覆盖，这意味着拒绝给予400万名未入保险的成年人的医疗覆盖。[53]他们还迫使全国各地的州官员拒绝建立他们自己的医保交易所，而法案中有此期望。与此同时，加图研究所和竞争企业协会推广一种理论，即政府介入各州无法采取行动的地方是非法的——这种解释被起草这项法案的共和党、民主党议员所驳斥。[54]无论如何，这形成了对《平价医疗法案》进行第二次法律挑战的基础，引发了"金诉伯韦尔一案"（King v. Burwell），该案在2015年夏天也宣告失败。[55]

科赫兄弟及其盟友发挥了无法忽视的作用，其悄悄资助了针对医改计划提交到最高法院的第一次法律调整。这起官司由全国独立企业联盟（National Federation of Independent Business，简称NFIB）公开提请。但是在2010年遗产基金会事件中，NFIB曾经被说服成为起诉人。[56]之后，科赫兄弟的组织"自由伙伴"、捐赠人信托，卡尔·罗夫的暗钱组织"十字路口GPS"，和布拉德利基金，全都帮忙资助了NFIB。

菲利普斯坚持认为，保守派组织在医改斗争中的支出远不及这项法案的支持者。"这是大卫在对抗哥利亚巨人"[57]，他宣称。但是根据追踪电视广告支出的凯度媒体（Kantar Media）竞选媒体分析组，在法案通过后的两年中，有 2.35 亿美元花在妖魔化这项法案的电视广告上。[58] 仅有 6900 万美元用在支持它的广告上。

在政府关门的前夕，遗产基金会也发挥了重要作用。2013 年，南卡罗来纳州参议员吉姆·德明特辞去了他的参议院席位，成为该组织的总裁，而在他的领导下，该组织成为共和党内越发激进和有攻击性的派别。作为德明特领导下新攻击性的一部分，遗产基金会创办了 501(c)(4) 暗钱分支组织，名为传统行动（Heritage Action），该组织能够直接参与党派斗争，为此科赫网络投入了 50 万美元。（自由派美国进步中心的负责人约翰·波德斯塔想出了这种新方法，他将其称为创造"升级版智库"的方法。2010 年，遗产基金会复制了这种做法。）

传统行动攻击那些拒绝签署梅多斯议员要"抽回奥巴马医改资金"的公开信的人，震惊了共和党温和派。这种内部斗争太过激烈，以至于传统行动被踢出共和党国会核心小组，而该组织此前一直颇受欢迎。但是压力手段"非常有影响力"，在受人尊重的《库克政治报告》工作的无党派专家大卫·沃瑟曼（David Wasserman）告诉《纽约时报》。"在我们的历史中还有什么时候能够发生，一名来自北卡罗来纳州的新晋国会议员，能够召集起 80 人的帮派使政府基本上陷入停摆？"[59]

2012 年选举之后，两党的政治领袖表示，希望党派斗争能够平息，使政府最终转向严重的经济、社会、环境和国际问题，它们亟待世界上最富有、强大的国家的关注。众院发言人博纳向他党内的极端主义者表明，是时候退避了。"总统是再度当选的，"他提醒他们，"奥巴马具有法统。"[60]

然而不到一年，在另一场针对奥巴马医改的无用斗争中，美国又成了人质。2013 年 10 月 2 日，国会领导人与奥巴马在白宫会面，结果未能达成避免灾难性关门的协议。在这个过程之中，奥巴马将议长拉到一边。

"约翰，发生什么了？"[61] 总统问道。

"我被打垮了，事情就是这样。"他回答说。

两党的妥协最终使政府重新开张。在对华盛顿难得坦诚的时刻，博纳挑出了对政府关门负有责任的真正人物。他说，自利、极端的压力组织"在误导他们的追随者"，并且"把我们的成员逼到他们不想要的地步。而且我坦白，他们已经失去了所有信用"。

然而如果他们的财富使美国政治从根底向上变得激进，科赫兄弟和阿特·波普会认为这是进步。在北卡罗来纳州，波普向越来越多批评他的人传递了一个讯息："我不会因为做出我这代人的钱怎么花的决定而去道歉。"[62]

注释：

1. 这个奇怪数字的结果，在过去一个世纪只发生过两次。
2. Tarini Parti, "GOP, Koch Brothers Find There's Nothing Finer Than Carolina," *Politico*, May 11, 2013。
3. 科赫网络在全国范围内的主要银行，"自由伙伴"，2012 年向"美国繁荣"灌注了 3230 万美元。但是其中有多少进入北卡罗来纳州仍未揭露。
4. 北卡罗来纳州也向霍夫勒额外支付了 7.7 万美元。
5. 劳普的话引用自"为了人民"的精彩调查文章，见 Pierce, Elliott, and Meyer, "How Dark Money Helped Republicans Hold the House and Hurt Voters"。
6. 此人与作者的对谈。
7. Pierce, Elliott, and Meyer, "How Dark Money Helped Republicans Hold the House and Hurt Voters"。
8. 参见 Robert Draper, "The League of Dangerous Mapmakers," *Atlantic*, Oct. 2012。
9. 霍夫勒没有阅读公听会笔录是由"为了人民"在法庭文件中发现的，另外"为了人民"指出，霍夫勒拒绝做进一步评论。
10. 民主党对手是兴起之星萨姆·欧文（Sam Ervin IV），他与之同名的伟大祖父，是在"水门事件"听证会上赢得全国赞誉的前北卡罗来纳参议员。
11. "为了人民"追踪了回到吉莱斯皮的共和党州领导委员会的 100 万美元。波普的公司"多样批发商"捐献了其中一些资金。委员会的角色隐匿在突然出现的新组织 Justice for All NCP 背后。这个组织捐赠了 150 亿美元给名为 North Carolina Judicial Coalition 的超级 PAC。
12. Nicholas Confessore, Jonathan Martin, and Maggie Haberman, "Democrats See No Choice but Hillary Clinton in 2016," *New York Times*, March 11, 2015。
13. 2012 年宣布竞选州长前，帕特·麦克罗里为"美国繁荣"出席活动，而且他一宣布，"美国繁荣"就邮寄了 13 万美元帮助他竞选。
14. 此人与作者的对谈。首次出现参见 Mayer, "State for Sale"。
15. 同上。
16. Winters, *Oligarchy*, xi。

17 Matea Gold, "In NC Conservative Donor Sits at the Heart of the Government He Helped Transform," *Washington Post*, July 19, 2014。

18 例如共和党政治活动家杰克·霍克，来回移动于公民社团研究所主席位置，和共和党州长帕特·麦克罗里的竞选活动之间。

19 此人与作者的对谈。

20 Lynn Bonner, David Perlmutt, and Anne Blythe, "Elections Bill Headed to McCrory," *Charlotte Observer*, July 27, 2013。

21 Dan T. Carter, "State of Shock," *Southern Spaces*, Sept. 24, 2013。

22 参见上一条。

23 北卡罗来纳州公立学校的支出，从 2007 至 2008 年度的 79 亿美元，下降至 2012 至 2013 年度的 75 亿美元，尽管该州人口迅速增长。根据 Rob Christiansen, "NC GOP Rolls Back Era of Democratic Laws," *News Observer*, June 16, 2013。

24 此人与作者的对谈。首次出现参见 Mayer, "State for Sale"。

25 此人（北卡罗来纳州经济部门前主管）与作者的对谈。参见上一条。

26 Mayer, "State for Sale"。

27 David Edwards, "NC GOP Bills Would Require Teaching Koch Principles While Banning Teachers' Political Views in Class," *Raw Story*, April 29, 2011。

28 此人与作者的对谈，首次出现参见 Mayer, "State for Sale"。

29 在作者的采访中，约翰·洛克基金会副总裁罗伊·科尔达托认为，"最低工资固定价高于市价，伤害低技术工人"，而且对工人剥削的关心是"来自卡尔·马克思的那种思想"。在科尔达托看来，"成年人间的任何合同都应合法"，包括那些涉及卖淫和买卖毒品的人。他说，他支持童工法，但是反对他所称的未成年"强制教育"。

30 此人与作者的对谈，参见 Mayer, "State for Sale"。

31 同上。

32 此人与作者的对谈。

33 此人与作者的对谈，首次出现参见 Mayer, "State for Sale"。

34 Ed Pilkington and Suzanne Goldenberg, "State Conservative Groups Plan US-Wide Assault on Education, Health, and Tax," *Guardian*, Dec. 5, 2013。

35 参见 Jane Mayer, "Is Ikea the New Model for the Conservative Movement?," *New Yorker*, Nov. 15, 2013。

36 参见 "Exposed: The State Policy Network," Center for Media and Democracy, Nov. 2013。这份报告全面充分且文件详实，第三页指出，这个组织帮助扩散科赫章鱼"在所有州的财务触角"。

37 ALEC 引介法案的记录，参见 Cray and Montague, "Kingpins of Carbon and Their War on Democracy," 37。

38 引用的 ALEC 成员的信件以及汤普森的话，来自 Alexander Hertel-Fernandez, "Who Passes Businesses' 'Model Bills'? Policy Capacity and Corporate Influence in U.S. State Politics," *Perspectives in Politics* 12, no. 3 (Sept. 2014)。

39 更多关于 ALEC 的信息，参见 ALECExposed.org, produced by the Center for Media and Democracy。

40 Dave Zweifel, "Plain Talk: 'News Service' Just a Wolf in Disguise," Madison.com。

41 在遗产基金会会议关于"真空"的谈论，参见 "From Tea Parties to Taking Charge," April 22–23, 2010。

42 关于捐赠人信托的财务的最佳分析之一，参见 Abowd, "Donors Use Charity to Push Free-Market Policies in States"。

43 参见 "Exposed: The State Policy Network," 18。

44 Abowd, "Donors Use Charity to Push Free-Market Policies in States". 根据 "Exposed: The State Policy Network", 19-20。只有马萨诸塞州和得克萨斯州的两个州政策网络智库的无意披露，揭示了来自科氏工业和科赫家族基金会的主要存款。2007 年大卫·科赫个人捐款 12.5 万美元，给州政策网络、先锋研究所位于马萨诸塞州的成员，表明他是那年该组织的最大单人捐助者。得克萨斯公共政策基金会类似的错误披露显示，2010 年科氏工业向智库捐款超过 15.9 万美元，而一家科赫家族基金会捐款超过 6.9 万美元。

45 参见 Ryan Lizza, "Where the G.O.P.'s Suicide Caucus Lives," *New Yorker*, Sept. 26, 2013。

46 Kenneth Vogel, in *Big Money*, 211，有几乎相同的看法，"大钱的最大者基本上没能在投票箱上取得成功的近 11 个月后，关门战役证明，2010 年和 2012 年的支出热潮，对于美国政府运作方式的影响超出以往"。

47 Todd Purdum, "The Obamacare Sabotage Campaign," *Politico*, Nov. 1, 2013。

48 Linda Greenhouse, "By Any Means Necessary," *New York Times*, Aug. 20, 2014。

49 Sheryl Gay Stolberg and Mike McIntire, "A Federal Budget Crisis Months in the Planning," *New York Times*, Oct. 5, 2013。

50 Lee Fang, "Meet the Evangelical Cabal Orchestrat ing the Shutdown," *New York Times*, Oct. 8, 2013。文中指出，保守主义行动项目与秘密的国家政策委员会关系密切，而且至少从 2009 年起一直在华盛顿会面。

51 Stolberg and McIntire, "Federal Budget Crisis Months in the Planning"。文中认为，"自由伙伴"花费 2 亿美元用于对抗医疗保健，而这个数字也是该组织其他支出的代表。

52 Jenna Portnoy, "In Southwest Va., Health Needs, Poverty Collide with Antipathy to the Affordable Care Act," *Washington Post*, June 19, 2004。

53 受各州拒绝扩大医疗补助所阻碍，未参保成年人有 400 万人。这个数字来自 Kaiser Family Foundation. Rachel Garfield et al., "The Coverage Gap: Uninsured Poor Adults in States That Do Not Expand Medicaid— an Update," Kaiser Family Foundation, April 17, 2015。

54 参见 MacGillis, "Obamacare's Single Most Relentless Antagonist," New Republic, Nov. 12, 2013。

55 参见 Robert Pear, "Four Words That Imperil Health Care Law Were All a Mistake, Writers Now Say," *New York Times*, May 25, 2015。

56 NFIB 自称是"美国引领性小型企业协会"，过去几年它的大部分资金来自它的小企业成员。但是从 2010 年它同意在法庭上充当原告开始，来自一些非常巨大财富外部资金开始填满它的金库。2012 年，案件交到最高法院。正如 CNN 率先报道的，这年 NFIB 接受的来自"自由伙伴"的钱，比其他任何单一来源都多。从 2010 年到 2012 年，捐赠人信托为 NFIB 的法律中心提供超过一半的预算。布拉德利基金会也捐赠了资金。

合计数百万美元的捐款付了美国最聪明的几位立法者，让他们提出论点。保守派法学教授 Josh Blackman 承认，这些论点起初看起来很"疯狂"。然而因为富有意识形态企业家资助的一些积极分子的努力，挑战从边缘地带来到了最高法院的一票之败。更多信息，参见 Blackman, *Unprecedented: The Constitutional Challenge to Obamacare* (PublicAffairs, 2013)。

57 Stolberg and McIntire, "Federal Budget Crisis Months in the Planning"。

58 凯度媒体广告支出的统计，参见 Purdum, "Obamacare Sabotage Campaign"。

59 Stolberg and McIntire, "Federal Budget Crisis Months in the Planning"。

60 Boehner, interview with Diane Sawyer, ABC News, Nov. 8, 2012。

61 参见 John Bresnahan et al., "Anatomy of a Shutdown," *Politico*, Oct. 18, 2013。

62 此人与作者的对谈。

第十四章 推销新科赫：一个更好的作战方案

观众席灯光渐暗，上场时的乡村音乐渐消，一切在寂静中期待着。四位上年纪的白人身着黑色西装，从大礼堂的帷幕后面现身，轮流站上讲台，以证明他们确实正如当天宣传的活动标题所说，是"这个房间里最聪明的家伙"。

这是 2013 年 3 月 16 日一年一度的保守政治行动会议（Conservative Political Action Conference），华盛顿最有影响力的保守派智库的领导们——这场运动最接近智者或巫医的人——被聚集到一个舞台，来诊断 2012 年选举为何如此失败，并且开出药方。遗产基金会的元老埃德温·佛纳在这里，配戴齐整的金色方巾。秃头、有胡子的罗森·巴德（Lawson Bader）也在，他是好斗的竞争企业协会的首领。还有约翰·阿利森（John Allison），他的每寸头发丝看起来都像是南方银行家，而他过去一直都是，直到最近离开 BB&T 来到了加图研究所。而最抢镜的是亚瑟·布鲁克斯（Arthur Brooks），美国企业研究所的总裁。

胡须斑白、发际线后退，戴着知识分子式的黑框眼镜，不起眼的布鲁克斯早期事业如同法国圆号演奏家，其工作只是吹奏右翼保守派的音符。他深谙一套遣词用字和掌握时机的窍门，能够把复杂材料熬炼成生动易懂的金子，这天他也是这样做的。

"你需要知道的只有一件事"，布鲁克斯说到 2012 年。"我知道这会让你难受",他补充说。但是有一个数据解释了为什么保守派失败——只有 1/3 的公众同意共和党人"关心像你这样的人民"的说法。而且,只有 38% 的人相信他们关心穷人。

保守派存在换位思考方面的问题。这很重要,布鲁克斯解释说,因为,正如纽约大学斯特恩商学院心理学家乔纳森·海特(Jonathan Haidt)最近一项研究显示的,美国人普遍认同"公平非常重要"的说法。尽管赞同他的保守派观众,布鲁克斯重申,"我知道想到'公平'这个词会让你恶心",但是美国人也普遍认为"帮助弱势群体是正确的"。

不幸的是,在美国公众看来,布鲁克斯进一步解释说,民主党是"那个'公平老兄',他们是'帮助穷人'的人。我们是谁?我们是'钱老兄'!"

他告诫他的听众,如果保守派想赢,他们必须改善形象。他向每个人保证,这不是政策问题。他坚持认为,保守派政策仍然提供了最佳解决方法。这是信息传达的问题。为了说服公众,他们需要更多有同情心的包装。"换言之,"布鲁克斯说,"如果你想被视作有道德的好人,谈论公平和帮助弱势群体。"他接着说,"你想要赢?开始为人民奋斗! ……从弱势人群开始。从公平开始! ……讲故事很重要。通过讲故事,我们可以软化人们。谈论人,而不是物!"

一些目光尖锐的保守主义者,例如马修·康特奈提,礼貌地嘲弄布鲁克斯的处方,认为"也可能信息内容"才是问题所在[1]。他在《旗帜周刊》调皮地建议,公众质疑这种商业精英支持的"企业税改革"是否"能够让穷人与美铝和安海斯布希公司在同一个层次竞争",可能并没有错。但是当科赫兄弟在 2012 年后评估损失,并且开始计划自己的下一步时,他们接纳了布鲁克斯的建议。然后,他们发起了基本上是钱能买到的最好的公关活动。其基础全是布鲁克斯强调的要点。如果"1%"想赢得对美国的控制,他们需要把自己重新包装成另外"99%"的捍卫者。

借由提供政治改造所必需的研究,布鲁克斯提供了一项最关键的服务,为此美国企业研究所和其他位于华盛顿的保守派智库成立。"几乎由非常富有的人专门资助的保守派智库，是收入保卫行业的前线"，政治学家杰弗里·温特斯（Jeffrey Winters）观察道。² 布鲁克斯在保守政治行动会议上，换了另一种说法。当他面对观众时，这些人多是保守主义运动中被击败的步兵，他说："在智库的我们援助你们。我们给你们运送思想的枪炮！"

经历2012年总统选举失败之辱后，毫无疑问，科赫兄弟和他们俱乐部的其他大富豪急切需要新的弹药。对手无情地中伤了他们。一名科氏工业的员工回忆道，"我们有这样严重的形象难关和士气问题。当你说'科赫'的时候，也可能相当于说你在为恶魔工作"。

这些问题在2014年初恶化。当时参议院民主党多数派领袖哈里·瑞德开始在参议院里日常攻击科赫兄弟，如他在一次暴怒中所说，他们"试图收买美国。美国人民是时候高声疾呼反对这两个兄弟的可怕的不诚实的时候了，他们和我想象的非美国人差不多"。

面对这样的公共压力，很多人都会选择放弃，但是科赫兄弟决心加倍努力。"只要还能呼吸，我们就会战斗。"³ 大卫·科赫在《福布斯》中喊话。

大概在瑞德开始攻击的时候，科赫兄弟雇用了新的沟通总监史蒂夫·隆巴尔多，此人是博雅公关（Burson-Marsteller）在华盛顿的美国公共事务和危机处理业务的前总裁，之前还曾改善过烟草等企业的形象。⁴ 当时科赫兄弟还在进行严格的事后检视，试图查明他们的政治行动问题出在哪里。

共和党全国委员会也在评估自己的失败。在异常坦诚且自我批评的公开解释中，它发现除了其他问题外，失控的外部资金在压垮候选人，给予了富有捐赠者太大的影响。"目前的竞选资助环境导致少数朋友和同盟组织主导了我们一方的行动。这是不健康的。大量集中的权力掌握在这些外部组织的少数人手中，对于我们党是危险的。"⁵

科赫兄弟的分析结果被保密，但是2014年5月，他们想法的一点线索浮现出来,当时《政客》得到了"美国繁荣"发给其大捐赠者的"保密投资者更新信息"。该信息密切追随了亚瑟·布鲁克斯的观点,即问题更多在于包装而非内容。"我们一贯看到,美国人通常担心,自由市场政策——及其提倡者——给有钱有权者的好处多过社会上最弱势的人,"来自"美国繁荣"的内部信息哀叹,"我们必须纠正这种错误观念。"[6]

不久之后,更多的信息泄露出去。劳伦·温莎(Lauren Windsor)是年轻无闻的博客主兼网站策划,主持一档名为《暗流》(The Undercurrent)的网上政治新闻节目。2014年6月17日,她开始发布一系列录音带,内容来自科赫捐赠者半年度峰会期间、几天之前才举行的秘密会议。温莎本人一直是自由至上主义者。但是2008年金融危机中,她丢掉了工作,一并失去了对自由市场的信仰。2014年6月13日星期五,在加利福尼亚州拉古纳海滩外的圣瑞吉斯酒店帝王海滩度假村,科赫兄弟和他们的圈子聚集在这里,那时温莎已经成为反对大钱败坏政治的斗士。与一位出席会议而不愿透露姓名的人士合作,她渴望揭露科赫兄弟的秘密。她开始透露的录音带没有让人失望。

许多新闻故事因这些录音带而产生。但正如结果证明的,至少还有一盘录音带温莎没有放出,因为它的音质太糟。甚至于它还提供了更加惊人的图景,展现了科赫兄弟在全国计划之广之大胆,以及他们这段时期为了显得不太有威胁性,所作的重塑自己的努力。

6月15日星期日,捐赠者齐聚五星级海滨度假胜地的太平洋宴会厅,参加午餐后的机密研讨会,会议主题为"长期战略:吸引中间三分之一"。作为查尔斯·科赫"大战略家"的理查德·芬克起身发言,他用一场或迷人或惊人的旅程,带领大家领略了新的政治计划。在某些方面,因为2012年的失败,科赫帝国中没有人处境比芬克更糟了。芬克长期以来是两兄弟的顾问,他是科氏工业的执行副总裁兼董事,也是"美国繁荣"的董事会成员。选举结束后,他不遗余力地积极投身于内部检查,该公司以此闻名。审查包括对二十年来政治观点研究的分析报告,立足于在美国和国外进行的17万份调查，以及许多会议和焦点小组。其结论是，芬克告诉捐赠者，如果要赢得美国支持，他们需要改变。

"我们在2012年被完全打败，"芬克开始讲。"这是一场长期的战斗。"他说他学到了，挑战在于这个国家被划入三个不同的部分。第一个三分之一的部分早已支持科赫兄弟的保守主义、自由至上主义的视野。另一个三分之一的部分，他使用了从前约翰伯奇会的说法称为"集体主义者"，即自由派，还不在科赫兄弟的能力范围内。"为了国家未来而进行的战斗，其关键就是谁能赢得中间三分之一的心意，"芬克说。"它将决定国家的方向。"

他说问题在于，自由市场保守派失去了至关重要的"中间三分之一"。这部分美国人倾向于相信，自由派更关心他们这样的普通人。与之形成鲜明对比的是，他说，"大企业他们认为非常可疑……他们贪婪。他们不关心底层人民"。

芬克爽快地承认，认为自己身处朋友之中的这些批评者并没有错。"你们这样的人说什么？我几乎在一无所有中长大，可以吗？而且我拼命工作得到我所拥有的，所以"，他接道，当他看到人们"走上街头"，他承认，他的反应是，"别游手好闲，去努力工作，就像我们做的那样！"

不幸的是，他继续说道，那些"中间三分之一"的人——他们需要他们的选票——看见穷人时有不同反应。他们反而感到"愧疚"。芬克说，这群人关心的不是自己的"机会"，而是"其他人的机会"。

所以，他解释说，科赫网络的削减政府议程对于这些选民来说颇成问题。芬克承认："我们想要减少管控。为什么？因为我们可以创造更多利润，好吗？是的，还想削减政府开支，这样我们就不必付那么多税了。这是有道理的。"但是美国选民里的"中间三分之一"，他警告说，对似乎由贪婪驱使的立场感到不舒服。

他说，科赫网络需要做的，就是去说服犹豫不决的选民相信，经济自由至上主义者的"意图"是高尚的。"我们必须使这些人相信，我们用意是好的,而且我们是好人。"芬克说,他说,"无论谁做到了,他都会驱动这个国家。"

关于右翼捐赠人的观点有多不受欢迎,芬克也很直接坦诚。他说,"我们重点关注减少政府开支"以及"降低税收,但它没能起作用,好吗?他们没有响应,也不喜欢它"。

但是他指出,如果说在美国有人知道如何推销东西,就应该是科赫网络中的那些人。"我们有生意——我们怎么做?"他问道。"我们想弄清楚顾客要什么,对吗?不是我们想要他们买什么!"

科赫兄弟的广泛调研已经表明,美国"顾客"想从政治中得到的,唉,相当不同于他们的企业主导的自由市场的正统观念。这不只是说,美国人更感兴趣于大多数人的机会,而不仅是他们自己的。结果证明,芬克承认,他们想要一个清洁的环境、健康以及生活的高标准,还有政治、宗教自由,和平与安全。

对于以超级富有的工业家为首的一群人来说,这些目标似乎会有问题,这些工业家几乎独力阻挠了环保主义者保护地球不受气候变化影响的努力。科赫兄弟及其盟友还曾蓄意破坏向数百万没有保险的公民提供的美国首份平价医疗计划,他们采取的不同寻常的措施似乎也有问题——他们支持给继承者、对冲基金经理和离岸账户减免税款,维护其他有利于富人的漏洞,而且反对福利、最低工资、工会和资助公共教育,这些貌似也公然置"中间三分之一"对于扩大机会的兴趣于不顾。

这些政治问题似乎已然恶化,新的统计数据显示,在经济衰退后首度复苏的一年里,收入最高的1%的人群占有了93%的收入增长。[7]

但是,科赫网络中的那些人不是改变他们的政策,而是根据芬克的说法,他们需要更好的销售方案。"这听起来有点奇怪,"他承认,"所以你得耐心听我说。"但是要说服"中间三分之一"相信捐赠者们的好"意图",他说,科赫网络就需要重构其政治目标的描述方式。他说,它需要的是"发动一场为了幸福的运动"。

他表示，改进的宣传将辩争自由市场是通往幸福之路，而大政府则会导致专制和法西斯。他的论证逻辑是：政府计划造成依赖，转而导致心理抑郁。他认为，从历史上看，这导致了极权主义。最低工资提供了一个很好的例证。这向 50 万美国人否认了"挣得成功的机会"，他估计这些人会甘于以低于联邦最低标准每小时 7.25 美元的薪资工作。没有工作的话，"他们就失去了他们在生活中的意义"。而这，他警告道，曾经是"20 世纪 20 年代德国招募工作的非常重要的部分"。因此，他向包括许多美国亿万富翁在内的观众提出，最低工资法可以被描述成导致了各种情况从而引发了"第三帝国的兴起和衰落"。

芬克把捐赠者称为"自由战士"，自由战士们需要向美国选民解释，他们反对给穷人的计划不是出于贪婪，他们反对最低工资也不是基于渴望廉价劳动力。相反，正如他们的新论据会呈现的，不受限制的自由市场资本主义简直是通往人类"幸福"的最佳途径。

查尔斯·科赫最近接受《威奇托商业周报》(*Wichita Business Journal*)采访时，表达了相似的观点。他在采访中说，"穷人，好吧，你有福利，但是你使他们处于终生依赖和绝望中"。和奥巴马一样，他说，"我们也想要'希望和改变'。但是我们想要人们有的希望，是他们能够靠自己的能力进步，而不是有人送给他们一些东西。"[8] 也是在这个采访中，科赫毫无自我意识地描述了，他最近如何把自己的儿子蔡斯（Chase）拔擢到科赫肥料公司董事长的位置，以及如何在"每一步，他都靠自己做到"。他似乎不曾想过这种可能性，即他的儿子——像他自己和他的兄弟，还可以提到理查德·梅隆·斯凯夫、迪克·德沃斯、贝克特尔家的男孩，这些仅是他的网络中极少部分的人——可能从家族企业的职位或是大笔遗产中受了益，但并非因为"有人"送给了"他们一些东西"，"使他们处于……终生依赖和绝望中"。

为了从他们需要得到支持的人那里"赢得尊重和好感"，芬克在发言中继续解释道，科赫兄弟也会和不太可能的盟友形成并宣扬伙伴关系。这将抵消声称他们负面有害或制造分裂的批评。举例来说，他告诉捐助者，他们将会听说科赫兄弟与黑人学院联合基金（United Negro College Fund）、全国刑事辩护律师协会（National Association of Criminal Defense Lawyers）合作，后一组织他们已经在财务上支持了几年。事实上当天下午晚些时候，芬克加入了另一场小组讨论，主题是"推动全国性对话"，在场的还有黑人学院联合基金总裁迈克尔·洛马克斯（Michael Lomax），以及全国刑事辩护律师协会执行董事诺曼·利马（Norman Reimer）。芬克解释说，通过跨党派划分，科赫兄弟可以展现他们的组织在为美国提供"正面愿景"。他表示，这将证明"另一方在制造分歧，而我们在解决问题"。

事实上，辩护律师组织和科赫网络之间的联系不止一点。陷入过严重法律问题的捐助人数量惊人。不仅科赫兄弟面临过环境、工作场所安全、诈骗和贿赂指控；他们组织中的许多人也有法律问题。鲍勃·默瑟合作领导的对冲基金文艺复兴科技公司早已成为科赫网络中日趋活跃的成员，当时该公司仍在接受国税局的调查，因为它在2000年至2013年间避税逾60亿美元。2014年的参议院质询中，民主党参议员卡尔·莱文指责这家公司的账目是"相当惊人的作假恶劣的避税诡计"。一名公司发言人承认有复杂的避税方案，但坚持说"依现行法律是适当的"。

与此同时，史蒂文·科恩的大型对冲基金公司SAC资本，多年来一直接受刑事调查，而它的总经理迈克尔·苏利文（Michael Sullivan）属于科赫网络[9]，在一场研讨会上担任主讲。最后，科恩和苏利文都没有被控犯罪，但在8名SAC员工承认犯有或者说定罪为内幕交易后，政府指责科恩"对不当行为视而不见"，并且在和解中狠罚其公司18亿美元，达到此种罚款的历史最高。

利马在捐赠者峰会的发言中，描述了刑事司法系统"过度滥权，过度牵涉"，并且表示"这个小组里大概没有一个人，其朋友、亲戚、同事或邻居,或是在乎的一些对象,没被抓去过这个国家的刑事司法系统"。他比自己预想的更接近真相。

像希望的那样,这些两党参与的行动引起科赫紧密圈子之外的正面报道,创造出他们想要的那种形象改善。奥巴马的高级顾问瓦莱丽·贾莱特(Valerie Jarrett)让了解科赫兄弟全部底细的人大吃一惊,她邀请科氏工业的总顾问马克·霍尔登来白宫与她和其他高级官员会面,使得科赫兄弟看起来超越"分歧",正如芬克计划过的那样。[10] 特别起作用的是,他们加入了一个刑事司法改革的联盟,其中有大量进步组织,包括美国进步中心在内。华盛顿最重要的自由派智库认为,这种合作是给贫穷和少数族裔囚犯的事业增添经济和政治影响力的一种方式。但是科赫兄弟心中常念其他类型的罪犯。1980年自由意志党的政纲——同年大卫·科赫参与竞选——呼吁停止对所有逃税者的起诉。科赫兄弟也高声反对许多环境犯罪,而他们自己就是受此指控的对象。

霍尔登在一次采访中承认,科赫兄弟变得活跃于刑事司法改革的时候,刚好是2000年克林顿政府司法部在指控科氏工业有环境犯罪的时候。"那是地狱",霍尔登回忆道。他说,查尔斯·科赫认为这次起诉是"政府过度扩张"然后逐渐更普遍地关注这个问题的结果。[11]

但是事情远非滥用起诉,2000年的案子由得克萨斯州科珀斯克里斯蒂的科赫员工提起,此人揭发公司试图掩盖"滥溢苯"[12]——一种已知的致癌物质——到空气中的事实。这起案子被检察官兼日后的法学教授大卫·乌尔曼(David Uhlmann)描述为"《清洁空气法》下最重要的案件之一"。公司并没有受到诬告。它支付了2000万美元的罚款,从而避免了员工入狱。十五年后科赫兄弟有能耐将其转变为一场两党参与、平民化的社会改革运动——旨在削弱政府的检察权——实乃高明的自我提升。

早期曾担任狱警的霍尔登,充满感情地公开谈论国家对贫困囚犯的过度监禁。科赫兄弟是真的认同他的观点,还是仅仅把刑事司法改革当作削弱政府处理企业犯罪的能力以及粉饰他们自己形象的手段，这个问题还需拭目以待。持疑者指出，科赫兄弟继续支持的众多候选人——包括斯科特·沃克，2015年大卫·科赫指明他是他们最看好的总统候选人——他们在刑事司法议题上的记录证明了科赫兄弟声称的关心是假的。他们还指出，科赫兄弟只支持反对"按章照抄"形式的企业活动，要求求职者公开犯罪前科，此前科氏工业因为没能揭露它自己的犯罪记录而惹上联邦政府的麻烦。

尽管如此，就在2014年6月峰会开始前，查尔斯的基金会给黑人学院联合基金的2500万美元的赠款为他们赢得了正面性。[13]"通过帮助人们改善生活来增加福祉，一直都是我们的焦点。"查尔斯在事先准备好的捐赠公开声明中说。

他使用新短语"福祉"似乎是不假思索的。但是六月峰会的另一场会议上，一名发言人向捐赠者解释，这个词语是多么慎重权衡且能在政治上消除敌意。威克森林大学（Wake Forest University）政治经济学方面的保守派教授詹姆斯·奥特森（James Otteson），称其为"游戏规则改变者"。事实上，他告诉捐赠人们，他计划在威克森林大学建立一个"福祉"中心，而他已经是那里的资本主义研究BB&T中心的执行理事。

他说，有一个逸闻说明了"构造"自由市场理论的"力量"是推进福祉的运动。他讲述说，有一个同事——他描述成责骂共和党和资本主义的突出的"左翼政治科学家"——已经非常沉迷于研究有助人类福祉的因素，因而说出"你知道，为此我甚至愿意接受科赫的钱"。听到这里，捐赠者们大笑出声。"谁能反对福祉呢？这个构架是绝对重要的。"奥特森大声说。

将反政府、自由市场的意识形态裹上提高生活质量的无党派运动的糖衣，这个想法具有明显的优势。奥特森成功以此方法渗透学术界，也格外鼓励了这群人。作为捐赠者保守思想的传统系统，以及作为改变国家政治构成的长期策略，对于学术界此类的日益强调，实际上是捐赠者峰会的另一个主要焦点。

正如奥林和布拉德利基金会已经证明，查尔斯·科赫早期推进自由至上主义的蓝图也已经展现，赢得大学生的心灵与思想一直都是右派的核心策略。那个周末的会议主持人凯文·金特里，是科氏工业特别项目的副总裁兼查尔斯科赫基金会副总裁，他将学术界描述成"一个大投资"和"一个区域，它对于这个研讨会网络的组织来说，是意义重大的竞争优势"，以及科赫兄弟雄心勃勃蓝图的组成部分。

正如查尔斯科赫基金会副总裁瑞恩·斯托尔斯（Ryan Stowers）告诉捐赠者的，在 20 世纪 80 年代，当时查尔斯·科赫和理查德·芬克首次尝试使用哈耶克的生产模式作为制造政治变革的手段，试图把学术界转变为自由市场意识形态的来源，这似乎有些牵强。斯托尔斯说，在美国极少有自由市场的学者，以至于查尔斯几乎找不全开会的人。但是随着来自查尔斯和其他捐赠人的"勇气、投资和领导"，他说，"我们已经建立了推进自由的强大网络"，包括全国约 400 所大学院校的近 5000 名学者。

斯托尔斯表示，突破在于二十多所私人资助的学术中心的创立，其中的旗舰便是乔治梅森大学莫卡特斯中心。与阿特·波普有关联的一家非营利组织在 2015 年的一份报告中解释说，大学院校中的私人学术中心是理想手段，借此富有的保守派可以用他们自己的观点取代教师的。[14]"在大学校园里金钱万能"，它指出。报告介绍了约翰·阿利森（John Allison）的开创性纪录，这位加图研究所前主席曾经在运营 BB&T 银行时负责监督给 63 所院校的拨款。所有这些项目都被要求教授他最喜欢的哲学家、利己主义的歌颂者艾茵·兰德。

但是随着指定用途的资助扩张，关于学术自由的争议增加，这就需要更加圆滑的营销。到 2014 年，仅是各种科赫基金会就在 283 所[15]四年制大学院校资助了倾企业的项目。在佛罗里达州立大学，2008 年科赫基金会凭借捐款获得了教师招聘方面的发言权，批评爆发为公共抗争。学生抱怨说，科赫的影响是险恶且无所不在的。本科生杰里·芬特（Jerry

Funt）说，在公立大学的经济学入门课程中，"我们学到凯恩斯（Keynes）是坏的，自由市场更好，血汗工厂没那么糟糕，中国毫不干涉的法规比美国的更好"[16]。他们的经济学教材，由拉塞尔·索贝尔[17]共同撰写，此人曾经是西弗吉尼亚大学的科赫资助的接受者，还曾经告诉人们安全法规损害煤矿工人。芬特在这本教材中辩称"气候变化并非由人类引起，也不是大问题"，被环保团体骂了脏话。但是当批评者提出异议时，科赫兄弟辩护称，他们收买对公立大学的影响力，只是提供"新鲜的"大学思考。[18]

科赫兄弟投入数百万美元，通过一家查尔斯想出的名为"年轻企业家学院"（Young Entrepreneurs Academy）的非营利组织，进行在线教育并教导高中学生。[19]托皮卡的财政困难的学校系统与该组织签署了协议，这家组织教给学生，富兰克林·罗斯福没有缓解大萧条，最低工资法和公共援助伤害穷人，女性的低收入不是歧视，以及是政府而非企业造成了 2008 年的经济衰退等等，不胜枚举。针对低收入地区的该项目，还付钱给学生在网上参加额外课程。

在 6 月的峰会上，斯托尔斯向捐赠人强调，这种教育"投资"创造了宝贵的"人才管道"。假设数千名学者平均每年教授数百名学生，他们每年能够影响数百万年轻美国人的想法。"这个循环不断重复，"他指出，"而且你能看到，从 2008 年起它给我们网络造成了倍增效应。"

金特里最后总结时向捐赠人强调，"所以你可以看到，高等教育不仅限于对高等教育的影响"。学生们是"自由运动的下一代"，他说。"从这些高等教育项目毕业的学生，落户到各州的智库和全国性智库中。"而且，他说，他们能在"草根"组织"各州的分支中成为主要人员"。那些充满激情的人被鼓励成为他所谓的科赫兄弟"充分整合的网络"的一部分。他在此停顿，然后说，"我得仔细怎么表达"。再次停顿后，他说："他们填充了我们的项目。"

金特里必须小心的原因在于，科赫兄弟向国税局描述，他们的教育活动是非政治性的慈善工作，使得他们有资格享有税收优惠和匿名。然而金特里的描述几乎不能更政治化了。这是一座服务全面的政治工厂。当他向捐赠者发表演讲，劝诱他们"投资"更多时，他忍不住增添了更多细节。"这不仅仅是在大学里和学生一起工作，"他继续道，"这是建立立足于州的能力，以及选举能力，还有整合人才管道。所以你可以看到，随着时间推移这对彼此多么有用。没有其他人有这种基础建设。对于做这件事，我们非常兴奋！"

显而易见的是，捐赠者也极为热心。到6月17日峰会结束时，科赫兄弟已经确立了2.9亿美元的筹资目标。这是一个大胆的数目，而在当时投入中期选举中的任何外部组织的钱来说，它都是前所未有的。

"我知道一方面这很疯狂，2.9亿美元是不同寻常的数字"，就在最终承诺做出前不久，金特里承认。但他对秘密集会的人说，"距离七八年前，我们已经走过了一条漫长道路"。他补充道，"你知道，我们正在努力以高效的方式为你们所有人做到这件事，因为确实，你们都是我们的投资者"。

八天之后，查尔斯·科赫研究所在华盛顿的新闻博物馆主办了它所称的首届福祉论坛。参与者包括来自威克森林大学的詹姆斯·奥特森（James Otteson）教授。在一篇网上的文章里，查尔斯解释说，他基金会的"福祉倡议"致力于"促进更多关于福祉本质的对话"。在他的署名下，突出地引用了马丁·路德·金的话。[20] 没有提及的是金的愿景，其中包括了工会、国家卫生保健和为需要工作的人提供政府就业方案。[21]

查尔斯·科赫新的福祉倡议的咨询委员会有5名成员，其中包括亚瑟·布鲁克斯，他发觉保守派需要在旁人眼里更有关怀，这个观点深深影响了科赫兄弟。在那时，布鲁克斯已经超越了他早期写作的一部作品——该书和米特·罗姆尼一样，把美国人划分为"制造者"和"接受者"——并且创作出新的，将自由企业定义为通往幸福之路。[22] 布鲁克斯认为，"不幸"与"经济妒忌"有"强烈联系"，比如给非常富有的人课更重的税的想法。《纽约时报》认为布鲁克斯此书中的观点值得发布在评论区里。显而易见，福祉的新比喻正在获得吸引力。

当科赫兄弟公开把自己重塑为无党派改革者时，他们日益激进的私人政治机器已为2014年选举准备就绪，其最终目标是控制美国参议院。如果共和党人能够占据参议院的多数派并继续把持众议院，他们就将支配国会，控制立法议程并且给奥巴马总统创造难以应付的路障。

但是科赫兄弟在2012年的检查中得出了一个重要结论。"他们判定，共和党的基础设施不值一提，而且如果想要做得更好，他们就得自己去做"，描述过这段时期公司形象问题的科氏工业公司的雇员说。

这对亿万富商从未被选为任何公职，而且除了他们的私人跨国大企业外没有效忠过任何事物，对于他们而言，决定取代美国最大政党之一可能看起来是激进而令人担忧的步骤。但是在与《威奇托商业周报》的访谈里，查尔斯满不在乎地表示不屑。当被问及他为何如此介入政治，他把自己比作高尔夫球手李·特维诺（Lee Trevino），这个人解释赢得联赛的原因时说，"嗯，有些人必须赢过他们，而这个人可能就是我"。查尔斯补充说，"似乎没有其他大公司试图这么做，所以很可能就得我们做。有人必须努力工作以拯救国家"。远非成为某种邪恶的斯文加利（Svengali），他说他在"美国繁荣"的主要角色是这样："我写一张支票。"他补充说，"听着，一切归咎于我的事我都能做，我将会是个大忙人"。[23]

当科赫兄弟的捐赠人网络向2014年中期选举投入创纪录的金额时，查尔斯继续描画他自己，而且也许认为自己是无私的爱国者。在那年春天《华尔街日报》的社论版中，他描述自己参与政治不过是勉强为之，且是最近的事。追溯他积极行动成立半年一度捐赠人会议的时间，他坚持说，他政治上的参与仅有十年。但在计算出科赫兄弟十年前投入政治的资金有700多万美元后，无党派的事实核查组织政治真相判断，他的宣称是"假的"。[24]

一位不愿透露姓名的长期工作伙伴大呼，"从20世纪70年代以来，他一直在努力发展他的自由至上主义革命"！查尔斯一开始可能是纸上谈兵的理想主义者，不屑于传统政治，但是在过程中的每一步，他都从失败中汲取教训，然后向权力中心更加靠近。他言行克制，且有条不紊。举例来看，在2012年后，他不仅系统研究了自己一方的弱点，也研究了对方的长处。"他从民主党那里学到很多，尤其是关于利用草根，"这名伙伴说，"对于查尔斯来说，政治是另一种形式的科学——只不过处理的是人，而不是分子。"

在奥巴马白宫团队内部，随着2014年中期选举临近，政治战略及发展办公室（Office of Political Strategy and Outreach）主任大卫·西马斯（David Simas）开始怀疑，科赫兄弟逆向建造了2012年奥巴马势力使用过的数据分析。这位白宫官员说，一言以蔽之，可能带来的影响是"巨大的"。

计算机把赢得选举的业务转化为对于大量选民数据的迅速变化的高科技竞争。意识到其数据运算在2012年极度落后，科赫网络采取了严肃的补救措施。"自由伙伴"，科赫捐赠人如今这样称呼自己，悄无声息地将数百万美元投资于i360，一家最先进的政治数据公司，该公司当时与科赫兄弟深陷困难的数据收集公司忒弥斯合并。很快，这项活动招募了100名员工，并且收集起2.5亿美国消费者和超过1.9亿名活跃选民的详尽面貌。科赫兄弟的许多宣传组织的实地调查员配备有手持设备，凭借设备他们不断更新数据。他们的政治工作人员接着可以判定，哪些选民是"可说服的"，然后以个性化的通信轰炸他们，挑动他们去投票或是待在家里。

科赫兄弟自己的数据银行的发展，标志着他们与共和党关系的关键性时刻。直到那时，处理选民档案一直是共和党全国委员会的核心职能。[25] 但是现在，科赫兄弟拥有他们自己可相匹敌的运算，据说使用起来简单得多，也比共和党全国委员会的更加复杂。几名共和党重要候选人开始购买 i360 的数据，因为它们更好，即便它们更贵。共和党全国委员会别无选择，在 2014 年达成了它所谓的"历史性"协议，与科赫兄弟共享数据。不过这次缓和据说并不友好。到 2015 年，尖刻批评便公开爆发，共和党全国委员会总长凯蒂·沃尔什（Katie Walsh）差不多指责科赫兄弟篡夺了共和党。

在一次非同寻常的公开指责中，她告诉《雅虎新闻》（Yahoo News），"我认为，允许一群非常强大、资金充足又不对任何人负责的个人，来控制何人、何时、何因、何法取得数据，这是非常危险而错误的"。[26]

i360 董事长迈克尔·帕默（Michael Palmer）反击说，"我们相信，一个充满活力的市场……是种健康方式，来推动超越单一垄断模式，这种模式使共和党在近年的总统选举中失败"。接受了科赫兄弟的自由市场意识形态和他们花费无尽资金的权利后，共和党现在讽刺地发现自己靠边站，而且可能已被它自己的大金主们的贪婪陷入危险境地。一名惊慌的"接近共和党全国委员会"的知情人告诉雅虎，"相当清楚的是，他们不想与党合作，而是想取代它"。

如果说 2012 年科赫兄弟已经与共和党不相上下，那么到 2014 年时他们就在许多方面超越了它。"他们正在从外部建立一个政党来接管共和党——他们通过市场细分正在做到——这就像一份商业计划。"丽莎·格雷夫斯（Lisa Graves）说。[27]她负责一家研究政治操纵机制的自由派监督组织媒体与民主中心（Center for Media and Democracy）。

"美国繁荣"将它的地面战扩大到 550 名领薪职员，还在关键州如佛罗里达安排多达 50 人，《政客》报道说。其他科赫支持的组织，例如时代机会和自由倡议，在任何选举竞争激烈的地方培植草根组织者。[28]科赫组织的群星中还增添了宙斯盾战略（Aegis Strategic），这家组织的目标在于征募和训练候选人。由此，科赫网络可以在 2012 年困扰共和党人的那种格格不入的怪人。对于他们的进步，阿克塞尔罗德印象颇深。"他们积极纠正了上次在最后关头口不择言的毛病，"他说，"效果显现出来。"[29]

2014年11月4日，科赫网络的投资者终于使得他们钱有所值。选举日证明是共和党的胜利。共和党在参议院获得了9席，赢得了对两院的完全控制。华盛顿专家正式宣布，奥巴马总统是"跛脚鸭"，他们认为无论从哪点来看，他的总统任期都已告终。他们预测，从此刻开始，他将基本上被降格到防御保守派中止他此前所做一切的尝试。

这次选举对于超富的保守派捐赠者和胜选的共和党候选人而言，都是同样巨大的胜利。正如《纽约时报》指出的，在过去一年半的时间里，保守派外部组织已经被"重组和改造"[30]，并且在选举中作为一股突出力量出现。此前从未有过比这次更昂贵的中期选举，也没有这么多的外部资金。另外，总体来说，给这次私人且秘密的支出大爆炸添柴加火的最大来源，就是科赫网络。总的算来，它在竞争激烈的两院竞选中倾注超过1亿美元，几乎是其他活动的两倍。

在联合公民时代的第四年，这些数字与其说令人震惊，不如说令人麻木。每个选举周期中的唯一悬念，就是当年支出比上一年翻了多少倍。马克·麦金农（Mark McKinnon）是中间派政治顾问，他为共和党人和民主党两方提供建议时宣称，"我们已经到达了一个转折点，在此大捐助者完全主导了形势"[31]。

一些最大花费者现在是民主党人，比如加利福尼亚对冲基金巨头转向环保活动家的汤姆·斯泰尔（Tom Steyer）。[32] 他花费7400万美元试图选出承诺对抗全球变暖的候选人，这笔钱使他成为2014年已公开的最大捐赠者。虽然这增添了一些思想多样性，但是它并没有稀释如今影响选举的财富浓度。2014年已知的100名最大捐赠者为他们的候选人花费的金额，几乎和捐200美元或更少金额的475万人一样多。[33] 凭借他们自身，100名已知的最高捐赠者捐赠了3.23亿美元。而这只是公开的钱。一旦将数百万无限制、未公开的暗钱包括在内，毫无疑问一个极其小且富的保守派小集团将在财政上俯视其他所有人。

"让我们把联合公民和其他裁决、法律创造的系统称为'寡头政治',"麦金农宣告,"这个系统由少数超级富豪控制,他们中的大多数从这个系统中发家,也将通过这个系统变得更加富有。"

从共和国早期时代起,富人一直把控着政治,但至少从进步时代以来,公众一直通过民选代表制定规则来约束这种影响力。然而到2015年,由富有捐助者资助、最高法院的保守派多数帮助,保守派的法律主张成功推动了这些大多数规则的取消。残余的腐败检查能否胜任这个职责,这问题不再明朗。在美国长期存在巨大的经济不平等可以与巨大的社会和政治平等共存的幻想。但是越来越多的学术研究表明,这种情况正在改变。随着美国经济越来越不平等,那些身处顶端的人在购买留在那里所需的权力。[34]

在新的权力经纪人中,几乎无人能够与科赫兄弟的政治影响力相匹敌。[35]他们"整合网络"的影响范围,绝无仅有。其非凡地位的一个反映是,他们与新的参议院多数派领袖米奇·麦康奈尔的关系。取得这个位置的几个月前,麦康奈尔在他们的6月捐助者峰会上是受人尊敬的发言人。在那里,他感谢了"查尔斯和大卫",然后补充说,"我不知道要是没有你们的话,我们会怎么样"。宣誓就职后不久,麦康奈尔聘请了新的政策主管——过去是科赫行业的说客。麦康奈尔接着对环保局发动了一场惊人的全面战争,要求全国州长拒绝遵守对温室气体排放的新限制。[36]

2014年新当选的三名参议员也参加了6月秘密的科赫会,在那里他们也滔滔不绝地说起赞助者们。[37]举例来说,从被泄露出去的该事件录音带中,发现了乔尼·恩斯特(Joni Ernst)。据恩斯特自己的说法,她过去是"来自艾奥瓦州非常偏远地带的不知名的州参议员",后来转变成全国明星要归功于科赫兄弟,就像伊莉莎·杜利特尔(Eliza Doolittle)一样。"凭借与这个组织和这个网络的接触,以及认识你们中这么多人的机会,"她说,"真正开启了我的事业轨迹。"

查尔斯·科赫的轨迹是更漫长的攀登过程，他从过去一路走到今天很难不令人惊叹，在曾经的岁月里，他经常光顾威奇托市约翰伯奇会的书店，然后徘徊于自由学校和自由意志党，处于政治最边缘的地带。他的意志力，加上他的财富，使他成为现代美国政治中最可畏的人物之一。在美国人对政府的信任上，几乎没有人发动过更无情或者说更有效的攻击。

他和弟弟已经建造并资助了私人政治机器，它帮助削弱了一位民选连任总统，而且开始取代共和党。全国各地的教育机构和智库宣传他的世界观，兼做人才管道。越来越多的非营利组织鼓动民意支持他的议程。还有组织训练候选人，并且提供开展最先进竞选活动所必要的技术和财政帮助。他们用来支持属意的候选人的钱似乎无穷无尽。众议员、参议员和总统候选人，如今蜂拥至他们的秘密研讨会，仿若祈求者，希望得到他们的支持而渴望取悦他们。

难得的是，有不听从科赫兄弟命令的共和党候选人。叛逆的俄亥俄州州长约翰·卡西奇（John Kasich）造成了一次愤怒的抗议，因为他批评科赫网络反对医疗补助扩大的立场，科赫兄弟 2014 年 4 月峰会上的大约 20 名捐赠人退席。[38] 兰迪·肯德里克质疑他支持医疗补助的立场，卡西奇反驳道："我不了解你，女士。但当我来到天国之门时，我要回答一个问题，我为穷人做了什么。"他补充道，"我知道这会使你们很多人心烦，但我们必须利用政府帮助生活在阴影中的人"。科赫兄弟从此再也没有邀请过卡西奇。

纽约地产、赌场大亨唐纳德·特朗普（Donald Trump）为了得到共和党提名的非传统的出价，使政党常规人士颇感困扰。他也被请离了科赫兄弟的邀请名单。2015 年 8 月，当他的对手涌去与科赫捐赠者见面时，他发推说："所有前往加州乞钱的共和党候选人，我祝福你们好运。你们是傀儡吗？"特朗普的大受欢迎表明，选民们渴望有独立候选人，因为他们不会大讲捐赠者台词。他呼吁结束附带利益的税收漏洞，谈论超级富豪不支付他们那份钱，以及他的反移民粗语，使他的对手像是机器人似的恭顺而且一无所知。然而，其他共和党候选人几乎无人能够忽视科赫兄弟。

他们最惊人的功绩包括，科赫兄弟成功说服全国数百名最富有的保守派，给予他们对数百万美元捐款的控制权，实际上使他们成为一个保守派亿万富翁党团的领导人。其他大多数合伙人，正如他们的自称，是沉默无声的。他们的名字即便出现过，那也是非常罕见。作为对批评的回应，当科赫兄弟邀请媒体报道他们峰会的片段时，他们也坚持要求记者同意不说出其他捐赠者的名字。然而这个未经选举、不负责任的秘密俱乐部正在改变美国政治的面貌。

查尔斯·科赫否认他曾给过任何暗钱。他在 2015 年接受 CBS 新闻采访时说，"我给的钱并不'暗'。我政治上给的东西，全都有报告"[39]。"要么是给政治行动委员会，要么给候选人。我给自己基金会的数目全是公开信息。"也许他相信这点，但是仅在过去五年，他和兄弟大卫以及他们的盟友，已经贡献了超过 7.6 亿美元[40]给神秘而表面非政治性的非营利组织，例如自由伙伴商会、保护病人权利中心和 TC4 信托。从这些地方，钱被交给了几十家其他非营利组织，其中部分不过是些邮箱，把资金花在推动捐助者的政治利益，既有直接以选举方式，也有间接以无数其他方式。至于查尔斯·科赫的基金会的透明度，有两家在 2005 年到 2011 年间把约 800 万美元给了捐赠人信托，而该组织宣定的目的即是掩盖资金路径。

"这是不同寻常的。没有其他人做过类似的事情，"试图建立进步性平衡组织民主联盟（Democracy Alliance）的民主党活动家罗布·斯坦说，"科赫兄弟做过的事，投入了大笔资金和多年时间。他们饱含激情、纪律严明，而他们也冷酷无情。"[41]

在一次采访中，自由至上主义的历史学家布莱恩·多尔蒂说起科赫兄弟，"你可以直接置于他们脚下的政策上的胜利，几乎不存在"。但他表示,"如果你关注自由至上主义更大的生态系统,他们绝对是关键",因为他们"以二十年前不曾做到的方式评价自由市场的总体意识——学术时代精神——如今承认自由至上主义"。[42]

不到十年时间,科赫兄弟及其"资本主义激进者"伙伴远远超出时代精神的范畴。他们也许仍然没能取得许多积极的立法成就的认可,但他们已经证明在阻挠对手立法时是有作用的。他们的思想直接发展自约翰伯奇会,尽管有激进主义思想,但是科赫兄弟完成了查尔斯1981年的雄心,不只是支持当选政客——查尔斯认为这些人只是"出演剧本的演员",而非"提供剧本的主题和台词"[43]。

到2015年,他们的反政府指引得到国会大多数的追随。解决全球变暖是不予考虑的。虽然经济不平等达到了创纪录的水平,但是向失控的富人征税,关闭仅有利于他们的特殊漏洞,也都毫无希望成功。资助基本公共服务,例如修补美国摇摇欲坠的基础设施,似乎也是遥不可及。大多数公众支持社会保障网的扩大。然而两党领导人拥抱富人喜欢的紧缩措施。即使美国人压倒性地反对削减社会保障,例如华盛顿的共识是保留它,但它还是需要被缩减。[44]

奥巴马的《平价医疗法案》幸存下来,而且民意调查显示它受欢迎度渐涨。但是经过不停歇的猛击,以及奥巴马政府自己严重"跛脚"之后,它的声誉和奥巴马自己的声誉,都已经遭到损坏,即使美国的医疗费用和医疗保险和整体上的经济一样,在他上任之后情况大为改善。失业情况减少,收入和市场需求增加。然而对政府的信任降至新低。奥巴马可以采取行政行动,推进他的环保及其他目标,国会在环境和其他目标上取得进展。但在国会,雄心勃勃的新计划毫无可能。

同样无望的似乎是竞选财务改革。两党压倒性的多数反对政治上的资金数额,并且支持新的开支限制。然而共和党如今已经被少数派意见——包括反对对竞选开支的几乎所有限制——占领,当1980年科赫兄弟表达这些观点时,似乎还显得荒诞不经。

到 2015 年 9 月，国会中的激进右派已经取得如此大的支配力，因而他们有效地强迫众议院议长约翰·博纳辞职，因为他不接受他们的最新要求而遭到了罢免威胁。引导反对博纳的指控的人是众议员马克·梅多斯（Mark Meadows），这位北卡罗来纳州的茶党共和党人，其胜选得益于选区重划和其他来自暗钱组织的帮助。在出去的路上，博纳向"使人们陷入狂热，相信他们能够成事，而他们知道，他们知道永远不会成真"的"冒牌倡议者"和"镇上群体"，留下临别怒言。[45]

传统的政治智慧在选举结果的基础上估测权力，2012 年记为科赫兄弟的失败，2014 年是胜利，而 2016 年是场结果拭目以待的测试。但是这错过了更重要的故事。科赫兄弟及其右派超富盟友们，可以说已经成了最有效的单个特殊利益团体。

科赫兄弟不是全凭他们自己。他们实现了政治远见者的观念，例如路易斯·鲍威尔、欧文·克里斯托尔、威廉·西蒙、迈克尔·乔伊斯和保罗·韦里奇。它们也是早期右翼大捐助者遗产的合乎逻辑的延伸。约翰·M.奥林、林德·布拉德利、哈里·布拉德利和理查德·梅隆·斯凯夫，在科赫兄弟跃到权力巅峰时，已经照亮了这条道路。

20 世纪 70 年代，美国最富有的几位企业领导人感到过度征税及过度监管，决定予以反击。对现代美国方向不抱幻想的他们，发动了雄心勃勃、私人资助的思想之战，以从根本上改变这个国家。他们不想仅是赢得选举；他们想要改变美国人的想法。他们的雄心大而虚妄——在方方面面"拯救"他们眼中的美国，方法是把时针拨转回镀金时代——进步时代到来之前。查尔斯·科赫比他的前辈更年轻，也更自由至上主义，但是正如多尔蒂（Doherty）观察的，他的野心更加激进："从根本上"摆脱政府。

这些富有活动家选择的武器是慈善事业。对于私人基金会会成为不民主的精英政治力量的早期忧虑，在一个世纪后已被长久遗忘。跳过 20

世纪60年代后期自由派的福特基金会失败的政治试验，保守派富人创造出新一代超政治的私人基金会。他们的目标是像投机资本家一样投资意识形态，用财富进行杠杆式投资，以取得最大的战略影响力。因为慈善组织提供的匿名性，这些努力的全部情况对于公众基本是不可见的。正如埃德温·米斯对斯凯夫的评价，保守派慈善家是"看不见的手"。

当他们开始取得进展，他们的战争从学术界、法律界的"滩头堡"，扩散到声称代表公众意见的企业前线组织。在每一步，他们都雇用金钱能够买到的最聪明和机巧的商人，以及政策企业家，例如弗兰克·伦茨，擅长使用具备更广泛吸引力的术语来"构架"议题，从而推广富有支持者的议程。随着他们的努力越来越政治化，资助者继续将这些项目隐藏于慈善的外衣下。这些彻底重新定位美国思想的资助者，几乎鲜少有人为大众所知。一些人把他们的名字铭刻在自己创立的机构上，或是与他们担负的学术职位相结合。但是他们极少竞选公职，而且他们这样做的时候，赢的情况更少。他们从暗处行使权力，秘密会议，隐藏钱径，并且付钱给其他人为他们在前面遮掩。在奥巴马时期伪装成"社会福利"组织的暗钱团体，仅仅是四十年前就已开始的、私人资助的非营利思想战争的最新迭代。

这些政治慈善家把自己定义为无私爱国者，他们受公益推动，而非私利。在许多事例中，他们可能是真诚的。几乎所有慷慨赠予不是仅给政治计划，也给了艺术、科学和教育，有些情况下直接给了穷人。但是与此同时，使人不可能不注意到的是，他们拥抱的政治政策，首先并优先有益于他们自己的盈利。降低税收和压低监管，削减福利国家，以及除去竞选支出的限制，这些可能帮不上其他人，但肯定加强了拥有极端财富的极端捐赠者的力量。"回馈，"正如传奇性的亿万富豪金融家沃伦·巴菲特之子彼得·巴菲特看到的，"听起来是英勇壮举。"[46] 但他指出，"随着更多人的生活与社区毁于这种为极少数人创造大量财富的制度"，慈善家们经常"左手制造"问题，"右手寻求答案"。不管他们的动机是善良或图利,在几十年的时间里,少数极其富有的右翼慈善家改变了美国政治的进程。他们创造了强大的财富捍卫运动,这已经是巴菲特所称的"慈善—产业综合体"的相当大的部分。

尽管他们在2015年成就甚大,但是科赫兄弟的购物清单上仍有一个大目标:白宫。任何稍加关注的人都知道,2014年只是为2016年总统竞选所作的运行试验。[47] 科氏工业前经理菲尔·杜博斯(Phil Dubose)在法庭作证反对科赫兄弟之前,已经为科氏工业工作26年。他毫不怀疑,现在他们瞄准了政府的所有三个分支。"他们想要走他们自己的路。"他说。"他们自称自由至上主义者。因为没有更恰切的词,它的意思实际是,如果你足够大到逃脱惩罚,你就能够逃脱惩罚。没有政府。如果这有利于他们的生意,他们就认为有利于美国。对于国家这意味着,"在路易斯安那州乡下的简朴家中,他补充说,"会释放出豺犬。至于小人物,他们会被一口吞掉。"[48]

2015年1月的最后一个周末,按照惯例,科赫兄弟在加利福尼亚州棕榈泉外兰乔米拉的度假胜地,再次召开了他们的捐赠人峰会。"自由伙伴"的总裁马克·肖特承认:"2014年不错,但是还有很长的路要走。"为了完成目的,据一位盟友说,在那个周末,查尔斯和大卫·科赫各自承诺捐赠7500万美元[49]。假若是这样,他们的捐款仍将只是这个网络周末宣布的筹款新目标的一小部分。这一次,科赫网络目标是在2016年选举周期中投入8.89亿美元。[50] 这个总数是科赫网络2012年花费的两倍多。它媲美创纪录的10亿美元——即两个主要政党确保作为竞争重心的独特地位,每个政党预期花费的数额。科赫兄弟足以承担。尽管他们预测,奥巴马将被证明对于美国经济是灾难性的,查尔斯和大卫的个人财富却在他的总统任期里增加了2倍,根据《福布斯》数据,从2009年3月的每人140亿美元,到2015年3月的每人416亿美元。

对于华盛顿坚持对抗政治腐败的民主派斗士弗雷德·韦特海默(Fred

Wertheimer）而言，这个数目几乎不可思议："8亿8900万美元？我们过去有过钱，但是这远远超出任何人的想象，令人难以置信。这在美国历史上前所未闻。从来没有过类似的事情。"[51]

韦特海默是一名公益律师，从"水门事件"时起，就一直进行着艰苦斗争，以遏止政治中不断上涨的钱潮。从他的角度看，美国民主进程陷入了危机。"我们有两个未经选举的亿万富翁,他们想要控制美国政府,而且行使权力为美国3亿人民决定什么是最好的，但是这些人的意见并没有得到倾听。"他补充说，"在我们的宪政民主中，不接受世界上最富有的两个人能够操控我们的命运。"

科氏工业每年花费超过1300万美元用来游说国会，由此可以清晰地看到，科赫兄弟在美国政府中拥有巨大的财务利益。[52] 人们很容易相信，他们及其盟友出于完全自私的理由花费了将近10亿美元。当然了，金钱并不总是美国选举的决定因素，但是毫无疑问，如果将2016年美国总统大位放上拍卖台，科赫兄弟希望成功中标。

《今日美国》的采访是另一例子，他说，他只想"增加社会福祉"。对于他是受提高营收所驱使的观点，查尔斯·科赫感到恼怒。"我们做的所有这些是为了赚更多的钱？"他问道。"我的意思是,那太荒唐可笑了。"[53]

当然了，有的人也会用同样的词形容他和兄弟的纷争，他们继承数亿美元后，为了获得更多份额，互相发起法律攻击，长达二十多年。对于查尔斯·科赫来说，分享从来不是件容易事。孩童时，他常常讲述一个并不好笑的笑话。当被要求与别人分享招待时，他会精明一笑，答道："我只想要我应得的那份——也就是全部。"

注释：

1 Matthew Continetti, "The Double Bind: What Stands in the Way of a Republican Revival? Republicans," *Weekly Standard*, March 18, 2013。

2 此人与作者的对谈。
3 Daniel Fisher, "Inside the Koch Empire," *Forbes*, Dec. 24, 2012。
4 参见 John Mashey, "Koch Industries Hires Tobacco Operative Steve Lombardo to Lead Communications, Marketing," DeSmogBlog.com, Jan. 10, 2014。
5 Republican National Committee, Growth and Opportunity Project, March 13, 2013, 51。
6 参见 Kenneth Vogel, "Koch Brothers' Americans for Prosperity Plans $125 Million Spending Spree," *Politico*, May 9, 2014。
7 参见 Annie Lowrey, "Income Inequality May Take Toll on Growth," *New York Times*, Oct. 16, 2012。
8 参见 Bill Roy and Daniel McCoy, "Charles Koch: Business Giant, Bogeyman, Benefactor, and Elusive (Until Now)," *Wichita Business Journal*, Feb. 28, 2014。
9 被问及史蒂文·科恩和迈克尔·苏利文是否向科赫兄弟的政治行动捐了钱时，科恩新的对冲基金公司 Point72 的发言人马克·赫尔说，"对于政治现金，我们不予评论或提供引导"。
10 2015 年 4 月 16 日，霍尔登在白宫会见了贾莱特、国内政策主任塞西莉亚·穆尼奥斯以及白宫顾问尼尔·埃格尔斯顿。随后，奥巴马为科赫兄弟参与刑事司法改革议题的问题辩护，尽管不久后他们因反对政府支持可再生能源而被他批评。查尔斯·科赫自称对总统的批评"目瞪口呆"。
11 Goodwin, "Mark Holden Wants You to Love the Koch Brothers"。
12 Loder and Evans, "Koch Brothers Flout Law Getting Richer with Secret Iran Sales"。
13 一些自由派团体，例如 AFSCME，批评黑人学院联合基金从科赫兄弟那里拿钱，他们被指责破坏了为许多少数族裔提供就业机会的公共员工工会。
14 Jay Schalin, *Renewal in the University: How Academic Centers Restore the Spirit of Inquiry*, John William Pope Center for Higher Education, Jan. 2015。
15 283 这个数字，来自上一条，17 页。
16 此人与作者的对谈。
17 2012 年索贝尔离开西弗吉尼亚大学后，成了壁垒军校的老师。索贝尔也是南卡罗来纳州政策委员会的客座研究员，该机构是州政策网络的一部分，与莫卡特斯中心、弗雷泽研究所、税务基金会有关系，以及亚拉巴马州特洛伊大学和弗吉尼亚州汉普登-悉尼学院由科赫兄弟资金部分资助的项目。
18 参见 Hardin, "Campaign to Stop Fresh College Thinking"。
19 《赫芬顿邮报》发布了一篇关于科赫兄弟侵入中学的新闻故事。Christina Wilkie and Joy Resmovits, "Koch High: How the Koch Brothers Are Buying Their Way into the Minds of High School Students," July 21, 2014。
20 引用了马丁·路德·金 "我们谁都逃不出相互依存的网络"。
21 查尔斯·科赫在关于福祉倡议的文章中，提出了他自己的一些理论。正如他看到的，240 年来世界被分成相信政府可以使人幸福的人，以及自力更生实现愿望的人。他说，分裂始于法国大革命，俄国革命继续，并且正在朝鲜这样的专制国家延续。他将这些"集体主义者"和美国对比，他说，美国的创始人"选择了一个非常不同的路径"。
但是，读过他文章的两位美国历史学家发现其中充满事实错误。像托马斯·杰斐逊这样的开国之父非常钦佩法国大革命，而非反对。此外普林斯顿大学的西恩·威伦茨接受作者采访时指出，美国宪法是受欧洲启蒙运动启发，并且呼吁政府"促进公共福利"。此外，乔治敦大学教授迈克尔·卡津指出，联邦政府从内战前就已经干预公益事业，通常是以补助企业的形式，远远不是自由放任。"科赫版的历史完全是谎言"，他在接受作者采访时说。
22 参见 Chris Young, "Kochs Put a Happy Face on Free Enterprise," Center for Public Integrity, June 25, 2014。这是第一篇报告，描述他们以"福祉"作为公关策略。

23 Roy and McCoy, "Charles Koch"。

24 Louis Jacobson, "Charles Koch, in Op-Ed, Says His Political Engagement Began Only in the Last Decade," PolitiFact.com, April 3, 2014。

25 十几年前民主党全国委员会经历了有些相似的转变，当时包括乔治·索罗斯在内，约 100 位投资人联合力量，资助创建名为 Catalist 的无党派政治数据分析公司。与 i360 相比，Catalist 是合作，由进步性政治领域的构成团体组成，例如工会和环保组织。它由一家信托机构拥有，如果它被出售，其条约要求投资人把所有利润捐给慈善事业。

26 参见 Jon Ward, "The Koch Brothers and the Republican Party Go to War— with Each Other," Yahoo News, June 11, 2015。

27 此人与作者的对谈。

28 参见 Mike Allen and Kenneth P. Vogel, "Inside the Koch Data Mine," *Politico*, Dec. 8, 2014。

29 此人与作者的对谈。

30 参见 Nicholas Confessore, "Outside Groups with Deep Pockets Lift G.O.P.," *New York Times*, Nov. 5, 2014。

31 Mark McKinnon, "The 100 Rich People Who Run America," *Daily Beast*, Jan. 5, 2015。

32 汤姆·斯泰尔的组织名为"下个世代"。

33 根据《政客》报道，501(c) 组织公开了给联邦选举委员会的 2 亿 1900 万美元竞选开支，其中 69% 是保守派组织给出。但是在 2014 年中期选举中，这一公开支出仅占 501(c) 政治支出的一小部分。仅一家科赫支持的 503(c) 组织 "美国繁荣"，就花了 1 亿 2500 万美元。参见 Kenneth Vogel, "Big Money Breaks Out," *Politico*, Dec. 29, 2014。

34 参见 Eduardo Porter, "Companies Open Up on Giving in Politics," *New York Times*, June 10, 2015。他写道，"无节制开支"可能造成"梦魇"，"美国社会最顶端的人收买维持不公平现状所需的权力"。

35 2014 年，科氏工业花费超过 1300 万美元来游说国会，也捐款超过 300 万美元给政治行动委员会，据 OpenSecrets.org. https://www.open secrets.org/ lobby/ clientsum .php?id=D000000186&year=20, https://www .open secrets .org/ pacs/ lookup2.php?strID=C00236489&cycle=2014。

36 参见 Lee Fang, "Mitch McConnell's Policy Chief Previously Lobbied for Koch Industries," *Intercept*, May 18, 2015。

37 另外两名在科赫兄弟 2014 年 6 月峰会上表达感谢的共和党新人是，科罗拉多州的科里·加德纳和阿肯色州的汤姆·科顿。

38 Neil King Jr., "An Ohio Prescription for GOP: Lower Taxes, More Aid for Poor," *Wall Street Journal*, Aug. 14, 2013; and Alex Isenstadt, "Operation Replace Jeb," *Politico*, June 19, 2015。

39 安东尼·梅森对查尔斯·科赫的采访，CBS Sunday Morning, Oct. 12, 2015。然而保罗·阿波德在调查捐赠人信托的《捐赠人利用慈善在各州推动自由市场政策》（公共诚信中心，2013 年 2 月 14 日）报告中揭露，"知识与发展基金，一家位于堪萨斯、由查尔斯·科赫经营的基金会……2005 年至 2011 年间，捐赠了近 800 万美元给捐赠人信托。资金的最终去向成谜。除此之外，他还说，查尔斯·科赫基金会也通过捐赠人信托过滤小笔基金。

40 这个数字来自响应政治研究中心调查员罗伯特·马奎尔。里面包括，在 2010 年 6400 万美元给了科赫网络中的组织，例如美国未来基金、60 加和"美国繁荣"，2012 年给了科赫网络 4.07 亿美元，还有 2014 年保证的 2.9 亿美元。根据 Peter Stone, "The Koch Brothers Big Donor Retreat," *Daily Beast*, June 13, 2014。

41 此人与作者的对谈。

42 此人与作者的对谈。

43 同上。

44 只有 6% 的美国人希望社会保障削减，略微大多数希望这个项目的福利增加，参见 Drutman, "What Donald Trump Gets About the Electorate," Vox, Aug. 18, 2015。
45 John Boehner's interview with John Dickerson on Face the Nation, CBS News, Sept. 27, 2015。
46 Peter Buffett, "The Charitable- Industrial Complex," *New York Times*, July 26, 2013。
47 Confessore, "Outside Groups with Deep Pockets Lift G.O.P." *New York Times*, Nov. 5, 2014。
48 此人与作者的对谈。
49 7500 万美元的信息，基于一位消息人士，在某些项目上他与科赫兄弟是政治盟友。
50 "自由伙伴"发言人詹姆斯·戴维斯强调，8.89 亿美元的预算不仅涵盖选举支出，也包括了科赫网络的全部意识形态支出，包括了智库、宣传团体、选民数据和对手研究。
51 此人与作者的对谈。韦特海默的非营利组织民主 21 得到过乔治·索罗斯的开放社会基金会的支持。尽管如此，韦特海默批评索罗斯在选举上花大钱的做法。
52 2014 年科氏工业花费 1370 万美元进行游说，游说记录的计算根据 https://www.opensecrets.org/lobby/clientsum.php?id=D000000186&year=2014。
53 Fredreka Schouten, "Charles Koch: We're Not in Politics to Boost Our Bottom Line," *USA Today*, April 24, 2015。

作者的话

从许多方面来讲,本书的研究开始于三十多年前,当时我来到华盛顿,为《华尔街日报》报道罗纳德·里根总统。那几年里,从总统到选民,我采访了公共生活中各种类型的、不计其数的政治人物,也观察到美国政治日益被不断上涨的私人金潮所塑造。本书是以过去五年所作的数百次采访为基础,来源广泛地涵盖了书中主要人物,及其家庭成员、朋友、思想盟友、生意伙伴和政治对手。

在理想情况下,每次采访都会被记录下来。然而,我最感激的几位受访人要求隐瞒他们的名字。因为无法完全点明这些信息来源的身份,我提前向读者们表达歉意。但是在可能的情况下,我已经尽力说明他们的专业领域和观点看法;在不可能的情况下,我也尽力审慎核实他们描述的准确性。我同样感到遗憾的是,无法亲身接触到这部作品中的几位主要人物,有些人例如理查德·梅隆·斯凯夫,提供了阅览他们部分文件的途径,还有其他人,例如查尔斯和大卫·科赫拒绝参与,还有像约翰·奥林以及林德和哈里·布拉德利,已经去世多年。

而许许多多其他有名有姓的受访者从繁忙生活中抽出了宝贵时间,另外有些人甘冒遭到报复的风险,来帮助我讲述这个故事。我无比感激他们所有人。我也非常受惠于数百份杰出书籍、文章、研究与新闻故事的作者们,从中我吸取借鉴良多。冒着意外遗漏或是烦扰读者的危险,我尽量在正文和注释中肯定了他们的贡献。

另外，我还想特别感谢那些使我获益最多的作品的写作者。如果没有你们开拓道路的作品，我绝对无法完成这本书，其中包括：

媒体和民主中心（Center for Media and Democracy），公共诚信中心，响应政治研究中心，民主21，"为了人民"，麦克·艾伦（Mike Allen），妮拉·班纳吉，尼古拉斯·康费瑟（Nicholas Confessore），克莱顿·柯平，布莱恩·多尔蒂，罗伯特·德雷珀，李方，迈克尔·格伦沃尔德，约翰·古尔达，马克·哈柏林（Mark Halperin），戴尔·哈林顿，约翰·海勒曼（John Heileman），埃利安娜·约翰逊，约翰·朱迪斯，罗伯特·凯撒（Robert Kaiser），安迪·克罗尔（Andy Kroll），克里斯·克罗姆（Chris Kromm），查尔斯·路易斯，罗伯特·马奎雷（Robert Maguire），麦克·麦金泰尔（Mike McIntire），约翰·J.米勒，吉姆·菲利普斯-芬，埃里克·普利，丹尼尔·舒尔曼，西达·斯考切波，约翰·斯特尔（Jason Stahl），彼得·斯通（Peter Stone），史蒂文·特莱斯，肯尼思·沃格尔，莱斯利·韦恩（Leslie Wayne），罗伊·温兹尔，以及比尔·威尔逊。

许多人对于本书同样必不可少，但是无人可及我在双日出版社的英明编辑比尔·托马斯（Bill Thomas）；我永远足智多谋的ICM的著作代理人斯隆·哈里斯（Sloan Harris）；以及《纽约客》2010年引领付梓了关于科赫家族的原创文章而启发了该书的优秀团队，大卫·雷姆尼克、丹尼尔·扎勒斯基（Daniel Zalewski）和英勇的核查部。我也非常感谢那些帮助本书进行耗神费力的研究与事实核查的人：安德鲁·普罗科普（Andrew Prokop）和本·托夫（Ben Toff）。无人可及你们，愿意与我共赴艰险。

Copyright ©2016 by Jane Mayer
著作版权合同登记号：01-2018-0834

图书在版编目（CIP）数据

金钱暗流：美国激进右翼崛起背后的隐秘富豪 /（美）简·迈耶著；黎爱译.
—— 北京：新星出版社，2018.4（2020.9重印）
ISBN 978-7-5133-3008-4

Ⅰ.①金… Ⅱ.①简… ②黎… Ⅲ.①新闻报道-美国-现代 Ⅳ.①I712.55

中国版本图书馆CIP数据核字（2018）第057192号

金钱暗流：美国激进右翼崛起背后的隐秘富豪

[美] 简·迈耶 著；黎爱 译

责任编辑：白华昭
责任校对：刘 义
责任印制：李珊珊
装帧设计：冷暖儿

出版发行：新星出版社
出 版 人：马汝军
社　　址：北京市西城区车公庄大街丙3号楼　100044
网　　址：www.newstarpress.com
电　　话：010-88310888
传　　真：010-65270449
法律顾问：北京市岳成律师事务所

读者服务：010-88310811　service@newstarpress.com
邮购地址：北京市西城区车公庄大街丙3号楼　100044

印　　刷：北京美图印务有限公司
开　　本：660mm×970mm　1/16
印　　张：27.25
字　　数：362千字
版　　次：2018年4月第一版　2020年9月第二次印刷
书　　号：ISBN 978-7-5133-3008-4
定　　价：68.00元

版权专有，侵权必究；如有质量问题，请与印刷厂联系调换。